一个农民,他的淳朴和善良,曾令人爱戴;

一个男人,他的温情和担当,曾令女人爱恋;

一个能人,带领全村人脱贫致富,曾令村民拥护;

一个犯人,权欲膨胀,草菅人命,为法纪不容。

蒋子龙

著

人民文学出版社

图书在版编目(CIP)数据

农民帝国/蒋子龙著.—北京：人民文学出版社，2020
ISBN 978-7-02-016492-9

Ⅰ.①农… Ⅱ.①蒋… Ⅲ.①长篇小说—中国—当代 Ⅳ.①I247.5

中国版本图书馆CIP数据核字(2020)第127990号

责任编辑　赵　萍　王昌改
装帧设计　刘　静
责任印制　胡月梅

出版发行　人民文学出版社
社　　址　北京市朝内大街166号
邮政编码　100705
网　　址　http://www.rw-cn.com

印　　制　三河市中晟雅豪印务有限公司
经　　销　全国新华书店等

字　　数　585千字
开　　本　640毫米×960毫米　1/16
印　　张　41.5　插页3
印　　数　1—3000
版　　次　2008年9月北京第1版
印　　次　2020年11月第1次印刷

书　　号　978-7-02-016492-9
定　　价　79.00元

如有印装质量问题，请与本社图书销售中心调换。电话：010-65233595

# 目　录

## 上　部

1．龙凤合株　　　　　　　　　　　　　　*3*
2．大耙　　　　　　　　　　　　　　　　*11*
3．"代食品"　　　　　　　　　　　　　　*20*
4．砍棺材　　　　　　　　　　　　　　　*59*
5．借地　　　　　　　　　　　　　　　　*74*
6．抢洼　　　　　　　　　　　　　　　　*94*
7．"土"与"壤"　　　　　　　　　　　　*106*
8．火烧蛤蟆窝　　　　　　　　　　　　　*139*
9．辩论辩论他　　　　　　　　　　　　　*170*
10．拆台　　　　　　　　　　　　　　　*190*
11．四面出击　　　　　　　　　　　　　*210*
12．结婚时代　　　　　　　　　　　　　*242*
13．女人的命运　　　　　　　　　　　　*269*
14．倒春寒　　　　　　　　　　　　　　*280*
15．女人和小辫子　　　　　　　　　　　*300*
16．骂　　　　　　　　　　　　　　　　*331*
17．闹　　　　　　　　　　　　　　　　*357*

18．死 　　　　　　　　　　　　　　　　　　　*393*
19．光棍堂 　　　　　　　　　　　　　　　　*437*

下　部

20．转 　　　　　　　　　　　　　　　　　　*459*
21．撞客 　　　　　　　　　　　　　　　　　*465*
22．钱的面孔 　　　　　　　　　　　　　　　*482*
23．话痨 　　　　　　　　　　　　　　　　　*499*
24．郭存勇死也拉个垫背的 　　　　　　　　　*519*
25．"软蛋治不了浑蛋" 　　　　　　　　　　 *537*
26．逮捕 　　　　　　　　　　　　　　　　　*556*
27．死去活来 　　　　　　　　　　　　　　　*573*
28．咸鱼翻身 　　　　　　　　　　　　　　　*599*
29．陈康的画技 　　　　　　　　　　　　　　*619*
30．判决 　　　　　　　　　　　　　　　　　*638*

上

部

## 1.龙凤合株

　　郭家店——并不是一家买卖东西的店铺。而是一座有着近两千户人家的村庄,坐落在华北海浸区大东洼的锅底儿。当村的人说这里有雨即涝,无雨则旱,正合适的年份少。平常能吃糠咽菜算是好饭,最出名的是村里的光棍儿特别多。历来这个地方有个不成文的规矩,谁要在郭家店用砖头打死了人,可以不偿命、不定罪。因为那肯定是误传,要不就是吹牛。郭家店压根就没有过砖,这是个土村,满眼都是黄的和起了白碱儿的土,刮风眯眼,下雨塌屋,因为所有房子都是泥垛的或土坯垒的。没有一块砖的村子,怎么能用砖头打死人呢?

　　住在郭家店村里的郭德贵,像土坷垃一样老实巴交,就是在盖起两间崭新的土坯房时累死的。他娶的是邻村苗家庄高家的姑娘,既是个要脸的又很争气,拜堂后的第二年就生下一对双胞胎儿子。村里的先生按照辈分给起了两个响亮的名字:郭敬天、郭敬时,并对郭德贵解释说,他有老天作美,时来运转该交好命了。他的父亲实际是他的大伯,因为绝户才过继了他当儿子,到他这儿却一块儿来了两个儿子,这还不预示着要兴旺发家吗?男人这一辈子的任务他一下子就完成一半了,剩下的一半就是给儿子盖两间房子,让他们能娶上媳妇。

　　可是,要想在郭家店行大运,并不那么容易。自古来"人"和"口"都联在一起,管人叫"人口",生孩子叫"添口",有人就有口,有口就得吃,把粮食就都叫成"口粮"。郭家进人添口一下子多了两张嘴,而且他们还是穷人家的"圣宝贝",同时又是讨债鬼,全家得围着他们转,有点好东西全都塞鼓到他们的肚子里。没有几年工夫,高兴有了后的爷爷、奶奶,却在高兴和满足中先后被熬巴死了。

敬天、敬时这两个小子倒是命硬,壮壮实实地长成了半大小子。看着孩子一天天长大,本该高兴的郭德贵却心慌了,他必须早做准备,好给孩子们盖房子。谁都知道,农村有三大累:脱坯、榜地、拔麦子。从挖土、和泥、脱坯到砸夯、砌墙、上脊,最重的活儿都是郭德贵一个人顶下来的,两个儿子还没有成人,帮不上大忙,再说他也舍不得使唤他们,万一累伤了哪儿可是一辈子的事。就在房顶铺好苇子,他用麦滑秸和了泥,然后甩开大铁锨,一锨一锨地像发炮一般往房上撩……撩着撩着忽然眼前发黑,嗓子一痒,"噗"地喷出一口鲜血。他睁大眼,想一较劲把那锨鲜红的泥巴甩上房顶,不料两臂没有使上力,嘴里发腥,鲜血一口接一口地向外喷,他想合嘴却合不上了,最后竟变成一股血柱激射出来……整个人随之瘫倒在泥堆上,浑身抽搐,眨眼的工夫一个大活人便气绝而亡。

德贵老婆的娘家,日子也过得紧紧巴巴,帮不了她。过穷日子的女人再成了寡妇,就比死还难了,也因此便没有可顾忌的了。郭寡妇埋了丈夫,再请人给新房抹好了顶子,家里的粮食也就全折腾光了。她锁好房门,将脸往下一拉,带着两个孩子就外出讨饭去了。天津、北京、口外、关外,几年工夫她可跑了不少地方,有的时候过年回到郭家店来,年成好的时候在该种地和收拾庄稼的时候也回来。她讨饭有个规矩,赔笑挨骂吃苦受罪求爷爷告奶奶下贱受欺辱只由她一个人顶着,决不让两个孩子活得不像人。她默默地接受了丈夫的全部心愿,必须维护好老郭家的根脉,将两个孩子有模有样地养大成人。每到一处她都先找好落脚的地方,让两个孩子等在那里,她讨回饭来给他们吃,讨得多了会有自己一口,讨得不多就先给着孩子们吃。但敬天、敬时很快就长成了大小伙子,他们怎么忍心看着让老娘一个人受累。这哥俩的长相如同一个模子刻出来的,一样的方脸直鼻,一样的长胳膊大手,天生都是干活儿受大累的坯子。哥哥郭敬天性情悍暴、狡黠,长这么大就好像没有能让他憷头的事,跟老娘在外面闯荡这些年,这儿看点门道,那儿学点手艺,竟练成了一个能耐梗,修农具、做门窗、钉马掌、补锅锔碗直至制作礼佛的香火,全能拿得起来。而老二郭敬时,性情就敦厚温和得多,像个尾巴一样天天跟在老大的后边,不多说不少道,凡事都听哥哥的。

其实做香并不难,剥榆树皮轧成面儿,再掺上点香料、锯末就行了。所以郭寡妇娘仨以后的出行就变了形式,哥俩轮流挑着一副担子,担子的一头放着香和敬天的木匠工具,另一头是个筐头子,坐着郭寡妇。一路有买卖就做买卖,揽到活儿就干活儿,没有买卖也没有活儿干的时候郭寡妇就讨饭。到以后稍微有点年成,日子一松快,郭寡妇和老二敬时就不再出去了,只有老大敬天一个人外出卖香,捎带着找点活儿干。四镇八乡,串街进户,好歹卖点香,就有活钱可赚,再顺手找到点活儿干,主家一般都会管饭,不仅能吃饱肚子也还能挣到点钱,没有钱的也会给粮食,所以他们家的小日子渐渐就算缓起来了。

日子一缓起来郭寡妇就准备办大事了,那就是给儿子们说媳妇。可她刚一兴心张罗,就赶上了一场秋涝,鞭杆子雨时急时缓地下了七天七夜,村子四外成了一片汪洋,她不知道这样的涝雨到什么时候会停,偏又赶上老大不在家,竟抓起口袋,叫着老二就冲进雨里。别的庄稼没有办法了,自己那半亩花生已经有八九分熟了,再不抢回来就会被沤烂,岂不就全糟蹋了!地里的水已经没膝深,她不能蹲不能坐,只能弯着腰伸直两条胳膊,将双手插到泥里去一颗颗地抠……娘俩冒着大雨整抠了一天,花生是收上来了,但她的十个指甲却都抠掉了,手指头肿得像小萝卜,白森森地翻着嫩肉。都说十指连心,但在地里的时候她并没有觉得有多疼,当时她确实急眼了,连命都豁出去了哪还顾得上手呀,但同样也在泥里抠唆,老二的手指甲就一个都没有掉……

雨停了以后,她把上锅爆干的花生仁掺进炒熟的黑豆里,一并拿到集上花钱做了十几个一巴掌厚、筐头子般大小的花生豆饼,大灾之年这可是救命的宝贝。等到大水一退,南边的灾民就一拨接一拨地拥过来,她用两张花生豆饼换了一个十七岁的安徽姑娘。当时姑娘一家三口已经饿得走不动道了,别小看那两张花生豆饼,够还剩下的老两口子活半个月的，下卫、闯关东的路上不愁了。

成亲的当晚，郭寡妇把敬天和新媳妇推进里屋，自己和敬时在外间屋地铺上秫秸，上面放了被，娘俩就想打地铺了。敬天在里屋的炕上越想越不是滋味，到了还是冲出来，把娘和兄弟拉进了里屋的炕上。新娘子叫孙月清，吃了两天饱饭后精神立马就缓上来了，清清秀秀地挺招人爱。郭寡妇在外人面前摆出一副心满意足的笑模样，在儿媳妇面前却总有点过意不去，让人家成天跟婆婆、小叔子挤在炕上算怎么一回事！她心里盘算着在旁边再接出一间屋子，下一步好给老二再说个媳妇，她这一辈子的大事就算圆满了，也对得起没福气看到的丈夫和老郭家的祖宗。

两个儿子都有的是力气，脱坯、和泥，再垒出一间屋子不算很难，中间开个门，跟老房子连在一块便成了一明两暗的三间房，不等干透了郭寡妇和敬时就搬进了新屋子。就在一顺百顺的时候，郭寡妇的如意算盘被敬时的婚事给绊住拨拉不动了，她自己上心，托人说合，确也碰到过几个茬儿，却没有一个能说成了。时间一长村上就有了闲话，说郭敬天哥俩实际上是共娶一个老婆，有的说是一个月一换，有的说是按单双日一天一倒。后来孙月清生了儿子郭存先，有的说像他爹，有的说像他叔，直到两年后孙月清又生下二小子郭存志，紧接着又生了闺女郭存珠，村里人的闲话也乱套了，说郭家这哥俩真不愧是双胞胎，在这种事情上也平分秋色，大儿子存先肯定是老大郭敬天的，二小子存志更像郭敬时，可老闺女存珠像谁呢？都像又都不像，还是随她娘……

哥俩娶一个老婆在郭家店并不稀奇，还有的哥仨、哥四个只讨一个老婆哪，以郭寡妇的心性不会真的在意这些闲言碎语，哪里的寡妇不受气，一个寡妇带大两个儿子，而且日子过得还不错，那些眼红心气的人说多难听的都有。不管谁是谁的孩子反正都是亲哥俩的，没有外卖，比你们娶不上老婆将要断子绝孙强多了。真正让她提着心的是，老二郭敬时根本没有心思要说媳妇，因为他喜欢自己的嫂子，甚至比他哥哥更爱他的嫂子，每当郭敬天数落媳妇，从小就对哥哥充满敬畏和百依百顺的他，总是站在嫂子一边，跟哥争。郭寡妇担心大儿子的脾气,他可是什么事都做得出来的,村里的闲话他不可能没有听到过,对众人的闲话没有办法对兄弟还没有办法吗?就怕哪天他急了眼拿斧子劈了敬时啊!

这一天还没到,郭敬天自己却被刺刀挑了。那是一九四三年夏天,二十九军的大刀队在津浦线边跟日本鬼子打了个大胜仗,然后来到大东洼修整,就驻扎在大村郭家店。郭敬天看到赚钱的机会来了,就到东洼镇集上现买的黄黏米,做了一大锅切糕摆在村口的两棵大树底下卖。大刀队的一个排长吃了切糕却不给钱,郭敬天不依不饶告到了大刀队的队长那里。队长火了,这还了得,大刀队能让日本鬼子闻风丧胆,就仗着纪律严明,哪能容忍这种丑事,立即责问那个排长。排长却死活不认账,队长就跟郭敬天叫板,问他敢不敢对自己的告状负责?队长要在他的切糕摊前用刺刀挑开排长的肚子,如果里面有切糕,排长就活该被挑死,队长替他补上切糕钱;如果排长的肚子里没有切糕,郭敬天就得偿命。

郭敬天不能含糊了,如果他含糊就证明刚才是告黑状赖钱,便当场点头应下这场官司。于是在众人的围观下,队长真的一刺刀捅了下去,然后翻开排长的肚子,果然在里面找到了切糕,郭敬天得到了赔偿。到晚上一个战士又敲开了他家的门,交给他一笔钱,说部队明天一早就开拔,队长说他的切糕做得好吃,让他再做一锅,天亮前送到村口的两棵大树底下。郭敬天连夜将切糕做好,不脱衣服打了个盹,看着天稍微有点开亮,没有惊动家里人,一个人悄悄用小车推着切糕出了门……大刀队确实在当天的后半夜就撤走了,可是天亮后有人发现郭敬天死在了两棵大树底下,同样也是被人用刀开膛破肚,车上的切糕却纹丝未动。他的弟弟郭敬时守在旁边,两眼发直,口吐白沫,像是被吓傻了……傻不傻的倒说不准,被吓哑巴了倒是真的,从那一刻起他就不再说话。

好强的郭寡妇,遭此变故竟一病不起,不到一个月就撒手追大儿子去了。茶呆呆的郭敬时本就从没有当过家、主过事,先埋了哥哥紧跟着又葬母,渐渐地竟完全变成了另外一个人,脸上不知多长时间没有过水了,头发老长,脏兮兮的披散下来遮住了大半个脸,大白天的也如活鬼一般。干活儿的时候也会随便抓根绳子将乱发往后面一系，但日积月累那脑袋上可就有货了，夏天打麦子免不了会有麦粒掉在乱蓬蓬的长发里，偏巧没过几天又淋了一场大雨，不久就在他的头顶上长出了麦苗……但，无论别人怎样看他，怎样说他、逗他、笑他乃至骂他，他全没有反应，不知他是耳朵真的听不到了，还是听到了不理会？说他傻不像真傻，说他疯也不像全疯，该吃饭时知道吃饭，该干活儿时也知道干活儿，只要一没有事了就来到村口，坐在两棵大树底下愣神儿。夏天经常就睡在树底下，除非他嫂子来把他拉回家……惟独对他的寡妇嫂子，还是恭恭敬敬，百依百顺。所以每隔一段时间，孙月清就会让儿子喊来剃头匠，烧下一大锅热水，逼着郭敬时从头到脚都收拾一遍。

而村口被郭敬时当成家的那两棵大树，一棵是杜梨，一棵是榆树。早年间在树的后面是土地庙，前几年挨过炮弹，又赶上兵荒马乱，人心惶惶，谁还顾得上修庙，没过多久那些东倒西歪半拉坷叽的庙墙就彻底塌倒了。可庙前那两棵树却越长越旺，由于中间没了阻隔，两棵树还越长挨得越近，现在已紧紧地摽在了一起。枝干纠结，树叶搭衬，你拉扯我，我扶持你，远看像一棵，近瞧是两株。它们高出村子一大块，撑起了郭家店的半个天，在方圆几十里以外，看不见村子却先看到了树。如此这般招眼的两棵大树，自然就成了郭家店的标志，成了村人安放灵魂的地方。谁家死了人，照样到树下来"报庙"，人们嘴上不说，心里却把这两棵树当成了土地神。

八路军进村、闹土改、成立人民公社，凡是郭家店有大事，村民们都习惯性地集结到两棵大树底下开会。直到开始"大跃进"，全村的人一夜之间似乎都变成了郭敬时，疯不疯，傻不傻，对这两棵树的态度也全变了。村上的头头一叫号，呼啦便聚集起一大群人，扛着大锯，提着斧头，耀武扬威地来到村口，要伐树去炼钢。只有郭敬时还什么都没有察觉，依旧靠在大树上闭目养神，这让伐树的人无法下锯。这怎么得了，郭家店怎能容忍一个装疯卖傻的人阻挡"大跃进"的步伐？

积极分子们拥上来，抱头搂腰的，拉胳膊拽腿的，一二三就把郭敬时扔出老远。已经多年没说过话的郭敬时似乎是嘟囔了几句:农民管种地,炼钢炼铁是工人的事,别人的事有别人管……大家十分惊奇,都转头瞪眼地看着他,分明看到郭敬时的嘴并没有动,耷拉着眼皮歪坐在地上,再说怎么看他也不像是能说出这种话的人。

当时人们都疯魔颠倒,哪还管是谁说的或说了什么,两个拉大锯的人已经急不可待地拉开架势冲上去,对着杜梨树的这边就开锯了……只听得"嗷儿"一声,都不像人声了,"哐啷"一声大锯摔到了地上,一个拉锯人的左腿被锯得血肉模糊。

原来他们的大锯没有锯到树上,却锯了自己的大腿!

这怎么可能,他们俩明明是朝着树身下的锯,旁边还有那么多人清清楚楚地看着……人们再拼命睁大眼睛,却还是看到郭敬时眯缝着眼稳稳当当地在大树根底下坐着。头头气不过,在旁边气壮如牛地叫喊着,却没有一个人再上前摸那把大锯。喊来喊去喊出了不信邪的人,不用大锯改使斧子,红着眼睛上前推开郭敬时,先往手心吐了口唾沫,铆上劲将斧子抡圆了从榆树这边砍下去,又是"嗷儿"的一声,他左手的食指齐根被剁下去了……

这下可把"大跃进"的人们激怒了,他们喊着口号,举着拳头,既然一时砍不倒树,就号召青壮年爬上树去,有菜刀的使菜刀,有斧子的使斧子,先一根根地砍断它的树枝,照样也能炼钢,剩下树干再慢慢收拾。全村的人几乎都来到村口看热闹,重新鼓足了勇气的人纷纷冲到树下,但还没有爬树却被淋了一脸湿糊糊又臭又腥的东西,扬起头这才发现两棵树上爬满了蛇,成千上万条五颜六色、大小不一的蛇,在枝杈间或缠或挂,嘴里流着涎水,哩哩啦啦地喷向地面。其中有一巨蛇,攀附在两棵树的树干中间,张口吐芯,阴气森森……

人们呼啦啦倒退几十步,有人吓得当场跪倒。这时恰好有一群大鸟飞来,不顾地面上的乱乱哄哄,也不怕树上的蛇,自管落到树梢头,啾啾啸啸,鸣叫不已。此时大树底下鸦雀无声,再没有人敢挑头要砍树了。

当人们定住了神儿,从远处再看这两棵树,发现郭敬时又坐回了大树下面,脑袋倚着树身好像又睡着了,那条大蛇的头就趴在他的脑袋上,人们开始怀疑那些毒蛇是郭敬时弄来护树的。从此,这两棵大树的树皮上长出一种黑漆漆、黏糊糊的东西,粘到手上洗不掉,时间一长了还会溃烂、流脓,再也没有人敢碰这两棵树了。不知不觉的,村里也没有人再欺负郭敬时了,相反地还给他升了一辈儿,无论老幼一律喊他"二爷"。

当然,不管人们称呼什么他都一概不搭腔,顶多是用眼睛看着你,算是听到了你的话。不知是谁兴的头,生了病也开始去求他,他既不推辞也不问病情,伸手撸一把杜梨树的叶子交给人家,一般的小病将这把树叶熬汤喝了还真就能好。还有能耐人给这两棵树起了个很顺口的名字——龙凤合株,并很快就在远近传开了,越传越奇,逢年过节竟有人来给这两棵树上供。

## 2. 大　耙

一冬无雪,紧跟着春旱,庄稼种不上,地里干得冒烟。又正值青黄不接,人最难熬,光秃秃一望无际的老北洼里,好像只剩下一个活物:远看像一头牲口,低着头,弓着腰,身后拖着个沉重的大铁耙,在大洼里耙过来、耙过去……四周浮动着一团团白气,燥热而虚幻。

这实际上是个人,一名壮小伙子,郭敬天的儿子郭存先。短发方脸,上身穿白粗布的对襟褂子,下身是黑粗布单裤,脚蹬胶底纳帮的黑布鞋,浑身上下透出一股结实有劲的麻利。他的大耙足有二尺宽,用锃亮的筷子般粗细的钢条弯成,自重有二十多斤,在地面上耙一遍,就如同绝户网在水塘里过了一遍一样,凡被它碰到的任何一根柴火棍儿、庄稼刺儿、草根草叶,都一律被钩起来归置在大耙上。待到大耙上的柴草满了,他才会回到地边,把柴草从耙上卸下来,装到他的荆条筐里。

他的大耙要耙的并不是今年的新柴鲜草,而是去年的干柴干草,可去年村里像抽风一样组织了大锹队,他也是其中一员,将土地深翻三尺,把阴土翻了上来,反把阳土埋到地下,结果不但不长庄稼,就连千百年来生命力最强盛的杂草,也都长得半死不活赖巴啦叽,如今已所剩无几。再加上今年大旱,寸草难生,地里白花花很干净,他像篦头发一样拉着大耙在大洼里篦了大半天,到天傍黑的时候也才收获了多半筐柴草。而且柴少草多,干燥松软,再掺上点料喂牲口最合适。可他无牲口可喂,牲口都集中到队里养着,只能用来烧火。可这种东西不禁烧,顶多够做熟一顿饭的。

郭存先心里倒也并不在乎能搂多少草,他就是想让自己活动活动,卖膀子力气,出身透汗。人只要还能活动,兴许就能找到一条出路。他一个人躲到这大开洼里,就是逼着自己不想出一条道来不行……这才叫乐极生悲,天怒人怨! 去年这个时候大伙还以为真的进了共产主义天堂,从此后可以吃不尽,穿不尽,霍霍不尽。谁成想一转眼的工夫就从天堂又落到了旱地上,眼下最缺的竟然就是能填饱肚子的东西。村上的老人孩子,凡适合讨饭的差不多都出去了,不管怎么说走出去总还有一线生机。而剩下的人,却天天倚墙根、蹲门口、猫炕窝,赖在一个地方就能一天天的不动弹,认为不活动就可以少消耗,肚子里没食能多扛些时候,即便饿着半挂肠子也会好受些。郭存先总觉得这不是长久之计,简直就是混吃等死。何况他的家里没有能出去讨饭的人,他必须得想出自己的招儿来。

忽然他眼睛一闪,在一道干沟的背阴处分明看见有一点绿色,是一株巴掌多高的碱蓬棵子,赖巴拉瘦,却顽强地在活着。他心里好像被碰了一下,便放下大耙走近那棵碱蓬。嘿,就是这么一点绿色,竟然也养活着一个生命,他看见碱蓬棵子上有条小茴香狗,慢吞吞地在碱蓬上移动着……这条绿色的小虫子是幸运的,在一片干枯里奇迹般地碰到这样一棵碱蓬。它也真有本事,本是吃茴香的虫子,没有茴香在带咸味儿的碱蓬上也能活。但它终其一生都不会离开这棵碱蓬,就在这个巴掌高的棵子上从下爬到上,从上又爬到下……他心里一激灵,自己不也像这条茴香狗吗?

他飞起一脚,将那棵碱蓬连同上面的茴香狗踢出老远。这时他意外地发现干沟的阳坡上还有几个干柳条墩,被打草拾柴的人手掰镐刨地弄成了狗头样。柳条墩被弄成了这个样子,就很难扳得动拔得下了,一般路过的人就是看见它眼馋,也奈何不了它,所以才留到今天。他反身从筐里拿出一把斧子,尺半长的手柄,月牙般的刃口,握在手里没有比画,没有瞄准,抡开胳膊就劈,每个柳条墩只劈四下,一个疙瘩溜秋、光滑坚硬的柳条墩,随即就分成了八瓣,而且每一瓣大小都差不多。然后他用手一块块地从土里拽出来,装进筐底,再把搂到的干草塞在上面。

看看天色不早了,他卸掉大耙,挂在扁担的一头,将扁担的另一头伸进装有大半下干柴草的荆条筐,横肩挺腰,扁担轻轻松松、颤颤悠悠地呼扇起来,拨头往村里走。快到村口时路过一块去年的红薯地,看见有个女人在用叉子刨地,显然是想捡到一块半块去年收获时丢下的红薯。她弓腰撅屁股地一下下刨得很快,越刨不到就越不解气,越不解气就越刨,像疯了一样耍着叉子拼命拿土撒气。离近了看清是韩二虎的媳妇,村里人背后喜欢说她二二乎乎,少个心眼,这都晚三春了,准是连个红薯毛也没刨到。郭存先放慢脚步,却仍然担着挑子跟她打招呼:"二虎嫂子,还刨得着吗?"

二虎家里的很不情愿地抬起头,嘴角、头发梢和蓝褂子大襟上都是土,神情栗拧,眼睛栗栗棘棘:"我就不信红薯地还能收拾干净,怎么不得丢下个一个俩的!"

"别白费这瞎力气了,这块地都叫人翻过三百六十遍了,别说是红薯,你看看连红薯叶子都早被捡光了。"

二虎嫂子一屁股坐在地上,使劲摔掉手里的叉子:"大兄弟,不瞒你说我现在倒了血霉啦,结婚这么多年,天天盼着能有个孩子可就是怀不上,偏赶上没饭吃的时候,这个倒霉孩子来投胎了,想出去要饭二虎不让,怕折腾掉了,可呆在家里又没有吃的,不吃东西孩子怎么能长啊!"

郭存先只好放下挑子,到地里拉起她,然后捡起叉子塞到她手里,领她走出红薯地:"回家吧,天无绝人之路,别人能过你就能过。跑到地里这么瞎折腾,刨不着红薯再把肚里的孩子折腾出毛病,那二虎哥就能饶得了你?"

他一伸腰又挑起担子,陪着她一块往村里走。

西天还剩下一抹残红,郭家店若明若暗,昏昏沉沉。按理说这正是羊回家、鸡进窝和猪叫食的时候,家家户户都在做晚饭,已经做熟了饭的人家,男人和孩子们也喜欢端着饭碗到大街上或蹲在门口吃,边吃边跟邻人扯闲篇……傍晚的农村是最热闹、最温馨的时候。而此时的郭家店,竟看不到炊烟,大街上连猪羊鸡狗的影子都看不到,也很少碰到走动的人。整座村子孤孤清清,一片死寂。

郭存先拉大耙时出的一身大汗已经落下去了,被晚风一吹身上还有点凉飕飕的。但心里似乎更冷,前心贴着后心,胃里仿佛也有一只耙子在挠来扯去,不免有些气哼哼的:"这些人真是穷惯了、饿瘪了,即便没有饭可做,也要弄把柴火放到灶坑里燎一燎,让房上的烟筒冒点烟,让家里有点热气,这才像个村子,像个过日子的样子!"

二虎嫂子没有搭腔,低着头径自回家了。郭存先还要拐个弯才能到自己的家。在路过大队牲口棚的时候,意外地碰到两个孩子拿着秫秸秆,踮起脚尖狠命地往墙上捅。郭存先好奇,扬脸看看山墙,上面什么都没有,于是发问:"你们在捅鼓嘛?"

两个孩子突然停下手来,却也不想告诉他是在干什么。他更仔细地往墙上看,发现了一块嵌在墙角上的黑瓦碴,再问:"你们想捅下那块瓦碴?"

其中一个叫大发的小家伙开口了:"斧子哥,那可是我们看见的,你不能抢。"

"那是嘛?"

"红薯干。"

"哦!"郭存先恍然大悟,去年过共产主义的时候,谁越能糟蹋东西谁就越像进入天堂的样子。孩子们从大食堂里拿出蒸熟的红薯,当飞镖一样砍着玩儿,有些像糖罐一样稀软的就往墙上砍,看谁砍得高,能粘得上。当时在墙上粘得牢固的,已经成了石头一样硬的红薯干,今年一挨饿可就成了宝贝,早就被人都抢着铲下来吃了。不想在这牲口棚的山墙上角最不起眼的地方,竟还藏着一个小红薯尾巴,被这两个幸运的小家伙找到了……人一饿了,两眼就光盯摸能进嘴的东西。

郭存先放下挑子,抽出扁担,三下两下就把那块小红薯尾巴捅下来了,大发先抢到手,不顾上面的泥巴,一把就送进嘴里。另一个孩子水昌不干了,叫喊着厮打大发:"这是我先看见的,咱俩得平分!"

红薯干太硬,也太小,大发吐出来一点用手捏着使劲咬,却怎么也分不开,水昌瞅冷子夺过来放进自己的嘴里,大发又不饶了……郭存先给他们打圆盘,先问水昌:"甜不甜?"

"甜。"

"你们俩要跟含一块糖一样,你嘞咯一会儿就吐出来再让他嘞咯,在谁嘴里嘞咯软了就一咬两半,谁也不许独吞,行不行?"

郭存先安抚好两个孩子,挑起担子回家了。他一进家门,母亲孙月清在屋里就听到了动静,立刻迎了出来。她虽然身材瘦小,面色发暗,却人到话到,透出一股利落劲:"哟,都这个季节了,地里不知叫人给拾掇过多少遍了,还能搂了这么多!"语气里明显地带着对大儿子的欣赏,或者说是讨好。

她扭头又盼咐紧跟着也从屋里出来的女儿:"存珠啊,快从小锅里给你哥舀碗热水来,刚烧开的,润润嗓子就行,马上吃饭了。"郭存珠手脚也不慢,转身进屋,很快端出一碗水递到哥的手里,然后把柴草从筐里掏出来,将筐和大耙收拾好……她只比郭存先小两岁多,身板却单薄得多,老实而勤快。看得出对大哥很顺从,或者说还有点惕惧。

他们的小院子太窄巴了,南面一拉溜垒着鸡窝、猪舍、羊圈,看得出他们对日子是有规划、有企盼的,可惜现在里面都已空空荡荡,只有一间放柴火和杂物的小土屋里堆得满满的。北面是一明两暗的三间土坯房,中间做饭,两边住人,存珠和母亲住在东屋,存先、存志和二叔郭敬时住在西屋。因此西屋便是这个家的活动中心,吃饭、招待来串门的以及家里商量事情,都习惯凑在西屋里。

存珠摆上炕桌,郭敬时早就被叫回来了,已经盘腿坐在炕里等着了。他的嫂子给他立了规矩,吃饭前要让侄女用湿毛巾将他的手和脸都擦一遍。灰白的长头发拢到脑后系成一个松散的辫子,他沉脸垂眉,木僵僵的表情下似藏着巨大的秘密,周身罩着一种古怪阴森的气息。

所谓晚饭,不过是孙月清从生产队的食堂里领回来一盆菜饭,回家后又倒进自己的锅里重新加热,加点水变成大半锅黑糊糊,里面有一点高粱面,再掺上碱蓬籽、干菜帮子、胡萝卜缨子。孙月清先用大海碗盛了一碗稠的,端给了郭敬时。然后又从旁边的小锅里舀了一瓢热水兑到剩下的黑糊糊里,下边给灶膛里加火,上边拿勺子搅着,还要再让它见开。这兑了水的稀糊糊显然才是他们娘几个喝的。

在这个过程中,孙月清被热气一呛就不停地咳嗽,憋得脸红脑涨,翻心倒肺,旁边几个孩子看着都难受,郭存先终于忍不住发话了:"成天好吃好喝的,却只知道在大树底下傻坐着,就不能撸点龙凤合株的叶子回来熬一熬,人家都说那能治病,清热解毒最快!"

他责备的不是弟弟存志,而是二叔郭敬时。母亲拿眼扫一下儿子,半天才小声唧咕道:"哪兴这么说你叔。"存珠也在旁边插话:"后晌我是想去摘点树叶,可龙凤合株下有民兵把守,不让人靠近。"

郭存先一梗脖子:"为什么?"存珠哪说得出为什么,他掉头就向外走,母亲一把没拉住,高声问:"你干什么去?"

郭存先的脚已迈出了门:"我去看看。"

"等吃了饭再去。"

"回来再吃。"

此时忽然从远处传来哭号声,在郭家店这样一个死气沉沉的傍晚,显得格外凄厉刺耳。孙月清喟叹:"这是谁家又死人了?"

"八成是南头存孝的妈,她把自己嘴里的粮食都省给孩子吃了,自己饿得吃胶泥,肚子胀得受不了,在地上打滚儿。有人说只要拉泡屎就好,可就是拉不出来,最后就得被活活地胀死。这年头命不值钱,要死的人都排上队了,往后就等着瞧吧,听说还有好几个人也快不行了……"存珠的话受到母亲的呵斥:"不许乱说,念叨人家好事,哪有咒人家死的!"

存珠没有回嘴,也跑出去跟在哥哥后面往村口走,母亲在后面喊:"这就吃饭了,都干嘛去呀?"兄妹俩已经走出老远了,没有应声。

一队"报庙"的人哇哇地哭着从大街上走过来,根据这哭声就可以断定死者多半是位老人。按郭家店的习俗,人死了以后亲属们要大哭着立即去报告土地爷一声,也好把死者的灵魂护送到土地庙安放,实际就是向土地爷报到,所以叫"报庙"。一天的早、中、晚,要"报庙"三次,"报庙"的人越多,哭声越雄壮,说明后辈人丁兴旺而且孝顺,死了的人才会感到欣慰。然而,现在的郭家店并没有土地庙,"报庙"的队伍是来到龙凤合株下面烧纸钱、磕头、上供……实际是给暂时寄居在土地神这儿的死者送饭。

可眼下活着的人还填不饱肚子,只好也就以水代酒、以糠秕代供品,这实在是委屈死者的灵魂了。等"报庙"的人走了,郭存先才走到大树跟前来,果然被护树的四个基干民兵拦住了。为首的是眼珠子晶亮的蓝守坤,身材敦实而强壮,很硬气地张口问道:"你要干嘛?"

郭存先心里有点泛酸,这小子是吃什么壮的浑身冒精气?老百姓说的没错,每人一两饿不着队长,每人一钱饿不瘦治安员……在村里只要大小当个头,手里掌着点权,就能有好处先吃头一口,肚子吃不着亏。尽管他肚子里有气,嘴上却仍旧好声好气:"想弄点杜梨树的叶子,我娘咳嗽得厉害,想给她熬点水喝。"

蓝守坤撇撇嘴,露出少见的一口白牙:"哦,用树叶熬水治咳嗽,还有人看到杜梨刚坐果就要摘去吃了救急,还有人想剥掉榆树皮磨成面当粮食吃,全村几千口子人都在打这两棵树的主意,一天要来多少拨儿?就是把它连根刨了也不够分的。所以大队有令,任何人都不准靠近龙凤合株!"

"我只撸一把树叶!"

"你一把他一把,撒泡尿的工夫树就秃了,没有叶子这树还能活吗?"

郭存先有点恼:"我这是给老人治病!"

蓝守坤的嗓门也提高了一格:"你没看到吗,三天两头地死人都顾不过来。"

"你这不是欺负人吗,就一把树叶!"郭存先真急了,跳着脚要往上蹿,被存珠从后面死命地拉住了。前面的四个民兵一横手里不一定有子弹的步枪,摆开了架势。

蓝守坤上前一步,根本不拿郭存先当回事:"怎么着,你想抢啊,还是想闹事?我知道你们老郭家的人性大,可你不睁眼看看这是什么地方?这是龙凤树下,你不知道这个地方专治你们老郭家?"

后面的四个民兵帮腔起哄:"是吗?这是怎么回事,我们怎没听说?你给讲讲,反正闲着也没事……"

蓝守坤成心要寒碜郭存先,翻完老账还要算新账,郭存先越是

17

哪儿疼,他越往哪儿踢:"我还别不告诉你郭存先,你们家的成分兴许还得改一改,以前你爹在被刺刀挑死之前,你们家的日子可是过得劲儿劲儿的,最次也应该划个小业主,要不就是上中农,这到现在还是悬案,你现在还敢爹刺儿……"

蓝守坤的这一招儿非常狠毒,给了郭存先致命一击,如果村里真将他家的成分改成小业主,那可就很难抬头了。蓝守坤看到郭存先脸上挂相了,就变得不像刚才那么强硬了,口气一转劝郭存先先回家,说明儿个白天,我让值班的民兵把掉在地上的树叶都收集起来,交给你二叔带回去还不行吗?

此时郭存先真恨不得扑上去掐死蓝守坤,或者被他们打死。但他却终究一声没吭,扭头离开了龙凤合株。哥俩回到家谁也没提树叶的事,母亲也没问为什么没有带树叶回来。郭存先只是闷头喝了两碗稀糊糊,直到放下饭碗,突然愣不啦叽地甩出一句话:

"明天一早我就走。"

母亲一愣:"干嘛去?"

郭存先仍旧不撩眼皮:"砍棺材。这年月饿死了这么多人,兴许好找活儿干,好歹能挣俩活钱儿,顶不济还可以省出我那份口粮,就把今年的青黄不接扛过去了。"

存珠不放心地泼过来一瓢冷水:"哥,这个想法可有点悬,你看咱村死的这几个人,哪还有郑重其事打棺材的?都是用炕席一卷,要不拿被单子裹巴裹巴就埋了。"

存志也接过话头:"再说你也只能算半个木匠,以前只跟别人打过下手,一个人出去能顶得起来吗?要不我跟你一块走吧。"

郭存先断然拒绝:"不行,你再走了咱娘交给谁?这个家怎么办?"

存珠刚想说这个家里还有谁需要照顾呀?走一个人省下一个人的口粮给留下的人吃,才是最好的照顾。可她拿眼角睒了睒二叔郭敬时,又把话咽回去了。

郭敬时稳稳地坐在炕头,不看屋里的人,也装听不见他们的话。

现在这个家里是郭存先说了算,连孙月清也只能叹一声气:"存先哪,你老大不小了,我还寻思趁着年景不济,有逃荒要饭的闺女路过咱这儿,挑合适的就给你把亲定了。你若是一走,这可怎么办呢?"

"我的事您甭操心。"郭存先起身下炕,到小南屋找出当年爹留下的木匠兜子,从里边拿出斧子、刨子、锛子、凿子、锯子等木工工具,又将磨刀石搬到院子里,存珠给他端出半盆凉水,他拉个小板凳坐好,借着从屋门口透出的亮光,开始一件件地磨起来……

磨着磨着想起刚才弟弟那两句不太瞧得起他的话,便提着刚磨好的斧子站起来。院角落里堆着几跟长短不一的树桩,他挑出一根两拃多粗的枣树干,对存珠说:"枣木最硬,这棵老枣树至少五十年以上,你给我数着,我用二十斧子把它砍成正方的,一面五斧子,不用刨子,但四面要跟刨过的一样光溜。"

"真的?"存珠乐了,并大声招呼存志,"二哥,大哥要表演飞斧砍四方!"

存志从屋里蹿了出来,见哥哥正用左手扶着枣木,用眼前后左右地调对着,像是在琢磨下斧子的角度和力道。

郭存先突然响亮地往右手心里吐了口唾沫,使劲握住了斧子把儿,没等弟弟妹妹们看清楚斧子已经连三并四地砍下去了,有轻有重,有急有缓,上来先一边三斧子,就将一个正方的轮廓砍出来了,后面的几斧子是修整和削光。等到存珠数到二十下的时候,圆鼓溜秋的枣树干,变成了规规矩矩的正方形木材……

第二天不等天亮,趁村人还没起来,郭存先也不让母亲和弟弟送出门,一个人悄无声息地出发了。肩上背着一个帆布做的大木匠兜子,里面除了斧、凿、锛、刨等,还放了六个棒子面和高粱面两掺和的饼子,一只搪瓷大茶缸子,手里提着一挂大锯——这就等于是幌子,走到哪里人家一看这架势就知道是做木工活儿的。他选择的方向是向南,这里的人逃荒、讨饭才向北,乃至出关闯东北;而做买卖赚钱得向南走,乃至下南洋。

## 3. "代 食 品"

在1958年"大跃进"的高潮中,中国科学院的科学家们承担了"粮食多了怎么办"的研究课题。不想这个课题还没有作完,于1959年底,奉中央指示中科院又将科学家的研究课题改为"粮食严重短缺怎么办?"按轻重缓急科学家先着重抓了粮食代用品的研究,由于科学院各有关研究所,在生物分类和生物化学方面稍有基础,研究工作进展很快,到目前已有几种代食品试验成功。这些代食品既有营养,又无毒性,原料丰富,做法简单,可根据情况大规模推广。如橡子仁,泡泡磨磨就能吃,应抢时间尽快推广下去。还有玉米根、小麦根等,洗净磨碎,也可食用。此外还有中国科学院的科学家研究出来的代食品,如人造肉精、叶蛋白、小球藻、扁藻、蒿秆糁、橡子、鸭跖草……科学家们还成功地从20种野生和家生的叶子中提取了叶蛋白,每百斤鲜叶子可提取2—10斤干蛋白。甚至还可以用秸秆制作代食品。全国估计一年有秸秆6000亿斤,如果以10%做能吃的东西,就可代替120亿斤粮食……

——1960年11月9日中国科学院党组给中共中央的报告《关于大办粮食代用品的建议》

郭存先已经向南走了四天多,或远或近地老是瞄着铁道就不会转向。但串了十几个村子,却还没有找到活儿干,心里上火,嘴唇上烧出两个水泡,更要命的是兜里的干粮已经吃得差不多了。每天还不敢多吃,实在饿得腿软了才敢掰块饼子塞到嘴里。他总是指望能找到活儿干时,主家自会管顿饱饭。转一天下来,傍晚在井台或找户人家讨一大茶缸子凉水,再躲到村外找个松散的柴火垛,运气好还能碰上间场屋,坐下来就着凉水香香甜甜地吞下一个老娘贴的大饼子……老娘和饼子,眼下是郭存先在这个世界上最想望和最亲近的了。老话说得不错:在家千般好,出门万事难。但再难,他也不能回头。天无绝人之路,郭存先还不相信自己陷入了绝路……

仗着年轻,脑子里还打着架,倒并不影响两只眼皮也打架,一睡着了就什么愁事都没啦。第二天睁开眼,又是响晴的毒日头,地里被烤得冒白烟儿,一眼望不到头的光板儿,真有点像古时候说的"赤地千里"。郭存先估算着,自己这些天撑死不过走出二百来里地,离着"千里"还差老鼻子啦,什么时候能走出这大光板儿呢?这让他想起"大跃进"时人人都会说的顺口溜:"为什么大地亮堂堂?因为天上有太阳!"这太损了,亮堂堂的大地什么都不长,人还怎么活?他忽然打定主意,不在这寸草不生的地方瞎转悠了,白耽误工夫。不如甩开两腿朝南蹽,看到绿色才会有活路。这"亮堂堂"的大地上家家都饿得够戗,人人溜墙根,谁还有活儿叫你干?就像临出来时小妹讲的,即便死了人也做不起棺材。

他不想正面迎着太阳走,便拣一条小路向西南斜插下去。没有村子就一直往前走,路过村子就拐进去,人家一看他这身行头就知道是干木匠活儿的,有活儿干的人家自知招呼他,没有活儿干也可歇下脚,讨碗水喝,然后再继续往前赶。他就这样紧赶慢赶地赶到下半晌,忽然发觉地里稀稀拉拉的开始见庄稼,尽管长得赖巴叽叽,总还是绿的,他深深地吸了一大口绿色的气味。越往前走,绿色便越稠密,更难得的是看到一条河沟,里面还有水。他的身上粘满泥土,瞭瞭四周没人,便麻利地脱掉身上的衣服,泡进水里。随后连脑袋带身子地洗了个痛快,再把衣服揉搓揉搓,拧干后重新穿到身上,一阵凉浸浸的湿润,立即清爽了全身,好不舒服。起身再上路,脚步都轻快多了,连吹到脸上的风也不再那么干燥烫人。

走着走着,在他的西边出现了一道山,由低渐高,时缓时陡,或灰秃秃,或黑森森,给天地间增加了一种神秘感。他的眼前不再一览无余,便有些兴奋,或者是紧张。前面的确是有动静,传来一种怪异瘆人的"呃儿呃儿"声。他腿上加了劲,快步转过一个土坡,只觉头皮一乍,在坡下的一块荒地上正进行着一场激烈的生死之战。有两只脏兮兮的野狗,在攻击一头半大的黑驴……

这年头就是邪行,狗居然敢吃驴!驴还真的已经处于劣势,不知它的主人哪儿去了?这两只野狗异常凶恶,一只长着黑白杂毛,另一只灰不溜秋,这年月人都皮干骨瘦,看上去有点肉的全是浮肿,倒是这些疯狗,吃死人太多都疯长得跟小牛犊子似的,嘴边还沾着血迹,这更刺激了它们的残暴,从嘴里发出"嘎咕嘎咕"的切齿声,一个劲地往黑驴的脖子下面扑。奇怪的是那倔驴并不逃跑,而是在原地不停地转磨磨,不停地将两条后腿向外狠踢,以抵御狗的进攻,它顾前顾不了后,鼻子里喷着粗气,嘴里吐着黏沫,却没有工夫扬脖发出那著名的长嘶,只能愤怒地发出低沉的喷喷声……

突然从驴脖子底下传出一声孩子的惨叫,郭存先陡然一惊,急忙冲下土坡。他这才看清驴脖子底下还有个男孩子,紧抱着黑驴的一条前腿,黑驴在围着孩子转,两只狗围着驴转,灰狗瞅冷子进攻驴的前面,叼住了孩子的屁股,正塌下腰向外拉。另一只杂毛狗则绕到前边来扑咬驴的脸,让它顾不了脖子下面的小主人……郭存先明白了,两只狗真正想咬的是这个放驴的孩子。他扔掉手里的大锯,一边跑一边从兜子里拿出斧子,快到跟前了就将斧子抡开,朝着灰狗的后腰狠劈下去!灰狗"嗷儿"一声松开孩子,拖着一条腿躲开了郭存先,但并不逃跑,躲到郭存先斧子够不到的地方又停下来,转过头恶狠狠地瞪着他,并随时准备再扑过来。郭存先心里恨恨的有点遗憾,刚才只是用斧子尖蹭上了一点,若是这一斧子真砍上,当场就要它的命啦。却也解了那孩子和黑驴的围,连杂毛狗也转过头向他扑来。

呀,你个王八蛋,真是作死啊!他并不躲闪,抡着斧子迎着狗就是一通乱砍……结果是他砍不上狗,狗也咬不上他。灰狗在旁边冲着他狂吠,像是给同伴加油助威,它这一叫,反倒让郭存先精神不再紧张。狗一叫就说明它怕了,而他的劲才刚上来。他一边依旧不出声地抡着斧子跟杂毛狗周旋,一边身子却慢慢地向乱叫的瘸狗靠近。他不想大声吆喝着把狗赶跑,而是要把它们打死,至少要打死一只。憋闷了这么多天,活该这两个畜牲倒霉,今天晚上要饱饱地吃顿烤狗肉,说不定连今后两天的干粮也有了。

忽然从远处传来女人撕心扯肺的呼喊声:"福根!根子!老根子……"

听到又来人了,连杂毛狗也不再进攻,却也不甘心就此放弃,对着郭存先张嘴龇牙,一副随时都会再扑上来的凶相:"呃儿呃儿汪汪、呃儿呃儿汪汪!"郭存先眼睛盯着杂毛狗,脚步已经轻轻地贴近了灰狗,他认为灰狗已受伤,自己更容易得手。狗们可以疯,他也快疯了,决不能让这快到嘴的狗肉再跑了!

女人的呼唤声越来越近,男孩在驴脖子底下也开始搭腔,"娘呀娘呀"地回应着,这时候也敢哭,也有工夫哭了……不大会儿的工夫,一个女人从大道上哩溜歪斜地扑奔过来,手里还拿着一根棍子。很快,后边又跟来一个男人,走路一歪一扭的不利索,手里同样也拿着一件家伙。两只狗看见这个阵势,只好掉头开溜,被郭存先的斧子砍伤的灰狗,拐着一条腿跑到郭存先的工具兜子跟前,先用鼻子嗅了嗅,很快又将嘴巴伸进去,叼出了裹着两个饼子的布包,扭头狂奔。杂毛狗跑过去争抢,两个家伙边抢边跑,郭存先这下可真疯了,叫喊着追上去:"浑蛋!王八蛋……"

刚才打狗的时候他不出声,此时狗叼走了他命根子般的干粮,他却气急败坏地大呼小叫起来,并随手甩出了斧子……

眼看着两只狗跑远了,郭存先一肚子丧气,真是窝囊透了,狗没打着,反倒把自己的干粮赔上了,今后吃什么呀?莫非真就得讨饭了?他低着头捡回斧子,拾起大锯,来到工具兜子跟前一屁股就坐下了。

后赶来的男人一条腿瘸,拐到郭存先跟前搭讪:"兄弟,今天多亏你了。刚才狗把什么东西给叼走了?"

郭存先没有抬眼皮:"干粮。"

"不碍事,叫刘嫂给你做新的,做多少都没问题。"

郭存先扬起脸,眼前的男人看上去五十上下,阔嘴方腮,眼神精壮。他既然管男孩的母亲叫刘嫂,可见他们并不是两口子。这时被称做刘嫂的女人领着儿子牵着驴也跟过来,可不是嘛,她顶多也就三十岁出头,小窄巴脸,像个扫帚疙瘩,焦黄蜡瘦,极感动地对郭存先千恩万谢:"大兄弟,你救了我家福根,我要怎么谢你呀?"一边说着一边让孩子给郭存先磕头,快点叫伯伯。

男孩看上去也就七八岁,很有股倔巴劲,却按他娘的教导一边喊着好听的一边凑过来……郭存先慌忙起身拉住孩子:"别,用不着,快看孩子的屁股咬伤了没有?"

刘嫂说裤子撕破了,幸好还没伤着肉。

"你们家这头驴很仁义,要不是它的后蹄子厉害,而且转着圈儿地踢,把孩子护在脖子底下,说不定等不到我赶上孩子就被咬坏了。"

瘸腿老哥从刘嫂手里接过驴缰绳,右手扒拉着驴背:"其实这头驴已经不再是他家的了,入了社就归队上所有了。可它从小是跟着福根一块长起来的,通人性,只要福根在前边招呼一声,它就跟着走。所以他说要放放驴,队里也就没人拦着。"

刘嫂还在后怕:"是呀,有人告诉我在村北看见了疯狗,我就知道坏了,喊上老强大哥赶紧朝这儿跑,多亏大兄弟早到一步,福根才没有出大事。"

郭存先问:"你们这一带疯狗很多吗?"

老强接过话头:"没有,人都吃不饱肚子,大部分狗都被打死吃了,有个别没有被打死的就被打疯了,跑出去成了野狗,见人就咬。还有一个原因,现在死人多,打棺材深埋的少,有的就用草席一卷,随便挖个坑就算,常常会被这些野狗扒出来啃了。狗吃死人太多就吃红眼了,没有它们不敢咬的,比狼还厉害。"

刘嫂一直在打量郭存先:"大兄弟贵姓呀?"

"免贵姓郭,郭存先。"

"走吧,郭兄弟,到家里说话。"

"不啦,你们这儿是什么村?"

"辛庄。"

"离着南边的村有多远?"

"八里地。"

"我是砍棺材的,捎带着做木匠活儿,你们村里要是有活儿干我就留下来,没有活儿呢我还得赶到下一个村去。"

一听是"砍棺材"的两个人一愣。老强是爷们儿,点点头嘟囔着:"好手艺,这年月死人不是论个儿,而是像砍秫秸一样一片片地往下倒,就数做棺材的最忙了。"

刘嫂态度温厚,犹犹豫豫地接过话茬儿:"可做得起棺材的人家也不多呀!要说木匠活儿可就多了,我家里就有一点,大兄弟还是留下来看看能做不能做?"

老强也随声附和:"对,我在庄上一吆喝,没准就够你干两天的。队里的家什坏了不少,按理都该修了。再说你的干粮不是让狗给叼走了吗,今天无论如何都要住下来,让刘嫂给你弄点吃的。"

郭存先一听说有活儿干就来劲了,嘴里答应着弯腰拾起自己的工具兜子,福根蹿过来抢先拿起了那把锃光瓦亮的斧子,神气地扛在肩膀头上,跟他娘牵着驴走在前边。他跟老强就伴走在后边,先找话说:"老强大哥贵姓?"

"姓孙,孙老强。以前出河工叫碌碡砸坏了腿,只能在庄上喂牲口,你要乐意今儿个晚上就住在我的饲养室里吧,有一铺大炕。"

"那就给你添麻烦了。"

"兄弟,现在的人除去挨饿,没有别的麻烦。"

在回庄的道上,郭存先有一搭没一搭地跟孙老强搭讪着,却从中知道了辛庄的一些情况。这个庄子不算大,只有一百多户,以前有三个食堂,但这边的人心眼多,胆子也大,去年一入冬就把食堂全解散了,只留下一个"样板食堂"糊弄上边。有领导下来检查,就让每户出一个人,按标准自己带粮带菜,到食堂里来热热闹闹地做锅饭吃。平常日子全庄人就在自己家里各吃各的。要不然到今天庄里能有一半人活下来就不错了。

郭存先一边听着故事、长着见识,一边眼睛不停地向四外打量,老觉得什么地方有点不对劲……一到庄口才突然明白,是什么玩意儿刺了他的眼。辛庄的洼里还有些庄稼,稀稀拉拉总还是绿的,惟庄里庄外的树木,干巴啦叽全是光杆,没有树叶,也没有树皮。他猜到了是怎么一回事,但还是禁不住好奇心问了一句:"你们庄的树怎么都秃成这样?"

"树皮树叶都叫人扒下来吃了。"

郭存先心头一凛,想起自己的村子动用民兵护住龙凤合株倒是对的。他真不该为此记恨蓝守坤。又随口问道:"被扒成这样,树还能活吗?"

"这时候人的死活都顾不过来,谁还有心思管树哇。"

庄北口有棵两抱也抱不过来的大树,由于没皮没叶,看不出是什么树。奇怪的是大树干上涂了一层黄泥。郭存先纳闷,问:"这是做嘛?"

"冒充树皮,糊弄上边领导的。"

"领导眼瞎呀,连树皮和黄泥都分不清?"

"眼不瞎心可以瞎呀,有人看出来也不愿意说破,说破了又有嘛意思?有人愿意糊弄上边,上边也愿意被糊弄,这不是两头都方便嘛。"老强一拍脑门,显出一脸厚道,"你别说还真有心不瞎的,前些时候来过一个专员,听说还是老八路,有人就当街给他下跪要口饭吃,他在庄里呆了半天愣是一声没吭,没成想一出庄看到了这棵树,拍着黄泥树皮突然号啕大哭,然后就左右开弓地抽自己嘴巴,骂自己有罪,对不起乡亲,抽完骂完拨头就走了。"

他们跟在黑驴屁股后面,边走边说,很快就来到刘嫂的家。郭存先拿眼向四下一瞄,不免惊愕,心里有些犯嘀咕,这个家没有院子,两间北房一间南房,却全没有门,在北屋的上门框上揳个钉子,吊着一挂草帘子就当是门了。对面的那间南屋干脆连草帘子都没挂,屋子昼夜对外开放,没有屋里屋外之分,任何过路的人或别有用心的人,想进一抬腿就进来了,即便是鸡呀猪的畜牲们,也可以自由出入。这还叫家吗?这儿就是这种风俗,还是刘嫂真穷到了这个份儿上?郭存先想,若是自己还有干粮,就决不能在这样的人家吃饭。咽得下去吗?

既然这里没遮没拦,孙老强索性也就不避讳郭存先,从怀里掏出个小布袋塞到刘嫂手里,刘嫂并不推让。郭存先猜测那是一把粮食,心里琢磨着这两个人的关系……老强从福根手里接过驴缰绳拨头要走,顺便嘱咐孩子,吃了饭把你郭伯伯领到牲口棚去。这话让郭存先听着像骂人。刘嫂在后面说:"老强大哥,要不你就陪着郭兄弟吃了饭再走吧。"孙老强连脑袋也没回,只摆了摆手:"别,你还用得着跟我客气吗!"

刘嫂抱柴火准备做饭,让郭存先自己找地方坐。福根显然对这位郭伯伯很有好感,问他会不会做一把木头刀?郭存先笑了,刘嫂还没有给自己派活,这个小毛孩子倒先给他分派了任务。他忽然被自己的笑触动,他有好长时间没有笑了,出来这么多天,天天作难遭罪,今天能笑一笑,暂时忘掉犯愁,也不错。于是心情好了起来,对眼前的男孩也生出了几分喜欢,说只要你有木头,想做什么样的刀都行。趁刘嫂做饭的空儿,福根就领着他到处找木头,先进北屋,里外两间通着,外面的一间砌着锅灶,墙角放着一口水缸,旁边的矮腿桌子上放着一堆过日子的用具。里屋是睡觉的,一铺火炕占了半间屋子,炕下面有条长板凳,靠墙边立着个旧柜子。南屋里也有一铺炕,看来以前这间屋里也住人,现在却只放着一堆干柴火棒子。郭存先对男孩说,用干树枝只能刻个小刀,做大刀不行。于是福根又领他到庄子上去踅摸。郭存先正好也想在庄子里转转,看看这儿的环境,自己是不是真能在这儿开张?

嚯,别看庄子不大,竟还有几栋老砖房。可见真有日子过得不错的人家,这里曾经是个比较富裕的庄子。几乎家家都有门,这说明没有门不是这里的风俗,是刘嫂一家太特殊了,或许就是庄上最穷的一户。郭存先突然低下头问福根,你爸干什么去了?孩子脱口而出:死了。这就难怪了,他没有再多问别的。庄子里的树也比较多,有些槐树、柳树竟没有被扒皮撸叶,原因明摆着,这两种树的皮和叶子不能吃,不到万不得已没人会吃这个。庄上还有这么多树,就说明当初大炼钢铁的时候这里的干部没有真炼,到底还是这边的人聪明。有一条小河紧抱着庄子的西半部,连根本不懂什么是风水的郭存先,都觉得辛庄的风水不错。他在河堤下面捡起一截枣木棒子,在手里掂了掂,对福根说行啦,做把刀不成问题。福根也高兴了,拉着郭存先往回走。

回到刘嫂的家饭已经做好,刘嫂让郭存先和孩子上炕,她将外屋的矮脚桌搬到炕上,先给郭存先盛了一大海碗两和面的籴籴,热气腾腾,屋子里立刻弥漫起居家过日子的熟悉气息。籴籴是用红薯面掺了玉米面攥成的,把花椒焙糊轧成面儿掺到里边,再加上干菜和盐,葱花炝锅,煮熟后用玉米面笼苂。有干的有稀的,热热乎乎,郭存先吃得很舒服。吃完一碗他想撂筷子,却被刘嫂抢过碗去实实着着地又给他盛了一大碗。按他的肚量再吃两碗也没问题,可这一对孤儿寡母的口粮怎么敢多吃!第二碗吃完他便将碗和筷子扣到自己身后,说什么也不撒手了。他注意到,刘嫂的碗里最多就盛了三个籴籴,可吃到最后碗里还有两个……

他就想快点说正事,说完了赶紧回牲口棚。有活儿干明天再来,没活儿干就不再登这个家门了……咳,这个家还没有门。一个寡妇家连门都没有,她的日子是怎么过来的?他开口了:"刘嫂,你说有活儿要叫我干?"

刘嫂苦笑,带着浓重的忧愁。这样一个和善的女人,从打见到她的那一刻起,一说话就想笑,而一笑就是苦笑。"郭兄弟你也都看见了,像我这样的家,要说该干的活儿那可多了……可话又说回来,我的家已经到了这个地步,不管有多少活儿干不干关系都不大了。"

呀?这可让郭存先为难了,他总不能自己找活儿干吧?看样子她并不是真想叫他来干活儿的,不过是想管顿饭答谢他救了自己的孩子。他下炕穿鞋,嘴里说着答谢的客气话,叫福根领自己去牲口棚。福根不干,"你嘛时候给我做刀呀?"

"到牲口棚里去做。"

"不行,就在我们家做。"

刘嫂只顾收拾桌子,并不管孩子。郭存先走也不是,留也不是,想找个话茬儿把做刀的事岔开,好让自己有个台阶离开,便很随意地转头跟刘嫂说话:"听福根说他爸殁了,这是哪一年的事?"

"半年多了。"

"年纪不大,走这么早是什么病啊?"

"吃砒霜毒死的。"

哟!郭存先一下子愣在了地上。他后悔问人家这个,可既然说到这儿就不能不接下去。于是问:"有多大的难事,至于走这一步!"

"他不是自己寻死。"刘嫂挨着炕沿坐下,"福根的爷爷是庄上的保管员,从公社领了一大包砒霜,准备下楼的时候毒田耗子。放在队里人出人进的,怕被人拿走出事,就带回家来藏到了南屋的柜顶上。那时候南屋的炕角有个大柜子,后来打棺材用了。偏赶上庄里有人找,他也忘了嘱咐福根的奶奶了。奶奶不知翻嘛摸到柜顶上,就翻出了那包白粉。这年月不知有多长时间没见着白面了,一下子见到一包白粉,不会再往别处想,就把它当成白面了,还以为是爷爷藏起来准备过年的。人都饿傻了,熬打坏了,哪还管年不年的,奶奶就掺上点高粱面蒸了几个白菜团子。所幸的是我和福根不在家,娘家妈病重,我带着福根去娘家了,要不一家五口就得灭门。庄上派人把我叫回来,可家里哪有打棺材的木料?只得把门都摘了,南屋的柜子也拆了,凑合着做了一个棺材,让爷爷、奶奶占了,福根他爸就用两挂草帘子裹巴裹巴下了葬。"

郭存先抽了口冷气。这是寸劲,还是命里该着?刘嫂在灯影下显得凄苦不堪,笼罩在一种散不开的悲惨气息里。屋子里很安静,却又透着绝望。

年轻的郭存先,还完好地保留着天生的热心热肠,在这样一个几乎陷于绝境的寡妇面前,男人的自尊使他无论如何都不会甩甩手就走出这间屋子。但光说空话解决不了刘嫂的难题,他开始替她想办法:"好在你有儿子,以后的道还很宽,守着儿子也行,有合适的人带着儿子再走一步也行。咱先说眼下,既然叫我赶上了,就得想办法给你做两扇门。没有门的房子这不叫屋,更何况只有你们娘俩,夜里闯进坏人来怎么办?"

"但凡知道我们家情况的人,再坏也不会还来欺负我们娘俩。再说我已经落到这步田地,还怕谁呢?倒是狗呀猫的,冷不防蹿进来吓一跳。自打出事后我就没有睡过踏实觉,一到晚上就像睡在大街上一样……我也不是没想过做门,可我没有木头哇。"

"你们家出了这么大的事,庄上就不帮忙吗?"

"现在死人不是嘛大事,庄上管不过来。再说是我们私自吃了庄上的砒霜,庄上不怪罪、不罚款就不错了。"

嘿,还有这么说话的?郭存先直拨拉脑袋,女人摊上事就是不行啊。他咂着牙花子,眼睛在屋子里上下踅摸,慢慢地有了主意。活人不能让尿憋死,无论遇到什么难题办法总是有的,关键是女人到紧要时候没主意。他说刘嫂你放心,我不给你做好门不离开。办法有两个,刚才我跟福根在庄上转悠,看见有些树已经死了,明天你带着福根去找庄里的头头,就说做门。庄上没有门的人家不多,没有人会跟你争。不管是借也好,救济也好,一掐粗的树要两根,一抱粗的一根就够。你若不愿舍这个脸,等会儿我跟孙老强说,让他替你去想办法。实在不行,我还有个招儿,把你屋里的炕沿拆了,这不还有个柜子和炕桌吗,都拆了改成门。门比这些东西重要,将来日子一缓过劲了,我再来给你做新柜子。你说行不行?

郭存先的话里眼睛里都透出男人的慷慨,这娘俩听傻了,定定地望着他,眼睛潮乎乎地发黏。



郭家店有救了。宽河里不知从哪儿涌来一股水,浮淹浮淹的有了大半槽,于是上头发下话来,给周围干旱最严重的村子调水浇地。分给郭家店的指标是,每个生产队可以浇四十亩,三天以后种红薯。这玩意儿产量高,每亩若能收个千八百斤,就能救命了。

村里的头头极为兴奋,可着嗓子用大喇叭喊了一遍又一遍。村民们却没有多大劲头,瞎咧咧呗,拿什么种红薯?真有红薯还等到今冬明春干什么,现在拿出来才真是救命哪。大喇叭十万火急地吆喝各生产队长立马到村里开紧急会议,掀起一场种红薯的大会战。确实是够紧急的,大喇叭还开着,村干部们陆陆续续地就吵吵上了。

"不就是浇地种几十亩红薯吗？庄稼人谁拿这个当回事,还用得着搞大会战！"

"不一定。"大队长韩敬亭说,"眼下人们都饿疯了,能吃的不能吃的都往肚子里划拉,不少人拉稀,提不起裤子；也有的干结,肚子梆硬却拉不出屎来；更多的人是浮肿,浑身没劲。不见真格的,光嘴上说种红薯,恐怕动弹不起来。"

大喇叭里突然清晰地传出村支书陈宝槐的狠话："都给我摸摸脑袋硬不硬？只要脑袋还是硬的,就得干！凡男的从十六岁到三十岁的都编成民兵,三十岁以上的先分四班浇地……"

书记一发狠没人还敢懈怠了,连疯魔颠倒的郭敬时,也不能再坐在龙凤合株底下打盹,被编进下半夜的班。夜里十二点整,他扛着铁锹下地了,要看着那牛尿尿似的水流别跑出垄沟。怪事也就在这下半夜发生了。

到天亮接班的人去了,却不见郭敬时的踪影,以为这个疯子一定是提前回家睡觉去了。等到太阳老高,郭敬时的嫂子孙月清还不见他回来,就到地里去找,地里没有又跑到村口的龙凤合株下面去看,两头都不见人她就有点慌了,平常郭敬时并不是喜欢到处乱跑的人。她还肿着两条腿,回家叫上闺女存珠,又让存珠去告诉正在进行民兵训练的存志,三个人分头寻找。郭家店的各门各户,墙角旮旯,场场院院……他们见人就问,凡是能想到的地方都去看了,既没找到郭敬时,也没打听到一点有关他的消息,孙月清真是急坏了。她的这个老小叔子不同别人,逢人不说话,像疯像傻,出了事可怎么办？不能怪孙月清多想,昨天从宽河一调水,有机灵人就认为有水就有鱼,跳到壕沟里去摸,如果真能摸上条鱼,那不就撞上大运了！谁成想一跳下去还没等碰到鱼,倒抓上了一个死尸……

就在孙月清急得没抓没挠,眼看快到晌午头了,一辆县公安局的警车,由治保员蓝守坤领着,显鼻子显眼吓人呼啦地来到她家门口。警察上来就问："郭敬时是你什么人？"

孙月清被吓蒙了,心里扑通扑通乱跳,脑子里就光想着坏事了,怕嘛真就来嘛。存珠赶紧迎到前边来替娘回答："是我二叔。"

31

"五十多岁,头发跟胡子一般长?"

"对,就是他。怎么啦?"

"我正要问你们哪,他跑到北京去做嘛?"

"去北京?"娘俩都打个愣,"不会的,那不是他,他是今儿个凌晨十二点接班,在西洼里浇地哪。"

警察终于忍不住笑了:"浇到北京去了。上午我们刚上班,就接到北京市公安局的电话,有个奇怪的老农民,扛着把大铁锨,一清早就愣儿吧唧地在北京大街上溜达,引得一群一伙的人跟在后边看热闹。警察把他带到派出所一问,才知道是你们郭家店的人,叫郭敬时……"

存珠惊喜:"我二叔说话了?"

"他不说话人家怎么给我们打电话。怎么,他是哑巴?"

孙月清急忙解释:"不,他年轻的时候说话,到老了就不爱说话了。"

警察又是摇脑袋又是龇牙花子:"这事真是够邪行的,琢磨不透……你们家出个人,跟我去领人。"

存珠要去,当娘的不让,孙月清跟蓝守坤商量希望让存志去。这时候大喇叭又一惊一乍地响了,震得人耳朵嗡嗡山响,是吆喝蓝守坤赶紧到大队部。他对孙月清说,郭敬时的事你们就别管了,由我想办法。说着就跳上警车,一溜烟地跑了。

原来种红薯的大会战这就算开始了。村里要派人到公社拉红薯苗,套了两辆牛车,跟车的是七个农民,外加四个民兵。村民们看着新鲜,这原本是两个人就能干的活儿,轻轻松松派四个人也足够了,去那么多人打狼啊?有脑瓜好使的却看出了名堂,郭家店共有七个生产队,一个队出一个人,大家都心明眼亮,谁也别想多拿,谁也不必担心会吃亏。为了防备这七个农民合伙在路上偷吃红薯苗,由村里再派出四个民兵,一路上监督这七个农民,可谓双保险。肚子吃不饱的好处就是头脑清醒,想事拐弯多,把简单的事弄复杂。

然而,说下大天来也让人难以相信,就是这么小心地疑神疑鬼地防备着,红薯苗拉回来还是发现不对头。如果少了一整捆,有可能是在半道上甩颠掉了,或者在公社发苗的时候少给了一捆,偏偏是有好几捆只剩下大半捆了。这就只有一种可能,是被人偷吃了。可十一个人,大眼瞪小眼地你盯着我,我瞄着你,都说自己没吃,也没看见别人吃……那是鬼吃了？谁会相信这套鬼话！村支书陈宝槐气得一拳头差点砸塌了桌子。不光村里的头头火了,村民们也不饶了,都认准了就是这十一个人偷吃了红薯苗,然后又订立攻守同盟,来个死不认账。这一车红薯苗是什么？是全村人的命根子。会战刚开始就出这种事,不刹住这股歪风,等不到红薯苗种到地里,就会被大家抢着吃光了。

蓝守坤奉命带一队基干民兵,将这十一个人押到龙凤合株旁边的大场上,罚跪示众。七个农民面向北跪下,另外四个民兵则向南跪倒,这叫"背对背"。每个人之间又相隔四步,使他们无法相互通气。村里人像看耍猴儿的一样围住了他们,说什么的都有。有可怜他们的,这红薯秧子过去连猪都不吃,若不是饿得蓝了眼,怎么会偷吃这玩意儿,还惹得丢这么大的人！也有吐唾沫骂街的,眼睁就这么一点红薯秧子,你多吃一口别人就得少吃一口,这种时候你饿谁不饿？罚跪示众这一招又阴又损,让这十一个人接受全村人公开的羞辱和审判,以便起到敲山震虎的作用,让那些心里还打着红薯苗主意的人不敢再下手。至于他们承认不承认分吃了红薯苗,以及偷吃了多少,已经不是很重要了。

罚跪的民兵里头就有郭存志,本来从不爱看热闹的孙月清,听到这个信儿就跟头骨碌地跑来了,她担心这个儿子自小性格弱,禁不住这么被寒碜。闺女存珠在后边也一溜小跑,还边跑边骂："这帮死孩子……"不知她嘴里的"这帮"是指偷吃红薯苗的人,还是指整治这十一个偷吃者的人？娘俩来到大场上,扒开人群看见了脑袋快扎进裤裆的存志,孙月清下意识地想扑过去,或是陪儿子一块跪下,被在大场上站岗的基干民兵欧广明挡住了："大婶,你这是做嘛？"

孙月清不理睬眼前的大脑袋看守,只管冲着自己的儿子喊叫："儿呀,你不是去接你二叔了吗,为嘛要蹚这股浑水呀？"

存志耷拉着脑袋不吭声。

孙月清急赤白脸："说呀,为嘛不去接你二叔,却跟着去拉红薯秧?"

存志赌气说："是我自个儿要求去的,就是罚跪也比挨饿强啊。"

"丢死人了你!"

旁边看热闹的人插嘴劝她："行啦,别民兵还没审你自己先审上啦。这年头哪还有丢人的事,要说丢人数天天挨饿最丢人啦!"

倒也是,孙月清的态度变成了担忧："那你二叔可怎么办呢?"

见有人为自己帮腔,郭存志的口齿利索多了："二叔接不接都能回来。别人也都这样说,他既然能去就一定能回得来。"

"你说你,老大不小的了,怎么就不叫人省心?"孙月清心里难受,三个孩子大概在村里听的风言风语太多了,都有点不大待见他们的二叔。远处的场屋外面有人高声吆喝："先带郭存志!"随即有两个民兵冲过来,一边一个掐巴住郭存志,推推搡搡地向场屋走去。

蓝守坤负责主审,抹搭着脸子,骄横而阴沉地坐在场屋中间的板凳上。好像无论什么人能有机会扮演这种角色,都用不着学,均能心领神会、无师自通。在蓝守坤身边站着几个亢奋的基干民兵,他们在这十一个人里先选中郭存志,就想上来能打开一个突破口。蓝守坤刚才跟他一对眼神,就知道郭存志跟他哥不一样,好拾掇。等郭存志一被推进屋来,他使个眼色,民兵们便一拥而上,搂头盖脸地一顿臭揍……郭存志被打得蒙头转向,浑身筛糠。

待屋里重新又静了下来,蓝守坤才不紧不慢地开始问话："红薯苗是不是你们偷吃的?"

"是。"

"你吃没吃?"

"吃了。"

"吃了多少?"

"多半饱。"

"哎呀,还挺客气,为嘛不吃饱了?"

"听说吃多了拉不出屎来。"

民兵们差点没笑了,蓝守坤一拍板凳,有意提高嗓门："知道拉不出屎还吃？"

"馋得受不了。"

"顾嘴不顾腔的货！谁领的头？"

"谁也没领头，啊……谁都领头了……装好车以后不等大伙商量一下就饿得忍不住了，我偷着抽了一把塞进嘴里，心里害怕，拿眼往四外一踅摸，看别人的嘴也在动弹。以后大伙胆儿就大了，你抽一把他抽一把，我只顾自己吃了，真的不知道是谁起的头……"

这可倒好，蓝守坤问什么，郭存志就说什么，没费什么事就全抖搂了。既然他全坦白了，也就不再挨打，鼻青脸肿地又被押回大场上继续跪着。

孙月清看着心疼得不行，只一眨眼的工夫儿子竟被打成了烂桃儿，不就是偷吃了一把红薯秧子吗，值得下这么重的手！站岗的基干民兵欧广明向存珠使眼色努嘴，存珠理解了他的意思，好像是叫她快点把自己的娘拉走，在这儿守着不仅解决不了问题，反而更糟心。孙月清也知道，与其在这儿陪着挨罚，还不如到村里去央求支书，说不定还管点用。杀人不过头点地，罚跪了，挨打了，还要怎么样？存志还是个孩子，禁不住当人对众地这么糟践。想到这儿她让存珠扶着挤出人圈子，快步向村里走去。

场屋里的审讯还在继续，拿下了郭存志，知道了他们偷吃红薯苗的过程，蓝守坤心里就有底了，依次将剩下的十个人挨个往场屋里提溜，谁交代得痛快，挨的打就少一点，谁死扛着就挨死打。到天傍黑的时候就剩下一个刘玉朴了。

蓝守坤嘿嘿一笑，哎哟，主角出场了，就剩下你这一出压轴的大戏了！

称刘玉朴为主角，并非指他是这次分吃红薯苗的主谋，而是指他这个人特殊，他是郭家店惟一的地主刘春亭的长子。在父亲被镇压，母亲也相继病死后，由他带着弟弟、妹妹，在歧视和重压下扭结曲折地长到了这么大。他识文断字，见人不笑不张嘴，张嘴也是轻声细语，有几分女里女气，村里也确实有嘴损的人背地里叫他"二尾子"。在没有运动的时候他曾被招进学校教过书，运动一来又被赶出学校。

而这番经历反成为他的罪过。不管是什么运动来了,他总是村里一成不变的反面典型……这样一个主儿还会有谁家的姑娘敢嫁呢?所以放下三十往四十上奔的人了,至今还打着光棍儿。可就是这样一个斯文而软弱的平时谁都可以欺负的人,今天却无论怎样挨揍,就是不承认自己偷吃了红薯苗。

蓝守坤既意外又恼恨,刘玉朴死猪不怕开水烫的平静,无疑是对他的挑战和蔑视,不审出个结果来今天怎么收场?他的小脸被怒气和厌恶扭歪了,几乎是咬着后牙槽在叱责:"他们几个都承认了,明明就是你们十一个人分吃的,你怎么说自己没吃?"

刘玉朴声音很轻,但口气很确定:"他们吃是他们的事,我没吃。"

"就你这个小地主最有觉悟、最先进?"

"不错,就因为我出身不好,所以不敢吃,并不是我不想吃。"

"可人家都说你也吃了!"

"那个时候他们都疯了似的抢着往自己嘴里塞红薯秧子,谁也顾不得谁了,怎么会看见我吃没吃?"

"你说的比唱的还好听,怎么证明?"

"很简单,你们摸摸他们的肚子,再摸摸我的肚子就明白了。吃了红薯秧子肠胃干结,肚子里会像石头一样硬。我现在已经是前心贴后心了,这还不能证明吗?"

"是吗?让我摸摸!"他的肚子上随即又招来一顿暴拳。

他闭上了眼睛,并不显得有多么的痛苦,或许是这样的暴打反而转移了他另外的一种痛苦……由于饥饿,原本火烧火燎般灼痛的胃,现在却没有什么感觉了。倒是嘴里有了火辣辣的腥味儿。他的嘴里好久没有味道了,现在能有点味道,不管是什么味道都不错。

蓝守坤继续审问:"我们怎么能隔着皮看穰知道你肚子里是干净的?你肚子瘪是因为你消化能力强。"

刘玉朴沉了一会儿才喘上一口大气,慢慢地说:"还有一个办法,我请求你们用刀劙开我的肚子,如果里边有一根红薯苗,算我活该。如果里面没有红薯苗,我也不怪你们,只请求你们向全村人说清楚,刘玉朴没有偷吃红薯苗。"

"呔,耍肉头阵,想用死吓唬我们?"蓝守坤突然想结束审讯了,他从板凳上站了起来,"我不会上你的当,真用刀挑了你倒痛快了。来,把他吊到树上去!"

民兵们连提带拉地把刘玉朴扔到龙凤合株底下,然后甩一根大绳挂在粗树杈上,拿一头反绑住他的两只手腕,用力拉另一头,他就被悬空吊了起来。

"大哥!"人群里传出一声尖叫,是刘玉朴的妹妹刘玉梅。她冲过来抱住了他的双腿,想给他反吊着的双臂卸点力。她的二哥刘玉成也战战兢兢地凑上来,从下面托住大哥的脚。

在旁边站岗的欧广明没有阻拦,反而冲着蓝守坤瞪起一对直愣愣的眼睛,紧走几步把他拉到一边,小声逼问:"你怎么把人打成这样?弄不好要出人命的!"

"哦,我想起来了,心疼你老师了是吧?这就怪不着我了,是他自己请求这么干的。"

"哎,我可告诉你,支书只叫你问问,可没叫你打死人!"

"滚开,这里哪有你插嘴的份,你若是再跟地主崽子一个鼻眼出气,就把你也吊起来!"

"敢,借给你个胆子!"欧广明大脑袋一梗,嗓门骤然翻高八度。"咱爷们儿也没偷吃红薯秧子,论出身也不比你差,你算老几?"

他说完一跺脚,拨头走了。

"二百五!"蓝守坤在后面叨咕了一句,"走了更好,别以为没你这个臭鸡蛋就做不了槽子糕。"

他是灵机一动想抓刘玉朴这个典型的。那十个人都是熊蛋包,三招两式就全吐露了,若是这么容易就放过他们,又怎么能收到杀鸡吓唬猴儿的效果?

天模模糊糊地黑了下来,大场上人影幢幢充满凶险,村民们观看大树上吊人的兴趣却依然不减,说不定这也能分散肚子里的饥饿感。

一个民兵跑来向蓝守坤传达了村支书的指示:既然他们都承认了分吃红薯苗的事,可以先回家,以后还要怎么处罚,等村里研究过再说。蓝守坤在黑影里大声宣布:"其他人都可以走了,刘玉朴不能放下来,因为他还没有承认偷吃了红薯苗!"

呼啦啦大场上人群散了不少,被罚跪者的家人赶紧扶着自己家的倒霉蛋走了。蓝守坤甚至也带着民兵都走了,可刘家兄妹却不敢把刘玉朴放下来。玉梅只是哭,玉成还在劝解他大哥:"哥,你就承认了吧,何必遭这份罪!"

刘玉朴被弟弟妹妹托举了这半天,似乎缓过点劲来了:"玉成,我真的是没吃啊,连一片红薯叶也没往嘴里放。"

没有民兵站岗,有胆大的乡亲也在黑影里帮腔:"好汉不吃眼前亏,服个软又算嘛呀。"

"我可不是好汉,眼前亏倒是吃的无计其数了。我们哥仨是吃着亏才活到今天……我真是吃够了,再也吃不下,熬不住了。今天好不容易有这么个机会,想做回人,好体面地走啊。"刘玉朴喘口长气,积攒了一点力气后接着说,"做大哥的要对不住你们俩了……玉成啊,你要照顾好玉梅,一定要给她找个好主儿,要找个让她自己认可的小伙子,绝对不许让她为你换婚!将来情况有好转,你不愁没有老婆。如果情况老是这样,你即便娶了老婆,再生下孩子也是地主崽子,跟咱们同样遭罪,那不是作孽吗?你又何苦?"

"大哥,你说这些个做嘛?"玉梅哭喊着拼命摇晃刘玉朴的双腿,"二哥你抱好了,我去找陈书记求求情……"

刘玉朴猛地蹬开他们俩,用从来没过的声调呵斥道:"不许去!你们若是我的弟弟妹妹,就谁也不许去求,立刻回家!"

有脚步声从村子里跑过来,噔噔噔来到跟前,七手八脚地就给刘玉朴松了绑,扶他下来。是欧广明。他喘着粗气说:"快回家吧,没事了。这是陈书记说的。"

随后他又对四周的黑影喊了一嗓子:"都散了吧,没事了!"


别看饥荒中的农民天天是一挂肠子闲着半挂,人可不能让你闲着。第二天大清早村里的大喇叭就又响了,哇哇地吵得人脑浆子疼,如催命般喊了一遍又一遍:前天浇过水的地已经下得去脚了,各生产队务必出动所有劳动力抢种红薯,前边培垄,后边栽苗……

到下半夜才迷糊着了的刘玉梅,一睁眼就翻身下炕,心慌意乱地先跑到俩哥哥的屋里来看看。大哥果然不在炕上,二哥刚起身,她一下子声调就变了:"咱哥呢?"

"出去了呗。"

"我这心里怎么老是跳啊?"

"心不跳还能活吗?没事,昨儿个夜里等大哥睡着了我才睡的。"刘玉成也下了地,"咱哥的习惯你还不知道吗,就愿意三更半夜地趁洼里没人的时候出去转悠。快去弄口吃的吧,这不在催着下地了。"

玉梅心里还不踏实,却也觉得二哥说的有理。大哥睡觉少,也不愿意多见人,没冬没夏的都是起五更去遛洼,身后背个柳条筐,凡是认为可以进嘴的东西都捡到筐里,背回来晒干,码成垛,吃的时候先用碌碡轧,然后再上磨,磨出面子过箩。就是这样折腾出来的面子看着也像灶火膛里的灰,掺上水怎么也捏不成团,只能用手攥巴攥巴,做成"拔拉子"或"拔拉盖"。刘玉成说的"吃的",就是这玩意儿。即使人饿得要死,把这个东西放进嘴里也咽不下去。咽下去估计也吸收不了多少,尿尿都是白的。做这种"吃的"东西再省事不过了,她就想烧开了锅,糯一点打成糊糊。反正怎么做都不好吃,就不如让它进嗓子眼容易点……水还没有烧开,大喇叭又响了,呜呜儿地扎耳朵:

"刘玉成、刘玉梅,听到广播赶快到西洼的坟圈子去,你大哥出事了!"

刘玉梅脑袋"嗡"地一下,像挨了一棍子,起身就往外蹿。刘玉成喊了一声没喊住,自己从缸里舀了一瓢凉水泼进灶膛,随后追了出去。

郭家店的西洼地势高,老人说风水好,死了人都愿意往西洼埋。不知过了多少年下来,便形成一个老坟圈子。在坟圈子中央有一棵歪脖子老松树,形态峥嵘,老皮如铁,上面疙瘩溜秋,枝干如蟒似蛇,十分瘆人。这棵老松树几乎就是郭家店的阎王爷,以前曾在这上面吊死过不少人,今天刘玉朴也寻了这个道。最早发现的人已经把他放了下来。今天就在西洼种红薯,坟圈子里的人越聚越多。

等到玉成、玉梅哥俩赶到老坟圈子,刘玉朴的身子已经冰凉梆硬了。作为地主女儿拘拘束束了将近二十年的刘玉梅,突然间整个人像炸开了一样,撒了大泼地趴在刘玉朴身上号啕大哭,一边哭一边数落着大哥的种种好处……她完全豁出去了,不管不顾地把不知在心里积存了多少年的话都哭诉出来。玉梅四岁没了父亲,五岁多丧母,刘玉朴名义上是大哥,实际上是既当爹又当娘,疼她护她,不管她在外边受了什么欺负,回到家里就把她托在自己手心里,惯她宠她,让她在自己身上撒气。还给她和玉成做衣服、做饭,教他们读书认字,教玉梅拿针走线做家务……在冷冰冰的日子里,大哥就是她的温暖、她的依靠!

刘玉成却在旁边揪着自己的脑袋往老松树上撞,谁也拉不住,脑袋撞得血糊流烂。他一边撞一边骂自己:"都怪我,都怪我,哥你是装睡呀,我怎么就睡着了呀!我是猪哇!我要是看着你,哪会出这种事。我真不是东西呀……"

连围着看的人都被这哥俩哭得心里发酸。有人伏下身子一边解劝一边想把他们拉起来,也有人在旁边愤愤不平:

"这得跟蓝守坤算账,人是活活叫他给逼死的。"

"没想到一个斯斯文文的人,还能这般刚烈,拿命给自己讨个清白。"

"刘玉朴到底还是仁义呀!他用的就是昨天晚上吊他的那根大绳,却不图近便在龙凤合株上吊死自己,还要走这么远到坟圈子里来,这是怕黷了全村的风水宝树。"

"你说那帮王八蛋民兵,昨晚为嘛就不把绳子拿走呢?如果没有一根现成的绳子,刘玉朴兴许就不会走这一步。"

"咳,人要是铁心想死,有根裤腰带也行。也好,他活着没少遭罪,这回是一了百了,彻底肃静了……"

就在人们你一嘴他一嘴地说得正伤感时,队长韩敬亭跑来了,一见这阵势就火了:"你们还是人吗?人躺在这儿还瞎饿饿个没完!还不快把地上的这哥俩扶起来,把刘玉朴给抬回家去。"

到底是能主事的人,他看着眼前的人立即就点了几个人的名字,

"你们这两天就不要种红薯了,帮着玉成、玉梅把他哥的后事给料理了。"

其他人也都慢慢走出老坟圈子,无精打采地拥向各自的红薯地。在一种刚死了人的不祥而沉郁的氛围中,这次大会战的核心战斗打响了。这真是一次名副其实的战斗,战斗的对象不是红薯苗,而是手拿红薯苗要往地里种的人,防备他们不是把红薯苗插进一条条的垄台上,而是塞进自己的嘴里。因此各生产队派出监督种红薯的人,比弯腰插苗的人还多。而且站在后边看的大都是更值得信任的年轻人,低头干活儿的却多是一些上了岁数的人。这一招可以说是更加阴损,让饥饿感强烈却手里没有红薯苗的年轻民兵,监督手里攥着红薯苗的干活儿人,由于眼气或妒忌,监督时就会更加认真和严格,不至于再发生拉红薯苗事件,押运的民兵和干活儿的人一起偷吃。村里和各生产队的干部们也都到地里来了,其中当然缺不了蓝守坤。这种时候治保员是当然的主角,也最让人神经紧张。他们在一块块红薯地的地边上来回溜达,大声吆喝着偷懒的和干活儿马虎的人,不断发布新的指示,或发出警告:谁也别想再偷吃了,偷吃的后果你们昨天不都看到了吗?

这场面有点滑稽,又有些恐怖。本来像闹着玩儿,可农民们已经没有了闹着玩儿的心情。集中了这么多人的红薯地里,却没有了往常集体干活儿时所不可或缺的说说笑笑声,有点像警察荷枪实弹地看押着犯人们在劳动……尽管如此,还是有人瞅冷子就把红薯苗填进嘴里,为了不被人发现干脆闭住嘴不嚼,等待再有机会了,便直脖子瞪眼地一努劲,将红薯苗囫囵个儿吞下去。还有人一看见霉烂的秧苗,指给后边监督的民兵看看:这可是烂了的,种下去也活不了。随后便飞快地填进自己的嘴里,而不是扔掉。有些心眼多的民兵,即使看见干活儿的人偷吃,也就用脚踢踢对方的屁股,或拿膝盖顶顶偷吃者的后腰,不再声张把事情闹大,免得又闹出人命,不值得,也太缺德了。

大会战就是这样在没有昂扬的会战气氛中,沉闷而鬼鬼祟祟地进行着。

这样干活儿可想而知效率高不了,大会战变成大家一块磨洋工。每个生产队按规定要种四十亩红薯,看上去大半个洼里都是人,耗一天下来还没种了十亩。但当官的也想不出更好的办法,就只有这样继续磨蹭下去,反正早晚总有种完的时候。可刚刚培育出来的红薯苗很娇嫩,多拖一天烂的就更多,烂的多农民们吃的就多,吃的多种到地里的就少⋯⋯这真应了那句老话:越穷越吃亏!

到第三天的晚傍晌,死气沉沉的西洼会战现场,忽然涌起了一阵骚动,"疯子二爷"郭敬时,扛着大铁锹没事人似的晃荡回来了。立刻有人跑过来瞧新鲜,七嘴八舌地抢着问这问那:二爷,怎么回来的?走回来的,还能怎么回来?呀,逛了趟首都回来有话了,你是怎么去的北京?郭敬时一拨楞脑袋,不知道。嘿,还保密哪,八成是飞过去的吧⋯⋯

郭敬时不过五十多岁,却头发蓬乱,长须飘飘,还真像个爷爷辈儿的人。可只要仔细看,在村里除去干部,大概就数他的气色好了。能从北京走回来,好几百里地哪,说明他身上有劲,没有浮肿的地方。但身上的对襟褂子已经脏兮兮的,看不出原本是白还是灰的了,旁边两只大口袋里鼓鼓囊囊。别看他这么邋里邋遢,眼睛里却有一种异样的精气神,在人群里趸摸来趸摸去,碰上谁的眼神就让谁心里有点毛咕⋯⋯他找到了自己的侄子郭存志,推开围着他的人,撩开大步叉子噔噔噔地蹚过去。

郭存志已经没有资格再当民兵监督别人了,更没有资格接触红薯苗,队里罚他从存着水的壕沟里担水,浇灌已经种好红薯苗的地垄。而此时,他却捂着肚子蹲在地头上,满脸都是大汗珠子⋯⋯郭敬时走近了看看他没吱声,丢下肩头的铁锹,弯腰一把将侄子拉了起来,再伸出另一只手摸他的肚子,随即一拧身子要将郭存志背起来。郭存志挣扎着不让他背,他只好又放下他,用一只手臂半扶半拉地架着他,另一只手还没忘了捡起大铁锹,在地上拖着,慢慢地向村里挪动。四周干活儿的人,很有兴致地看着这爷俩打哑仗,谁也不知道疯子二爷这是又犯了哪股疯劲儿?连生产队的干部也没有干涉。他们想,可能是郭存志挨打受的伤没有养好,再加上这几天担水的活儿也累了一点,小伙子有些扛不住了……

疯子二爷好歹将侄子拎巴到家。本来心里还惦记着他的嫂子孙月清,正在院子里干活,猛一抬脸着实吓了一跳,以为存志又出什么事了!可这爷俩是怎么凑到一块的?更没想到的是眼前这个疯子还真能自己找回来……听到外面的动静,存珠也从屋里跑出来,她对二叔充满好奇,左看看右瞧瞧,随即甩出了一大堆问题:二叔你真的是去北京了?是怎么去的呀?从北京又跑到哪儿去了,这么多天吃东西了没有?看样子你还活得不错呀……

疯子二爷一句也不回答,扔掉手里的铁锹,双手把存志半扶半抱地弄到西屋的炕上,让他顺着炕边横着仰面躺好,然后解开他的衣服,露出一个胀鼓鼓的大肚子,像快要破裂开来。孙月清伸出手一摸,冰凉梆硬,像石头一样。她一下子傻眼了,这才明白过来,最近几天儿子几乎没怎么吃东西,进门就往炕上一躺……她原以为是由于罚跪挨打,让存志心里别扭,一时缓不过劲来,打不起精神,可没想到是病了,还病得这么重。

郭敬时摆摆手把嫂子和侄女都轰出去,还随手插上了西屋的门闩。他把自己的两只手掌举到胸前,用力搓热后将右掌摁到存志的肚子上,左掌压在右掌上面揉搓起来,开始的时候很轻,慢慢地越揉劲越大,正着揉一阵,反着揉一阵,反着揉完再正着揉,到后来疼得存志受不住了,像挨宰的猪一样变了声地乱喊乱叫……郭敬时却不管这一套,侄子喊得越凶,他揉搓的疯劲就越大,两只手牢牢地控制着郭存志。

存珠在外面砸门,二叔啊,你把我二哥怎么啦?快开门!孙月清却把闺女拉开了,她不知怎么就相信自己的小叔子:你二叔在给存志治病。存珠却不信,他还会治病?他若是会治病我就能开刀……渐渐地存志不再喊叫,改成了痛哭,一把鼻涕一把泪。再加上满脸大汗,黏黏糊糊地分不清哪是眼泪,哪是汗珠子。他哭得这个痛快呀,挨罚挨打的时候都没有这样哭过,好像把这些天受的罪,以及满肚子的委屈都哭出来了。到他哭够了的时候,肚子里的硬块也被他二叔给揉开了,连放几个屁,整个人一下子又通气了。郭敬时给他盖上被单,叫他躺着不许动,自己开门出去了。

敦敬时一出去,存珠拉着老娘赶紧进来看二哥。存志脸上有了血色,看着舒坦多了。孙月清一摸他的肚子,也不那么凉了,似乎还有点软乎了,至少不像刚才那么板了,硬块有些松动,成了一疙瘩一块的。存珠惊呼,二叔嘛时候学会的治病？孙月清摇摇头,也是一脸的迷惑……

郭敬时到院子的柴火堆上,挑挑拣拣地弄了一抱干柴草,捅到灶火膛里就点着了,不大一会儿就把铁锅烧热了。撩开锅盖,掐巴着自己裤子上两只鼓鼓囊囊的口袋,将里边的东西噼里啪啦地全倒在热锅里。站在门边偷看的存珠"哇"的一声差点没吐出来……原来那两只口袋里装的都是各种各样的虫子,有毛毛虫、绿豆虫、巴角子、蛐蛐儿、蝼蛄、蚂蚁、蚱蜢、蛐蜒……有些还是活的,咕咕啾啾,恶心死人了。一放进热锅里噼啪乱响,他急忙又捂锅盖,听着锅里没动静了,才抄起锅边的铲子,掀开锅盖在锅里来回地扒拉。不大会儿的工夫,屋子里竟弥漫出一股奇特的香味儿,显然是虫子们被爆好了。他放平面板,将爆焦的虫子铲到面板上,用擀面杖喀嚓喀嚓地轧成碎面,盛到一个大碗里。

再蹲下身子,拿灰耙将灶火膛的灰扒出来,也不管烫不烫就用手抓了一小把,放进一只大海碗里,再用三个手指头到另一只大碗里捏了一撮虫子粉掺到里面,然后从茶壶里倒水,拿筷子搅和成多半碗"虫子草灰汤",这才转身端进西屋。存珠一看不好就大叫起来:"你给我二哥就喝这个呀?"郭敬时突然像正常人一样开口了:"傻丫头,这个才是宝贝哪,不喝这个他就过不了这一关啦。"

孙月清把儿子扶起来,存志已经变得很顺从,或许是已经没有力气再挣为了,身上除去肚子其他地方全是软的。经过刚才那番揉搓,他对自己的疯子二叔也有了几分信任,很快就把半碗草灰汤喝下去了。郭敬时让他头朝里躺好,赶快抓工夫睡一会儿,等会儿可就睡不了啦,今儿个夜里必须把这泡屎拉出来。他转头又嘱咐存珠把灶火膛的草灰全扒出来,找个家什盛好了,以后说不定还有用。郭敬时再对嫂子指指桌子上那多半碗虫子粉说,每顿饭不管吃嘛,都舀一勺放上,不出半个月保你浮肿就好了。

存珠插嘴,这个真能吃呀?可别毒坏了人哪。郭敬时说没事,这几天我吃的多了,就全仗着它们了。孙月清说,这么多天没吃饭一定饿坏了吧,我这就去给你做点吃的。郭敬时说我才不饿哪,晚上不管你们娘俩做嘛吃的,都不要叫我,我也要跟着存志睡一会儿。孙月清心里还是不踏实,想问个明白,从北京到咱这儿这么远,你是怎么回来的?这么多天不吃饭怎么能不饿呢?郭敬时说我是顺着河边溜达回来的,有水的地方就有活物,我也就有吃有喝,还净是好东西。听到这儿存珠又要吐,就是吃那些……没等她往下说孙月清就把她拉出来了,还顺手把西屋的门给带上。

郭敬时往炕上一躺,就在这闭眼的工夫已经睡着了。等到他再睁开眼的时候,已经是半夜了,郭存志出来进去地不知折腾过多少趟了。他憋得难受,可跑到茅房又拉不出来,回来躺下又憋得受不了……郭敬时再摸摸他的肚子,没说话又出去了。等了会儿再进来,手里拿着一个土簸箕,一截干树棍,还有一根带钩的粗铁丝。他让存志趴在炕边上,屁股撅高,憋住一口气玩命使劲拉……他站在炕下,一只手扒着存志的肛门,另一只手拿着细树棍往里捅,先得把里面的硬屎橛子捅活泛了,才能再想办法弄出来。灯不亮,他一棍子没捅准捅到了旁边的肉上,疼得存志嗷嗷乱叫……郭敬时并没有因此而格外加小心,依旧愣儿吧唧地往里瞎捅,还嬉笑着说你就嚷吧,好把你妹妹嚷过来看看你这个德性……

嘿,慢慢的还真把存志肛门里边的硬东西给捅活泛了,郭敬时放下树棍,换成铁钩,一点点地向外挠,鼓捣了一会儿还真被他钩出来一个,砸得地上的簸箕咣当一声。大小像个小羊尼尼蛋,但比羊尼尼蛋硬得多,灰不啦叽的像圆石头子。能掉出一个来就好办了,存志心里一下子有了希望,郭敬时也直起腰喘了口大气。

刚才站在门边偷看的孙月清,擦擦眼角,反身回去端来自己屋里的灯,帮着这个老小叔子一块给自己的儿子抠屎。她让郭敬时扒着存志的屁股,自己给儿子向外掏,若不是亲眼看着,打死她也想不到,人的屎会变成这样。在存志的屁股里面分明就是块灰不溜秋的石头

45

橛子,将儿子的屁股眼儿撑得严严实实,这要堵的时间长了,人还有个活吗?你说软软嫩嫩的红薯秧子,吃到人的肚子里怎么就会变成石头呢?她忍不住问道:"儿啊,你这是吃了多少红薯苗啊,真是造孽呀!"

存志的全部力气都用在努屎上,听到老娘的发问也只能吭哧憋嘟地说:"我也说不清吃了多少,从公社到咱村是七里地吧,这一道上反正嘴没闲着……"孙月清嘴里唉声叹气,手里却加着万分的小心,她不敢用铁钩,怕钩破了存志的肠子,而是用手指一点点向外抠。她的两条腿还肿着,又老弓着腰,不大会儿的工夫脑门上的汗就滴答下来了。郭敬时赶紧替换她,别看他平时疯魔颠倒,此时见嫂子用手他也不再用铁钩了,可他的手指又粗又糙,根本抠不进去,还得再拿起铁钩。过一会儿他也抠巴累了,孙月清再上……

两个人就这样倒替着干,能用手抠的就抠,抠不动时就换铁钩掏,掏不行了再抠……到窗户外边有点蒙蒙亮的时候,地上的土簸箕已经快装满了。郭存志的肠子里还塞着一些,但已经真正松动了,郭敬时又给他灌了一大碗草灰汤,让他到外面的茅坑上去蹲着,由自己一点点地向外拉。

这些日子,郭存先在辛庄感到自己发了。

他先给庄上修理了所有坏农具,重做了四个牲口槽子,又为两户办丧事的人家打了两口棺材。不仅好坏都管饭吃,还挣下九元五角钱,外加四斤高粱、三斤玉米。当然这不是他定的价码。而且是在第一天给庄上修耧的时候才知道,出来干活儿挣钱是犯法的,跟政府最烦恶的"投机倒把"差不多。但出来"撵毡"却不犯法。撵毡就是讨饭。中国人见面爱打听:干嘛去了?说讨饭去了,多不好听。说出去撵毡了,听着就顺耳多了,而且形象。如今外出讨饭的,多得就像虱子撵毡啦,谁能整治得了?没有足够的粮食,谁想管也管不过来。可即便是外出撵毡,也要在身上带着村里的证明信,证明你是贫下中农,"地富反坏右分子"连撵毡也是犯法的。

那天孙老强搬来一堆缺胳膊短腿的农具,郭存先看到有活儿可干,眼珠子都红了,抢开膀子正要大干,庄上的头头走过来要看他的证明信。他心里打个愣,出来的时候压根就没有到村上开信,此时却不敢说实话,便假装疯魔地在木匠兜子里乱翻,想拖延时间想个什么词儿应对……忽然他大叫一声:"哎呀不好了,我出来的时候怕证明信弄丢了,跟干粮一块藏在一个布袋里,那天叫狗给叼走了,老强大哥你也在场不是看了个满眼吗?"

孙老强在旁边忙把郭存先打跑疯狗救下福根的事又说了一遍,这件事比什么证明信都更管用,不光引起了辛庄头头的同情,也博得了一大帮没事围着看他干活儿的人的好感,今后在辛庄看来无论干多久,都用不着证明信了。可离开辛庄怎么办呢?他趁机恳求庄上的头头给他补一封信。这个很容易,头头让老强跟着一块去支部,不大的工夫就拿着一张纸回来了,上写:"持信人郭存先,宽河县郭家店人,出身贫下中农,因在辛庄救一个孩子丢失了介绍信,特此证明。"下面盖着辛庄党支部的公印。

得到了这张护身符,郭存先的胆气更壮了,他也因此多了个心眼儿。凡有叫他去干活儿的问他要多少钱,他第一句总是先说:"我就是出来撺毡的,你老看着给。"

如果对方太小气,或者跟他哭穷,想白使唤便宜人,或者只管饭不给钱。他就会接着说:"这年月大伙都活得不容易,我若不是家里难的实在活不下去了,也不会出来遭这份罪。家里还有老小四口人哪,得靠我养活。你老想给我的饭就省了,若没有现钱给点粮食也行,我好给家里捎回去。我一个人在外边怎么都能对付过去。"

这一套话说下来,就没有人再会白使唤他,特别是正在治丧的人家,都图个顺气。一般也不会让他空着肚子干活儿,好歹也得让他吃饱。但他有一样好,干活儿卖力气。说多咱交活,宁肯自己不吃不歇着,也绝不误事。特别是做棺材,有时辰管着,主家都想能准时入土为安,图的就是干脆麻利快。为此郭存先还真得到不少好话。

就在他给别人干活儿的这些天里,刘嫂按照他的主意找到庄上,获得头头应允,将郭存先修农具时替换下来的旧镙子把儿、旧牲口槽帮,全敛到自己门前,又带着儿子在庄里庄外敛了不少干枣枝、树棍子、荆条、柳条等。这一天郭存先没有外活儿,就来到刘嫂家,拆了她南屋的炕沿和那个陪嫁过来的旧柜子,为她住的正房做了两扇结实的大门。再用剩下的碎木头捎带着也给南屋装上了门,即使挡不住非想进来的人,挡挡畜类还是没问题的。最后拿干树枝还给她圈了院子,用粗一点的树棍绑了个院门。防君子不防小人,至少这看着像户过日子的人家了。

刘嫂就在旁边一步不离地盯着,有时还打个下手,却仍然不敢相信,只一天的工夫,自己这个已经彻底破烂了的家,重新又变得完整、干净,像模像样的一下子就有了人气,有了活劲。她的日子原本就是熬着、耗着,拖一天算一天,她不知为什么总是觉着自己还会出事的。不过是早一天晚一天,关键不在她,要看儿子的命怎样,儿子命大她就多拖几年,儿子命薄她就走得快点。万没想到由儿子引来了郭存先,这是个让人心里踏实、可以把他当成家的男人,他实心实意地把一个连她自己都不想要的家,眨眼工夫又给拾掇起来了……也正因为如此,她那颗僵死的已经冷透的心,在刹那间变得温热、柔软,有了一种平和的安定感,好像她太累了,终于可以歇一歇了。这种感觉让她兴奋,又有些紧张,以至于连体内也有了一种异常的动静。

郭存先收了工,又帮着将院子收拾利索,天也快黑了,这时候孙老强一步跨进院子,由不得嘴里啧啧地一阵惊奇:"嚯,这看着多好呵!好手艺,郭兄弟真是快手……"他嘴里打着哈哈,东瞪摸西看地先走到刘嫂跟前小声嘀咕了几句,随后才回头加大嗓门对郭存先说:"兄弟,今儿个晚上我那个牲口棚里没空地了,有几个老哥们儿要过去商量点事,反正这个南屋也拾掇干净了,我刚才跟刘嫂说了,让你今晚就在这儿凑合一宿。你的东西还存在我那儿,明儿个离开的时候再带上也不迟。"

"这合适吗?那就给刘嫂添麻烦了。"郭存先客气着,也没往别处想得太多。"没嘛不合适的,"刘嫂赶紧抢过话头,"这有嘛麻烦的,谢你还谢不过来哪。"说着反身回北屋拿了块布单和枕头,去收拾南屋的炕。

郭存先送走了孙老强，也将自己的工具拾起来，一件件放进兜子，再把扫起来的垃圾扔到院外的粪堆上。为他拾掇好炕的刘嫂，又端来一大盆热水，叫他洗脸，他接过热水躲进南屋，从上到下地洗了个痛快。老拿着木刀跟在他屁股后边转的福根，也钻了进来，他就顺便也给皮小子过了遍热水。这工夫刘嫂拿出掺了一少半棒穄子的高粱面，轧了一盖垫板饸饹，用青酱炸的花椒油，怕不够咸又放了点盐，切了一盘小葱、苣荬菜当菜码。然后脆声响气地喊福根："让你郭伯伯过来上炕吃饭。"

用真粮食做熟的饭香，花椒油的酱香，混在腾腾热气中在屋子里弥漫。这座房子里好久没有过这样的气氛了，连她都感到自己的声音里带着一种久违了的畅快。她按照过去伺候公婆、孩子和丈夫上炕的规矩，今天也叫郭存先和福根坐到炕里边，她站在下边给他们端碗。先着着实实地给郭存先盛了一大碗，第二个给儿子盛，最后才给自己盛了小半碗。郭存先不敢吃得太快，却觉得碗里的饸饹条香喷喷地自己就往嘴里钻，竖尖冒流的一大碗不知不觉就干净了。他把碗藏在身后，说什么也不回碗了。心想自己这一大海碗足够人家娘俩吃三天的。刘嫂却豁了个地一定要再给他盛半碗。他拿着碗起身跳下炕，将碗放在外屋的锅台上扭头就蹿出去，径直钻进了南屋。福根拿着他给做的那把木刀，也从后面跟了进来。

郭存先将身子一顺躺在炕上，脑子里该琢磨琢磨自个儿的事了。明天离开辛庄后先往哪儿奔，继续往南，还是向西拐？但不管往哪儿走，他现在跟刚出来的时候不一样了，心里有根，无论朝哪儿走都不犯憷。问题是刚挣的那几斤好粮食，带在身上老得提溜着个心，是自己先送回去，还是想法通知家里，让弟弟来拿……福根在炕下边耍巴了一会儿，见郭存先不跟他说话有点腻烦，也抬腿爬上炕来躺在他旁边，说："郭伯伯你明儿个真走？"

"这还能假，郭伯伯得去找活儿干。"

"就在俺们这儿干呗。"

"你们这儿已经没有我可干的活儿了。"

"我也跟你走行吗？"

49

郭存先拍拍他的脑袋，"你撒吆挣哪，你妈妈能舍得了你吗？再说郭伯伯自己还顾不了呢，哪有工夫管你。"

"哎呀那怎办哪？"

"什么怎办，小毛孩子操这份心做嘛。"

"我想跟你学手艺。"

"等你长大了……"郭存先心里有自己的事情要盘算，便有一搭没一搭地哼唧着，三哼唧两哼唧的把福根给哼唧着了。他静静地躺了一会儿，也觉得眼皮发沉，就下炕抱起福根，送回北屋。北屋的门关着，但没有上闩，他用脚轻轻一蹬就开了，里面没有点灯，他有些不自在，赶紧出声："刘嫂，福根睡着了，我把他给抱过来啦。"

"哎、哎……进来吧，扔到炕上就行了。"刘嫂的声音也有点变样，黑暗中有窸窸窣窣像是抓衣服的声音。人家显然正擦洗身子，他闻到了一股香胰子味，心里越发地毛咕，于是轻手轻脚地将福根放到靠门口的炕头，转身就向外走，却跟刘嫂撞了个满怀。他心里一惊不敢动了，虽说是在黑灯影儿里，却也感到自己的脸烧得生疼。

刘嫂并没有躲开，反而顺势抓住他的胳膊，头发上的香胰子味冲得他有种发晕又想发狠的感觉。刘嫂的两只手都摸到他身上来，随即像没站稳似的整个身子倒进他的怀里，灼得他身上发热，不由自主地伸开双臂紧紧抱住，就觉着她浑身稀软，柔柔弱弱，轻轻巧巧，搂在怀里这个舒服呀……他脑袋发涨，浑身绷得紧紧的，感到透不过气来，体内却有东西在跳动，下边的那个东西竟自顾自地支棱起来，如棍子一样顶上了刘嫂的身子，轰然间爆发出冲天之力。他急忙往后挪脚，两条手臂也不好意思地放松了。刘嫂觉察到他的紧张，便小声哆嗦着说："大兄弟，你给我做了这么多的事，可我没有钱给你，就想把这身子给了你，你想怎么要都行……"

他心里一激灵，慌忙松开了刘嫂："我给你干活儿是我乐意，绝没想要你什么东西，我要是欺负你们孤儿寡母，还算个人嘛！"他拨拉开刘嫂，一低脑袋跑出去，到南屋拿起自己的工具兜子来到外面，走出小院的时候还没忘了回手将院门关上。刚走出去两步，他又停下了，转身看着刘嫂的院子愣了一会儿，在黑影里也能看到刘嫂正站在北屋的门口看着他……他狠狠心掉头走了,决定先去牲口棚,即便那里没地方,天这么暖和在哪里都能凑合一宿。

郭存先进了牲口棚径直往里走,里边饲养员住的房子里很安静,并没有人多嘴杂的嘈嘈声。他抬脚进去,只见屋里只有孙老强一个人,闷着头在黑灯影儿里抽烟。外边没有风,他喷出的烟雾放不出去,整个屋子都笼糊了,呛鼻子辣眼,一时让他喘不上气来……不禁嘟囔道:"哎呀你抽的这是什么烟?我一直就纳闷,能往嘴里抽的玩意儿肯定也能吃,为嘛不干脆把这些叶子嚼巴嚼巴咽下去,多少还能解点饱,干嘛非把它点着了变成一股烟儿,吞进去还得再吐出来?"

孙老强抬起脸,眼睛里全是惊愕:"你怎么又来了?"

郭存先将工具兜子放在炕脚下:"我正要问你哪,这里明明闲着一铺大炕,为嘛说没有空地?"

孙老强只顾拿眼睛在他脸上踅摸:"我不是想成全你们吗?莫非是刘嫂没有留你?"

郭存先从孙老强的眼睛里看出来希望他说是,便顺着孙老强的心思点了点头,然后脱鞋上炕,坐在孙老强对面:"你以为我是瞎子,看不出来你对刘嫂好?他们娘俩如果没你的接济就没法活。你是个仗义人,我在辛庄这些天全仗着你,报答还报答不过来呢,能欺负你的女人吗?"

孙老强晃着脑袋摆摆手:"兄弟,你是只知其一,不知其二呀。我自己还有一家子人哪,实在是顾噜不过来。顶多就是瞅冷子从牲口料里抠唆出来点,抓空塞给她。可这不是长法呀,牲口已经死了好几头啦,我是喂牲口的却从牲口嘴里偷食,昧良心哪!那天你救了她的孩子就是有缘,我也看着你这个人不错,有了你他们娘俩今后也就有了个依靠。我知道要是非让你娶她也有点难为你,她再好也是个比你大的寡妇。可别忘了,你要娶了她不费劲还得个大儿子哪,再过上几年福根就能顶用了。退一万步说,你不愿意娶她也行,先在一起过几年看看,你也省得到处跑了,白天有人给你做饭,晚上有人给你焐被窝。凭你这身手艺,我敢担保在附近的几个村里就能找着点活儿干。怎么样兄弟,老哥哥把话都给你捅破了,再想想?"

郭存先扤扤皮，嘬着牙花子："我出来就是想到处闯荡闯荡，见见世面好找条活路，如果在这儿就像杨四郎似的被招了驸马，总觉着不死心。我是老大，家里也还有四口人哪，不能扔下不管哪。"

"谁叫你不管了？你可以两头照应啊。"

"那还不得把我给窜死？这可不是长法儿……"郭存先吞吞吐吐，假装还在犹豫。其实听孙老强这么一说，他心里的主意更正了，庆幸刚才没有脑子发热就上了他的套。此时他感兴趣的是孙老强提到的另外一些情况："老强大哥你跟我说实话，辛庄这么小个村子，你跟刘嫂相好家里人就不知道吗？"

"知道啊，知道又有什么关系？我不过是个喂牲口的，还瘸着一条腿。庄上干部，特别是书记队长、会计保管，划拉的女人就更多了，有些还是大闺女呢。人家有权，有权就有粮食，再加上现如今女人不值钱，五十斤胡萝卜缨子就可以换个黄花大闺女，好粮食面子有十斤就够了。你想啊，要是提拉着几斤粮食到哪个女人家去，她能不高高兴兴地伺候你吗？就是有男人的都会躲出去给你腾地方。我们这边老早就有歌这么唱：沙子打墙墙不倒，生人来了狗不咬；石头填坑填不满，闺女偷汉娘不恼……"

郭存先哑摸着孙老强话里的滋味，都说女人不如粮食值钱，可女人毕竟还是有人要的，有人愿意拿粮食换，这年月粮食就是命啊。无论什么样的女人都没有剩下的。而男人没本事，可就连女人也不如。光是郭家店的光棍儿就能编两个排，愣是没人嫁呀。娘在两年前就吵吵着要给他换个媳妇，却一直没有碰上合适的，主要还不是他家里缺粮食。幸好自己闯出来了，这一回算是闯对了，证明他是那种能挣到粮食，有资格挑挑拣拣选女人的男人。这要感谢刘嫂，今天晚上是她给了他这个信心。既如此就更不能稀里糊涂地先找个拖累着孩子的寡妇，老娘知道了说不准会急出个好歹的……孙老强见他半天没吱声，以为是被自己说得又心活了，用手捅捅他小声说："再回去吧，没关系。也怪我事先没有跟你说清楚。"

郭存先挺直身子，口气坚决："不行，已经出来了哪能再回去，也叫刘嫂看不起。大哥你快去吧，刘嫂肯定是在等你，她是个好女人，别亏了她。你顺便替我给她捎个话,眼下我还是个出来擀毡的,没有能力照顾他们娘俩,家里人还等着我挣粮食活命哪。这个情我欠着,认了你这个大哥,也认了她这个嫂子,你们要是不嫌弃,我就给福根当个干爹,有朝一日混出个人样儿,一定来报答你们。"

他把话说到这个份儿上,孙老强不知是失望,还是暗自高兴?沉了一会儿他真的下炕穿鞋,却一直埋着脑袋并不抬眼看郭存先,嘴里嘱咐着:"我是得去看看她,听听她是嘛意思?你替我照看着牲口,我一会儿就回来。"

郭存先说你着嘛急吗?别急着回来,趁着我在这儿给你看着牲口,好好陪陪她!

听着孙老强走出了牲口棚,郭存先也跳下炕。在墙角立着个麻袋,里面装着多半截细沙土,上面压着个瓢。他撑开麻袋口,连舀了三大瓢沙土,在炕上堆了一个可以躺得下自己的四方框。然后才脱下衣服,躺进沙围子中间,用褂子盖住心口。

这个沙土围墙是防臭虫的。臭虫分"陆军"和"空军"两种,大部分是"陆军",从炕席底下以及四面八方向有人躺着的地方进攻,但它们一爬进沙土就出不来了。还有一小部分聪明胆大的臭虫是"空军",它们不图近便直接去攻击睡觉的人,而是先爬到房顶子上,估计到了睡觉者的上空,便一松小爪子垂直降落在人身上,简直就是掉在了肉堆上,想咬哪儿随自己的便,可痛痛快快地饱餐一顿。

往常郭存先只要一躺进沙围子,不等第一个"空军"臭虫降落早就睡实着了,跟臭虫大耍肉头阵。任臭虫们随便咬敞开地吃,一旦弄得他痒过了头,在睡梦中一翻身,就会在炕席上碾死几个。可今晚不行了,眼睛闭了老半天,还是一点困劲没有。人被臭虫叮上,不仅奇痒难挨,整个身子燥热,仿佛是被热炕煲得受不了。他翻过来,掉过去,在炕上烙了大饼……脑子里却在琢磨,自己在这儿喂臭虫,而老强和刘嫂这工夫一准亲热上了。他仿佛看见了刘嫂那张小脸涨得通红,洋溢着无限温存,眼睛里透出一种急切的渴望。她那带香味的软乎乎的身子,本来是为他准备的,倒是让老强捡了个现成的……

天底下最强烈的欲望就是饥饿和肉欲,此时让他都占全了,他本来就正处于最容易滑入深渊的年龄。他甚至有些后悔,刚才不该那么轻易地就放开搂在怀里的刘嫂,害得这一会儿反倒非常想能抱着她,或者被她像刚才那样紧紧搂住……突然他又被自己的这种渴望惊呆了,下身梆硬,把裤头支棱起老高。他孤单地体验着自己强盛的生命力,后脊梁痒飕飕地憋闷得难受。他在心里很是瞧不起自己,责问自己这算怎么一道?人家给你的时候你不敢要,现在得不到了又想要……这可不行,明天还要赶路,要到新的地方重新打圈子,不能这样胡思乱想瞎折腾。于是他起身下炕,知道牲口棚东南角上有口大水缸,老强每天都从井里担水,把水缸灌得满满的,为的是饮牲口,或者给牲口拌料用。他想用凉水浇浇身子,败败邪火。

可刚走出里屋,就听到牲口棚的东南角上有动静。他在这里睡了这么多天,对牲口的动静和人的动静分得很清。真是老强回来了,会这么快?他悄悄走过去,看见在辛庄最好的一头大牲口——黑骡子槽前,有个人在料槽子里忙活,这个人不是老强。这年头不会还有想偷牲口的吧?既是想偷牲口为嘛不牵着就走,还要在黑骡槽子里摸索个没完?他踮着脚,躲在其他牲口后面慢慢靠近了细看,原来那个人对骡子本身不感兴趣,感兴趣的是槽子里的牲口料。他用手将槽底的料划拉到一起,然后抓进他的盆里,那盆里还有半下水,他端着晃荡了一会儿,再把浮在表面的草捞出来,照旧扔回牲口槽子,然后将盆中的水倒出一部分,剩下盆底糨一点的料渣子,扬脖喝了下去。那里面有牲口料,料里有粮食末,而这个大棚里只有黑骡子的槽子里加料。

郭存先不由得赞叹一声:"兄弟,真是好脑瓜,亏你想得出这么高明的招儿!"

那个人不躲不藏甚至也不感意外,随即搭腔:"大哥是个好人哪,早就看到我了,不轰不赶不吆喝,等到兄弟把这口牲口料吃进嘴里才出声。谢谢大哥啦!"

"别客气,你的胆儿也不错,知道我在看着你,牲口料还是要照吃不误。"郭存先笑着绕过牲口槽凑过去,这才看清面前的人是矮个子,小骨架,溜尖的枣核儿脑袋,所有这些小了一号的部件却在他身上搭配得很匀称,有一点滑稽,但并不讨人嫌。

"不怕你老笑话,人都到这份儿上了还有嘛怕的,不就是个饿吗?"他见郭存先来到跟前,便主动从怀里掏出证明信递上来,动作飞快,就像变戏法。他的一身单裤单褂都穿得没模样了,开花的开花,打飞边的打飞边,在里边居然还藏着一个完整的口袋,探手就能变出一封证明信。这样一个在牲口棚里偷吃牲口料的人,也还得需要一封公家的信来证明他,连郭存先都没有想到。可公家又能证明他什么呢?证明他是讨饭的,不是小偷?还是证明他的确是饿坏了,可以偷吃牲口料?

郭存先想反正也睡不着了,干脆就跟这个人磨磨牙吧。他把枣核儿脑袋领进里屋,凑到灯下仔细看那封介绍信,嘴上便念出了声:"哦,你是定山县王家集的,大名王顺,这个名字好记。"

王顺嘻嘻一笑:"自小人家都叫我顺子,前边加上个王字反倒正经得不自在。"

郭存先赶紧把证明信还给他,顺嘴说也是出来擗毡的?

"是呵,出来大半年了,正想往回转呢。可今儿个不顺,一整天下来连一口吃的都没要到,只好来打牲口的主意。"

"我看你很有门道,肯定是老干这一手。"

"不瞒你说呀大哥,我讨饭有个规矩,一般不给穷人家添麻烦,人家已经够穷的了,你还跟人家碗里争食,这不是有点不仗义嘛。"

"呀哈,都讨饭了还讲仗义,你还真是个人物啊。"

"人物不人物的反正我走到一个新地方,都是先朝两种动物下手。一种是两条腿的干部,他们天天吃净米净面,顶多再加上点菜,不光他们自己吃的好,还往家里连捎带拿,家属亲戚都跟着沾光。我跑了十来个省,到处都是这个鸟样,所以我专到干部的门上讨饭,如果赶巧他们的家里没人,也用不着客气就顺便进去抓上一把,能抓到嘛算嘛。要是运气不好被他们抓着了也不怕,顶不济就是蹲大狱呗。那才好呢,好赖就有了个管饭的地方。"

"那另外一种动物呢?"

"四条腿的牲口……我怎么个吃法你老都看见了,每天能吃上几口牲口料人就饿不死。这年头就得想法吃公家,牲口棚不行还有食堂、保管……"

郭存先忽然觉得这个王顺确实很有趣,问道:"这会儿你肚子还饿吗?"

王顺也很实在:"饿呀,哪能不饿!我都记不得上次吃饱是什么时候了?"

于是郭存先拐到门后放饲料的躺柜前,从柜腿下抠出钥匙打开躺柜,他挣的那几斤粮食就存在里面。伸手到袋子里掏出一把生玉米粒递过去:"吃吧。"

王顺一喜,双手捧接过生玉米粒,低下头就吞了一大口。他很有经验,先在嘴里用唾沫把玉米粒滚湿,经口水这样一搅拌,玉米粒就咬得动了。然后他就甩开腮帮子嘎吱嘎吱地嚼起来,声音脆生、响快,就像是在吃冰糖块那么香甜而满足……郭存先看得嘴馋,他还没吃过生粮食,也有些好奇,就到袋子里又抓了一小把生玉米粒,也塞进自己的嘴里。

他们俩坐在炕边上脸对脸地嚼着生玉米粒,越嚼越有味道,口腔里滚荡着一股真粮食的香气和实在感。咽下去之后脏腑里随即就觉得温暖而牢靠,如果再喝上几口凉水,简直就是非常舒服了。想到此郭存先拿过王顺的搪瓷盆,到外面水缸里舀了半盆凉水,王顺吃完生玉米粒连喝好几口凉水,在嘴里咕隆一阵再咽下去。把粘在舌头上、牙缝里的玉米渣子一点不剩的全打扫干净。

郭存先看他这个馋劲便又问了一句:"饱了吗?要不再来一把?"

王顺赶忙冲着他作揖,表情夸张:"不啦大哥,这就忒谢谢了。听口音你老是北边人,不像是这儿的饲养员。今天我算是遇到了贵人,老天都不想饿死我王顺呀!"

郭存先不能不佩服这小子的确是个走南闯北的小油条,耳朵很准:"我是郭家店的。"

王顺一拍大腿:"越说越近了,我去那儿,村子很大,就是有点穷,在村子里姓郭的是大姓,你老不会这么巧就正好姓郭吧?"

"这有什么巧的,我就是姓郭,叫郭存先。是砍棺材的,在这儿落脚干了几天活儿,你吃的玉米就是我干活儿挣的。"郭存先在心里却不能不佩服王顺的脑瓜好使,他走过这么多地方竟然还能记住郭家店。

王顺的眼珠子上上下下地在他身上乱转:"哎呀郭大哥,这年头靠本事能挣到好粮食,你老可是大能人哪。现挣的粮食就舍得给我吃,我给你老磕个头吧。"

郭存先手疾眼快,一把将演戏似的王顺揪了起来:"一把棒子粒就值得磕头啊?你不是折我的寿吧?"

"哎呀你老看这是嘛时候呀,一把棒子粒可比好年月的一把金豆子还贵重呀!"王顺越说越正经起来,"你要不嫌弃我就认你老这个大哥,以后给你老牵马坠镫,每到一个地方我在前边给你吆喝着揽活儿,没活儿干的时候,你老找个地方歇着,我去给你讨吃的,怎么样?收下我这个爹不疼娘不爱狼不吃狗不啃的穷兄弟吧?"

郭存先心里一动,咧着嘴笑了,心想有这么个人做伴至少不孤单,便问:"你家里还有什么人?"

"兄弟我命苦,天上地上前后左右就剩下我孤独一根了。爹娘是去年前后脚走的,有个姐姐也出门子了……"他说着就跪了下去,嘴里念念有词:"大哥在上,受小弟一拜!"

郭存先再次把他拉起来,"你小子老跟像在台上演戏似的。好吧,我就认你这个兄弟,反正这个庄上的活儿干完了,明儿个咱们就结伴而行……他妈的我也成了念戏词儿了。"

"大哥下一步想去哪里?"

"还没想好,去哪儿都行。"

"那咱就去公社吧,在辛庄的西南十几里地,叫大张庄。明天县里要在那儿开吃饭大会,没准我们也能混个水饱。大张庄村子大,说不定还可以揽到活儿干。"

"嘛叫吃饭大会,你是怎么知道的?"

"我是听这个庄上的干部说的,由县里召集,开会不过是个名义,实际就是比试做饭。附近几个公社干部要自带粮食,看谁用的粮食最少做出的饭最多,然后开会研究讨论用粮最少的公社。听说要先把粮食用水泡,泡胀了再用开水烫,烫过后上大锅蒸,蒸完了煮,煮完了炸,炸完了发酵,发起来之后再上磨碾。你说经这么一折腾,那粮食能不多出数吗?一斤棒子面可以蒸出六斤饽饽,这就叫增量。增量增量,把米泡胀,饿坏肚子,撑破膀胱。"

"这个我早就听说过了,无土不砌墙,加水不顶粮,水饱不是饱……就这玩意儿还能拿到大会上去比试?"

"不光比这个,还要看哪个公社的干部不用粮食也能做出饭……要不怎么叫低指标、瓜菜代呢?玉米穰子掺灰菜,大人吃了肿大腿,小孩吃了肿脑袋。"

"好啦,明天就先奔大张庄,找不到活儿干光看看热闹也行,然后再往南走。现在就上炕睡觉。"郭存先接着将用沙土治臭虫的办法告诉了王顺。

王顺嘻嘻一笑说用不着,我不怕臭虫,臭虫只会怕我。我是血少骨头硬,它要真敢咬我,就硌坏它牙。说着跳上炕,衣服也没脱就躺倒了,"嘿,真舒服,半年多没睡过炕了!"

还没等郭存先小心翼翼地在沙围子里躺好,他已经呼呼上了。

## 4. 砍 棺 材

在这个饥饿的人人都吃不饱的年月,传说连朱老总都在中南海的湖边和花坛树丛间,寻找野菜挖下来吃,却居然还有被撑死的人。

——她就是郭家店的二虎嫂子。

快到年根底了,上边发下来救济粮,每人一斤黑豆。这可是好东西,专治浮肿,还能给人增力气。你想想,无论是大骡子大马,早晨下地的时候抓一把黑豆塞到它嘴里,拉一天的重活都没问题,何况是个人?二虎嫂子从村里将二斤黑豆领回家,立即分了三份。两口人为嘛要分三份呢?她肚子里怀着孩子,理应占两份。把二虎哥那一份留出来,将其余的一斤半顺手倒进锅里,点上火炒了炒,就着锅台就吃上了。

这个香呀,就别提了。她八十天没见过一粒粮食了,有好长时间觉着肚子里的孩子都不动了。不动了也好,就在娘肚子里多呆些日子,这种时候早生下来不是早受罪吗?眨眼工夫,她甜嘴吧嗒舌的还没觉得怎么饱,就把那一斤半黑豆嚼完了,心里还想这年头怎么嘛东西都不经吃呀?干脆一不做二不休,把二虎那份也给嚼了算啦。忽然又觉得有点口渴,还是先喝点水再说。她拿瓢到缸里舀了半瓢凉水,站在缸边咕咚咕咚灌下去,嗨,好舒服,好像是饱了。

她摸着自己的肚子躺回炕上,觉着里面也有了动静,像气吹的一样慢慢鼓了起来,而且越鼓越硬。她心里非常美,饱了,这回可是真饱了,就这样死了都值啦!

村里人都说傻傻乎乎的二虎嫂子有一样运气还不错,就在她死的当天郭存先回来了,他只到家打了个晃,便提着斧子过来,帮着二虎哥裁对木头,凑凑合合地打了副棺材,第二天将她给埋了。在这之前的几个月里,郭存先带着王顺,或者说是他跟着王顺,走了足有三四百里地,串了几十个村子,做了上百口棺材。风俗是强大的,活着受穷挨饿,死了还忍心让他们黄土盖脸、连个房子也住不上吗?所以出了丧事的人家但凡有可能,哪怕是卸门拆炕、砸锅卖铁,也要给死者做副棺材。这期间他派王顺往郭家店的家里送了四回粮食。当然每次就带个十几斤,好藏好掖,路上安全。也正因为有了他砍棺材挣的粮食和钱,全家人平平安安地熬过了冬天,没有一个浮肿的,甚至在村里也活得硬气多了。

孙月清藏起来一点钱和粮食,想等到开春后最是青黄不接的时候,逃难的人多了,选合适的好给郭存先说媳妇。不想她把这个打算跟儿子一念叨,立即就被郭存先顶回来了,儿子在外面闯荡了这小一年,经过见过,说话办事有了不少变化,处处是一家之主的做派了。郭存先叫老娘别操这份心了,把家里那点钱和粮食都用到活命上,千万不能再闹浮肿。真想要个儿媳妇还不容易,等他再出去的时候带个回来就是了。听听这口气,这孩子在外边到底都遇到了什么事?

郭存先怕村里干部眼气,别再故意刁难他不让出去,等天刚一暖和就蹽了。

他本来想往定山县王家集的方向走,好叫上王顺。有他在可方便多了,能多揽一些活儿,还能多挣点钱粮。那小子油嘴滑舌的很会讨主家喜欢,也能讨价抬价。遇上有动大锯的活儿,还可以给自己打个下手。可今年似乎比去年死人还多,砍棺材的活儿也多,他不能放着活儿不干直奔王家集,在这家干完了接那家,还有的向外村亲戚传信,说有个砍棺材的手艺不错,价钱也好商量,竟然有时候在这个村子刚干完就被另一个村子的人接走……一来二去的他就向西南方向插下去,离王顺的家越来越远。

这一天他背着工具兜子转悠到了莲花山的脚跟底下,一片非常松散的村子里刚巧有人咽气,便留下他砍棺材。干他这一行全靠手里的一把斧子,上下翻飞,左右开弓,砍出的大面精光溜平,气死刨子刨。而且节省木料,什么样的木料到他手里都能将就,大树、小树、檩条、船帮、破门板、旧木柜,富有富的砍法,穷有穷的做法。如果木头多,他会砍出一具宫殿般的福寿棺,棺头高耸,沉实厚重,漆黑锃亮。如果你家里不富裕,木料都是穷凑合,他也会把棺材做得像模像样,棺材板做成双层的,里面塞上碎木屑、烂棒子,外人看上去棺材照样厚厚大大,十分气派,对得起死人,也给活人争了脸。这年头死了活着都不容易,死的闭不上眼,活着的对不住死的,所以郭存先这一手好活儿,给活着的积了大德,给死了的建了阴功。

农村死了人本来就是热闹事,乡里乡亲都要凑过来帮忙,这既讲死人缘也要顾活人脸。因此他干活的时候周围总是围着一大帮人,像看耍猴儿的一样。大山边上的人,一年到头也看不到什么新鲜玩意儿,好不容易来了个抡斧子砍棺材的,可不就成了一台大戏?那时候郭存先正年轻,有膀子好力气,斧子抡起来就像一道道立闪,斧子刃如同长了眼,心到手到,眼到斧到,让两边的人都看傻了。他自己也无比得意,那是一种风光,斧子越砍越带劲……那个时候别看穷,人活得单纯,容易满足也就活得快乐。

他在那个叫下阳坡的村子一干就是七八天,这叫黄鼠狼单咬病鸭子——村上连三并四地死人。传说是他们喝的水不好,再加上连年挨饿……在下阳坡最后一个来请他去做棺材的就是朱雪珍。她体态纤弱,容色凄然,细长脸上就剩下两只大眼睛,还低着头不敢看他。

看她那么紧张惶怯,叫人心疼,郭存先也不便多搭讪。

她话不多,默默地走在前面把他领到家。这是两间快倒的土坯房,门口有棵一抱粗的槐树,派不上多大用场。两副门板太老太薄了,屋里有个地柜已经烂了,还有一个炕桌、一只凳子和一口水缸,这哪够打棺材的?那时候他就有这么个毛病,不管到谁的家里去,进门先踅摸能打棺材的料子,跟主家说着话的工夫,脑子里根据料子的情况就把棺材的厚薄和样式设计出来了。可朱雪珍家的这点木料让他心里没有底了,她的父亲在炕上垫着枕头侧歪着,郭存先进门一眼就看出来,人已经快不行了,是心里有闭不上眼的事强顶着这口气。

老爷子拼命瞪大眼珠子,那是把最后一点气力都用在眼睛上了,把他从上到下打量个溜够。郭存先是走南闯北的人,愣让他给看毛咕了,一辈子都不会忘记那个眼神,一个老人垂死前的无奈、求助、冒险,再加上一百个不放心……全在那双老眼里!

老人终于吭吭哧哧地说出了自己的心愿。他叫雪珍把郭存先找来却不是想给自己做棺材,家里也没有可成棺木的料子,雪珍的娘是半年前去世的,当时天最冷,裹着一床棉被走的。炕上还有一床旧被,那是老人给自己预备的。他只要求郭存先帮着雪珍随便把他埋进土里就行,然后把雪珍带走。在这之前他已经托人打听过郭存先了,其实也是郭存先自己对人们说的还没有成家……

朱雪珍在一边陪着掉眼泪,她这可是卖身葬父啊!

郭存先心里血气翻涌,脑子什么也没想就在炕前跪下了。一个快要咽气的人求你,别说还是好事,就是千难万险也不能回绝。老人到了这般地步,还能替女儿思虑得这么周全,也真叫人挑大拇哥。人生本来就苦,苦人本来就多,趁着老人还明白,他得赶紧在炕前把话说明:"大妹子要是看得上我,现在就给你老磕头拜堂成亲,等跟我回家以后再补办手续,重新操办酒席。要是大妹子看不上我,我也会认下她这个妹妹,以后有我吃的就有她吃的。你老但放宽心,我是砍棺材的,决不会让你老裹着棉被走,真到了那一天,我一定会置办两副像样的棺椁,将老太太也起出来重新装殓,好好地发送你们二老上路。"

朱雪珍扑通一声也跪在他旁边,放声大哭。

郭存先拉拉她的胳膊一起向老人磕了三个头,然后嘱咐她在家照看老人,他要出去买木料,最好赶在老爷子咽气之前能让他看到自己的棺材。棺材是人到阴间住的房子,有好棺材就等于到阴世能有套好房子,免受阴风凄雨以及孤魂野鬼的滋扰。过去有钱的人家,早早就把老人的棺材做好,停放在闲房子里,每年上一遍大漆。只有小毛孩子才怕棺材,看见棺材容易联想到死啊、鬼啊、凶啊,等等。而老人若能早早地看到自己的棺材,那可是一种福气,说明儿女孝顺。知道自己死后占个什么样的房子,心也可以早早地安顿下来。有些大户人家五十岁一过就把棺材预备好了,还有人守着自己的棺材能活上三四十年!

郭存先在下阳坡干了这么长时间的活儿,谁家有多余的木料,有够什么材料的木头,心里很清楚,身上正好有在外边干了两个多月挣下的钱,很快就把两副中等棺材的料子买好,运到了朱雪珍家的门口,拉开架势立马就干起来了。这惊动了整个下阳坡,朱家老爷子还没有死,看热闹的已经挤破了门槛。朱家是绝户,又穷,大概还从来没有出过这么大的脸。

老爷子回光返照,竟让雪珍给垫高了上半身,凑到窗台前看着郭存先干活儿。

在他身边说什么话的都有,村上有不少人忽然都羡慕起朱老爷子和雪珍来了。真想不到,人得什么福的都有,以他们家的这种条件,竟从天上掉下来一个有本事的女婿给养老送终。那个年代像他这种有一技之长的,就算有本事的。说实话,还真有一些大姑娘小媳妇对他有意思,因为找了他以后最起码不愁没有饭吃……

那时郭存先也还太老实,如果有后来的花花肠子,不知要过手多少女人。嗨,这也不用吃后悔药,反正男人的本钱就是那么多,早用晚不用。早年留有库存,到老了还有得用。当时他就是一门心思要多赚钱,回村好干大事。至于找媳妇,一定要具备两个条件:一是人样子他得相中,二是出身牢靠,能给他守得住家。

朱雪珍那副柔柔纯纯的小样儿,一下子就打动了他的心,让他立刻有一种洁净的感觉。她那幽暗的眼神让他去拼命他都干,后来再一哭,那眼泪就像火苗炙烤着他,整个心都熔化了。是男人都会立刻生出冲动要保护她、爱惜她,就觉得自己无比强大,无所不能。

到第二天后半晌,两口绝对能看得过眼去的棺材做好了,郭存先请人帮忙抬到窗户跟前,上好了大漆。然后扒掉了已经老朽不堪的窗棂,他跳上炕抱起老岳父,让他老人家亲自验收。老人抓住他的手,看样子想笑,却流下了一脸老泪。

大概是想早点占住这么好的棺材,或者是想早点让睡在土里的老伴躺进棺材,当时就在郭存先的怀里咽气了。在场的人都说老爷子有福气,临了一点罪没受。剩下的事就简单了,那时候的土葬有一定的程序,他是砍棺材的,对这一套程序最清楚不过。何况他是女婿,外乡来的娇客,出钱出力,打幡抱罐儿,比儿子还儿子,远亲近邻没有敢挑理的,顺顺当当地送老人入土为安……

三天后圆完坟,他要领朱雪珍回郭家店了。

雪珍想把那两间老房子卖了,他说不能卖,实际也卖不上几个钱。她又想托付乡亲给照看着……他说房子那么破,你要送给人家会有人要,你要托人家给照看就是为难人家。不知哪一天房子倒了,你让人家怎么办?重盖吧,盖好算谁的?不盖吧,怎么跟你交代?

这也不行,那也不行,依你说该怎么办呢?他说这房子得留着,这是你的家,你是在这个屋子里出生的,以后清明节来给爹娘上坟,不还得在这儿住吗?等咱们有了钱,很快,最多两三年,我带人来把它翻盖一下。眼下我去弄点土坯来,把窗户门都堵死,对房子是个保护,也挡住畜类们跑进来毁坏。

雪珍又哭了,这些天她好像只会哭。用哭表达各式各样的情感,也用哭来安慰自己。他把她揽进怀里想哄她,尽管房子里没有外人她也赶紧挣开了,细声地说:"你真好!"

他笑了,心里说傻丫头,男人不光好,还有坏的时候哪!

时间不早了,他叫她收拾东西,自己找到村上一户存了很多土坯准备盖房的人家,撂下五块钱,他的儿子们高高兴兴地帮着推来三车土坯,把门和窗户堵严实,又和泥从外面抹平。然后是告别,感谢,胡乱说着谁也不会记住的话,被送出了村子。

一离开下阳坡,土道上只有他和朱雪珍了,心里就呼啦一下子敞亮起来,现在就得要转换角色,转换心情了。丧事已经过去,下面紧跟着要办的可就是喜事了!

两个多月前郭存先离开家的时候,身边只有一把斧子陪着。现在虽然还称不上是衣锦还乡,可身边多了个活色生香的大姑娘,这就叫成双入对。何况他的新媳妇,不用吹也够得上是庄稼地里的人尖儿,别看她穷,别看她弱,身上却有股大家小姐的气韵。回到郭家店吃上一个月的好粮食,气色一变过来你再看,即使不在村上拔尖,也是全郭家店最有女人味的。眼下最紧要的是哄她开心,赶快从丧父葬母离家的一系列变故中摆脱出来,进入当新娘子的状态。

他试着想拉她的手,她像被蝎子蜇着一样腾地闪到一边。他索性追过去攥住她的胳膊,假装疯魔地抢过她手里的包袱,并顺势把她的一只手夹在自己的胳肢窝下面,加上点劲让她抽脱不开。故意放开嗓门嚷着说:"傻……我说你什么好呢?别看你还是姑娘身子,可已经是我郭存先地地道道的老婆了,干嘛还放着我这么硬棒的一根大拐棍不拄着省点气力?看你都折腾成什么样儿了?有多少天没有好好吃过东西睡过囫囵觉了?走道就跟踩着棉花套子一样,还要跟自己的男人划清界限。"

她埋下眼抿嘴笑了,脑袋总算向他的膀子上贴近了一点。

他又嚷起来:"哈,原来你还会笑哇?瞧瞧,你笑起来多好看,柔柔的,静静的,像偷着开的人参花……"他趁着得意忘形的劲一低头在她脑门上亲了一下,"行啦,亲了这一口就是给你打上了戳儿,走到哪里都是我的了!"

她始终低着头浅笑,不吭一声,脸却涨得通红。

他继续逗她:"今天咱演的可是《夫妻双双把家还》,是二重唱,树上的鸟儿成双对,你总得说点话呀?这走哑巴道可是累死人哪。"

她终于开口了,声音轻轻慢慢:"话都叫你一个人说了。"

他侧转脸盯着她,眨眼变得无比正经起来:"这么说你是嫌我的话太多,抢了你的话?那好,我正有十分要紧的话问你,你得实实在在地告诉我。"

"什么话?"

"你是只想卖身葬父呢,还是真喜欢我这个人?"

她沉吟着好一阵不出声,他催得急了才反问:"我已经是你的了,为什么非要问这个?"

"我郭存先是什么人?并不是找不到媳妇,不想乘人之危。将来传出去好像是我用两口棺材换了个媳妇,多难听啊!我在你父亲面前说的话现在还有效,你仍然是自由之身,要是相中了我这个人,咱们就是一家子,今后一辈子都捆在一块了。你若只是卖身葬父,父亲已经葬完了,丧事应该说办得还算圆满,那咱们俩也就到此……"

雪珍停下脚,转过身挡在他胸前,扬起脸盯问:"那又怎么样?"

她眼睛幽深,里面有火苗跳动。

他成心吓唬她:"前面还有不到二里路就是长途汽车站,往东南是回郭家店,往西北就进山了。只要你说不喜欢我,我就带你进山,找一个老光棍儿把你卖了。价钱我不在乎,一定要找一个又老又丑,最好是瘸子瞎子,叫你永远后悔没有嫁给我。"

她的语调仍旧是轻轻地:"你就是又老又丑又瘸又瞎,我自己也做主卖给你,一生一世!"

说罢她把头靠在了他的胸口上,他顺势抱起她,撒了欢地往前跑。叽里咣啷,稀里哗啦,左肩上背着工具兜子,右肩是雪珍的包袱,里面有她的全部家当,前面还抱着个大活人……没跑出多远就喘上大气了。雪珍上边捶打,下边蹬踏,他只好停下来。

她的脸红扑扑的,洋溢着喜气。谢天谢地,总算把满脸的阴云驱散了。她用袄袖为他擦汗,嘴里还一个劲地笑话着:"傻样,傻样!"

他给自己找了个台阶下:"你这包袱里都装的什么?还挺重的,咯里咯噔的。"

"就是几件衣服,还有几本书。"

"书?"他冲着她摇头晃脑,"那天见你的头一眼,我就看出你是王宝钏。别看住寒窑,挖野菜,身上绝对有股子大家闺秀的气派。怎么样,我没有看错吧,果然是女秀才,整个家都不要了,几本书却舍不得丢。"

"你瞎说什么呀?这都是我喜欢的书,也保留着对自己青少年时期的纪念。我父亲只是村上的小学老师,结婚九年才有了我,他把我当成了宝贝疙瘩,一直紧紧巴巴地供我到初中毕业。"

"这么一个宝贝女儿的婚姻大事,为什么不早打主意,非要等到老人快不行了才抓挠,若不是赶巧了碰上我,这么好的一朵鲜花不知会插到一个什么样的粪堆上！"

雪珍的神色又黯淡下来："这些年给我提亲的倒是不少,但没有能看得上的。实际就是舍不得。父母舍不得独生女儿,我也舍不得丢下父母。两个老人心照不宣地想招个上门女婿,可是肯倒插门的人没有条件好的,就这么耽误下来了。谁想灾荒连连,我娘突然一走,爹就慌了……"

"哎呀,天意,真是天意呀！知道吗？你这是在等我,这就叫天赐良缘！"

雪珍又被逗笑了。她笑起来眼睛非常好看,充满柔善。

他的好奇心也被逗起来了："快说说看,你父亲是怎么相中我的？"

雪珍又低下头,有些不好意思,说不是我父亲相中的你,他都下不了炕啦怎么去相看你？父亲托付给一个过去学校的同事,那个老头来讲了你的情况,说你言谈举止里透着大样,长耳垂,宽脑门,大高个,厚肩膀,两只胳膊的力气不知有多大,抡起斧子一砍一天,还看不出有多累。两只眼睛最有精神,很是有股子气势,可见是个有主见、靠得住的人……父亲于是就叫我去看看,如果我满意就把你喊到家里来,如果我本人看不上就不提这码事。听明白了吧？你还老切根人家说,找你是为了卖身葬父！

他一把将她搂进怀里,她的脖子优美而柔软,有一种好闻的香味儿。他把嘴凑到她耳朵边上轻轻地叨咕着："什么叫一见钟情？什么叫千里姻缘一线牵？咱们俩就是。"

"如果你老在这开洼野地里磨蹭,我们的千里姻缘什么时候能牵到家？"

雪珍真是难得,别看话不多,却不缺少俏皮。这样两口子才能逗得起来,那味道可就不一样了。他把包袱放到左肩,工具兜子提在左手里,腾出右手来亲热,或揽她的腰,或抓她的手,脚下也加了点劲。

那个年代坐汽车的人不多,上车后郭存先找了个双人座位,让雪珍坐在里面靠着窗户,他坐在外面挡护着她,工具兜子搁在脚底下,包袱放在自己膝盖上,这就等于给她搭起一个小屋。右手偷偷地伸过去抓住她的左手,她的身体却向窗户那一边斜楞着。他小声告诉她,要坐将近三个小时的汽车,让她闭上眼睛好好睡一觉。

她把头舒舒服服地靠在座位后背上,并听话似的闭上了眼睛,却分明又有两串清泪顺着脸颊流下来。他下面的手加上劲将她的手攥得紧紧的,左手绕过去飞快地替她抹去脸上的泪瓣,转过脑袋轻声问她:"是离开家有点舍不得,还是又想老人了?"她摇摇头,不想吭声。可他着急呀,不问明她哭的原因心里不踏实。

没办法,她才将脑袋凑过来轻轻地说:"绝户人家在村子里是受气的,我们村子大而散,邻里不亲近,我自小就被小子们欺负。一开始的时候,在外面受了气就回家告诉父母,可父母也没有办法,只能陪着我一块难受。后来我再受多大的气回家也不吭声了,那时候真羡慕能有个哥哥保护我……"

他懂了,她从他身上感受到了哥哥的力量和关爱。这也挺好,丈夫的前身不就是"情哥哥"吗?她接着说,"人家都管木匠叫细木匠,可见干木匠是细活,木匠的心也都细。自从认识了你,我能想到的和想不到的,你都给帮着办了,做的比我想的还要好,什么事都用不着我操心。你一辈子都会对我这么好吗……我可真累呀,终于有个可以依靠的人了……"

她轻轻地唧咕着,竟真的睡着了。睡得非常安稳,不知有多少天她没有这么踏实地睡过觉了。可怜的雪珍,放心睡吧,今后再也不会有人敢欺负你了。

这些天他也忙乎得缺觉,趁这工夫打个盹挺好。可心里装的事太多了,得抓这个空捋清楚:回到家就得办喜事,要办多大?由于事先没有准备,钱不凑手……当然,他若是张口借钱,找谁借都是给谁面子,会上赶着借给他。其实,以他和雪珍这种情况,已经成了夫妻,要是想简单省钱,回家吃顿面条就行了。可雪珍娘家没人了,人家跟了他,一辈子就这一回,不像模像样地搞一次排场,好像对不住她。再说自己在她爹面前说过大话,把自己说过的话当放屁,以后还叫雪珍怎么瞧得起自己？咳，说下大天又能花多少钱，房子是现成的，去年才盖的，顶多再重新粉刷一下……捋着捋着他把自己也给捋着了。

再睁眼汽车已经到了马店镇，正是后晌最热的时候。

他肚子饿得咕咕叫，领着雪珍在镇中心找到了一家大车店，里面也卖吃的，他花七角五分钱要了一斤半菜丝烩饼。端上来整整三大碗，连干的带稀的，喷喷香。雪珍强塞只吃了一碗，他自己干了一斤，真是解饱。然后到供销社给雪珍买了一盒香粉、雪花膏、镜子、梳子等等新娘子要用的东西……她打打咕咕，说什么也不让他再花钱了。

供销社的女售货员们凑在一堆端详雪珍，咬着耳朵唧咕着。看她们的神情就能猜得出雪珍给他长了脸。他得意洋洋地成心提高了嗓门："嘿，这是什么日子，谁还能老结婚哪？钱是王八蛋，花完咱再赚！"

可能是离郭家店越来越近了，雪珍要彻底告别过去，开始一种完全不熟悉的生活，显得有些紧张、沉闷。郭存先却正相反，心里美得想喊想唱想蹦想笑，就对雪珍说："咱不走大道了，那得多绕三四里地。我领你走近道，出镇不远就是宽河，河水很浅，也很清凉，我要痛痛快快地洗一洗，你也梳理梳理。过了宽河再走个七八里就是郭家店，你一来保准就把全村的大闺女小媳妇全给镇了，刚才在供销社你可听见那些售货员怎么说你啦？'看人家的肉皮儿是怎么长的，又细又嫩，手指头一碰就得破……'"

任他怎么逗，雪珍红着脸不再做声。

可一走上宽河大堤，看见河面浮浮荡荡足有半里地宽，白花花，清悠悠，立刻吓得她脸色发白，小嘴想闭也闭不住了，还情不自禁地抓住郭存先的胳膊，第一次喊出了他的名字："存先哪，这么宽的河我们能蹚过去呀？"

"不错，不宽还能叫宽河吗？可河面宽不等于河水就深，旱了两三年，去年春天都断流了。你仔细看，中间有的地方是不是已经露出了河床？"

雪珍把他的胳膊抓得更紧了："那我也不敢蹚，我们还是绕点远去过桥吧。"

"我没说让你蹚啊?"

"那怎么过去?"

"我哪,肯定是要蹚过去的,这么大热的天,蹚水过河是一大享受。你哪也要享受一下,水浅呢就趴在我的肩上让我背过去,水深呢就骑在我的肩上让我扛过去。《夫妻双双把家还》已经唱完了,下面我们该演《猪八戒背媳妇》了。娘子,请!"他用一只胳膊搂着她的腰突然发力,从河堤上冲下河滩。

雪珍狠命拽着他的胳膊,叽里咕噜,吓得脸白气喘:"你疯了?就不怕叫人家看见?"

"第一,我恨不得叫人看见,最好是全中国的人都来看我怎么背媳妇。第二,真可惜没有人看见,这是我终生遗憾。这时候庄稼地里没有什么活儿,你往四外看看,如果能找到一个人影,我就不再背你,而是抱你过去!"

雪珍别转脸,低眉顺眼地轻声埋怨着:"你就坏吧,你!"

他将脚上的袜子和球鞋脱下来放进工具兜子,然后把兜子和包袱都交到左手,身子往下一蹲,底气十足地对雪珍说:"好了,趴上来!"

雪珍反而躲开了:"你就这么蹚河呀?"

"还能怎么蹚?"

"这到了河中间要是碰上意外,你是顾东西还是顾人?"

他直起身看着她:"看把你吓得这个样儿?还没下水先想到出事。真出了事当然是先顾我媳妇,怎么会浑蛋到顾东西不顾人呀?"

她不理会他的贫嘴呱嗒舌,变得非常急切:"你真的会游泳?"

两口子就是两口子,现在有个年轻漂亮的女人为他担心着急,心里十分舒服。他不再吓唬她,实实在在地告诉她,他从十岁起就能凫过这条河,那时候的宽河还是满槽的水,赶上发水的季节也是波涛滚滚。他们几个小子凫到河西就是为了偷瓜,钻进瓜园子吃圆了肚子,再悄悄地凫水回来。

"那先把东西送过去,也好试试水深。"

也行,虽然费点事,却可以打消她的顾虑。他叫她打开包袱,把心爱的东西拿出来带在身边:"不怕一万就怕万一,防备蹚过对岸放下东西,再回来背你的工夫有人顺手牵羊。不过我可以把斧子拿出来压在包袱上,我的斧子能辟邪,这方圆几十里知道我郭大斧子的人还是有几个的。"

雪珍还是打开包袱,从里面取出一个花书包,把郭存先刚才给她买的东西放进去,留在了自己身边,将原来的包袱包好递给他。他转身刚要下水,她又把他拉住了:"慢一点,千万别逞能,水太深就退回来!"

他心里发烫,嘴上却嘲弄她:"我的天哪,你还有完没完?这边有个小美人等着我,我还没有尝过做新郎的滋味哪,你叫我冒险我也不会呀。"

她弯下腰想替他挽起裤腿,他说用不着,这身衣服早该洗了,弄湿了更凉快。等会儿走不到家就又被晒干了。他一边说着就撒欢一样冲下河,噼里啪啦,好不清爽。宽河真是要干了,最深的地方也不过刚到他大腿根。没一会儿工夫他就又回到了雪珍的身边,问她:"这回放心了吧?那就快上来吧!"

她将花书包拐到右肩上,轻轻伏下身子趴到他的背上,不好意思地将脸紧紧藏在他脖子后面。他直起身没有马上下水,先引导她那两只已经脱了鞋袜的脚夹紧自己的肚子,一个一个捏她的脚豆,抓她的脚心,逗得她浑身乱扭却不敢出声,脸在他的脖子上使劲磨锉,双手捶打着他的前胸。他嬉笑着颠颠儿地踏进水里,大声问她:"都说你们山边上的水土不好,可为什么你的皮肤这么白,连这双小脚都这么嫩!"

她趴在他肩头,似乎是在偷着笑,没有答理他。

他逗归逗,但脚下格外小心,两只手托着她的屁股,随着哗哗的蹚水声有节奏地揉搓着,真美啊!在水里雪珍不敢乱动,只能求他:"你的手能不能老实点?"

"这有什么办法?我的手向来是闲不住的。你如果不让我先把家伙兜子和包袱送过去,它们都被占着手,你当然就会清静多了。现在两只手都闲着,还能不干它们最喜欢干的事吗?说到这儿我得提醒你,咱这小屁股要说好看那是没有比,要说柔软也真够软和的,捏在手心里忒舒服了!可女人的屁股要托起整个家,托得住男人的命运,要大,要硬,要撅起来,要能生五男二女……从明天起你得好好给我吃东西,吃不下也要强吃,多吃!"

"你把我当成猪了?"

"你要真能像猪那样皮实,我的福气可就大啦。你比我有学问,家字就是房子里面有猪,古人把女子出嫁叫做'归',你不是离开自己的家,而是在回自己的家。嫁鸡随鸡,嫁狗随狗,嫁个猪八戒背着走。说到这儿我想起一个瞎子背瘸子过河的故事,得讲给你听,要不你老拿着劲,来不来就脸红,脚也不让捏,屁股也不让我摸……"

"可你也没少捏,也没少摸呀,到现在你的手不也没闲着嘛。"雪珍哧哧地笑,气息吹得他脖子柔润而酥痒。

"话说一个瞎子和一个瘸子结伴而行,被一条不大不小的河拦住。只能由腿脚好的瞎子背着瘸子过河。快蹚到河对岸的时候,瘸子看到前面有两个赤身裸体的女人在洗澡,就想考考瞎子,你说洗澡的是男是女?瞎子没有打奔儿就说出来是女的。雪珍,你猜猜,瞎子看不见又怎么会知道前边是女人在洗澡?"后背上半天没有动静,他扭着脖子朝后看,刚能看见雪珍忽忽闪闪的两只大眼睛,她立刻用手把他的脑袋又掰正了:"好好看着前面呀!"

"哎呀,你那学问到哪儿去了?告诉你吧,瘸子看见前边有女人洗澡,卡巴裆里的那个东西就挺起来了,硬邦邦地顶着瞎子的后腰。所以瞎子不用猜,就知道洗澡的准是女人。"

雪珍羞得躲藏着自己的脸,下巴颏儿紧紧顶在他的后脑勺上:"我就知道你没有好话……"

他大声开导她:"这是最正经的话了,世界上的全部事情就是男人和女人的故事,谁也摆脱不了谁。男人从女人那儿出生,最终又回到女人那儿去。还得再给你讲一个故事,从前有个小伙子,家里一无所有,却派媒人到本乡最富有的大财主家提亲,还让媒人对财主家的小姐说他也是最富有的。小姐听信媒人的话允了婚事,过得门来却发现新郎一贫如洗,便责怪他说谎骗婚。小伙子说我没有骗你,能够使女人幸福的不是男人的家财,而是男人最本质的东西。他一边说着,一边不慌不忙地从裆里掏出自己看家的东西,果然雄壮颀长。新郎洋洋自得地说,这才是男人真正的本钱,有了这个女人就一生受用不尽。那小姐即刻转怒为喜,小两口真的一生欢乐美满。"

他听到雪珍轻骂了一声大坏蛋,然后就有拳头挠痒痒似的捶在他的肩膀上。

他假装脚底下打滑,身子突然一晃一蹲,她惊叫一声身体失控,他借劲右手一推她的右腿,左手一托,她的身子由他的后背转到他的怀里,被他的双手牢牢实实地托住了。她本能地也用两只手搂紧他的脖子,绯红着的一张脸正好凑到了他的鼻子底下。四目相对,烈火舔上了干柴,她满面娇羞,闭上眼要想偏转自己的脸。人在他的怀里,脸还能转到哪里去?他一低头,不费劲就亲上了她的唇。

好渴啊,正熟在火候上,却极其饥渴。越吸越不解渴,越亲越不嫌亲。渴望渐渐胀满全身,下面越来越鼓胀,上面越来越饥渴……她的身子在他的怀里扭动,怕掉进河里又不敢挣为的劲太大。渐渐地变软、变黏,由向外挣为开始向他身上贴靠、缠绕。双唇也开始应合、寻求。河水越来越浅,他稳稳地走上河滩,轻轻地将她放在被晒得热乎乎的沙子上,身子便火燎一般急切地压下去……

完了事,雪珍把脸埋在他怀里哭个没完了。她两肩抽动,眼泪热乎乎的烫着他的胸口。她显得极其娇弱、孤单、害怕,却并不怨恨他。因为她的两只胳膊还紧紧地搂着他,身子仍旧跟他贴在一起,恨不得把自己的身体整个揉进他的体内。他左手抱紧她,右手轻轻胡噜她的背,嘴里说着当时能想出来的一切好听的话哄她……胡噜来胡噜去,把她的身子又胡噜活了,也把自己又胡噜硬了。

他本来心疼她,不想再让她连着那么痛了。可身上的那股劲就像涨潮,一波又一波,一浪又一浪,激烈冲撞,浑身战栗,无法遏止地重新昂扬膨胀起来。他抱着她的姿势没有动,下面就熟门熟路地自己进去了……

## 5. 借　地

　　郭存先出去砍棺材竟带回来个女人……这件事就像唱戏说书的一样新奇。在被饥饿和穷困熬磨得死气沉沉的郭家店，就像扔了颗炸弹，人们滋冷一下子都来神了，极大地激发了想像力：这个女的长得嘛样？不会是秃子、聋子或还有别的残疾吧？她是自愿呢，还是被拐带来的？真要像拾柴火那么容易捡了个女人回来，这样的女人还能要吗？能是正道人吗？闹不好肚子里都有了吧……

　　连续几天郭家的门槛都快被踩烂了，似乎有大半个村子的女人都争着来看新媳妇，她们陆陆续续、三三两两，上了新媳妇的炕就不想走，非等下一拨来了，前一拨才挪屁股。那一双双刨根问底儿的、带钩挂刺儿的眼睛，就像能隔着皮看到瓤，或者干脆扒了人家的皮。有的光动眼睛不过瘾，还要动嘴，平日里多么说不出口的话这时候都敢出嘴，俗话说三天没大小嘛，可人家早就过了三天啦。还有更放肆的，非得凑近新媳妇，拿手摸摸这儿、捏捏那儿……朱雪珍躲也不是，不躲也不是，老这么捏下去还不得被捏熟了。

　　她一阵阵脸上烧着火，手脚没处放，脑子里飘动着一团团热雾，昏昏沉沉。但，无论是眼红的，还是牙缝冒酸的，见过新媳妇之后，嘴里就好话多了：这个小媳妇，目前在郭家店算是拔尖了。这就叫本事，还得说人家郭存先，像他老子！

　　说来也怪，当大大小小的女人们一拨接一拨往郭家炕上挤的时候，一个男的也不来。是由于妒忌，还是气不忿儿？按理说人家娶媳妇碍别人嘛事？说不碍也行，说你碍了别人的事还真就碍了。大家都在一个村子里住着,你看着我,我看着你,日子是摽着的,你凭嘛蹿到前头去?你一蹿到前头拽得大家都不好受。这天下半晌有几个男人意外地闯了进来,咯噔一下像下了通知一样,女人们就都不再登郭家的门了。

这几个男人可非同一般,都是郭家店有头有脸的角色。打头的是村支书陈宝槐,跺跺脚就能让郭家店四角乱颤,一看他的行头就能知道这一点,大热的天里边穿着背心了,外面还要苫披着蓝制服褂子,上边口袋里插着钢笔,下边口袋里装着鼓鼓囊囊的黑皮笔记本。这好像是一种绝对权力的标志,他的上身一年四季永远都要苫披着一件衣服,到冬天要披一件棉袄或军大衣。全村只有他一人可以苫披着衣服,连大队长都不行,如果看到大队长敢苫披衣服了,那就表明快当书记了,或者书记出事了。村支书也只有到公社或县里开会的时候,才会把两只胳膊伸进袄袖,将衣服穿好。在那种场合他只有干瞪眼看着比自己级别高的干部苫披着上衣。跟在陈宝槐后面的是大队长韩敬亭,以及郭存先所在的第四生产队里几个管事的,他们或穿着短袖褂子,或套着老头衫。这些人一进门,孙月清就听到自己的心里扑通一声,这是怎么啦?村上的大头头可是从来没有登过自己的家门啊。

但她很快就明白了,这是来要酒席吃的。虽然存先一回来就向外嚷嚷出去,他们在下阳坡当着女家要闭眼的老人举行过婚礼了,他和雪珍已经是夫妻,回到郭家店就不再举办结婚仪式。这个意思很明白,就是不再请客吃饭。何况按眼下的情况,谁家有喜事也办不起酒席。但是,那些话只能挡住一般的老邻旧居不来吃你,却挡不住村里的干部要来喝喜酒。何况你郭存先也不能跟别人比,你是在外边又挣钱又挣粮,还白捡了一个媳妇,能就这么便宜地让你给新媳妇登记上户口吗?孙月清慌忙将领导们让进东屋,嘴里重复着谁都听得出来却又不能不说的虚情假意,这可真是请都请不到的贵客呀,正想等消停一点让存先去请你们哪……

她已经将这间屋子给存先两口子当了新房,自己和另外两个孩子住在西屋,把院子南头放东西的小房子收拾出来安顿了老小叔子郭敬时。有了儿媳妇真好,她从心眼里喜欢这个儿媳妇,便抑制不住自己满心的欢喜,介绍雪珍认识这些村上的大人物,并指使她挨个给领导们斟水点烟。转头再吩咐刚进门的小儿子存志,快出去找找你哥,就说领导们都来了,让他快回家。又从口袋里掏出一块多钱,悄悄地让闺女去合作社打二斤红薯干酒,剩下的看着买点能下酒的东西,像豆腐干、老虎豆呀,看看有没有便宜的罐头?存珠吐吐舌头,凑到她耳朵根子底下小声说:"我的娘啊,你就给俺这么点钱还想让俺把合作社给你搬回来?"她搡了一把女儿,嘴上催促说快去吧,那红薯干子酒三毛多一斤。

孙月清给儿女派完活儿又返身回到东屋,见干部们正向儿媳妇问话,场面有点没规矩,年轻的村干部们七嘴八舌地都争着跟雪珍搭讪,却把大队的书记、队长晾在一边:你是哪里的人,你们那里的粮食定量是多少,父母是干什么的,上过什么学,怎么认识的郭存先……朱雪珍一一作答,虽轻声慢语,却不羞不怯,有板有眼。这更让孙月清从心里向外美,看儿媳妇那副柔柔顺顺文文静静的小样儿,这几天又被那些疯疯扯扯的大嫂大婶子们捋折怕了,没成想应对起领导干部来倒不憷阵,一是一二是二,口齿清楚,听着得体。反倒是这些干部,眼珠子瞪得老大,看着雪珍的样子湿乎乎的发黏,这算哪一出哇?又不是闹洞房。她听到儿子回来的脚步声,赶紧迎了出去,小声嘱咐存先将屋里的人留下来吃饭,反正这顿喜酒早管晚管终究是拖不过去的。存先嘟囔道,这帮人要真是想吃顿饭喝顿酒那倒好办,怕的是夜猫子进宅,无事不来。孙月清见儿子对村干部们到家来老大的不高兴,心里似乎有让他犯嘀咕的事,却也顾不得多问。不管怎么说,有了存先两口子陪领导,她就能腾出空去操持晚饭了。今儿个晚上当然要吃喜面,她自打村干部们进门就在心里掂对好了,以高粱面为主,掺上红薯干面,这样的面子和好了有劲儿,容易擀出长条。再加上一少半玉米面,看上去就会有点白色,更像面条的样子了……

郭存先低着头抬脚进了东屋,却没有他娘见了村干部的那般喜兴,倒装着满脑袋的狐疑正琢磨不透,因此进门后就有点发愣,一时竟不知该先说点什么。正嘻嘻哈哈想要逗新媳妇的年轻干部,猛见郭存先一步闯进来,也有点打奔儿,屋子里一下子僵住了,连支书陈宝槐都盯着郭存先不说话。心想自己从没有特别注意过这小子,怎么一娶媳妇就突然长成大老爷们儿了？宽脑门窄鼻子,高颧骨方下巴,骨架全长开了,神情自信,或者就是骄傲,对来道喜的客人,连个点头都没有,且不说这些人还都是村里的头头脑脑。大队长韩敬亭看出了郭存先的紧张和敌意,这是他们的家风,打从郭存先他爹那一辈起,对当官主事的人就从没有过好脸子。于是打哈哈解围:"存先哪,讨了个漂亮的小媳妇就想藏着掖着,连喜酒也不请一杯？"

"啊……请,请,今儿个大家就都别走了。"郭存先忽然发觉在座的里面没有少年得志的实力派人物蓝守坤,心里不知是一阵松快,还是一阵腻烦。那家伙是因为打了存志不好意思进这个门,还是仍在心里记着跟他的过节？

陈宝槐也开口了:"在这大喜的日子里你不好好呆在家里,去哪儿了？再找不到你就得用大喇叭喊了。"

郭存先一个劲地点头,解释说:"我去村外看看哪儿取土方便,想抓空脱点坯,明年开春得接着这屋的东山墙再垒两间房子。我一结婚把二叔赶到小屋里,心里不落忍。"

陈宝槐晃悠着脑袋,嘴里啧啧有声:"到底是郭敬天的儿子,这股算计劲没人能比,过日子老是能走一步看两步。存先哪,这两年为了让你能娶上媳妇,村里对你可是大撒把地放鹰了,你爱去哪儿就去哪儿,赚钱也好,挣粮食也好,我们都不管。现在媳妇娶回来了,也该收收心了,小日子要过好,大日子也得考虑。今天我们来有两个目的,一是给你道喜,二是要谈点正事,下面由大队长说吧。"

听到这儿郭存先反而定住神了。村里果然是想卡他,顶不济就先不出去,还能把他怎么样？他站在地上直盯着韩敬亭,看他怎么说。听到大队书记这么严肃地说要谈正事,孙月清和另外一双儿女也全都停下手里的活儿,站在外间屋偷听,还真叫郭存先猜对了,来者不善,善者不来。

韩敬亭是个正宗庄稼人,说话的口气也比较和缓:"你想必也很清楚,你们四队现在最难,也最乱,像你这样有本事的要出去,没有本事的宁可出去讨饭也往外跑,要不然去年拉红薯苗子也不至于派不出劳力,只能让刘玉朴出车,害得他上了吊。四队这两年里换了三个队长,谁也没干好,大家意见很大,上边也不满意。所以这次上下一致推举你来当这个队长,相信你能把四队管好,这也是陈书记的意思,村党支部已经讨论通过了。"

在外间屋偷听的孙月清,用手扑拉扑拉胸口,心里的一块石头落地,喘出一口大气。存志和存珠相视一笑,赶紧又捂上自己的嘴。他们家还从来没有出过当官的,队长也是官呀,而且正是现管,自古不就是县官不如现管嘛。至少粮食定量队长就比一般村民高,要不如今哄孩子睡觉都得唱队长:"儿呀儿,快点长,长大以后当队长,再不吃这三大两!"

但里屋的郭存先,听完韩敬亭的话却笑了。笑得带气,又冷又涩。

韩敬亭迟钝,被他笑蒙了。陈宝槐可不理这一套,拿出一种威势问道:"郭存先,你笑嘛?"

"书记,村上出去的人这么多,他们能出去我为嘛就不能?有人出去只是讨饭,我不过是捎带着卖膀子力气,那也是救急解难,积德行善。再说我不在村里,也省得让有的人看着碍眼,闹不好还找我家的茬儿。现在叫我当队长无非是想设个套把我拴住,这点事谁还看不出来。说真格的我也不是不想干,是真的干不了,光是管自己的家都够戗,哪管得了一个队呀?八十多户,也是小五百口子人哪。我能不发憷吗?不当这个队长行不行?"

"不行!"陈宝槐又晃晃脑袋,口气说一不二,"都像你这样还要我这个书记做嘛?我劝你别在自己大喜的日子里找不自在,敬酒不吃吃罚酒。你非要不干也不是不可商量,听公社书记讲,上边已经给县里下了指标,要动员一部分人家迁移去青海。你不是喜欢往外跑吗,要跑就跑远点,青海人口少,肯定比我们这里强多了。怎么样,要不要给你们家报个名?"

孙月清赶忙冲进屋来呵斥儿子:"存先,别惹陈书记生气,人家想当还当不上呢,你怎么能给脸不要脸。快向书记认个错!"

老娘进来这一闹腾,倒确实给郭存先搭了个台阶。其实他心里也并不是真不想干,就是要拿点架子,表明自己不在乎这个。以前你们村干部嘛时候拿正眼看过我呀?现在玩不转了才想起我……不想却给自己找了个难看。陈宝槐是干什么吃的,一个大队书记想捏死你就跟闹着玩似的。老百姓的顺口溜是怎么说的?"得罪了队长派累活,得罪了会计笔杆戳;得罪了保管抹秤砣,得罪了书记没法活。"这事让郭存先学了一手,他急忙转脑筋,得把自己刚拉出的屎再坐进去,当着媳妇的面还得再找回点自己的面子。他苦笑着向外推老娘,顺便也给雪珍使眼色,高声说:"娘你想到哪儿去了,陈书记未必是生气,这是领导给我布置任务,我有权利摆出自己的困难,我是请示能不能不干,又没说就是不干。您快去做饭,等一会儿我向陈书记敬酒赔罪。"

朱雪珍借机扶着婆婆也出去了。郭存先又对着陈宝槐和韩敬亭把自己刚说过的话再圆回来:"既然书记把话说得这么严重,我有几个脑袋,我可不想连累全家,青海再好我也舍不得离开郭家店。这个四队的队长我当了,但我可是一点经验都没有,请领导给出出主意吧。"

既然如此,陈宝槐的脸上也放晴了。他今天当着手下,特别是还有郭存先的新媳妇和一家人,将这个能耐梗给拿服了,心里很是畅快。但他的脸依然板着,声调威严:"我所以选在这个当口让你出来收拾四队的摊子,是中央下来一项大政策,这项政策落实好了,没准明年就都可以吃饱了。可你们四队现在连个能主起事的人都没有,别又把这次机会弄瞎了,甚至再弄出乱子。"

"什么政策?"

"借地。"

"借地?"

"对,咱们的土地不都是国有吗?现在国家要拿出一部分土地借给农民,根据各个地方土地多少不一样,借地的标准也不一样。咱们县规定每口人可以借给三到五分地,咱们村就居中,每人准许借给四分。"

郭存先刚想说既然政策允许借到五分,干嘛不用足?想想陈宝槐刚有了好脸子,就别再顶撞他找不顺气了,便把临出口的话改成了别的事:"这地能借给多长时间?"

"现在还没说,估摸着至少也得一年吧,你怎么也得让人家收一茬庄稼呀。"

"借给的地不交公粮?"

"不交。"

"自己想种嘛就种嘛?"

"对,谁的地谁做主。"

"地有好有坏,有远有近,借嘛样的地上边有规定吗?"

"各个队按自己的条件决定,总之是别把好事办坏,惹得大家都有意见。"

"确实是好事,是大好事!"郭存先嘴里叨咕着,脑子已经动了起来,身上胀起一股劲道。


差不多跟郭存先带着媳妇回家前后脚的事,同样也算是添人进口的金家,此时却冷冷清清,没有一个人来看望他们。他们甚至也不希望有人来,最好是没人知道他们回来。可这种事又怎么能瞒得住呢?从打金来喜带着老婆一回来,登时在全村就传遍了,说什么话的都有。有说他犯了事的,有说他犯了罪的,有说他是被城里开除的,也有人说亲眼看见他是被警察押解回村的……他的大哥是个不起眼的老光棍儿,人们说嘛话都不用背着他,因此他对村里的闲话都听了个满耳。都听到了又能怎样,还挨个的去向人解释?说这是国家政策,凡是在农村有家的工人都得疏散回原籍,还不是因为正在度荒,是困难时期嘛!

说这个谁听呀,听了也没人信哪,只会越描越黑。自古就是先有农村后有城市,从根上说城里人都是从农村去的,有老家的城里人海了去啦,怎不见别人被打发回来?说了归齐还是个成分的问题,谁叫自己是富农,碰到嘛事人家都不往好处想。

外边的天早就黑了,外边多黑屋里也就多黑。他们用不着点灯,愁眉苦脸还用再看着愁眉苦脸吗?要唉声叹气,有亮没亮还不是一样。光棍儿大哥金来旺坐在炕的一头,另一边坐着刚从天津卫被轰回来的金来喜,还有他老婆米秀君。三个人有一搭没一搭地傻坐着,闷半天兴许才有人吭一声,即便有人起头说上一句半句,下面也未必就有人接腔。可每个人的心里都在倒海翻江……

郭家店呀郭家店,你为嘛就叫了这么个名?怎么从来就没想过要打听一下这个名字的来历?也许在刚建村的时候姓郭的是大户,或者是历史上有姓郭的当过大官,以自己的姓氏给村子命名。但风水轮流转,转到土改的时候郭家店姓郭的都不行了,仅有的一户地主姓刘,光有地主不行,还得再找出一户富农,那就是他们金家,郭家店这算是成龙配套了。也有人说当时是姓郭的掌权当村长,自然要偏向姓郭的,即便郭家有人够得上定地主、富农的条件,也暗中给拉了下来。其他外姓人家,条件差一点的也给硬撩了上去。郭家店再穷,如果没有地主、富农,光有贫下中农,听起来也不像个村子,那到底是谁剥削谁呀,没有剥削哪来的阶级?没有地主、富农,又怎能比较和划分出贫下中农?

金来喜的运气还算不错,趁着小时候对户口管理不严,跟着外村的一个亲戚到县城里去推轱辘马,推来推去地竟推到了天津卫,刚开始先当小工,给人家提拉泥水罐,搬砖卸瓦,后来进到建筑公司当上正式的泥瓦匠,成了工人阶级队伍中的一员。他曾认真神气了好多年,而且还找了个同事的妹妹结婚成家,那个同事的老家是山东齐河县。他大哥金来旺没有手艺,逃离不了郭家店,只能在家继承富农的衣钵,理所当然的打了光棍儿。这看起来倒也公平合理,以前都是穷人打光棍儿,现在该轮到地主、富农娶不上媳妇了。虽然都是光棍儿,但光棍儿跟光棍儿可不一样,金来旺是富农光棍儿,比真正的穷光棍儿要低一等。现在金来喜除去有老婆,今后也将跟他大哥一样了,是郭家店的二等农民,成天要在贫下中农的监督下干活儿。或许地位还不如他大哥,当光棍儿,特别是老光棍儿,还有被人同情的一面,心里有气可以耍一耍、闹一闹。农村一般都有这么个不成文的规矩,在任何家庭里诸事都要让着光棍儿。

金来喜盘算着自己今后的日子,越盘算越没有盼头,要不是自己没有那份囊气,真是连死的心都有!要死也不能死在郭家店,就该死在天津的公司大门口边……既然不想死,就凑合着真得把自己当成是犯了事,被遣送回来改造的。说白了还不就是那么回事嘛,跟劳改犯没嘛差别。今后说话做事千万得小心加小心,不多说多道,尽量不往人多的地方凑,最好是能在大家的眼皮底下把自己藏起来,让人注意不到你,也就不会找你的事……这是上边几辈子倒下的血霉?

金来喜一味地着急上火,就不想想他大哥其实比他更犯愁。许多年来他一直是大哥的希望,金家的荣耀。金来旺不太在意自己是"二等光棍儿"的身份,一想起还有个亲弟弟在城里当工人,心里就硬气得很,甚至觉得比别人还高一头。特别是逢年过节,来喜有时会带着东西回来看他,那就格外给他长脸,他恨不得领着弟弟在村里转上几圈儿,让全村的人都知道是城里的弟弟回来看他了。他也去过两次天津看弟弟,回来的时候一提一大兜子,果子、炸糕、小八件的点心……村上谁家有事他送两根果子去,人家都会笑脸对他,喜欢得了不的。要知道平日里他想见到个真正友好的笑脸并不容易,即便有冲着他笑的,那多半也没揣着好心眼子。现在来喜也回来当个跟自己一样的二等农民,就等于金家塌了天哪!

金来旺忽然嘟囔出了声音:"先不说别的,光是每天只有三两粮食的定量,你们就受不了。何况还经常吃不到三两,能保证一二两就不错了。又赶上弟妹也快要生了,坐月子的时候拿嘛养身子呢?"

沉了好一会儿,见金来喜不接茬儿,米秀君只好自己出头安慰金来旺:"大哥甭为俺操心,到时候叫俺娘从山东过来伺候月子。"

"那敢情好……"金来旺没有再往下说。亲家娘来伺候月子是再好不过了,可给人家吃什么呀?还有一个真正堵在三个人心里的话题,都不想先捅破。他们现在安身的这两间东厢房,土改时给留下的,平时金来旺一个人住着正好,里屋睡觉,外屋垒着锅灶,连放东西带做饭。金来喜两口子一回来他只好把里屋让出来,自己在外屋临时搭了个小铺。他倒是怎么都能凑合,可就是对兄弟媳妇来说太不方便了,出来进去的都得先经过光棍儿大伯子的小床铺,夏天身上都穿的单薄,甚至嘛都不穿,这算怎么一档子事?最关键的是,哥俩今后是就么凑合着在一块起火,还是分开过?或许每个人都想分开单过,可由谁先张这个嘴呢?

"你们先歇着吧,我出去转转。"一直没出声的金来喜,突然扔下这么一句话就下炕走了。

外边黑灯瞎火的有嘛转悠的?兄弟出去了,这大晚上的他能跟兄弟媳妇一块歇着吗?金来旺磨磨唧唧地也跟了出去。

终于把村干部们都送走了,郭存先不再拿捏着那股不阴不阳、不卑不亢的劲儿,彻底放松自己,变得兴奋异常,在屋里来回地转磨磨。现在终于让他有了一个登场的机会,生产队的队长虽然还不算吃皇粮的干部,但已非常接近郭家店的权力中心,以前换队长只不过是解决由谁掌握权力,这次要让他们都看看,权力该怎样被掌握。特别是通过晚上这顿喜酒,他掂出了村里大头头的分量,也改变了他的家长期跟干部们不咸不淡不凉不酸的关系,如今自己也是干部了,今后有事就能够堂堂正正地直接找大头,个别人再想私下里使绊子捏咕人,可就没那么便宜了。有一股热流在他胸膛里翻腾,随即像烧着了全身……

朱雪珍在外间屋帮着婆婆、小姑子洗洗刷刷,还没等都收拾利索,一看外人都走了就被婆婆赶回到自己屋里。孙月清心疼儿媳妇,就怕她累着,老说这点活儿用不着她沾手,还一再嘱咐要好好歇着。她的脚一迈进屋门,就被丈夫迎面一把抱起,他后退着猛然往炕沿上一坐,轻轻巧巧地就将媳妇放到了自己的大腿上,雪珍还没来得及笑出声,就被他那坚实有力的嘴巴饥饿般地给堵上了。她不敢使劲挣为,怕弄出声音让还在外屋干活的婆婆听到,只得用一只胳膊搂着丈夫的脖子,一只手捏成拳头轻轻捶打他的后背。这越发鼓励了郭存先,把她搂抱得更紧了,似乎一张嘴巴都不够用了,火燎般地越来越狂荡。雪珍的身体也渐渐地软了下来,满怀的柔细和酥软,反使他极度地亢奋和膨胀,于是叉开两条腿,腾出一只手褪下自己的裤子,然后扒出媳妇的屁股,挺腰向前一纵,雪珍疼得一闭眼,随即就感觉到丈夫那个热乎乎硬邦邦的大东西,又活跃在自己体内了。

待缓过劲儿来,她对着丈夫的耳朵根子轻声嗔怪:"你怎么就没个够啊?"

"娶了你这么个美人能有够吗？你不看饭桌上的那些男人，看你的眼神都要馋死了。"

"西屋还都没睡哪，等一会儿躺下了随你折腾就不行吗？"

"等不及了，你知道我多喜欢你呀！娶了你就像抱回一个大宝贝。我的好媳妇，你可是给我带来了好运气，当了队长虽然不能出去挣钱了，正好可以在家里陪着你。要不我还真舍不得把你扔在家里。"他一边在雪珍耳边说着甜言蜜语，两只手一边用力掐着媳妇的后腰，拼命往自己怀里紧拉紧送，雪珍的下体慢慢地也有了意识，柔情一点点泛滥开来，漫溢全身，渐渐地竟如浪潮涌动，一波一波地激荡，一阵阵地颤栗，一种无可名状的快乐奇异惊心……

还在外间屋归置碗筷的老娘，肯定听到了东屋里的动静，赶忙把存志、存珠赶到西屋的炕上，自己也不再出声。一直听着东屋里消停了，又等了一会儿听到存先出来关大门、拿尿盆，孙月清才从西屋里出来。她还惦记着家里的老光棍儿郭敬时，吃饭的时候存志就没能把他喊回来，这一点可以想得到，以他的脾气是绝不会跟村干部们坐在一个桌子上吃饭的。人们可以说他疯、说他傻，但孙月清心里清楚，郭敬时疯得仁义，傻得精细，他是怕干部们嫌他脏，给嫂子、侄子们丢脸。他这个老光棍儿跟别人家的光棍儿可不一样，从打孙月清进了郭家的门，就没见过他在家里耍过光棍儿。所以孙月清想到小南屋看看，这般时候他该回来了吧？她还在锅里给他温着一大碗面条哪。她拿着火柴来到南屋，不用点灯就知道郭敬时还没有回来，点上灯又看了看，好像自打给郭敬时收拾好这间屋子，他压根就没在这个小炕上睡过。孙月清不免在心里埋怨自己，这两天光顾忙活存先和新媳妇的喜事了，却把他们一辈子没娶过媳妇的亲二叔给忘到脖子后头了。说不定他就是怕给侄子的喜事添乱，才故意躲出去的，这两天家里来的人多，不想让来串门的人看着他嫌弃。

孙月清越想心里越不是滋味，慌慌张张地回到西屋让存志到外面去找。可存志早就睡沉实了，要想喊醒他就得多叫两嗓子，还没等存志醒过盹来，存先过来了，问怎么了？

"你二叔晚饭就没回来吃，这么晚了也不回来睡觉，我叫存志出去找一找。"

"不用了,我去找吧。"

老娘不干,她心疼大儿子这两天身子亏:"你就给我好好歇着吧,让存志去找。"

"他找不回来,就得我去。"郭存先已经成了家里主事的,他的话里有了一种成熟自信的分量。"我也正想跟二叔说说话,他要不乐意睡南屋,就让他缓坡回到东屋里来,正好雪珍也喜欢二叔,他们爷俩好像挺投缘。"

孙月清听大儿子这么说,心里很舒坦。以前三个孩子都不大待见二叔,这一半年好像都变过来了。但她口气坚决:"你二叔绝不会住你们的屋,原打算我跟存珠住南屋,让你二叔和存志呆在西屋,是你二叔不干,他非要去南屋,你还不知道嘛他就想要个自由自在。不过这时候你能出去找找他也好,先到村口的大树底下去看看……"

"你快歇着吧,我一定会把二叔找回来的。"他把娘扶进西屋,重又回到自己的屋里,见原本躺着的雪珍坐了起来,便用两手捧着她的脸蛋儿悄悄说:"你自己先睡,我去找二叔。"

"我跟你一块去。"

"你不累呀?刚干完好事要好好歇着,保你今儿晚上会睡个好觉。"

"你还臭美,这不都得怪你嘛。我走不动了就让你背着,反正你有的是力气。"

"这又何苦呢?背着也不如在炕上躺着舒服啊。"

"我来了好几天还没有出过门呢,趁着这会儿没人看见,你领我出去透透气,好好看看你们这个村子,特别是那两棵大树。"

郭存先就爱听雪珍这样说话,带点撒娇,又有一种洋学生的味道,让他喜欢得心疼。于是爽快地答应下来:"那好吧,就让我背着你夜游郭家店。"

他们出了门,眼前一片漆黑,天气阴沉发闷,既无星星又无月亮。由于连年饥饿,人们早把能进嘴的动物全宰着吃了,所以郭家店的夜晚没有一点杂音,静得一片死寂。再加上人们肚子里都缺食,连白天都恨不得躺着不动,天一黑就更不愿意出门了,早早地都关门闭户,赖在了炕上。郭存先抓住雪珍的手,一蹲屁股一拧腰便将她背了起来。雪珍舒舒服服地搂着他的脖子,下巴顶着他的肩头味味地笑。这样颤颤悠悠地走了一阵,他们的眼睛渐渐地适应了黑暗,夜晚便不再那么瓷实,眼前的一切都现出了轮廓,郭存先便开始给她讲解郭家店。他要照顾脚下,还要不时地扭脖子跟雪珍交流,雪珍问:"累了吧?"

"说累吧不是很累,说不累吧又有一点。"

雪珍又笑了,毕竟心疼丈夫,就从他背上下来。但郭存先还是抓着她一只手,免得道不熟被磕了绊了。他向她讲着龙凤合株的故事,她听得很专心,不知不觉就来到了两棵大树的跟前,看到有个黑影在围着大树转磨似的溜达……在郭家店除去疯子二叔,还有谁会深更半夜地跑到这儿来抽风?郭存先冒叫一声:"二叔啊?"

黑影停住脚,似乎是愣了一下,便疾步迎着他们走过来。看身形步态这显然不是他们的疯子二叔。雪珍赶快松开丈夫的手。黑影来到近前,早早地就伸出了右手,声音听着很生:"是存先吧?我是刚从天津被疏散回村的金来喜呀。"

郭存先很意外,却也伸胳膊握住了对方的手,但一时找不到合意的话说,就不假思索地应付着:"白天倒是听人说了,干得好好的怎么说叫回来就回来了呢?"

金来喜叹口气,他最怕谈这个问题,可跟村上的任何人碰见,都免不了要先从这件事说起:"有嘛法子,咱这农村人即便当了工人也不值钱,就像一只臭袜子,用完了穿破了随手一扔。"

郭存先气不忿儿:"城里疏散让工人回村当农民,那农村要疏散呢,农民就得进监狱去当犯人?要不就去大西北,充军发配。这到哪儿说理去!"

行啦,有这两句就足够了,金来喜赶紧转移话题,他把脸转向朱雪珍,黑糊糊的看不清也想看,新娘子的身材轮廓还是能看得出来:"甭问这就是轰动郭家店的弟妹了?"

郭存先向雪珍介绍:"这是金二哥。"金来喜摸摸自己的身上,不好意思地嘿嘿一笑:"没想到会在这儿碰到你们,身上嘛也没带,明儿个我一准去家里向你们贺喜。"郭存先却急忙摆手:"别,千万可别费事,我们早就办完事了。"

"你们可创了郭家店的纪录了,像城里的恋人一样晚上出来遛马路。"

雪珍在黑影里都有些害羞,郭存先却哈哈一笑:"不错,他们城里有马路,咱没有马路遛土路。对了你是嘛时候到这树底下来的?看没看见我二叔?"

"哦,你是说疯……敬时二伯?我刚才出来的时候是看到一个人,离开这儿往村北去了。"

"你在这儿接着溜达,我们去北边找找他。"郭存先拉着雪珍拐向村北。金来喜从后面追上来:"存先,要不我跟你们一块去找吧?"郭存先下意识地连忙拒绝:"不用了。"

金来喜在后边又高声叫喊:"存先,我吃回头草又来郭家店落户,可以说百嘛不是,以后还得麻烦你多照应着点。"

郭存先停下脚转回身子:"你不提这个我还忘了,你回来得倒正是时候,国家要借给咱们地,明儿个一早你到队上来,我心里已经有个谱儿了,要跟大家商议一下。"

"哦……"金来喜不敢往下接茬儿了,他听着郭存先的口气怎么像是当了队里主事的。

郭存先又想起一件事:"对了金二哥,明年一开春我想盖两间房,到时候免不了得请你这个大工人给帮帮忙。"

金来喜心里一动,郭存先无意间提醒了他,让他似乎看到了一个机会,别忘了自己也是有手艺的,农村虽然不比城里,但总会有人要盖房子、垒炕砌灶、垒猪圈、搭鸡窝……以后哪家有泥瓦匠的活儿他都可以去帮忙,既当设计师,又是施工者,而且随叫随到,有求必应,或者叫不敢不应,时间一长他就不信混不出个好人缘。只要让村里人都需要他、求着他,他不照样还能重新获得做人的尊严和快乐吗?倘若再跟郭存先这样的村里强手摽在一块,由他在前边给挡着遮着,打开局面可能会更容易些。想到这儿他就热情高涨地满口答应郭存先:"那还用说嘛,你是木匠我是瓦匠,木匠瓦匠,配对成双。就是说这两个行当谁也离不开谁,联起手来嘛活儿都能干。"

"就这么说定了,明儿个早晨在队里见。"郭存先领着媳妇向村北走,心里却不免有些嘀咕,村北这么一大片,哪是二叔要呆的地方呢?他要是满洼里瞎转那可就惨啦,还不得找到天亮啊。出了村子似乎有了点风丝儿,身上感到凉爽了一些。

眼下毕竟是热天,没有雨水还有露水,野洼里有了各种虫子的鸣叫声,黑夜便活泛起来,不再像铁板一样沉重、静默。郭存先想到刚才金来喜的话,索性放开手,像城里的恋人一样伸出一条胳膊,揽住雪珍的腰,这样走起来就更惬意了,馋了还可以在媳妇好看的脖子上亲一口。即便找不到二叔,两个人这样在洼里走一走也不错。

这也正是讲故事的好时候,既然是出来找二叔,光是他的故事就够讲多半宿,偏巧雪珍又对这位疯子二叔充满好奇。郭存先问她,别人都嫌弃甚至有点怕他,你为嘛还想亲近他,即便不嫌他疯,也不嫌他脏吗?雪珍老老实实地说自己不知道是为嘛,反正不但不嫌弃,还特别喜欢看他的眼睛,二叔的眼睛非常特别,看我的时候非常温和,我都想有机会要给他洗洗衣服、洗洗头……

他们一边讲着二叔,一边用眼睛向四外踅摸。黑夜里找人,光靠眼睛不行,更要紧的是耳朵,雪珍首先听到,很快郭存先也听到了,是一种不同于虫子的响动。他们循声走过去,一离近了就听出是人在呼噜。在开洼野地里能呼呼大睡的,这回是疯子二叔没跑了。

郭存先松开手臂,拉着雪珍快步走过去。这是通向北洼的一座小石头桥,桥帮也是用长条石砌的,半米高,一尺多宽,平时村民们下地干活儿常坐在这儿歇脚或等人,被磨得溜光水滑。疯子二叔就仰面躺在平滑的桥帮上面,脑袋枕着两只黑布鞋,睡得正香。

郭存先心里一阵难受,当着自己新媳妇的面更不知是该哭,还是该笑。他弯下腰小心地摇醒老人:"二叔醒醒,这要掉下去怎么办?"

郭敬时迷瞪了一会儿才搭腔:"河沟里又没水,掉下去再上来呗。"

雪珍还有点后怕:"那不摔坏了吗?"

疯子二叔看着她:"要是能摔坏我还会在这儿睡吗?根本就掉不

下去,老头子睡觉又不像你们年轻人老折个儿。"

郭存先不忍:"家里又不是没有闲炕,你为嘛要糟践自个儿?"

"这是享福,凉快、清静,你喘喘气,比在屋里痛快不痛快?哼,跟你说这个你也不懂。"

"快跟我们回家吧,我娘都急坏了,你要不愿意住南屋就搬到东屋里来,我跟雪珍去南屋……"

"浑蛋,你小子别糟践我,你看我这个样子还会在乎什么屋子、什么炕吗?"

雪珍过来搀扶:"那就快走吧,您还没有吃饭吧?"

"吃了,比你们吃的好,我要是饿着肚子还能不回去吗?"疯子二叔开始穿鞋,随后从桥帮上站了起来,似乎还有点舍不得这个小石桥。"你娘也真是,怎么能让你们俩出来找我呢?"

"我怕存志找不到你,找到了也未必能把你喊回去。"郭存先一边说着,一边和媳妇从两侧扶住老头的胳膊,开始往村里走。他要借这个空摸摸老人的心思:"二叔,不管外人怎么看,咱自家的人都知道你是个比谁都明白的人。这两年我老在外边,家里就靠你支应着,要不还难说会闹出嘛大事,像去年存志惹的那场祸……"

疯子二叔不吭声,别别扭扭地被他们夹裹着往前走。

郭存先又试探着说:"二叔,这么多年来我心里一直揣着个大问题,你由一个体体面面干干净净的人,变成今天这个样子,一定有我们不知道的原因。今儿晚上没有别的人,看在你的新侄媳妇跟你特别投缘的分上,能说出这个秘密吗?"

郭敬时依旧一声不吭。

郭存先只好再改话题:"二叔我还得问你个事,今天村里的书记大队长等一大帮到咱家来,要让我当四队的队长,你说我该不该干?"

郭敬时突然开口了:"我说不能干你就能真的不干吗?心里想干就干吧,不就是当个队长嘛。"

郭存先心里一激灵。

疯子二叔被两个新人架着,似乎感到浑身的不自在,借着说话挣脱了他们的束缚:"我不跟你们这么慢慢腾腾地磨蹭了,你们俩小心脚底下,我可要先走了。"说完便蹽开步叉子,没等小两口回过神来,已经不见影了。

自打度荒以来,四队开会人还没有到过这么齐。队部的大院子里挤得满满登登,后来的插不进脚只好站在院子外边。郭存先兴奋异常,以为这都是冲着他这个新队长的面子来的。

其实是他想错了。以前走马灯似的换队长,换得大家对谁上来都不感到新鲜了,今天之所以能来这么多人,都是为了分地。私下里还有人说这是一次小土改,或者叫二次土改。第一次大土改的时候比这次热闹,每一户都分到了土地;到公社化的时候也够热闹,家家户户又都把地交了回去。现在听说又能分回一点,到底分多少,怎么个分法,分哪儿的地……自然是没有不关心的。人嘛,没有自个儿的一块土,就找不到魂儿,心里老没底。俗话说"人吃土一辈,土吃人一回"。人活一辈子就是土里刨食,靠土养活;死了后喂土,再被土吃掉。

郭存先甚至动心想把全队的人拉到村口的麦场上,或龙凤合株的前面去开会,细琢磨又觉得不妥,这是自己队里的大事,眼下还不想让别的队知道,免得有多事的人反映给上边,头头们下来一找茬儿干涉,自己的计划兴许就干不成了。他从屋里拖出一条板凳,自己站上去,立刻高出全院子的人一大截,他扫视着密密麻麻各式各样的一片脑袋,心里有些紧张。这是他生平第一次面对这么多人讲话,而这些人今后的日子过得好坏,吃喝拉尿生孩子,都要取决于他了。想到此他又有些激动,强压着内心的兴奋,把脸绷得很紧,越发显得棱角分明。他嘴唇轻轻抖动着,甚至连声音也跟往常不一样了:"注意了,别在下边㘗㘗了。"

院子里即刻安静下来,所有人的眼光都盯着他,有一种好奇,还有一种企盼。这让郭存先感觉很奇妙,胆气随即也壮了起来,说话变得流利了:"咱们这儿的土质不大好,盐碱地多,我从小就会背《土歌》,一个真正的庄稼把式都懂得按《土歌》上说的做。置下黄土,身不离土;犁出阴土,冻成酥土;晒成阳土,耙成绒土;施上肥土,种在墒土;锄成暗土,养成油土;土来土去,终归入土……"

"轰"的一声下面又乱了:"这开的是嘛会?怎么说起数来宝了,这是要演节目啊!"

郭存先手里拿个本子,用另一只手使劲拍打着本子,提高了嗓门:"我下面的话只限于咱四队的人知道,谁要是捅到外边去,上边怪罪下来,就先把你的地收回来。为嘛要这么说,我为嘛一上来先给你们念《土歌》,说实话只要我的计划能够顺顺当当地执行,以后吃饱肚子就没问题了。"

院子里立刻又静下来。他接着往下说:"村里规定,每人只能借给四分地,鉴于咱们队的地不缺,又都在北洼,盐碱地多。因此我打算,把离村子最近的好地,按每人四分借给大家,好地不够分的怎么办?再把远一点的也是不错的地划出一部分,按每人四分五借给大家,这公平吧?"

院子里齐声喊叫:"公平,忒公平了!"

"就得让存先这样的当队长!"

"人家存先是个当官的料,一当队长立马像变了个人,四队这回说不定有戏……"

郭存先又拍拍手里的本子:"既然大家都觉得公平,等一下散了会每家留个主事的抓阄,抓上哪一块就要哪一块。你们听好了,这可是保命的地呀,你们分到手后愿意怎么种都行。不过我得把丑话说在前面,今后只能一早一晚,或者阴天下雨队里不出工的时候种自己的地,不准为了种自己的地耽误了队里的活儿,锅里没有碗里也保不住,这个道理我不说大家也懂。谁要是为了种自己的地耽误队上的事,那可是要罚的,严重的说不定就再把你的地收回来。说话就快到七月十五了,老话说七月十五定旱涝,八月十五定收成,这时候地里正叫劲,你们就不看看咱队的地都荒成什么样了?我知道大家肚子里都缺食,干活儿没劲儿,可天无绝人之路,依照老天爷的规律,闹几年灾总要给一个好年成,不然把人就都饿死了,没有人了老天爷还给谁当爷呀?所以我对今年的收成有信心,眼下咬牙拼一阵子,等收下粮食吃饱肚子,身上不就又有劲儿了吗?今天分地,明天全体劳力都跟我下地,听明白了吗?"

"明白啦!"四队的人的确觉得心里透亮,好久没有这么明白过了。以前队里无论有什么事,都不会这样明明白白地向大家交底。当头的一般都认为,藏着掖着才能体现自己手里的权力。

散会后,郭存先主持全队的户主们抓阄,抓完阄立刻带着大家下洼分地。无论丈量到该借给谁家的地,如果旁边剩下一点边边角角,也就打马虎眼都白贴上了。没有边边角角的便宜可占的户,丈量完之后就再多让出三分五分。他说这是老规矩,你去打油的时候,人家量完之后还再给你饶上半勺,或多倒上一沽子;到商店买布也是一样,量好尺寸后人家也都再让给你一寸半寸的。咱们量的是土地,而且还是借,并不是卖,更应该大方点。

别看他嘴上嘱咐大伙要保密,这种事在村里怎么能保得住密,各个队都是怎么分的地,当天全村人就都知道了。其他队都没敢像四队这样干,有些队分给的是最坏的地,无论是分的好地还是坏地,都没有敢再多加出半分的。村上的人当然也会议论,郭存先为什么敢这么干,刚上来胆儿就这么大?有精明的人猜测,可能是他不在乎当不当这个队长,你若真把他这个队长给撸掉了,反而是便宜了他,就可以出去砍棺材挣钱了。其实他并没有干出格的事,村上也没有出面干预。四队的人都觉得捡了个大便宜,很是得意,一个个的精神头很足。

但让郭存先不解、甚至恼怒的是,大家占便宜归占便宜,高兴归高兴,却并没有因心里满意就变得心气整齐,干活卖劲,一到队里分工派活儿的时候,就又觉得一百个不划算了,就像是白给他郭存先干一样,溜尖滑蹭,能糊弄就糊弄。他好不容易把人都吆喝到地里,离远了看一大片,人气挺旺,走近了看却一疙瘩一团,仨一群,俩一伙,有歇着的,有站着的,有说闲话的,有瞎嚷嚷的……穷吵饿斗,真是一点不假。越散越懒,越懒越散,耗到收工一哄而散。他非常熟悉的这些老乡亲,竟变得让他不认识了,他们非但不感激他,反而对抗他,合起伙来拿他当猴子耍。怪不得有人不愿意当队长,果然是谁有权力,谁就会受到抵制,哪里使用权力,哪里就会受到抵制。

男的如此,女的也好不到哪儿去。她们好不容易磨蹭到地里,还没干多一会儿,就成帮结伙地去解手,一走半里地,说说笑笑,一上午解上两次手就下工了。有一天天气不好,郭存先想在下雨前把活儿赶落完,就不信女人们会有那么多尿,黑着脸远远地跟在她们后边,以为这样一较真没有尿的女人就会回来干活儿。想不到五林婶子竟觑着一张灰灰的瘪脸,大声喊号:"老少娘儿们,队长跟来验尿啦,大伙都听我的号令,解裤腰带……褪裤子……蹲下……撅屁股……放水!队长啊,看清了吗?"

把个郭存先给臊的呀,真恨不得往她们的屁股上踢一脚。

但他沮丧而又固执,回家跟老娘说要让雪珍跟着一块下地,别人管不了,自己的媳妇还管不了嘛。倒要看看那帮老娘儿们还能玩出什么花活?

不料自己的老娘却死活不答应:"哪有刚过门的新媳妇下地的,我还不知道你的脾气,吆喝不动别人就想叫自己的媳妇去带头,好给你作脸。可雪珍身子骨单薄,下了洼还不得叫你给累死!以前咱一家子都挣工分,还不是照样挨饿。多亏你不挣工分了,才不浮肿。你不当队长的时候挺明白,怎么当了队长倒不明白这个理了呢?"

有好多年了,郭存先没见过老娘跟自己着这么大的急。他嘴里火烧火燎,却不敢硬来。孙月清当然知道,她平时对郭存先顺从惯了,为了要培养他的强梁性格,此时如果不跟他豁个儿,就劝不住他。"儿呀儿,不是你没本事,也不是队上的人都成心跟你过不去,说到底是大伙心里都明白,干不干是一回事,挣工分没有用。你没听人家背后是怎么说的?工分打不倒,社员受不了,干活儿没有劲儿,肚子填不饱。"

从来都不觉得自己傻的郭存先,此时却被自己的老娘数落得脑子里像塞一团牛粪。人他信不过,天也要"绝人",在距离七月十五还有两天的时候骤然变脸,鞭杆子雨整整抽了三天三夜。这到底是天出了问题,还是人出了问题?雨停之后郭家店成了一座孤岛,四周一片汪洋……

他连门都出不去,看着眼前的大水嘴里就像咬着一块腌鱼,又咸又涩。这不就是他自己的味道吗?原以为当队长是命运的一种成全,岂知竟是对他的戏弄和糟践。

# 6. 抢 洼

生气也好,绝望也罢,郭存先到底还年轻,这就是优势,等那股撞到脑门子上的邪火一退,就又会将坏事往好处想,弯着心眼给自己打气。他盘算着只要雨不再继续下,打起好天太阳一晒,大水很快就能退下去。毕竟旱了好几年,地都干透了,前几天只因大雨下得太急,才存了这么多水,只要水退得快,兴许还能保住一多半的收成。有点收成就糊弄着饿不死人。自己头一年当队长,怎么也不能让大伙挨饿呀,那就未免太不顺气了。

岂料老天爷并不是他们家的,根本不管他顺气不顺气,大雨只停了一天就又接上了,时大时小,时断时续,甩打了一天一夜之后,渐渐转成了连阴雨,黏黏糊糊地摆开了一种没完没了的架势。天空混沌一片,阴沉得厚实而均匀,没有深浅,没有一丝缝隙,庄稼人都看得懂,老天爷只要摆出这样一副脸色,就是连下一两个月的雨都有可能。总觉着自己嘛时候都不会没主意的郭存先,这回却真的没咒念了,暗憋暗气地蹲到第六天头上,就说什么也在屋里呆不住了,抓起草帽就冲进雨里。

冲出去又能怎样?老天爷不会因为他挨雨浇就晴天。连雪珍在后边高声问他去哪里,他都没听到,或者听到了却懒得搭腔,因为他也说不清自己是要去哪里?他上边淋着雨,下边蹚着脚脖子深的水,脑子里像头顶上的雨天一样混混沌沌……等他下意识地来到大队部的房子跟前,才明白了自己的想法,原是想跟村上的大头头讨个主意。这里是郭家店的最高权力机构,应该会有主意的。按理说雨下得这么大,村里的头头早就该召集各队的队长们碰个头,商量个救灾的办法。头头心里怎么想你无法知道,既然人家不找你,偏你自己又沉不住气,那就只好来找人家呗。他记不得自己有多长时间没来过这个地方了,今天一不是为自己来求头头办事的,二不是被头头叫来挨叱的,他是以一种平等的公事公办的心态走进大队部的院子。先看见有两挂大车在雨里淋着,靠北面一拉溜五间正房,外边两间是大队会计和保管员呆的地方,里边的三间才是党支部的所在地,村上的领导们在这里办公。

此时从屋里传出与郭存先的心境大相径庭的嬉笑声和喊叫声,盖住了院子里的雨声。他推开门一步跨进去,同时也将雨水带进了屋子,迎面却扑过来一股浓烈的烟雾,呛得他强忍着才没有咳嗽出来。屋里的炕上炕下全是人,有大队里多少能管点事或应着名不管事的干部,有基干民兵,有几个爱舔眼子溜沟喜欢巴结干部的落地帮子,竟还有两三个其他生产队的队长,他们打牌的打牌,下棋的下棋,起哄的起哄……反正下雨天也没有别的事干。有人听到门响抬眼看看是他,一声没吭就又埋下头去玩儿自己的。有人连头也不抬却吆喝他快点关门,别让雨点子溮进来。也有爱说话的跟他打招呼:是存先哪,稀客,有事啊?郭存先心里说,有事能跟你们这帮王八蛋说吗?他拿眼在屋子里来回逗摸着,没有看到陈宝槐和韩敬亭。这会儿就有人念煸音了:郭队长眼里能看得见咱们嘛,人家是来找大头的。属于他四队的基干民兵欧广明,冲着他说:大队长被雨浇病了,在家里躺着发烧呢。书记去公社开会,被大雨挡住回不来了。郭存先眼睛看着欧广明,有点发愣。自打他进门后就始终没张嘴说话,愣儿吧唧地闯进来,又愣儿吧唧地掉头出去了。

郭存先重又钻进雨水里,却不知道自己还想去哪里?难道真要追到大队长家里去?韩敬亭正病着,这时候一脚水一脚泥的到人家家里去跋砸,有点太讨人嫌了。再说这又是为了谁呀,值当得吗?但他又不愿意再回到自己家里,憋屈得一个人直想撞头。反正身上已经淋湿了,就蹚着水听凭两只脚带着绕了个弯,拐到龙凤合株跟前,不想疯子二叔高高地坐在一个大树杈上向他招手,显然是叫他也上去。郭存先突然来了兴致,说了归齐还是二叔活得好,别人都快愁死了,他却爬到大树上看雨景。可话又说回来,他愁得恨不得拿脑袋撞墙,看什么都不顺眼,又有嘛用呢?还不如像二叔这样活得像个小孩子,无忧无虑的嘛事都不操心。

他摘掉湿漉漉的草帽,站到大树下往上打量了几眼,然后纵身攀了上去。由于树干太粗,他拼命伸展两臂还是抱不过来,就只能用手指使劲抠住湿滑的树皮,一点点向上爬。他一边爬一边在心里琢磨,二叔这么大岁数是怎么上去的呢?看来他身上是真有点好玩意儿……在他快爬到树杈的时候,还是二叔伸胳膊拉了他一把。这个树杈上密不透风,二叔身上的衣服竟然还是干的,郭存先止不住一阵欣喜:"二叔你可真会选地方,这儿又舒服又凉快。"郭敬时抬手指着村外,让他向开洼看。郭存先在树杈上站稳了脚,顺着二叔的手向远处一看,就觉得一阵头皮发麻,两眼发晕,郭家店的洼里真的成了大海!天连水,水连天,白花花地浮淹浮淹,无边无际。离着村子近的地方,影影绰绰还能看到水面上浮动着稀稀拉拉的高粱穗、棒子尖……

郭敬时说:"大水没顶,庄稼要烂了。"

郭存先就觉着自己的脑袋都大了,轰轰地山响,瞪着两眼愣神……好半天才缓上劲来,嘱咐二叔雨一小就赶快回家。然后哧溜一下子滑到树下,噼喳啪喳地就往村里跑。

他又回到大队部,二话不说就拽出了欧广明,拉着欧广明又挨家掏窝似的喊出了四队的几个壮劳力,怕这些贫下中农摆弄不转,又拉上了绝对会听话的刘玉成和金来旺哥俩,就站在当街的雨地里,发布了郭家店最底层的一级领导——生产队长的紧急动员令:抢洼!

郭存先在雨水中大声喊叫着:"咱不能眼瞅着庄稼都烂在水里,高粱至少已经灌了四五成浆,棒子虽然还很嫩,晒干了多少也能磨出点面子,有的豆子都快熟了……我想动员咱全队的壮劳力,立即下洼抢庄稼,抢回一点是一点……"

不等他说完,愣头青欧广明先冲他喊上了:"队长,你是不是跟二叔一样也疯啦?好天气下地还跟拉纤似的哪,你不看看这是嘛天呀,洼里的水估摸得齐腰深,你就是拿绳子捆也不一定能有人跟你下地。"

"我不拿绳子捆,冒雨抢洼的,一天给记三个工。"

"眼下到处都是水,即便从地里把庄稼抢回来,放到场上也还是被水泡着,里外不是一样吗?"

"我想了一个招,谁抢回的庄稼,就拿回自己家里去,不管是堆在炕上也好,上锅炒干了也好,反正那些粮食就归你管了。要是像前两年似的,因为遭灾不再交公粮,粮食就都是你的了,如果还得交公粮,你就再拿点出来。你们说这个办法行不行?"

当街上的几条汉子都不说话了。四周一片沙沙声,细密的雨绺子如漫天大网般罩住了他们。大家都是挨饿挨怕了的,也是吃大食堂吃怕了的,一想到趁着大雨能把粮食抢到自己的家里,抢回多少就都是自己的了,至少这些天可以敞开肚子吃饱,谁都不可能不动心……

金来喜率先表态:"我看这个办法行。存先是个好队长,跟着你准没错,抢洼算上我们哥俩。"

其他人也纷纷表态赞成。事不宜迟,郭存先立刻把眼前的人分成几拨,挨家挨户去通知四队的人,立刻就下洼。但只准抢收自己队的庄稼,先掰棒子、剪高粱穗。

大家应声而散。欧广明却凑到郭存先身边提醒说:"存先大哥,人家都说我愣,看来十个我也愣不过你一个。你就不想想,这件事干完了,你这个队长可能也就当到头了。"

郭存先也把嘴凑到他耳朵边上:"谢谢你的吉言,那不是救了我吗?但我告诉你,我弄回来的庄稼不会往家里拿,要放在队部里。"

说完他还顺势推了欧广明一把,让他赶快去通知分给他的那些户。

郭存先反身回队里,拿上一个大笸箩,用绳子一牵,像拉着一艘小船一样就下洼了。他知道,四队得到通知的人,一定还会站到房子外面看看,是不是真有人下洼?庄稼人胆小,都喜欢随大溜,特别是觉着出格的事,有人带头他们就会跟上来,没有人打头他们就还要再慎乎着,等待那个敢出头的人。

果然,他走到半路时再回头瞧,漫天雨水中已经出现了一支队伍,拉着笸箩的,脑袋上扣着破簸箕的,背着大筐披着麻袋的,更有聪明的将喂牲口的木槽子当船拉了出来,还有的卸下了大门板当木筏子用……郭存先称心地笑了,为自己的主意得到实行感到自得。扭头领着大伙直奔玉米长得最好的那块地。

雨还在下,街巷成了小河,每座房子都是大水中的孤岛,人们被困在家里。往常凡遇到下雨天,农民们乐不得放公假,猫在炕上就不动弹了,除非碰到火上房的急事。眼前天上下着、地上泡着,房子着火的事不大可能发生,却有比火上房更让人着急的事,竟让淹在雨水中的郭家店惶惶不安,人人都预感到要出事,或许还伴随着一种兴奋和躁动,一种妒忌和幸灾乐祸……出门得蹚水,可还是老有人跑出来,下面蹚着水,上面淋着雨,向洼里扒头探脑……泡在大雨里的老北洼,被四队的人搅翻了,他们大呼小叫,唧唧嘎嘎,像过年一样从水里向外捞庄稼,谁捞着就是谁的。

这还了得,好像末日来临,天下大乱,公社解散了,还有没有王法!不错,四队的地大都在北洼,可北洼里不光是四队的地,谁知道他们会不会趁乱把别队的庄稼也弄到自己家里去?其实要解决这种猜忌非常容易,其他生产队的人到自己地里看看就行了,或者干脆也像四队一样冒雨把庄稼从水里抢出来。可其他生产队的队长们都没有下这样的令,因为他们大多是老队长,经得多见得广,哪会像郭存先这么争强逞能,不知天高地厚。他们心里都清楚他这是要找倒霉,而且会牵累四队的人跟着他遭罪,别看眼下撒着欢地从水里往回抢庄稼,到最后准是白受这份大累,等天好了上边一句话,还不都得把刚焐热的粮食再交出来。所以呀,还是不要急着出头,下雨天就是睡觉的天,嘛事也别干,就等着看好戏吧。

但其他生产队的普通社员,却没有他们的头头这么沉得住气。第二天就有个别胆大的,也开始下洼捞庄稼。到第三天,下洼的人就又多了一些。那些躲在家里眼红的人,一直没看见有人管,等待中的好戏也老不出台,这不明摆着是不捞白不捞吗!于是也加入了抢洼的行列……渐渐地竟搅得有大半个郭家店的人,都在房子里呆不住了。

这场雨也真是邪行,没黑没白地足足下了有半个多月,算是着着实实地涝到底了。雨停以后又过了一个多月,地里的存水才退净,总算露出了郭家店的大洼。除去一泡烂泥,任嘛都没了。庄稼早被抢出来的,就算落在手里了;没有抢出来的,全烂在了地里。向四外一望,空空荡荡,干干净净,叫人从头顶凉到脚后跟。从雨里抢了点粮食的人家,心里多少还有点底,下雨时在炕上躺着光等看热闹的人,这时候心里就起腻了,今冬明春又得出去擀毡了,不擀毡就得靠一个月八斤红薯干活着,那能不浮肿吗?肿着若能真活下来就算认便宜。这种普遍的绝望和恐慌,笼罩和压抑着郭家店,心里的那股闷气越积攒越强烈,渐渐转化成怨恨。本来应该恨老天缺德,没有抢洼的人私下里抱怨的也是自己的队长为嘛不发令……可是,当这股邪火烧大了以后,却拐个弯全冲着郭存先来了。本来嘛,如果不是他下令抢洼,这时候郭家店就会嘛事没有。遭灾大家都有份,挨饿大家一块挨,哪像现在,七条肠子,八块肝花,有饱的有饿的,有明着哭的,有偷着笑的,有骂祖宗八辈的,有挑大拇哥的……真是乱营了。

郭存先又不是傻子,岂能没感觉。这天早晨,他发现在家里基本不抬眼皮不说话的疯子二叔,吃早饭的时候却直不愣登地光盯着他,竟不动筷子不碰碗,等他将粥喝完,二叔反常地把自己的粥又倒进他的碗里,然后就下炕走了。郭存先理解这是二叔对自己的疼爱,或许是表达一种安慰。他一天到晚地常在龙凤合株底下,那儿可是郭家店的闲话中心,一定是听到什么消息了。所以早饭后郭存先没有去四队,把自己的木工工具都翻掇出来,天潮有些家什已经生锈了。他搬出石头,舀了半盆水,开始仔细地先磨斧子。

他的宝贝斧子还没有磨好,该来就来了。蓝守坤带着五六个民兵走进他的院子,看见他先打哈哈:"哟嗬,磨上斧子了,是不是又准备出去砍棺材挣大钱哪?你郭存先就是脑瓜好使,猜到自己犯事了。不过这次你走不了啦,哪里都不能去,要老老实实地在家里呆着。"

郭存先抬头看看他,没有吱声,继续磨自己的斧子。

孙月清和朱雪珍慌慌张张地从屋里跑出来,一见眼前这阵势先吓了一跳,又赶紧将蓝守坤往屋里让。蓝守坤说不用了,我是奉陈书记之命来传达党支部的决定。郭存先胆大包天,利用队长的职务带头闹单干,煽动倒退,恶劣地破坏人民公社,造成极大的危害。自即日起撤掉四队队长的职务,还要报请上级做进一步的处理。所以在上级的处理决定没下来之前,你不许擅自离开郭家店。还有,党支部决定收缴你们四队私抢私分的粮食,是你们自己拿出来,还是叫民兵进屋里搜?

郭存先"噌"地站起来:"蓝守坤我告诉你,我和我弟弟冒雨抢回来的粮食都放在四队的队部里,没往家拿过一个高粱穗、一颗棒子粒,四队人都可以证明,不信你去问你们的基干民兵欧广明。现在你没有权利搜我的家,带着你的人快出去。"

"嚯,你提着斧子想拼命啊?"

"我不想拼命,你刚才看见了我正磨斧子。如果你想拼命,我陪着,反正你的命值钱,我是个普通社员,命贱。"

"谁跟你拼命?我是来干公事的,既然你说粮食都放到队里了,我们就先去队里看看,当然也会找别人查问的。如果你说的不是真话,我们还会再来。"

等蓝守坤带着人都走了,朱雪珍的脸色还没转过来,煞白煞白的跑到丈夫跟前,紧盯着他的眼睛小声说:"刚才可把我吓死了,他们要是硬进屋里搜,你真会砍他们?"

郭存先满肚子的火气还没有发出来,恨恨地说那还能客气?他们真要敢碰我,今儿个就得倒下几个,甭想再有打存志那样的便宜事了!

雪珍拉拉他的胳膊:"你怎么这么愣呀?"

"一个男人该拼的时候就得拼,你豁不出去就得受气。刚才你害怕就说明他们也怕了,要不然就会进屋里乱翻腾,骑咱脖子拉屎。这也是咱们家的门风,我不能给我爹丢脸。"

孙月清刚才一直站在屋门口没动,这工夫也缓上劲来,上前夺下他手里的斧子:"咱不磨了,今后哪儿也不去了,就在家里踏踏实实过日子。别人饿不死咱就能活。"

郭存先没有犟劲,看着老娘把他的工具一件件的都收起来,又全放回了南屋。就好像今天的事都是木匠家什惹的祸。而在他的心里,却暗自感谢那把斧子,没有它刚才或许还镇唬不住蓝守坤。看来以后遇到事,身上就得带着件家什。

孙月清收拾完工具又回到儿子身边,看着存先的脸色,安慰说:"不当队长更好,省得多受累还落抱怨。"

郭存先的眼睛躲避着母亲和妻子的眼光,开始一圈圈地在院子里转磨磨,脑子里也像推磨一样老围着今天的事转不出来。掐着手指头数一数,他满打满算只当了三个半月的队长,成了郭家店寿命最短的队长,这也太寒碜人了,既有今日,何必当初!蓝守坤刚才还说要报请上边处理,是吓唬人还是真有这回事?现如今当个农民就算是一撸到底了,再处分能把个农民怎么样?莫不是还要把他处理到大牢里去?那恐怕是陈宝槐、蓝守坤这帮东西的能力所办不到的……他越想胸口越堵得慌,越堵得慌心里的气就越大,突然反身回到自己的屋子,一头栽到了炕上。

到响午头了,雪珍帮着婆婆在外间屋忙饭,存珠在西屋摆桌子。存志从外面一回来就嚷嚷开了:"乱了乱了,郭家店闹翻天啦!"

孙月清问儿子:"又出嘛事了?"

郭存志从吃过早饭就出去了,并不知道家里发生的事,还拿着一副看热闹的架势给家人讲故事:"大队的民兵挨家挨户地搜查咱四队的人家,你们猜怎么着?这一上午搜了二十多户,愣是没翻到一簸箕粮食……"

雪珍好奇:"那些从水里抢出来的粮食呢?"

"搜到谁家都说是吃了。"

"一个多月能吃那么多呀?"

"就是这么说呗,跟糊弄日本鬼子一个样。这叫'坚壁清野',六年级的语文上就有这一课。不过,咱们四队的队部倒是真被他们给抄家了,我们好不容易抢出来的粮食全被拉走了,还说我哥也得被撤职,在村里都传开了……"

老娘生气了:"不用他们撤,咱自己就不想干了。快到东屋喊你哥出来吃饭。"

存志顺脚拐进了哥嫂的屋子,见郭存先坐在炕梢,脑袋顶着墙,左手托着腮帮子,嘴里嘶嘶的直往里边嘬凉气,不禁一抟挲:"哥,你怎么啦?"

"没事,牙疼,告诉咱娘我不吃了。"

听到存志这么一咋呼,孙月清立马跟了进来,扳着存先的脸先看看牙,再摸摸腮,不红不肿,便很有把握地断定是急火攻心,就是叫那帮私孩子给气的。立即支使存志去找村上的大夫,却被存先拦住了:"不许去,也别到外边说我牙疼,不能让人家看笑话,我没那么娇气。"

存珠抢过来说我去,不说你疼,就说是我自己的牙疼,要点药来不就行了嘛。说完便蹿了出去。

谁也没成想,郭存先的牙疼还真成个事了,在此后的两天多愣是没吃一点东西,也没下炕,把托人剜窍能淘换到手的药都吃光了也不顶用,请大夫上门或出去看大夫他又不干。最后没办法,疯子二叔只好撸来一把龙凤合株的树叶子,让他放进嘴里用左半边发疼的牙咬紧,嘛时候咬烂了再换新叶。这还不算,到夜深人静了,二叔不知从哪儿变出几张黄纸,拿在手里绕着存先的脑袋转了三圈,嘴里还念念有词地在嘟囔着什么,然后出门而去,黑灯瞎火地直奔大东洼,好像是用那几张黄纸引领着存先的疼痛走了,还不许别人跟着。雪珍虚掩上院门,让婆婆回屋睡觉,由自己给二叔守门就行了,反正她里外都是睡不着。娘俩刚走到屋门前,就听到身后的大门吱扭一声又被推开了,雪珍说没想到二叔这么快就回来了。她们回转身才觉得进来的并不是二叔,心里一下子有些紧张。

来人回身又轻轻地将大门关好,紧走几步来到跟前才小声说:"大婶子,是我,欧广明,来看看存先大哥。"他胳肢窝里还夹着个布袋子,拿下来顺劲掖到孙月清手里,"这是几斤棒子,找个家什倒出来。"

孙月清一激灵:"你干嘛还带粮食来?"

"这本来就是存先大哥给的,他为这个倒霉了,我们不能装傻充愣吃闷心食,快收起来吧。"

孙月清不接:"广明这可不行,你们家也挺难的。"

"大婶子,这跟难不难两回事,就是一大把,吃不了几口,不过是点心意。快倒出来吧,裤子我还得要哪。"

欧广明将粮食硬塞到孙月清手里,她接过袋子却觉着手里还拉拉扯扯的,进屋到亮地方一看,棒子粒是装在一条裤腿里,裤腿口拿绳子系着。她差点没笑出来,却立刻又被心里泛上来的一股苦涩给遮住了。嘴里不免叨咕着:"你娘走了快一年了吧?"

"去年刚上冻的时候走的。"

"广明你也该说个媳妇了。"

"你老说的倒轻巧,谁家姑娘愿意进我们家的门?穷先不说,炕上躺着个瘫爹,下边还有个半傻不苶的兄弟,一进门就伺候三个光棍儿,现如今的女的哪受得了这份累!"

"大婶子给你惦记着这档子事。"孙月清说着将棒子倒进锅台上的一个盆里,用劲将裤子抖搂干净,却发觉屁股上都快磨烂了,就叫雪珍把广明让进东屋跟存先说话,自己到西屋给他补裤子。

郭存先吐掉嘴里的树叶子,装做刚被吵醒的样子:"是广明啊,你怎么来了?"

"你三天没到队里露个面儿了,还不兴来看看你,有些事也得跟你念叨一下。"

"我刚把虱子棉袄脱掉,好不容易肃静两天,你有事不跟新队长念叨,跟我念叨嘛?"

"我就是来跟你说这事的,村上想让韩冬良接你。"

"二虎哥?"

"是呀,可他死活不干,今儿个白天在队里跳着脚地骂街,说谁要再想让他当队长可别怪他说出难听的话来,真是个怕子。"

"最后怎么办?"

"想叫郭存孝干,大家也觉得可以,你们是远叔伯兄弟,人又老实巴交,三杠子打不个屁来,由你在后边给出着主意,兴许能行。"

"广明,你以为我有当队长的瘾哪?自己被撤了还要给别人出主意。可话说回来,他们为什么不找你?"

"在他们眼里我还太小,没脑子。我也确实干不了,光家里那一摊子就够崴的。"

他们正说着话,金来喜手里也提着一小袋东西悄没声地进来了,进门先道歉:"对不住,我见大门没闩,二门没关,就不见外地自己闯进来了。"说着将手里的袋子递给朱雪珍,"这是一点棒子,快收起来。"

雪珍为难地看着丈夫,郭存先问:"今晚是怎么回事,你们是不是商量好了,为嘛都给我送粮食,以为我撤了队长就揭不开锅了?"

金来喜说:"谁也没商量,但白天大伙在队里确实饿饿了大半天,都说要是就这么叫你下去,四队以后没人再愿意当队长了。"

欧广明将雪珍往外间屋里推:"既然都拿来了你就用不着再客气。"

郭存先心里有些发热:"实话跟你们说,这两天我心里也一直跟自己闹别扭,就觉着这三个半月我真是冒傻气,像中了邪一样,现在看不值得卖这份命。可今儿个晚上看到你们俩的心意,我又觉得这三个半月的队长没白干。"

金来喜说:"存先兄弟,这样想就对了,这三个多月你让郭家店的人见识了什么叫本事,也知道了当队长的该怎么个当法……我今晚把话撂在这儿,兄弟你早晚还会上来的。我来是还有点别的事要告诉你,我老婆的娘家来信说,山东有集了,集上有炸果子的、卖馒头的,没有粮票也可以吃到饭。你猜我琢磨嘛?山东离咱这儿不过几百里地,他那儿能开集,咱这儿也应该快了,只要一有集,咱们就活了。你说是不是这个理儿?"

"真的?"郭存先果然兴奋起来,他心里想的还要多,有了集他就有了施展的地方,就不必只困在郭家店,队长不队长的就是狗屁了……

孙月清补好了欧广明的裤子,拿进来交给他:"广明啊,以后有洗洗涮涮缝缝连连的活儿,就拿到我这儿来,甭不好意思。"

"哎。"

金来喜也起身说:"我们俩也该走了,你们快歇着吧。"

郭存先下炕送他们出去,在外边都没敢大声嚷嚷,两个人分头向两下里走了,很快就隐没在黑影里。郭存先回身刚要插门,娘小声提醒他,你二叔还没回来哪。就在这工夫院门又轻轻地被推开了,从这个推门的劲头他就知道不是二叔,以为是刚走的那两个人中的一个又回来了,可进来的这个人让他万万没想到,几乎是从来没登过他家门的刘玉成。他慌慌张张地将肩上的口袋拿下来塞给郭存先:"存先大哥,我的玉米没弄好,发霉了,这是一点高粱,你别嫌寒碜。"

郭存先没有接口袋,却一反手叨住了对方的手腕子:"玉成你跟我说实话,这是谁下的令让你给我送粮食?"

刘玉成越发紧张了:"存先大哥你别误会,真是没人下令,大伙就是觉得你忒冤了,你抢回的粮食又都被充公了,四队人心里都不落忍。"

"你说的是实话?没人逼你?"

"没有,真的没有!"

"我怎么觉着你们像商量好了似的?"

"我确是跟金来喜前后脚到的,但不是商量好的,看他先进来了我就在外边等着,刚才看见他们出去了我这才敢进来。"

郭存先心里一动:"玉成谢谢你,但高粱我不能要。"

"是嫌我成分不好?"

"你说哪儿去了……你们现在光剩下哥俩了,更不容易。"

"存先大哥,你当队长的这几个月可没把我不当人看,我心里有数。"说完硬将粮食袋子捅到郭存先怀里,转身就走。郭存先一手抓住袋子,用另一只手去拉他,让他进屋呆一会儿。他说:"太晚了,改天再来。"

郭存先说:"我还有话问你,你们把粮食都藏哪儿了,怎么蓝守坤他们就没搜出来?"

"雨下了这么长时间藏起点粮食还不容易,哪儿挖个坑不能藏个一二百斤?他们藏得好,金来喜会瓦匠手艺,把炕洞子掏大将粮食藏进去,还不会受潮。我成分高,没敢全藏起来,成心把发霉的棒子放在外边一点让民兵们搜走。"

郭存先笑了,在黑灯影儿里笑得很开心,他忽然觉得自己的牙不疼了。

# 7."土"与"壤"

古人说：土，犹吐也。地之吐生万物者也，以万物自生焉则言土。万物本乎土，有土斯有财。孔子云："为人下者，其尤土乎！种之则五谷生焉，掘之则甘泉出焉，草木植焉，禽兽育焉，生人立焉，死人入焉，多其功而不言。"

古人又说：壤，襄也，肥濡意也。襄有助的意思，即有人工培育之意。以人所耕而种之则称壤。壤，即柔土也。"厥土为壤"，"无块为壤"，呈和缓之貌，天性和美。


已经进秋了，却还像伏天一样热。季节是不能省略的，今年的伏天在雨里度过，没有真正热起来，现在就得补上，重新热过。因此老东乡的治水工程动员大会，就在当院的山墙阴影下召开。就这样人们脑门上还冒着汗，有草帽的便拿在手里可劲地呼扇。

公社的院墙用石灰水刷得雪白，自左上角到右下角，由高而低用不同的油彩画了八样东西，以代表八个等级。最高一级是火箭，其次是飞机，被涂抹得鲜红；第三、四两等分别为火车和汽车，均为浅红色；五、六两等是马车和毛驴，画成灰色；最下面的两等是小脚老太太和乌龟，当然是两团黑色了。不知是从什么时候开始的，黑成了不祥之色，凡跟黑色沾上边都没有好事。在每一个等级的旁边，都标着时间和进度要求。

大白墙的下面坐着一片人，他们是老东乡公社下属十九个村子的书记和大队长,有些记性不好的还带来了能记录的会计,大家都扬着脸,很有兴味地盯着墙上的图画,交头接耳,指指画画……刚五十岁出头的公社主任孙良久,一张长脸僵硬而衰老,一对黄眼睛黏黏糊糊,却摆出一副与他的苍老不相称的严肃神态给大家布置任务:上级指示要彻底根除水患,在明年雨季到来之前要修一条泄洪河,宽一百五十米,河堤高两米,河深十二米,再发大水时可直接将宽河的洪峰引导入海。县里分给我们公社是六十八里,每个村分摊一里半……

院子里乱哄哄的就饧饧开了,这可是挖一条大河呀,你当是闹着玩儿呢,一年就想干完?还干不干别的,地还种不种?再说现在的人身上哪还有劲儿呀,就靠那一天三两红薯干,还想抬着一大筐土上高坡,推着一车泥爬河堤?这不是拿人糟改嘛!

"吵吵嘛?你们瞎吵吵嘛!"坐在前面板凳上的公社书记刘大江腾一蹿站了起来,他可比孙良久年轻多了,气也冲,嗓门也大,并顺手从板凳边上抄起一根棍子,挥舞着使劲敲击墙上的图案,"你们这些小肚鸡肠子,国家能让你们白干吗?出河工的人一天补助一斤粮食,外加两角钱。怎么样,没话说了吧?那么现在可都给我听好了,也都给我看好了、想好了,等会儿我要挨村地登记,你到底是想坐火箭、坐飞机,还是要当小脚老太婆,或者是乌龟王八……"他差点在"王八"后边加上个"蛋",所以赶紧把话头刹住。

正喊叫到兴头上突然这么一刹车,便把那张棱角锐利的瘪脸憋得发青,像块三角铁,仿佛随时都会砍过来。会场上果然安静下来。孙良久猛烈地咳嗽一阵,将嗓子清理干净后逐一讲明各村负责的河段,"其实在工地上都已经楔好了橛子,等散会后跟我到现场一看,哪个村干哪一段就非常明确了。"

主任说完坐回板凳上,书记好像舍不得他手里的那根棍子,提溜着它又站了起来,先用棍子敲敲身后的白墙,再拿棍子指点着村干部们的脑袋:"都看明白了吗?想好了吗?现在给我一个个地表态。麻坡店?"

麻坡店的村支书夏天元像被点了名的小学生一样站起来,光着脑袋,宽肩夸臂,眼睛不躲不闪地迎着公社书记的目光,给人一个清醒而强壮的印象。刘大江问他:"你想坐哪一等呀?"

"马车。"

"马车?"刘大江喊了起来,"你怎么不当乌龟呢?火箭、飞机是留着看画儿的?"

夏天元并不是很紧张,也不着急、不生气,耐心地解释道:"我们是小村,能出河工的青壮劳力也不多,能坐上马车就算不错了。还是把火箭、飞机留给大村吧。"

"王官屯!"

王官屯的大队长许高阳站了起来,身子却像受刑似的拐扭着,沉了一会儿才说:"俺们坐汽车。"

刘大江懒得多问他,就往下叫号:"苗家庄?"

苗家庄的老支书苗介地,活像一摊牛粪似的温软,声调也绵软和气:"刘书记你是要听真话,还是想听好话?"

"我要听真实的好话!"

"俺们村闹好了兴许能骑上毛驴。"

"要是闹不好呢?"

"那可就难说了,俺们也愿意坐火箭,让公社领导高兴高兴,可要万一完不成,你们一罚粮一罚款,那可就要了命啦。这种事又不是没经过,'大跃进'的时候上边让俺们说大话,可你们上边真按大话收俺村的公粮,要不能受这么大的治啊!有那一回就够够的了,再不敢瞎说了。"

"郭家店!"

陈宝槐口气很大:"俺们豁出去了,坐火车!"

下边有人起哄:"听口气还以为是坐火箭哪,起码也应该是飞机,呕了半天劲还是个火车。"

"想坐飞机不知道怎么买票,火箭根本就不是人坐的。你什么时候听说过火箭上能带人?"陈宝槐口气一转反问刘大江,"刘书记,我们那个郭存先上边想怎么处理?"

"哪个郭存先?是做嘛的?"

"就是趁着下雨动员社员抢庄稼的四队队长。"

"噢……对,那小子倒是个人物,就让他戴罪立功,出河工吧……"

呀,这是嘛意思?闹了半天出河工还是一种惩罚!说的无心,听的有意,脑瓜快的很容易听出公社书记的话里不是味儿,原来上边的头头是把挖河当做苦役、当成劳改。城里的工人犯了错,下放当农民。农民犯了错,发配出河工。就这种态度还想让大伙争着坐火箭、开飞机?村干部们正挤鼻子弄眼地掰扯着刘大江话里的滋味,外面忽然鞭炮声大作,噼噼啪啪地响成一团,其间还夹杂着格外高拔的二踢脚声,叮——咣!

这可是新鲜事,近两年过年都没有多少人放炮,今儿个是嘛日子?孙良久站起身小声跟刘大江商议,算啦,先去看看集,然后到工地看了具体的河段,再让他们表态。现在表嘛态都是空的。

刘大江瞪着他反问,你是不是馋得酒虫子快爬出来了?

鞭炮声过后刘大江变得神情越发地严肃了,对大家宣布:"上级领导还是英明的,考虑到今年大涝,庄稼颗粒无收,除去要发救济以外,还允许一个公社开一个集市,这样老百姓就可以活泛一些,互通有无,有利于度过灾荒。我们公社的大集就定在老东乡镇上,每月逢五逢十的日子有集。现在我们就到集上去走一趟,亮个相,顺便也看看有没有人赶集?从集上就直接去挖河工地。"

大家走出公社的院子,拐个弯就进入老东乡镇的主街。街就是集,集就是街,从南到北贯穿全镇。人们不知是怎么知道了开集的消息,从四面八方向这里汇集,使这条冷寂了许多年的街道又火暴起来。但看热闹和打探消息的人多,真正是来买卖东西的人少。即便是来卖东西的,货物也很简单,一领新席、一根木头、几个鸡蛋、一把大葱、两三个茄子、半筐土豆……无论是卖什么的,都会有一帮人围着看,真不知大家是对物品感到稀奇了,还是对做买卖本身就感到稀奇了?

要说也是够新鲜的,饿了这么多年,只要一开集就准有买卖,而且贩卖的还是能进嘴的东西,谁能说不奇怪呢?有能吃的东西为嘛不给自己留着,这年头卖点钱难道比解饱更要紧吗?只有一种解释,人活着天生就得做买卖,并不在于买嘛卖嘛,或者卖多少买多少。一开集可以做买卖,人就活了,精气神就来了。不信你看看集上的这些人,你挤我钻,遛来遛去,人比要卖的东西可多了去啦!别看大家什么都不买,眼珠子却有神了,好像在大集上逛游这么一圈,就有了某种希望,对生活有了信心。就连他们这些公社和各村的干部们,不也是这样吗?说来真怪,只要有集就会有买卖,再难也有有富裕东西可出售的,再穷也有有钱的人要来买东西……

孙良久在街中间走着走着,忽然抽抽鼻子,向右边一拐扎进了人堆,扒拉开圈子挤到最里面。一个老头守着一坛红薯干酒,坛子盖上放着一只碗,看见他钻进来就笑了:"孙主任,来一碗?"孙良久显然是有备而来,伸手从兜里掏出几张零票子,看也不看就递过去:"就还有这七角五,你看着给盛吧。"

老头打开酒坛子,用戥子给他盛了将近一碗,他双手捧过来,一边闻着一边脸朝里蹲在酒坛子跟前,背对围裹着他的人,似乎是害怕有人抢他的酒喝。他先喝了一大口,喝得很冲,咽下得很慢,之后扬起脸,闭住眼睛,在嘴里又咂摸了半天滋味,随后便又喝了一口,这才睁开眼。转眼间他整个人仿佛都变了一个样,一下子精神多了,脸也生动起来。卖酒的老头从口袋里掏出一个布包,打开来是一块盐疙瘩,举到他跟前,他低头舔了一口,就着盐疙瘩的咸劲就又喝了一大口。

旁边有人叫好:"一看这喝酒的架势就是海量,老主任你真应该把名字再改回去,就叫孙老酒,多棒!"另有人起哄:"你别拿九爷糟改,人家当初叫孙老九,是一二三四五六七八九的九,不是喝酒的酒。"孙良久根本不理会周围的人说什么,站起身子将碗里的酒一扬脖全喝净,然后闭住嘴,舍不得让酒气跑出来。

刘大江问:"还来一碗吗?"

"不啦。"

"如果不喝了咱就往前走,你这碗酒就算为咱老东乡开集剪彩啦,大家鼓掌!"

周围真的响起一片掌声。

可是,他们再往前没走多远,就碰上了哭的。一个汉子肩上扛着一根两掐粗的圆木,想换眼前的大半袋子红薯干。他的媳妇却在后面抱住圆木的一头不放,哭喊着说:"你抽下这根檩条,赶上刮风下雨房子塌了怎么办?"

男的也没有好气:"人饿死了留着房子有嘛用?"

刘大江一看这阵势不好,便叫村干部们不得停脚,赶紧直奔工地。古时候还讲个清官难断家务事,如今是什么官都管不了老百姓挨饿的事,何况他只是个公社书记。其实他心里还想的更多,这集市一开麻烦肯定少不了,若有人穷疯了饿急了来抢集怎么办?得赶快研究制定一套集市管理办法……

村干部们终于走出了老东乡镇的主街,看见镇外的大道上还有往这儿来赶集的。以前赶集都是套车来的,推车来的,牵着牲口来的,顶不济也会挑副担子、背个褡裢、提个篮子,很少有空着手上集的。现在可好,大都是空着手来,分明都是来看集的……在他们迎面就走来一个空身汉子,脚步不稳,身子有些晃晃悠悠,在离他们还有几步远的时候突然一头栽倒就不动了。腿脚利索的村干部紧赶几步,到近前再怎么掐巴他都没用了,人已断气。死者胳膊腿肿得老粗,脸胀得很大,看上去不过五十岁上下。

孙良久不免嘟囔起来:"都三级浮肿了,你还出来干嘛呢?今天是开市大吉,你这不是给咱老东乡大集招损吗!"

没办法,这种事眼下是躲不开的。陈宝槐问刘大江:"俺们怎么办?"

"你们几个看看有认识他的没有?"

几个村干部仔细看看都说不认识。刘大江说:"我们先去办正事,我估摸他的家里人会找来的,等我们回来的时候若还没人管,再找人把他给埋了。"


窗外刚蒙蒙亮,郭存先就醒了。估计今天地里不会再趿泥,该是能下得去铁锹了,便轻轻松开怀里的媳妇,起身下地。雪珍也就劲爬起来,给他披上衣服。他在南墙根下抄起把铁锨向外走,大门虚掩着,疯子二叔比他起得更早。

自从有了自留地(这本来是向国家借的地,不知是何方高人竟给它起了这么个好名儿,把"借"改成了"留",顺口顺心,响亮好听,让农民们觉得这块地真好像就是自己的了。顷刻间"自留地"三个字传遍天下,甚至改变了农民的意识和生活),农民们就起得早了,早晨洼里也有人了,他们老远就跟郭存先打招呼:"起这么早啊存先?"

"你不是比我还早。"

"小媳妇那么漂亮,进秋了正是搂着媳妇睡好觉的时候,还这么辛苦做嘛呀!"

"没法子,小媳妇再漂亮也得吃饭,不下辛苦吃嘛呀?"

"存先你的自留地里想种嘛?我可是看着你哪,你种嘛我就跟着种嘛。"

"还拿不准,现在种麦子好像还早了点。"

"存先你脑子好,得给想个法儿,大水退了以后把碱都给逗弄上来了,你往洼里看看,白花花的都是盐碱儿,种嘛也不长啊!"

"是呵,我也正为这个犯愁哪……"

这就怪了,村民们对他可比以前话多了,也显得更亲热、更客气。这让他还没有完全琢磨透。按理说农民大多都胆小怕事,习惯巴结领导,为嘛他不当队长了反倒赢得了更多人的好感?莫非是乡亲们心软,可怜他是为大伙倒的霉?也知道他今年秋后不可能再出去砍棺材挣钱了?或许还有幸灾乐祸看笑话的……不管是出于什么心态,大家都争着跟他套近乎还是让他心里很舒坦,冲淡了被撤职的尴尬。他来到自己的地边,看到旁边的刘玉成已经快把自留地翻完了,还捎带着打好了宽垄,心里不免一惊:"玉成,你这是干了一宿吗?"

"没有,就是比你早起了一会儿。"

郭存先由衷地佩服:"我还寻思着来看看能不能下脚,想不到你都快干完活儿了……"

"我昨晚上来看过了,现在下锨正是时候。"

"你这是想种嘛,不怕碱吗?"

"种菠菜,菠菜不怕碱,越碱越长,从现在到上冻,怎么也能割两茬儿。"

"为嘛要留这么宽的垄?"

"先让菠菜吃吃碱,把碱压住,过个十天半月的就在垄背上种麦子。"

"哎呀,这招儿要能行,你可是解决了大问题呀!"

"存先大哥你放心吧,保准没问题。你也知道我平时是没有话的,因为你没有架子,所以跟你就说得多了点。"

郭存先蹲过去,盯着刘玉成的眼睛,"玉成啊,我除去比你大几岁,跟你一样都是农民,能有什么狗屁架子。我想不明白的是,你怎么会在种地上这么有主意?"

"你忘了我爹是地主啦?我们家这个地主是土地主,跟人家大地主不一样。大地主讲究的是要往城里发展,有买卖或有实业。像我们这种土地主,就是从土里刨食,纯粹靠土地致富,一辈传一辈的必须得会种地。世界上最简单又最难弄明白的就是土地,从我记事起我爹就教给我怎么了解土地,怎么侍弄土地。"

"好,我就跟你学了!"郭存先开始翻自己的自留地,翻着翻着忽然直起身子大叫起来,"玉成啊,说的挺好有菠菜籽吗?"

"有哇,没有菠菜籽这不成了瞎耽误工夫。"

"从哪儿弄来的?我也得去淘换点。"

"现在哪还来得及,从一下涝我就兴心了,涝后必碱,上个月托人从河西淘换来的。省着点够咱们两家种的。"

郭存先动情了:"好兄弟,有一天我能主点事了,一定请你当军师。"

刘玉成红着脸直摆手:"别、别、可别,我只会种地,别的嘛也不行……"他看见有个人从远处向他们走过来,便闭住了嘴。等来人走近才看清是疯子二爷,他肩上背着满满一大筐碱蓬,胳肢窝里夹着粪叉子,手里捧着一棵两尺多高的小树苗,鞋和裤脚全被露水打湿了。郭存先急忙迎上去,先拿过二叔腋下的粪叉子,再从他肩头卸下那筐碱蓬。刘玉成上前接过那棵树苗:"嘿,你老是在哪儿起的这棵小榆树,还挺旺实。"

"在东洼的道边上,不把它移过来等道一好走了,不是叫牲口给踩了嚼了,就是被人给糟践了。"郭敬时拿起侄子的铁锨,在自家地头选地方挖个坑,将树苗种好。然后脱下身上的褂子古里古怪地往坡下走,郭存先问他还要干嘛?他也不答理。郭存先龇龇牙,小声对刘玉成说:"跟你的面子还真够大的,平时我们问十句也不准能答理一句。"

他们看着疯老头提溜着灰粗布褂子,下到不远处的河沟里,将褂子摁到水里完全蘸湿,再双手捧回来,在新树苗的根底下把褂子里的水拧出来。如此反反复复好几趟,直到树苗根底下的土圈子里汪满了水才作罢。

郭存先脱下自己身上的褂子,给二叔披上:"这大早晨的,凉。你老快点先回家吧,这筐碱蓬一会儿我带回去。"

郭敬时虽不出声,却顺从地抄起自己的粪叉子,拨头往村里走。没走多远又转回来,从筐里抽出一大把碱蓬,顺便拿下郭存先披在他身上的干净褂子,搭在碱蓬筐上,将自己的湿褂子抖搂几下,搭在自己肩膀头上。刘玉成看着差点笑出声:"疯子二爷真是铁老头,一年到头没看人家闹过毛病。"

郭存先却看着那筐碱蓬愣神,这些天心里光顾自己闹心,怎么就忘了老东洼的蛤蟆窝?东洼地势低,盐碱化会更厉害,大水洼的四周碱蓬一定长疯了。鲜碱蓬叶可以当菜吃,晒干了可以当柴火烧,碱蓬籽磨成面子跟好粮食掺和吃也不错……他约上刘玉成,种完自留地一起到东洼里转转,碱蓬籽若熟了得早动手。

随着太阳露脸儿,老二郭存志也扛着铁锨来了。上阵亲兄弟,这让刘玉成眼馋,他忽然就想起了自己的哥哥,心里一阵难受。

存志一边耍着铁锨,一边问存先:"咱这么翻是不是太浅了,能治得住盐碱吗?"

"你说该挖多深?"

"刚才郭存孝到咱家来了,说除去出河工的,剩下的壮劳力组成大锨队,要把地挨盘深翻一米,说翻得越深越能治住盐碱,好种麦子。"

"他说嘛,要出河工?"

"他就是为这事来找你的,要让你出河工。我跟他说由我替你去,他说不行,你是上边点的名,让你戴罪立功。"

存先扭脸看着弟弟:"他真是这么说?"

"没错,还说是公社刘书记讲的。"

"操他娘的,这不是把出河工当成充军发配了吗!就光我自个,是还有别人?"

"人多了,基本上是一户出一个最强的劳力,一天补助八两粮食,一角五分钱。"

郭存先心里嘟囔,出河工是苦大力,给这点粮食哪够哇?他们还真把这些人当劳改犯了,这么说刘玉成也跑不了。于是他小声嘱咐弟弟:"如果刘玉成也出了河工,他家里就光剩下一个妹妹了,咱两家的自留地又挨着,你顺便给他照应着,绝不能荒了。"

这时刘玉成翻好了自己的地,过来帮忙,郭存先问他:"村上让各队组织大锹队,要将地深翻一米,然后再种麦子,说能治碱,你认为行吗?"

刘玉成很干脆:"绝对不行,庄稼只有在阳土里才能活,也就是常说的熟土,地里的所有肥力也都在阳土层里,你深翻一米把阴土都翻上来,把阳土压到下面,阴土就是生土,麦子种下去是白糟蹋。"

"等一会儿咱俩去找郭存孝,你把这个道理跟他讲讲,让他做个样子应付一下上边就行了,别动真格的糟蹋了麦种。"

刘玉成赶紧后退:"存先大哥这可不行,你不想想我是嘛成分,这不是没病找病吗?"

郭存先苦笑:"那就我自己去吧。"

存志拦他:"哥,你也别去,现在又不是队长了管这种闲事做嘛?再说郭存孝又是个肉头,弄不好再出点事,就会把你给卖出去。"

郭存先想想也是这么个理,可心里又有所不甘:"正因为他是个肉头才不能不给他提个醒,他就是卖我又能卖到哪里去?不然明年收不上麦子,倒霉的还不是咱自个儿。"

存志和刘玉成都有些奇怪地看着他,大概心里都在叨咕:他现在还不算倒霉吗? 要是明年收不上麦子大家都倒霉,或许你就不算倒霉。如果现在你就挑头想让大伙不倒霉,没准倒霉的就是你自个儿。抢洼还不算个例子?

孙月清看见郭敬时带回来一大把碱蓬,欢喜得不得了,站在院子里又择又洗,嘴上还问这问那。说也怪,疯子二叔对他嫂子竟是有问必答。

这么好的碱蓬是从哪儿打的?

蛤蟆窝边上多的是。

东洼还有水吗?

坑坑洼洼的地方还有水。

道上能走人吗?

能。

洼地上有稗子吗?

有。

熟了吗?

看着有熟的了……

朱雪珍蹲在灶台前烧火,见锅里的水快开了,就抄起瓢到西屋去㧟面子。西屋的炕对面,贴着北墙有一拉溜大缸大盆、坛坛罐罐,哪个里边都有点能吃的东西,可哪个里边都不满,有的里面甚至只剩下了一两把。比如原来放白面的就是口好缸,现在缸底还盖着薄薄的一层,划拉划拉撑死能够烙两张饼的。不到万不得已这是不动的,缸底还有点白的,就说明家里还趁白面,心里能多少活得踏实点。如今家里有点白面,更多是一种象征意味,并不是为吃。还因为现在能吃的东西花样太多,所以占的家什就多,光是干菜就有十多种,萝卜缨子、马齿菜、苣荬菜、酸苞芽、青青菜、草鞋底儿……红薯又分生红薯、红薯干、红薯干磨成的面。因为每顿饭都像抓药一样,这个搭配一点,那个抓上一把,而且每顿饭搭配的东西都不一样,早饭跟晌午饭不一样,晌午跟晚上又不一样,男人们活重是一种搭配,活轻又是一种搭配,阴天下雨不出工就得换药方,多搭配干菜少加粮食。他们家之所以过得比别人好一点,以前郭存先能挣外快是一个原因,但他挣的外快也不够敞开肚子吃的,主要的还是仰仗孙月清会算计。每天除去国家配给的三两粮食,自己再贴补二两,能保证每人吃上半斤,早饭一两半,晌午饭二两半,晚饭一两。存珠住在学校里没回来,家里还有五口人,早饭是雷打不动地熬黏粥,一共七两半,其中三两棒子面、二两半高粱面、二两红薯面。雪珍先抓了两把棒子面,小心地放进黄铜做的圆秤盘子里,由于右手没有根,秤砣放得太靠外,左手一提秤,秤砣没动秤盘子却一翘老高,险些没弄洒了面子。

往常做饭称粮食都是婆婆的事,只让她打下手,可这样像闺女一样宠着她,反把她给惯坏了,真就笨到连一锅黏粥都熬不成?她耳朵听着外间屋的动静,锅里的热气已经顶得锅盖噗噗乱响……心里越着急,手里的秤就越看不准。她急中生智干脆不想用秤了,反正是自己吃,拿手抓两把,差不多大概其就行了。她正要将面子下锅,孙月清及时赶了过来,嘴里呵呵地笑着,从她手里接过秤,很麻利地先称出二两棒子面倒进瓢里,并嘱咐她:"你以为我顿顿过秤就不嫌麻烦?所有死人的和全家浮肿的人家,都是凭着肚子吃饭,而不是叫秤管着吃粮,有粮了就图个饱,没粮了就闲着半挂肠子。可挨饿不是三天两早上的事,也不是饿个仨月五月的就过去了,自打'大跃进'以来饿了两三年啦,想活下去就全靠自己会掂对。今年对咱们家来说最较劲,存先不仅不能出去挣钱,还要出河工,那可是要卖大力气的,不让他吃饱了可不行……"她说着说着突然改了主意,临时决定今儿个早上得换饭,存先他们哥俩在自留地里抡大锹,你二叔也跑了一大早晨,都得吃点硬实的。她吩咐雪珍先抓两把干菜扔到锅里,再把瓢里她称出来的棒子面打到锅里,加盐熬成咸菜粥。

她随即又干净利索地称出一斤棒子面、半斤高粱面,倒进和面盆,加水揉巴好,再拍打成长圆的饼子,贴到热气腾腾的大铁锅四周。手上一边干着,嘴上还一边继续给雪珍讲着道理:"干活儿的男人不能太亏,怎么也得让他们吃个六七成饱,要省也只能从老娘儿们嘴里抠唆。但你不能抠唆,你太抠唆了就怀不上孩子。郭家店上千户人家,两年多了就没有坐月子的,老这样下去不就都绝户了吗!"朱雪珍听了半天这才听明白,原来这个家里该挨饿的就只有婆婆一个人。她的心里发烫,就像守着灶火膛。孙月清将一斤半两掺和面正好贴了六个饼子,盆里干干净净,一点面子没糟践。锅里的每个饼子大小一样,相隔的距离一样,这手活漂亮得直让朱雪珍眼馋。

孙月清贴好饼子,扣上锅盖,又用湿捱布围着锅盖四周塞严实,让雪珍看着灶膛的火,自己放下案板,将洗好的碱蓬切碎,盛了满满一瓷盆子。然后剥了两头大蒜,放在板上用菜刀拍烂,再切成碎末撒到碱蓬上,最后倒上醋,点上几滴香油,用筷子一拌,满屋子喷香。雪珍抽抽鼻子,娘,你做的这是嘛菜,挺好闻的。孙月清得意,不光好闻,还好吃哪,等会儿你就知道了,特别下饭。你们山里大概没这个东西,咱这里离海近,盐碱地多,特别是水大的年头,庄稼越不行,碱蓬、稗子就越长得好。等吃完饭收拾利索了,娘带你下洼,闹好了能弄上个十几二十斤,掺到粮食里挺好吃的。

早饭确实吃得很香,三个男人一人一个两和面的饼子,干菜咸粥随便喝。孙月清另掰开一个饼子,放到自己眼前半个,逼着雪珍将另外半个吃了。雪珍只好张大嘴咬小口,慢慢磨蹭着,趁着婆婆张罗这个张罗那个地到外屋盛粥,就把自己的饼子掰成三份放进三个男人的碗里。而孙月清眼前那半个饼子却始终没动。她见大家都说醋拌碱蓬好吃,拌了一盆子竟很快就见底了,便许愿说晌午饭给你们做碱蓬烀饼。存先哥俩上午要先把自留地的菠菜种上,一撂筷子就走了。孙月清婆媳俩心里也有事,手脚麻利地洗刷完,拿上两条布口袋,挎着篮子,锁好院门后便直奔东洼。

去东洼的道不是很干,哩哩啦啦的还拖泥带水,她们拣着高地方走,倒还干爽。离村子一远,洼里就没人了,地里的庄稼烂的烂,塌秧的塌秧,四外没挡头,眼睛一看老远。大涝后天地干净,空气潮乎乎的一点尘土没有,下边有小风吹着,上边有太阳晒着,娘俩觉得好舒服。雪珍一路上只顾低着头看道,偶尔一抬眼看见前面有一大片水,白茫茫望不到边,一下子叫出了声:娘啊,那就是海吗?孙月清也兴致很高,傻丫头那可不是海,是蛤蟆窝,正名叫大东淀,有百八十里地宽哪!

在蛤蟆窝附近是一大片盐碱滩,滩上长满碱蓬棵子,大的有多半人高。碱滩上还有一疙瘩一块的湿地,湿地上却长着成片的稗子。稗子籽比碱蓬籽更好吃,也更有营养,孙月清就教给儿媳妇先选着熟稗子籽撸。一人一个篮子,撸满了篮子再倒进布口袋,有时看到附近的碱蓬好,就撸下来装进另一条口袋。娘俩都很兴奋,话也多,都觉着从心里又亲近了许多。雪珍问,这么好的东西,怎么没人来弄啊?

孙月清说可能是道不好走,大伙还都没想到这一点。

"怎么二叔就想到了呢?"

"你二叔成精了,他跟别人总是想的不一样。现在的人哪,一受灾就打蔫儿,一打蔫儿就不愿意动弹。再加上吃不饱,身上没劲,一天到晚的就想赖在炕上,要不就倚着墙根唠闲嗑。这就叫越饿越懒,越懒越饿。"

婆媳俩干活很欢,到快晌午的时候竟将两只布口袋装满了。孙月清喊着雪珍在一块高地埂上坐下来,想歇一会儿再回家。这半天时间她们的眼睛只平盯着稗子和碱蓬,这时候孙月清不知怎么往脚下一瞧,发现地表面有一种类似小蒜苗的东西,半尺多高,又有点像莎草秧,她眼睛一亮:这不是地梨吗?

雪珍问嘛是地梨呀?孙月清说一会儿你就知道了,说着就蹲下身子,用手一个个地抠出来。果然像大蒜头,但比大蒜要小许多,跟枣的大小差不多大。孙月清抠了一把,交给雪珍到水洼里洗干净,用牙嗑掉皮,放到嘴里一尝,又脆又甜,还有一股栗子的香味,雪珍说比树上结的梨还要好吃百倍。

孙月清说那是当然了,树上的梨谁没见过,谁没吃过?地梨就不一样了,就算我们生在蛤蟆窝边上也是难得一见,得赶上雨水大,大涝后还得赶紧打起天来,涝跟涝可不一样,蔫涝就不长地梨,今儿个是咱们娘俩有福气。雪珍撒了泼似的索性脱了鞋袜,扑进湿地里拼命地挖,一把把地往地边上扔,孙月清负责拿到水里洗干净……

过门这么长时间,孙月清还没见过文静的儿媳妇这样撒过欢儿,心里也美得不行。这就是老天爷,把你的庄稼都淹死了,还会给你别的,就看你会不会找、会不会拿了!她抬头看看太阳,再看看眼前的一堆地梨,只好把雪珍喊了上来:"傻丫头,我看你快跟疯子二叔差不多了。这会儿家里还不知急成嘛样了?这么多东西光咱们俩是弄不回去了,你洗洗脚穿上鞋,赶紧回家叫个人来帮着拿东西,我在这儿守着。"她还不忘抓一把地梨递给雪珍,让她在路上吃。临走又嘱咐道:"回到家你就别再回来了,择一盆碱蓬的嫩叶,洗干净剁碎了,再称一斤棒子面放盆里,等我回去给他们烙糊饼……"

郭家店派出去挖河的人都在龙凤合株底下集合,其他生产队的河工早就到齐了,惟四队的人迟迟不露面。等着为这些人送行的村支书陈宝槐,急得火冒三丈,赶紧派人去催,过了好半天连去催的人也没回来。大队长韩敬亭只好亲自去看看四队发生了什么事,不想他这一去也没有回音……眼看快晌午了,头一天开工郭家店的河工就迟到,陈宝槐怎么向公社领导交代?他还打算讲几句赶劲的话,造造声势,给大家鼓鼓劲,顺便也辟辟谣,告诉大伙出河工绝不像一般群众认为的那样是件倒霉的事……可现在说嘛都来不及了,他摆摆手让副大队长郭怀善带着已经来到的河工先走,自己也赶往四队看个究竟。

四队的院子里挤满了人,鸡一嘴鸭一嘴地乱了营,陈宝槐挤进人堆,高声镇唬着:"怎么的了?嗯?"院子里果然安静下来。他拿眼向四周踅摸,看到要出河工的人都在眼前,并不是他们集体罢工,心里便多少踏实了一些。

欧广明一梗脖子开腔了:"陈书记你来了正好,让我出河工没问题,我得问明白,别的队都是副队长带队,我只是个普通社员,知道自己几斤几两,不敢揽这个活儿。再说了,我家里有老人瘫在炕上不能动弹,我弟弟还小,又是个傻子,这大伙都知道,我走后家交给谁?出了事找谁?队里或村上要能给我写下个东西,我立马就走。"

陈宝槐装傻,眼睛逼视着四队队长郭存孝:"是啊,广明家里这么难,为嘛非叫他出河工?"郭存孝是老实人,脸都憋紫了却不知该怎样回答,实际是不敢当面顶撞村里领导。这个问题欧广明早就问过三百六十遍了,刚才他也当着众人回答了,说是村上的决定,为的是让欧广明带队,当四队河工班的班长。可大队长韩敬亭来了以后却推说不知道这回事,明显地当众把他这个生产队长给卖了,好像是他在编瞎话。

其实郭家店的人谁心里不清楚,欧广明也不是傻子,心里更是明镜似的,郭存孝哪有胆子编这样的瞎话,这就是村里在捏咕他。表面上看是给他个遭罪的小官当,实际上是把他踢出了村里基干民兵排。只要看看出河工的都是些嘛人,就没人不明白是怎么回事了:第一类是出身不好的,或身上有黵儿的,叫干什么都不敢说个不字的;第二类是老实巴交、平常受气受惯了的,叫干什么说不出个不字的;第三类是头头不待见的,凡被村上重用的、正打腰得烟抽的人,没有一个出河工的。既然上边把挖河说得千般重要、万分火急,为什么村上的书记和大队长不亲自上阵?从大队到生产队都是派个主不了大事的副队长带队,明显的是应付差事。偏巧四队没有副队长,也就是说村里的头头看不上欧广明,平时并没有打算让他当个队长副队长的,现在需要个倒霉蛋出河工,就找到了他的头上。村里头头为嘛要这么琢磨他?还不是因为他参与了郭存先的抢洼活动,在这之前还因红薯苗子事件跟蓝守坤闹得不对付,那家伙在后边肯定也没少给他捅棒槌,他欧广明岂能吃这种哑巴亏?憋了一肚子的邪火早就想放放了,今天这种时候再不闹出来,还留着让自己闹病啊!

陈宝槐见郭存孝吭哧憋嘟半天答不上话来,他也不想让这个窝囊废答出什么话来,就临时决断:"我看这样,广明家里有困难,可以先不去,等下午研究一下再说。其他人先出发,这回挖河是军队编制,县里是一个河工团,公社是一个营,咱们村跟王官屯、麻坡店编成一个连,咱们自己是一个排,你们队是一个班,上午全公社要在工地点名,召开誓师动员大会,四队就由原来的队长郭存先当班长,不是挺好吗?"

全院子的眼睛哗地都转向郭存先,他坐在自己的铺盖卷上,却不抬眼皮,声音也不大但非常决绝:"不行,撤职就是撤职,糊渍麻黑的我当不了这个班长。"

陈宝槐当这么多人吃了个大窝脖儿,一下子闷口,下不来台了。整个院子的人也像被冻住一样,连个大气都不敢喘。韩敬亭到底是大队长,在最难堪的沉闷中打破尴尬,悄悄跟陈宝槐嘀咕几句,这就算给书记竖个梯子,让他下来。随后便又宣布了一个决定:"刚才我跟陈书记商量一下,就由你们四队的队长郭存孝带队出河工,也就是你们这个河工班的班长。至于四队家里的工作,等下午党支部研究一下,再选个副队长出来就行了。"

到底还数韩敬亭是块老姜,他这个决定万不能再被顶回来,必须找一个能拿捏得住的人,先把今天的场圆了。而郭存孝正是这个人。尽管他心里也装着好大的委屈,替上边背黑锅,挨下边人的数落,今天最丢人现眼的就是他。到了却还是他最倒霉,全村的生产队长中只有他被派了河工。但他说不出不去的理由,只能跟村上领导说,要回去告诉家里一声,收拾好铺盖就回来。而领导对老实人也最有办法,陈宝槐大声叮嘱道:"别磨蹭啊,都到晌午了,我们等着你。"

果然,郭存孝很快就背着行李卷来了,四队的河工们总算出发了,反倒比先前走的那一大批更热闹,送行的很多。韩敬亭看到郭存先的铺盖卷上插着把斧子,就有意找话说地问道:"存先,怎么挖河还带斧子?"

郭存先以为他又想歪了,就边走边答:"我是木匠,木匠的规矩就是出门要带一件家什。再说工地上家什坏了不也得修吗?"

韩敬亭说:"好规矩,是这么个理儿。"

在他们俩说话的工夫陈宝槐一直不看郭存先,跟其他人说着送行的话,却不答理他。郭存先也别着脑袋不理旁人,自顾大步走出村子。他心里当然明白,这回算是跟陈宝槐作下对儿了,只要他还占着书记的权力,自己就不会有好儿。可顺着他就有好儿吗?像郭存孝……自己当初不也是顺着他才当上四队的队长吗?若不染那一水也就不会有后边的这些事。关键是掌握权力而不是被权力掌握,在郭家店只有村里的书记才是掌握权力的人,其他人都是被他玩儿在手心里。嘛叫本事？有权就有本事,谁得势谁就让人惧怕。

一路上郭存先都在低着脑袋蔫走,心里反复咂摸着自己命运的滋味,这大半年怎么就跟烙大饼一样,一会儿掀起来一会儿撂下去,一会儿反一会儿正,一会儿凉一会儿热,就像抡开了斧子下狠劲儿劈下去了,却碰上了盘根错节的硬疙瘩,崩坏了斧子刃,改变了斧子的着力点……连他的命运也因之改换了轨道,成了跟"地富反坏右"为伍的末等人。这件事是象征着他倒霉已经到头了,还是人生路上的障碍刚刚开始？

从郭家店到挖河工地不过五里多地,河还没有开挖却远远的能看见新河的轮廓,那是用彩旗标出来的长龙,自西向东,随风猎猎。彩旗下是一片片的苇席窝棚,窝棚上贴着红红绿绿的大标语：

"治水如治病,治水如治兵！"

"一年挖通新东河,彻底改变老东乡！"

四队这些没有赶上开工典礼的河工们,这才知道自己要挖的这条河叫新东河。他们找到了郭家店所在的连队,全连的窝棚也连在一起,先到的人已经把窝棚搭好了,把西北角上的两大片草铺留给了四队的河工。到冬天这个角儿正是风口,谁叫你来晚了,早来的人当然要抢个好地方。一连一个食堂,早到的人正在啃着自己从家里带来的干粮,到晚上连队的食堂才正式开伙。副连长兼郭家店排的排长郭怀善,告诉四队的人赶快吃东西,等会儿团里一吹号就要干活儿了。新来的人不摸门,找到伙房现打热水,有人还跟在生产队出工一样,磨磨蹭蹭地没等吃完干粮就听到了号声。团里的军号一响,连长的哨子就响了,尖厉刺耳,一阵比一阵急,河工们撒腿就往外跑,跟电影里打冲锋似的。只一转眼工夫自己也跟真当了兵一样,这让农民们有些新奇,也有些兴奋。还没吃完的人三口并一口地将干粮塞进嘴里,也跟着大伙一块拥出窝棚。

每个连都有从县水利局下来的技术员,早就把各个村该挖的地段分配好了,村跟村之间的分界处楔着木橛子。挖河刚一动工的时候活儿最好干,不用登高爬坡,在旱地上挖土,平地上推车。但比较起来,推土要比铲土耗费的力气大,一车土装满了有千八百斤,推起来要走两三百米远,几车过后就有了坡度,会越推越费劲。而铲土本身就有偷巧的机会,在等车的时候还可以歇一会儿,所以郭存孝先抄起一把铁锨塞给郭存先,这种谁向着谁的意思让旁人一看都明白。郭存先身边还有别人也小声提醒他,你就管上土吧。大伙都知道他心里不痛快,想让他干点轻省的。可郭存先并不领情,跟没有听到大伙的话一样,一声不吭地弯腰就抄起了一辆独轮推车,径自走向四队的河段。

他心里闷得难受,就想卖膀子力气,出身透汗。再看看其他主动要推车的人,大都是成分高和力气大的人,像金来旺、刘玉成……刚开始,掌锨的人不敢往郭存先的车里多铲土,铲个大半下或一平车,就催着他推走。郭存先自己心里也没底,上多上少也不争。几车推下来,他对这辆车使顺手了,身上一见汗浑身来劲儿,精神头陡然大涨,脸上便有了笑模样。他的脸色一转暖,整个四队的人浑身都活泛了,嘴里话多了,工地上有了乐子,有人甚至跟着大喇叭里的乐声乱哼哼……

郭存先要求车上的土一再加高,培了又培,拍了又拍,车车竖尖冒流。推少了不过瘾,来回光走道了,瞎耽误工夫。他越来脚下越有根,越推越来劲,旁边的人看着都痛快,有叫好加油的,也有提醒他要悠着点劲儿,可别闪腰岔气。有些平时大家都知道是有力气的人,十几车推下来竟有点顶不住了,连呼哧带喘,脚底板好像也没底了……这些人心里明白,郭存先心里也不糊涂,他们不是力气比郭存先小,是肚子里缺食。而郭存先这两年并没有真正挨过大饿,身子不亏,今儿个早上老娘给他轧了高粱面饸饹,那玩意儿吃到肚子里最搪时候,中午给他带的两个饼子也是用真粮食面子贴的,纯棒子面里掺了黑豆面,到现在肚子里还是热的。连里的技术员一会儿过来一趟,一次次地为郭存先测算土方、推算重量……

挖河的地方本来就地势低,今年因为大涝地下水位高,到天傍黑的时候由于郭家店的进度快,他们的脚下先冒水了。拿锨的可以在泥水里铲土,但郭存先在泥水里推车可就难了。技术员有经验,用事先准备好的竹笆铺在泥水上,小车轱辘在竹笆上滚动就相对容易多了。但嘎吱嘎吱、颤颤悠悠,脚下像踩着弹簧,车把稍一掌控不住就会翻车,这不光需要力气,特别是两只膀子要有大力道,更得有巧劲儿。好在郭存先从小抡斧子,练就了一把子好手劲儿,两条胳膊也比别人劲儿大,反而能在这种苦差事里感到一种干活儿的乐趣。这甚至连他自己都觉得奇怪,被发配来挖河本是服劳役,却没想到受大累的命一旦真受了大累,心里还就好受了。男人一卖力气世界就简单了,大汗一出把心思过滤得很干净,原来在脑子里塞了一团乱七八糟让他很腻烦的东西,这会儿却连想都懒得去想了。

待到天完全黑了下来,收工的号声响了。吹着军号下工,下工的河工却全无一点军人的样子,稍微干净点人先到水坑边洗洗手,有的甚至把脸也一块洗了,更多的人呼啦一下直接拥进了伙房,没别的就是太饿了。伙房倒也赶劲,热汤热饭早就做好了等着呢。大桶的绿豆汤随便喝,保你把脑袋扎到桶底也捞不上一粒绿豆。伙房早就想到大家会拼命捞豆子,闹不好还可能惹起麻烦,便提前把豆子都澄出去,和进棒子面蒸了窝头。王官屯和麻坡店的河工每人两个窝头,半碗清炖大白萝卜,实际就是水煮大萝卜,煮好后加盐,在上面再洒了点油。而郭家店的河工却只有一个窝头,半碗白萝卜照给。这样看人下菜碟,郭家店的河工能干吗?摔碗的,砸盆的,当然是把饭菜都划拉到嘴里以后才又摔又砸的,跳着脚骂街的……说好三个村是一个连,一个连是一个食堂,为嘛一个食堂两种待承,有亲的厚的还有远的薄的?但,郭家店的人不管心里有多大火,也跟外人发不着,便全冲着郭怀善来了:你是咱郭家店打头的,为嘛要受这个窝囊气?这么累的活儿一个窝头能顶个屁呀!

而郭怀善是村里出了名的"牛屁股",这是嘛意思?牛屁股上的皮子最好,又光又滑,又厚又结实,主人可以用手拍打,高兴了用手划拉划拉,不高兴了还可以用树枝子打,拿鞭子抽,随你怎么折腾都没有关系。所以从郭家店成立大队的那天起,他就是副大队长,这么多年上不去,也下不来,大家瞧不起牛屁股,又不能没有牛屁股。这也让他一遇到麻烦事,就自然而然地摆出一副牛屁股相,绿豆汤喝了两大碗啦,手里的窝头和白萝卜却一点没动,就在人们指着鼻子数落他的时候，他却瞅冷子将自己碗里的萝卜一下子全扣到郭存先的碗里，还就劲儿把自己的窝头也硬塞到郭存先手里，嘴里也有一套他的说词："存先今儿个你最累，也给咱村露了脸，我没有土方指标，干多干少没人管，喝两碗汤就能顶到明天早晨。"

郭存先真的急了，腾一下站起来："叔你这是做嘛？看你这意思是我挑的？你没看见我从打进来连一句话都没说，就蹲在一边吃自己的这个窝头吗？再说这也不是我一个人的事，除去你以外谁不干活儿，哪个不累？大家是叫你把话说清楚，你以为把窝头省给我就没事了？快拿回去，不拿我就扔了！"

郭存先气得眼珠子都红了，郭存孝知道他真能把窝头和菜都扣到地上，赶紧从他手里接过窝头和萝卜，转身又递给了郭怀善。论起辈来郭怀善确实比郭存先大一辈，却已经出五服了，平常他们之间也没有任何走动，但碰了面还得叫声叔。郭怀善倒也从不端叔的架子，此时就一脸委屈，小脸皱巴地成了一摊干牛粪。他的本事是不管受多大委屈从不抱怨，也不向外抖搂，嘴唇鼓鼓捣捣地磨唧了半天，才慢腾腾吐出半句话："存先你别急，我不是那个意思，就想把窝头给你吃……"

你别说他这一套还真管用，惹得郭存先跟他这么一闹，郭家店的其他河工就全不再吵吵了。但旁边那两个村的河工已经被闹得吃不踏实了，这个三村混合连的连长是王官屯大队的队长许高阳，手里端着一浅子窝头来到郭家店的河工们跟前，在他后边还跟着连指导员、麻坡店的村支书夏天元。连长一脸的歉意："对不住郭家店的弟兄啦，公社既然把咱们三个村编成一个连，就不该吃两样饭，我跟指导员刚才都批评了伙房，从明天起大家都吃一样的。但有几句实话得跟弟兄们讲明了，最早公社是让你们陈书记或韩大队长当这个连长的，你们村子大，来的人多，管起来方便。偏巧他们两个身体都不大好，就只好让我们两个当了替死鬼。县里给每个河工每天补助一斤粮食，外带两角钱的副食费，我们两个村又都给每个出河工的人再贴补四两，这样每个人一天能吃到一斤四两好粮食，中午六两，早晨晚上各四两，副食不算，以后听说还要多给副食。要知道麻坡店和王官屯是小村,出河工的人也少,补贴点比较容易,你们是大村,贴补可能有困难,实际上你们村是按每个河工每天八两送的粮食,副食费也少了五分,是一角五,这样一来即便我们两个村想给你们背,也背不过来呀,所以今儿个晚上才出了这个差错……"

窝棚里一下子乱了,郭家店的河工不干,人家那两个村的河工也不干了,这年头为了几口粮食即便是亲哥们儿弟兄还兴许闹翻脸哪,大家都是来出工的,凭嘛叫人家从嘴里给你们省饭?许高阳先把那两个村的人劝回自己的窝棚,然后加大嗓门继续解释给郭家店的河工听:"大家别着急,听我把话说完。县上的县长、书记,公社的书记、主任,都来了,我和麻坡店的夏支书正跟公社领导商量这件事,领导会跟你们村交涉的,这个问题很快就解决。这里还有一浅子窝头,大家一人再分一个,先把今儿个晚上凑合过去,有嘛事明儿个再说。实话说,干这个活儿就是一斤四两也顶不下来,我们会向领导反映的,还得再想别的办法,大家放心。"

郭怀善从连长手里接过窝头浅子,郭家店的人却没有人伸手去拿,他们也不再吵闹叫骂,心里只觉得有说不出来的纳扎,哪想得到自己村上的头头会这么不地道,明知道出河工是卖命的事,不给贴补反倒还克扣这些人的粮钱,忒不是东西了!临出来的时候咸的淡的说了一筐箩,有用的却一个字没说,整个是连哄带吓唬地把人糊弄到工地就不管了,陈宝槐这一招可够歹毒的。郭家店的河工都有了一种被蒙骗、被出卖的感觉,要不是跟别的村编在一个连,就是在工地上被琢磨死了,真还不知道自己是怎么死的……

窝棚外的大喇叭,突然也跟凑热闹似的响起来。县河工团广播站的播音员,好像就是要给郭家店的河工们解闷,上来先念了四句定场诗:"治河民工闯上来,老东洼里把河开;千里大堤翻热浪,万人号子震天外。"然后播送新东河工程会战指挥部的战报,开工头一天的土方标兵、全县第一名是郭家店的郭存先。他用半天时间推土七个半立方,相当于四个人的标准工作量,也就是说他用半天时间干了别人两天才能完成的活儿,是名副其实的推车英雄。指挥部和宽河团部联合给予通报表扬,并号召全体河工都要向他学习,跟他看齐!

一个农民常常活一辈子都没人注意,郭存先第一天就露了这么大的脸,理应是大喜事,可他本人却高兴不起来,甚至还有些寞寞寂寂、不尴不尬,便拿着毛巾走出窝棚,不如洗巴洗巴睡觉。他钻出窝棚,兜头一股凉风,打得浑身一激灵。但外面的月亮地儿挺好,把老东洼照得白晃晃的。白天光顾低头干活儿了,还没认真看过这个工程的模样,只大半天的工夫,新东河已经有点轮廓了。由于各个地段的进度不一样,河堤也高高低低、里出外进,却蜿蜒向东一眼看不到头。河堤上点缀着星星点点的灯火,衬出堤下一片片黑糊糊的窝棚……大喇叭里交替播放着各种跟挖河有关的消息和歌曲。

离郭家店的窝棚不远,下个小坡就有水坑。郭存先来到水坑边上,看见有人在用马灯照螃蟹,便惊奇地问了一句:有吗,兄弟?蹲在坑边上的兄弟也犯嘀咕:按道理这么大的水面是应该有活的,雨大了不收粮食还能不收鱼鳖虾蟹吗?郭存先饶有兴味地也在坑边蹲下来,嘴里嘟囔道:这年头应该有而实际没有的事多了,要真有螃蟹一见灯亮会自己爬过来。那位河工兄弟不知是馋坏了,还是饿坏了,像是舔了舔嘴唇,然后又咂咂嘴:是啊,要是有的话这个时候应该正肥,顶盖儿的油……

看来没有吃饱的并不只是郭家店的人。与其憋屈在窝棚里生闷气,还真不如到水坑里来抓挠点活的补一补。水坑另一边突然有人嚷了一声:我摸到一个,不是螃蟹是鱼。上边还有人接应:快扔上来,多大呀?不大,是条小鱼。郭存先塌下身子向对面看,嚯,今儿个晚上打这个水坑主意的人还真不少,影影绰绰有三四个人已经下到坑里,溜着边弯下腰在水里摸索,岸上还有人来回溜达,等着捡鱼捡螃蟹。他直起身子也想过去看看他们的收获,却见东边有火光,映得半边天都红了,还有人在吱呀怪叫,像发生了什么事情。没想到挖河工地在晚上还这么热闹,于是他改了主意,顺小道向火堆走去。

走近以后他才看清楚,有几个人异常兴奋地围着火堆大声说笑,其中有人不停地在抽鼻子,高声嚷嚷着已经闻到肉香了,不信你们也使劲闻闻,香味出来啦!他站在旁边听了一会儿,渐渐明白这些河工们兴奋的原因了。有人在下午干活儿的时候发现坡上有个大眼贼的洞,晚上没事就拿桶提了坑水来灌,还真灌出了两只大眼贼,抓住后大家正商议怎么个吃法,是拿到伙房用热水褪了皮后清炖呢,还是用火烤熟?此时另有人捉到了一只刺猬,这下不用商议大家都想到了同一个主意,就是用胶泥将刺猬和两只大眼贼裹好,放进火堆里烧。什么时候把胶泥烧干了,敲碎了胶泥壳就会把刺猬和大眼贼的皮给粘下来,里面的肉会不老不生正好烤熟。到伙房要点青酱,没有青酱弄点细盐也行,再剥两头大蒜,嘿,那叫香啊!

  又赶上了一个老东乡的大集,郭刘两家要收割自留地里的菠菜,然后好种麦子。由于两家主事的人都不在,留在家里的人便都得下地。也正因为郭存先和刘玉成出了河工,才成全了朱雪珍和刘玉梅这两个年轻女人的友情,或许还是一辈子的友情。

  两个心里都很寂寞的女人,一对眼神就觉得可以做伴、可以说话。玉梅小先开口,大嫂子也来了。雪珍扑哧一笑,竟没有接她的话。玉梅又说,大嫂子轻易不出头露面,在这儿能碰见你可真好。雪珍又笑了,却还是不接茬儿,只是过来抓住玉梅的胳膊,一块去干活儿,将存志割下的菠菜捆成把,再搬到地边上。

  忙活了好一阵子雪珍才出声,你还不是一样,平日里大门不出二门不迈,俺想见上你也不容易。玉梅轻叹一声,大嫂子我跟你不一样,只要一出来就难免会惹气,眼下生产队里也没多少事干,不如把自己关在家里肃静。

  雪珍当然知道她的情况,便没再多问。菠菜割得差不多了,欧广明挑着一副空担子来了,高腔大嗓地跟她们打着招呼。玉梅讶异,他怎么来了?雪珍轻声说是俺娘请他来帮忙的。果然,欧广明来了就不客气,插手将玉梅家的菠菜往挑子里装,存志则装自家地里的,两人分别装了满满两大挑子,见地上还剩下好多,存志问娘,两挑子装不下呀?孙月清说剩下的自己吃,这么好的菠菜多爱人啊,能装下也不能让你们都挑去卖了。她转脸又叮嘱欧广明,你比存志大,你是哥,出去就听你的,这菠菜合适就卖,不合适就再挑回来,这是好东西,留着自己吃还当饭哪。听她的口气好像也替人家玉梅当了半个家。

欧广明大包大揽,你就放心吧大婶,现在的老东乡大集可跟刚开集的时候不一样了,卖东西的多了,但赶集的人更多,从远处看一大片都是脑袋,低着脑袋看都是大腿,一根挨一根,挤挤擦擦,闹闹哄哄,还有不少外地口音。你们种菠菜算是种对了,人心就跟草一样,只要给点地方就会疯长,只要有集,钱就是最重要的,现在有钱嘛都能买到,也不用犯愁手攥着钱还会饿着。雪珍明白婆婆的小心眼,就是要给欧广明找个卖劲的机会,想撮合他跟玉梅的好事。看这意思欧广明也很配合,要不今儿个话这么多?可话一多就容易出事,他把大集说得那么热闹,让两个年轻的女人动心了,使孙月清后悔今儿个请他来帮忙……

可挑子装好两个年轻人要出发了,孙月清却不打算让玉梅跟着上集。她指使疯子二叔,用刨红薯的大铁叉子在前面把菠菜根子翻上来,叫雪珍和玉梅跟在后面捡。还说菠菜根子可是好东西,养人清热,可以生拌着吃,炒熟了吃,还可以晒干后磨成面子掺和到粮食里。雪珍凑到婆婆跟前小声说,娘你不叫玉梅跟着上集呀?人家的菠菜卖多卖少的存志他们俩做得了主吗?孙月清心里明白得很,玉梅要上集雪珍就得跟着,她是真不想让儿媳妇上集。年轻的媳妇赶大集忒招眼,特别是存先又不在家,将雪珍撒出去到大集上一疯,心跑野了怎么办?可她也知道,这么长时间儿媳妇成天关在家里,连个说话的伴都没有,婆婆再好光跟婆婆能说嘛?雪珍一定是憋闷坏了,她也不是不心疼,想到这儿便抬起脸紧盯着雪珍的眼睛问:你是不是心里痒痒也想到集上看看热闹?

是啊,这点活儿等我们回来干。雪珍答得也脆生,她不想隐瞒自己的心思,跟这样的婆婆想瞒也瞒不住。孙月清知道不答应不行了,便嘱咐说,你们两个可以跟着他们到集上去转转,但不能跟他们掺和着卖菠菜,女人年轻轻的做买卖不好看。雪珍和玉梅相视一笑,这么精明能干的婆婆,自己从年轻就当家做买卖,谁知道心里竟还藏着这种念头。孙月清撩开外边的衣服,从里面的裤子口袋里掏出三块钱塞到雪珍手里,说上了集两个人走饿了就买点吃的垫补垫补,逛完了集别管他们的菠菜卖没卖,你们两个都要早点回来。雪珍一一答应着,乖乖地把钱接过来,并不打咕推让。她知道打咕也没有用,反惹得婆婆会不高兴。

玉梅在旁边看得心热眼热,自己从记事起就没了娘,也没得到过娘的疼爱,此时真想也管孙月清叫声娘。上路后两个小伙子各挑着一担菠菜走在前面,她们两个跟在后面,说着只有她们感兴趣的话,并有意跟两个男的拉开了距离。玉梅甚至觉得过去的一年里也没有今儿个这半天时间里说的话多。她感叹道:大嫂子你真是好福气,这个婆婆待你多好啊。

雪珍点点头,是啊,本来已经有了个存珠,婆婆并不缺闺女,可待我还跟闺女一样。

"大婶怎么下地身上还带着钱？是撂在家里不放心,天天都把家当带在身上？"

"不是,这是我婆婆的规矩,只要出门身上多少就得带点钱。可能是早先挑家过日子养下的习惯。"

"那钱你真敢都花了吗？"

"给不给在她,花不花在咱,一点不花显得太生分,都花了会认为你不会过日子,多少花一点,再拣合适的给老人买点东西回去,就皆大欢喜了。"

玉梅心里充满羡慕,却没有再吭声,只低着头走路。雪珍突然脑子一热,顺嘴试探道:玉梅,你要是看着这个婆婆好,莫如就嫁给存志吧,跟我做妯娌多好。刷地一下,玉梅的脸通红,不光是害羞更多是紧张。她说,大嫂子这个话你以后可不能再说了,我比存志大,再说我的成分不好,你们家不可能看得上我。求求你,千万别再把这个话跟别人露出去,那我以后就没法见你们家的人了。雪珍知道自己说走嘴了,就尽量往回圆:是我想跟你做姐妹才冒出这句话,今儿个哪儿说在哪儿了,你放心吧。可话说回来我们家的人没有一个会嫌弃你的成分,我婆婆待你多亲近你还看不出来吗？

玉梅说这我知道,存先大哥对我哥也不错,可这种好跟结亲是两码事。再说我也不能轻易地谈婚论嫁,我大哥到死都没娶上媳妇,他临死的时候最不放心的也是我二哥的婚事,怕他拿我给自己换婚,千叮咛万嘱咐不许他为了自己而打我的主意,一定要让我选自己满意的,或者为我选个合适的。可我心里也得有本账,不能再让二哥像大哥一样打一辈子光棍儿,刘家不能没有后哇。我爸爸是地主我们就该断子绝孙吗?所以我要等着,到二哥二十八岁的时候若还没有娶亲,我就一定要为他换一个老婆!

雪珍眼圈红了,转身抱住了玉梅,好妹子,都怪我多嘴。玉梅说,大嫂子可别这么说,你是为我好,我还看不出来嘛。两个人开始闷头走路,好半天谁都不吭声。刚才热热闹闹说得那么投缘,这一不说话了两个人都感到挺别扭。

玉梅觉得雪珍是好心,就主动找话说,大嫂子你信命吗?

雪珍也觉得是自己说话不得体,才惹得两个人不自然了,便也想哄玉梅高兴。但信不信命这个话题太危险,闹不好又会弄得很沉重,就不接玉梅的话茬儿,反而做出一副嗔怪的样子,别一口一个大嫂子,我有那么大吗?

玉梅抬眼看看雪珍的脸,俺才不管你大不大呢,存先大哥的媳妇俺不叫你大嫂子叫嘛?

雪珍弯腰从地上捡起一根鲜嫩的菠菜叶,这一准是存志他们刚才在这儿歇脚掉的,也可能是看见她俩光顾说话老跟不上来,故意在这儿等等她们。她把菜叶扒拉干净,又放到嘴上吹了吹,然后贴近玉梅,把菠菜叶插进她鬓角的头发里,顺便将嘴凑到玉梅耳边悄悄说,在俺们那边喊大嫂子是有个笑话的。

玉梅见雪珍恢复了兴致,就借坡下驴非催着她讲讲这个笑话。雪珍心里就想逗她高兴,便装模作样地讲了起来:有个愣小子到外村相亲,半道上看见有个女的在地里干活儿,戴着个大草帽,他也不仔细看看人家的年龄,张口就喊大嫂子,去某某村还有多远哪?那女的翻起眼瞪他一眼,人家还是个黄花闺女,你这不明摆着是说人家长得老相,还生了孩子嘛……

玉梅不解,人家就叫了声大嫂子,怎么又扯出了孩子,这是哪儿跟哪儿呀?

雪珍解释,"大"这不明显是嫌人家年纪老嘛,"嫂"字就更老了,一个女的加上一个老叟不才是个"嫂"字吗,一个女的跟一个男的都过成老太太了,还能没有子女吗?

玉梅被这番解释逗得哏哏大笑,却又赶紧捂住自己的嘴。平时她哪有这样笑过,一边笑还一边催着雪珍继续往下讲,那个闺女不高兴又能怎么样?

雪珍说,那闺女脆声脆气地回答愣小子,离俺们村还有四亩。这回轮到愣小子笑了,哈哈,你们这儿说远近是论亩不论里呀?女的就更没好气了,接过话茬儿高腔高调地说,论理你该叫我姑!愣小子真被呵斥得愣了一下,心想这个地方的女人怎这么厉害!他的肚子里开始敲鼓,对相亲也没有底了。

玉梅捂着嘴没敢再笑出声,追问后边还有吗?

有哇,小伙子进村后先找到媒人,自然又在媒人家呆上一阵,人家免不了又跟他介绍一番女方的情况,然后再领到女方家里,双方做了介绍,老人亲友看完小伙子后全都撤出去了,屋子里只剩下那一对男女了,各自低着头,好半天都找不到话说。愣小子心里想,不管怎么样咱是男的,得先开口,这儿的女人都厉害,一上来就得说个更厉害的玩意儿,好镇唬住她。他运了运气、壮了壮胆,问道:你见过老虎吗?女的说没见过,然后反问,你见过吗?愣小子吭哧半天,还是承认也没见过。女的撇撇嘴,自己都没见过,还来考俺。俺问你,敢空口吃一个整辣椒吗?愣小子来了精神,大声说敢!女的又想了一个十拿八掐能难住小伙子的问题,从你们村到俺这儿有多远?男的张口就说,八亩。女的问,你怎么也论亩不论里了?愣小子就等着这句话哪,反口说论理你该叫我叔!女的扑哧一声笑了,你小子倒不吃亏呀,半道上我占了你的便宜,来到俺家里又找补回去了。愣小子乘胜追击又出了一道题,你敢抓我的手吗?女的低下头说不敢,并问他,你敢抓我的手吗?愣小子说,我敢……

玉梅已经笑得挺不起个儿来了,用手紧紧摞着雪珍的胳膊:大嫂子……雪珍打断她,怎这么没记性,刚讲了半天还叫大嫂子。那我叫你嘛呢？叫雪珍，或者叫姐。姐你口才真好，像说书的一样。朱雪珍自打过门来到郭家店还没有这么张扬过，婆婆再好也不能当朋友，她今儿个算交了一个闺中密友，不免有些得意：玉梅你说对了，你姐好歹在学校代过课，教书就得天天讲书，讲书还不就是说书嘛。

自从到老东乡赶集回来，朱雪珍晚上想住到刘家跟玉梅做伴。刘玉梅自小受惊吓落下一个怕黑的毛病，晚上吹了灯不敢睡觉，不吹灯同样害怕，怕灯光再引来别的活物。这个毛病除去她的两个哥哥再无别人知道，能告诉雪珍就说明真把她当姐姐了。对做媳妇的来说，晚上不住在家里可是大事，不能不禀告婆婆。孙月清连想都没想就说不行，理由是天都凉了，等一上大冻出河工的就回来了。雪珍无奈只好讲出玉梅的秘密，孙月清不好再一口回绝，也觉得玉梅一个孤女守着两间空屋子，是怪可怜的。却出主意说，让玉梅到咱家来住吧，跟你一个屋，咱家人多，特别又有你二叔，鬼呀怪的都不敢上门。雪珍说，我就是这么跟她讲的，她说住到这儿来心里不踏实，怕存先不知哪天晚上回来了不方便。她也担心自己的成分不好，怕给咱家惹麻烦。

这倒也是……孙月清心里这个后悔呀，自己怎么就一时心软，管了刘玉梅的闲事？这下可好，雪珍跟一个地主闺女走得这么近乎，会不会出事？闹不好将来会吃挂落啊！但事已至此若再三地阻拦，于情理上就说不通了，孙月清只好放行，却在心里盘算着只要存先一回来，就不让雪珍再出去，或者等存珠从学校回来，让她替嫂子去跟玉梅做伴……老人脑子里无论想多复杂，她们都顾不得管了，两个人住到一起不光有许多话说，还有一些事要干。

她们策划的第一个举动，是去挖河工地探望丈夫和哥哥。雪珍跟婆婆讲天冷了，想给存先送床厚被子去，还有棉袄、绒裤。孙月清高兴，这才是做媳妇的应该干的，而且也跟她想到一块去了。于是选了个没有风的下午，朱雪珍和刘玉梅一人提着个大包袱，兴冲冲地就出村直奔新东河大堤。她们并不清楚郭家店包的河段在哪块，反正大方向不错,顺着大道一直走下去,到了河堤上再打听呗。两人说着话觉得不大一会儿工夫,远远就看到挖河的人了,黑鸦鸦愣是拉出了一字长蛇阵,连天接地般地横挡在大洼里,两边都看不到头……这让她们心头一颤,不觉加快了步子。但到了河堤边上却感到有点不对劲,于是屏息停住了脚。

河工们看见有两个女的款款走来,便停下了手里的活儿,铲土的停了锨,推车的停了车,眼睛直勾勾地盯着她们。看着看着有人觉得光用眼睛不过瘾了,开始吱呀乱叫,这一喊叫不要紧,她们面对的一大片河段上的人全不干活儿了,都停下手盯着她们看。

有人还嗷嗷大叫:大伙快看,送包袱来的是什么人?

一大群河工抢着呼应:是咱河工的媳妇!

谁的媳妇?

咱的!

咱的是谁的?

有人又问:有媳妇好不好?

好!

不好,有媳妇心里老惦记着!

你们可别吓着俩嫂子,学了这么长时间了,谁给来一段诗?

工地上的大喇叭里天天念诗说快板,河工们听都听会了,有人张嘴就能诌两口。再加上几个月见不到女人,好不容易有长头发的送到跟前来了,一台好戏这就算开场了。有胆大色大的先出头了:我先来,听好了。蓝天当被泥当床,冷风呼啸好乘凉;就是不见媳妇面,想扁脑袋盼断肠。

河堤上哇哇地一片叫好声。下边谁接着……

听我的,红旗招展干劲有,想和嫂子拉个手;挖河挑泥累死人,送被不如送壶酒。

有人叫好,有人骂街:你他妈的可真是个酒鬼,有媳妇还要酒做嘛。看咱的:下等人来修河堤,冬天穿着夏天衣。一阵大汗一身冰,终于盼来孟姜女。只送寒衣不许哭,哭倒河堤咱赔不起……

两个女人这才看清,河工们确实还都穿着单裤单褂,有的只穿个背心,还有个别的光着膀子……她们被戏弄得脸涨心跳,闹这一大会儿也不见郭存先和刘玉成过来,可见他们并不在这一段。两个年轻女子哪还能再呆下去,也不敢再上前打听,扭头就走,像躲鬼一样越走越快,快着快着索性就撒开腿跑了起来……惹得河工们在后面哈哈大笑,可着嗓子呼喊:别跑哇,正事还没干哪!

直跑到听不见后面的喊叫声了,她俩才停下来,舍不得坐包袱,就一屁股坐到道边上,将包袱抱在怀里上气不接下气直呼哧……定住魂以后雪珍才说:可吓死我了,这帮坏蛋!

玉梅也刚把气喘匀称了:要不人家都说出河工的没好人……她忽然意识到自己的哥哥和雪珍的丈夫也都在这帮人里,难道他们也跟这些河工一样?她想像不出自小受歧视、一向老实巴交的二哥,能说出刚才河工们扔出的那些脏话,会像他们一样地冲着女人乱喊乱叫……

雪珍心里还有些后怕,说幸好刚才存先不在这堆人里面,若是让他看见了非打死我不可!

玉梅诧异,他打过你吗?

雪珍含羞带笑地摇摇头。

玉梅羡慕地望着她,我就说嘛,你这么好看存先大哥疼还疼不过来呢,哪还敢舍得动你一指头。

雪珍说他妒忌心忒大,刚结婚的时候有人多看我两眼,他都气得不行。

玉梅说那叫喜欢、叫爱。

说也怪,刚才的这番惊扰不仅没有吓住雪珍,打消再给丈夫送东西的想法,反而让她想见到丈夫的念头更强烈、更急切了。回家没敢跟婆婆讲实话,怕老人担心不让她再出来,就简单地推说没有找对地方。晚饭后让存志领路,他往河堤上送过东西,路清道熟,叫上玉梅便直奔郭家店的河段。

正是没有月亮的日子,四外一片漆黑,夜风阴寒,刘玉梅身上一激灵,缩缩脖子、拉拉领子,心里有点慌。对她来讲黑夜里充满危险,眼睛一被黑暗遮蔽,心里就失去了安宁。而朱雪珍的心情似乎正相反,觉得这个黑夜充满惊奇和柔情,一副不管不顾、心急火燎的样子,一个劲儿催着存志快走。

真甩开膀子走起来,身上渐渐就暖和了,远远能看见河堤上的灯光了,星星点点、若隐若现,却断断续续地也扯成一条长长细细的光带。星星越出越多,大洼里不像他们刚出村的时候黑得那么瓷实了,心急的人走夜路总是很快的,瞄着灯光他们逐渐接近了河堤,存志领她们来到离郭家店窝棚不远的料场子上,这里存放着伙房做饭用的柴火,挖河用的竹笆、翘板、推车等物件,他让嫂子和刘玉梅在一个背风的柴火垛后面等候,自己去把大哥和刘玉成叫来。工地的大喇叭里播放着自选或自编的文艺节目,一会儿气势雄壮地唱歌,一会儿干巴巴地朗诵诗歌,玉梅听得身上发冷,直往雪珍身上靠。而雪珍又想起下午的经历,在黑暗中竟也脸红耳热,心里一阵急躁……小声嘟囔说存志去了这么长一阵子,怎还叫不来人?别是存志也没找到,或是他们晚上还有别的事,没在窝棚里?

她心里正犯嘀咕,就听到有杂沓的脚步声冲这边来了,于是怀里搂着包袱就迎了上去。玉梅原想呆着不动,可一个人又害怕,只好像尾巴似的跟在雪珍后边。虽然黑糊糊的任嘛也看不清,凭着一个大概其的轮廓,或是走路发出的声音,郭存先和朱雪珍隔着老远就相互认出了对方。郭存先的人还没到话先飘过来了:你们怎来了?这大冷的天,黑灯瞎火的!

谁冷啊?你身上还耍着单,不是更冷!雪珍并没有说出来,她从声音里感觉到存先对她的到来是欢喜的。两个人碰了面,郭存先眼睛看着妻子,嘴里却先跟后边的玉梅说话:一早一晚的你哥还真冻得够呛。

刘玉成也紧赶几步,走上来跟雪珍问好:我是沾了大嫂子的光了,没有你玉梅晚上是不敢出门的。两个女人还没有空插嘴,郭存先在黑影里忽然笑了,你们两个搞的还真跟探监似的。雪珍说,工地离村这么近也不让回家,不是监狱还能是嘛?把你们这些人管得也跟犯人差不离儿了。郭存先说你不提我倒忘了,今天挖河工地都传遍了,说有两个女的来河堤送衣裳,被一帮坏小子起哄叫号地给吓跑了,是不是你们俩?

玉梅不敢接话,拉着哥哥躲到一边去了。雪珍问丈夫:存志呢?郭存先凑上来,接过她怀里的包袱放到地上,轻声说存志在窝棚里暖和呢。雪珍可能是在这儿站的时间长了,浑身哆嗦着,伸出一只手摸着丈夫的脸,仿佛是在探测他瘦了多少,在寻求他的温暖、他的力量。郭存先顺从地伸过头任由她摸。摸着摸着她突然哭了,一下子扑到他的身上。

郭存先一把将她抱起来,让她感到自己的身子就像一根秫秸那么轻,后背顶到了松软的柴火垛上。他的脸贴上来,胡乱亲吮着她脸上的泪,她则闻到了丈夫身上的土腥味,心里随即便有了一种奇异的感动。郭存先的大嘴越来越猛烈,就像要生吞活吃了她,她的身子开始变暖,里面涌起了浪头,热乎乎的一波接一波。他一只手摸索到下面,胡拉硬扯地扒开她的腰带,裤子竟呼啦一下就全掉了。原来她是有准备的,为了他的方便特意空心只穿了条肥大的夹裤。他的下面早就像挺起了一根火棍子,此时搬起她的一条腿,进入了雪珍正在等着他的那个地方。烫烫的,滑滑的,搅起了惊天风暴,直刮得她魂儿没啦,人也没啦……

没想到在这个漆黑一团的柴火垛上,她获得了一种自结婚以来还从没有过的感觉,真正知道了做一个女人的好滋味。

## 8. 火烧蛤蟆窝

人算不如天算,老东乡一带又连涝了两年。

原说一年就能挖好的新东河,却哩哩啦啦干了两年多,到上冻前才总算收工。这两年可把郭存先给拖惨了,有自留地撑着能凑合吃上饭,虽说吃不大饱,倒也饿不死。但举家过日子一点钱没有怎么行呢?特别是家里添人进口,花消大了用钱的地方就多。

雪珍为他生了儿子,却奶水不足,需要搭配别的东西。这年头有钱想买点孩子能吃的东西都难,更别说还没有钱。妹妹存珠过了年要出门子,男的是她的初中同学,不仅不能要彩礼,还不能让妹妹走得太寒碜。太寒碜了从老娘那儿就过不去。这两年老娘的头发白了一大半,操心哪!

最让老人操心的还是老二存志,越大心性越怯,不爱说话,没事不出屋门,就在那间小南屋的炕上一侧歪,瞪着俩眼珠子不是瞅窗户,就是看房梁。没人知道他脑子里在转什么轴,谁问什么也不吱声,这不得急死老娘吗!农村的男人年龄一大出现这副痴呆相,合理的解释只有一个,就是想媳妇了,家里有条件的就得赶紧张罗着给他成亲。郭家再穷总还不至于在全村是收底的,说嘛也不会让存志打光棍儿,于是从哥到娘都拉开架势撒出话去,真杀实砍地开始操持存志的婚事,先托人提亲。一动真格的麻烦又来了,让所有人都没有想到,存志他根本就不想成亲。每次去相亲都得让老娘磨破嘴皮子,好说歹说还不行就又闹又骂,逼他硬挺着头皮去了,也是耷拉着脑袋不说话,人家问十句不定能回一句。你说谁家闺女如果没有大毛病,愿意找这么个肉头？再说你又不是干部,不是城里工人,身上没一点降人的玩意儿。所以为他张罗了两三个,都是见一面就镲了。

郭存先心里清楚,老娘觉得是存志这几年在南屋里睡觉受了二叔的影响,一老一少两辈儿的光棍儿,天天睡在一个炕上能有个好吗？这一年多全家人都明显地感觉出来,他平时就是跟二叔最近,性格也越来越像二叔……可这话不能说出口哇。就等着存珠出嫁后,让老二回到西屋跟娘一个炕。到时候他愿不愿意,还真说不好……郭存先认为是存志那次偷吃红薯苗挨打罚跪留下的病根,自那儿以后他的性格就发生了变化,前几年不明显,年纪一大到了该说亲的时候就显出来了。村上有许多光棍儿是因为说不起媳妇,他却是压根就不想说媳妇,这能不让老娘愁白了头发吗？

但说了归齐还是钱的问题。如果他郭存先手里有钱,就可以直接从南边给兄弟买个媳妇。把媳妇给他送进洞房,来上个生米煮成熟饭,不管他爱不爱说话还不都得过日子。所以郭存先下狠心,趁这个冬天必须抓挠一点钱。明年打发妹妹出阁以后,尽可能地再盖起两间新房,该自己做的全做好,老娘就该省心了。说不定用新房子就能给存志换个媳妇。可到哪里去抓挠钱呢？又怎么个抓挠法呢？

再想出去耍手艺是不大可能了,从上边贯下来一个新名词,管农民私自外出擀毡叫"盲流",抓住要按重罪论处。重到什么程度？罚掉个人乃至全家的粮食指标。这年月扣了指标就等于不给饭吃,不跟判死刑一样吗？如果不想当"盲流"被抓,就得有证明信,想要出公社,就得带着村上的证明到公社开信。想要出县,就得带着村里和公社的两级证明到县里换信……现在这种状况村里不可能给他开信。即便村里肯开恩,上边的两关他也过不去。然而一过了年就又要修水库,他就更动不了啦。能想辙的就是年前年后这一个多月,既然出不去就得想出不去的办法。其实家里眼下也离不开他,雪珍带着孩子,老娘年岁越来越大,存志又是这个样子……难道就真的被活活憋死？

郭存先可不是那种能被尿憋死的人,越难他就越有主意。想到办法后先给王顺写信约定好,他选的是一个辛店有集的日子,并提前告诉欧广明、刘玉成、金来喜分别到辛店集上碰头。因为郭家店的人都喜欢到近便的老东乡赶集,不习惯走十几里地赶辛店的集,郭存先偏要选择辛店就是不想碰上熟人。

他们在集上碰面后找了个清静好说话的地方,郭存先要了五个锅饼,外饶了五大碗热水,金来喜急赤白脸地抢着替他付了钱。待大家都稳住了神以后,郭存先指着王顺先把他介绍给大伙,这是我兄弟,我跟他是过命的。前些年大家都正饿得不行的时候,我在外边挣的粮食和钱,都是王顺兄弟给我往家里送,没少过一把棒子一分钱。今儿个找了你们哥儿几个,也是可以跟我换命的,就想跟你们商量一件能赚钱的事。我说完之后愿意干的就干,不愿意干的也没关系。

其他几个人心里早就猜到了会有好事,个个兴奋异常,都催他快说出到底是嘛买卖?

郭存先却不像别人那般兴奋冲动,反而显得格外严肃:"这两天我一直在蛤蟆窝里转悠,里面长了满洼的好苇子。明年一修水库这些苇子就白糟蹋了,也许还嫌它取土方碍事,先放一把火烧了它。这么多年来蛤蟆窝的苇子也都是自生自烂,谁要盖房去割一点,或者弄点回家烧火,都没关系。可是你真要组织几个人,拉开架势割了去换钱,那可能就是个事儿了。这种事说大可大,说小可小,现在的农民都穷疯了嘛。不疯怎么叫真穷?没有主的苇子割点活命能犯什么法!蛤蟆窝的苇子说没主还真没主,但凡是没主的就是国家的,有时候国家的东西还真就是不拿白不拿。我想干的就是这件事,王顺兄弟已经找好了大车,他负责运送,也找好了买主。我们只管割,割完打成捆,装到车上就不管了,第二天装苇子的时候拿钱,三一三十一有一个人算一份,大家平分。一车少说也卖个百八十的,干上几次明年的日子就不愁了……"郭存先突然停下不讲了,就着热水大口咬锅饼。

其他人也都不吭声,只管低着头啃自己手里的锅饼,每个人却都在心里掂掇这件事的分量,想的也可能是同一个问题,万一犯了事怎么办?郭存先有意给大家时间,就是要让每一个人都在脑子里打好自己的小九九,免得将来真出了事后悔。等到锅饼快吃完了,郭存先才宣布纪律:"现在谁也不许说话,无论你心里想干或不想干都别说出来,不想干的就当是赶趟集,我嘛也没说,你嘛也没听见。想干的今儿个晚上十点钟到蛤蟆窝北道找我,带一把大镰,磨快了,记住只带一把大镰就行。大车就停在北道上,我是一定会去的,就我一个人也要干。还有一条,无论你干不干,都不要跟家里人说,只许咱们几个知道就行啦。"

他这一不让大伙当场表态,那几个人立刻都松了一口气,回到家还有时间可以从长再考虑这件事。但每个人心里都为郭存先这一招叫绝,不许大家说话,谁干谁不干相互就都不知道了。用不着相互商量,谁也不影响谁,不管选择哪一种都纯粹是自己的决定,将来不落埋怨。几个汉子从心里宾服郭存先,这才是当头的料,以后一准能干成点事。再看他找的这几个人,只论交情不管成分,成分高的人只会更感激他的信任,这年头能交下几个过心的朋友也是一种依靠,一种安全。其实成分越高的人嘴越严实,越靠得住,因为一旦出了事,什么罪责都要扣到他们身上。

临收场的时候郭存先还想再啰嗦几句:"我最后再讲个小故事,咱们就散伙回家。那是《隋唐演义》上的事,单雄信被唐太宗抓住后要砍头,他的好朋友徐世勣向唐太宗求情,唐王不准。徐世勣知道单雄信必死无疑了,就到刑场为朋友送行。他见了单雄信二话不说,撩开衣服抽出刀,噌地就是一下子,从自己身上割下一块肉,双手举到单雄信眼前。兄弟,我没能救下你,但你我兄弟一场,应该同死,可你走后我还有事要办,就请你先把我的肉吞了,表明我跟着你一块死了,还会一起化成土。将来要转世再做人,还在一起做好兄弟!"


整个蛤蟆窝没有一点光亮,大东洼里的深夜黑得瓷实。连续三年大涝,蛤蟆窝水足,成全了这一洼好苇子,在夜风中摇荡,发出沙啦啦、沙啦啦令人毛骨悚然的响声。对于割芦苇的四五个汉子来说,这黑夜却像白天一样透亮,他们仿佛什么都看得见,丝毫不影响干活儿的节奏和速度。做贼就要有贼眼,或者说他们根本不必用眼,靠的是心,是胆儿。夜越黑,蛤蟆窝苇荡里的响声越瘆人,他们心里反而越踏实,手底下也越利索,左手这么一薅,右手这么一镰,刷、刷,喀嚓……差不多就等于一角钱到手了。

他们已经干过四个夜晚了,运气不错正赶上风大云暗的阴沉夜,老北风像刀片一样划着他们的脸,他们却全无感觉,身上还热得冒汗。只有那个负责打捆的人,头发梢儿老是挓挲着,耳朵支棱着,格外警觉,时不时地要拿眼扫一下四周,塌下心听一听。

忽然,他们中的一个发现南边有光亮朝这儿动弹,便小声惊叫起来:"不好!存先,村子里有人来了。"

刷啦——镰刀全停住了。他们向郭家店的方向仔细张望。

这会是谁?

除去蓝守坤没别人,这两天他好像闻到点味儿,私下打听过咱们。

要是他一个人就好办……

好办?他才不好办哪!

不对,还有两三把电棒哪,来的人不少……

郭存先低声吩咐大家:"听着,都带好各自的家什儿,可别丢下让他们拿到证据。咱们从蛤蟆窝的后边绕个大弯子回家,千万不能让他们看见。回家后把钱藏好了,这段时间谁也不能花钱,死也不许透了风,其他的事都由我顶着。"

一阵沙沙啦啦,几个人拿着镰刀,提着扁担,抽身钻进了苇荡。有个人紧张得挪不动腿,越动不了就越紧张,想抽根烟壮壮胆,刺啦划着了火柴,郭存先怒吼一声:"谁?你想干嘛?"那人手一哆嗦火柴掉到干苇子上,"嘭"的一声火苗子就起来了……

郭存先蹿回来一把拉上他就向外跑。早已干透的苇荡顺风烧了起来,劈劈啪啪像放鞭炮,火势由小变大,火苗由低变高,很快就蹿出了苇子梢儿。风助火势,火助风威,呼呼怪叫,嘭嘭乱响,火势越烧越旺,火面越燎越大,刹那间把黑夜烧出一个大洞,浓烟夹裹着苇子灰,拧着旋儿打着滚儿地飘向深深的夜空。

待那些想抓偷割苇子的人赶到,蛤蟆窝已经变成了火海。他们喊叫着奔过来,又被火焰逼得不得不掉头往回退……为首的果然是郭家店治保主任蓝守坤,还带来五个民兵。这时候就是带来一个团也没有用了,干苇子着了火,干瞪眼看着没法救……

蓝守坤跺着脚地骂呀,这帮狗日的,准是郭大斧子干的,别人没这个胆儿!

有人嘟囔,可怎么证明呢?偷苇子的人连个影儿都没看到,蛤蟆窝只剩下一窝苇子灰,他们红口白牙的死不认账怎么办?

那也不能便宜了他们!蓝守坤立马派人到公社和县里报告,让头头们带着人快下来,他要赶紧回村掏窝,不能让那些人跑了。

蛤蟆窝的大火烧红了半边天,周围的村子里都能看得到。有睡觉灵醒的人一咋呼,成天闲得光剩下睡觉都快睡傻了的人,还能不爬起来看热闹?

等蓝守坤心急火燎地赶回郭家店,北村口已经站着黑糊糊一大群看火光的人。拔脖子跷脚,喊喊喳喳,有骂大街的,有起哄叫好的,一见蓝守坤正是从着火的方向跑回来,就有人嘻不溜秋甩闲腔:"是蓝主任哪,这么好的苇子你烧了它干吗?"

"是啊,国家若是不要,让咱们割点不也好嘛。"

蓝守坤正一肚子邪火没处撒:"谁烧的?我正在抓这个放火的!"

他在人群里扒拉过来扒拉过去,举着手电筒挨个照脸……

村民们继续骂骂咧咧:这蛤蟆窝自古就是附近这几个村子的,赶上闹大水苇子长好了,也是大伙的。自从一入社苇子也姓公了,姓了公也就没人管了。今年又说将蛤蟆窝修成水库,当头的上嘴唇跟下嘴唇一碰,苇子又成县上的了,归了县上你县上倒是管好啊,就让它这么点了天灯啊?

蓝守坤没有在人堆里找到他想找的人,觉得自己猜对了,偷苇子的人不敢回村,或想回还没有来得及回来。他要赶快到那些人家里去查一查,如果家里也没有他们,那就好办了,深更半夜跑出去还能干什么好事?保准一审就都得秃噜出来。

擒贼先擒王,他带着民兵直奔四队郭存先的家。在门上砸了好半天,才听到屋里有动静,又等了一会儿门打开了,郭存先两眼躲闪着蓝守坤的手电筒,显得还迷迷瞪瞪,上身光膀子苫披着大棉袄,下身只穿着个裤衩,趿拉着鞋,右手提着那把砍棺材的斧子:"谁呀?半夜三更的怎么了?"

蓝守坤打个愣,一见真是郭存先竟还没有准备好词儿:"你……刚才干什么去了?"

"睡觉啊,深更半夜的还能干什么?"

"蛤蟆窝着火了,你不知道?"

"啊?你是想叫我招呼人去救火?"

"有人举报是你带人偷苇子,被人抓的时候放了火。"

"我操你八辈儿祖宗!我还举报是你放的火哪,你就是想闹事,要借着整人立功当书记。"

"我操你祖宗,敢让我们进去搜吗?"

郭存先把手里的斧子一横:"敢!深更半夜的,你想行凶我就敢劈了你!"

蓝守坤很横:"我一个治保主任还搜不了你的家?"

"你一个治保主任算个屁?我一没犯法,二没犯错,你凭什么说搜就搜?我还想到你们家去搜搜哪,行吗?"郭存先挺愣,一个门里一个门外生生地僵住了。

蓝守坤心里也打鼓,嘴上还得硬挺着:"我要非搜不可呢?"

"行啊,但话得说明白,你只要在我的家里搜出一根苇子,我听凭你处治。如果搜不出来呢?我就带人到你们家搜,我敢打包票一准能搜出你放火烧苇子的证据。你信不信?"

人被逼到绝境就豁出去了,这时候就是横的怕愣的,愣的怕不要命的。这一板还真把蓝守坤给叫住了。郭家和蓝家不知从上边哪一辈子就在一个村子里住着,他深知郭存先的脑袋不好剃,可猜不透这家伙的肚子里到底装着什么坏水,自己有什么把柄落在他手里……

蓝守坤退了一步:"我暂时不搜你也行,你不能跑,等公社和县里的领导来了再说。"

"跑?咱们俩还不知道谁要跑哪。你不是有人吗?给我把住大门儿啊!"

郭存先话没落地回手就关上了大门,叽里哐啷插上门闩,踢里趿拉地又进屋了。

蓝守坤闹了这个大憋气呀。他真的把两个民兵留下看住郭存先,这就叫是他不是他的先寒碜寒碜他,也是一种镇唬。眼下到处都乱哄哄,被民兵看着不能动绝对是件丢人现眼的事,等天一亮村里人还不知会怎么说哪,没准就传成郭存先烧苇子被民兵当场抓住了⋯⋯

郭家起得最早的是疯子二爷。自从郭存先有了儿子,疯子二叔名副其实地升格成了爷。无论家里外边,全都不叫他叔,而是称爷了。

他清晨背起粪筐,手持粪叉,一推门看见一边站着一个人,眼睛便疑疑惑惑地看看这个,瞅瞅那个,两条腿却照直往外走。两个民兵得到的指令是不许郭家人出门,免得转移赃物,等待县里的警察来了好搜查。于是就小声喝令,你不许出去!为什么喝令还要小声,而不是大声呢?怕惊动屋里边的郭存先,那个主儿不好对付。民兵们都看得出来,连他们的头头蓝守坤对郭存先都有点憷,他们只是普通民兵最好别惹这个麻烦。但他们不怕疯子,更何况还是个老疯子,便连三并四地说了好几声。不想疯子二爷像没听见似的根本不答理他们,自管往外走。民兵恼了,嗓门跟着也提高了:咳!你个老疯子,我叫你不许出去你听见没有?

疯子二爷还是不理不睬,民兵中的一个真火了,心说郭存先我惹不起,难不成还怕你个疯子?一甩膀子扑过来伸手就抓,他明明觉得还没有碰上疯子,却不知怎么自己的身子就飞起来向后摔去,正好磕到后尾骨上,痛得直钻心。旁边站着的另一个民兵有点傻眼,这是怎么回事?他没看清同伴是怎么被摔倒的,便义不容辞地也蹿上来要为他出气。这个人也清清楚楚地看着疯子脚没停,两只手也没动,只见他胳肢窝下边夹着的粪叉子把儿一晃,自己的腰眼倏地一麻,就重重地向前扑倒了,嘴唇被自己的牙垫破了。

疯子二爷连头也不回,出村往东洼去了。

两个民兵从地上爬起来,脸都变色了,却不是疼的,而是吓的。这要不是亲身经历,打死也难以相信。一个在揉屁股,一个捂着嘴嘶嘶地抽凉气,你看看我,我看看你,好像还闹不明白刚才到底发生了什么事?一个试探地问:"我们还去追吗?"另一个似乎还有点知识:"疯子受法律保护,打死人不偿命。"

"你就断定咱们只能叫他打死,咱们打不死他一个疯老头子?"

"咱们根本打不着人家,只能挨打。你以为他真疯,我看八成成神了,难怪郭存先那么厉害,敢情他们家的人身上都有两下子。"

"那咱们怎么办?"

"回去跟头头汇报,谁有本事让谁来吧,咱犯不着惹这一水。"

其实孙月清自半夜被敲门声惊醒后就再没睡着,支棱着耳朵直到听见二爷起来,背粪筐,拿粪叉,开了大门后又有人在当街嚷嚷……她哪还躺得住,赶忙起身下炕,来到外边想看个究竟。院子的大门虚掩着,外面的街上很清静,一个人没有。心想天刚有点发亮,除去自己家的疯子二爷,大冬天的还有谁会起这么早?刚才听到有人跟二爷喊叫,莫非又是自己撒吃挣?听到娘从屋里出来,郭存先自然也躺不住了,随即翻身下地,从后面跟出来:娘,起这么早做嘛,是不是夜里被搅和得没睡好?

郭存先一直以为娘的头发是为老二愁白的,殊不知真正让孙月清担惊受怕的还是他,因为他太像他爹了,而存志则不会捅出太大的娄子。孙月清反身又关好大门,把存先拉到院子里的小树旁边,扬起脸紧盯着儿子的眼睛追问:"半夜为嘛有人砸咱家的门?"

郭存先笑了,大大咧咧的还有些幸灾乐祸:"夜里蛤蟆窝起火了,北半个窝的苇子烧了个净光,蓝守坤带着民兵挨家挨户地搜查,看谁家藏着苇子就证明是谁放的火,查到咱这儿被我给骂走了。"

孙月清还不放心:"真不是你干的?"

郭存先双手扳住老娘的肩膀头,眼睛直对老娘的眼睛:"你儿子有那么傻吗?我真要想放火还去点蓝守坤家的房子呢,烧蛤蟆窝干嘛?不就是一洼干苇子吗?您看看咱们家有一根苇子吗?半夜他们瞎闹腾的时候就有人说,可能是狐狸炼丹,还有人看见东洼有信号弹……"

孙月清放心了,嗔怪道:"尽是胡诌白咧。存先哪,你可是当了爸爸的人,说话做事千万可要替一家子老小多想想,不能全由着自个儿的性子来。"

其实最近的好几个晚上她都听到家里有动静,有一回很真切地听见存先开门出去了,她随后就跟出来看,却发现外间屋的门闩是插着的,再到外面看看大门,大门的门闩也是插着的。如果存先出去了,就不可能从外面能插上里边的门闩,她相信是自己的耳朵听二乎了,可能是呓呓挣挣地打了个盹。自儿媳妇坐月子以来,她就没有睡踏实过,孩子一哭就醒,东屋里有一点动静她也都能听得到……许多年以后她才知道,自己在那几天夜里听到的动静并不是撒呓挣或做梦,存先是真在夜里做了一些事情。

她忽略了自己的儿子是个木匠,在他修理家里这些门的时候,抱着一种闹着玩儿的心理要试验一下自己的手艺,便在门上都安装了消息儿。有了这样一个小机关,人在外面也能插上门闩。以后出门可以不用上锁,有小偷光顾时推门推不开,发现门上插着闩,就会想当然地以为家里有人,便不敢再撬门或跳墙了。但消息儿都做好以后他猛然意识到一个问题,如果将这个秘密告诉家里人,家里人再告诉外人,特别是弟弟妹妹若以此向同学们炫耀,这样的新鲜玩意儿就很容易招致别人的好奇心,让村里人知道他家门装了消息儿,谁不来琢磨,谁不打听呢?那他们家白天黑夜可就等于没有大门了。所以他一直没有公开自家门上的机关,还曾想有时间把门上的这些消息儿全部都去掉。只是后来需要它替自己遮掩不想让家里人知道的事情,便一直也没有真的拆除这些小机关。

听到孙子又哭了,孙月清就跟听到召唤令一样急忙走进东屋,雪珍还迷迷瞪瞪地就忙把奶头送进孩子的嘴里。她坐在炕边上,低头看着孙子闭着眼嘬奶的样子,心里觉得踏实而饱满,当了奶奶的滋味真好,此时此刻外面就是天塌下来也跟自己没有关系,都没嘛大不了的。她摸着孙子的小手,满脸满身全是爱意,问雪珍这两天是不是觉得奶好一点了,怎么听着孩子哭得少了?雪珍说好了多少倒也说不上,估摸着能吃个七八成饱,反正他一哭我就把奶塞到他嘴里,只要嘴里有嚼的哭得就少点。孙月清安慰说别怕孩子哭,小孩子哭是长劲、长肺,小时候能哭的孩子长大了力气大,肺活量大。今天出了满月,往后一点点的就好办了,慢慢可以喝点米汤,听说县城有卖奶粉的,哪天让存先去跑一趟。等到天气一化冻,就叫二爷给俺孙子捞点活鱼活虾的熬汤,一准能把他养得白白胖胖的……孙月清数说着孙子的美好前景,自己就先醉了。今儿个过满月得给俺孙子起个名儿……雪珍问,您给想好了吗?存先讲这里的规矩是要由爷爷奶奶给起名。孙月清一边思量着一边品着滋味说,我想好了,也跟二爷商量了,俺大孙子应该叫福子、福儿,他这一辈再不能受这么大的穷,吃这么大的苦了,他们这一辈儿都在个传字上,大号就叫郭传福,俺孙子是有福气的,是要给郭家带来福气的,还要把福分一辈一辈传下去的,福星高照,福寿双全……说着说着她竟自个呵呵大笑起来。可笑着笑着又犯起愁来了,今儿个给俺孙子过满月,做点嘛好吃的呢?

雪珍安慰她,这年月要嘛没嘛,还做什么好吃的,像往常一样随便对付一口就行了。这你就别管了,孙月清说着起身向外走,嘴里还自行叨咕着,随便对付一口怎么对得起俺孙子?外边天已大亮,她问正在扫院子的存先,我都过糊涂了,今儿个是哪儿的集呀?存先停住大扫帚,扬起脸说您没过糊涂,今儿个咱临近的周边都没有集,您想做嘛?孙月清嗫着牙花子说,孩子出满月是大事,好歹也得吃顿饺子吧,哪怕就是高粱面的呢,菜馅好办,家里有现成的,就是缺一点荤腥。另外也得想法给雪珍买点补身子的东西,她吃不好又怎会有奶呢?要不吃完饭你到县城里看看?

郭存先口袋里有了点钱,也正想去趟县城,怕的是他今儿个出不了村子。于是跟老娘说了个活话:等会村里没事我就去县城,今儿个若是去不了咱就有嘛算嘛,到给您孙子过百岁的时候再找补。

儿子的话又勾起孙月清的不安,看着存先的眼睛叮问:"村里会有嘛事?"

存先搪塞说我也是瞎猜,蛤蟆窝着火的事村里不能不做个样子,怎么着也得跟上边有个交代,或许会在村口派民兵站岗,不许随便出村,您说为了给孩子过满月咱值当跟他们费话吗?

存珠揉着眼从里屋出来,抱怨道:一大清早的你们就说个没完,孩子过满月又不是过年。老娘翻她一眼,现在年有嘛过的?孩子出满月才是大事。你赶紧抱柴火点火,把两个锅都点着,东锅里熬粥先少放水,熟了后盛一碗糨的给你嫂子,然后再加水,上边将昨天留的馎馎熥上。西锅里光烧一大锅热水就行。

女儿诧异,娘您真要褪猪哇?咱们家有猪吗?

连孙月清都被女儿逗笑了,这么大的闺女过年就要出门子了,还是这么没出息,成天就光想到吃。烧水不是要宰猪,是给二爷剃头,让他好好洗巴洗巴。

存珠咧咧嘴,洗二爷的脑袋也不比褪猪容易。她当然知道疯子二爷的脑袋一年就剃一回,每到年根底下是郭家的大事之一,可现在离过年还有好多天哪?

孙月清有自己的盘算,你看不见要变天吗?一变天就会上大冻,人就伸不出手来,也不能在外边耍巴了。趁着今儿个还不算太冷,又是孩子出满月的好日子,一块都收拾干净心里就踏实了。还有孩子的那些尿褯子也该用热水好好烫一烫。

存珠继续拿老娘寻开心,你老可真够可以的,拿给你孙子烫尿褯子的水给二爷洗头。

孙月清抡起巴掌,存珠哏哏笑着跑开去抱柴火。孙月清又来到南屋里吆喝小儿子,存志呀快起来,到村外边看看二爷在哪个洼,叫他快回来。大冬天的又拾不着粪,别转悠到非等黏粥都凉了再回来。

又一个贫穷多事,但又充满欢乐和生机的早晨,就这样在孙月清的吆喝声里降临了。

当存珠把黏粥熬好,先盛出一大碗正想端进东屋,雪珍一撩门帘从里边出来了,存珠说你怎么出来了?雪珍说今儿个不是出满月了嘛,我当然也就可以下地了。她说着从存珠手里接过那碗粥又要倒回锅里去,坐在西边灶膛前烧火的婆婆站起来呵斥道:这是做嘛?快端到屋里去,吃了饭有的是热水让你洗,从今儿个起下地可以,干点活儿也行,但吃东西还得在意点,不光是为了你自己,还有孩子哪。

存珠接过腔说,是啊,你现在不是咱娘的宝贝孙子的大食堂嘛!她一边说着一边又从嫂子手里接过那碗糯粥,端进东屋放在炕桌上。孙月清随后跟进来,从墙边的柜子里掏出一个小瓷盆,在里面舀了两勺炒面撒到粥里。净面如今就是产妇的补品。

东锅里重新加水,上汽后煝上干的,孙月清切好了咸菜,娘俩把早饭忙活好,刚灭了灶膛的火,就听到存先在院子里惊呼一声:您这是做嘛呀?娘俩呼啦都跑出来看,也猛地被吓了一跳。疯子二爷竟光着膀子回来了,肩上还背着粪筐,手里提着粪叉子……六十多岁的老头子可真是疯了,这不是拿自个儿闹着玩儿嘛。

存珠大喊,我的二爷棉袄呢?

存志在后边进来了,双手提溜着的正是二爷的棉袄,里边像是包裹着很重的东西,什么值钱的东西值得在十冬腊月脱了棉袄包啊?存志急忙吆喝,快找个家什。存先上前一把接过棉袄,双手提着打开一看,里边包的竟是细沙土。

孙月清上前抓了一把,在手里揉搓着,沙土就像白面一样细软,又像水一样从她的指缝里流掉了。她笑得眼角的细纹像阳光一样放射开来,欢喜地高声说道:这下可好了!转身进屋拿来一个空桶,让存先把沙土倒进去。

存珠还在一旁埋怨二爷,这可是新棉袄呀,我跟娘整整做了一天半,你可倒好,用它包土!

孙月清脸上还在挂着笑,嘴上却训斥道,别这么跟你二叔说话,这么细的沙土可是宝贝,上锅炒一炒,可以给孩子做成土裤。尿湿了光换土就行,又干净又暖和,不管怎么尿都不会淹了孩子的肉皮,还不用像裹尿布一样把孩子勒那么紧,让孩子发育得更好。你们小时候也都是穿这个过来的,这几天我心里正盘算哪,大冬天的到哪儿能找到好沙土,还是二爷心疼孙子啊!

这半天疯子二爷就一直还光着膀子站着,肩头的粪筐也舍不得放下。存先急忙把二叔的棉袄抖搂干净,用手扑拉了又扑拉,然后交给存珠,让她给二爷穿上。自己则伸手从二爷肩上取下粪筐,拿在手里才掂出还有些分量,嘴里不免嚷道:哟嗬,今儿个早晨还真捡到粪了!他刚才就看到筐里装着干草,还以为二爷只是在道上捡了点干草,想不到筐头子下面还真有点东西。就把干草掏出来扔到柴火堆上,转身想把筐头子里的粪倒到门外的粪堆上,可筐头子里黑糊糊的看着不像粪,他抬眼看着二爷:这是嘛?

从打回来还没出过声的疯子二爷,照旧不说话,走过去从筐头子里一样一样地拿出来,一只烧糊了的兔子,还有一只烧掉了毛的大鸟,几条冻得梆硬的泥鳅和小鱼。郭存先明白了,二爷是去蛤蟆窝了,这些东西都是昨天夜里着火的时候没能跑掉的,被大火烧死了。可泥鳅小鱼是怎么来的呢?他问了好几遍,疯子二爷才说就在地上捡的,水浅的地方让大火把冰烧化了,露出了这些东西,躲没处躲,跑没处跑,火一灭又紧跟着上冻,它们可不就成了冰棍。

存珠乐得蹦了起来,哈,二爷给咱办来了年货!

孙月清用手抠抠兔子,烧糊的只是一层皮,炖上一大锅还真是连过年都有了。那只大鸟不是大雁就是野鸭子,正好给雪珍吊汤……


这才叫"烧香引来了鬼"。

陈宝槐让蓝守坤派出两路民兵,一路去县公安局报案,一路到公社告状,想借蛤蟆窝着火事件,好好镇唬一下村里想多刺儿的人。好长时间以来他总感到不安生,老觉得会出点什么事,下边不听招呼的人越来越多,是人不是人的都敢跟他瞪眼珠子了……还反了你们啦!这回弄出个火烧蛤蟆窝,算是叫你们赶上了,这回看怎么挨收拾吧。

可让他万没想到,刚放了个屁的工夫,去公社告状的民兵就回来了,还别说请个公社领导来郭家店撑腰,根本就没见到管事的人,乱哄哄的只打听到公社被夺权了,原来的公社领导都下台了。有时还上台也是被押上去撅着屁股挨斗。快到晌午头的时候,到县里报案的民兵也回来了,没有带来警察,倒引来百八十号的红卫兵,清一色的绿军装、红袖章、军挎包,手持《毛主席语录》,有几个大点的也不过二十岁上下,一嘴标准的电匣子口音,显然是北京来的大学生。剩下的都是十几岁的中学生,有的就是本县中学的学生,还有的就是正在县中念书的本村孩子,像郭敬海家的老三郭存勇,陈老定家的小子陈二熊,蓝守坤的侄子蓝新……

若搁在往常,谁会把这些小兔崽子当回事?可他们一搀和到运动里就邪行了,一个个脸不是脸鼻子不是鼻子,看人都不会用正经眼神,浑身上下哪个窟窿眼儿里都能往外冒火药、喷枪弹。就像下雹子,一粒冰疙瘩算个屁,放在地上转眼就化掉。数不清的冰雹从天上砸下来,再借着狂风暴雨、劈雷闪电,那可就厉害了,摧枯拉朽,横扫一切。谁不怕就能把谁给砸死。陈宝槐当然也知道红卫兵是怎么回事,可一直以为他们只在学校里闹腾,在北京和一些大城市里造反,那一套祸害不到农村,离自己还远着呢。哪成想他们会以敌对的姿态突然就站到了自己眼前,似乎比当年部队解放郭家店还迅捷。

而且红卫兵干这一套驾轻就熟,一进村便很有步骤地先占领了村里的扩音器和制高点,不大一会儿工夫村上的大喇叭都响了,所有高一点的房顶上也都站上了红卫兵,在扩音器间歇的时候,房顶上的红卫兵就用手里的喇叭广播,没有喇叭的用报纸卷个筒当喇叭。起初只是播放笼统的口号:

"大串联是伟大的创举,毛主席支持我们大串联,鼓励我们大串联!"

"把头脑武装起来,按毛主席的教导到群众中去,杀向全国各地,和那里的造反派风雨同舟,休戚与共。锋芒所向,搅得周天寒彻!"

"欢呼一月风暴的伟大胜利!"

"革命的根本问题是夺取政权!"

"无产阶级革命派联合起来,夺权,夺权,夺权!"

就在郭家店上空激荡着一阵阵"夺权"声浪的时候,郭家店的党政大权已经兵不血刃地被红卫兵夺走了。作为这种乡村政权的象征有两种,一是公章,轻而易举地就被红卫兵拿走放进自己的军挎包;二是人,也就是当权者,村上的所有干部都被关在大队部的一间房子里,当然也包括主要领导陈宝槐、韩敬亭和蓝守坤,外边有红卫兵把守。

还有一种很重要的权力叫财权,掌握在大队会计和保管员手里,红卫兵把这两个人叫出来提前进行审问和鉴别,先问他们是什么出身?出身没问题其他都好办了,指出他们以前是被走资派利用,为错误路线服务,现在必须悬崖勒马,赶紧站到正确的路线上来,甘当造反派的马前卒。并立即给他们下达了可以立功赎罪的任务,保管员去安排人家给红卫兵做饭,会计去组织人搭建批斗台,要选一个豁亮的地方,台前能站下全村的人。两个平时在村里就很吃香的人物,转眼间被解放出来,屁颠屁颠地又成了造反派的马前卒。

——在这样一个很普通的日子,发生在郭家店的这一出,往常即便是在台上唱戏都没人信。不过就是几个学生,一不是上级机关派来的,二没带着上边的介绍信,凭什么这么草率地轻易地就把一个大村子给弄翻了个儿?平日里这些能杀七个宰八个的村干部们,一眨眼的工夫就全被打趴下了,严格地讲还不是被人家打趴下的,人家还没打上他们就自己趴下了,这或许就是老话说叫"借横"。你说红卫兵没有受上级机关的派遣,可他们是中国最大的机关里最高的领导者毛主席派来的。你说他们没有介绍信,可他们有"最高指示"……其实这些问题村干部们连想都没敢多想,更不敢多问,一见到红卫兵先就有几分蒙头转向,人家叫怎样就怎样,哪敢有半点不老实。

红卫兵一夺权,大喇叭里广播的内容随即就变了:"现在报告大家一个特大喜讯,郭家店的造反派和广大革命群众,胜利地接管了村里的所有权力,并揪出了郭家店走资本主义道路的当权派陈宝槐……打倒陈宝槐!"

"现在播送一个通知,火烧蛤蟆窝是走资派和阶级敌人共同制造的反革命事件,下午将在村西的大树底下召开全村批斗大会,彻底揭露和批判走资派的一切阴谋和罪行……打倒一切阶级敌人!"

郭家店闹翻天啦。像变戏法一样简单、突然。原先的大队会计借红卫兵的横,带着人贴标语,要东西,叮咣砸门,大呼小叫……火上浇油般地弄得郭家店乱上加乱,村子里沉闷而阴郁,并不见以往农村出了大事后惯有的鸡飞狗叫。

原因很简单,郭家店没有鸡和狗。有喂鸡养狗的东西,农民早就自己吃了。

没有鸡飞狗叫,也就显不出真正的紧张气氛。经历过土改、公社化、大跃进、度荒挨饿等种种运动的农民,并不像手里有权的村干部们被打倒后那么惊慌失措。那么这是些什么样的农民呢?他们大都是血贫农,穷出血来了。解放前受穷没人管,解放后受穷没毛病,这些农民穷得就只剩下自己身上的这一百多斤骨架了,因此能让他们害怕的东西就少了,相反在该害怕的事件中瞧新鲜找乐子的心思倒挺多。今天这场乐子的确不小,蛤蟆窝的一把大火竟烧出了这么个结果,往后有戏可看了。这场大火到底是谁放的?到最后究竟会烧了谁? 现在真还难说……

吃过晌午饭,大喇叭里一阵紧似一阵地催促全体村民,赶快到村西的批斗台前集合。从村西则传来一浪高过一浪的歌声、口号声,其间还夹杂着一通通的锣鼓,真像一台大戏要开场了。所谓批斗台,实际就是一个大戏台,四尺半高,两丈宽,三丈长,把大队能找到的木料都用上了还不够,又砍了三棵两抬多粗的槐树。幸好批斗台的三面不用围起来,不然还得挨家挨户地揭炕席。大台子背靠龙凤合株,巨大的树冠正好成了批斗台上面的顶子,只可惜眼下没有树叶。

既然是一台大戏,谁不想来看这个热闹呀?而且谁也不知道这出戏的剧情会怎样发展,这台大戏的主角又是谁?台前的人越聚越多,台上的锣鼓点也打得越来越急,越急越不嫌急,下槌越重越不嫌重,渐渐就把人们的心都给砸巴得悬了起来。眼看着锣鼓家什就要被打破了,却陡然停住!四周一片安静,所有人都屏住呼吸,把心提到嗓子眼儿。

一个细高挑儿戴眼镜的"四眼儿"红卫兵走到话筒前,有很地道的北京口音,却用吓人一跳的粗声粗气喊道:"伟大领袖毛主席教导我们说,中国有八亿人,不斗行吗?不行! 一唱雄鸡天下白,夺权促进斗批改。不用说别的,先看看你们这个村,这儿是什么地方?"

台上台下没有人敢应声,大伙好像吓得连自己的村是嘛地方都不知道了。有人却在心里嘀咕,这还用问吗,这里是郭家店呀!

"四眼儿"仿佛听到了这些人心里的话,大声驳斥:"不对,这儿叫龙凤合株！瞧瞧你们这些人的脑瓜儿，到现在还装满了封资修的东西,不就是两棵树吗？龙是什么？凤是什么？全是封建迷信！郭家店要想革走资派的命，就必须先革这两棵树的命，先造这两棵树的反……"

旁边随即有人喊起了口号：

"打倒一切封资修！"

"打倒龙凤合株！"

郭家店的人心里都一激灵，幸亏红卫兵喊的是"打倒"，而不是"砍倒"这两棵树。

等口号声一落，"四眼儿"接着说："从现在起，这两棵树改名为革命造反树！让这两棵树见证郭家店的历史要翻开新的一页，让这两棵树记住今天。现在我宣布，把郭家店的走资派和牛鬼蛇神统统押上台来！"

大喇叭里乐声大作："工农兵要战斗，革命路线分清楚，牛鬼蛇神全肃清，杀杀杀！……"一队红卫兵押着今天这台大戏的主角登场了，陈宝槐戴着足有两尺高的白纸尖帽子，上写"郭家店头号走资派"，弓腰走在前面。紧随其后的是韩敬亭、蓝守坤，白纸糊的尖帽子略小一点，上面写的头衔分别是二号和三号走资派。在他们的后面是刘玉成和金来旺、金来喜兄弟，这三个人没有资格戴白帽子，只在脖子上挂了个大木牌子，封赐给他们的头衔是"地富反坏右分子"。再后面是一大串大队的二类干部和各生产队队长，没戴帽子也不挂牌子，显然只是陪绑，上台后被红卫兵扒拉着站到两边，三个走资派站在台正中。这么多人竟将偌大一个批斗台挤得满满登登，一见这场面台下便"轰"的一声乱了。这谁能想到哇，世界上真是嘛事都有啊……说嘴的，逗笑的，幸灾乐祸的，心里有些气不忿儿的……喊喊喳喳，指指画画。

大喇叭里一阵尖叫，随即响起了刺耳的口号声。在台口的话筒前出现了一男一女两个大嗓门的红卫兵，带领全场一遍又一遍地喊起了口号。这一阵愤怒的口号声过后，会场上的气氛开始紧张起来，且充满了火药味。

细高挑儿的"四眼儿"红卫兵又开口了:"在一月风暴的鼓舞下,全国各地都掀起了向走资派夺权的热潮。就在这一片大好形势下,郭家店的头号走资派陈宝槐,指使他的爪牙制造了蛤蟆窝纵火案,想以此转移革命大方向,对抗夺权,为挽救自己灭亡的命运做最后的垂死挣扎。郭家店的广大革命群众,今天是你们造反的日子,你们应该站上来,控诉走资派,揭发和批判他们的反动路线,从他们手中夺回属于自己的一切权力!"

台上台下鸦雀无声,红卫兵也不再呼喊口号,好像是有意要让批斗会冷场,为的是考验郭家店人的革命觉悟。冷场持续着,谁也不知道几秒钟后会发生什么事情,在场的人果然被这种沉闷压得快上不来气了……

突然有人大叫一声:"我要造反!"

此人扒拉开人群快步蹿到台上。人们看清他是村南头的二膘子,大号郭传标。他站到台口前先解自己的棉袄扣子,有两个扣子解不开索性两手使劲一撕,哗啦敞开棉袄露出了光板似的胸脯。他右手举起一枚毛主席像章,高声喊叫着:"这是红卫兵送给我的像章,为了表示我对毛主席的忠心,为了表达我造反的决心,我要把这个像章直接戴到我的肉上,让毛主席焐着我的心,紧贴着我的胸膛!"

二膘子一边说着一边真的把像章别在自己胸前的皮肉上,有血顺着他的胸脯流下来。

红卫兵立刻喊起口号为他助威,给他鼓劲:"向贫下中农学习!向贫下中农致敬!"这下他更来劲了,走到蓝守坤跟前,抡起巴掌啪啪就是几个大嘴巴,台下的人猛地全愣住了。

他凑到话筒前大喊:"我要批斗他们,前几年陈宝槐的错误路线把大伙饿得前心贴后心,我就吃了几口红薯秧子,蓝守坤差点没把我打死,在炕上整整躺了五天!还有人家刘玉朴,本来一口没吃,却逼得他上吊死了……啊对,刘玉朴是地主狗崽子,死了活该!"

他讲乱了,下边不知该怎么接,只好停下来。但二膘子一提起挨打的事,呼啦便勾起台下许多人心里的记恨,大家原来还不知道该怎么批斗,都以为轮不上自己出头批斗,大多数人是抱着看热闹的心态来的,这下忽然明白了,今天的会原来是有冤的诉冤,有仇的报仇哇!无论到哪儿,无论嘛时候,都有想打便宜人、骂便宜人的,有便宜谁不想占呀?于是有不少人手都痒痒了,有几个胆大的就跳上台去。

这个说蓝守坤叫人把我爹打成了宾努亲王,成天光摇脑袋,连吃饭喝水都活受罪。那个说我妹妹骂了他一句私孩子,他把一根枣木棍子都打烂了,到现在我妹妹还不敢出门见人……每个控诉者都少不了要对蓝守坤或陈宝槐一顿拳打脚踢。

蓝守坤的侄子蓝新,大概知道自己的叔今天这一关难过了,就提早约好了七八个红卫兵把疯子二爷给掐巴住了。这时候看见他叔快要被打坏了,就鼓动红卫兵扭巴着疯子二爷上了台。全场刷一下都愣了,跟着又有人笑了,往常披着一头脏兮兮长发的疯子,今天早晨刚被家里人给剃得溜光,脸和脖子也洗得干干净净,身上穿得利利索索,不想这倒给他惹了祸。

蓝新并不出面,由一个外来的红卫兵站到话筒前大声说:"造反派的战友们,凡是光头都没有好东西,台湾有个蒋光头,日夜想反攻大陆;苏联有个赫秃子,也是光头,专搞修正主义;想不到郭家店也有一个大光头,装疯卖傻,他们遥相呼应。三个光头是一家,打倒天下的光头!"

台下轰然爆笑。

郭存先也在台下站着,咬着牙帮骨想上去救下二爷。站在他身边的欧广明拉拉他,小声说:"你出头不合适,还是我来吧。"

他说着从口袋里掏出一个红袖章,骄傲地戴在自己左胳膊上。郭存先一惊:"你是哪来的?"他凑到郭存先耳边轻轻说:"用二尺布票跟红卫兵换的,我一看刘玉成和金家哥俩被盯上了,咱得有点准备。既然造反这么容易,干嘛光等别人来造反,自己为嘛不造哇!"

说完他大大方方地走上台去。一个郭家店的人,竟然也戴着红卫兵的袖章,大模大样地出现在大台子上,会场上立刻静下来。今天的大戏可真是一波三折,出人意料。

欧广明对着话筒说:"现在我宣布,从今天起郭家店群众专政战斗队成立了,凡贫下中农,包括愿意跟陈宝槐、蓝守坤的错误路线划清界线的基干民兵,都可以报名参加这个群众专政战斗队。"

正牌红卫兵郭存勇这时候站到欧广明旁边喊口号支持他:"坚决支持郭家店的造反派!坚决支持群众专政队!群众专政好!群众专政就是好,就是好!"

口号声一落,欧广明继续揭发:"昨天夜里许多人都亲眼看见,当蛤蟆窝刚起火的时候,是蓝守坤慌慌张张地从蛤蟆窝方向往回跑。在着火之前大家都看到了蛤蟆窝有信号弹,咱们村谁有枪,谁才有条件发射信号弹,只有蓝守坤!"他突然也学红卫兵的样子喊起了口号:"打倒蓝守坤!打倒陈宝槐!"

他的目标很集中,此时会场上的情绪都被他的话煽动起来了,原来真是他们当头的放火呀?……一直跟蓝新不对付的郭存勇,这时候又站过来帮他,用手指着疯子二爷说:"阶级斗争是复杂的,敌人是不甘心失败的,红卫兵战友刚来到郭家店,对这儿的情况还没有全部掌握,我现在告诉你们,这个光头老人是下中农,他是个疯子。在三十多年前他的哥哥被国民党兵给挑了肚子,就在这棵大树底下,他当时被吓疯了。这件事郭家店的人谁不知道?是蓝守坤的侄子蓝新,看他叔挨斗心里不服气,利用外地来的红卫兵不了解情况,煽动他们把这样的一个老人揪上台来,就是要破坏今天的批斗大会,转移斗争大方向,蓝新你敢说不对?"

台上台下一阵骚动……不知是不是郭存勇的话刺激了疯子二爷,他突然发力,挺腰抖臂,左推右打,红卫兵们呼啦啦都撒手散开,有的噔噔噔后退好几步,差点没掉到台下去。老人摆脱束缚后不走台阶,直接就从台口跳了下去,然后冲出人群向村外跑去,眨眼的工夫就没影了。


一睁眼,郭存先便起身下地,出去后赶快到南屋里扒扒头,看看疯子二爷回来没有。他这边一有动静,老娘随即也跟了出来,问的头一句话自然也是二爷回来了没有?虽然她明知道老小叔子郭敬时并没有回来,因为她整夜整夜的都支棱着耳朵,希望能听到院子的大门响,可一夜夜的大门就是没动静。尽管如此,她心里还是盼着能有奇迹发生。他以前不就经常会干些让人意想不到的事吗?

自批斗大会之后,疯子二爷就再没有回过家。家里人白天黑夜村里村外都找遍了,连个人影儿都没见到。他好的时候比谁都好,一旦犯上疯劲来,可就没有准了……郭家人都急坏了,但最急的还是孙月清。她跟郭敬时并不是简单的嫂子和小叔的关系。她年轻守寡,带着三个孩子,若没有郭敬时帮着,很难说能不能走到今天。大半辈子走下来,他无论疯得多厉害,一见到她就说嘛是嘛,从未跟她犯过疯卖过傻。他们有时更像姐弟,甚至像母子。有时好像又倒了个儿,俩人有点像兄妹、像父女。这几天孙月清干嘛都没心思,肠子都悔青了,嘴里老是叨叨咕咕,你说好好的我为嘛要这么早就给他剃头呢?要是不给他剃头又哪会惹出这么多事!这可怎么办?

郭存先看在眼里,心里绞得难受,不是全为二爷失踪,而是看到自己的娘确实老了,心里装不下事了。他安慰说,我担保二爷没事,这种事以前又不是没出过,他想起来就几天不着家,有时还十天半月的见不着人哪。孙月清说,以前他不是还年轻嘛,现在老了,又赶上十冬腊月,外边兵荒马乱,真有个好呀歹的,咱们娘几个对不住他,将来也没法跟你爹、跟你爷爷奶奶交代呀!存先说娘您放心,我就是找遍全县,县里没有找遍全省,再不行就走遍全国,也一定要把二爷找回来……他还有半句话没说出来,如果万一找不回二爷,也一定会把蓝新那个小王八羔子给宰了,好替二爷报仇!

看看天已大亮,他得到村上去开证明信,眼下外面正乱,出门身上没有证明信可不行,至少要能证明自己是下中农,而不是偷跑出去的牛鬼蛇神。现在村里已经改朝换代了,想整他的人已经倒台,估计不会有人再故意卡他……这段时间简直就跟做梦一样,红卫兵像闹蝗虫一样,说来很邪乎,霎时间铺天盖地,说走倒也快,呼啦一下就没影儿了,只剩下了本村的几个学生,分成两派。势力最大的是以郭存勇、欧广明为首的群众专政队,另一派是蓝新当司令的造反大联合总部,旗号很大,人马不多。而此时在郭家店真正说了算的,却是贫下中农协会。贫协的会长是郭存先没出五服的大伯郭敬富,他还能难为自己吗?

郭存先来到从前的大队部,三间屋子空空荡荡,在过去陈宝槐的旧桌子跟前孤单单地坐着郭敬富。这大清早的,不在热炕头上偎着,守着这三间空屋子揍嘛?老头儿真是遭罪了,这完全是欧广明和郭存勇两个坏小子把他给架弄上来的,主要是看上他老实糊涂,好摆弄。而且把他抬上来,别人还说不出话来,目前他是郭家店还活着的人中最穷的,也是年纪最大的雇农,给河西的吕大善人扛了大半辈子活。往常郭敬富就喜欢在两个地方呆着,白天在墙根底下蹲着,黑响回到炕上躺着,无论白天晚上眼睛老是迷迷糊糊,睁不大利索。郭存先走进清锅冷灶的大队部,看见老头蜷缩在凳子上,心里有老大的不自在,怕他耳朵背听不见,就凑近大声叫了句"大伯"。

因为郭敬富比他爹还大两岁。老头抬起了那张老核桃皮似的脸,露出认真而严厉的眼光,郭存先身上一激灵,甚至有点瘆得慌,这个老扛活的嘛时候有过这种眼神啊?他见老人只盯着他看,却久不做声,还以为他老糊涂记不起自己是谁了,便自报家门:"我是郭存先,想找你开个证明。"

郭敬富开口了:"是存先哪,大伙都说你小子有能耐,要不四队还是你来干吧。"

呀,这是怎么啦?还真像那么回事似的要任命他当个官……郭存先身上更冷了,这是哪儿对哪儿呀,这老头还真把自己当成个人物了?看来权力对所有人都是一副抓错了的药,越是不适合掌权的人,吃了这服药反应就越强烈。郭存先不得不再提高嗓门:"我二叔找不到了,没有心思干别的,得开个证明信到外边去找他。"

"咳!"郭敬富忽然重重地叹了口气,"敬时倒是个挺好的人,比我还小两岁哪,这么多年为嘛就不好呢?怪想他的。"

郭存先见他老是不接开证明的话茬儿,就再重复一遍自己的要求:"现在出门要有村上的证明,我得开个信出去找我二叔!"

"哦呵我听见了,喊嘛呀你!"郭敬富拉开抽屉,从里面拿出纸和笔,丢给郭存先,"自个儿写吧。"郭存先想了想,一并写了两张,一张是替存志写的,内容简单,除去证明持信者姓名、出身,最后是持信理由,为寻找走失的叔父。他给自己写的这一张又多加了几句话,"为了不给当地群众造成负担,允许他凭自己的木匠手艺为贫下中农服务,好养活自己以便能找到走失多时的叔父。"

他将写好的证明信推到郭敬富跟前,并解释说:"我跟我兄弟存志分头出去找,所以开了两张证明,一人一张。"郭敬富对他的话连听都不听,反正自己也不识字,你爱嘛都行,谁自己写的自己负责。他从抽屉里拿出印油,然后撩开棉袄,从腰里的什么地方掏出郭家店贫下中农协会的大印。大印的木把上拴着一根麻绳,麻绳的另一头系在腰上。

郭存先差点笑了:"哎呀你怎么还把这玩意儿拴在裤腰带上?"

郭敬富嘟囔道:"这是印啊,弄丢了怎么办?还老有人想抢哪……"

郭存先哄着他说:"对呀,印把子印把子,就得拴住把儿系在腰上,还可以穿在肋条上,夺权不就是夺这个印疙瘩嘛。"

"还是你小子明白。"

"原来村上的戳子呢?"

"扔到灶火坑烧了。"

"这倒干脆,一把火就把党支部给烧没了?"郭存先老觉得这像小孩儿过家家。

郭敬富郑重其事地举着印,蘸了印油后摁在证明信上,随后又用嘴吹了吹,才将两张证明信交给郭存先。最后还没忘了再叮嘱几句:"找到敬时后带到这儿来,我得好好说他几句,往后不能往外乱跑了。"

对,这才像个领导的样子。居高临下地开导和训诫儿时的伙伴,才更能显示自己的优越。郭存先嘴里答应着,脚步却急急地退出大队部。他心里觉着堵得慌,有点不是滋味。对他来说,郭家店的大印从来没这么好使唤过,还有嘛可抱怨的呢?是为郭敬富感到不自在,还是为自己感到悲哀?他琢磨着自己的心境,说白了其实是有点酸。连敬富大伯这种平时眼睛都睁不开,走路也不很利索的人,一旦权力在手都眼睛亮了,嗓门高了,立刻有了一种让人不能小瞧的威势,这说明什么？说明从本性上看，没有人不喜欢权力，就像女人需要衣裳，男人则不能没有权力。不管是什么人，只要有了权，就一定会烧包。而自己为嘛就老被别人压着呢？当今的世道，只有政治才是脚下的路，他也不能例外。

郭存先又找到欧广明借了一个造反派的红袖章，掖到口袋里以防万一。回到家，他草草把早饭扒拉到嘴里，从怀里掏出证明信，将存志的那一张交给他，并嘱咐说："你只管在附近的村子里找，一个村一个村地转，无论找到找不到，天黑前必须回到家里来。"

孙月清问他："你哪？"

他说："我往远处找，今儿个先去县城，然后沿着铁道两边的村子向北找，二爷以前不就跑北京去过吗？"

"不行！"老娘斩钉截铁，"你跑多远我不管，天黑前也必须回来。我天天心慌意乱的，已经丢了一个二爷，你再不着家，真有个事叫一家老小找谁去？"

"家里不是还有存志吗？"

"光有存志不行，我每天睁开眼就得都能看到你们，少一个也会吃不踏实睡不安生。今儿个你不进家，我就不吃不睡地等着。"

郭存先立下保证，掌灯前一定赶回来。然后提起工具兜子，装上一个饼子，急急忙忙就上路了。他不是顺着大道直奔宽河县城，而是穿着村子走。找人跟找活儿干是一样的，都得进村子到人多的地方去打听，先问有没有见过一个光脑袋的老头，六十多岁，中等个儿头，一身黑色的棉袄棉裤。然后再打听谁家想请干木匠活儿的，或是需要砍棺材的……转了两个村子之后他心凉了，倒并不全是因为没有打听到疯子二爷的消息。他有几年没出来找活儿干了，发现世道大变了，变得他有些摸不着门了，越靠近县城他就越觉得不是味，这边的人看他的眼神都戾戾悻悻，有些疯魔颠倒。当他跟人说想找点活儿干的时候，许多人都用一种碰见怪物的神色打量他。最后总算还碰上个爱说话的汉子，向他讲出了缘由。

那汉子先问他是从哪儿来的？然后才说怎么看你像刚从地缝里蹦出来的，你不知道社会已经变了吗？这边刚闹过红卫兵，大伙连地都不种了,谁还会请个木匠干活儿?死人的事倒是不少,前些日子县城一次武斗就打死十来口子,可现在时兴火烧,县里已经建起了火化场,死了不许再打棺材往土里埋,特别不能允许再堆个大坟头。俺们这儿连老坟都掘了,好一点的村子还让原地深埋,有的就逼你将老人的尸骨起走送火化场,烧完后装骨灰盒,地面上一律不得留坟头。你还带着斧子想到处砍棺材,闹不好碰上造反派会开你的批斗会!

自从听了汉子劝告的那一刻起,郭存先就放弃想找活儿干的念头,只剩下一门心思找人了。心里有事,脚下就加了劲,在晌午前便赶到了县城。一过宽河大桥,紧贴着河边就是那条最繁华的中盛大街。晌午头太阳正暖和,二爷若真在县城里,这时候肯定会在这条街上趸摸吃的。一上街他就觉得不对劲,中盛大街已改名为风暴大街,名叫"风暴"却远没有过去的繁华。摆摊卖东西的几乎没有了,却有一队队戴着红袖章的人往来检查,抓住有偷偷摸摸卖东西的,就没收货物,严重的还要把做买卖的人带走……大街两边贴满大标语,最抢眼的是"狠割资本主义尾巴!"、"坚决打击投机倒把!"

看这意思集市又要停,刚不挨饿了,就又开始割尾巴……郭存先是来找人的,两只眼睛自然就要乱趸摸,争取不漏过街上的每一个人。但转了大半条街也不见二爷的踪迹,真像大海里捞针。光这么转悠下去也不是办法,他想找人打听一下,拿眼看看四周,来来往往的人倒是不少,可面善的不多,个个都顶着一脑门子官司,就像快板里说的,阶级斗争的脸,卫生球的眼,浑身绷得像块砖……这样的人你问他事,他能好好地跟你说吗?

忽然一眼搭上了个小男孩,十来岁的样子,穿得鼓鼓囊囊,两只手抄在袄袖里,俩眼珠却骨碌骨碌乱转,也正笑模呵地看着他。孩子一般不会说瞎话,他便迎着走过去,男孩也冲他凑上来,等靠到跟前男孩扬起脸悄悄地问他:"大哥是不是想吃饭?"随手从怀里掏出两个烧饼直往他手上掖,"五毛钱俩!"

郭存先还没反应过来,从旁边突然蹿出俩人,一个抓住孩子,另一个扯开孩子的棉袄,伸手从孩子棉袄里边的口袋掏出五六个烧饼,全部没收扔进自己的挎包里,然后大声训导说:"小狗崽子,小小年纪不学好,就弯着心眼投机倒把做买卖!"

孩子放声大哭,拼命上前撕扯检查员的挎包,想要回自己的烧饼:"给我烧饼,我要卖钱给我爹治病!"

检查员厉声呵斥:"你少来这一套,凡是干这个都说家里有病人,你敢跟我走吗?我倒要去你们家看看,看你爹是不是真病了!"说着两个检查员便一人揪着男孩的一条胳膊,死拉硬拽地要带走他。

那孩子也真不含糊,豁了个儿地挣扎哭叫,甚至连咬带踢,最终还是挣脱开,钻进人群跑掉了。不远处站着个小女孩,手里提个篮子,一看这情形赶紧跑到河边,今年雨大,河面很宽,水也很深,还没有上冻,她把篮子里的几个鸡蛋掏出来慌忙藏进河水里,还在旁边放了块石头子做记号,然后反身又回到岸上,将篮子反扣到自己头上,表示篮子里没东西。

等检查人员过去了,她瞅瞅四外没人盯着,急忙再下到河边去捞鸡蛋,伸手到水里一摸,鸡蛋没了!女孩一下子慌了,左摸摸,右摸摸,越摸不着越急,越急就越想往远处摸,拼命向前探着身子,倏地脚下一滑,整个身子失衡,两只胳膊挓挲着扑进河水里……一直看了个满眼的郭存先猛然一惊,冲下河边一把从水里抄起了小女孩,提溜着回到岸上。正琢磨着该进哪个门口,能给孩子换下湿衣服……旁边有个女的喊叫着"小香"的名字跑过来,把落水的女孩拉走了。那女人显然是女孩的娘,让丫头卖鸡蛋,自己却藏在一边瞭着。郭存先直晃悠脑袋,嘴里不禁也出声了:"还有这样当娘的,让孩子冒险自己倒躲在旁边看着。"

同是看热闹的,有人搭腔了:"不对呀兄弟,大人干这个活儿若是被逮着,那可是重罪,要挨批挨斗,还要扣粮食指标。小孩子被逮着大不了就是东西没收了,还能把个孩子怎么样?"

"噢,有道理,今儿个可真是长了不少见识。"郭存先借机向那人打问疯子二爷的消息,人家告诉他顺着风暴大街往城里走,南头有个广场就是风暴中心,天天晌午头都有批斗会,看热闹的人很多。如果你要找的人真跑到县城来了,在那儿兴许能碰到。

郭存先接受建议,顺着大街继续往南走,确是越走越热闹,逛着逛着竟然又看见一个摆摊做买卖的,检查员却不管他,也还真有买主,双方大大方方地就当街交易。这是卖嘛的呢?卖检讨书的。

街边放着一张黑糊糊的老桌子,桌子后面坐着一个戴着造反派袖章的中年男人,瘦溜个子,样子精明而文静。桌子角上立着块木牌子,上面写着价目和说明:这里只卖检讨书,不卖认罪书。也就是说,绝对不为属于敌我矛盾的牛鬼蛇神们提供任何服务,只为属于内部矛盾的群众性一般错误代写检讨。比如:批斗会上发言不积极,寻找各种借口不参加批斗会,不积极支持造反派等等。代写大批判稿一份,收费八角;代写大标语十张以下,收费六角;代写一份深刻检讨书,收费五角;代写一般的检讨书,收费两角;代写简历或一般书信,打折只收一角。

郭存先凑过去问道:"写一份找人启事要多少钱?"

瘦溜的中年男人连头都不抬:"找什么人?"

"老头。"

"老头两毛,孩子三毛。"

"哼,找人又不犯错误,凭嘛跟写检讨一个价?"郭存先正嘟囔着,听到有口号声越来越近,他直起腰退到大街边上,整条大街上的人都扭头向北看。

不一会儿工夫由北面开来两辆大卡车,前面一辆坐满造反派,喊口号的正是他们。后面的卡车上站着十几个被批斗的对象,低着头弯着腰,前胸后背都糊着白纸,上面用黑墨写着他们的罪名和姓名,然后又用红色油彩在他们的姓名上打个巨大的"×"。

其中有一个,死命用脑袋撞卡车上的横梁,边撞边喊:"我冤哪,我冤!"他撞得血肉模糊,脑袋已经看不出模样,前胸后背一片血糊肉烂,喊冤声也越来越低……连郭存先这样的汉子都不忍看他。

人群里有人哀叹:"这么个撞法,一会儿不就得撞死吗?他到底犯了嘛事呀?"

"咳,别提了,小孩子在书本上乱画,弄脏了伟大领袖的一只眼睛!"

卡车过后,大街上的人流也跟在后面一起向南边拥去,郭存先也随着大流迈动两只脚。路过县政府大门口的时候,他被一阵阵的哄笑声吓了一跳,这是嘛时候呀,都快出人命了,谁还有心思有胆量敢在这儿逗笑?他停住脚往人群里边看,支棱起耳朵听着旁边各式各样的闲话。林子大了嘛鸟都有,有知道的事多的人会抑制不住地做义务讲解……造反派们正一个个地从县政府里向外提拉批斗对象,其中有一个戴着瓶子底儿眼镜的糟老头子,看热闹的人哄笑的就是他。

有人介绍说,这个老家伙原是国民党军队的一个中校,后来投诚被改编成解放军,解放后退役在县政府当协理员,除"四害"的时候胡说八道,说人才是"四害",害得不打粮食。被赶出办公室,在大门口当了一名收发员。运动一来被造反派定性为"历史反革命"。今天的批斗会造反派给他糊了顶尖帽子,上面又给他定了个新罪名:"国民党残渣余虐"。

他竟然拒绝戴这顶大帽子,说"虐"字写错了。不是虐待的虐,是分蘖的蘖。多穗高粱分蘖,一颗种子分蘖出四五根秆,结四五个穗。我可以被批斗,但脑袋上不能顶着个错字,这会给整个宽河县丢人!

郭存先在心里暗挑大拇哥,到底是县城,嘛人都有。人家显然是疼痒不在乎,死活不含糊,你耍我也跟你耍了。大概当年在枪林弹雨里钻过,从死人堆里爬过,权把造反派这一套当成闹着玩儿的把戏了。造反派还真拿这种人没办法,只好找来一支笔让他自己把那个错字改过来。这时从县政府斜对面的批斗广场上,传来一阵阵激昂的歌声,表示批斗会马上要开始了,人群便像潮水一般从四面八方涌向广场。

广场上红旗招展,锣鼓喧天。各路造反派一疙瘩一块,分成不同的方阵,各唱各的歌,各呼各的口号,你争我抢,此起彼伏,乱哄哄的热闹非凡。郭存先趁着批斗会还没开始,在人堆里钻过来穿过去,正着转了反着绕,里边查遍了又在外边找……他越找越没信心,二爷是被批斗会给逼跑的,对批斗会躲还来不及哪,怎么还会到批斗场上来转悠?

广场上的造反派们还在斗歌,引得周围的群众不断地鼓掌叫好。

"逍遥派快睁眼看一看,文化大革命谁敢阻拦？炮轰司令部,火烧宽河县;革地富反坏右的命,夺走资派的权！要革命的站过来,不革命的快滚蛋！滚蛋,滚蛋,滚他妈的蛋！"

另一个方阵也不甘示弱,唱起挖苦保皇派的歌:"走资派都是黑心肠,煽风点火转移大方向;挑动群众斗群众,绝对没有好下场！保皇派白眼狼,两面三刀有奶就是娘……"

郭存先忽然心里一激灵,既然找不到二爷就别在这儿瞎转悠了,赶紧踅摸一下看有没有卖奶粉的。不管有没有,都好早点回去,省得老娘惦记。他打听了几个人,问了两个副食品店,都说没货。他几乎不抱希望了,想着一过宽河大桥就直接回家。当走到大桥拐角的地方,又看到一家不起眼的副食品店,他停了一下,最终还是想进去再问一句,无非是多句嘴,没有奶粉也讨上一碗水,把带的饼子吃了。

没想到这个小店里还真有货,女售货员告诉他就剩下两袋了,一块二角五一袋。可人家要奶票,如今不管买嘛东西,没有票你就是说下大天来也没用。郭存先知道没用就不再多费话,可走出副食品店又不甘心,明明知道这间屋子里有奶粉,说嘛也得拿到手哇！大人怎么都好对付,小孩饿出个好歹那可是一辈子的事。传福是郭家的根,真有个闪失别说他受不了,就是奶奶也受不了哇！

急得他在河边上转磨磨,既然不想空着手离开,那就得想办法进去买到奶粉……转着转着他有了主意,刚才动软的不行,那就动硬的试试。正好这个副食品店不大,店里八成只留下这一个女售货员,其余的都到广场参加批斗会去了。他先数出两块五角钱,拿出跟欧广明借的红袖章戴在左胳膊上,再从工具兜子里掏出斧子提在手里,转身又进了副食品店,反手将门关上,走近柜台。

女售货员诧异地从凳子上站起来问他:"你怎么又回来了？"

他向女售货员招招手,人家向前一探身子,他猛地伸手抓住对方胳膊,另一只手将锃亮的斧子拍在柜台上。女售货员脸色大变,嘴唇都哆嗦了:"你要干嘛呀？"

他倒不急不躁:"你别害怕,我是讲理的。我们贫下中农也是人,我们的孩子已经生下来,也就不该再被饿死,你说对不对？可是我们没有奶票。今儿个是你们县里的造反派请我们来一块批斗走资派,我们来了几十号人,你存的这两袋奶粉我是非要不可。一种办法是你卖给我,"他说到这儿把事先准备好的两块五角钱从口袋里掏出来放到柜台上,"另一种办法就是抢。你真要逼我动斧子,我可就一不做二不休,别怪我心狠手辣!"

"我给你,我给你……"女售货员用另一只手慌忙从柜台下面掏出那两袋奶粉,递到他跟前。郭存先也随即松了手,将奶粉放进工具兜子,右手拿起斧子,转身向外走,刚迈了一步,又停下转回身来:"同志,我出门后你最好别喊别叫,大街上没人,都去广场看批斗了,就是有人谁也没有我进来得快。你只要不闹腾,我以后一定会报答你,也为今儿个吓着了你赔罪。如果我说话不算数,就不是人!"

他说着用左手的无名指肚在右手举起的斧子刃上一抹,血"噌"地就出来了……

女售货员吓得直摇晃脑袋:"我不会说的,你快走吧。"

他还是不走:"同志,你贵姓?"

"我叫马……玉芬。"

"好,我不会忘的。谢谢你!"

## 9. 辩论辩论他

　　郭家店的批斗台自打建起来之后就没有闲过一天,谁手痒痒了,或嗓子痒痒了,就可以找个人弄到台上去辩论辩论他。如果一时找不到合适的人,走资派和地富反坏分子永远是合适的对象,不仅随叫随到,还能保证让你百战百胜。不过走资派有时也不那么容易被提拉出来,农村的宗亲关系很复杂,你别看喊口号时都举胳膊,私下里谁向着谁可就不容易说得清了。像贴陈宝槐和蓝守坤的大字报,从来就没有在墙上贴住过一整天,都是粘上不大一会儿就被人拿铁锨铲掉了。而郭家店的"反"和"坏"也不大现成,惟一现成的就只有"地、富",刘玉成兄妹和金来旺、金来喜哥俩,就在那儿明摆着,时刻等候着成全造反派的各种奇思妙想。

　　因此对郭家店来说,"四大"(大揭发、大批判、大字报、大辩论)慢慢就只剩下最后一"大"了。实际上只有这一条"大辩论"也就足够了。人有狗性,有一个叫的,就会有一大片跟着瞎汪汪。"大辩论"不仅在拙嘴笨舌的农民中流行起来,且一再被发扬光大,花样翻新。比如晌午头正是吃饭的时候,为支持蓝新专从县里赶来的造反派,突然心血来潮,用大喇叭把刘玉成和金家哥俩喊到批斗台上,要辩论辩论他们!

　　造反派们都知道,只要一动大喇叭,就准有人会跟来看热闹。他们让三个地富分子跪在台上,在他们前面摆了个小桌子,一个造反派从口袋里掏出一个鸡蛋,让他们挨个把那个鸡蛋立起来。自然没人能把鸡蛋立得起来。他们也明知道立不起来,因为不敢把鸡蛋弄破,只是按造反派的要求比画一下,哄着他们高兴,然后等着挨打……这就是每次辩论的全部程序。

造反派见他们都立不起来,自己拿过鸡蛋往桌子上一磕,原来这是个熟鸡蛋,很容易就在桌子上立住了。造反派得意地说,这叫不破不立,你们是故意抵制毛主席教导的不破不立的大方针。然后一顿臭揍。至于揍多长时间,把他们揍到什么程度,就看当时造反派的心情,喜欢用巴掌还是动拳头,抑或是脚……

就在这一派正辩论的时候,郭存勇和向着他的外来造反派,会把蓝守坤、陈宝槐也押到批斗台上,辩论辩论他。大家心里都藏着一头饿狼,有了机会是不会不放出来咬人的,你变成狼了就不能不让别人也变成狼。既然是辩论辩论,当然也不能没有要辩论的问题,而造反派问的问题保证会让挨辩论的人怎么回答都是错的。

郭存勇高声喝问:"你们俩说,郭家店有多少茅房?"

这怎么回答?一般的农民家家都得有茅房,不光是方便,也叫肥水不流外人田。农家的茅房有的在院内,有的在街上,田间地头到处也都可以当茅房……谁能数得过来?见两个走资派都不吭声,郭存勇便讥讽道:"你们在郭家店掌权这么多年,成天光惦记走资本主义道路,根本不关心群众生活。毛主席教导我们,共产党的干部就要关心百姓疾苦,关心他们的吃喝拉撒睡。而你们是怎么做的?而且是这么简单的一个问题。我若是问你们全县、全国有多少茅房那是难为你们,就问你们自己村上有几个茅房,你们都答不上来,这就叫脑满肠肥,成天无所用心!还是让我来告诉你们吧,郭家店就三个茅房,一个女茅房,一个男茅房,一个自家人男女通用的茅房。你们说对不对?"

随后自然也有一顿臭揍,保证会比前边那一拨打得更重。

渐渐的辩论者和看辩论的人,都觉着光折腾"死老虎"没有多大意思了,"辩论辩论他"这句话开始在郭家店的群众中风行开来。谁看谁不顺眼,纠集几个人就可以"辩论辩论他"!谁跟谁过去不对付,到造反派那儿告一状,弄几个人来就能"辩论辩论他"!只要谁想整治一个人,就可以找个茬儿"辩论辩论他"!这种"辩论辩论他"类同于"修理修理他",先是连骂带卷,最后也是拳打脚踢。为了扩大声势,两拨造反派还不断从县城请造反派来助阵,正好县里的造反派也分成两大阵营。他们想住谁家推门就进,农民们私下里把造反派说成是"找饭的派"。谁家若是照顾不好,比如炕烧得不热、饭吃得不行,还会惹麻烦,或许立刻就会被"辩论辩论"。"大联合"顺理成章变为"打脸的祸"。

郭家店人从来没有这么紧张过,谁跟谁也不敢多说一句话,有时走个对面也不敢对眼神,你即使不打算辩论辩论别人,可怎么知道人家不想辩论辩论你呀?有人干脆先下手为强,与其等着被别人来辩论,还不如先去辩论辩论他!郭家店人的心眼,成了城里的地沟眼,阴暗潮湿,又脏又臭。

郭家店,自然也就更乱了……

老天也凑热闹,这个冬天又冷又长,地里场上都冻得裂开了一道道能伸进手的大口子。冷劲好像永远也过不去了,天总是阴沉着,积郁着无穷无尽的寒气,按时气就快要开冻了,却又下了一场大雪。白白亮亮,洁洁净净,遮掩了世间一切污秽,显得天地一片清澈。雪深一尺,则入地一丈,人们企盼这种覆盖和滋润也能让郭家店安静几天。

可天算不如人算,搞"运动"搞"运动",就得要不停地"运"、不停地"动",须要不断地找事、挑事、制造事端。谁动得早、动得多,谁就占先机,就强大。

蓝新从县里来的同学嘴里听到了"清理阶级队伍"的口号,觉得这比"辩论辩论他"又上了一个台阶,立刻就在郭家店行动起来,并制定出具体步骤:"冬天清一批,春天清一批,干干净净迎七一!"

从哪儿着手呢?最好清理也最容易见成效的,就是先朝地富反坏右下手,把声势造大了再扩大清理范围。于是又把刘、金两家人押到村口的批斗台上,这回连女的也不放过,因为女的也是人,当然是阶级敌人。刘玉成和金家哥俩都被扒光了衣服,跪在批斗台子上。刘玉梅和金来喜的老婆以及他们两岁大的女儿,被允许穿着衣服跪在旁边陪绑。紧跟着蓝新"大联合"的人又将韩二虎光着膀子给押来了,罪名是现行反革命。因他没老婆,自己吃饭还有一顿没一顿地瞎凑合呢,对突然闯进来的造反派也就没有好脸子,本来就二二乎乎的嘴里可能还不干不净地说了不该说的话,这下就闯祸了。

声势果然造起来了,郭家店又充满了火药味。造反派们兴奋起来,就搂不住闸了,"大联合"的人还在一个个地继续往台上押人,平时偷过东西的,搞过破鞋的,说错了话的……只要有人举报,就都被抓来了。最后连郭存先也光着膀子被押了上来,罪名是逃避革命,天天东游西逛不知搞嘛鬼名堂……出人意料,或许还出他自己的意料,这次他没有抡斧子耍横,非常顺从地叫脱衣服就脱衣服,叫跟着走就跟着来了……

几个月他几乎天天不着家,出去寻找疯子二爷。一家人连年都没过,当然,郭家店没过年的也不光是他们一家。其实他心里已经绝望了,觉得二爷是找不回来了,但这话说不出口,只是为了安慰老娘,还得天天往外跑。只要他出去一天,老娘这一天里就抱着希望。这几天村上乱腾腾的让人闹心,他心里有事今儿个就起得格外早,推开门竟看到自家大门上挂一个红袖章,上面印着:"宽河县工农兵革命造反总司令部"。这是县里势力最大的一派,已经掌权了,他惊喜非常,没有别人会干这种事,而且全郭家店再也找不到第二个这样的红袖章,一准是二爷给挂上的。眼下红袖章辟邪,只要门上有红袖章,不摸门的造反派就不敢进门搅和。本来他还奇怪哪,昨天下大雪外来的造反派都走不了,周围的几家都叫他们给闹腾了,为什么就没进他家的门呢?还以为是憷头他"郭大斧子"的外号,原来是不敢招惹县上的"工农兵总司"!疯子二爷还活着,而且不会走远。想到这儿他拔腿就追,在村里没找着就奔县上追,追着追着雪地上没脚印了,就想先回来跟娘报个信。事情就是这么巧,他把红袖章一拿下来,"大联合"的人就进来了,当然是蓝新的主意,把他抓个正着。他把红袖章塞到娘手里,笑滋滋地轻轻告诉老人:"昨儿个晚上我二叔回来了,这是他挂在咱门上的……"

所有光着上身的人都冻得够呛了,嘴唇发青,激激瑟瑟,站着的多少还能活动一下,跪着的三个地富分子只能抱着肩膀,抖成一团。

对这些人即便不打不骂,时间再拖一会儿就得被冻坏。谁会甘心被冻死?就这么几个小王八蛋还能作那么大的孽?郭存先站到这批斗台上以后才感到今儿个八成要出事……别人即便不出事,自己到冻得受不了也会闹事,反正不会白白被冻死!是疖子总得要挤脓,今儿个看来是时候了。因为另一派始终没露面,郭存勇可不是好小子,再加上欧广明那个愣头青,他能看着刘玉梅在这台上被冻坏?他拿眼扫扫刘玉梅,脸色青紫,使劲挤着她哥,米秀君则搂紧了自己的闺女,拼命往丈夫金来喜身上靠。造反派们都在外边忙活,已经顾不得台口的一群死老虎了。郭存先也趁机上前一步,站到金来旺旁边,用自己的棉裤挤上了他的膀子,这样就和两个女人,分别把三个赤身跪着的男人夹在了中间……

北风猎猎,都吹到骨头缝儿去了。蓝新对着大喇叭讲解"清理阶级队伍"的重大意义:"嘛叫清理,清理就是清算、清除、处理,是跟一切阶级敌人算总账的时候了……"

他这里义愤填膺地叫喊着,在他身后却传来阵阵的呐喊声,杂沓的脚步声像宽河开了口子一样压过来……他对着大喇叭大声询问:"怎么回事?"大喇叭里也一声声回荡着"怎么回事?"

就在他还没闹明白是怎么回事的时候,批斗台已经被手持棍棒的"群众专政队"队员团团围住了,另有几十个当过民兵的队员跳上台,三下五除二就把"大联合"的人全给掐巴住了,当然也包括蓝新。

欧广明到底当过基干民兵的头,指挥打架可比蓝新强多了,他对着大喇叭宣布:"专政队员们,不许放走一个'大联合'的狗崽子,他们是反动组织,一个个都是反革命分子,把我们村祸害得够呛了,全都把他们捆起来!"

然后他又冲着台上的牛鬼蛇神们小声吼道:"你们还不给我快滚,赶紧腾地方。"

台上的人稀里哗啦全跑了,有的家属拿着棉袄在台下等着,没有人给递棉袄的就急忙往家奔……台上空了出来。欧广明指挥自己的队员将"大联合"的总后台蓝守坤和"大联合"的队员都押到台前跪倒,并命令道:"把他们的衣服也给扒了,先冻上十分钟,也让他们尝尝这个滋味。走资派就是最大的阶级敌人,这一小撮反革命分子更是祸害最大的阶级敌人!"

然后他冲着郭存勇一招手,把大喇叭让出来,自己退到后边去了。

郭存勇拿着半张布告走到台前,质问蓝新:"哎,抬头看看,这是刚从你们大联合总部的墙上撕下来的,是不是你们贴上去的?"

蓝新气势仍然很硬:"当然是我们贴的,你们是不会掌握这么新的消息的。"

"这是嘛意思?"

"嘛意思?难道连你也不认字吗?告诉你这是特大喜讯,只有我们才会消息这么灵通,而且千真万确。北京一批著名医学家最近给毛主席做了全面检查,打包票说伟大领袖的身体超常健康,能活到一百五十岁。这是我们全国人民的福气!"

郭存勇甩手给了蓝新一个大嘴巴:"你小子反动透顶,竟敢当众诅咒毛主席,说他老人家只活一百五十岁。全国人民、全世界革命人民天天都在欢呼毛主席万寿无疆,万岁、万岁、万万岁!"

他这样一说,蓝新登时傻眼了。所有"大联合"的队员也耷拉了脑袋。

郭存勇对着大喇叭更来精神了:"妖为鬼蜮必成灾,蚍蜉撼树谈何易,不过是有几个苍蝇碰壁,嗡嗡叫,几声抽泣,几声凄厉。现在我以革命的名义宣布,从现在起彻底取缔郭家店的大联合总部这个反动组织,蓝新和他的一伙是彻头彻尾的反革命,要对他们坚决彻底地实行无产阶级专政,叫他们永世不得翻身,再踏上一只脚!"

"打倒蓝新!"

"坚决取缔大联总!"


村南头陈老定的老婆,堆着一脸笑来找孙月清,见面却一愣怔,脸上的笑纹随即僵成了一道道的死褶儿:"大嫂子你没事吧?知道你添了大孙子俺一直没得空给你道喜,怎么头发白了这么多?"孙月清一看这可是稀客,赶紧打着哈哈往屋里让她,"哪能跟你老定婶子比呀,我就是个操心的命。"老定老婆并不想进屋,把脸凑近她小声问:"你说过要给你家二小子说媳妇,定了吗?"孙月清说:"还没哪,你有合适的?"

"没合适的我找你来揍嘛?快跟俺去看看,你要也相中了趁着她还没走就让两个人见见面儿。"老定老婆拉起孙月清就向外走,孙月清笑着打开她的手,"都老了你还是这么疯疯扯扯,你好歹也得告诉我是谁家的闺女呀?""王官屯的外甥女,听说她舅舅这几天身子骨不好,过来看看,我瞅着这闺女挺合适,要不是俺家二熊还小,就轮不到你家存志啦。"

孙月清进屋嘱咐了雪珍和存珠:"你们俩给我看好南屋的存志,别让他出去,一会儿我兴许要带人来相亲。"存珠冲她嫂子挤挤眼儿:"又相啊?够编一个造反队的了吧!"孙月清没空答理她,转身出屋,跟着老定老婆走了。

一路上老定老婆的嘴就没停,把那个闺女的家底和脾气禀性抖搂个底掉。甭问她也早把自己所能知道的关于存志的情况,也向人家闺女交底了。这倒也好,省了孙月清的话啦,见了那闺女什么都不用再问,一看相貌认可就算成了。

那闺女名叫黄素贞,年龄相当,论起来比存志还小一点。不说多漂亮,脑门挺得老高,盖着黑黑密密的短发,倒也是一副聪明样儿。最让孙月清认可的是眼睛格外喜兴,像亮着火花,身板结结实实,带出一股麻利爽快的劲头,这跟蔫拉吧唧的存志正好相配。为他找个泼实点的,将来好替他把家管起来……

两个老女人在陈老定家也没呆住,拉着黄素贞又返回郭家。姑娘一见这干干净净的院子,整整齐齐的房子,心里就先有了几分好感,可比自己的老舅家强多了。朱雪珍和郭存珠迎出来,把黄素贞和她老妗子一起让进西屋,这四个女人唧唧喳喳地先进行正式相亲前的外围火力侦查……孙月清抽这个空赶紧到南屋跟儿子交了底,将这个闺女的好处狠狠夸了一通,嘱咐儿子无论如何也要把这桩婚事应下来,你不看看你娘都老成嘛样了,再拖两年就没有力气替你张罗这件事了。可娘要不替你操办好,到死的时候能闭上眼吗?没有人为你张罗着,闹不好你就得打一辈子光棍儿……孙月清说着说着眼泪就下来了,存志慌忙点头,娘说嘛是嘛,他全答应。存珠过来把二哥护送到西屋,给一对当事人做了介绍之后,其余的人就全撤出来了。

刚才热热闹闹的屋子里,只剩下了两个青年男女,一下子便冷了下来。郭存志已经经历过几次这样的场面,虽不再怯场,却仍然不敢正眼看对方,心里只盼着快点结束。既然老娘相中了,只要眼前的这个人不缺胳膊少腿就行了。

姑娘低了一会儿头,拿眼角偷偷扫视对方,见他也低着脑袋,自己索性就先抬起了头,直盯盯望着他。这个人还不错,个子不算矮,一副有模有形的稳重样,她心里已经有几分认可了,就等着对方先说话,再听听他是嘛意思?郭存志平时说话被动惯了,一般都是别人有问,他才有答,很少会主动向别人问什么。刚才老娘什么都嘱咐到了,就是忘嘱咐他,相亲的时候男的一定要先说话……

姑娘实在坐不住了,心想这个人是哑巴,还是缺心眼?老妗子把他说得这么好那么好别是骗人吧?就忍不住先出击了:"你怎么不说话呀?"

郭存志仍然没抬头,却感觉到对方的眼光有点烧得慌,嘴里于是就更有点拌蒜,呜呜吐吐地不知说嘛好了:"啊……我等着你说哪。"

这下真让姑娘觉得他有点不对劲了,必须得试试他:"你先叫我说呀?那我问你,世界上最红的是什么?"

郭存志突然抬起头,直看进对方的眼睛,心想她还是个女造反派呀!若是娶了这么个人进门,日子还怎么过?在家里还不得天天批斗我二叔!他突然咧嘴一笑:"你没听说过猴子屁股着火了吗?世界上最红的当然就数猴子的屁股啦!"

姑娘厉声喝道:"你反动!"

说完便起身冲出西屋走了,她的老妗子急忙从东屋追了出去。

一直站在门口偷听的存珠和雪珍哈哈大笑,存珠上一眼下一眼、左一眼右一眼地打量着存志:"我说二哥呀,你可真是天才!我有一年多没听你一口气说过这么多话了,你怎么就想到了猴儿腚呢?"

老娘却气坏了:"你呀你,真是不争气,连我都知道现在最红的不是红太阳吗?"

雪珍安慰婆婆:"娘您真以为存志不知道?他是故意的。其实这个问题本来就没有标准答案,说猴子屁股也不错。世界上最红的东西还有好多哪,红苹果、石榴花、孩子的红脸蛋儿、存珠出阁时戴的红花,往大里说也不光是红太阳、战士的忠心、勇士的鲜血……不过这个黄素贞倒是很可爱的,相亲竟然还出题考人家。"


大白天的,蓝守坤的老婆也就是一错眼珠的工夫,竟在当街把四岁的儿子给丢了。

两口子急坏了,蓝守坤找到他哥哥蓝守义,两家人把全村的墙角旮旯都找遍了,还是不见孩子的影儿。工夫拖得越长,他们就越不敢往好处想,这年头弄死个大人都像碾死一只虫子,何况还是个孩子……

村里竟没人出头帮着他们一块找孩子,躲在一边看热闹的倒是不少。人心都是活的,自然也会翻个儿,这已经不是蓝守坤打腰的时候了。有人表面上装得同情他,帮着出主意,其实是拿这件事说书哪,这个说孩子一准是被拍头芯的给拍走了,现在一个小子能换一斗谷子;那个说也许是叫下迷药的给拐走了,眼下社会上忒乱,尽拿小小子当药引子的;还有的说兴许掉进冰窟窿了……

蓝守坤一惊,这种时候宁信其有不信其无,他和家人分头仔细察看了郭家店和附近所有水坑、沟渠的冰面,包括新东河、蛤蟆窝……却没有看到一个可疑的冰洞。两口子越找不到孩子越急,越急心里就越慌、越乱,最后竟像疯了一样,连家也不要了,从这个村找到那个村,听到哪个人说在哪儿看到过一个孩子,立刻就急眉火脸地赶到那个地方去……

弟弟家的儿子一丢,蓝守义也害怕了。他是个风光惯了的人,多年来弟弟得势时他沾弟弟的光,后来弟弟不行了儿子又造反,出头露脸的又开始沾儿子的光。他知道蓝守坤平时得罪了不少人,可想不出谁会恨到在他孩子身上下这样的狠手?越是想不出是谁,就越让他坐立不安,日夜提心吊胆。这说明要让他们蓝家断子绝孙的人还藏在暗处,或者说郭家店的人,谁都有可能随时对他们家下黑手。墙倒众人推嘛!这让他浑身打冷战,想到自己的儿子蓝新还被关在群众专政队里,说嘛也昃不住了……这可真是报应,那里面的有些打手以前还是蓝守坤带出来的,他们专会专别人的政,平时打便宜人就打惯了,个个如狼似虎,蓝新落在他们手里能有个好吗?随时都有可能出事。

蓝守义能打会算,是郭家店出了名的精细人,这回却怎么也想不出能救儿子的办法。他之所以苦熬苦等了这么多天,是指望那些被放走的外地红卫兵,能带着人再来救蓝新,可树倒猢狲散,那些小猴儿崽子们逃出郭家店就再也没敢露面。这两天他借着给蓝新送饭才打听到一点消息,那些人临放走前都写了保证书,承认自己诅咒毛主席的反动罪行,彻底退出反动组织,重新做人,若再敢来郭家店闹事就送交县军管会按罪论处。真是秀才造反,一事无成啊。何况他们还都是半拉咯嗒的小秀才。蓝守义还想过到上边找人告状,可找谁呢?又怎么个告法?现在的"上边"在哪里他一点也摸不着门,找不好或许还会把儿子给害了……这也不行,那也不行,万般无奈只有自己舍脸在村里演苦肉计了。

他想来想去,郭存勇跟蓝新憋的毒火太大,不一定能求得动他。而欧广明是直性子,像头顺毛的驴,只要他能听得进好话就容易求下来。想到欧广明的炕上还躺着个病爹,蓝守义就倒出二斤绿豆,装进一个小口袋揣到怀里。选了个该是做饭吃饭的当口,在远处瞄着,看见欧广明进了家门,就从后边慢慢地跟过去敲门。欧广明一看是他心里就全明白了,却沉着脸就是不理不睬,任他怎么磨磨唧唧、哼哧憋嘟地绕乎,也不给他好脸子,不接话茬儿。

蓝守义既然拉下脸进了这个门,也就不打算再要脸了,人一不要脸就没有囊气,没囊气的人是没那么容易被气走或撵走的。何况他还留着一手,拿出来保证能让欧广明开口。如果他还不开口,事也就算办成了。这就是蓝守义怀里揣着的那二斤绿豆。原本一进门他就该拿出来,当官的不打送礼的,借着礼就好说话了,可他舍不得,想看看情势再说。谈好了求下来了,就可以省了豆子。若是没谈好跟他说崩了,既然求不动他也不能再白搭上豆子。可现在又没崩又没谈,就只好往外掏绿豆了。

他将豆子放到炕上:"听说大伯身子骨差点,我带了点绿豆给败败火……"不等他把话说完,欧广明就将豆子抄在手里:"你果然是黄鼠狼给鸡拜年——没安好心!你知道我要是收了你这把豆子是嘛罪吗?叫包庇反革命,明儿个就得跟你儿子一样被押起来。你赶紧再揣到自己怀里,要不我就给你扔到门外边去,或者我等会儿把它交给专政队,明儿个在大会上辩论辩论你!"

蓝守义只好把豆子接过来又揣进自己怀里,可他不知怎么两腿一软,从炕沿上出溜到地上,冲着欧广明就跪下了:"广明兄弟,我知道你是快人快语,其实你心里没嘛,一直是个热肠子人,好歹你也得救救我家蓝新呀……"

他一阵哽咽,鼻涕眼泪的下来一大把。

"你这是揍嘛呀?"欧广明一把将蓝守义薅起来,又扔回到炕沿上,"你早揍嘛去了?你儿子作妖的时候你为嘛不管管?成天杀七个宰八个,这个小子的心眼多歹毒呀,这么大冷的天让人光着身子挨斗,都在一个村上住了几十辈儿了,真冻死几个你们家担得起吗?那可就缺了大德!"

蓝守义不停地点头,随声附和:"是啊是啊,这小子忒不是东西了!"

正像蓝守义估计的那样,欧广明只要一开了口,不把话都抖搂出来就不会痛快:"你知道你儿子犯的是嘛罪吗?前些日子县里枪毙了一批,其中就有污蔑毛主席的,有说了脏话的,有小孩子画画把他老人家的眼睛弄坏的……掂量掂量你儿子的罪过不比他们重?要说存勇这孩子就够厚道,如果把蓝新送到军管会去,你还不就等着给收尸了?"

蓝守义忽然抡开胳膊抽打自己的嘴巴:"都是我们蓝家人作孽呀,都怪我没有管教好自己的孩子……广明兄弟你可一定要救救他呀!"

"你求我没用,专政队是郭存勇说了算,再说很快又要有新章程了……"欧广明几乎是连提溜带推地把蓝守义崴出了门。

蓝守义这下可真吓坏了,不知欧广明刚说的"新章程"是什么,他必须得抓紧了……欧广明这儿虽然不能说已经求下来了,可他不是个蔫坏损的人,估摸他也不会再给蓝新说坏话了。下面必须得去求郭存勇,就是自个儿豁出命去,也得把他求动了……再不行就得挨家挨户地给郭家店的人磕头,求大伙饶了蓝新,为他说点情。老邻旧居的总不至于眼看着他蓝家连丢两个孩子吧……


天气终于打起来了,树梢也有了点绿模样儿。郭存珠出阁的日子近了,却不知怎么里里外外没有那种办喜事该有的喜庆气氛,也不见做什么准备。其实说穿了,这年头嫁闺女也真没有嘛好准备的。他们家算是好的,还要陪送一床被褥、两个枕头,老娘早就给准备好了,若等到这时候再准备哪还来得及。还有存珠随身穿的几件衣服,到时候用小包袱皮一裹也就全齐了。日子紧巴的人家还指望拿闺女换点什么回来哪,哪还有心思为闺女陪送什么。关键是郭家的人似乎还没进入状态,高兴不起来。或许正相反,离正日子越近,家里的气氛反而越沉闷。孙月清想起来就抹几滴眼泪,闺女能嫁到县城,别人家还都眼馋,惟独她这个当娘的却多担着一份心,比方县城里的公公婆婆能喜欢找个农村的媳妇吗?闺女嫁过去会不会受气呀?县城那么远自己是去不了,即便闺女想家了要回来一趟,也不容易呀……

到了正日子的前一天,存珠忽然也变卦了。趁着娘出去串门就来到东屋,央求大哥替她跑一趟县城,告诉对象那头这个婚先不结了,往后推两年,如果对方等不及就散。郭存先两口子直眼了,这还行?明儿个就办事了,这可不是你俩嘴唇一碰说不办就不办了,你不是把人家给坑了吗?可问她到底是为嘛,她又死活不肯说,再问急了竟大哭起来,怕被外面听见随手拿起炕上的枕头捂住了自己的脸。

朱雪珍把睡着的儿子推到炕头上去,腾出两只手抱住小姑的肩,看着存珠哭得那么伤心,不知不觉的也眼眶子发潮,陪着一块掉开眼泪了……郭存先在一边抱着脑袋不知该怎么办,甚至琢磨不透妹妹唱的是哪一出?看样子不是对象那头出了嘛事,存珠还叫他去通知对方,可见对方是无辜的。当然也不是他们两口子惹了她,那样她就不会到这个屋里来哭。剩下的就只有娘和存志了,而存志绝不会欺负她……这么说问题是出在娘身上?娘就她这么一个闺女,疼还疼不过来哪,还能怎么亏待她?要出嫁的闺女心事重,琢磨不透就不琢磨了,等她哭够了自然会说的。反正按老令大姑娘出嫁前都要哭一场的,不过人家都是跟老娘抱着头哭,哪有跑到哥哥嫂子屋里哭的?

这可能是存珠积存了许久的眼泪,把半个枕头都弄湿了,终于把眼泪流得差不多了。郭存先起身从绳上拽下一条手巾递给她,又抓起一条孩子不用的干巴巴裤子扔给老婆:"你也擦擦吧,瞧你这出息,也不知道人家是为嘛哭,就跟着一块流泪。这个也兴凑热闹?"

两个女人被他说得又有了笑模样,用一条手巾把脸擦干。郭存先盯着妹妹,这回可以说为嘛了吧?存珠的眼泪又下来了,却没有刚才那么汹涌,一边抽搭一边跟哥嫂说出了自己的忧虑:"我一走肯定会把娘闪一下,我怕出事。"

郭存先问,会出嘛事?

"有好长一阵子了,娘整宿整宿地睡不着觉,还咳嗽得厉害,怕你们听见就用被子蒙住脑袋。有时也能睡着一会儿,只要一睡着就哼哼,哼哼得吓人,我又舍不得推醒她。可能是浑身没有不疼的地方,睡着了就瞒不住了……我真怕咱娘有事,又不是嫁不出去,晚结两年婚有嘛关系,娘要出了事可怎么办?"

雪珍赶忙捂她的嘴,不许瞎说。

郭存先再问:就为这?

"这还不行吗?结婚可以晚,对象散了可以再找,娘可是只有一个!再说咱娘这一辈子忒不容易了,带着咱们哥仨,还得伺候一个二叔……"

"打住!"郭存先不让妹妹再说下去,"咱娘的情况你以为我跟你嫂子就一点不知道?这两年一上岁数,身子骨是弱了,再加上吃的跟不上,最主要的还是操心过度。咱娘有两大心病,等这两块病一去身子骨就会好起来。你要是明儿个不过门,那就给娘又添了一块大心病,没准就能要了老娘的命。"

"哥你又瞎说!"

"我瞎说?你能自己找个可心的主儿,而且能嫁到县城去,知道娘心里多痛快?村里有闺女的人家谁不眼红?连我喘气都顺溜。等天暖和了,你在县里给联系好医院,我用车推着娘去好好看一看,不比你在这儿耍小孩性子强多了?你这个小脾气真要耍成了,把两头的老人都给坑了!"

"你说咱娘的那两块心病是什么?"

"这不是明摆着的嘛,一是传福的二爷,死活不明。但我总觉得他活得好好的,等村上一消停了准能回来。这些日子我还咂摸出点滋味,觉着二爷躲走是为了成全我跟存志,这么长时间我们俩就光想着到哪儿能找到他,天天往外蹿,没心思管别的事。要不是有这件事缠着,说不定会搀和村里的事,特别是我的脾气,参加造反派或跟造反派干起来都是有可能的,那就不知道会惹出多大的麻烦。"

两个女人想想还真像那么回事。存珠说,叫你这么一说咱二叔不仅不疯还成了活神仙啦?雪珍赞同,我看还真是差不多。存珠催促大哥:"你说咱娘的第二块心病是什么?"

"咱娘的第二块心病是存志的婚事。我到陈老定家里去打听过了,人家闺女不是造反派,就是爱出点幺蛾子,我觉着咱娘是看上那个闺女了。我把你嫂子舍不得用的雪花膏交给老定婶子送给她,得空叫你嫂子去趟王官屯,向人家道个歉,只要那闺女没意见,存志这头好办。特别是等二爷一回来,让二爷说他,他最宾服。行了吗,你没事了吧?我可是还有一大堆事要等着干哪!"

存珠高兴了,哥叫你这么一说我心里畅快多了,要不嫂子成天乐呵呵的,敢情都是叫你给哄的。

雪珍推了她一把,怎么又歪到我身上来了。

郭存先起身说:"你要没事了我得去队上借车,明儿个套辆大车风风光光地送我们的妹子进城。"存珠说那倒不用了,丘家给我的彩礼是一辆自行车,按计划明天丘展堂骑着来,让我坐二等到县城……说到这儿她双颊绯红,突然又在哥嫂面前有些不好意思了。

朱雪珍拍手称羡,那可比坐牛车好看多了!

郭存先也说,这样就更省事了,不就是咱娘给你准备的那两个包袱嘛,我借辆小推车就行了。存珠犹犹豫豫地说,要不我把自行车留给二哥吧,增加他说媳妇的条件。

不行!郭存先冲她一摆手,口气像家长一样不容商量。你二哥不会要,咱娘也不会答应,你趁早别动这些歪脑子了,赶紧想想自己明天的事,没事就好好跟娘说说话……郭存先嘴里还说着,脚就出了屋,却看到娘在锅台边上坐着,对他们刚才的话想必是听了个结结实实。他一愣:"娘,您不是出去了吗?"

"出去就不兴回来了?"

"回来好,回来好,屋里那俩刚哭完,您快点进去也算上一份,嫁闺女没眼泪哪行啊!"郭存先弯腰想扶起老娘,却被老娘扒拉开了,嗔怪道:"就是你会说,快干你的事去吧!"

妹妹这一哭一闹,倒真把郭存先的劲头给逗弄起来了,他一阵风似的走出院子,先到队上挑了一辆半新的小推车,到坑边上用水洗刷干净,再推回自己的院子里晾着。反身又到合作社买了几张大红纸和两挂鞭,拿到村上的学校里,请毛笔字写得好的老师大大方方地写了三副对联、十几个大小不等的双喜字,拿回家咋咋呼呼地让家人赶快打糨糊,都动手贴喜字,谁想往哪儿贴都行。

三副对联自然是要贴在大门和南北两个屋的门框上,门板上则贴大号的双喜字。墙上、柜上、窗户上、锅台上、水缸上……甚至连送新娘的小推车的轱辘上,都要贴上喜字。这么一闹腾,全家上下立刻就像办喜事的样子了,把喜气一抬起来,心气就不一样了,看哪儿都是大红,满眼都是吉祥喜庆……

第二天早晨,全家吃了顿面条,等新郎丘展堂骑着车一进村,凑热闹的孩子们就把两挂鞭点着了,这下差不多整个郭家店的人,都知道郭存先的妹妹要嫁到县城去了。郭存先让存志堵住屋门,不许外人进来,他大包大揽地拉着新姑爷丘展堂来到西屋,和存珠一起给在炕上坐着的老娘磕了三个头。

这三个头把孙月清磕得老泪又哗哗地流下来了。

存珠说了一句,娘我走了,就哭着出了院子……

新郎让她在后座上坐稳后才骗腿儿上了车,两边站着一大帮人看新鲜,到底是县城的人,这样来接新娘子以前还没见过……人们在纷纷打听,新姑爷家在县城是做嘛的?

郭存先推着独轮车跟在后面,车上放着一大一小两个包袱,那是存珠的嫁妆。存志则空手走在他旁边。自行车快,独轮小推车慢,或许郭存先本就不想走那么快。前面的一对新人很快就把他们哥俩给落下了老远……但等出了村,却看见一对新人在前边停了下来。

等到他们跟上来之后,存珠说,哥,我还是坐你的车吧,他这个后车座太硌得慌,颠得不舒服。郭存先笑了,我看也是,连咱娘都想到了,那就快上来吧。他将双把一扬,车厢前倾,正好送到妹妹屁股底下。存珠拿起车上的包袱搂在怀里,才发现车厢里还铺着一个用红布缝的厚棉垫子,不由得欢呼一声:咱娘想得可真周到!

她嘴里嚷嚷着,屁股往下一坐,大哥双臂一压车把,小推车的车厢又放平了。郭存先让存珠把大包袱垫在后边,身子向后一靠,保管你就跟在炕头上一样舒服。这就是娘啊,天下最亲的人就是老娘啦!

他将系着两根车把的布带子搭在自己脖子上,两臂端把,挺腰摆胯,稳稳当当地就甩开了大步叉子。看着是人推车,当车轮形成惯性后又对人有了一种牵引力,车借人力,人借车引,这比起空身走路可快多了,走长路也比空着手省劲。不大一会儿的工夫,存志和推着自行车的新妹夫反被他落下一大截。落下得太远了妹夫就骑车追上来,而存志要想跟上他就不得不一溜小跑,累得他很快就出汗了。

你看看,空着手的倒冒汗了,我这推车的倒没事。郭存先只好压住步子,转头对妹夫说:"展堂听说你上班了?"

丘展堂甚是得意,"是啊,在机修厂干电工,我爸是这个厂的劳模,照顾了一个名额。"

"好事。可到处都造反,工厂还干活儿吗?"

"现在造反派完了,工厂成立了革委会,过去的老厂长又回来了,要抓革命促生产,活儿多的干不完。"

"县上的单位都这样吗?"

"差不多,县里也是革委会掌权,还是原来的老干部说了算。"

"真的?这么说存珠也能有机会上班?"

"马上就办手续,我妈已经给说好了,进县商业局。"

"好!现在县城里不那么乱了?"

"不乱了,工厂开工,学校上课,走资派一个个的又都回来了,造反派越来越没劲。对立面的那一派被解散,坏头头抓起来了,我们这一派被结合进革委会,好像任务完成,往后该干嘛还得去干嘛。"

妹夫的话不知触动了郭存先的哪件心事,好半天他不再出声,只闷头走路。只要他一闷着头光顾推车,脚下就搂不住,嗖嗖嗖地一会儿工夫,又把存志给甩在后边了。丘展堂见状有意慎悠着,陪二哥并排走。存珠回头看看,已经听不到后边两个人的说话声,估计自己若跟大哥说点悄悄话,后边那俩人也听不到,便对大哥说,你现在知道丘展堂的父母为嘛非催我结婚了吧,就是想让我赶上这个上班的机会,怕过了这个村就没这个店,进商业局得要看户口本。他们就展堂这一个儿子,没事就爱瞎盘算……其实二哥还没成亲我倒先走,总觉着心里不自在。

郭存先说没你的事,你二哥要是一辈子不结婚你也陪一辈子不出阁?你若是小子这么说还情有可原,当弟弟的得让着当哥的,你一个姑奶奶管这么多干嘛!

"这么一会儿工夫,我怎么又成了姑奶奶了?"

"传福管你叫姑,他的孩子不叫你姑奶奶嘛!"

"嘿,刚有了儿子就又盼着孙子!人家二哥连媳妇还没影儿哪。"存珠忽然又想起昨天的话题,想再叮问一遍:"哥,你昨儿个跟我说二哥的亲事还有门,是真的吗?"

存先说,不光有门连窗户都有了。如果像展堂说的,县上不再闹腾了,村里也就闹腾不起来,今年好赖能有个收成,我再想点别的办法就可以为存志盖新房了。只要有了新房子,娶媳妇就是手拿把掐了,黄素贞不乐意还有白素贞。

"你要盖房子我跟展堂会拿钱的。"

郭存先一抖车把,猛地把妹妹颠起来吓一大跳:你给我好好记住,存珠!你是农村的娘家,不许叫城里的公公婆婆瞧不起咱,不能老惦记着往娘家捣腾点钱或是东西。你的俩哥哥没大本事,可也不是窝囊废,绝不会要妹妹的钱给自己盖房子娶媳妇!

虽然大哥真犯了脾气存珠也害怕,今天却不一样,一来是在她大喜的日子大哥不会真发脾气,二来今天自己出门子,有资格撒娇。于是便噘起嘴嘟囔着,说了归齐你还是瞧不起女的,嫁出的闺女泼出去的水,我还没过门儿哪,就拿我当外人了。

"行啦行啦,要进城了,快下来吧。"郭存先这样说就算是哄人了。

存珠却继续耍性子,"不下去,我不想坐二等进他家的门,我是头等,要坐我哥的车进他丘家的门!"

"好,这才是我妹子!"郭存先一下来了精神,再叮问一遍,"你真不怕人家城里人说咱土?"

"不怕,坐着独轮车过门,这不叫土,叫蝎子屄尼——独(毒)一份!"

"就这么定了,等会儿让展堂骑着车给咱头前开道,让你二哥在旁边当保镖,你大哥要扭着秧歌把你送到婆家……要显摆就索性再绕上个大弯子,在县城里兜一圈,让城里人见识见识。可惜还差一样……"

存珠笑着问:"差嘛呀?"

"差鼓乐班子,如果我的小车两旁有吹吹打打的就更好了。"

"那就正好破'四旧'的开了咱们批判会……"

哥俩说说笑笑地等到后边的两个人上来了,存珠把存先的想法告诉了他们,四个人高高兴兴地依计而行。其实郭存先想出这个主意是为了绕开桥口的副食品店,怕让那个用斧子逼着才肯卖给他奶粉的女售货员看见。

他们一路很是招摇地来到新郎的家,这是宽河县机修厂的宿舍,

187

院子很大,邻居就是同事,两边的三四家今天都没有起火,腾出地方为丘家办喜事,一共摆了有五六桌。婚礼很简单,主要是向毛主席像鞠躬,然后再向男方的长辈鞠三个躬就开席了。就因为陪着郭存先哥俩吃饭的人,没话搭拉话地讲了个笑话,一下子让郭存先的心里长了草,别人再说嘛他也听不进了,再吃嘛也没有味儿了……

那个人讲的笑话是,今年整个一冬天,县人民医院的太平间里老闹鬼,一到夜间里边就有动静,说话的、唱歌的、喊口号的,有时死人嫌那个铁匣子太凉,会出来找个草袋子垫到身子底下,有时备不住还会拿病房的棉被铺在底下……说的无意,听的有心,郭存先就觉得自己的胸口突突乱跳,装着没事的样子打问:医院的太平间就没有人管吗?讲笑话的人解释说,现在不是兴造反吗?医院早就乱了,连活人都没有人管,谁还管死人哪!因为最近成立了革委会,要抓医院的规章制度,谁都不敢去太平间,闹鬼的事才闹腾大了……

散了席,郭存先哥俩跟亲家告别,按规矩又嘱咐了妹妹几句,便匆匆离开了。一上出城的大道,郭存先就停下来,把车交给存志:"你先回去,把这儿的情况仔仔细细跟咱娘说一遍。我还有点事,得回去得晚一点,告诉她们别惦记着。"

存志也是大人,哪有那么好糊弄,一定要问出是嘛事。

郭存先编了个瞎话,我想转悠转悠,看看有卖奶粉的没有?

存志今天也有点怪,可能是妹妹结婚,刚才又喝了点酒,话显得格外多:"这还不好办嘛,我陪你一块转哪。"

郭存先有点着急:"你哪这么多话呀?平时不哼不哈的说嘛是嘛,今儿个是怎么了?你不知道咱娘在家里惦记着吗?你早回去早让娘心里踏实。"

他嗓门一高,存志就不敢再言声了,只好一个人推着车先回村。看见弟弟走远了,郭存先开始在县城里踅摸澡堂子,这么大的县城不管怎么造反,总不能不洗澡哇?最终还真让他找到了,经打听眼下是县城惟一的澡堂子。他问多少钱一张票?人家告诉他两角五分。又问几点关门?人家告诉他晚上八点。他对人家说,我跟叔叔来城里干一件累活儿,半夜下班想洗个澡,愿意先交五角钱押在这儿。那个人还真好,不收他的钱,却答应跟上夜班的人交代一声,告诉他保证没问题,工农是一家嘛。

他这就心里有底了,然后找到了县人民医院,在医院里转了个遍,却在医院的背面找到了太平间。门只是虚掩着,原来安锁的地方是个窟窿,他轻轻一推门就开了,只觉得浑身一激灵,刷地一下全身的寒毛都竖起来了。大白天的这里边都这么瘆得慌。他赶紧抽身又退出来,再把门给掩上。等天一黑,他找了块砖头提着,来到太平间对面,找了个拐角的暗影,把砖头垫到屁股底下稳稳当当地坐下来,不错眼珠地盯着太平间的门。太平间四周一团漆黑,只能从远处的路灯借到一点光亮,闪闪烁烁地照着太平间的门。整个医院都沉寂下来,一点动静都听不到。郭存先有点紧张,却并不害怕。

不知过了多长时间,终于等来了他企盼的脚步声,一个黑影从旁边蹿出来,胳肢窝里夹着一捆东西,脚步轻快地上前径直就推开了太平间的门,进去后随手又将门掩好。郭存先随后跟过去,弯腰对着门上的窟窿往里看,借着路灯的光亮,他看见进去的人先放下胳肢窝里的东西,那是一捆草垫子,随即拉开最里边的一个铁匣子,很熟练地将里边的死尸抱出来,还很在意地将死尸立在墙边,然后将自己带来的草垫子铺到铁匣子里,随后便很从容地躺了进去。

郭存先抑制不住一阵兴奋,也不紧张,推门就进去了。他径直走到铁匣子跟前,弯下身子,看到了二爷晶亮的眼睛。于是便轻声呼喊道:"二叔,你老给自己找的地方不错呀,把整个宽河县都给吓着啦!县里要整顿医院,这个宝贝地方你老不能再睡了,咱村现在也消停了,蓝新那个兔崽子还被押着哪。我娘就老惦记着你老人家,身子骨大不如前了,这大半年全家人没有一天不出去找……快起来吧,咱爷俩到澡堂里好好烫个澡,再睡上一觉,天亮就跟我回家,怎么样?别再跑了,你老人家跑不过我。"

疯子二爷顺从地从铁匣子里爬出来,郭存先帮着拿出草垫子,爷俩又把那个死尸抬进匣子,才不紧不慢地走出太平间。

## 10. 拆　台

又一个春天到了。

郭家店的大洼里出现了一个奇观,由于大部分生产队把上级发的麦种给分着吃了,地就撂荒了。冬天有雪盖着还不显眼,当大地返春,万物复苏,本该是一片绿色的大洼,在阳光下却干巴巴、光秃秃,只在沟沟沿沿潮湿的地方长了几许野草,看上去格外刺眼。

可就在这样的大背景上,靠近村边有一块地,麦子已经长到膝盖高了,绿得冒油。更为招眼的是在麦地里套种了油菜籽,还不是一般的套种,是用油菜在麦地中央种出了"毛主席万岁"五个大字。油菜长得高而快,已经有齐腰深,花开得黄艳艳,灿烂耀眼,向四周飘香,离着老远就看见了,像镶嵌在绿绒毯上五个金色的大字。地边上还种着十几棵小树,刚有一把粗,生机盎然,给这块像一幅画般的"万岁麦地",装上了画框。

这样的麦地还能不轰动吗？先是老百姓来瞧新鲜,一传十,十传百,连附近的十里八乡都有不少好奇的人跑来看风景。后来越传越神,有人说是在一个雷电交加的夜晚出现的,这是外星人的杰作……这自然也引起了上边的重视,公社和县上的革委会下通知,借着"抓革命促生产"的需要,组织各村的头头来参观……地边上成天像赶集似的,可把疯子二爷给急坏了,他没黑没白的就长在地头上,不许任何人靠近他的麦子地,还有他这几年精心培植起来的小树。后来干脆用草绳把整个自留地圈了起来,只允许来参观的人站在草绳外面看,不许踩地。说到这儿,大家自然都明白了,这是郭存先的自留地,麦子以及万岁字样的油菜籽都是他和弟弟种出来的。

当时他的想法很简单,因为自己心里老嘀咕着一件事,就像脑袋上悬着一把剑,那就是带人偷芦苇并引起蛤蟆窝大火,以后造反就没有他的事了,自己也不敢搀和,还被人家造过自己的反。现在既然又提倡抓生产了,就想露上一手,或许能把蛤蟆窝事件遮过去。同时他也想用这个办法把二爷留住。自从龙凤合株被造反派给改了名字,特别是在大树下搭起了批斗台,二爷就再也不去那个地方呆着。可他又是个不着家的人,你不找个能拴住他的地方,不知道哪一天又会跑走了……他没想到事情真闹腾大了,大到让他自己的心里反而没底了,不知道这是好事还是坏事?

不管是好事还是坏事,该来的终究躲不过去。据说是刚从省里调来的、宽河县革委会生产组组长封厚,带着老东乡公社革委会主任刘大江、分管生产的副主任辛川等一干人马来到郭家店,当然是先看"万岁麦地"。一番惊异,一通赞不绝口之后,抬头往洼里一望,几位领导刚被调动起来的热情转瞬间又凉了,沮丧而又气恼,整个大洼里空荡荡、死板板,除去外地来参观"万岁麦地"的人,几乎看不到郭家店本村的人在干活儿。而眼下正应该是春耕最忙的时候,即使去年没有种上地,眼下也还可以抓住一线时机补种别的庄稼……

郭家店人是怎么了,他们的日子不想过啦?河工派不出来,连地也不种,几乎可以说是全县最糟糕的村子。可就在这个最糟糕的村子里,却有人用油菜籽种出五个汉字轰动全县,甚至在全省也大出风头……这个地方有点意思。

村里头头当然也提前得到了通知,县、社两级领导要来检查村里促生产的事,从一大清早就用大喇叭广播,还派人挨家挨户地通知,却还是有几十家闭门挂锁的空户,那是早就举家外出讨饭去了。这都得归功于造反派闹串联给弄坏了规矩,过去农民外出擀毡是必须要开证明信的,现在却什么都不要了,谁嘛时候想走抬腿就可以走。既然到处乱窜是毛主席提倡的,还可以窜到哪吃到哪,贫下中农同样也逮着理了,干脆连"讨饭"、"擀毡"这样叫人有些不好意思的词儿,都改成了堂而皇之、朗朗上口的"串联",如果是结帮拉伙就叫"大串联"！这两年郭家店人外出讨饭确实喜欢拉家带口、成群结队,像当年红卫兵串联一样地热闹和红火。幸好村里干部动手还算及时,堵住了百十口子正要外出大串联的人,男男女女,老老少少,都被圈在了东场上,等待上级领导来了再发落。

一进村,封厚心里很快就有数了。在这么大一片庄子里竟看不到几间像样儿的房子,不是泥垛的,就是坯垒的,墙上冒白碱儿的,房体哩溜歪斜的,还有不少是篱笆灯。他没指望能看见粮食垛,却连柴火垛也很少,没有柴火垛拿什么做饭、烧炕呢?没有柴火就说明去年没有收成,没长庄稼哪来的柴火?没有庄稼就打不了粮食,正好也省得烧柴火做饭了。不做饭人吃什么呢?分抢粮食种子,然后出去擀毡……就这样年复一年地恶性循环。难怪郭家店冷清得缺少农村应有的烟火气。人穷到这个地步,干出些什么邪行事都不足为怪。可一走到村东边却听到了喧闹声……

封厚叫刘大江带着直奔吵吵嚷嚷的东场。老远就看到东场上聚集着许多人,其中还有不少妇女孩子。封厚心中不免生疑,这是什么阵势?莫非郭家店又发生了什么新鲜事?走近人群他随口问身边的一个农民:"你们聚在这儿干什么?"

你别看郭家店的人穷,却都见过世面,场子上的人一见这几位的来头,就知道准是当官的,而且还不是小官,村民们便你争我抢地往前搭话,张口就是念煸音,是专门念给当官的听的。这个说是郭家店外出擀毡誓师大会,那个说是贫下中农大串联动员大会,还有的说是村里的头头让我们在这儿等着,说一会儿要发粮票和路费……

"你们村的头头呢?"

"头头们又不出去要饭,哪能站在这儿风吹日晒的,都在大队部里等着迎接上边来的大官呢。"

封厚奇怪:"你们外出讨饭为什么非要都赶在今天,还要集体出行?"

农民们七嘴八舌,封厚却听不出要领。刘大江身为老东乡最大的"土官"了,对这一套再清楚不过,便掰开了揉碎了解释给封厚听。今天是老东乡的大集,造反派一不闹腾了,资本主义的尾巴就不割了,集市就又恢复了。而有集的日子向来都被老东乡外出讨饭的人视为黄道吉日,中午好歹也能在集上糊弄饱肚子,然后或扒汽车或买上一站的火车票北上,先下卫,再出关,只要离开了郭家店,一般都能把这一年糊弄过去,不至于被饿死。当然,受罪是免不了的,但受罪也比饿死强啊!何况讨饭并不像没有讨过饭的人想像的那么难,你会碰到很多稀奇古怪的人和稀奇古怪的事,还会看到一些活得不如你的人,如同看一台人间的连本大戏,有时还会参与其中,年年如此就难免会上瘾。

封厚感叹,讨饭还能讨上瘾,这有点匪夷所思。

说新鲜吧确实叫人难以想像,说不新鲜吧也真不是现在的创造,老东乡人讨饭是有传统的。当然数这几年最邪乎,农民心里有一种情绪,以前讨饭不管怎么说也是丢人的事,老出去讨饭的人就会讨不上媳妇。可现在讨饭成了一件可以显摆的事,光明正大,呼朋唤友,有点以讨饭为荣的劲头。农民这股情绪也不是不可以理解,你说造反咱跟着你造了,你说夺权咱也陪着你夺了,该批的批了,该斗的斗了,闹了半天不仅没挡住穷,甚至更穷了,谁还乐意饿着肚子陪你玩儿?不如自己也出去串联吧。所以一到开春青黄不接的时候,郭家店的人不出去讨上几个月的饭就浑身不自在,总好像吃了大亏。有的要过年才回来。所以,老东乡的人外出讨饭都讨出了大名声,无论到哪儿,你看到讨饭的一问,哪儿人哪?十有八九是老东乡的。北半个中国都知道,老东乡盛产讨饭的。

封厚拿眼瞟瞟刘大江,揶揄道:"这是你刘主任领导有方啊,能靠讨饭讨出了知名度,也算是个特点。"

刘大江这几年被折腾了个溜够,在老东乡已经没有人样了,虽然现在又被结合进领导班子,却还装着满肚子的牢骚,一时竟无法当着眼前的村民跟这个封组长发泄,只好脸一红咽下了封厚的挖苦。通过几次打交道,他觉得封厚这个人是有背景的,嘴很会说也很敢说,不管你是造反派还是老干部,他都不憷你。如今"组长"是个最奇怪的头衔,可大可小,可上可下,小到农村的互助组,大到权力通天的中央领导小组,谁知道这个封厚是多大的一个"组长"?刘大江在封厚面前不敢多说少道,可是郭家店的贫下中农不管这一套,他们是一盘散沙般的讨饭大军,被无故地拦下圈住,谁想让他们做出个紧张害怕的样子都很难。一见有上边的头头站在这儿,有人更长了精神,故意高声叫号:

"眼看就晌午了,还不让走啊?"

有人唱上句,就有人接下句:"不让走好啊,至少晌午头这顿饭有人管喽。"

还有犯傻装愣的:"谁管呀?村上要能管得起这么多人吃顿饭,也就不叫郭家店了。"

"是啊,不知从几百辈子前就传下话来了:郭家店,盐碱滩,旱了喝苦水,涝了去讨饭……"

封厚站在风口上,越听身上越冷。看来穷是一种病啊,一种能传染的疾病。他忍不住又责备身旁的刘大江:"国家不是发了救济粮吗?县里也三令五申要积极开展生产自救,杜绝大批外出讨饭的现象,怎么这里反而变本加厉,简直是在倾巢出动!"

小孩没娘,说来话长。刘大江只能小声向封组长解释:"那点救济粮哪经得吃呀,一个冬天就吃光了,到了青黄不接就出去撵毡呗。至于生产自救,有生产才能自救,现在的问题就是不能正常开展生产,天灾人祸,缺种子少劳力……"

"那'万岁麦地'是怎么种出来的?"

旁边有多嘴的把话接过来:"还得说人家郭存先有本事、有主见哪,愣是借种子把地种上了,今年就有收成,省得出去要饭。"

有人感叹:"他能借来种子,别人谁有这个本事?"

封厚不解,郭存先能行,为什么其他人就不行呢?问了一声:"郭存先在这儿吗?"

"人家又不去串联,干嘛要站在这太阳底下挨晒?"

"那么村干部们哪?"

一个负责管着广场上的群众不得离开的民兵答话:"他们正在大队里等着上级领导呢……"他的话还没有说完,看见郭存勇从村里跑来了,就站到一边不再吭声。

郭存勇年纪轻轻，却并不因慢待领导而窘促，反而满脸兴奋，与东场上的气氛极不协调，来到近前冒冒失失地打招呼："欢迎各位领导！"

刘大江一看来人的年龄、气质就知道是造反派，便没好气地问道："你是谁？你们的这个欢迎阵势还真不小哇！"郭存勇并不怯阵，迎着刘大江的眼光答道："我叫郭存勇，是村委会的副主任，主任和其他委员都在大队部等候领导的指示。"刘大江一肚子不痛快，想说你们好大的架子，县里领导来了半天了，竟然还在大队部里坐得住？郭存勇猜到了刘大江的心思，便笑呵呵地解释说，郭敬富主任犯了老病，一活动就喘得上不来气，已经在炕上躺好多天啦，今天听说县、社两级领导要来视察，一清早就在大队里候着哪。

封厚笑笑，没说话，也用眼色制止想为自己作介绍的刘大江，摆摆手让郭存勇带路。郭存勇却走到对看管擀毡大军的民兵跟前小声下指示，老主任说了，让他们都回到自己家里老实呆着，谁要再往外跑就扣谁一年的粮食指标。

有人听到了，或没听到猜到了，甚或连猜也不用猜就知道郭存勇会说什么，立刻大声喊叫起来："看谁敢？谁扣我的指标我就谁家里吃去！"

"对，光脚的还怕穿鞋的吗？"

"郭老穷自己就是个花子头，当长工，没铺盖，卖孩子，当乞丐，一年到头一屁股债。现在当了个贫协会长，还真以为自己成了郭老富啦！"

东场上一阵哄笑……

封厚问郭存勇："郭老穷是谁？"

郭存勇并不因当着上级领导被村民们哄笑而尴尬，好像这哄笑跟他没有关系，同样也笑嘻嘻地说："就是我们的村委会主任郭敬富，他也是贫农下中农协会的会长。"

封厚不再说话，也笑不出来了，心里感到这个村的麻烦大了。他们穷出了气势，要饭竟要出了理，这才叫穷横，又穷又横，穷脾气加上造反派的脾气，使整个村子还处于一种严重的无政府状态……

他们跟着郭存勇来到郭家店大队部,里边有间大屋子,是大涝过后集全村之力脱坯垒起来的,挤挤能坐下二三十个人,屋子里烟熏雾障,辛辣呛人。郭家店当前的领导班子成员都在这儿,郭存勇一一为领导作了介绍,主任郭敬富,副主任是他和欧广明,委员是刚结合进来的老大队干部韩敬亭和郭怀善。

刘大江也向村干部们介绍了封厚,紧接着说:"今天封组长来就为的是两件事,一件是蛤蟆窝水库是全县的工作重心,也是省里的重点工程,其他各村都热火朝天,进度很快,就是你们村,只派了几个地富分子应付差事,不光是拖了全公社的后腿,更严重的是拖了全县的后腿。第二件事就是春耕,看看你们的地,到现在还荒着,你们还是庄稼人吗?竟然敢把种子也分给村民们吃了,吃完了种子就出去擀毡,你们不如干脆把郭家店改名儿叫讨饭村算啦……"刘大江越说火气越大,封厚却不动声色地在观察村干部们的反应。

他们统一的表情是冷漠,都在饶有兴味地看着刘大江发火,却没有一个人认为刘大江批评的事跟自己有什么关系。郭敬富的脑袋有好久没有剃了,干草般的头发扡挓着,这个穷苦了一辈子的老实农民是不是还想留起干部头哇?他脸色青肿,佝偻着腰,喘气吼啦吼啦地像拉风匣,一副老境侵寻、有阵风就能吹倒的样子,这些年上演的这场最终还不知道是谁戏弄谁的把戏,竟连这样一个老人都没有放过。眼下他是郭家店大当家的,理应由他先回应公社领导的批评,只见他在嗓子里嘟囔了几句,还没等别人听清他说了什么,就爆发了一阵剧烈的咳嗽,全屋子的人都跟着一块撕肝扯肺地难受……

上边来兴师问罪,一把手说不出个子丑寅卯,别的人谁愿意出头揽这个责任呢?两个老的乐不得躲在一边看热闹,不着边际地摆了一堆困难,先把自己择挦干净。两个小的肠子根本就没在这上面,他们俩的分工是"抓革命",而种不种地、出不出河工都属于"促生产"的范畴……封厚问刘大江,你看出问题的症结所在了吧?郭家店基本上还处于无组织的瘫痪状态,不是对上级下达的任务没有执行好的问题,而是根本就没有落实这些任务,或者说没有得力的人来贯彻落实上级指示。

他忽然冲着村干部们发问:"大队长是谁?"

大家都不吭声,眼睛却转向韩敬亭。老韩急了:"你们都看我干嘛?我以前是大队长,前几年不是被打倒了吗?现在郭家店没有大队长。"

封厚又问:"以前的党支书是谁?"

刘大江说:"是陈宝槐,不知道他现在怎么样了?"

欧广明说话还是直来直去:"他是真正地被打倒了,扶不起来了,人们不再宾服他,身体也垮个儿了。"

封厚叮问:"郭家店的人现在宾服谁?有宾服的人没有?"

欧广明一笑,冲着郭敬富老人努努嘴:"这个问题还是让主任说吧。"

郭敬富突然止住哮喘答道:"我真的干不了啦,身子骨不行,有今儿个没明儿个,再拖下去就要误事了。"

封厚安慰他说:"不是就要误事,是已经误事了。但不能全怪你,无论你们的贫协也好,还是村民委员会也好,都是群众组织,不能代替大队和党支部,眼下要先把大队恢复起来,你认为谁能顶得起这个职务?"

"郭存先,他兴许能把郭家店管好。"

封厚眼神锐利地盯着村干部们:"你们的意见呢?"

遇到这种场面,俗话说被逼到了墙角,农民是不会出风头得罪人的,只要有一个人表了态,后边的人就会跟着随声附和。但欧广明发出了另外的声音:"郭存先不干,以前我们又不是没找过他,还不都吃了窝脖儿?"

封厚突然来了兴趣,显得稳定而自信,对欧广明说你去把郭存先找来,在旁边找个地方,我要单独跟他谈一谈,我这个人不怕吃窝脖儿。随后又让郭存勇去广播,把各生产队的队长召集到这里来,没有队长的指派个临时负责人来。

他将两个年轻人打发走以后对刘大江说,等会儿你在这边主持村干部们开会,选出郭家店的大队长,选好以后也别让他们动,等我跟郭存先谈完话就过来。另外我还想跟你商量,从今天起让辛川同志临时代理这个村的党支书,直到把郭家店的党支部恢复起来,选出了新的支书为止。

两位公社领导频频点头,是从心里服气,而且也跟着学了一手。

大喇叭催命似的一遍接一遍地广播着,各生产队长开始陆陆续续来了,封厚则到旁边的屋子里等郭存先。欧广明显然把封厚的身份以及来郭家店的目的,已经向郭存先说了,他进得门来没有带着往常的棱角,相反脸上还挂着一丝有些拘束的笑。封厚是他至今接触过的最大的官,却态度温厚地先起身跟他握手,给他让座,眼里含着明显的友好和善意。以前村支书对他都没有这么客气过,这让他心里生出一种钦慕。看上去人家的年纪也比自己大不了几岁,却已经混到了县级领导,脸上带着只有脑力劳动者才有的干净和光彩……

封厚没有直奔主题,想先说说闲话,放松一下对方的情绪。"存先,我这个人见面熟叫你存先没问题吧?喊老郭你还显得太年轻了。"

郭存先急忙点头,没问题,村里人都这么叫。

"你是怎么想起要种那块'万岁麦地'的?真是妙啊,在这方圆几百里一枝独秀。我没有做过调查,或许在全国也是独一份,你要有个心理准备,说不定会被树为典型。"

郭存先有点不好意思,却不敢全讲实话,便绕了个弯子:"我就是有劲没处使,憋得难受,想把自己的这一亩二分自留地种出花来。"

"好,你说的实在,没有给我上一套大家都知道的空理论。世界上最可怕的事情就是只讲空话,不顾事实。而郭家店居然让你这样的人有劲没处使,真是一种浪费。你怎么看现在村里的这几个干部?"

"郭敬富人不错,不是不想干,是不会干。韩敬亭是老好人,郭怀善是老滑头,郭存勇很聪明,但心思不在种地上。欧广明是员好将,可惜不是帅才。"

封厚突然哈哈大笑,"我找对人了,郭家店的当家人非你莫属!"

郭存先却显出一种忧郁的刚断,"封组长你可别打我的牌,对郭家店我算看透了,不会再管村上的事。"

"为什么?"

郭存先讲了从大雨中抢洼的过程,说着说着就气冲心头,眼里闪着一股杀气:"他们高兴了就叫你干,你不干还不行,一不高兴了就像对待羊粪蛋一样把你一脚踢老远,随后便处处整治你。我为嘛要这么贱呀?"

封厚既不为对方给脸不要脸而着急,也不为听到他受了这么大的委屈跟着一块生气,眼睛始终盯着郭存先的眼睛,不住地点头称是:"我也曾听说过抢洼的事,当时就觉得是个好新闻,原来那也是你干的。好!你果然不是个简单的农民,可惜呀有你这种脑子的干部太少了,当时若在全村、全公社乃至全县,都能像你那样从大水中抢一下粮食,那年也不至于饿死那么多人。这件事作为你的功劳传得很广,被人们记住了,应该成为你站出来挑重担子的理由,而不是拒绝当干部的理由。再说这次请你出山,有县和公社两级组织作证,还要经过村干部民主推选,将来任何一个人,包括公社和县上的领导,都无法无缘无故地再免掉你的职务。"

这个面子给的够大的,还没听说过有哪个村干部是县里领导亲自请出来的。再说郭存先也不是真的坚决不想干,心已经活了,表面上却不想转得太快,就又提出一个问题,却也确实是他的心里话:"封组长,现在真不是干事的时候,人坏了,心散了,刚不饿死人了就窝里斗起来了,集市刚开了没两年就又割资本主义尾巴,闹得谁都没有主心骨。你封组长能给我个实底吗?别干到半截又被撂到了旱岸上。"

封厚倏地一笑,"存先你确实不是个一般的农民,告诉你我心里还真有点实底。什么是实底?真正的实底不就是真理吗?地只有打粮食才不会饿死人,这就是实底。毛主席让我们读原著、学理论,马克思就是我们的实底。你听听他是怎么说的,经济是比政治更基本的东西,财富是一个有关进步的问题,这一点绝对的显而易见。不光你不理解,好多人都不理解,为什么我们这么穷还要穷折腾呀?正因为穷才折腾,越穷才会越折腾,无所顾忌。就是俗话说的光脚不怕穿鞋的。由于光着脚什么都没有,反而更容易放大仇恨,膨胀恶毒之心……越这样折腾就越穷。马克思也早就说到这一点了,野蛮人就是不知道什么叫财产的人,人类最早是靠商业活动传播文明和高贵。哪里有财富哪里才会有相对的公正,并不是说大家都成了穷光蛋才算公平,我们不是搞过一平二调嘛,结果平调出一场'文化大革命'……"

封厚正讲到兴头上却戛然而止,为什么要跟一个农民卖弄这些东西?他忽然很可怜自己,压抑太久想宣泄,竟跑到乡下来对一个听不懂的农民滔滔不绝……这样固然会安全些,但未免显得有些可悲。可他没有想到,对面的农民听得入心入肺,又不知怎样才能让他继续下去……封厚站了起来:"你在这儿先坐一会儿,我到旁边去看看,如果大家都选你当大队长,你就不要辜负大家的期望,争取在你手上摘掉郭家店乃至老东乡的穷帽子。如果他们没有选上你,也要好好干,有机会我会在公社或县里给你找个合适的位置。你是个人物,绝不能埋没了。"

郭存先的心里真还有点七上八下,我还没有吐口干不干哪,那边倒开始选上了?真被选上了,我干不干都好说,若没有被选上岂不又被寒碜一回?他还没想好该怎么应对,封厚含笑回来了:"存先哪,人心思变,谁都不想受穷挨饿,一致都选你当郭家店的大队长。现在我陪你过去,跟大家见个面,说几句你的想法,或者是今后的打算?"

郭存先站起来,却没有挪脚:"封组长,您发了话我肯定干,我不会这么不知好歹。可我能求您点事吗?"

"说。"

"得开个村民大会,让韩敬亭代表陈宝槐公开向我道歉,我不能胡子麻黑地下来,又胡子麻黑地上去,这还不全是为了我的面子,得让村民们知道,共产党是有是非的,对的到嘛时候都是对的,错的到嘛时候也赖不掉。"

"行,下午就召开全村大会,宣布新大队长上任。还有别的要求吗?"

"趁着县和公社的领导都在,把郭家店前几年的烂事都扒拉干净,该结的全了结,村上还押着个坏头头呢,那些事跟我无关,别影响我干正经活儿。"

"应该,就在下午的大会上一并解决。前边说了两条,有第三吗?"

郭存先有些不好意思了,"还有点小事,只有您才办得了,因为您的学问大,给我们村口的两棵大树起个名儿。别小瞧那两棵树,村里老老少少有事没事都愿意到树底下呆着,那是郭家店的风水宝地,两棵大树是我们的象征,能影响村子的命运。大伙一直叫它龙凤合株,造反派说是封资修,给改成了革命造反树,这也不像个树的名字呀?现在大伙都躲着那个地方,本来是一种吉祥的标志,现在却成了倒霉的地方,谁也不往跟前凑合。"他又简单地介绍了龙凤合株的历史……

封厚连连称奇,"这件事我最乐意干,一会儿去看看这两棵宝树,想出名字来再跟你商量。除此之外还有别的吗?"

郭存先摇头。

"那咱们过去?"


村里哪有能瞒得住人的事,后响的全村大会人们来得格外早,也出了奇的多,只要没出去撑毡的,不等大喇叭广播就差不多到齐了。批斗台上的景致也变样了,主角不再是撅屁股下跪的走资派和牛鬼蛇神。鬼有鬼的看头,人有人的戏法,只要是有花样,总能吸引人。台前摆了一个小讲桌,台子中间摆了一溜长条桌,正中坐着县里领导,两边是公社领导,再往两边看就更有意思了,一边是三个老的,郭敬富、韩敬亭、郭怀善,另一边是三个年轻的,郭存先、欧广明、郭存勇。村民们看见这种架势,自然会忍不住要笑、要议论。

这里边上台次数最多的就数韩敬亭和郭怀善了,以前在台上撅着、跪着,现在改成坐着了。看来当官别当正的,做人别做歪了。

不管正的歪的全看有没有这个命,没运挣死命,走运钱砸头。

管他们谁的命好谁的命坏,天下的台子都是为了演戏的,你上我下,我争你斗,进进出出,换来换去,我们这些看戏的才觉着有意思,戏才值得看下去。

你小子是惟恐天下不乱,恨人不死下竿篱。

这就叫在台下的浑然不知台上的苦啊!

放你娘的狗臭屁!这话应该倒过来,在台上的浑然不知台下的苦……

大会由郭存勇主持,因他年轻气盛,嗓门也大。今儿个连他也不敢太随意,像往常那样站到台口想说嘛就白话嘛,讲究的就是空着手上台,也能口若悬河。利用吃晌午饭的工夫他认真做了准备,手里拿着几张纸出场了,站到话筒前一张嘴连味儿都变了:"乡亲们!"

哟,怎么不是"革命造反派的战友"了?

那一套过时了,你不看走资派都坐在主席台上了嘛,走资派又开始走了,当权派又当权了,造反派们自然也就都觉病了……

郭存勇一稳当住了,看上去还真像个大人了,但他肚子里没新货,装的全是前几年的那一套,话一多火药味就出来了:"从今天起,郭家店将翻开新的一页,我们要召开一个胜利的大会,检验这几年来的斗争成果。我们经历了大斗、大批、大改,目前进入了改的阶段。有了前一阶段最有力量的斗和最有力量的批,现在就可以斗志昂扬地迎接更有力量的改!改,就是要改掉旧的,改出新的。过去是不能忘记的,历史的账也是赖不掉的,所以我们要先请郭家店贫下中农协会会长、村委会主任郭敬富,给大家作忆苦思甜报告。"

呀,郭老富还能作报告?屎壳郎上桌——他也成一道菜了。

大会的程序是经由县、社两级领导共同商量决定的,按时下的惯例第一项必须是忆苦思甜,正好也给郭敬富一个露脸的机会。老头不错,让他能体面地告别权力。老头走到讲桌跟前,一紧张竟然不怎么咳嗽了,伸着脖子尽量把嘴凑到扩音器上:"老人都知道,咱村有三穷,人穷、地穷、村子穷……咯咯……还有五多,讨饭的多,眼下改名叫撵毡、串联啦,第二是扛活的多,第三是光棍儿多,第四是欠债的多,第五是卖孩子的多。我属于第二多里,给河西的吕大善人扛了大半辈子活,到斗地主分田地的时候才回来……咯咯、咯咯……那阵吕家一年给我两石红高粱……"

台下有人接茬儿："嚯！比现在你给俺们的指标可高多了！"

"是啊,两石高粱养活一家子都没问题。"

郭敬富咳嗽了几声清清嗓子,下边一呼应等于给了他鼓励,老头还讲上了兴致,竟有点显摆起来："平时管吃管住,咱是吃着人家熟的,拿着人家生的,半年给块胰子。孩子回来我赶车去车站接,由我掌鞭还给掌鞭的钱……咯咯咯……吕大善人会治病,家里趁两万亩地,老婆好几个,儿女一大帮,解放后还有当局长的、当飞行员的、当将军的……咯咯……"

台下又喊上了："嗨,要不你叫郭老富呢！你是贫协的会长,还是地主协会的会长？"

"你这是忆苦思甜呀,还是忆过去之甜思眼下之苦啊？"

台下闹成一锅粥,台上的刘大江也跟欧广明有点急,我叫你帮他准备个稿子,说多说少没关系,不过就是意思意思,你看他都说了些什么乱七八糟的玩意儿！欧广明辩解说,我给他写出稿子也没有用,他不认字呀。可我私下里都教给他了,告诉他上台后该怎么说,谁成想他一站到前边就嘴跟不上腿了,哪壶不开提哪壶呗……欧广明自己也忍不住笑了。刘大江拿眼瞟瞟封厚,这位县里的大组长始终不出声,既不发笑,也不发火,置身事外般地看着眼前这一幕。刘大江赶紧冲着郭存勇摆摆手,快把他弄下来,进行下一项议程。

郭存勇走到讲桌前,想为郭敬富打圆场："这段时间老主任的老病又犯了,大家不是都看到了吗,他老咳嗽……"

对,一咳嗽就把大实话全带出来了。

他说得不错,凭这一点就证明还是个好人！

郭存勇突然来了火气,这时候最赶劲的就是喊上一通口号,打倒地主恶霸之类的,一下子就能把台下的气氛给镇住。可现在不兴那一套了,特别是台上还坐着县上的领导,他凑近话筒大声喊道："乡亲们,一个老扛活的,明明是被剥削了大半辈子,过去了这么多年,还对剥削他的人念念不忘。这说明什么？我们还任重道远哪！一年两石红高粱,一块肥皂,就将一个人的灵魂收买了一辈子？我们也不能光是在灵魂里边闹革命,还要想办法能征服人的灵魂！下面宣读一个通知,经村委会研究决定,报请公社革委会批准,不再追究造反派头头蓝新的刑事责任,从今天起释放回家。但还要在贫下中农的监督下好好劳动,接受改造,不得出村,不得勾连外边的人进村捣乱。如有违反,新账老账一块算,一定要追究他的刑事责任,送交县军管会处治!下面一项,请过去的大队长韩敬亭讲话。"

韩敬亭到底经过阵势,他躲开讲桌绕到台口,向乡亲们深鞠一躬:"我过去犯了很多错误,最严重的有两条,第一条是当了这么多年大队长,没有改变郭家店的面貌,反而越来越穷。第二条是那年下涝的时候,郭存先带着四队的人雨里抢浇,明明是干了件大好事,我和当时的支书陈宝槐倒把他给撤职了。在这里我当着全村人的面,向存先赔礼道歉!"

他大转身,又冲着郭存先深鞠一躬。郭存先慌忙站起来,台下一阵掌声。

下面一项是大会的重头戏,由刘大江宣读上午村干部们的选举结果:"结果你们都知道了,村委会和各生产队长一致推举郭存先为郭家店大队长,欧广明和郭存勇为副大队长,你们认可吗?如果认可就鼓掌,欢迎郭存先讲几句。"

郭存先有些慌乱,他并不是不想好好说几句,可总觉得这时候说嘛都不合适,只好临时想到嘛就说嘛了:"感谢领导和大伙对我的信任,可早先怎么也没想到会让我干,心里一点底儿都没有。咱村的底子本来就薄,又折腾了这么多年,我豁了个儿试试吧……反正在大冬天里我光着身子站在这个台子上挨过斗,大不了就再来一回。现在我有个请求,咱们这两棵大树长得好好的,它也没招谁惹谁,以前龙凤合株的名儿没人敢叫了,造反派给改的名儿大伙又不喜欢,这成了咱郭家店人的一块病。今儿个赶巧县里的封组长在这儿,他是有水平有学问的人,请他给咱这两棵树起个新名儿好不好?"

"好!"

"应该有个好名字!"

封厚从座位上站起来:"这两棵树是郭家店的象征,本来是两棵不同的树,却这么欢欢喜喜地在一起生长了上百年,或许已经是几百年了,有机会我会请专家来鉴定一下。它们相互扶持,相互礼让,真是一个奇观!你们这个地方确实该出奇人奇事,郭存先种出'万岁麦地'也是一个奇观。今天是个值得记住的日子,不是批斗谁、打倒谁,是选出了新的带头人。这叫天欢喜,地欢喜,人欢喜,树也欢喜。欢天喜地,欢欢喜喜,皆大欢喜!有欢喜才有盼头,才有理想,才有幸福。所以我想管这两棵树叫欢喜树。愿它给郭家店带来无穷无尽的欢喜,让外边的人一看到它就欢喜,你欢喜,我欢喜,大家都欢喜。你们觉得怎么样?"

"好,太好啦!"

"欢喜树,欢喜树!树欢喜,树欢喜!"

郭存勇宣布散会,各生产队长留下,每个生产队还要再留下三个壮劳力。

郭存先把留下的人召集到一堆,要发布第一道大队长令。有好奇的群众在外边围着,想听听郭存先会给各生产队布置什么任务。封厚看看时间还早,也想留一会儿看看郭存先上任后的第一把火怎么烧?

郭存先却管不了那么多,他的神情也完全变了,倔挺而刚断:"知道留下你们干嘛吗?立刻把这个批斗台子拆了!"

所有的人都没想到,愣愣地转不过弯来,没人动手。

郭存先火了:"拆呀,拆出娄子我兜着!你们就不想想,只要这个台子不拆,造反就结束不了。谁看见谁堵心,郭家店就定不住魂儿,也安稳不下来。咱们村就这块地方好,冬天背风,夏天凉快,叫这个台子一占,就像在郭家店心口上插了一把刀子。这还不是主要的,最主要的是我要用这些木料去换种子。现在赶紧抓挠着抢种早庄稼还来得及,像棒子、高粱、黑豆……再晚了可就不赶趟啦。如果种不上庄稼,今年全村吃什么?真的整个村子都出去擀毡呀?拆的木料先放到大队,广明你派人看好了,查查明天是哪儿的集,套车拉到集上去卖。存勇你分管工程,所有工程和做买卖的事都归你管,你能说会道,会讨价还价,把木料卖个好价钱,再带着个会选种子的人,像韩敬亭、刘玉成、郭存孝都行,就手把种子也买回来。还不够我去想办法借,实在不行先跟县上预支出河工的补贴费。都听明白了吗?"

"听明白了!"

"听明白了就快动手。"

于是各队留下的壮劳力开始动手拆批斗台。

郭存先继续向生产队长们交底:"以往出河工为什么派不出人去?硬派出去也都跑回来,原因就在光给工分不给钱,而工分又狗屁不值,谁去受那个罪?人不逼不长本事,我看现在改个章程,谁出河工补贴金、补贴粮就给到个人手上,以户为单位,包工包粮包钱,我保证想出河工的人准会抢破脑袋。咱们不仅要多派人去蛤蟆窝水库,还要争取多揽下一些工程,目的就是不能让县上的那笔补贴金都跑到别处去。我们有人,有力气,就是缺钱,而县上的这个钱多好挣啊!我还向封组长打听到另一个挣钱的道,东边离我们这三四十里地,有个国家的重点工程开工了,叫大化钢铁基地,需要大量的民工,我马上就派人去联系。所以各队回去好好拆对一下,把劳力分成三份,一份留在家里种地,一份上蛤蟆窝水库,一份去大化挣外快。你们要同意就赶紧回去安排,不同意的留下来咱们再仔细商量,无论如何也要先把准备外出擤毡的人留住。你们没看出来吗,上边的领导对讨饭这件事挺恼火,告诉那些人,出去讨饭回来要受罚,留在家里大队保证让他有饭吃,倘是出河工或去当民工,还能挣到钱。"

这年头新鲜事多,最是便宜了那些有眼福、爱瞧个热闹看个新鲜的人。郭家店人就又有了好看的了,从公社给分配来五个"北京知识青年"。两男三女,男的没多少人待见,那仨女孩让有些说不上媳妇的人家心里活动了,最好能分一个住到自己家里来,特别是那个叫林美棠的女孩,长得格外水灵,仿佛一碰上肉皮就能滴下水儿来……

风传这几个小青年都是有来头的,本该下乡去内蒙,或是东北,就因为在公社或县里有亲戚,要不就在北京城里有硬可关系,硬换成来老东乡。这儿离北京多近呀,嘛时候想家打张票就回去了,长了混个一年二载,短了也就三五个月,说不定又回城了。村里腾出两间屋子给他们住,男的一间,女的一间,五个人集体起火,头一年按指标上边给粮食,第二年便跟着队里一块分红。郭存先做主,从一队到五队一个生产队分一个,想不要不行,想多要也不行,后边若还接着来人,便从六队开始往下分。

　　林美棠被分到了四队,今年北京市上山下乡的政策是老大留城,老二下乡,可以跟大流去东北,也可以自己找地方下去。她为了让弟弟留下,高中刚上了一年就主动要求先走,母亲找到一个关系打通街道上的关节,就来到郭家店插队落户啦。反正贫下中农是一样的,到哪里还不是同样接受再教育。令她想不到的是教育跟教育的差别可大了,她头一天下地就好好地上了一课。

　　她不知道郭家店的洼会这么大,走了半个多钟头了还前不着村后不着店。天天下地若都要走这么远的路,那可真惨啦。妈妈为她下地准备的方口布鞋,此时成了钉子鞋,每向前走一步,左脚的后跟和右脚的前掌就如同踩在钉子尖上,扎得生疼,阵阵钻心。她渐渐地落在了后边,拎着手里的扒锄子,歪歪扭扭,东瞅西看,希望能找到一块砖头,砸砸鞋里的钉子,却未能找到。她跟大家不熟悉,何况这又是摆弄鞋,自己不嫌怕别人嫌,一个女孩实在张不开嘴喊人帮忙。年轻的农民们满心想跟她搭讪,却谁都不想先开这个头,看见也装看不见,不是怕她,是怕其他男人的妒忌和闲话,他们自己只顾说说闹闹地往前走……说了归齐还是老东乡的男人老实,之所以打光棍儿的多,除去穷以外这也是个原因。

　　就这样,队里其他干活儿的人都走到前面去了,更不会有人敢出风头再回过头来接她扶她。反正干活儿也不指望她,人家该干嘛已经塌腰干上了,她还落在后边老远的地方扭秧歌。第一天就出这种事,丢人现眼不说,传出去影响多坏……满地都是土坷垃,她又不可能不穿鞋。这时她才知道什么是在家千般好、出门万事难的滋味。正像小说里写的,叫天不应,呼地不灵,只想大哭一场。数这个最容易,她一想到哭,眼泪就真的出来了,还没好意思彻底放声,竟看见远处有个人朝这边晃悠过来了……

　　这个人是大队长郭存先。以前村里的干部都是一个学一个,后边的学前边的,他的聪明之处是吸取了陈宝槐的教训,决不学他苦披着制服,成天一副凡人不理的样子。他没事也不在办公室里呆着,而让欧广明替他在大队部守摊,应付各种各样的杂事。他分给欧广明的活儿就是管治安保卫和行政事物,一不打仗二不造反,一个穷村子有嘛"安"可"治",有嘛东西需要"保卫"？没事干可不就多打打杂呗。郭存先自己倒是自由的,想干嘛就干嘛,想去哪里背起柳条筐或提个帆布兜子就走了。今儿个各队都开始给早庄稼间苗锄草,又是"北京知青"来村后的头一天下地干活儿,他是从一队转悠过来的。林美棠看清是他,便擦了擦眼睛,扬起脸等着,心想到了跟前即便他不答理自己,自己也要主动求救。来了这几天也听到了一些关于这位大队长的闲话,这个"郭大斧子"确实有点吓人,瘦高个子,一张长脸整天黑森森的,说话也很少,你问他三句,他也不准能答理你一句。更怪的是不知什么时候他手里就会多了一把斧子,碰上需要砍一砍或砸一砸的时候,他的斧子就出现了。但愿今天他的筐头子里真有那把神奇的斧子……

　　郭存先越走越近,径直冲着她过来了,她不搭话都不行,想躲也躲不开了,刚才扬着的脸却又埋了下去。只见背着太阳有个颀长而巨大的影子向自己移过来,忽然间就把她给全罩住了,她却不敢抬头,心里感到异常孤单,甚至生出一种畏惧。沉了好一会儿,才从她头顶上传来一种粗嘎的声音:"怎么了,坐在这儿不动？"

　　"我鞋里有钉子,想找块砖头砸砸。"

　　"找到了吗？"

　　"没有。"

　　"郭家店根本就没有砖头。"

　　林美棠抬起了脸:"怎么可能？哪有会没有砖头的村子？"

　　"这个世界上没有不可能的事,这就叫穷。过去如果有人说,在郭家店用砖头打死了人,可以不偿命。到衙门一过堂,县太爷就会说你撒谎。因为当官的都知道,在老东乡没有一块砖一片瓦,又怎么可能用砖头打死人呢？"

　　"那怎么办？你带斧子了吗？"

"你也知道我有斧子？把鞋脱下来我看看。"

林美棠把左脚上的鞋脱下来递上去,郭存先接过来,用手掂量着,好像笑了一下,或许只是咧咧嘴角:"看看你这鞋底子,钉得跟驴蹄子一样厚,你娘是把农村想得太吓人了,还是想让你一辈子就穿这一双鞋?"

林美棠听不出这是批评,还是嘲讽,抑或是关切?

郭存先放下筐,扔掉手里的鞋,径直向干活儿的那堆人走去。林美棠一伸脖子看见筐头子里果然有一把锃光瓦亮的斧子,她拿起来想把钉子尖砸倒,却无法让斧子头伸进鞋窝里砸上钉子尖……

郭存先回来了,又拿来一个扒锄子,用一个垫在鞋底上,拿另一个的锄头斜顶住钉子尖,然后用斧子砸锄背……多简单的事,三下五除二,就将鞋里的钉子一劳永逸地全部砸倒了。修好了左脚上的鞋,又将右鞋砸了一遍,然后将鞋扔给林美棠:行啦。

在这整个修鞋的过程中,林美棠狼狈极了,自己都感到脸颊发烧,不敢跟他说话,甚至不敢看他。第一次下地就惹得大队长为自己动了斧子,不知是倒霉,还是一种幸运?好像眼前这个可怕的男人摆弄的不是她的鞋,而是她的脚。

郭存先重新背起自己的柳条筐,拾起地上的另一个扒锄子,一声不吭地向干活儿的地方走了。走了几步听到后边没动静,回头一看林美棠还直杵杵地站着愣神,便黑唬着脸喊了一嗓子:走啊!

林美棠心里说,走就走,你那么横干什么?不就是给人修了一下鞋嘛,有什么了不起!

## 11. 四面出击

当初郭存勇能被选为副大队长,不仅出乎他本人的意料,也让村上许多人没有想到,猜测他八成是沾了造反的光,就像蓝新因造反倒了霉一样,或许上边有规定,新领导班子里必须要有个造反派的头头。其实,郭存勇是郭存先向公社和县领导点的将,并让他分工管工程。而郭存勇连嘛是工程都搞不明白,更不知道村里又有什么样的工程,想让他如何管法?只好找了个旁边没人的时候请教郭存先:"大哥,你让我管工程,工程在哪呀?怎么管哪?"

郭存勇的个头比郭存先矮一截,郭存先用食指轻轻敲着他的脑门,像闹着玩儿可口气又很郑重:"一眨巴眼的工夫就这么大了,你小时候上树偷枣下不来了,吓得骑在树杈上哇哇大哭,正巧让我打草回来碰见,上树把你抱了下来。你在树上搂着我脖子的时候说把口袋里的枣都给我吃,可脚丫子一着地吱溜就跑了……"

郭存勇脸红了,只能耍赖:"大哥,就别提那段了行不?"

郭存先正经起来:"存勇你知道自己有三大特点吗?"

郭存勇拨楞脑袋。

郭存先扳着手指头跟他一条条地摆:"一、年轻脑瓜快;二、气冲不愫阵;三、讨厌农村、烦恶种地,一门心思就想出去。我说的对不对?"

郭存勇像被剥了皮一样浑身冒血浸儿:"那你还让我当副大队长干嘛?"

郭存先变得非常严肃,郭存先一绷脸郭存勇还真有点怕他。"我就是要发挥你的长处,给你一个机会堂而皇之不种地,干好了也真能离开郭家店。这就是干工程,你问嘛是工程?除去种地,别的都是工程,能赚钱的活儿就是工程,只有工程能够救咱们村子。听明白了吗?你的活儿就这么简单,把鼻子给我伸长了,把耳朵也给我支棱起来,古代叫眼观六路、耳听八方,城里乡村、天上地下,去寻找赚钱的门路。你具体要干的事眼下有三件:一是把蛤蟆窝水库的工程包下去;二是赶紧去大钢联系,向他们派出施工队,或者也包他们一块工程;三是一没事了就到周边的大集上去转悠,看看行情摸摸信息,一闻到什么味道立刻向我报告。"

得喽,大哥你就等好吧。郭存先发了话,郭存勇哪敢怠慢,干脆麻利快地就把前两件事办好了,让大队长很高兴。他是一个还没在土坷垃里经过摔打的年轻人,何以有这份能力?无论是谁都承认他脑瓜确实聪明,更主要还是会"借横"。一是借"文革"造反的"横",二是借郭存先政策的"横"。政策一公布,连以前最不愿意出河工的人,也争着要去蛤蟆窝包一块土方,队里给记个整工分,秋后照样分粮,多少还能挣到点钱,关键是上边给粮食补贴,以前哪有这样的好事?

去蛤蟆窝的人一派走,很快又将去大钢干活儿的民工队组织起来了,四十个清一色的壮劳力,论干活儿是没说的,都有膀子力气,可都没出过门,让郭存勇犯难的是找不出个领头的,只好再去请示郭存先。郭存先说,这个活儿是你联系的,当然得你领头。

郭存勇一惊,真的?你是让我借机会锻炼锻炼?可交给我的那些事怎么办?先放一放?

郭存先眼珠子一瞪,放一放?想得美,我交给的事哪件也不能放。叫你当头又不是叫你长在工地上,天天跟着一块干活儿?隔三岔五地过去看看,把非你不可的事办一办,老抻着这根线。我会给你选个硬可的懂行的副手,钉在工地上负责日常的工作。

郭存勇咧嘴,哎哟,那么远,就凭我这两条腿,还不得窜死呀!

郭存先笑了,顺便也给你制定一项政策,现在大队里没钱,我也没钱,你想办法挣钱,从你挣的第一笔钱里我会提出一部分,给你买辆自行车。这也确实是你的工作需要。

郭存勇美了,大哥,跟着你干就是痛快,有你这句话我跑断腿也认了。他赶紧集合队伍,出发前请郭存先讲话。郭存先从人堆里把金来喜叫到一边:这帮人出去后就交给你了,由你带。

金来喜吓了一跳,我哪行啊,出了事兜不起呀!

郭存先脸一沉,以前哪件事让你兜过?你凭心说这几年我对你怎么样?你挨斗的时候我也在台子上,我没事的时候你也没事。让郭存勇在前边挂个名,实际的活儿你干。就这么说定了,这是机会,你不能老这么趴着,村上有我顶着,天还塌得了?

金来喜的脸由白转红,算是答应了。郭存先让他回到队伍里去,自己则站到队伍前面,清了清嗓子:"记住,你们不叫民工队,叫郭家店工程队!政策你们都知道了,三一三十一,一个月二十七块,你们自个落十八块,带回九块,吃九块,全队一块起火。另外的九块交给大队买工分,年底一块分粮食。说实话,我都想去,当这个大队长除去挣工分还能落下嘛?干不好落骂、落埋怨……好了不说这些没用的,现在我问你们,你们里边谁懂建筑,干过瓦工?"

农民们你看我,我看你,摸不清大队长是嘛意思?几辈子都在一个村子里住着,谁干过什么还不清楚吗?郭存先自问自答:这么说没有真正懂行的了?那我现在就宣布,郭家店工程队的队长是郭存勇。他故意停了一会儿,见大家都没有很特别的反应,才接着便往下说,副队长金来喜!人堆里立刻有点乱,他高声喝问,谁有意见呀,大点声!

人群里立刻又安静下来。

他声色俱厉:"我知道有人心里想什么,说金来喜是富农。你要弄明白,他爹是富农,他可是正经八百的工人阶级。谁如果敢说比他懂行,我就让他干。今儿个我把丑话说在前边,你们在外边可是代表咱郭家店,谁要是不听招呼,惹是生非,搞窝里斗,可别怪我不客气,立马就给我回来,村里的事咱回到村里了。金来喜是我任命的,有嘛事我扛着,谁有意见就冲我来。来喜你也听好了,你要是不敢管,误了事、出了事,我也拿你是问。好啦,没意见的现在就出发,有意见的留下!"

谁愿意留下,谁敢留下?郭存勇得意洋洋地在底下偷偷向他挑起大拇哥。

郭存先又叮嘱道:"把大伙一安顿好,活儿一上轨道,就想想那件事。"

"放心吧,去大公司干活儿跟出河工不一样,人家那里嘛都是现成的,今儿个到,明儿个就开工。"郭存勇是这么答应的,也是这么干的,几天后的一个晚上,他来到郭存先家里,却不进屋,神神秘秘地一定要把郭存先喊到外边,两个人站在院子里一阵嘀咕。

"大哥,我发现了一件怪事,但不敢拿主意,大主意得你拿。"

"说。"

"好几个集上都有收羊皮、牛皮的摊子,收一张羊皮七八块,好的有到九块的。你猜就在同一个集上,买一只活羊才多少钱?再大的也不会超过八块,一般的六七块,小的还有两三块四五块的。如果我有一把刀,有个肉案子,在集上现买羊,现宰现卖羊皮,一只羊就能净赚三四块钱,还白落羊肉。"

郭存先疑惑:"还会有这样的事,买羊皮的人为嘛不自个买活羊宰呢?"

"这个问题我还能不问吗,这就叫有病,学名叫僵硬、死板。收皮子的是绝店皮革厂,人家是国营,买活羊没法下账,羊肉也没法处理,无论是自己吃还是再卖掉都是犯错误。牛皮也一样,一张牛皮八十五块,一个大活牛卖八十就撑死了。"

"绝店是县哪,还是市?"

"地级市,比咱宽河大。"

"咱们要送皮子他收吗?"

"收哇,谁送都收,有多少收多少!"

"明儿个是哪儿的集?"

"张庄大集。"

"等会儿你通知韩五林,他以前是咱村上宰猪的,也会剿猪,让他把以前的家什都翻出来,磨快了。再喊上二膘子,弄辆推车,找块大板子,明儿个一大早我跟着你们一块去。"

"真干?"

"这还有假?我们都快穷疯了,只要看到了机会,就绝不放过。我一会儿写信把王顺叫来,他干这个是内行。"

"大哥,你说了半天咱没钱哪,做买卖得有本儿呀。"

郭存先装傻打哈哈:"哦,还得要钱哪?可也是啊,本钱本钱,没有本怎么能赚钱?"

他嘬了一会儿牙花子,突然起身进屋了。再回来时手里拿了几张纸和一支钢笔,坐到当院吃饭的桌子跟前,让郭存勇用电棒给照着亮,开始写借钱的字据。刚写完"借条"俩字,就抬头问郭存勇:"你们家谁当家?是老叔,还是老婶?"

"当然是我爹了……"郭存勇一激灵,"大哥你要干嘛?"

"借钱哪,还能干嘛?"不大一会儿郭存先把借条写好了:"老叔:因村里开办屠宰厂缺少资金,特向您求借现金五十元,三个月后归还本息一百元,若等到年底,则连本带息归还二百元。"后边"借款人"处的落款是"郭家店大队郭存先"。

他把借条推给郭存勇看,郭存勇心里别扭:"大哥,我给出力还不行吗?还得叫我们家出钱哪?"

"你必须得出钱,我也必须得拿钱,知道这叫什么吗?一根绳上拴俩蚂蚱,跑不了你,也蹦不了我。背水一战,我们只能成功,不许赔钱!"

他叫郭存勇照着他的借条再写一张,将抬头改成"月清大娘",落款处改成"郭存勇",其他的都照抄。写好后叫郭存勇拿着两张借条去找欧广明盖上大队的公章,他坐在当院里等郭存勇回来,就领他进了老娘的西屋。

孙月清还没睡,这么早躺下也睡不着,正在给孙子缝一双虎头鞋。这双鞋已经做了好长时间,不是孙子等着鞋穿,而是她必须手里摸索着干一件事,手里没有活儿做,心里就发空发虚,胡思乱想的怎么都不舒服。郭存先先开口:"娘,大队要开个屠宰厂,存勇给您打了个借条,想找您借五十块钱,三个月准还。"

"借这么多呀!"老太太被吓了一跳,"你们可真是会烧包,吓人呼啦地开什么屠宰厂呀?"

郭存先知道老娘是明白人,就把郭存勇摸到的信息学说了一遍。老娘叹口气,实在是心疼这笔钱,一百个不情愿:"你们俩这可是挖我的肉哇,这钱是留给存志娶媳妇的。"

郭存勇接过话茬儿:"我的好大娘您就放宽心,如果耽误了您娶儿媳妇,我宁愿把我媳妇先让给二哥。"

"放你娘的屁,你的媳妇还在你老丈母娘腿肚子里转筋呢!"

老娘一开骂,郭存先就知道有门了,他拉着郭存勇出来,在外边等候。


水库工地变成一个巨大的深坑,风刮不进,坑底的湿气散不开,在太阳的暴晒下,闷得人透不上气来。但坑底则高高低低、坑坑洼洼,到处都插着小旗,楔着木橛子,画着白线,公社分给各个村,各个村又分给各户。劳力多而强的,就干得快,有的已经完工回家了。劳力弱的就落在后面,越落在后面活儿就越难干,要踩着旁边的湿泥,有的地方还出水了,推土要多走路,爬的坡也更长更高。

但总有一些吃凉不管酸的人会苦中作乐,闷累得受不住时会自找乐子开心。王官屯的一个小子逮住一只大蛤蟆,捏得呱呱乱叫,另有几个小子一对眼神,便扑向一个叫刘三帮子的光棍儿,掐巴住他强扒掉裤子,硬摁住他跟蛤蟆交配……还一遍遍地逼问他:你觉着怎么样?

刘三帮子本来就缺个心眼,知道不说出点感觉这帮家伙不会松手,就很实在地承认:凉丝儿的。于是水库工地上爆发出一阵接一阵地哄笑,这帮坏小子不断地高声重复着刘三帮子的感觉:凉丝儿的……刘三帮子操蛤蟆——凉丝儿的!

就在这边起哄瞎闹的时候,麻坡店五十多岁的崔良正推着一车土上坡,不知是走神了,还是脚踩滑了,几百斤重的推车突然失控翻扣下来,他躲闪不及被砸住了右腿,当时就动弹不得了。麻坡店开工早,他旁边劳力硬可的户大都完工回家了,在崔良旁边干活儿的只有郭家店的刘玉成,他听到叫声赶忙跑过来,帮崔良把压在腿上的推车掀开,扶他在土坡上坐起来。崔良闭着眼,满脑袋都是冷汗,憋了好一阵子才缓上一口气,睁开眼说:"谢谢刘兄弟。"

刘玉成从上往下地轻抚他的右腿,捋到膝盖以下崔良疼得身上一哆嗦,嘶嘶地往嘴里抽冷气。刘玉成说,你的小腿砸坏了,骨头肯定有事,活儿是干不成啦,我送你回家吧?先找村上的医生看看,不行得赶紧去县医院。

崔良无奈,只能摇着脑袋嘬腮帮子:"那就太麻烦你了,工程这么紧还得耽误你干活儿。"

"都嘛时候了,还说这个!"刘玉成先把崔良的小推车推到大道上,用支架稳好,再回来背起崔良,慢慢放到车上。然后架起把,抬右脚一踢支架,支架就倒了,他推起来就是一溜小跑。崔良心里发热,以为刘玉成是为他的腿伤着急,怕耽误了为他治腿。其实刘玉成心里还惦记着别的,一会儿妹妹要来工地送晌午饭……他说了多少次要自己带饭,工地上一帮浑蛋王八蛋,见了女的没正形,嘴里没人话,他不愿意让玉梅到工地上来,怕脏了妹妹的耳朵,听了受不了。可玉梅坚决不干,现在是各家干自己的,谁爱说嘛说嘛,给他个听不见就行了。等会儿玉梅来了看不见他不得着急吗?

从蛤蟆窝到麻坡店有小十里地,但推一个活人才不过一百多斤,跟推一车千八百斤重的死泥可不一样,而且还是跑平道,再加上刘玉成心里急,还没觉得怎么累就进麻坡店了。奇怪的是一碰到同村人询问,崔良都轻描淡写地说是崴脚了。

刘玉成纳闷:"崔大叔是嘛成分呀?"

崔良对他忽然问起自己的成分也感到奇怪:"贫农。"

"多好的成分呀,为嘛受了这么重的伤还不敢说实话?"

"唉,这不是一句半句能说得清的,进了家再说吧。"

崔良的家只有一间老屋,外边还有半间垒着锅灶,他有个女儿,听到动静从屋里蹿出来,一见崔良这副样子就吓慌了,爹呀爹的一边喊叫着一边就扑了上来,一迭声地问怎么了、怎么了?看样子她也得有二十好几了,长得瘦瘦小小,怪叫人可怜的。崔良宽慰她,没事,上坡不小心砸着腿了,多亏了这个刘大哥,家有热水快给他倒一碗。

刘玉成说不用,慢慢靠着墙稳住车把,塌下腰把崔良背起来进屋。屋里除去一铺炕嘛都没有,倒是收拾得挺干净。刘玉成将崔良放到炕上,让他背靠着炕头的墙,将伤腿放平。再次嘱咐说,你这条腿伤得不轻,千万得抓紧看哪,可别耽误了,若落下毛病这条腿可就废了!

崔良叹口气,村里的那个大夫是二把刀,小病糊弄糊弄,大病往公社推。咱哪有钱到县上去治呀。我还有一层顾虑,如果让村里知道我受伤干不了了,我干了一半的工程就白费了,什么也拿不到,到年底我们爷俩吃什么?

屋子里笼罩着一股浓重的忧愁。

他女儿在一边说,我去找我哥吧?

崔良一瞪眼,敢!我就是死了,也不许去找那个畜牲!

刘玉成讪讪地说,要是这么说,我们村有个老神仙,我回去问问他有没有办法,如果他有办法治晚上我请他过来。工程的事你别着急,也就还剩下百八十方土,我捎带着就给你干出来了,你跟别人就说干完了,村上该分嘛不能少了你的。说完该说的话,连告辞的话都来不及说,扭头就离开崔家,又是一路小跑往水库工地赶。

远远就看见玉梅站在水库大堤上四下张望,他跑得更急了,回到自己的工地已经是通身大汗,玉梅也急得脑门冒白烟儿,说哥你这是跑哪儿去了,可把俺急坏了。刘玉成长出一口气:别提了,崔大叔的腿砸坏了,我估计是骨头断了,刚把他送回去。

玉梅递过来一条手巾,让哥擦了汗,哥俩坐下简单利索地吃了晌午饭。饭后刘玉成连口大气都没喘,就开始干上了。玉梅帮着铲土,能铲多少是多少,反正比不干强。天天如此,直干到天傍黑,她提前回家给哥做饭。刘玉成还要再干一阵子,没有月亮干到看不见道了为止,有月亮地就干到又累又饿得直不起腰来为止。只要不挨斗了,干活儿多累他都认便宜。

下午,哥俩说嘛也没想到,崔良的女儿推着车来了。一个这么干巴的人,比小推车高不了多少,大概以前也从来没有推过这玩意儿,这一路上不知摔了多少跟头,胳膊上、脸上,这儿青一块,那儿紫一块,头发全是湿的,青裤子、灰褂子也叫汗浸得像刚从水里捞出来似的。就因为她长得瘦弱,崔良从不让她上工地,每天都是自己带着水和干粮,所以她不知道哪一块是自家的工地,便向刘玉成打听。刘玉成指给她一个孤零零的高台,像半截小山似的堵在眼前。她苦着眉头,紧闭双唇,大概心里在估量着,自己一辈子也未必能把这些土挖出去……她一声不吭,咬着嘴唇就开始干活儿。她不敢把土装多,只铲了几锹就架起车往上推,晃晃悠悠没上了几步坡车就翻了,费半天劲把推车扳起来,将撒的土再铲回车里,又继续往上推,没走几步车又翻了,这样折腾几回就把那点土全撒在道上了……

刘玉梅实在看不下去了,就跑过来帮她,总算把个空车又弄回了原地。她搭讪说:"我叫刘玉梅,旁边那个干活儿的是我哥。我该叫你姐姐,还是叫你妹妹?"

"我叫崔兰,二十三了。"

"你是姐,比我大一岁,家里再没别的男劳力了?"

"还有个浑蛋哥哥,跟没有一样。"

"怎这么说?"

"唉,别提了,前几年度荒最紧的时候,他饿得受不了把全家一个月的口粮都偷着吃了,我娘打了他一巴掌,他竟回手一锄把子,把我娘的脑袋给开了,我娘连气带饿一口气没上来,就那么着走了。"崔兰脸上一片湿乎乎的,分不清是汗是泪。她神情悲苦,有一种豁出去的决绝。刘玉梅听得心里凄然不安,半晌才想出一个主意:"你这样干不是办法,即便累死了也没用,拖了工程后腿,没准还会被抓典型,连累村上挨批,到那时候鸡飞蛋打,不仅得不到你们该拿的,说不定还会挨罚。"

崔兰还真没想这么多,就想拼了命也要把爹剩下的活儿干完,挣回今年的口粮。听刘玉梅这么一说,她不知该怎么办了?

"崔兰姐,你要不嫌弃我倒有个主意。"

"妹子你看我现在还有资格嫌弃别人吗?都是别人嫌弃我呀!"

"咱两家的活儿合在一块干,咱们俩管铲土,让我哥光管向外推,就会快很多,不会误了工期的。可有一条,我们家是地主,你跟我们一块干活儿,很快就会引出许多闲话,说你划不清界限,或许还会有别的更坏的影响……"

"是啊,我早知道你们家是地主。可你看看这水库工地上,有多少贫下中农啊,都远远地站着看我的洋相。我爹受了伤谁管了?还不是刘大哥这个地主把他送回家。麻坡店也有很多贫下中农,他们干完自己的活儿都回家了,可有一个站出来帮我爹一下?从我娘出事,到我爹受伤,我连一句热乎话都听不到。别说你是地主,你就是土匪这个时候能帮我,我也感激你。女人靠的就是一个鼻子,一闻就知道对方是不是好人……"崔兰说着说着忽然放声大哭起来。


哎呀,郭家店的味道大变了,顶风也能香十里地呀!

什么味道?白天是牛羊肉的膻气味。在村东搭起一片席棚子,里边拴着"过路"的牛、羊,还有驴。为什么说是"过路"的?王顺从外边买进来,韩五林、二朦子负责宰,一时宰不过来的就在席棚里养几天,有好牲口被大队饲养员看中,兴许就留下自己使唤,算捡回一条命。王顺他们一般都是下午和晚上宰牲口,第二天早晨拉到集上去卖肉,扒下的皮则送到绝店皮革厂。每天过午,等王顺带着他那帮屠夫从集上一回来,席棚里的牲口们就打蔫儿了,有的会叫几声,有的连叫都不叫,却泪流不止……

霎时间村里便弥漫起浓烈的腥膻气味。赶上西风还好,膻味全刮到别的村去了,若是刮东风,就全便宜了自己。村东头天天下半晌都是"血流成河"。疯子二爷看不下去了,给自己找了个活儿,每天早晨出去遛洼时都会带回一筐嫩草,撒到席棚子里,让那些死到临头的牲口们不要饿着肚子上路。然后再给屠杀牲口的地方铺上干爽的新土,牲口血就不会流得到处都是。第二天早晨把血土铲走,堆起来闷上一段时间,上到地里,特别是埋到树底下,那可是上等的好肥。同时也给屠夫们的脚下再换上新土。天天如此,存志怕累着二爷,就套车从蛤蟆窝旁边的土山上拉了十几车新土堆在旁边。

一到天傍黑,郭家店的味道就好闻了,飘散着一股浓郁的羊杂碎汤的香味。在村西口的欢喜树底下,摆着十几条长板凳,旁边安着三口大锅,里面煮着新宰的羊头肉和羊杂碎。作料据说是王顺从大穆回族自治县一家著名的老店里淘换来的,所以味道特别窜。王顺每天都要留下半锅汤,这叫老汤。有老汤就能保证他的羊杂碎味道不变,而且汤越老煮出来的羊杂碎就越香。他的勺子一敲锅沿,人们拿碗的、端盆的就从四面八方朝这儿来了……

他也就吆喝上劲了:"哎,快来买,快来尝,祖传的老汤新宰的羊,走遍天下独一份,不吃就白来世上走一趟。"

他的快板跟他的羊杂碎是配套的,吃着他的羊杂碎,喝着他的羊汤,再听着他的快板,那才叫过瘾哪,值!只要他一开口,旁边就有人叫好起哄:好!再来一段!

来一段就来一段,王顺出口成章,现说现编都赶趟。有人站在旁边专门为王顺捧场,有专门捧场的才叫角儿。他用勺子敲着点儿:

叮叮当

叮叮当

娶了媳妇不忘娘

媳妇要吃羊杂碎

老娘想喝羊肉汤

五分钱买上一大盆

一家老小喜洋洋

这么便宜?对,就是这么便宜。如果论碗,外村人三分钱一碗,本村人二分,晚上十点以后,如果还有剩汤剩肉,谁赶上就白给了。这不又回到"大跃进"吃食堂的年代了吗?差不多,因为一卖了皮子本钱就回来了,这些牛羊肉等于是白赚的。真有外村人会跑几里地来吃碗羊杂碎吗?不光有,还越来越多,你传我,我传他,小青年们三五一伙,怀里揣饽饽或窝头,到这儿连汤带肉,热热乎乎又解馋,又热闹。吃惯了,隔几天不来就馋得难受。为什么外村人和本村人还不是一个价儿呢?据说是郭存先的主意,为了给郭家店抬点,增强本村人的自豪感。郭家店人不知穷了多少辈儿,都穷萎了,穷得没囊气了,多吃点羊肉补一补、壮一壮!

渐渐地,王顺的羊杂碎摊儿成了郭家店的村民活动中心。天也热了,有点零钱的一到晚晌就带着干的来了,没有钱的也愿意来闻闻味,或者你端着碗来,只要张嘴要点汤,王顺决不驳面子。他自己说的好,我就是臭要饭的出身,现在有了这个掌勺的条件,不照顾穷哥们儿还照顾谁?这可比过去地主老财舍粥硬气,这是正儿八经的好肉好汤,大补,壮阳!

又有人点段子:王掌柜再来一段儿。

王顺喜欢这个,张口就来,能一边干活儿一边数落:

  贴饽饽
  羊肉汤
  肚里舒服喷鼻香
  给个县长也不换
  欢喜树下是天堂

有人叫好,有人敲碗:来个荤的!

王顺说我是卖羊杂碎的,哪有素的?

"那好,你就来个素的吧,不许带连汤带水的又杂碎又是老羊汤的。"

"这好办,你们听好了。郭家店有一棵槐,手扶槐树望郎来;娘问闺女望什么?我望槐花几时开?小槐树,槐又槐,槐树底下搭戏台,别人的媳妇都来了,我的妹妹怎不来?"

"王掌柜娶媳妇了吗?"

"还没有哇。"

"你这么有本事,为嘛还不娶媳妇?"

"都怪我这张臭嘴呀,好人家的闺女谁会喜欢我?还有这一身的膻气味,离着老远就把人家给熏跑了,哈哈……"

他的自贬自损会引起食客们一片笑声。有人既不买羊杂碎也不来要汤,就是专门来凑趣看热闹的,有凑到这儿来找人扯闲篇的,有就着羊肉铺的灯光下棋的,有喊两口梆子腔、唱两口京剧的……王顺这儿成了郭家店的饭馆,串亲戚、交朋友、谈正事、请媒人,都可以拉到这儿来。

金来喜特意从大钢工地跑回来,好像有什么要紧的事,没进自己的家先来找郭存先。郭存先没让他张口,先拿上两个大饼子,又找老娘要了四分钱,两个人也来到欢喜树下,拉条板凳找个清静的地方坐下。金来喜吃一惊,哎呀,才几个月的工夫,怎这么热闹啦?

郭存先把四分钱放到王顺的案子上:"掌柜的,来两碗杂碎汤,我那碗里少放肉多来汤。"

好喽! 王顺盛好了两碗羊杂碎,递到郭存先和金来喜的手上,小声叫苦:"大哥,你得给我配人啊,累死了,一天到晚不眨巴眼都忙活不过来!"

郭存先喝了口羊汤,咬了一大口饼子,一边嚼着一边咂摸滋味,冲着王顺一个劲笑:"嘿,真是不错。你的老汤真是人家藏了百年的老配方?"

"有假包换! 你别光吃呀,我刚才说的话听见了吗?"

"哦哦,你缺人呀……郭家店嘛都缺,就是人不缺。得你自己去找,找好了报给我批准。你的厂名我想好了,你有句快板不是说'天下独一份'嘛,就叫'独一份食品厂'。从明天起,再到集上卖肉就挂个大幌子,上边只写三个大字:独一份,下边再写上郭家店。好叫人家知道,独一份是郭家店的,郭家店独一份!"

"行,这个名不错,准能叫响! 大哥你知道这几天我老想谁吗?"

"谁呀?"

"辛庄的瘸子孙老强,那家伙看牲口一绝,能给牲口相面,要是有他在这儿帮着我进牲口,我可就轻省多了。"

"我也想他们,老强可能年纪大了,再说人家还有一大家子人,怎会舍得扔下到你这儿来? 你写个信问问,我干儿子福根多大了? 如果毕业了没事干,倒可以来咱这儿。"

"行……"王顺顾不得多说话,忙着去为别人盛汤。

郭存先又找补一句:"掌柜的,你厚道点,别再分本村的外村的了,一律二分一碗,内外一个价儿。你都是食品厂了,大气点!"

王顺故意拿架子,"好,等我们商量一下。"

郭存先扭过脸问金来喜:有事?

"我有个好主意,就看你想不想干了……"金来喜也想卖个关子,冲着郭存先直乐。

郭存先眼睛瞪着他:说!

金来喜可能是被羊杂碎壮的,两眼放光,把褂子也裂开了,低下嗓门很神秘地说:"大钢正在起厂房,那一大片呀,将来就是个钢铁王国。起厂房要用砖哪,我们村正好有从蛤蟆窝里挖出的土,要是建一个砖窑,不用干长了,等到把大钢建起来咱就关窑,都会发起来!"

这下郭存先的眼睛也亮了:"能行?烧砖的活儿我可不懂,咱郭家店从上一辈子就没见过砖。"

"天下最容易干的厂子就是砖窑厂,烧砖的窑我就会砌,叫郭存勇到外乡或外县有窑的地方请个师傅来,一教就会。"

"钱哪?得投入多少钱?"

"这个我也想过了,问题不大,找大钢预支一年的工程款,我已经探过他们的口气,问题不大,到关键的时候得你出个面。然后用你跟郭存勇办屠宰厂的办法,借高利贷,不向外人借,肥水不流外人田,向自己的人借。跟去大钢的民工也说明白,先不把钱发给他们,年终加倍偿还,他们准乐意。"

郭存先把碗底的最后一口汤喝光,眼睛一直在瞄着他的王顺问:"还加点汤吗?"郭存先摆摆手,低声对金来喜说:"就这么定了,现在咱去大队,叫上广明、存勇他们先把计划做出来。"

两个人站起身刚想走,刘玉成急急火火地凑上来,恭恭敬敬地小声问郭存先:"大队长,我有急事找二爷,家里没有,这儿也没有,他老人家能去哪儿呢?"

刘玉成的样子让郭存先感到不自在,一看周围这么多人,想到刘玉成装出这副胆小怕事的样子可能是给这些人看的……他划拉着头皮,边想边说:"真对不住老头,王顺把欢喜树下边弄得这么热闹,二爷就不愿意到这儿来了……你见到存志了吗?"

"没有呢,要看到存志就不来麻烦您了。"

郭存先忽然想起一个地方,"你到北边的小树林去看看,那些树都是二爷种的,兴许会在那儿。"

"小树林?哪个小树林?"

"咱们俩家的自留地边上,那爷俩现在迷上种树了,到处淘换树苗,地头田间、道边坑沿,有空就种上一棵,也不管是嘛树……"

"啊……我知道了。"刘玉成撒腿就向北跑。今晚的月亮地儿好,跟大白天差不多。他来到村北边,果然看见疯子二爷靠在一棵树上呼呼大睡,身上盖着存志的褂子,存志则光着膀子在旁边站着。刘玉成走到近前小声说,我就准知道你们爷俩在一块,找到你也找到二爷了。

存志说不跟着不行啊,你不管没准就能在这儿睡一宿。

"为嘛不回家去睡?"

"谁不说呢?回家兴许就不睡了。看你这样子是有事啊?"

"是有点急事想麻烦二爷,可他老人家睡这么香,还怎么惊动?"

"你早就惊动我了。"疯子二爷霍然站了起来,抖抖手里的褂子交给存志,并吩咐道,"你去撸两把龙凤合株的叶子。"也不问刘玉成找他是什么事,掉头就向村里走。刘玉成跟在后边,把麻坡店崔良受伤的情况说了一遍,二爷像是在听又像没听,一句话也不说。回到家进南屋拿了条布袋子,南墙上挂着一长溜各式各样的干草,挑着扯了几把扔进里面。

存志回来后又把撸来的树叶子也放进袋子,进屋跟娘打了招呼,三个人就出门了。刘玉成心细,考虑到疯子二爷毕竟年岁大了,又是走夜道,怕磕着绊着,便准备了小推车,上面铺着棉垫子,还有一个高枕头。二爷也不客气,坐进车将身子靠舒服了,没有一会儿工夫就又呼噜上了。刘玉成和郭存志两个人说着话,路倒也走得很轻快……刚到半路,二爷猛地在车上坐起身子,似乎是听见了什么动静。两个年轻人也随即支棱起耳朵,四周的野地里除去唧唧啾啾的虫子叫,什么也听不到。

二爷跳下车,身形一闪钻进路边的庄稼地。存志赶紧跟上,等他钻进庄稼地正不知往哪个方向走……二爷又出来了,怀里多了个小东西,黑糊糊的不知是猫呀狗呀,或许还是什么野物,好像快死了,或者已经死了,因为不动也不叫。天下哪有这么老实的活物?二爷抱着那个东西又上了车,坐稳后将自己一根手指伸进它的嘴里。

三个人继续前行。存志已经习惯了,跟二爷不说话,却并不影响两个人之间的交流。刘玉成满肚子好奇,憋得快受不了啦,却不敢多问。看他嘀嘀咕咕挺难受,存志就告诉他,那是只小狗,被母狗抛弃快饿死了。这不是一只普通的狗,碰上二爷说明它的造化不浅。既然小狗已经饿得叫不出声了,两个年轻人的耳朵都没听到动静,二爷那么大岁数又是怎么听见的呢?存志也不再往深里说,刘玉成就装着一脑袋越想越多的问题走进了麻坡店,快到崔良的门口时,二爷又直起了身子。存志示意刘玉成停住车,扶二爷下车后围着崔良家旁边的大房子转了一圈儿,前前后后地打量着……

刘玉成上前敲开了崔良家的门,开门的是崔兰,一看刘玉成真给请来了老神仙,喜出望外,慌忙往屋里礼让客人。等疯子二爷来到近前,她却吓得差点没叫出声,俺的娘呀,借着月亮地儿就看见有个黑影一晃就来到她跟前,长发披散,脸跟身上都是黑的,怀里还抱着个活的……这到底是神呀,还是鬼呀?存志抢上前说,你家里有吃的吗?嘛都行,有一点就够。二爷半道上捡条狗,快饿死了。

崔兰心想这是什么神仙,进门不看病、不救人,先给狗要吃的。但她还是拿了一块饽饽递给存志。存志从二爷怀里接过狗,放到门外的墙边让它自己吃东西。其实二爷从一进屋就盯着崔良,崔良在炕上缩成一团,脸上没有一点血色,勉强睁眼看看大伙,随即就又闭上了,疼得连跟客人打招呼的力气都没有了,或者说处于快昏迷的境地。

刘玉成问崔兰,找医生看了吗?

崔兰哭了,医生说腿断了,叫去县里治。

存志看看二爷,对崔兰说,没事,找块手巾来,把布袋子的草药倒进锅里先熬上,你在外边等着。他说完就上了炕,也让刘玉成上来,把崔良抬到炕边,让他张嘴咬住手巾。存志从后边抱紧崔良的上半身,让刘玉成用劲压住崔良的好腿,疯子二爷双手掐着那条断腿,三捋两捋,三捏两捏,忽然轻飘飘地喀吧一声,将断碴接好了。

崔良吐出手巾,痛痛快快地哎哟了几声。崔兰听见叫声也从外边蹿进来,看见爹睁开了眼,精神也不一样了。崔良说,刘兄弟,你叫我怎么谢你？

"是二爷给你治的腿,谢我干嘛。"

崔良吩咐闺女,小兰,快给老神仙磕头!

崔兰抬头已经找不到老神仙了,二爷到外边又抱起那条小狗。吃了半个饽饽后小狗还阳了,知道又蹭又舔地跟二爷嬉摸了。存志叫崔兰把熬好的药盛到盆里端进来,再找两块竹批子,找一条布条子。存志用手巾蘸着药洗了崔良的伤腿,然后用竹批子绑好,嘱咐崔良,这条伤腿一个月内不能沾地,两个月内不能用劲,三个月以后就正常了。

刘玉成也对崔兰说,我们村有屠宰厂,回去我给你淘换点骨头棒子,给崔大叔熬汤喝对骨头会有好处。

崔家父女想千恩万谢,却不知该怎么感谢？崔兰向外送他们,存志随口问道,你们家旁边这一片大房子住的是什么人呀？崔兰说,过去是我们村的支书,现在又起来了。

存志小声问二爷,这家人有什么事吗？

二爷似漫不经心地说,这家哥们儿弟兄多,老是打架闹事,不是自己跟自己打,就是跟外人打,已经有不少年头吃不上熟饭了,不管蒸饽饽还是蒸馒头,总是半生不熟……崔兰"呀"的一声赶紧捂住自己的嘴,说得太对了,他们家有大事的时候都是借我家锅灶蒸干的……

二爷抱着狗又上了车,存志抢着要推,刘玉成不让,说你刚才帮着二爷治腿辛苦,哪还能再让你推车。

三个人出村没多远,就听后边有人大喊,老神仙留步!二爷对存志说,等会儿你告诉他,过去他家院子里有棵大槐树,他结婚的时候把槐树砍了打了家具,现在到集上再买棵槐树苗栽上就行了。

不一会儿一个汉子跑得上气不接下气地追上来,对着小车上的二爷深深一躬:我叫夏天元,就是天天吃生饭的那家人,求老神仙帮帮我们家。存志把刚才二爷的话学说了一遍,夏天元没听到老爷子亲自发话,还有点不大放心,疑疑惑惑地问道:就这么简单？要是槐树种不活怎么办？

二爷突然睁开眼,放心吧,就是插上根槐树枝子都会发芽的!

孙月清现在成了老太太,反而更忙了,哪儿都离不开她,至少她自己是这样觉得。甭说别的,先说天天清早一睁眼,就有多少张嘴冲着她要吃的:一窝鸡、一大一小两头猪、三只羊,二爷又捡来一条狗……还好,那条狗一刻不离地跟在二爷屁股后头,一天到晚不知道它吃什么,反正是饿不着。因为个头就像是拿气吹的一样,眼看着一天比一天大。你说它不吃东西哪会长得这么快?农家的日子就是这么随意又古怪,前些年度荒时除去人以外,其他会喘气的东西全没了,村里干干净净、冷冷清清。这两年人一不挨饿了,四条腿的、带翅膀的一下子又多了起来,夜里有了守门的,早晨有了打鸣的,院子里火暴起来。前几年二爷种下的几棵小树也都长起来了,该开花的开花,该结果的结果……日子是有滋味儿了,可孙月清却感到自己的精气神一天不如一天了。

最明显的就是活多得顶着屁股门子,嘛还没干哪,自己就先感到累了。真要想干了,又忘记该干什么,常常是想和面贴饼子,端起盆来却想不起要扞面,锅里的水开得哗哗的,她就端着盆从东屋到西屋、从屋内到屋外地瞎转悠……刚才醒来不知怎么一眼搭上了门后边的包袱,便猛地想起这还是大前天从欧广明家拿来的,是要交给刘玉梅洗,硬是忘得死死的了。前些日子听说欧家老爹快不行了,老邻旧居的不去看看不合适,去了又觉着欧家屋里实在脏得看不下去,炕不是炕,被不是被,就敛了一包袱该洗的东西。既然答应过广明,就得想法把他跟玉梅撮合成了,让玉梅帮着洗洗涮涮就是个很好的话头……谁成想包袱拿回来放到门后的凳子上,就给扔到脖子后头去了……人要是老了,就没有一点招人待见的地方。她睡了一宿觉醒来,就跟拔了一天麦子那么累。现在想通了,不管有多少事也在炕上躺着不动,一直等到东屋的儿子媳妇都起来,把孙子抱到她的炕上来。孙子若还没醒哪,就搂着他再迷瞪一会儿,孙子要是醒了哪,就逗他玩一会儿,然后她才有精神从炕上爬起来,开始新的一天。

今天早上儿媳妇抱着孩子过来的时候,她怕又忘了门后的包袱,就嘱咐雪珍要替她记着这件事,一吃过早饭就提醒她给玉梅送过去。雪珍说我给送去吧,这点事还值得您跑一趟。孙月清不放心,你去了说不明白,这是大事,得我自个儿去。雪珍笑笑就不再争了,心里说不就是叫人家给洗这一包袱脏衣服嘛,算什么大事。没准让她去还会比婆婆去了更能听到玉梅的真心话。

所有那些让孙月清觉着多得顶着屁股门子的事,对儿媳妇朱雪珍来说根本就不叫事,开门后七啾八喳就干利索了,该放的放出来,该喂的喂了,灶膛里的灰扒了,院子扫了……然后请示她早晨想吃什么?按照她的吩咐早饭也很快就做好了,这时候男人们就陆续都回来了。二爷和存志会带回鲜草和青菜,后边跟着黑子,嘴里还叼着一块骨头棒子……黑子就是二爷捡回来的那条小黑狗,二爷没给它起名字,他们之间似乎用不着语言交流,二爷看它一眼它就明白要干什么,只有在它打盹的时候,二爷要招呼它才会"嘿"一声,别人也因此就黑子、黑子地叫它了。他们带回的鲜草放到羊的嘴跟前,青菜剁巴剁巴,吃过早饭后配上刷锅水,再加上两把糠倒进猪槽子里……一切都有条不紊。早晨的活儿都做完之后,雪珍才从婆婆手里接过孩子,同时也将那个包袱提在手里,说我帮您提过去吧,到了刘家我不进屋,在外边等着,等您跟玉梅说完了话再陪您一块回来。

孙月清好强地从雪珍手里抢过包袱,用不着,你当我是三岁小孩子,连这么个包袱也提不动?雪珍不跟她犟嘴,却抱着孩子在后边远远地跟着,一直看着她进了刘家。孙月清既然心里觉得这是一件大事,就得当大事去办,神情郑重地提着一包袱脏被单子脏衣服进来,真让玉梅没有想到。赶忙接过包袱,让座倒水。孙月清进屋后先讲明来意,最后还不忘给自己找个台阶:你可别怪我老婆子多事,欧家那爷仨过的日子实在不叫日子,我上了岁数已经洗不动了,雪珍又得带孩子做饭,整天也够她忙活的,你就辛苦一下,帮帮他们爷仨。

玉梅的性格温和内敛,却跟人天生有疏离感,有意无意地总是对人保持着一种戒备。这是自小被环境逼出来的,今天却也不能不心里发热。不管自己跟欧广明能不能成,对老人的这份心都该感激。

因此嘴里答应得特别痛快,我今儿个就给洗出来,干了以后我给他们家送过去,千万不能再劳动你老人家跑了。

孙月清抓着玉梅的手,认真地说那可不行,没那个理,我让广明自个儿来拿,今儿个急了点,让他明儿个来,他也该登门道谢。要说广明这孩子确实不错,心眼好,对你也是没说的,为你嘛都可以不顾。从这一点就像个男子大汉,要不是他给罩着,你二哥还不知要遭嘛罪哪……可就是有一样,他家的条件差了一点。他爹看着没多少日子能熬了,可他还有个傻兄弟,将来怕是得靠着广明,你这个当大嫂的可就难做了……玉梅呀,实话跟你说,我老婆子也没有想好,又想管你们的事,又怕委屈你,以后落抱怨。

听着孙月清又一次向自己这样表白,刘玉梅忽然感到心里一阵难受,人老了竟能变成这样,你到底是想管呀,还是想拆台?孙大娘以前是多么精明能干、敢切敢断的一个人,现在却老得唠唠叨叨,就那点意思翻过来掉过去地说个没完。她急忙安慰老人:大娘,我这一辈子都会感激你老人家,还有存先大哥对我们哥俩的照顾,哪还能抱怨?欧广明的好处我也在心里记着哪,你老就放心吧。

跟一个老人说多了没用,目前刘玉梅还没有资格选择,哥哥的大事不先办妥了,自己是不能先答应欧广明的,退一万步说,哥哥如果真的说不上媳妇,她就得拿自己为哥哥换个女人……欧广明是对她不错,可自己不喜欢他的性格,咋咋呼呼地让人老觉得不着调,整天价风风火火地定不住魂儿。尽管他的出身好,可真要嫁给他,同村的人还是都知道她是地主的女儿。若真能依照自己的心气,就嫁得远远的,去一个完全陌生的没有人认识自己知道刘家底细的地方……刘玉梅自管愣神想自己的心事,孙月清就枯坐一边,倒也想不起能跟玉梅说点什么,满脑子里都惦记着孙子,惦记着自己家里的那些事……可到底是些什么事,她也说不清楚。心里还一个劲地埋怨自己,人老了就是没出息,不出来的时候想出来,真出来了没一会儿工夫又想回去……

坐了一阵子觉得自己的腿脚歇过来了,孙月清起身告辞。玉梅搀扶着她,一直送到大门外老远,等在远处的朱雪珍假装是刚从家里

229

出来,接上婆婆走了。玉梅反身回家,打水,烧水,将那一包袱东西连同包袱皮一块都洗了,再晾上,然后做饭。做好饭送到工地,下午跟哥和崔兰一块挖水库,晚上回来把晾干的衣服和被单子一件件叠好,还用包袱皮包好,只等着欧广明来拿。却一连等了两天,都不见欧广明的人影,说他办事不着调吧,真没冤枉他。这算个嘛人呢?像借着拿衣服来看看她这样的事都这么不上心,还说对她这么好那么好……

到第三天晚上,刘玉成白天活儿累,已经睡着了,刘玉梅也正打算歇着,忽然听到有人敲门,而且敲打得很急。半夜敲他们家的门从来没过好事,玉梅吓得在炕上不敢动弹,刘玉成有个习惯,不管睡得多死外边有一点动静立刻就醒,他猛然起身,嘴里答应着,来了,来了!实际就是告诉妹妹,你别动,别动!他披上裖子,趿拉着鞋跑到外面开了大门,看见外边站着郭存先和朱雪珍,心里一惊:存先大哥,出嘛事了?

郭存先叹口气,里边说。旁边屋的刘玉梅听到是郭存先,也下地来到哥哥的屋子,哥俩都焦急地看着郭存先两口子,等他们开口。郭存先神情肃穆,却先安慰眼前这哥俩:别担心,没嘛大事。然后才从头细说原委:广明的老爹从晚傍响就开始捯气,捯了这么长时间说嘛也不咽这口气,罪受大了。谁也猜不出老人是惦记什么闭不上眼,稍微清醒一点就死瞪着广明哥俩,最后还是欧家远房的婶子猜到了,老头是担心广明哥俩找不上媳妇,他这一支从此绝后。那家婶子趴到耳朵边告诉他广明有对象了,谁知老头不信,于是就想请玉梅露个面儿,到那儿喊声大伯,让老人闭上眼,踏踏实实地上路。

刘家哥俩怎么也没想到,郭存先两口子半夜敲门竟是为了这种事。玉成不愿意逼妹妹,站在旁边一声不吭。雪珍过来抱住玉梅的膀子,郭存先觉得屋里憋闷得难受,又接着解释:"他们怕别人来请不动你,就让我来,我出来之前跟欧家把话都说开了,养老送终是大事,欧家摊上了这种情况我不帮忙也对不住广明。但能不能把你请去可没有准,不能借着老人不咽气就逼婚。因此我不逼你,玉梅你自己拿主意,可以不去,即便去了也不等于就答应了跟广明的婚事,我可以作证。所以我先回家拉上你嫂子一块来,你要去就让雪珍陪着你,你不去就让她一个人去,反正老头也没有见过雪珍,这也不叫糊弄,都是一个村的,看在广明的面上也应该去看看,到哪儿不就是喊声大伯吗?别的任嘛不说。老人心里怎么想那是他的事。"

玉梅开口了:"存先大哥把话都说到这个份儿了,又当着我哥,我也摆个实底。待会儿我一准去,看在欧广明帮过我们哥俩的分上我也得去看看。但在我哥没结婚前,我不会离开这个家。第二,我哥要能顺利结婚,只要欧广明不嫌弃我就嫁给他。第三,我哥若结不了婚,谁能给我找个嫂子我就嫁给谁。"

刘玉成一听妹妹这么说先受不住了:"玉梅你这是何苦,你忘了咱大哥临死的时候是怎么对咱说的?"郭存先摁住刘玉成:"没你的事,玉梅这三条讲得好,我赞成,那咱先走吧。"

刘玉成问:"我也跟着一块去吗?"

郭存先一摆手:"今儿个夜里没你的事,你就在家等着,一会儿我就叫雪珍把玉梅送回来。等后天出殡的时候你得过去跟着忙活忙活。"

玉梅没忘了提上那个包袱。到了欧家,他们看到屋里屋外全是人。欧家在郭家店是最小的一个姓,平时也没见欧广明有什么叔伯兄弟,一到这个时候竟然还来了这么多人帮忙,说明郭家店又缓起来了,像个有人气的村子了。不像前几年,死个人还不如死条狗动静大,因为死了狗还有人惦记着想分点肉吃。堵在门外的人一见刘玉梅真来了,哗一下让出空,有人冲着屋里吆喝:快点给玉梅让开道。

屋里的人也急忙往两边闪,郭存先煞后,让雪珍扶着玉梅先进去。她们看到了炕上的欧家老爹,头剃了,脸刮了,装殓衣服穿好了,却大睁着两只眼珠子,眼眶子老深,嘴张得老大,想说什么却发不出声,右手向炕边上伸着……刘玉梅并不觉得害怕,近前抓住老人的手,喊了一声大伯,眼泪就下来了……

看样子老人想应声,嘴唇动了动,嘴角竟若隐若现地有了点笑意,脸上安静下来,慢慢地闭上眼睛。屋子里突然像炸了一样爆发出哭声……

全郭家店的人都可以见证,北京知识青年唐浩刚来村的时候活蹦乱跳,胳膊腿都是全的,没两年的工夫,右边一条大腿竟然瘸了。一开始他自己不说,也没人知道他的腿是怎么瘸的。还有人怀疑是故意在装,为了逃避干活儿,或者制造回京的借口。为了医治这条瘸腿,他也确实没少往北京跑,却始终不见明显的好转,后来却越瘸越严重,瘸腿稍微吃一点力就疼得龇牙咧嘴。村民们这才相信他的腿瘸是真的,也充满好奇地打听,一条好好的年轻而壮实的腿,怎么会说瘸就瘸了呢?

这一天,跟唐浩一块来村的知青叶元,陪着他来找村支书韩敬亭。

韩敬亭嘛时候又成了村支书呢?还记得郭存先被选为大队长的时候,县里的领导宣布由公社副主任辛川临时兼任郭家店的村支书,恢复在"文革"期间被打散的党支部。后来党支部恢复起来了,选来选去还是觉得韩敬亭更适合当支书,因为郭存先当时还不是党员。韩敬亭自己也常说,他当了大半辈子大队领导,真正对郭家店的贡献就是发展郭存先入党,以后还提拔他成为党支部副书记。尽管如此村里人也很少来找他办事,自从郭存先上来以后,大多数郭家店人就只知有大队长,不知有村支书。对于上级领导来说,郭家店的一把手却是韩敬亭。所以上边有会都是韩敬亭去,领了任务回来向郭存先交代一声,就没他的事了。赶上郭存先高兴就听两句,赶上正不高兴连听都不听,更别说去贯彻落实。因此老挨上级批评的也是韩敬亭,这些年就一直受着这种夹板罪。忽然看到两个知青跑到家里来找自己,很是有些意外,于是,就一声不响地听着他们说明来意。

唐浩很客气,张嘴就称呼老支书,说现在国家有政策,下乡知青有特殊情况的可以返城。我一个大好人来到郭家店成了残废,在这儿也干不了什么事,想趁着年轻回北京治腿,想请村里放行。韩敬亭一听是这事,心里就有根了,满口应承:应该,应该回去,要嘛证明咱村里给开。

叶元把话接过来,说这不是光开证明放行那么简单,唐浩是在郭家店残废的,年轻轻的这一辈子怎么办呀?村里得对他后半生负责啊!

韩敬亭明白了,这是要讹上郭家店呀。刚才进门就知道这俩北京小子来找他没那么简单……便试着问道:你们想叫村里怎么个负责法呢?

还是叶元在替朋友拔出头:两个办法,一是村里一次性地补偿他一笔医疗费,下狠心出点血就两清了,以后无论再出什么事都不找村上了。第二个办法就是村里跟唐浩签个协议,以后治腿不管花多少钱都到郭家店来实报实销。

韩敬亭又问:要是一次付清,你们看得要多少钱?

叶元又大包大揽:这得让北京的医院给做个鉴定,估个数,不管怎么说这也是一条大腿呀,我看没有个万八千的下不来……

韩敬亭倒吸一口冷气,我是老农见识少,活了一辈子也没见过那么多钱,连想都想不出那得是多少钱?忽地他口气一转,小唐,你是做嘛活儿的时候让腿受了这么重的伤?

唐浩有点含糊,白天干活儿累,晚上睡觉受了风。

冬天睡觉你不盖被子?

叶元又插嘴:夜里不得解手吗?就是一股寸劲,叫他赶上啦。

韩敬亭想得细,问得也就仔细:屋里不是有尿罐子吗?

叶元机灵,歪词也来得快:头一天的尿忘了倒,放在外边冻裂了,谁知道你们这地方这么冷啊!

韩敬亭深表同情地点着头:这么说村里人说的是真事?

唐浩有点紧张:老支书你都听到什么闲话了?

韩敬亭摇着脑袋,可不是闲话,肯定也是你自个儿说出来的。大冬天的你在夜里被尿憋醒了,不想出去上茅房,图省事也没穿衣裳,把尿尿的家伙从门缝里捅出去方便,结果受风着凉,第二天半边腿就瘸了。还算仗着年轻,要是上了点岁数,冬天叫冷风这么一拍,非瘫了不可。

唐浩脸红了,很不好意思,想不到这个不起眼的老支书也知道底细,似乎有点后悔跑到这儿来说这个,眼睛看着叶元求助。韩敬亭见这个劲头,心里就怀疑,很有可能就是叶元鼓动唐浩来的。就对唐浩充满同情地说:"小唐啊,如果你早说实话早治,也不至于瘸成现在这个样子。不管怎么说,腿是在郭家店瘸的,村里不能不管。可这件事应该归大队里管,你们得去找郭大队长。"

叶元抢着说您是支书,天下的农村都是支书说了算!

"不错,天下不天下的我说不清楚,只知道周围的村子里都是支书当家。可咱们郭家店是大队长主事,他年轻能干,我老啦,这你们也都清楚啊。"

叶元这个坏小子激火,老支书,你可别拿土地爷不当神仙,郭存先也得归您领导呀!

韩敬亭笑了,这句话是在郭家店学的吧?你说的不对地方,我是你说的那个土地爷,不是我拿自己不当神仙,是别人拿我不当神仙。这全村人都知道,你们俩也别心里揣着明白装糊涂,是不是不敢去找郭存先,看我老糊涂了好说话,才来找我呀?

唐浩解释说:"郭存先确实不好说话,眼眉一立,等他一拨楞脑袋这事就不好办了。您好歹也是提拔他的村支书,希望能为我说个公道话。实在不行我就不要医疗费,只要放我走就行。"

韩敬亭满口答应:"我一定好好替你跟郭存先说情。"

送走两个知青后,韩敬亭就下了一个决心:这个挂名的支书不能再当下去了,这么大年纪了,上上下下的又不是没经历过,憨皮赖脸的还占着个当家不主事的位子做嘛?眼下如果自己不下决心,到秋后误了事自己就是再想当也当不成了。所谓误事自然不是指唐浩要医疗费的事,而是上边正儿八经给他下达的任务:要学大寨,修台田,这是全国性的运动,是死任务,大工程。可郭存先一门心思开店办厂,根本听不进去,全不理睬……他韩敬亭到最后哪坐得了这个蜡呀?

第二天他谎称摔了一跤,把一条腿摔得不能动了。因没有儿子只有三个闺女,便叫来没出五服的侄子韩二虎,用小推车把他推到公社,然后扶着他进去见了公社领导,说自己年岁大了,这一跤没摔死就认便宜,为了不影响工作便推举郭存先接替自己当支书……这不仅体面地让自己脱了干系,名义上还落个举贤任能,真是一举两得。

其实全公社的人没人不知道他当这个支书是在受罪,可公社领导也不大喜欢郭存先,讨厌他的胆大妄为,眼中无人。但县里有人喜欢他,公社也拿他没有办法,有韩敬亭在中间传话过话地抹稀泥,省得公社领导直接跟郭存先打交道。现在既然韩敬亭自己提出不干了,老头这些年也不容易,也就答应了,就坡下驴给了韩敬亭这个面子。

韩敬亭回村后立即召开全体党员大会,在会上把自己怎么摔跤、怎么去公社,以及上级领导是怎么决定的,一五一十地说了一遍,从此就把自己择得干干净净,把郭存先弄成了郭家店的村支书。

郭存先毫无准备,一下子愣了,吃惊和后悔多于高兴:敬亭大叔,我一向都觉着您是个厚道人,到了还是老姜辣,这回算把我给玩儿了。以前我就想让你在前边给挡着,支应着上边的领导,我好腾出空来干点事,把郭家店给弄上去。这下可好了,把我推到前边让火烤着了……

天还不亮,独一份食品厂的大车队就出发了。第一辆胶轮大车的车帮前面,高高挑着一杆旗子,蓝地儿印着黄牛、白羊,正中间绣着三个红色大字:"独一份"。车上装了五百斤牛肉、三百斤羊肉,外加二百斤酱牛肉和一百斤酱驴肉。第二辆大车上是分成六片的三个整猪,这是新开的品种,既然叫食品厂,哪能没有猪肉?上边压着三个卖肉的大条案。每辆车上坐着三个跟车的人,显得都很兴奋。

王顺骑着崭新的红旗牌自行车压阵,坐在第二辆大车车辕子上的大掌刀韩五林,有点心里没底,跟王顺嘀咕:"咱是不是把肉带多了,卖得出去吗?"

王顺胸有成竹:"五林哥,卖得出去吗?你就把那个'吗'字去掉吧,我还担心不够卖的哪。周围的大集咱全拿下来了,方圆五十里咱是头一份,今天这股劲我可是憋了好长时间了,用咱大头的话说,这叫农村包围城市。今儿个就得把宽河县拿下来！你等好吧，一会儿大头也赶到城里，给咱坐镇指挥。"

"存先也来？"

"没错，这口气他也憋好久了。今儿个正好是宽河县的好日子，城里有好几万人哪，不敢说让他们人人都能吃上咱'独一份'的肉，至少也让他们都能闻到咱的肉味，知道郭家店有个'独一份'！"

"今儿个宽河县城里有嘛好事？"

"放假三天欢度国庆，大家憋闷了好多年没热闹过了。现在林彪死了，江青抓了，'文革'完了，政策宽了，最时兴的就是咱这一套，赶着大车背着秤，发财就是干革命！"

大车上一阵哄笑。二膘子插嘴："掌柜的，哦……不，厂长，你那么大把握，以前进过宽河县城吗？"

"进过吗？告诉你吧，当年我占领过宽河县，也可以说是扫荡过宽河，在这儿呆了一个多月。这就叫牛皮不是吹的，你别拿槽子糕不当点心。"

啊？真的？大车上的所有人都认为他在瞎吹。你才多大呀？还当过八路？

王顺大笑，"我说自己是八路了吗？我那时可比八路厉害多了。八路进城是不拿群众一针一线，我也不拿群众一针一线，专门向群众要吃要喝。宽河县城里有几条街，有多少胡同，我挨盘儿地都走遍了……"

有两个年轻的还是没听明白：你这是做的嘛事呀？那是什么年头？

王顺很是不屑地教训道："擀毡哪！懂不懂嘛叫擀毡？就是讨饭，在城里挨盘儿地赶，一户也不落下。"

大家全都笑了，在清晨带点香味的空气里，喘气特别痛快……王顺是外来户，凭着跟郭存先的关系掌管郭家店食品厂这么大一块权力，刚开始的时候大家嘴上不敢说嘛，心里却并不服气。时间一长，喜欢他的人就多了起来，他一是不财迷，对人厚道；二是老喜欢拿自己开涮，别人对他说轻说重也不大在乎。他的口头语就是，我光棍儿一条,一条光棍儿,没家没业,自己吃饱连狗都喂了,是来给你们郭家店扛活的,要钱干嘛?

就在这样一个活宝的带领下,大家一路说说笑笑地就进了宽河县城,在最繁华的中盛大街上找了个好地方摆开阵势。生、熟两个牛羊肉的条案在一起,旁边就挨着县商业局最大的一家肉铺,将卖猪肉的条案摆在公家肉铺的另一边,等于把人家夹在了中间。

这还了得!他们的幌子本来就很招眼,肉又是新宰的,往条案上一放格外鲜亮,关键是价格比公家的便宜好几分钱哪。而当今举国上下都强调"一分钱要掰成两半花",这好几分钱得顶多大的用啊!

王顺心里对三种生肉并不愁卖,上来先狠劲用巴掌拍打条案上的牛羊肉,然后举起巴掌,手心向外嚷嚷开了:"大伙看到了吧,这才叫好肉。无论你怎么拍打,手掌上一点不潮、不粘,这就证明我的肉干爽、新鲜,没有掺水,五花三层,肥瘦相当。谁要不信就上来拍两掌试试,把肉拍熟了算我的。"

没有多大一会儿买肉的就排上队了。这许多年大家抢购东西都有经验了,听见风就是雨,何况真看到便宜了,不抢还等嘛呀!

这边一打开局面,王顺用揋布擦擦手,又来到酱肉案子跟前,这才是他今天要重点推销的。以前整个宽河县可能都没有人卖过这种东西,而且酱肉的利润也更大。切酱肉的刀打磨得锃亮,案板干干净净,看着就让人放心。他选了一块腱子肉,切成小块,凡有往跟前一凑合的人,他就诚心诚意地送过去一块,让人家尝一尝。嘴里高声吆喝:"哎,大家看好了,这就叫酱牛肉,这边是酱驴肉,真正大穆的老牌子,欢迎先尝后买,也欢迎光尝不买。我'独一份'的酱肉不愁卖,不买'独一份',吃亏的可绝不是'独一份'!"

尝了肉的人还真有咂咂嘴、点点头的,紧跟着就有真买的。王顺的原则是买多少都卖,钱多的多卖,钱少的少卖。有人一捧场,王顺的精神就来了,张口就数落:"独一份,独有的味儿,不信你就尝一回。保你尝上一口就忘不掉,才知道嘛叫独一份。吃我的独一份,浑身都有劲!"

自打解放后,宽河县城的人哪见过这个?连工商局的、供销社的、国营肉店的职工也都跑过来看了,有的拿块酱肉尝尝,有的还买上一点,也有人心里气不顺,这不是把咱国家的场子给踢了吗?这是来砸咱国营的买卖呀!有人上前大声质问王顺,你们是从哪里来的,卖肉有没有证件?

王顺满脸赔笑,口气却很硬:"做买卖没有国家的批准还行?我们是郭家店的集体产业,郭家店知道吧?老东乡,在宽河县也有一号,当年打日本鬼子慰劳过大刀队,现在派出了精壮劳力正在支援国家重点工程大钢的建设,这可不是谁个人的摊子,是郭家店的集体产业,请你们抬头往旗杆上看,村上的、公社的、县里的,三证齐全,都挂在那儿哪!"

大家一抬头,果不其然他的全部证件都镶在镜框里,高悬在幌子下边。旁边看热闹的人都觉得新鲜,禁不住称赞道,掌柜的有一套,老玩意儿又都回来了,是不是还能数两段快板?

王顺大大咧咧,一边卖着肉,收着钱,脑瓜里算着账,一边嘴里还不闲着:"卖肉的自己肚子里没有货,仨瓜俩枣就卖光了还行?"

"那就来一段?"

"来一段?好,听好了。郭家店,搭戏台,俺爷娶了个后奶奶;眼又斜,嘴又歪,气得俺爹起不来。忽听街上卖酱肉,光着身子就跑出来!"

四周一阵爆笑。那些想查证件找他茬儿的人,此时已经无可奈何。若是搁在前几年闹"文革"的时候,立刻就能把这小子拉到广场上去批斗……可现在国家提倡搞活,还能拿这号人怎么办?有想买肉的人在努力往前挤,嘴里喊着让开点、让开点!

其实郭存先早就来了,一直站在圈外边睄着。看着没嘛问题了,眼瞅着就快晌午了,他看看条案上的肉也剩得不多了,怕误了自己的事,就赶紧从后边绕过去,叫王顺切了二斤酱牛肉,分成两份包好。又走到猪肉摊子上切了两块后座,挂到自己的自行车上就离开了。

他骑的也是崭新的"红旗"牌。买车的时候郭存勇想买"凤凰",要不就是"飞鸽",那都是名牌。可郭存先坚持就买"红旗",图的就是这个名儿。他对郭存勇说,你猜我骑上红旗牌自行车首先想到的是嘛?

咱们国家领导人坐的是红旗牌小轿车,咱就比红旗牌小轿车少俩轱辘……那一回郭家店就买了五辆。

他的车技还不是很熟练,车把上和后座架上又驮了这么多东西,再加上城里人多,怕撞上人出洋相,就推着来到宽河大桥下坡,停住车眼睛瞄着桥口的副食品店。国营商店的职工下班早,不大一会儿售货员马玉芬就脱了黑糊糊的白大褂,换上自己的衣服走出来。这显然是回家吃午饭去,这么早就出来,回家现做饭都赶趟。郭存先推起车在后边跟着,拐了两个胡同,马玉芬进了一间临街的房子。城里人住的窄巴,屋里老的小的好像有四五口,郭存先在门口支好自行车,从车上拿下一斤酱牛肉和一个猪后座,站在门口喊了一声"马同志"。

马玉芬回身,疑疑惑惑地盯着他看:你是喊我?在她后边还有三四张脸也跟着一块打量郭存先和他手里的东西。

郭存先上前先把酱货塞到马玉芬手里:"这是我们自己做的酱牛肉,您尝尝,给提提意见。"然后把有点分量的猪后座直接拿进屋,放到一个柜子上,随即就又退了出来。马玉芬站在门口就一直发愣:"你送这么重的东西,没闹错吧?咱们认识吗?"

郭存先笑了,"您不认识我,我可不会忘了您的好处。还记得有一年我拿斧子逼着您卖给我两袋奶粉?"

"噢……"马玉芬笑了,"你倒是挺有心的,那点小事还老记着。快到屋里坐……"

"不啦,今儿个我们村来卖肉,该收摊了,我得去看看。"

马玉芬一惊:"那三个大闹县城的肉摊子就是你们的?"

郭存先赔笑:"对不起,影响了你们的买卖。"

马玉芬大笑:"咳,国家的买卖,又不是我们个人的,才不怕影响呢。你们要能天天来,我们就更轻省了。"

郭存先说:"我们还真打算在县城开个门市部,或者办个厂。现在刚创业,最缺内行人,缺能够管钱管账的会计,以后您要是不嫌弃就多多指导,以后缺嘛就别客气,跟我说一声就行。"郭存先边说边推着车离开了,留下马玉芬手里托着那一斤酱牛肉还站在门口缓不过神来……

郭存先马不停蹄又赶到妹妹家,妹妹和妹夫都不在家,亲家爹告诉他,那两口子听说郭家店来县城卖肉,都跑去看热闹了。郭存先将东西放下,没说几句话就告辞出来,骑上车又往回赶。当他又回到中盛街的肉摊跟前,看见条案上的肉都卖完了,可肉摊前围着的人还是很多,以为闹出了什么事,凑近了细听,才知道是王顺又想出了新的花点子。

他拿出一根像小孩胳膊般粗的酱驴鞭,紫不溜秋,油光锃亮,挂在"独一份"的幌子下面,用手指着大声讲解道:"大家都看到了吧,这是我今天带来的最值钱的一样东西,酱驴圣!学名叫驴钱肉。人吃了护腰养肾,补血强体,平常这么一根少说也得卖个三五十块,而且你就是有钱也买不到。因为北京有个了不起的人跟我们有协议,我们出多少他要多少。今天,我第一次到县城卖肉,不能不带件宝物压车,再加上带的肉又少,有不少朋友想买却没买上,兄弟我不好意思,因此不想把这根酱驴圣带回去了,想跟大家一块做个游戏……"

说到这儿他卖个关子不往下说了,从口袋里掏出一沓花花绿绿的彩纸,举起来在手里拍打着,解释说:"这是一百张彩票,两毛钱一张,卖完就开奖。每张彩票上面都写着一个分量,有一张上的数,就是这根酱驴圣的真实分量,谁买到这张彩票,这根酱驴圣就归谁了。就花两毛钱,想不想试试自己的运气?"

哗啦一下子四周伸出一片手臂,有拿零钱的,有拿整票子的,都要买彩票……

这时候有人牵着两只羊来找王顺添乱,高喊着掌柜的,你这儿收羊吗?

王顺把彩票交给韩五林,大声说:"收,牛呀驴的也全都收。但有一条,成色必须得好。你也看到了,我们的肉已经创出了名气,我收的牛呀羊的不能砸了我的牌子。"他说着就朝着那两只白山羊摸下去,从头到尾摸了摸羊的肥瘦,点点头,"你这俩羊还行。"

"多少钱一斤?"

"你们县城供销社是多少钱收的?"

"四毛。"

"我给四毛二。"

"好,我卖了……"

郭存先终于在人堆里找到了妹妹存珠和妹夫丘展堂,把他们拉到一边说,我刚给家里送了点肉去,早知你们来这儿我就不跑那一趟了。

存珠喜不自胜,大哥你真折腾起来了,这个王顺简直就是耍活宝。

郭存先也很得意,还行吧?

敢情!存珠见到哥哥亲得了不的,等会我要跟你们一块回郭家店,我想娘了,咱娘还好吧?

郭存先点头,挺好的,展堂你也跟着一块回去吧,我有事要跟你商量。

丘展堂想知道是什么事?

郭存先说,我要在村里办工厂,想听听你们的意见,你们毕竟在城里呆着,也在工厂里干着,知道从哪儿上手,机会在哪里?但我的决心已经下了,只有不当农民,才能富裕农民,想翻身光靠种地绝对是不行了!

旁边一阵大乱,夹带着阵阵哄笑,有人中奖拿走了那根酱驴鞭,引得很多人眼馋,追问王顺嘛时候再来?王顺没跟郭存先商议,不敢说死话,就留下活话说很快、很快!他一边应付着顾客,一边指挥收摊。

郭存先让妹妹、妹夫跟着大伙一起去吃饭,他对王顺说,我知道有个地方烩饼不错,当初接你嫂子刚进宽河县地面就是在那儿吃的饭。再买点火烧,用我们的酱驴肉一夹,驴肉火烧,没治了!他忽然看见王顺神情不对,冲着韩五林直吐舌头,追问:"哎,你不会没给我们留点酱货吧?"

王顺一脸苦相:"原来是想着留了,可买的人忒多自己就不好意思再留了,做买卖最重要的是先要为顾客着想嘛。刚才我差点连自己都卖了……"

"你小子,就是钱串子脑袋,摸着钱边抠钱眼儿!"

## 12. 结婚时代

　　真是怪了,要说人丁兴旺,还是地主富农的家庭,挨批挨斗、受气受治,并不影响生养一大批孩子。金来喜有了闺女还想要个儿子,紧跟着就称心如意地真得了个大儿子,自然是当成心肝宝贝。可长到五个月大的时候,不知怎么得了一种怪病,黑白光哭,不吃东西,大人怕饿出毛病勉强喂他点奶,吃多少又吐出多少。金来喜的媳妇米秀君,先抱着孩子找村上的大夫看,不顶事又叫大伯子金来旺,陪着去了趟乡卫生院,仍然不管用,剩下的招就只有去县医院了,便托人把丈夫从大钢工地叫回来。金来喜回来一看,比他老婆还着急,儿子就是金家的命脉,可千万不能有个好歹,就问老婆大夫们到底是怎么说的?米秀君说就因为大夫们看不出有嘛病,说不清是怎么回事,才不知道该怎么治?在镇卫生院的时候倒是有个也去看病的老太太,说这孩子看着像是吓着了。

　　金来喜发火了:吓着了是嘛病?有这种病吗?

　　是啊,人家大夫也这么问,说那是迷信……没等米秀君把话说完,金来喜也忽然像被吓着了一样,抱起儿子就向外跑。他媳妇回过神来就在后边撵,边撵边喊:你做嘛去?慢点颠,别再吓着孩子呀……

　　金来喜并不搭腔,抱着儿子一口气来到郭存先家,推开院门累得直喘大气。郭存先的儿子已经能满地跑了,嘛话也都能说,正在院子里追逐着一群毛茸茸的小鸡,奶奶孙月清坐在板凳上守着。看见金来喜急眉火眼、疯疯癫癫,怀里的孩子也哭得快上不来气了,吓得从板凳上站了起来:"来喜你这是怎么啦,怎么把孩子吓成这样?"

还没等金来喜说话他媳妇又从后边赶来了,指着男的骂他疯了。金来喜也不答理自己老婆,径自催问孙月清:"大婶,二爷在家吗?"

孙月清用手指指小南屋:"在,正孵鸡哪!"

孵鸡?金来喜怀疑是自己的耳朵听错了。

孙月清指指地上跑的一群小鸡说,这都是二爷孵的,一个都没死,孵了十二个,共是十二个全出壳了。后边这一窝里还有五只小鸭子……你找二爷有事?

金来喜指指怀里的儿子,这孩子可能被吓着了……

小传福跑到南屋门前大声喊叫:"爷爷,来人找你,有个小孩吓哭了。"

屋里有人搭腔:"哦,叫他等一会儿。"

过了好一阵子南屋的门才开了,疯子二爷从屋里出来。天还很热,他却长裤子长褂子,长胡子长头发,头上竟没有一点汗,脸上红得发亮,看不出多大岁数,许多年前看见他就是这样。下边光着两只脚,踩得院子里的柴火、木棍嘎巴乱响。他走到金来喜跟前,看着他怀里的孩子,伸出一只手摸了摸孩子的头顶……孩子立刻就不哭了,瞪着两只黑眼珠看着二爷。

金来喜和他老婆在一边看傻了……

孙月清说,快把孩子交给二爷抱抱,不生病不长灾的,我们家小福子从小就不知道嘛叫不好受。

金来喜赶忙把儿子交到二爷手里,孩子伸着小胳膊,似乎是想摸二爷的胡子……金来喜抓这个空向南屋里探头,嚯,屋里够热闹的,鸡呀鸭呀狗呀羊的全在屋里,炕上炕下,站着的趴着的,正吃东西的,闭眼睡觉的,各守其道,相安无事。屋里热烘烘的,却没有邪味,似乎倒有一股很好闻的特别味道。他心里不免悚然一震,感到自己头发都挓挲起来了,小心翼翼地退出来,转身冲着疯子二爷就深鞠一躬:二爷,您真是神了!后边还有话他想说却没敢说出来,要不郭存先能成大事嘛,有二爷保佑着他没有干不了的!

疯子二爷把孩子还给米秀君,孩子一回到娘怀,便扎头寻奶吃,叨到奶头后就闭上眼睛踏踏实实地吸吮起来。小传福借机抱住了二爷的腿,二爷把他抱起来回到自己的小屋,反手又把门关上了……金来喜两口子对孙月清说了感谢的话,正要出门,郭存先从外边一步迈进来。金来喜说,这么巧?

"巧什么巧?我听说你回来了,到家里去找你,才知道你到这儿来了。孩子好啦?"

金来喜挑起大拇哥:活神仙!他把儿子交给媳妇,让她先走,随后才问郭存先:"怎么,找我有事?"

"有点事。"郭存先没有把他引进屋,反而领他来到院子外边,在大门外的一块空地上蹲下来,问金来喜,这块地方盖三间房没问题吧?

"有富余。"金来喜打量着眼前的空地说,"跟现在的房子连成一个大院子,走同一个大门也行,单独圈个院子,另开一个大门也行。想嘛时候盖呀?"

"越快越好。"郭存先咂着牙花子,"现在有点麻烦,我也没地方说去,跟你念叨念叨,你别再给我向外传了。存志老大不小的了,就是不想结婚,天天跟二爷学医谈道、种草栽树、喂鸡养狗,他也不敢明说不娶,怕惹老娘生气,就安心想把婚事泡散了、拖黄了。人家那头催了好几次了,最近有点急,听口气再不办事就吹,人家又不是找不着主。那姑娘不是个善茬儿,当初我老娘相中的也正是她的强梁,说存志弱,找个能干的将来把家管起来,让存志不受罪。最近老娘急得一宿宿地睡不着觉,跟我念叨了不知有多少回……我想得来硬的了,把房子盖好点,只要有了房子,我就是摁着他的脑袋也得跟人家拜堂成亲!"

"这好办,我从工地上叫几个人回来,由我把着线,让他们一人一面墙,也就是三五天的活儿。你定日子吧,误不了过年的时候办喜事。"

"那哪来得及?现脱坯怎么也得等干了呀。"

"什么什么?你还想盖土坯的,脑瓜怎么了?咱自己的工程队,自己的窑厂烧的砖,你看王顺的食品厂、郭存孝的磨面房,哪个不是红砖到顶。你怎么还想弄个土坯房,谁还愿意卖那个傻力气,说不定过两年又得拆。"

"你说的那不都是集体的吗,我这不是私人盖房吗?"

"你跟集体能分得开吗?要不是你挑头郭家店能有今天这番气势?说到家的话,大队上就是给你盖栋楼都应该。你是郭家店的一杆旗,如果连你也不敢建砖房,不敢显富冒富,那我们还干个嘛劲?永远都住土坯房,现在就已经不愁吃不愁喝了,大家就成天在墙根底下蹲着磨牙玩儿吧。"

郭存先腾地从地上站起来:"你这个理由倒是让我心里动了,我们搞好郭家店是为了嘛?说到底还不就是想发财致富。如果连我都不敢带头冒个尖,还是穷光荣,穷有理,那还有嘛奔头?好,就听你的,给存志盖砖房。"

"这就对了,就是要让四邻八乡的都看看,过去老东乡的地主老财都没有住过砖房,现在咱就敢盖砖房了。这事交给我,你就别管了,只管提要求、等着验收。"

郭存先还不放心,再叮嘱一遍:"集体的便宜咱一分钱不占,你让会计明算账。"

"那是自然,我办事你还不放心吗?按出厂的价格核算得清清楚楚,反正不占集体的便宜。这两年我们谁手里没俩钱?别说盖三间砖房,你要是真想盖一栋三层小楼,也是跟闹着玩儿似的。"

"盖房的钱年终从我的收入里扣除。新房建成后要在大墙上贴一张价目表,以后凡是郭家店的人,谁要想盖砖房都是这个价格。"

"放心吧,这不是小菜一碟嘛!"


秋天干燥,情也燥。

刘玉成跟崔兰在水库工地上俨然成了小两口儿。玉梅也看出点意思,在工地上呆的时间就越来越短。她先是不让崔兰再带饭,三个人在一起吃。但崔兰还是每天自己要带一份饭来,若不带饭会让她爹怎么想,还不知往哪儿猜呢?带了饭来也是三个人混着吃。刚开始玉梅送来晌午饭后,会跟着干一下午活儿,到傍晚提前回家为哥做饭,后来她吃完晌午饭收拾一下就回家。工地上便只剩下刘玉成和崔兰,两个人一块装土,然后崔兰帮着一块推车,其实她扶着车帮使不上多大劲,但她跟在刘玉成身边,身体挨着身体,便让他力大无穷。特别是她的胸脯有意无意地老会蹭着他的手臂,直蹭得他脑门上冒汗,身上起火……他不敢看她,她却偏要追逐他躲闪的眼光,会常常掏出自己的手绢为他擦汗,眼睛里荡漾着迷醉的媚态。

挖河工地、水库工地,就是男人们兴风作浪的地方,有点空就胡诌白咧、七荤八素。旁边如果有女人经过,就恨不得喊破嗓子、用眼睛扒了人家的衣服,怎么能容忍还是地主出身的刘玉成,竟然跟一个外村的贫农姑娘天天上演"夫妻双双把家还"!他们起过哄、喊过口号、也骂过脏话……令他们没有想到的是,崔兰这么一个小干巴女子,刚断跟她的柔顺一样多,别人闲话越多,她对刘玉成就越是亲热,看来是铁了心要跟他在侮辱中一起毁灭!

工地上的坏小子们正琢磨着要对刘玉成来点真格的,不想欧广明带着几个民兵到工地来了,原以为是来收拾他的,闹了半天还是来帮他的。欧广明梗着个大脑袋,高腔硬嗓地跟刘玉成说:"存先让我来看看你的进度,不行就带人帮你一下,他给你找了个更重要的活儿,等着你这边完事快点回去。"这几句话让半个水库工地的人都听到了,欧广明带来的那几个人还真塌下腰帮着刘玉成和崔兰干了小半天,这个地主小子交了什么好运?以后欧广明每来一次都帮着刘玉成干一会活儿,还不断跟他和崔兰俩开玩笑,问他们嘛时候办事?呀,这俩人真要成真的了?外人又哪儿会想到,欧广明帮刘玉成实际上是在帮自己,刘玉成跟崔兰一成,他就可以娶刘玉梅了。他这么来工地上咋呼了几趟,还真把郭家店的光棍儿们给镇唬住了。本村的人不闹,外村人就不会夛刺儿。

很快,刘玉成分到的水库工程连带崔兰家承包的土方,都到了收尾阶段。剩下的这些活儿如果分两天干,会轻轻松松。可刘玉成惦记着郭存先要派给他的新活儿,两人一铆劲,拉了点晚,当天就完工了,也省得第二天再跑一趟。看看自己干出来的这片干净利索的工地,两人相对长舒一口气……本来是很高兴的事,心里却忽然生出一种落寞,一时都找不到话要说,甚至后悔今天这么赶累。活儿干完了明天就各奔东西,谁也见不到谁了,若是早想到这一点,明天再来一天有多好？但谁也不愿意把这层意思捅破。

正赶上没有月亮的日子,却有满天繁星,仍然能看得到崔兰的眼睛里放出一种光芒,定定地烧灼着刘玉成,让他明显感到自己身上发生了动静,似乎是他自己血液流动的声音,有一阵阵的热流涌动起来……他又饥渴,又绝望,只好低声说:"走吧,回家吧。"

崔兰仍旧扬脸看着他,轻轻地说:"玉成哥,天太晚了我害怕,你先送送我吧。"

"好,这好办。"两个人把工具和水壶、茶缸子等零碎东西都收拾好,一并放到了小推车上,刘玉成推着车,崔兰坐在车上,两个人就上了去麻坡店的道。谁都有一肚子的心事,可谁都没法先张嘴。崔兰不管怎么说是女的,认为刘玉成对自己的心事知道得很清楚,男人就该先开口跟她捅破这层窗户纸……可刘玉成又怎么敢先开口呢？他是从小被批斗的主儿,你帮人家干活儿人家自然对你有好感,万不敢靠这点好感就得寸进尺,真相信人家会不嫌弃你地主家庭这顶大帽子。好不容易能让一个女的不嫌弃你、不躲避你,就已经很不错了,千万别让人家为难,连这点好感都给吓跑了……

两个人别别扭扭地走着哑巴路,很快就到了麻坡店村边上,刘玉成停住了车。他不愿意送到崔兰家门口,人家势必还得往屋里让他,那样一客气就更不自在了。他两臂稳稳地把住车把,等着崔兰下来。崔兰却在车上坐着不动,悄声说:"玉成哥,我的两条腿坐麻了,动不了啦,你抱我下来吧……"

刘玉成的脑袋里轰的一声,又听到了自己身体里的声音……他小心地支住推车,伸出手臂从车里把崔兰抱起来,一低头便闻到了女人体里发出的那股令他迷狂的味道,随即却又感到一种恐惧和忧愁,像鬼魂一样在后面盯着他。崔兰身子轻飘飘的就势伸开两只胳膊搂住了刘玉成的脖子,两片绵软湿润的嘴唇贴在了刘玉成干燥火烫的嘴上……

从道边的黑暗处猛然传出一声断喝："不要脸,你们不要脸!"

崔良拄着一根棍子从黑影里蹿出来,扑到跟前抡起来就打,刘玉成抱着崔兰一转身,让崔良的棍子正打在自己的后背上。崔良边打边骂:"刘玉成,你个王八蛋,我就知道你没安好心!"

刘玉成不躲不闪,站着让崔良打。崔兰从他怀里挣扎着下来,抓住崔良的棍子,哭喊道:"爹,你疯了,你还有没有良心?"

崔良同样也跟闺女喊道:"我是疯了,但没有良心的不是我,他不就救了我一条腿吗?用这条腿就想换我的闺女?没门,我现在就把这条腿还给他!"说着又抡起棍子抽打自己还没有痊愈的伤腿。

崔兰也气急了,一把夺过棍子扔到路边的黑影儿里,"叫你打,当年我哥叫你打跑了,再把我也打跑了,将来谁管你?告诉你吧,我已经是刘玉成的人了,你同意我们就养你的老,你不同意我现在就跟他走,你爱怎么办就怎么办!"

一直站在旁边没动的刘玉成,听见这话又惊又喜,惊的是崔兰为了镇住她爹竟敢这么糟践自己,喜的是知道她是死心塌地要跟着自己了……

崔良无奈,看闺女这么决绝竟号啕大哭:"小兰哪,他是地主哇,你跟他一辈子会遭大罪的。不光你这一辈子完了,你就是有了孩子也被人瞧不起,代代受气啊!"

"遭罪受气我都认了,我就图他人好。这三个多月刘玉成就从来没有对我动过歪脑筋,人家救你帮咱根本就没打算图报,都是你自个儿脏心烂肺地瞎猜。再说了,他要不是地主,凭什么非要我呀?我哪儿降人,还得带着个爹……"崔兰截然打住话头,转身走到刘玉成跟前,先抚摸他的后背,小声问道:"没打坏吧?"

刘玉成摇摇头:"没事,你的心意我都知道,别惹老人生气,有嘛事以后再说。"

崔兰扳过刘玉成的身子,让他的脸对着自己,用手抚摸着他的脸,眼睛里柔波闪动,看得他心里暖暖的,口气却十分地坚决:"不用以后再说了,今天既然闹开了,索性就说定了,明后两天我哪里也不去,就在家等你派人来提亲,顺便把结婚的日子也定下来,我什么东西也不要。如果明后两天等不到你的人,大后天我就自己过去了。玉成你甭想甩掉我,我这辈子就算赖上你了。"

她说着又抱住刘玉成,脸上的眼泪哗哗地流了他一脖子……

郭存先嫌大队部的土房子里憋屈,便跑到独一份食品厂的大砖房里召开支部扩大会。他这一"扩",郭家店的党支部会就"大"得没边了,把全村十四个生产队的正副队长、食品厂的厂长、工程队的正副队长、砖窑的窑头、磨面房的房主……都"扩"进来了,完全不管这些人里头有一多半根本就不是党员。更邪乎的是把村上两个老牌"阶级敌人":地主刘玉成和富农金来喜也招呼来了……大家一碰面,虽然没敢吐舌头,却都不说话了。谁也不知道这开的是个什么会?

人都齐了,郭存先也不宣布开会,坐在前边的凳子上闷头抽烟。抽几口就咳嗽一通,于是把手里的烟掐掉,等会儿不咳嗽了再点上一根,抽几口又咳嗽就再扔掉,扔了点,点上扔……郭家店的人这还是第一次见他抽烟。抽了几根之后他不再咳嗽,但脸色越来越难看,身子晃晃悠悠地有些坐不稳。王顺说不好,中毒了!他起身端来半茶缸子酽茶,兑上凉水,试试正可口了让郭存先一扬脖儿喝了下去。这一大茶缸子酽茶灌下去之后,郭存先的脸色慢慢缓过来了,王顺赶紧把他眼前的那盒烟装到自己口袋里,嘴里嘟囔道:"你这不是拿我的烟糟践着玩儿嘛!"

又沉了好一会儿,郭存先嘟嘟囔囔地出声了:"我现在遇到麻烦了,上边没人待见,下边有人反对,就为了咱村没有学大寨修梯田,前天把我这一顿撸哇!咱不是不学大寨,当初我问过几个种地的明白人,都说修梯田纯粹是糊弄局儿,瞎耽误工夫。人家大寨是山,在山上修梯田,它的田跟山是连在一块的,能接得上地气,只要山上有水就能保墒。咱这儿是平地,你故意弄起好多坟头,水上不去,肥上不去,那庄稼能长吗?后来你们也都看见邻村的梯田了吧?庄稼长得就像他妈秃子脑袋上的那几根毛,赖巴啦叽,可是上边不批他们,倒批我!还有,我兄弟郭存志都快三十了,为娶媳妇盖了三间砖房,你看看这些闲话,唾沫星子都快把我淹死了。外边人眼红心馋,还能想得到,自己村里人也跟着瞎嚷嚷,账目不都在墙上贴着吗?谁眼馋谁也盖呀!今天我在这儿发个毒誓,终有一天我要在郭家店建大楼,盖小洋房,否则就不是人揍的!存志小时候多机灵的一个人,生生就是叫蓝守坤给打坏的,要不也不会这么大还娶不上媳妇。哦,既然说到这儿就顺便提一句,听说蓝守坤前些年找孩子找到青海,就在那边落户了……我倒希望他这时候能回郭家店看看,没有他搞阶级斗争了,郭家店就开始变样了……"

下边的人开始交头接耳,这家伙真能折腾,居然跑得那么远。原来今儿个是来听存先发牢骚……

郭存先从板凳上站起来,俩眼珠子在大砖房里扫射着,屋子里的几十双眼睛都躲避着不跟他对视。他的语气也突然强硬起来:"今儿个不是来发牢骚的,不能光发牢骚不干活儿,可发牢骚也是一种活儿,不能光兴上边发,下边发,就咱不能发。刚才大伙一进这间屋子就觉着有点奇怪,这是嘛会呀,叫了这么多人?我告诉大家这不是党支部内部的会,所以我把郭家店方方面面的能人都喊来了,今天要开个郭家店的遵义会议,决定咱们村今后的前途、命运,该往哪儿走。因此来的每个人都必须表态,最后形成决议向全村公布,说明不是我郭存先一个人定的。大家可要拿准主意,负起责任。"

他指使郭存勇负责做记录,一个字都不能漏下。砖房里极其安静,大家相互看看,都感到了事情的严重。

郭存先开始讲正文:"首先是郭家店分不分队?你们可能也听到了,这几天外村老有放鞭的,那就是分了队,有人高兴。分队跟土改不一样,土改是把土地分给各家各户单干,地就是你的了。分队是解散生产队,把土地承包给各家各户,其实也跟单干差不多。别的村好办,说分就能分,因为他们没有工厂,就指着种地,地一分各过各的日子。咱这儿不同,目前光是找过我的还有小二百号人在后边等着,都是不想种地,想到工厂里去干活儿。郭家店不过是刚尝到点干工业的甜头,去年弄了一百多万,今年估计至少也得上三百万,有人就已经很知足了。叫我说还差远了,这都是小打小闹,我们顶多算刚迈步,以后要往大里干。就说食品厂吧,要办自己的养鸡场、养猪场、奶牛场,让大化市、宽河县乃至北京、天津都喝咱的牛奶,吃咱的肉制品,那是嘛境界?下边还要干的有钢铁厂、电器厂、化工厂,我对这个化工厂抱的希望最大,咱这儿靠近海边,原料丰富,聚氯乙烯、烧碱都是宝贝,你有多少人家要多少,价钱随你说……通过这几年抓工业我摸出点门道,咱郭家店的名字里就有个'店'字,要想发财致富让人高看一眼,就得开店,办工厂就是开大店。只有消灭农民,才能富裕农民。可难题也在这儿,如果把地都分了,咱在哪儿建工厂?要不就两凑合,想分地的就把地分给他,不想分的在一块发财致富。可那样一来不就把郭家店给拆了吗?这两天憋得我脑仁儿疼,所以请大伙来帮着拿个大主意,谁有话就说吧。"

砖房里一下子就开锅了,有在下边说的,有到上边说的,有大声说的,有小声说的,越饬饬意见越集中,负责做记录的郭存勇,看看差不多了归纳说:"支部扩大会的一致决议是,坚决不分队,把郭家店的'店'开大,大办工业,发家致富。但是,现在国家的政策允许人家分队,如果有个别的人非要求分队怎么办?跟他讲明白,地分给他以后就跟集体无关了,年终村里分钱,以后村里的任何集体福利,都没有他的份,以后他过他的小日子,咱们过咱们的大日子,各不相干。只要把这个道理讲明白,估计还想分队的人就没有了。"

郭存先又站起来,刚才阴沉沉的脸上终于有了点笑模样:"好,下面商议第二项,是郭家店今后的大规划。咱们村土地的状况你们心里都有数,东洼最大,可东洼的地最差,都是顶着白霜的盐碱地,特别是挨着蛤蟆窝的那一大片。南洼的地也不怎么样,盐碱成分也很高,所以咱们村光靠种地是没戏的,累死也不行。真论种地老祖宗们不比咱们认头,几百辈子过下来还不是越种越穷。咱的西洼最小,可地不错,北洼的地也凑合,因此现在的厂子我都建在东洼,将来再建新厂也一样,先占东边,东洼就是郭家店的工业区。以后东洼的地不够用了再占南洼,你们同意吗?"

"同意,这不是明摆着的理嘛,还有嘛不同意的。"

郭存先接着说,"我要跟你们商量后边的事,咱郭家店毕竟是农

251

村,以后无论工业搞多大,都不能没有自己的地,不能不吃自己地里打的粮食。财咱得发,富也要致,但庄稼地才是咱的根本。虽然咱们不分队,可实际上队也散了,以前十四个队,四个洼的好坏地大家均摊。现在都打乱了,没有一个队是完整的,好多队长都成了工业上的骨干了,五林哥宰猪宰成了厂长,存孝成了磨面房的负责人……哎,存孝,我可告诉你,你不能光磨麦子,今年年底赚了钱拿出一部分再买机器。以后大米面、小米面、玉米、高粱全得能磨,要办成个粮食加工厂,出面粉,出富强面……听明白了?好,再回到刚才的话头,西洼和北洼的那些好地怎么办?我的意思想成立个农业队,专管种地,而且要种好,跟邻村那些分了队的地比一比,看谁的地种得好,谁打的粮食多?听说美国一个农民能养活五十个人,我看咱们五十个农民也养不了一个城里人,碰上个能糟的主儿,还不得五百个人养他一个呀。但,郭家店就要向美国看齐。我现在说这个话心里是有点底气的,为嘛?咱手里有点钱了。明年先把三机给配上,拖拉机、收割机、抽水机。我要跟你们商量的是,得选个会种地、乐意种地、又能把地种好的人,来当这个农业队的队长。别管他以前是干嘛的,嘛出身,嘛成分,是不是党员等等,咱这是挑会干活儿的,选个能人,不是选造反派的头头。听明白了吗?"

"明白了!"大伙嘻嘻哈哈地齐声响应,心里也都清楚他指的是谁,终于明白为嘛会叫刘玉成参加这个会了。有人不能不为郭存先叫绝,这一招够厉害的。刘玉成种地是没说的,而且只有他才会认头干农业,现在干工业又露脸又赚钱,那么好的事不会轮到他头上,他没有别的选择。欧广明带头表态:"我提个人吧,刘玉成比较合适,村里谁不知道他干活儿是把好手!"

参加会的人都就着台阶下来了:"同意,就是刘玉成了!"

郭存先问刘玉成:"玉成你没意见吧?"

刘玉成赶紧站起来,弯腰低头,毕恭毕敬:"谢谢大伙的信任,我试试,拼了命也要把地种好。"

郭存先伸出一只手掌,手指向上钩着一个劲地往高里撩:"哎哎,脑袋抬起来,腰板给我挺直了,这是选你当队长,不是开你的批斗会……"

逗得大家哄堂大笑,这个支部扩大会变得轻松起来。

郭存先继续说,"以后我还得给你派人呢,你得领导着几十口人,老是这么见人都矮一截,怎么当好这个队长?你是大伙选出来的,谁不服让他来找我。今天我先跟你替一个人报名,郭存志,他也愿意种地,以后就给你当兵了。好,这件事就这么定了,大家没意见吧?"

"没意见。"

"再说最后一件事,咱们要发财致富,离不开两大要素,一是要有能人,能人就是财神爷。二是要有信息、有关系,找对了门路。因此咱要向全村的人公开动员,谁有好的信息,好的主意,能引来一条门路,介绍来一个能人,根据具体创造的效益,给予重奖。大伙说行不行?"

"行,好主意,就该这样。"


今年秋收已近尾声,郭家店的场上只剩下几大垛豆子了,黑豆最多,其次是绿豆和黄豆。已经干透了的豆荚,在碌碡下噼啪作响,一个个爆裂开来,豆粒落到下面,被轧扁的豆荚用木杈挑到场边上堆成垛。

当初来郭家店落户的五个知青中,只有一个林美棠在场上跟一大群女人收豆子。洪芳运气最好,早早就被王顺看中,调到食品厂当了会计,天天吃香的喝辣的。沈亮莹病病歪歪地赖在北京不回来。两个男的就更不着调了,唐浩回北京治腿去了,叶元说是给村上找项目,天天看不见人影儿。郭存先有一点让知青们高看,就是不拿知青当回事,有你不多,没你不少,愿来就来,愿走就走,来不拒绝,走不阻拦。本来林美棠也可以到磨面房去收收钱、记记账,磨面房的头就是她所在生产队的队长,人也好说话,只要她想去不过就是一句话的事。可她没有开这个口,觉得天天呆在磨面房里,不就跟过去当个受气儿媳妇要天天在磨房里拉磨是一样的吗?还有一个原因就是郭存勇不让她去,说将来会有更好的活儿等着给她。

说到郭存勇,郭存勇就骑着红旗来了,大分头,雪白的衬衣扎在蓝裤子里面,高扬着一张大脸,一副少年得志的派头。他本来也长得不错,耳长额阔,懂行的人都说他是福相。他来到场边下了车,冲着女人群高喊:"美棠,过来。"

他就喜欢在人多的地方表现他跟林美棠的亲近,全村人没人不知道他在跟林美棠处对象。而且以他的条件,在郭家店是一人之下四千人之上,可能还是全公社最年轻的大队干部,只要他看中的姑娘还有跑吗?问题是林美棠还没打算在郭家店呆一辈子,真嫁给郭存勇将来还怎么回北京?对于本村的姑娘来说郭存勇或许真的是很不错,可对她来说,还没到能让她下决心不顾一切就非跟着他的程度。因此她直起腰来,用手拄着挑豆荚的木杈说:"郭大队,有事吗?"

郭存勇向她招手:"有事,你过来。"

林美棠为难,"我这儿正干着活儿哪。"

旁边的老娘儿们极力撺掇:"对象招呼你肯定就是有好事,快去吧。"

林美棠还是不动,她害怕郭存勇当着这么多人再跟她犯多动症:"有事你就说吧。"

这或许正中郭存勇的下怀,心想你不过来我就过去。他支好自行车来到场中间,让林美棠最担心的小动作还真就来了,不论嘛时候见了她,郭存勇的手都不闲着,动动她这儿,摸摸她那儿,这让她急又急不得,恼又恼不得……现在竟不顾周围都是眼睛,又非常亲密地用手扑拉扑拉她的衣领子,伸手摘掉她头发梢上的草刺儿……林美棠绯红脸躲闪着。郭存勇故意小声说,我现在要去大钢,他们那里有个很大的百货公司,你想要点什么,下午我给你带回来。

林美棠一边后退着一边辞让:"我什么都不要,谢谢你!"

郭存勇也不坚持,并很容易就给自己找个台阶下来:"那我就看着办了?你悠着点劲,别累着。我得快走了,大钢还有人等着哪,等我回来去看你。"

林美棠不敢再应声,在场上的老娘儿们却在他后面喊叫起来。这个说郭大队,给我也带点好东西回来,晚上我等着你。那个喊,存勇,给我买个金戒指来,老嫂子让你吃口奶……郭存勇并不在意,说不定他就想造成这种效果,让全村人都知道林美棠这个北京美女是他的了。至于嘛时候得手,嘛时候娶进门,那只是个时间早晚的问题。

他哼着歌直奔大钢。虽然大钢的主要车间已经投产,却还有不少土木工程要干,他进了大钢先找到金来喜,两个人一块去基建处,把明年的合作项目确定下来,中午又跟大钢基建处的人高高兴兴地喝了顿酒。饭后却没忘到百货公司给林美棠买了个小收音机,然后才骗腿儿上了红旗,轻飘飘地往回骑,嘴里自然也还得哼着歌……快到村边时看到前边有个女的蹲在道边,抱着脚脖子哼哼唧唧地一个劲抽冷气。上身穿着短袖的小花褂儿,几乎能看见雪白的胳肢窝,下边是黑裤子,格外可身,包在屁股上,贴在肉上,裹住两条腿,紧箍出一个圆滚滚的小屁股,非常动人。看得郭存勇心里有点痒痒,牙根泛酸,就觉得精神头突然一振,身上来劲了。他紧蹬几步忙大声问道:怎么啦?

女子扬起脸,嘿,还是本村的姑娘欧华英,他初中的同学。欧华英本来紧皱着的眉头,一见是他像遇到了救星,立刻两眼放光,神采奕奕:"存勇还是你呀,太好了,我从二姨家回来崴脚了,你可得救命,送我回去。"

郭存勇下了车,他有一种想摸摸她、闻闻她的欲望,便走过去靠近了,蹲下身子伸手去摸她的脚脖子,手刚一碰上她的脚,她哎呀一声,双手就抓住了他的胳膊,整个身体热乎乎地贴上来,他就势抱住了她。他的两只手摸在她的身上,小褂子又细又柔,感觉就像她的肉皮一样。欧华英嘴里哼唧着,身子全倒在他怀里,他只好用点力气抱扶她,她的一只好脚在地上跳跃着,由他半抱半扶地放到自行车的后座架上。他先推着车走了几步,然后从前面一掏腿就上了车,乡间土路不平整,他的自行车一开始也不是很平稳。

欧华英在后边说:"老同学,你慢点骑,我有些害怕,得搂着你的腰,行吗?"

郭存勇正求之不得:"行,随便搂,搂紧点,别摔下去。"

欧华英从后面实实在在地搂住了他,脸也贴在他后背上,两只小手抠住了他的小肚子,直搂得他血流加速,浑身舒坦……从身后又传来欧华英含羞带臊的话音:"哟,你喝酒了,身上有酒味,不过男人喝点酒才更有男人味儿。你这个美男子,现在成大人物了,大伙都说郭家店火暴起来有八成是你的功劳。"

"真的,真有人这么说?"郭存勇一高兴,就腾出了一只手,飞快地背到后面摸着欧华英的身子,滑滑的、软软的……他的手很馋,越摸越大胆,竟伸向那个令人神往的地方……欧华英用下巴颏顶了顶他的后腰,身子扭动着撒娇:"你又乱摸人家,小心摔着俺。"

郭存勇的车子果然有些晃荡,他赶忙抽回手把稳了车子。欧华英整个身子贴得更紧了,格格笑着,轻盈而响亮,一边笑着还不忘一边继续跟他算老账:"存勇你还记得吗?上小学的时候一做游戏,或者一有课外活动的时候,你就找机会拉俺的手,拉上就不想放,上初中时还摸过人家的胸口……你这个坏蛋。"

"那是想摸摸你的疙瘩襻,你娘给你做的衣服特别好看,你忘了同学们都管你叫银丝扣。"

"去你的,摸疙瘩襻能使那么大的劲,压得人家胸口生疼。但我没怪你吧?可后来你一上高中就不来找俺了,人家还一直在等你哪。再后来就只有在台上才能看到你,整个人都变了……"

郭存勇又腾出手拍了拍她的屁股:"是变好了还是变坏了?"

"是变好了,变得叫人想,叫人忘不了啦……不,是变坏了!"欧华英的手指在轻轻地抓挠他的小肚子,痒痒的酥酥的,像抓住了他的魂儿,抓得他浑身梆硬。

赶巧正是后晌,村里很清静,很快就来到欧华英家门口。见大门上挂着锁,郭存勇不知怎么心里一动:"家里没人?"

"都去我二姨家了。"欧华英让郭存勇扶着她下车,然后打开门上的锁,并叫他把车推进院里来,反手从里边又把大门栓插上了。然后挎挚胳膊等着存勇扶她进屋。她的屋子里干净而花哨,有股只有大闺女房里才有的香气,炕上铺着粉红的褥子,上面盖着绣有两只鸳鸯的浅色褥单,旁边叠着大红的薄被子……郭存勇一进这屋就有些神志迷移,恍恍惚惚地拼命往肚腹里吸吮着香味儿……

欧华英让他坐在炕上别动,进了我的屋就听我的。她反身拿了一条自己的花毛巾,从暖壶里倒了点热水,把毛巾投热后又拧个半干,举到郭存勇眼前说,看你出的这身大汗,今儿个可叫你受累了。郭存勇刚要接过热毛巾,却被她把手拨拉开了,她一手扶着他的脑袋,一手用毛巾为他擦脸,嘴里还热乎乎地说着好听的话,俺要好好谢谢你,好好伺候俺们的大功臣……看你的褂子也叫汗湿了,快解开扣子,就着热毛巾一块擦擦。当年你借着摸俺的扣子趁机划拉俺的胸口,今儿个俺要报复你,也要解你扣子,擦你的胸口……

欧华英重新投了热毛巾为郭存勇擦身上,擦着擦着她的手不知怎么碰上郭存勇裆里支起了老高的东西,她轻叫一声,哎呀,吓死俺了,这是嘛呀?她的身体突然瘫在他怀里,心醉神迷的娇样儿让郭存勇疯狂。他紧紧搂抱住她翻身一滚,就把她压在了身子底下,腾出一只手先褪去自己的裤子,再去解对方的腰带,却摸到了她下面湿糊糊一片……两个湿滑而滚烫的鲜活肉体,便绞缠到一起,烈火蒸腾,烧得他血脉贲张,不顾一切地向前急冲狠撞……她大叫一声用嘴死死咬住了他的肩膀头子,以便好堵住自己的叫声。这却更加倍地刺激和鼓励了他,便没命似的硬进死顶,迅猛疾烈……正膨胀到极度时,却骤然爆裂,灵魂出窍而去,虚虚浮浮,身体塌了下来……

年还没到,郭家店的鞭炮就放疯了。被度荒挨饿、"文革"造反耽误的光棍儿们,都赶在一块办喜事,能不热闹吗?看得人都眼馋。

最先摆桌的是老大不小的郭存志跟刘玉成,两人还选在了同一个日子。因为刘玉梅给她哥办完大事后,自己也要信守承诺嫁给欧广明。若不是自打郭存先主事后对成分卡得不那么严了,这种美事还能轮上小地主刘玉成?让那些成分好的光棍儿们心里直冒酸水。另一个让人眼气的就是郭存志,若不是郭家店闹腾起来了,用外人的话说是有了点钱就烧得难受,郭家盖起了老东乡头一份的红砖大瓦房,郭存志恐怕也得走他二叔的老路……

存志成家本来是孙月清盼了好多年的事,可真临到跟前了她又为好事带来的另一些问题犯愁了。由于郭存先忙得没空,一直到接新娘的车队走了,才让雪珍烧了一大锅热水,要给二爷剃头。这个活儿打老早就由他干了,他的手稳,刀艺也比他娘强。黑子已经长得很大了,趴在二爷脚边,两只老山羊则趴在二爷身后,嘴里在磨悠着干草,旁边是孙月清,坐在板凳上,怀里搂着孙子,看着郭存先一刀刀把二爷的乱发一绺绺地剃下来,嘴里也不停地跟老小叔子念叨着自己的难处:

"他二爷呀,这个存志不结婚就把我给愁死了,可他真要办事了我又难得不行,你说我是到砖房里跟他们一块住呢,还是你到砖房里去?咱现在房子有富余了,你不能再呆在那个小南屋里,南屋得腾出来放东西。现在不像前些年挨饿的时候,要嘛没嘛,这东西一多了不能老堆在院子里,看着心里乱得慌。老二家强梁,一开始我有些不放心存志……可雪珍老实,我跟她跟惯了,我愿意跟着雪珍过,再说我也舍不得我的宝贝孙子,天天不搂着他睡不着。依我看二爷呀,你就睡到存志的西屋去吧,苦了一辈子啦,到老了也住进砖房享享福。你哥他就没这个福气……"想起死去多年的丈夫孙月清眼圈又潮了,存先赶紧打断她:"又来了,这大喜的日子不许提这个。"

"正因为是大喜的日子才容易想起这些,若是你爹也能看到今儿个多好啊!"

眼下是十冬腊月,疯子二爷就穿着一件空心棉袄,脖子上只围着一条单毛巾,上边郭存先还正拿刀子刷刷地剃着他的头发,他竟呼呼大睡。小传福看得格格笑,我爷爷睡着了。奶奶说,你爷爷即便睡着了,嘛话也都能听得到。二爷这是在夸你爸,夸他的手艺好,手轻,剃头愣能把人给剃着了。

存先说话了:"娘,您必须睡到前院砖房的西屋去,舍不得传福就带着他一块过去。弟妹刚过门,嘛都不熟悉,人家不明白再不好意思说,可别惹出不痛快。您不是对存志的性子也不大放心吗?您若让二爷过去,存志要是黑白长在二爷的屋里怎么办?再说二爷屁股后边成天带着狗呀羊呀鸡呀鸭呀,咱们都看惯了,人家新媳妇看着能自在吗?先凑合几个月,等存志过惯了,弟妹也适应了,人家小两口愿意过清静日子,或者娘家来个人呀,您借个台阶再搬回来。眼下就让二爷住我们的西屋。"

孙月清看着大儿子,心里忽然豁亮了。人老了不承认都不行,还是儿子说得明白,就这么大点儿事,自己翻来覆去地想不透亮。于是顺着存先的话说,还是你说得对,就这么办。她搂紧了孙子,晃悠着身子,小福子,今儿个晚上就要跟奶奶去住新房了!

疯子二爷霍然睁开眼睛,存先你可别打南屋的主意,我哪儿都不去。存先抚摸着二爷剃得精光的脑袋,对自己的作品很是得意,嘴里答应得也痛快,行行行,我知道您还有一大堆宝贝疙瘩,在南屋也呆惯了,有嘛事都等过了年再说。

在郭家店的大结婚热潮中,最让人想不到的一对,是郭存勇和欧华英。全郭家店的人都知道郭存勇的对象是林美棠,怎么到了真办事的时候又换了新娘?有眼睛贼的人看出了门道,散布说你没看见欧华英的肚子都鼓起来了吗?再不结婚孩子就要生下来了……林美棠以前虽然并没有正式答应要嫁给郭存勇,可全村人都这么认为,她浑身是嘴都说不清楚。这下等于被郭存勇玩儿了,把她狠狠地戏弄了溜够又给甩了,还有的说是被郭存勇玩儿过了扔的,倒霉就倒在她没能及时怀上郭存勇的孩子……就像以前大家都认为她是郭存勇的人一样,现在她想不承认被玩儿被甩也没有用,这种事是解释不清的,或许还越描越黑……所有人碰到她都用一种异样的眼神,明着偷着地多看几眼。有可怜的,有讥笑的,有鄙夷的……

最可气的还是郭存勇,竟然在晚上还找到她的住处,像没什么事似的跟她表白,只爱她一个人,到现在也还在爱着她,只是因为那天喝了酒上了欧华英的套,碰巧她就怀孕了,不结婚不行了。这不过是权宜之计,最多一两年就跟她离婚,到时候咱们俩再结婚,反正都还很年轻,也不在乎再等个一两年……林美棠气得浑身打哆嗦,逼得她不会骂人都得开骂了,郭存勇你真是个浑蛋、流氓,我什么时候说过要跟你结婚了?你跟谁结婚与我有什么相干?你已经跟欧华英结了婚,背后却这样说她,还说现在结婚是为了将来离婚,你还是人吗?

任她怎么说怎么骂都伤不到郭存勇，因为他根本就不生气，还显出一脸无辜的样子，我说的是真心话，我最喜欢的是你，爱你还错吗？最可恨的是，似乎不只是可恨，简直是恐怖，郭存勇还敢跟她动手动脚，竟然厚着脸皮说你还真生气呀？来，让我抱抱你，一亲一抱就好了……我知道，你越生气，越是吃醋，不就越证明你是因为喜欢我吗？

嘿，林美棠算见识什么叫无赖了。她无法再跟这样的人理论，看着他都恶心，只有逃出自己的住处……可大冷的天又能到哪里去呢？她想先回北京，可年终分红的钱还没发下来，就想到了村里的一把手郭存先，求他让大队会计先给自己支点钱，再找个好说话的人用自行车把她送到县城，坐夜车回京。她这样想着，两腿就来到郭存先家的大门跟前，还没有敲门就从里面传出一声凶猛的狗叫，紧跟着有个苍老的人呵斥一声，想必就是疯子二爷，狗咯噔一下就不再叫第二声了，直到林美棠正式敲门以及后来进门，狗都不再叫了，真是懂规矩的畜牲。出来给她开门的是朱雪珍，一个让林美棠充满好奇和敬重的女人，按理说是村上的第一夫人了，却没有书记老婆的张扬和霸道。其实朱雪珍很少出头露面，还老像个怕生的外乡人，见人不笑不说话，说话也是轻声细语，已经嫁到郭家店这么多年，说话竟还带着点外乡的口音。朱雪珍开门一见是林美棠，也完全没有想到，这个家来的人很多，却不记得林美棠来串过门，她一时不知该怎么称呼，就先笑着往里面让，回手又将大门虚掩上。

林美棠对郭存先的家很好奇，借着星光月色，还有从北屋一间窗户里透出的灯亮，打量这个院子，满满登登的充满农家的烟火气，南墙根下面是柴火堆、草堆和一疙瘩一块看不清是什么的东西，北窗户底下堆着还没搓的棒子、红薯……院子西面有几棵树，树下还挤着一群雪白的绵羊……原本心绪恶劣的林美棠，此时却禁不住想笑，这个院里可真够热闹的，说明这户人家的日子过得很有心气。她跟着朱雪珍进了北屋，三间屋子冷冷清清，她问了一声：郭书记还没回来？朱雪珍说他今儿个回不来了，去县里找妹夫，跑电器厂的事，可能还要去天津，估计得走几天。你儿子呢？跟奶奶住到他二叔那边的新房里去了，我们吃饭也都在那边，所以这边没烧火，屋子里就冷。刚才我燎了一把柴火,就炕头上有点热,你脱了鞋,上炕坐过来,暖和暖和。朱雪珍的热情里有一种真切和自然,不虚虚乎乎,也没有过多的客气。反正郭存先也不在,林美棠知道自己今晚是不可能去县城坐夜车回京了,又不愿这么早再回到自己那个小屋里去,就索性脱鞋上炕,一坐到炕头上屁股底下就热乎了,感到浑身舒服,精神也放松下来。

朱雪珍也上炕坐到她对面,笑着问她:"还有点热乎吧?"

"挺热乎的。"

"找存先有事呀?"

"也没什么大事,现在生产队不都散了吗?要回家就只有跟书记请假了。"

"回家还要请假呀?明儿个快走吧,他还管得着那么多?就快过年了,家里还不知道怎么惦记着你呢?"朱雪珍说得真情实意,林美棠却不愿意多谈自己,就想把话题转到朱雪珍身上:"嫂子娘家还有什么人呀?"

雪珍叹口气,没人了,什么人都没了。但没有人也想,想回去看看自己从前住的房子,看看那个小村,到爹娘的坟上烧点纸……存先倒是每年都抓空去给我爹娘上次坟。等我能脱开身了一定得自己回去看看。你说连我住在山根底下那么个穷地方都想回去,你从小长在北京那么好的大城市里,得多想家呀!

林美棠感叹不已,每年要跑那么远去上坟,郭书记倒是个重情重义的人。你们俩相隔这么远又是怎么认识的呢?还是有人给介绍?

朱雪珍可能也是因为在漫漫冬夜一个人感到寂寞,又是面对林美棠这样一个同是从外地来的,心里不免多了几分同情,多了几分柔软,话也就多了。从郭存先外出砍棺材讲起,鬼使神差地怎么到了自己的村子,当时自己家是个什么状况,郭存先有着怎样的侠义心肠,一手替她料理了老人的后事,老人临终托付,她当时也没有别的选择,多少也有点卖身葬父的意思……朱雪珍许多年没跟人讲过自己的过去,今天回述起来竟别有一番滋味……过得真快呀,说起来就跟昨天刚发生的事一样,转眼自己的孩子都老大了。所幸来到郭家店后,没有因为我娘家没人了就挨过欺负,最穷最难的时候存先和婆婆也都没跟我红过脸,小叔、小姑也不错,没拿我当外人……

林美棠问,还有个疯子二爷呢?他真是疯子吗?

朱雪珍摇摇头,顶多有点怪,老头可仁义了,只要他在家里我心里可踏实了。

林美棠啧啧称奇,你们真是叫人羡慕,从打认识就不一般,经历不一般,有故事,有传奇,这一辈子才不白活。

朱雪珍笑笑,哪还想那么远,最主要就是过日子,婆婆老了我实在离不开家,不然现在村里正用人,我真想去学校代课,替下男老师帮着村里干事。

林美棠听着心里泛酸,可能就因为郭存勇的原因,自己却一直被闲着不用,成天跟一帮没有文化的中老年女人干点杂事。但朱雪珍真好,到底是出身有文化的家庭,整个晚上一字不提郭存勇,一句不谈眼前村里传得最邪乎的那些闲话,不让她有丝毫的难堪。在郭家店难得还有一个这么体贴自己心思的女人……但时候太晚了,她不能不告辞,便挪动身子想下炕。朱雪珍问,你的小屋烧炕了吗?

林美棠苦笑,就剩下我一个人了,哪有那份心思,再说那个炕当初就没砌好,烧也不热。

哎呀,你怎不早说,趁天不冷的时候让他们给重砌一下,要不今儿晚上就别走了,在我这儿凑合一宿,反正明儿就回家了。

林美棠犹豫,其实她心里真的是不想走,可面子上还抹不开,这合适吗?

有嘛不合适的,反正也是我一个人睡一铺大炕,炕柜里有干净的被褥,至少比你的小屋里热乎。

万一半夜郭书记回来怎么办?

那就让他到旁边的屋里去睡呗,反正西屋也空着,被褥都是现成的。

好吧,那就给你添麻烦了,我得去趟茅房。

我陪你去,院里就有,专给女人用的。朱雪珍拿了个电棒,两个人走到大门口先把院门的门闩插好。在院子的东南角上有个小茅房,朱雪珍用电棒给照着,里面挺干净,可以看出这家人的勤快。再回到屋里,朱雪珍打开摆在炕梢的躺柜,从里面拿出新的被褥,铺在炕头上。顺便也掏出一条新毛巾,端起脸盆先到外间屋舀了点凉水,再对上暖壶的热水,放到凳子上让林美棠洗脸。等林美棠擦好脸她又把自己用的雪花膏递给上去,冬天不抹点油脸会干巴得难受。她自己却就着林美棠用过的水洗了把脸,这让林美棠有点感动。朱雪珍把洗脸的水倒进一个大号的瓦盆里,又往里面加了点热水,让林美棠烫脚,说烫完了睡觉舒服。

林美棠不好意思,嫂子你太周到了!

朱雪珍笑着不当回事,这又不麻烦,一到冬天存先也得天天晚上烫一下脚。

林美棠心想,这个大瓦盆显然是他们两口子共用的,脚伸进去忽然有一种新奇的感觉,却并不是嫌弃……朱雪珍最后将洗脚水泼到外面的阳沟眼里,提着尿罐进来,一边插着屋门的门闩,一边对林美棠说,夜里要方便就不用出去了。

林美棠急忙解释,不用的,我一般不起夜。朱雪珍说我们也是,自打儿子跟着奶奶睡,很少用得着这玩意儿了,也就是备个方便吧。两个女人躺在被窝里又说了一会儿闲话,朱雪珍先睡着了,林美棠听着朱雪珍均匀的呼吸声也有些迷糊,她身子下面热乎乎的,被褥干爽,觉得很舒服,有一种回家的感觉,或许是想家了,或许是朱雪珍知疼知热的像个姐姐……很快她也睡着了,而且睡得很沉。

睡梦里就觉得有人钻进了自己的被窝,并抱住了自己,心想可能是朱雪珍嫌冷,两人搂着暖和。那人的手开始抚摸自己的身体,把她划拉得很舒服,紧接着又趴到她的身上,双手压住她的胳膊,用舌头堵住她的嘴,下身突地一阵刺痛……她哼叫一声,惊醒过来。

压在她身上的人翻身挪开,低声喝问:"你是谁?"

朱雪珍慌忙起来点灯,把自己的被子搭在丈夫赤条条的身体上,吃惊地叫道:"存先哪,你怎么回来了?"

郭存先看着被吓得紧紧裹住被子的林美棠,说这就怪了,这是我的家,我怎么就不能回来?

朱雪珍爬到炕头,似乎是本能地护住林美棠。她相当恼火:"我问你是怎么进来的,睡觉前我明明把里外的大门都插好了……"

郭存先低声下气地解释,咱们家的门都是我做的,你在里边插多好我从外边也能进得来。

"我不信,你出去,我插上门,你给我进个看看。"朱雪珍真气坏了,她好心留下林美棠,这不像两口子合计好了琢磨人家姑娘吗?

郭存先用手指指凳子上的衣服,朱雪珍下炕把他的衣服扔给他,他胡乱穿上衣服就出了屋子。朱雪珍在里面叽里呱啦地把门闩插上了,喊道:你进吧,我看你能进来?她的话还没说完,门闩便悄无声息地退出了插口,郭存先轻轻推门而进。

朱雪珍看傻眼了,这简直是闹鬼了,咱家门上的秘密还有谁知道?

郭存先直摇脑袋,就我自己知道。

朱雪珍真恼了,她从来没有对丈夫这么喊叫过:"你为什么要在门上搞这么个玩意儿?是对我不放心,还是想自己干坏事方便?"

郭存先知道自己闯了大祸,也从来没有这么低三下四过,不是不是,那阵你还没来哪,我正年轻,想显摆自己的木匠手艺,就在所有的门上都做了机关,做好之后突然想到一个问题,如果让外人知道了,咱们家就等于没门了。所以我谁也不敢告诉,就等有闲空的时候拆了它。谁知道你留人寻宿呀,也不提前告诉我一声……

朱雪珍说你走吧,到西屋去睡。郭存先想说什么,犹豫着最终没有张嘴,便顺从地到西屋去了。朱雪珍爬上炕抱住林美棠,一个劲地赔礼道歉:对不起好妹妹,没有吓着你吧?

林美棠骇痛欲绝,用被子蒙住头放声大哭起来。她就想痛痛快快地哭一场,其实倒不是因为有多难过,只是疼痛,还有一点不是滋味的惊奇。原来对爱情做过很多梦,把性爱也想得神圣、高洁,却原来如此轻薄,自己作为女人身上最宝贵的东西,就这么轻易地糊里糊涂地丢了?看到她这样大哭朱雪珍的头也一下子大了,觉得事情可能不仅仅是郭存先钻错了被窝那么简单,便伸手到林美棠的身下一摸,湿糊糊的,心里一凉,抽出手来拿到灯光下一看是血,悚然变色。

愣了一会儿就情不自禁地切齿咒骂,这个浑蛋哪,天天就跟头饿狼似的,这回我看你怎么办?

她一边骂着一边就下了炕,跑到西屋跟郭存先吵上了,说是吵不如说是她一个人在骂,因为听不到郭存先的声音。可是,出了这种事光是他们两口子相互吵骂埋怨也不解决问题呀,这边还扔着一个真正的受害者哪……朱雪珍跟丈夫发了一通火之后,脑子也冷静下来,又回到东屋的炕头上,用热毛巾给林美棠擦了泪,试着想解劝对方:小林妹妹,你也别再哭了,事情已经出了,光哭也没有用,要说最想哭的就是我,我是真心喜欢你,好心好意留下你想俩人做伴说说话,谁知道会发生这种事,我们真的不是故意算计你……

林美棠拦住话头,嫂子你别说了,我知道你是好人,再说天下哪有女人会帮着丈夫干这种事的? 我所以哭就觉着自己的命太苦了,怎么所有的倒霉事都叫我赶上了……

朱雪珍说事情已经出了,该怎么办就怎么办,所有的责任都在我身上,要不是我主动留下你嘛事没有,存先也不是出了事就往后捎的人。按照法律糟害知青大概要重判,只希望妹妹到时候能实话实说……

郭存先又推门进来了,他显然已经定住神,有了处理这件事的意见,态度恢复了以往的强硬和自信:既然你们都谈到要打官司判刑了,我这个当事人也有个意见,想说给你们俩听听。法律上可能会有一条,强奸知青要重判,可你们别忘了,这是哪儿,是我的炕头,我在自己的炕头上强奸女知青? 我老婆还在旁边? 强奸最重要的证据就是在被害者的体内找出男人流出的罪证,你的体内没有,因为我没出,听你一出声我发觉声音不对,立刻就下来躲开了,天下有这样的强奸犯吗? 一个男人在那种时候能从你身上下来,这个男人就对你没有坏肠子。说实话,自打孩子跟着奶奶睡,我们两口子就一直睡在炕头上,已经出了这事,对我们三个人不存在什么寒碜不寒碜,能说不能说的了,我们两口子天天就在一个被窝里睡,我不搂着雪珍就睡不着。今天本来是要去天津的,我妹夫说快过年了,去了也办不成嘛事,所以就连夜赶回来,想明天下午给大伙分红。跑了一天确实很累了,钻了被窝就想搂着老婆睡觉,可一闻雪珍的香味就憋不住了……

朱雪珍气得在旁边也憋不住了,咬着牙用手指点着他数落:你呀你,瞧你这出息,天下所有抹雪花膏的就都是你老婆?

郭存先看了朱雪珍一眼,你别打岔,我只是在讲这件事发生的过程,是你小林钻进了我老婆的被窝,偏偏赶巧了又睡在我老婆的炕头上,并不是我进错了被窝……事情就是这样,要治我的罪很难,顶多就是道歉、赔偿。先说道歉,这种事越道歉就会越寒碜受害者,也会闹得越大,最后倒霉的还是你。再说赔偿,拿什么能赔得起呀?一个黄花大姑娘,怎么赔呀?我想出一个办法,赔你一辈子,从现在起你就是我妹妹,我管你一辈子,要回北京我年年去看你,我有嘛你有嘛,你将来结婚了也还是我妹妹。暂时不回北京,在没结婚前这间屋子就是你的,不要回你那个小破屋了。快过年了,你要回家我亲自送你回北京,咱现在村里有钱也有东西,就当我认亲戚。今天夜里的事就咱们三个人知道,在这儿发生,在这儿了结,只有这一个办法对咱们三个人都有好处,除此之外,不管怎么闹都是三败俱伤,你们俩想想吧,我这不是怕事,事真来了我就从来没怕过,但确实想不出比这更好的办法……说完他就又回到西屋去了。

不知是乐极生悲,还是过年累的,正月十五刚过,孙月清就躺倒了。

要说喜事,今年确实不少。头一件就是存志结婚去了她一大块心病,平白无故又认了个干闺女林美棠,过年竟没有回北京自己的家,而留在了郭家。林美棠是不敢回北京,怕露了馅家里人不干,惹出麻烦。孙月清还没有老糊涂到会看不出这里边有事,只是想不明白,明明是郭存勇害了她,为什么要赖在我们家呢?是存先仗义为郭存勇化解,还是另有隐情?最让老人想不到的是天上又给她掉下个干孙子,当年存先外出砍棺材认了个干儿子刘福根,初中毕业后没事干,接到王顺的信便来投奔干爹。对她是一口一个奶奶,倒是叫得很亲。

要说累也就是心累,什么事还能让她亲自动手啊?可她一辈子操心操惯了,没有她不走脑子不管的事……终于折腾到了元宵节,她强打精神吃了几个元宵后就不行了,那几个元宵堵在心口说嘛也不下去了。县城的女儿女婿听到信也都赶来了,套好了大车一定要拉她到县医院去看看。

但老太太哪儿也不去,对存先说,这个家你说了算,可在我没死之前你还得听我的,对不?郭存先扑通一声在炕前跪下了:"娘,无论如何您得去趟县医院,找个好大夫看看,咱心里不就明白了吗?咱现在又不是没这个条件。"

老娘笑了,是你们不明白,我心里明白着哪。二爷心里也明白,要不他早让我起来下地干活儿了。告诉你们吧,我没病,就是老了,人老了还不兴死吗?人要都不死,这个村里还能搁得下吗?世界还盛得下吗?我活得值了,也够了,该走了。你们都出去,我孙子喊谁谁进来。

自打她躺倒后,一只手老是拉着孙子传福的手。传福也真懂事,黑白不离地陪着奶奶。他根据奶奶的吩咐,第一个喊进来的是他的娘朱雪珍,雪珍没想到老太太会先叫她,长房长媳,或许要托付些事情,便也在炕前双膝跪倒,将脸凑近老人的嘴。孙月清努力伸出另一只手,抓着儿媳妇的手,一直挂在脸上的笑容没了,变得无限忧虑和慈爱,问她:"存先欺负你了?"雪珍一惊,赶紧辩白:"没有、没有,他从没欺负过我。"

"雪珍哪,我不放心你呀,你性子绵,心太善,将来存先对不住你就跟着儿子,你儿子一定会有出息的。我走了以后老二家的要是愿意分家,你别拦着,分开过你会更省心。雪珍你是我的好闺女,咱们娘俩投缘,我跟你比跟我亲闺女存珠还亲哪……"

娘!雪珍再也控制不住,趴在炕沿上大哭。外边的人吓一跳,都蹿了进来,以为老太太出事了……孙月清对孙子说,让他们都出去,让你二爷进来。传福重复了奶奶的话,难得的是疯子二爷也乖乖地等在家里,坐到炕边上,握住了老嫂子伸出来的手,塌下身子才能听清嫂子的声音:"敬时呀,这辈子就苦了你啦,是嫂子对不住你。我知道你是心疼嫂子,怕我为了给你说媳妇犯难,别再把家给折腾散了,所以你就装疯卖傻,绝了自己也绝了别人想帮你成家的念想,全力帮着我抚养三个孩子……我跟到阴曹地府也得告诉你哥,我们俩人都得念叨你的好处。临走前我就想喊你一声好兄弟,说一句谢谢你的话。"

"嫂子,说这个不就见外了吗?你是我的好嫂子,老嫂比母,这大半辈子都是你照顾我。我是没心没肺,无牵无挂,活得最容易。你对得起我哥,也对得起这个家,真正吃苦受累的就是你。真高兴看见你到老都活明白了,走了也是活着,比留着不走还重要。你这一辈子圆圆满满,多好啊!闭上眼歇一会儿,兄弟我会一直陪着你见到我哥……"疯子二爷语调很轻,脸上挂着笑,把传福的手也从嫂子手里拉出来,看着嫂子微笑着安详地闭上眼睛……他拉着传福走了出去。

等在门外的儿女们急着发问:"二爷,我娘没事吧?"

"没事,走了。"

孙月清下葬后,三天圆坟。圆完坟之后,疯子二爷郭敬时和他的那条黑狗就都不见了,家里的人和村上的朋友,都急切地张罗人四下里去找。从郭存先嘴里不能说不找,但他心里清楚,二爷这次是真的不会再回来了!

## 13. 女人的命运

最早郭存先向村里人公开自己跟林美棠的关系时，说得很巧，不说是自己认了个干妹妹，而说是我娘昨天认了个干闺女，就是咱村的下乡知青小林，林美棠。从现在起她就是我妹妹了。这让我忽然想到了一条政策，咱郭家店现在火暴了，今后会有不少人来咱村工作，凡外来人要想在郭家店掌实权，必须得跟郭家店人有点真正的关系，这样咱才放心。比如，你或者当郭家店的媳妇，或者当郭家店的女婿，要不也得有点别的靠得住的关系。像食品厂的王厂长，是我在最困难的时候交下的过命兄弟，比亲兄弟还亲，我相信他就跟相信自己一样。

当时村里人还真是从心里宾服郭存先，觉得这才是一把手的气魄，被另一个村干部玩完甩掉的女孩子，在最困难的时候收留到自己家里，以后就再没有人敢欺负她了。许多人还都傻呵呵地祝贺他，说他们家双喜临门，老太太认了个干女儿，他收了个干儿子……为此，郭存勇觉得跟大掌柜的关系变得尴尬和微妙了。虽然他还看不出郭存先已经不待见自己了，却老是有点心虚，不敢再像以前那样爱出风头，说话办事加了许多小心，生怕被郭存先抓住什么整一下。

而林美棠则坏事变好事，先是脱产坐办公室了，负责接来送往、上传下达，开会做记录，管广播，搞宣传。紧跟着入党，不久又名正言顺地成了支部宣传委员，跟欧广明一起成了郭家店一男一女两个铁杆干部。渐渐地有人也看出来，郭存先认的林美棠这个干妹妹，原来是民歌里唱的那种妹妹，说白了就是"情妹妹"。他们两个的实际关系也确实有了质的变化,如果说第一次接触还可歪出许多道理说是误会,后边可就是两厢情愿了。有了第一次就有第二次、第三次……郭存先理直气壮,且很霸道:你是我的女人,你的第一次给的是我。这要在旧社会非常简单,娶你当小老婆就行了,很省事。现在不能这么办了,但在你结婚前都是我的。他们住着东西屋,本来就方便得很。自婆婆死后,朱雪珍到村上的小学代课,白天他们只要想了就能找得到机会,有时夜里林美棠听到朱雪珍睡着了,或者朱雪珍是装睡着了,她都会跑到西屋去。朱雪珍当然也知道了他们的关系,她甚至怀疑那天夜里钻错被窝的闹剧,是不是丈夫跟林美棠事先设计好的,要不婆婆为嘛在临死前会追问是不是存先欺负她?

年纪轻轻的林美棠为什么会有这么强烈的欲望?连她自己都觉得害怕,只要有机会就渴盼能跟郭存先亲热。只有当郭存先在她的身体里,她才有安全感,才相信郭存先需要她、喜爱她。有时当着外人她也无法掩饰对郭存先的依恋,喝他剩下的水,看他要抽烟时自己先在嘴里点着了再递给他……用郭家店人的话说这也太贱了!

她就是基于对自己这种变态般的情爱感到害怕,也是怕时间长了对好女人朱雪珍的伤害太重,别引起众怒……其实,这两个女人真说不清,到底是谁伤害了谁?当社会上掀起知青回城的大潮时,她还是选择离开郭家店,回到了北京。

从十六岁来到郭家店,算来在这儿整整呆了七年,把人生最好的一段青春时光给了农村。即便说不上有多么爱这个地方,至少是习惯了这里的生活,看惯了这儿的人。刚听到能够回北京的消息,也以为熬出来了,但回到北京以后却完全不是那么一回事。先是找不到工作,后来在街道办的小厂里做冰棍。

弟弟已经结婚,而且还是和母亲挤在一间屋里,无论如何都再也挤不下一个她了,就只好到处借宿。这家住一阵,那家住俩月。她这么大个姑娘,其实是经过见过的女人了,可想而知有多难堪,有多不方便!后来她干脆就住在街道的小工厂里,白天做冰棍,晚上守着冰棍机搭个铺睡,每天早晨三点钟就起来忙活,因为小贩们天不亮就来取货……

有一天她忽然明白了一个道理,原来自己是去农村插完队回来,现在又回城里插队……她要命也没想到回城是过这种日子。这也算是北京人吗?比在郭家店插队又好在哪里?后来她想明白了,自己已经不属于北京了,城市并不欢迎她回来,她在自己的家里都是多余的,搅乱了家人的生活,更不要说对于北京而言了。社会其实也认为她是多余的,出于同情才给她一口饭吃,她是最低等的,是一连串的错误。她惟一的出路是赶快嫁人,凭她的情况找条件好的嫌弃她,找差一点的她又不甘心,就这样见一个不行,谈两个散一双,渐渐地她连嫁人的心也凉了。

在别人眼里她不过是个下乡青年,可下乡这些年她的心气不是低了而是高了,还赖在城里干什么呢?城里既然没有自己的出路,就难免会经常想念郭家店,想念郭家店的人,在郭家店她至少不被歧视,堂堂正正地生活,有正常人的尊严和快乐,就连其他的生活条件方面也不比城里差。比如说吃,现在的农村能比城市里差多少?说不定粮食蔬菜肉蛋禽鱼还比城里更新鲜些。说到住,她如果想有自己的房子也很容易,后来她之所以还赖在郭家是为了跟郭存先方便。她反复对比,在郭家店哪一样都比在北京强,就又回来了。她想回来,郭存先还能不欢迎吗?于是就瞒着她的母亲把户口重新迁回郭家店。命运似乎早已经把她推给了农村,她就该属于郭家店。勉强背着个北京人的名义也没有多大意思,还是不要这个名义吧。

有人说这是历史欠下乡知青的,可谁会替历史来还账呢?

这些都是表面原因,林美棠重回郭家店落户,还有无法说出口的原因。当时她认为是自己学坏了,成了一个淫荡的女人,已经离不开郭存先了……他是个魔鬼,一个让被他碰过的女人无法再离开他再忘掉他的魔鬼。是他开发了她,让她认识了自己,成为一个完全的女人。她自信世上的女人并不是都有她这样的幸运,体验过她所体验过的快乐。女人的傻也就傻在这里,她们都认为只有自己才真正做过女人,以为其他许多女人别看结了婚,生了孩子,却不一定是个完全的女人。

她恨过他,也骂过他,不是因为他毁了她的一生,而是因为他有时太冷酷、太蛮横,太看重他的权力、威望,而不管她的死活。恨他对待她远远不如她爱他那么深、那么不顾一切。她也曾多次赌过气,跑回北京,在心里拼命丑化他,不就是个又老又丑的农民吗?还有一副不懂人情的臭脾气,有什么了不起的?有什么值得留恋的?但过不了几天,就恨不起来了,再怎样丑化他,把他贬得一无是处,也抵消不了对他的思恋。宁愿抛弃一切,也要跟他在一块儿。她的自尊,她的骄傲,她的火气,一见了他就全完了。立刻变成一个没有头脑、没有主见、没有毅力、没有本事的傻女人,一个离不开男人,没有他就不能活的小女人。

她相信了,女人的根本命运就是爱上一个男人,然后拼命地按照自己的理想美化或神化这个男人。但社会的压力和家庭的压力太大了,她回城后也曾经以为可以和郭存先一刀两断,但把那些给她介绍的对象跟郭存先一比,一个个都太没有味道了,简直算不得男人。郭存先是按照自己的需要塑造了她,她也就理所当然地以为郭存先才是最适合自己的男人,心里已经容不下其他男人了。她命中注定只能属于魔鬼了,可是魔鬼并不属于她。

她义无反顾地投奔他来了,但生活依旧孤苦伶仃,情感依旧是流浪儿,饱一顿饥一顿,没有归宿感,没有安全感,不敢规划未来。她甚至不敢问自己:我有未来吗?我老了怎么办?她在社员面前是个称职的妇女主任,东跑西颠,管百家事。一个人的时候或跟郭存先在一起的时候,就控制不了自己的情绪,说哭就哭,说闹就闹。闹完了又去哄郭存先……

同样也是北京的女孩子留在了郭家店,却完全是另一种命运。她是跟林美棠一块下来的洪芳,当初被王顺看中,问了她三句话:上的高中还是初中?她说正式就上到高一。功课怎么样?她说还可以。还可以是第几呀?在班里没跌出过前三名。王顺霍然痞相全露,冲她挑起大拇指嘻嘻一笑。第二天郭存先通知她到食品厂找王顺报到,当会计。

洪芳不漂亮,胖嘟嘟的团乎脸,细眼小嘴,一笑左边有颗小虎牙,长相喜兴,招人待见。当天下午王顺赶集回来,手里提着那个油渍麻花的帆布兜子,里边装了多半下子钱,心里高兴,便把手下的人召集起来介绍洪芳:从现在起,咱们食品厂要走上正轨了,有了自己的财政部长,这是我请来的正式会计。真正北京的高才生,考试从来没出过前三名,跟我正相反,我上初中的时候从来都是在倒数后三名里转悠。过去老人们常说,锯齿獠牙,能吃能抓。你们看咱洪会计,左边有颗小虎牙,笑起来多漂亮,这叫什么?嘴有虎牙,善于持家!你们就等着看咱食品厂发财吧。像洪会计这样的人,长得一脸福相,过去皇上挑正宫娘娘都是挑这样的,挑西宫要找妖精……嗨,你们别笑,我以前当花子头的时候嘛人都见过,跟一个算卦的老头在一起呆了几个月,学过相面。这叫旺夫相,男人找了这样的女的就会兴旺发达……哎哎哎,你们可别给我动歪脑筋,我也一样,咱癞蛤蟆别想吃天鹅肉!洪会计是咱整个食品厂的财神,谁要敢对她不敬重,小心你吃饭的家伙……

真是狗嘴吐不出象牙,这哪像个厂长呀?弄得洪芳的小脸一阵红、一阵白,却又没办法。他虽然没正形,可还是想说她的好话。只是好话从他嘴里吐出来也不是味儿。但是,王顺耍完贫嘴之后,当着全体职工的面儿,从口袋里掏出一串钥匙,先打开办公桌上的抽屉,拿出几个学生练习本,交给洪芳,这是食品厂以前的老账,都是我自己瞎记的,一本是活牲口的账,就是咱现在共有多少牛羊驴猪,这一本是卖生肉的账,这本是卖熟肉的账……从今天起都归你了,我给你买了新账本。他打开另一个抽屉,里面放着几大本正规的账簿,还有一本《会计手册》。然后又打开旁边一个非常座棒厚重的大木头柜子,里边都是钱,连同那个帆布兜子一块都交给了洪芳:你就多受累了,先按照规矩把正式的账都建起来,慢慢再给你找个帮手,一个人管钱,一个人管账。

等洪芳把食品厂的账捣腾清楚以后,便彻底改变了对王顺的看法,从心里再不敢小瞧这个油嘴滑舌的痞子。他那些练习本上的烂账记得很随意,却没有一笔对不上号……后来王顺尽管对她是百般信任,言听计从,好像把账甩给她可卸掉了个大包袱,大大咧咧的可以轻松一下过日子,整天就只剩下嬉不溜丢,胡诌乱数……可每到月底年终,在对账或总结经营情况时他随口说出的数字,竟跟她账上记的相差无几……这每每会让她震惊不已。心想这个臭要饭的可是绝顶聪明,给他做事可要格外留神。

这一天终于来了,来郭家店插队落户的知识青年差不多又都回到城里去了,包括风云人物林美棠。许多人都猜想她可能会留下来,却最终也办理了回北京的手续,于是洪芳也下了决心,自己还是走吧。她确实对独一份食品厂、对王顺有点舍不得,但也仅仅是舍不得,相比较而言更舍不得不回北京。既然拿定了主意,她先想到的是告诉王顺,找到王顺时看见他正跟一帮人商量扩建奶牛场的事……

别看他成天嘴里没正形,食品厂的人还没有人敢不称呼他王厂长,都是他跟别人贫,别人却不敢真对他也贫。只有洪芳,不知从什么时候开始就直呼他的名字,他也乐颠颠地答应得很自然。而且她跟王顺从来说话就没背过人,今天就更是有意要当着这么多人告诉他自己的打算:"王顺,我明天就办手续回北京,今天晚上你还不请请我,给我送行?"

周围的人一下子全都愣了。王顺却只抬头瞄了她一眼,就爽快地喊道:好,晚上我好好请你喝一顿。说完就继续跟那些人说事……可那些人明显有点心不在焉。王顺的态度让洪芳没想到,这个王八蛋竟然不感到意外,也一点没有要挽留她的意思,是他早想到了自己早晚会走的,知道挽留也留不住,所以干脆不费话,还是真的她走不走对他来说无所谓?晚上给厂里的大会计送行,本应把厂里的骨干都叫上,热热闹闹的。其实王顺每天晚上过得都很热闹,像他这样的人想不热闹也不行,不会有一个能让清清静静吃顿饭的时候。可今天晚上有点怪,骨干们早早地就都躲开了,出摊儿的出摊儿,干活儿的干活儿,没事的赶快下班走人,或许王顺本就没打算叫上旁人,或许大家都想到一块去了,如果有一大帮人送行,那就真得把洪芳给送走了。若没有旁人光是王顺自己,兴许事情还有转折……

王顺提溜着自己厂里生产的酱货,又叫灶上炒了两样小菜,临时抓了两瓶酒,来到食品厂特意给洪芳盖的大屋子,进门见洪芳正收拾东西,他就嚷上了:"哎呀,我王顺对你不错呀,天天把你当神供着,你就这么想离开我呀,归心似箭哪!这些东西明天我帮你收拾都来得及,看见你这样我哪还有心思为你送行,只想抱头大哭一场呀……就是哭也只能抱着自己的脑袋呀,惨哪,苦啊!"

洪芳一听这话,说好啊,你还倒打一耙,反守为攻呀。那好,王顺你就给我哭个看看,今天你要不哭,可不算个老爷们儿!

王顺放下手里的东西,双手拍打着桌子,哭天抢地地真就干号起来:我的天呀啊哈哈……财神真的个要走了哇啊哈哈,她怎这么无情无意呀,她不管我的死活呀哈哈,这可把我坑死了,我的独一份真是塌了天啦啊哈哈,我也不想活啦,你们谁也别拉着我呀哈哈哈,我就一头撞死在这儿算啦……他号得惊天动地竟让洪芳受不住了,怕让村里人听见这算怎么一回事,不管真的假的还真把她给号得心里发酸,于是赶紧拿起一块酱肉塞住他的嘴:王顺呀王顺,你怎么就没有正格的呢?

王顺从嘴里掏出酱肉:我身上全是正格的,没有孬玩意儿,连虱子都是双眼皮儿的。

刚才被王顺干号得自己都想哭一场的洪芳,扑哧又被逗笑了。她重新摆好桌子,把菜放好,将酒斟上,两个人举起了杯……一时却不知道这第一杯酒该怎么喝?真的送行,祝她明天一路顺风?王顺不愿意说。便举着酒杯临时改口说:"这杯酒先谢谢你,谢谢你为独一份立下的汗马功劳,谢谢你给我面子,看得起我,帮了我这么大的忙!"

"哟,你还会说客气话?真的假的?你到底是想让我走,还是不想让我走?"

"这还用问了,当然是不想让你走了,哪有人愿意丢魂儿的?"

"丢魂儿?真有那么严重?是厂子丢了魂儿,还是你丢了魂儿?"

"都丢了!"

"那为什么不正经留我?"

"留得住吗?"

王顺一下子把她问住了。是啊,他真留她就会不走了吗?她问了一句自己,照样给不出答案,心里依然乱绪难理,便端杯独自喝了一口酒,道出了自己这段时间以来的犹豫:"我现在好像也遇到了当年曹操的鸡肋难题,扔了可惜,还有点味道,不扔吧又吃不到多少肉……"

王顺直晃脑袋:"不对,你遇到的不是鸡肋,是块大肥肉,饿的时候解馋,养脑子。不饿的时候又觉着太腻,吃多了会发胖。所以你舍不得扔,扔了将来一定会后悔。"

"别跟我贫了行不行?"洪芳的脸上有点挂样儿,"我都要走了,得跟你说真话,我留恋的不是郭家店,是你这个人。你很有意思,跟你在一起很快乐、很轻松……但人一辈子不能光是轻松快乐,所以我掂量来掂量去,觉得还是并没有真正恋爱,还是离开吧。"

"是没恋爱,还是不敢爱?"

"你为什么老问我?打刚才就问留得住吗?可你并没有留我呀,怎么知道留得住还是留不住?那么现在我问你,我要走了,你是怎么想的,你恋爱了吗?你是个男人你敢爱吗?"

"不敢,"王顺老老实实承认,可转口又变味儿,"因为我是圣人。我一直是当无赖,就是你来了把我改造成圣人,至少在你面前我是圣人,知道替别人想了,也就是替你想了。要在过去,或者你要不是北京的姑娘,我早就把你给办了,现在说不定孩子都老大了,哪有这么麻烦。我本来就不是东西,干嘛天天馋得那么难受还装圣人?你老说我没正格的,可我从来没扒过你的衣服,还有比这更正格的吗?因为我有一件事没把握,我可以给你好日子过,我可以一辈子把你当娘娘供着、哄着、宠着,因为是癞蛤蟆配上了天鹅,知道知足。别的都可以给你,但没法给你弄个北京市呀!以后你想北京了,有一天你不高兴,你后悔了,怎么办?"

洪芳的心被说热了、说动了……她怕自己心软,把持不住就留了下来,便岔开话题:"说点轻松的,这个话题太沉重了,再这么沉重我们一会儿就都醉了。给我讲讲你的事吧,说说你小时候,这种顺口胡编的本事是怎么练出来的,是不是从小就有这方面的天分?"

"狗屁天分,全是从小贫嘴呱嗒舌地练出来的。我小时候当喜歌童子,谁家结婚喊我去唱喜歌,有一身花里胡哨的打扮,戴着高帽子,跟着喇叭唱,呜里哇啦呜里哇……唱完了给好吃的,还给点钱。有时主家给的东西不好吃,或者钱给少了,就用唱歌骂人家,说大话使小钱儿,生个孩子没屁眼儿……有丧事也去,穿上小黑袍子,看见吹鼓手来了我在前边引路,要深吸一口气,'噢……'得一直把鼓乐班子引到停死人的屋子里。如果是有家底的人家院子深,就得有俩喜歌童子,我一口气用完了另一个接上……"

洪芳被他说得又高兴起来,"怪不得呢,原来你这张嘴还是童子功啊。但我发现你只对一个人从来不贫气……"

"郭存先。"

"他姓郭你姓王,他怎么会成了你大哥?"

"当年那真是磕了头认的。当时我饿得快不行了,讨饭已经讨不到吃的了,身上就剩下一把干骨头,后来看到一个村子的牲口还不错,就知道他们可能会给牲口槽里加点料,夜里就用水投牲口槽子,划拉槽子底上的那点料末儿吃。郭存先正替人看牲口棚,他没有赶我,反而给我抓了两把他砍棺材挣的生棒子粒,还给我倒了一盆清水,我就是吃了那两把生棒子粒,身上才慢慢又有劲了。他也是跟着我学会吃生粮食,以后我们俩就在一块了,他有手艺,我给他吆喝着找活儿干。上学的时候,听老师讲红军长征吃皮带,觉得那多难吃呀,有一次我们五六天没找到活儿干,也讨不到东西吃,洗了几个牲口棚也没弄到一口料,可我从一头骡子嘴上弄了个牛皮嚼子,洗干净后煮了一盆牛皮汤,味道还不错,俩人先闹了个水饱,然后就咬那根煮软了的牛皮,还是咬不碎。我想起一个主意,在火上烤,烤得有点糊了再吃,嘿,那个香啊! 就是那根皮嚼子帮我俩又挺过了两三天。也才知道红军要不那么能打胜仗呢,敢情吃烤皮带,是挺搪时候的。"

洪芳笑着用筷子敲了一下他的脑袋,"你这张臭嘴,什么都敢挖苦,是不是喝得有点多? 给我说个喝酒的段子,让我高兴高兴。"

王顺装模作样地用手拍拍自己的脑袋,"坐在你对面喝酒,一点不喝就有点醉。酒是汽溜水,醉人先醉腿,嘴里说胡话,眼睛活见鬼。"

"坏蛋,你骂我是鬼呀?"

王顺故意睁大眼睛,盯着洪芳看,细眼含笑,眉毛干净舒服,真是越看越爱看。嘴上说道:"那是指对面坐着个男的。"

"若是女的呢?"

"甜言蜜语心发慌,越看洪芳越漂亮!"

洪芳脸红,轻声问:"你是又在耍贫嘴,还是真觉得我漂亮?"

"漂亮女人千千万,惟有洪芳最经看;有种漂亮是祸害,洪芳之美暖心间。"

"拍马屁……"洪芳定定地望着他,眼睛确实像温暖的太阳。"他们都说你有一肚子黄段子,我不知道什么叫黄段子,你给我说一个听听。"

王顺两只喝红了的眼睛盯着她,露出了十足的野性:"伽蓝殿,去烧香,庙里遇着小和尚。和尚爱我年纪小,我爱和尚两头光。红绫被,象牙床,怀中搂着可意郎。叫声哥哥慢慢耍,休要惊醒俺的娘……"

洪芳的脸更红了,"这是戏词儿吧?"

"当然是现成的戏词儿,我哪能编这么好。"

"如果我跟你好,你能马上编出一段吗?"

"自己的事都是现成的,立马就来。你听好了:贤妹子,妹子贤,不嫌哥哥出身贱。跟着哥哥穷开心,我爱妹妹心里甜。生下孩子一大帮,亲亲热热过百年……"

"你把我当猪了? 你养猪、卖猪还不够,还想让我也像猪一样一生一群啊?"

"猪好啊,能吃能睡,没心没肺,凡属猪的人都皮实,福大命大。脸带猪相,心中豁亮!"

洪芳不笑了,看着王顺那张有着太多故事的脸,觉得极具吸引力和刺激性……竟又羞又愧地对他产生了欲望,一点点将脸凑过去,用几乎听不清的声音细语:"我想叫你抱抱我……"

"小野猪,叫我抱你很容易,想再叫我松开可就难了……"王顺嘴里很粗鲁,抱得却很小心、很温存,手也很细致,轻柔地一点点地开始抚摸她,手指尖上和手掌心里都像带着火,摸得洪芳又舒服又兴奋,渐渐摸到了她正等着他的地方……他周身都活泛起来,没有一处不在行动,却仍然堵不住那张臭嘴,我的宝贝小野猪,我太喜欢你了,我爱死你了,我想了你这么多日子,天天眼馋你……我的小野猪,我要亲亲你的小野猪牙,我就喜欢你的这颗小野猪牙……

当夜王顺没有离开洪芳的屋子,自那天以后洪芳也不再提离开郭家店的事。几年的工夫他们就生了三个孩子,真像一窝小猪一样壮实。

## 14. 倒 春 寒

昏黄的下午刮着昏黄的风。

风推车,车带风,车停风不停,尘土借着汽车的惯力搅成旋风,在车门开启的一刹那猛烈地灌进车门。郭存先正张着嘴站在车门口,结结实实地被呛了一大口,又不得不结结实实地咽了下去。

"快点,快点!"售票员在喊,车上等着下去的人和车下等着上来的人都在喊。

郭存先被尘土噎得喘不上气来,他脚下沉重的机件包正好卡住了车门口。

"哎,老头,说你哪,你倒是快一点!"

"他带这么沉的大包上车,就该罚他买双份的车票。"

公共汽车上从来都不缺少起哄的人,此时就形成一种破鼓滥人捶、墙倒众人推的声势。郭存先可不是好脾气的人,郭家店四千多口人的大当家的哪受得了这种窝囊气?也正因为他不是一般的农民,所以才受过各种各样的气,包括大气、小气、闲气、闷气、臭气、窝囊气、夹板气……眼下这点野气又算得了什么?他就着凉风拌灰一伸脖子愣吞下去了。

他心里又何尝不急不气,但力气已降不住这包铁家伙,只好自己先跳下车门,一点一点往车下拖。他娘的,刚过四十岁就被人称老头啦!他一直觉得自己还很年轻,也许他从来就没有真正年轻过,眼下趁着成了村里的大拿正想好好年轻一回。都是这趟苦差使他看上去整个人都挂了锈,卷了边。连他自己都觉得两颊向里瘪,脸上皱纹僵硬,汗水和灰土和成了泥,把脸糊得皱皱巴巴,横褶竖裂。

事急情急,车上的人用脚踹,他在车下一较劲,机件包终于被拽出了车门。

汽车又开走了,仍留下一团烟尘包裹着他。他不躲,不扇,也不捂嘴。背风点着一支烟,大口地吞吐。尘土是躲不开的,人是土肉是泥,在土里刨食,最后还要埋进黄土或化为灰土。人怕灰尘是没有道理的,土到家就不怕土了。他眯着眼,看着灰尘是怎样飘飘忽忽地围着自己旋转,怎样落到自己身上,凉丝丝,黏糊糊,痒刺刺,落到他嘴里的灰尘他尝到了一股又咸又腥又麻的味道。尘土就是爱跟着风起哄,热闹一阵该飞走的被风刮走了,该落地的慢慢也都沉落下来,该属于他的也在他身上找到了合适的位置。四周安静下来。

郭存先不得不起身了。从这儿到自己村子还有很长的一段路,他不知道在天黑之前自己能不能把这一百多斤重的机件包背回去。他先是贴着柏油路的道边拉着走,当拐下了通往郭家店的土道,机件被颠得嘎嘎乱响,他生怕把这一堆宝贝磕坏,只好背上自己的肩。他的腰弯成了九十度,一堆钢铁在上,肉躯在下,后背觉得冰冷梆硬。他越走背上的东西越沉,气越喘越粗,汗越流越多,脑袋昏昏沉沉,前胸热得要炸开了,后背却感到冰冷刺骨,而且越来越冷、越硬、越疼。天色越来越暗,他的腰也弯得更低了,脚步却没有停下……

哪个杂种说我老了?

我老?哪个小青年能背得起这堆东西?

平常觉得这条路够平整的,今儿个怎么这么坑坑洼洼?有一天郭家店富裕了,先修一条大道通市通省通四面八方。没有好路谁会来?没有人来怎会兴旺,怎能发财?他的头低得快挨着地面了,抬脚动步愈加艰难,腰椎仿佛在一点一点地折断,但他仍然一步一步地向前挪着……

建化工厂是他提出来的,别的人都办不了的事,自己再不出马还能指望谁?于是就有了这趟苦差。村里人都知道他郭存先是大能人,只要他肯出马没有办不成的事。只有他最清楚,自己的本事就是能吃苦,能受罪,脸皮厚,敢张嘴求人。这次到东北退换高压泵零件,一没多带打点用的钱,二没带弄坏的零件——带了弄坏的零件就会露馅,明明是他的人在试车时把机器装反了才弄出事故,怎好再叫人家给换一套新机件?

不办工厂发不了大财,办工厂农民又不懂机器,机器也就欺负农民。你说当农民什么气不受?都知道农民好欺负,所以有时候农民说瞎话,城里人反而容易相信。这次郭存先凭自己的红口白牙硬说人家设备有问题,要求再得到一套备件,他就真的成功了,只付了人家十七万成本费。但,求人并不是一件容易的事,尤其是一个身上没有多少钱的乡下佬央求大城市的人,那就更是难上加难。他经受过一次又一次无法跟别人学古的羞辱,比带着全村人给人家下跪更叫人难以忍受。所以,他有把握能办成的事,就带着村里人一块出来,自己光动嘴,让手下的人卖力气。他没有把握、估计要作揖磕头的事,就单独出来,低三下四、丢人现眼只有自己知道,不让手下看到,回到村里仍然拥有大当家的说一不二的资格,在村人面前好保持自己有最高的尊严和权威。这样一来,他在外边受了多大的罪,也就只有自己知道了。连来带去七天七夜,他没正儿八经地吃上一顿热乎饭,睡过一个踏实觉,想不到下了汽车居然也碰不上一个活人,难道真要靠自己把这堆铁家伙背回村里?

不对劲呀,今天这条道上怎么这么冷清?已经开春了,下洼的、捡粪的、走亲戚的,道上应该有人了。更何况自从他在郭家店办起了几个工厂,这条道上黑白就没断过人……郭存先一点点地向前磨蹭,腰没有碎,腿也没有断,倒是胃开始扭曲打结,一阵阵寒涩往嗓子眼儿涌。只觉得力气已经使尽,再也无法向前挪动一步,便小心翼翼地放下背上的机件包。腰椎仍僵硬如弓,一时无法伸直,他凑凑合合坐在道边上,让脊背靠着机件包。他想抽烟,摸出烟盒里面已经空了,只好从口袋里掏出一个干烧饼咬了一口,慢慢嚼着,胃的疼痛加剧,像有一根棍子在里面乱搅,一团又腥又咸的东西翻上来,禁不住嘴一张,还没有嚼烂的烧饼全吐了出来,却是红的。紧接着又吐了第二口……

郭存先害怕了,头大心慌,放下烧饼用手背擦擦嘴角。然后合唇闭气,双手用力摁住肚子,想把胃里继续往上涌的血压下去。可胃要出血,嘴又怎么能封得住?手也摁不住,只能让它吐得不想吐了才能止住……大吐过之后,郭存先用草棍儿拨拉那摊鲜血,想看看里面有什么东西?他揣度着自己到底出了什么事,是纯粹因劳累过度,还是胃里长了什么东西?

一阵寒颤冷飕飕地穿过脊背向周身扩散,他把旧棉猴的领子竖起来,衣襟拉紧。心里在一遍又一遍地否定自己的假设:不可能,自己的胃自己知道,有小毛病,无大问题。八成是胃里没有食,再加上过分用力,就弄伤了胃。小的时候见过郭大傻子跟人打赌,举起了一个牛轴,当场就累吐了血,后来不也活到六十多岁。刚才腰弯得太低,造成头晕呕吐,胃里无东西可吐,只好就吐血了……

郭存先不停地宽慰自己,稳住了神,重新拿起烧饼送进嘴里,细嚼慢咽。越是这种时候越得要让肚子里有点东西,吃了两口烧饼果然觉得不像刚才那么心慌了。当他咬第三口的时候,发觉烧饼上的芝麻粒儿会动,仔细一看,烧饼上爬满了蚂蚁……他又一阵恶心袭来,赶紧扔掉烧饼,捂住肚子。


就在郭存先恨不得能一步到家的时候,他哪里知道有个调查组已经挖好了陷阱布好了网,正在等着他。这几天,郭家店平静得邪乎。突然发出一阵狗叫猪叫,人们都会被吓一跳,总以为有什么事情要发生……

该发生的事情迟早是要发生的。

过多少年以后,中国人的后代子孙还能够理解诸如"调查组"、"工作队"这类字眼的真实涵义吗?许多政治运动,比如:"四清"(清工分、清账目、清财务、清仓库)、"文化大革命"等等,都是先从派"调查组"、"工作队"开始的。没有经历过那个年代的人是体会不出这些字眼的丰富内含及其震慑力的!

任何一个地方,只要来了调查组,就不会有什么好事;任何一个人,被调查组盯上就算是倒了血霉。所以郭家店一进调查组,通知所有工厂都停工,等待接受调查,立刻就像庄稼地遭霜打了一般,郭家店人蔫了,出门走动的少了,只有在墙根底下晒太阳的又多了起来,村子里格外冷清。越冷清就越敏感,越敏感就越紧张,越紧张就越要探听各种消息,耳朵支棱着,眼睛转动着。

　　白天是阳,晚上是阴,睡了一夜其实就等于到阴间转了一趟,早晨醒来看什么都是新鲜的。以往郭家店热热闹闹的一天是从村东头的坑边上开始的,农民们早晨睁开眼第一件事,就是先到坑里挑水,把自家的水缸灌满。乡里乡亲的碰了面必须打声招呼,早晨打了招呼一天不再吭声也没有关系了。勤谨人大清早一见面先问:"今天干什么活儿?"过去生产队长派活儿就是往坑边上一站,张三李四王五胡六,谁去干什么立马都扒拉开了。

　　有人夜里睡足了睡美了,双脚像踩着台步,两只水筲在身前身后吱扭吱扭地晃动着,嘴里哼着小曲,见了人打岔嗓门也格外响亮:"老六,走道怎么像拉了胯,昨天一宿没下马吧?"

　　"老三,早晨起来就睁不开眼,是不是昨天晚上老婆没让上炕?"

　　谁家的日子过得好坏,谁家有喜事或者有不顺心的事,谁的脾气禀性如何,早晨在坑边站上一会儿就能看出个八九不离十。

　　这些天可好,大家早晨一碰面有的龇龇牙就算是笑了,有的对对眼神就算是点头了。唱小曲的人没有了,怕叫人多心,连大声说话都有点犯忌……坑边上只听见水筲打水的哗哗声。

　　这种沉闷是一种等待,等待着郭家店出事。

　　同时,郭家店的早晨还增加了一道新的风景——有人竟闲着没事干跑步。早晨的时间那么金贵,跑步的自然不是本村的农民,是调查组的组长钱锡寿。城里人真正喜欢农村的不多,但不喜欢农村的空气的则很少。尤其是清晨,温润,清凉,带着醒人的甜爽,深吸一口香沁沁直灌肺腑,满腔满腑立刻被清洗了一番。钱锡寿是个很注重养生的人,起床后不洗不漱先到户外慢跑四十分钟。上身穿着驼色羊毛衫,下身是蓝色运动裤,脚蹬白运动鞋,看上去干净而敏捷,跑起来也格外招眼。脚声橐橐,搅乱了郭家店早晨的宁静。

在村民看来,他在村里转着圈儿地跑,就如同游行示威,给清徐徐流香带露的空气中,猝然冲进一团杀气。他跑得很慢,昂着头,眼光扫射着两旁,见人不打招呼不点头,光洁的面孔上挂着一种古怪的笑纹,可眼睛里却没有一丝暖意。他的笑,立刻能让农民想到了郭存先的哭……不知为什么会有这样的联想?因为郭家店的人都知道钱锡寿是来杀人的,不是来送微笑的,能够笑着将人置于死地,才是绝顶高手。所以农民们看见钱锡寿跑过来能躲的赶紧躲开,实在躲不开了就脑袋一低装看不见,连装看不见也来不及了就会被吓一跳,或直愣着眼珠子像中邪一样钉住身子。

钱锡寿不在乎,他对自己的感觉非常好,脚步轻快,旁若无人。他知道农村人会觉得新鲜,会觉得他可笑,甚至会有人在后面指着他的脊梁骨骂大街,这很自然。因为他带着调查组进村来,有人欢迎,有人反对,还有人憎恨,有人害怕。不管持什么态度,都知道现在郭家店的命运抓在他的手里,对他都得恭恭敬敬。更多的人是想巴结他,希望他狠一点或希望他手下留情。让郭家店的人精神紧张,正是他想看到的效果。说明郭家店确实有问题,调查组来对了,来得及时。既然叫调查组,就希望能查出问题,查出的问题越多越严重,他的成绩也就越大。调查组一共只有六个人,却带着炊事员和锅碗瓢盆儿,自己起火做饭。这阵势和以往吃村子喝村子的工作队、清查组就大不一样了。不沾郭家店的一口饭、一勺汤,界限划得清清楚楚,一副六亲不认、公事公办的架势。但他们住的还是郭家店的房子,没办法,总不能再带两个帐篷来吧?调查组进村后组员们立即就分头行动,查账的查账,找人谈话的谈话,外出取证的取证,而且调查组的成员中还有公安局、检察院的人,不用说别的,他们穿着警服只要在村子里走一圈儿,就晃得人眼疼,就让人不往好处想,看样子这次不抓走几个是不会善罢甘休的了。

有一个人这样猜,不出半天就会有一千个人这样传。有一千个人这样传,不出一天十里八乡就都相信郭家店已经被抓走了几个人。为首的当然是郭存先,不知郭存先是命大呀,还是命不济,自从他当了郭家店的家以来就没得过好,今儿个查,明儿个整,一搭接一搭。

昨天在距郭家店只有十三里路的王官屯集上，有人言之凿凿地讲述着郭存先被警察铐走时的样子，他老婆怎样在后面追着大哭大喊……

在郭家店更是谣言满街飞，墙角旮旯，炕头地边，各种猜测和疑问都有：

你说郭存先还回得来吗？

听说他早带着村里买机件的钱跑啦！

嗨，你们哪里知道，有人看见他已经被猴儿(抓)起来了……

看农民们有好奇，也有兴奋。至于这件事情本身意味着什么，对自己的生活会有什么样的影响并不重要，重要的是有新鲜事可说可传，有热闹可看，郭家店天不怕地不怕的大人物郭存先马上就要完蛋了，或者已经完蛋了。人活到这个份儿上也很不简单，上台和下台都成了能惊动一方的景致。

这些闲话却让不希望郭存先完蛋的人生气、发毛。

钱锡寿也恨不得群众的哄传快一点变为现实。如果说还有叫钱锡寿担心的事，那就是怕查不出问题。进村容易，出村难，声势越大越不好收场。

但，他的担心跟郭存先的紧张性质不一样，程度不一样。只要想查，现在还有查不出问题来的地方和人吗？况且他也不是第一次当猎人了……


林美棠的胸口就像长了草，她想找人探听一点情况，或是说会儿话缓解一下心里的闷气，可走过好几个门口都没敢进去，不知怎么心里就忽然发憷，谁知道这些人现在是怎么议论郭存先和自己的？说不定此时正聚在一块嚼舌根子。自己突然闯进去说什么呢？人家会以一种什么样的眼光看自己？如果再让人误解，节外生枝惹出新的谣言或是是非非，就更不值得。不管怎么说自己在村里也算得上是个名人，被许多人认为是红得发紫的人，真出了事情除郭存先外没有第二个可以说心里话的人了。她没有目的地走着，路过欧广玉家的院子忽然想起一桩急事,欧广玉的媳妇怀上了二胎,得跟她定个时间去做流产。因为她现在是郭家店的妇女主任,兼管着计划生育的事。这是公事,不管欧家高兴不高兴,反正她早晚都得来解决这件头痛的事。

院门一响,欧广玉的老娘隔着窗户看见是她,慌忙下地,从柜上抄起一把大锁就向外走,出门的时候还是倒着,装做看不见院子里的人,顺手就把屋门锁上了。整套动作一气呵成,手脚麻利。然后慢条斯理地转身,这才一惊一乍地好像刚看见林美棠:"哟,是林主任来啦,儿媳妇去娘家了,我要去串门,就不让你进屋坐啦。"

林美棠不信,这一套把戏她见得多了。只是今天她没有心思多费口舌,就一边掉头往外面走,一边叮嘱了一句:"回来您告诉她,趁着小快点去做了。"

"哎。"老太太答应着,等林美棠一出门,就借着轰鸡骂上了,"你个不下蛋的鸡,就会咕咕乱叫,自己不下蛋还不让别人下。谁都像你似的,没人疼没人管,断子绝孙!"

林美棠站住了,这个老太太今儿个是吃了枪药啦?自己并没有说什么,平白无故干嘛要骂得这么难听?照理说就该修理一下这个老妖婆,若不然惯下这个毛病那还得了?今天对着你打鸡骂狗,明天就敢骑到你脖子上拉屎撒尿,往后是人不是人的都敢欺侮你,怎么咽得下这些恶气?但,气归气,恨归恨,林美棠并没有转身回去。若在往常,就是借给这个老太太几个胆子,她也不敢这样对待林美棠,现在显然是借横,借调查组的横想保住儿媳妇的二胎……自己转回去又能怎样?和老太太对骂,还是把她拉到村委会教训一顿?虽然计划生育并不错,可这时候多一事不如少一事,郭存先又不在家,别给他添乱。林美棠只当什么也没听见,硬是挪动双脚离开了欧家的大门口,她哪儿也不想去了,还是回到自己的小屋里呆着好。

路过农机站大门洞的时候,里面有一帮老爷们儿在下石子棋、讲荤笑话,看见林美棠过来立刻炸了窝,又笑又叫,尖声怪气。农村正派的女人都懂得,碰上这种男人们发情放色的地方,不听不看,赶紧跑开。林美棠低下头,加快了步子……

脏话伴着淫笑还是向她砸过来：

"咳，你们看谁来啦，妇女主任！"

"光棍儿说不上媳妇都是妇女的原因，应该由主任负责解决我们晚上的困难，你们说对不对？"

"对！问问她，为什么有的一个人俩老婆，我们连一个都没有？"

"谁呀？你小子有种敢说出是谁趁俩老婆吗？"

……

林美棠一溜小跑回到自己的家，已经满脸都是泪了。今儿个郭家店的人都疯了吗？他们以为世界末日到了，可以无法无天了吗？他们可以不怕她，难道也不怕叫郭存先知道了？等等，是谁的末日？他们不会认为自己有末日的，莫非是听说郭存先要完了，才敢这么张狂？可郭存先眼下还没有完，就有人敢这样，可见在郭家店暗地里反对他的势力还挺大，并不像平时他自己估计的那样强大、那样厉害，那样有权有威有人缘。那些无赖二流子欺负她，不光是馋女人馋疯了，好像还是冲着郭存先来的……

林美棠心里一阵发冷，如果郭存先真的不行了，自己在郭家店恐怕连一天也呆不住。有那一天郭存先倒了，郭家店就没有人再拿她当人看了，还留在这里干什么呢？不如回到城里随便找个男的嫁出去，或者一辈子不嫁就陪着老娘过一辈子。既有今日，何必当初？什么都耽误了，又是为了什么？是为了爱情做出的牺牲？这算爱吗？即便自己知道这就是爱，郭存先也承认吗？他就是在压着自己身子的时候也从没有说出过这个爱字。农村人不兴谈情呀爱的，也不相信这一套，干事的时候倒是喜欢骂粗话。

林美棠很清楚，在看待她和郭存先的关系上郭家店只有两种态度：一种认为她是破鞋、浪货，从骨子里轻贱她；一种认为她鬼迷心窍、是受害者，可怜她。她还能指望将来会有好果子吃吗？命中注定，她的这份爱从一开始就和不幸纠结在一起，一场接一场，灾难和麻烦就从没有间断过。她老有一种感觉，和郭存先是不会走到头的，这种关系迟早要结束。难道这一天已经逼近了？怎就这么巧，调查组偏偏趁郭存先不在村里的时候进来？难道上边就是要选这个时机乘虚而入,要颠覆他、整掉他?他走的时候竟没有一点预感,没有听到一点风声,甚至连她都没打一声招呼……有很长时间他没有到自己这里来了,平常连个认真说会儿话的机会都很少,她总是天天在等,明知等不来,可还是愿意等。情难自禁,盼望能等到他的某种暗示,哪怕一个眼神,一下手势……可永远都是失望多,意外的惊喜少,也永远都是偷偷摸摸。

林美棠心烦意乱,两眼瞪着窗户,看着它一点点地快黑下来了,才从炕上坐起来,准备下地做饭。她不想吃,更不想做,可她逼着自己非做不可。一个人过日子太难了,经常会不想吃也不想做。如果一不想就真的不吃也不做,那日子就没法过了,人还活个什么劲呢?当初干嘛还要到郭家店来呢?所以,她给自己立了一条死规矩:像别的人家一样,一天三顿饭一顿不能少,吃多吃少都得吃,吃不了倒掉也得做。到该做饭的时候,就得让灶火膛里有火,让房顶上的烟筒里冒烟,让屋里有热气,让炕不是冰凉的。她掀开水缸盖要往锅里添水,舀子没有舀上水却碰到了缸底,缸里没有水啦。赶上今天倒霉就处处不顺气,都这么晚了自己还要不要到坑边去挑水呢?滑到坑里怎么办?不挑又怎么办?她摸摸暖壶,里面是满的,喝水倒还不用愁,可洗洗涮涮呢?在郭存先没有得到她的身子之前,她过日子上需要动力气的事都由郭存先一手包办,有时他顾不过来也会打发别人给她干。她成了他的人后,他反而不能管她了。不是不能,而是做贼心虚尽量避嫌。这是她要求他这么做的,她也知道他正乐不得有个台阶下,这就是男人。别人都知道郭存先胆大,能让他怕的人、怕的事不多,惟有她最清楚他有时是多么胆小,多么虚弱。这就是她跟一个有老婆的男人相好的苦处。

他不干,还有别的人干。在郭家店不管背后有多少人说她的闲话,那些人有的是要说给别人听的,有的是凑热闹随声附和,其实心里喜欢她,想跟她套近乎,愿意给她干活儿的男人有的是,郭存勇就是一个。作为女人林美棠心里再清楚不过,郭存勇对她的欲望始终没有彻底浇灭,只是他心里有愧在先,再加上害怕郭存先,便对她既不敢太热,也不愿意冷,不想疏远也不能太近,老是心照不宣地一股劲。这样最好,也处理好了跟郭存先的关系……可见,只要林美棠高兴,到街上招呼谁给挑两趟水,都不成问题。

可她眼下不高兴。

在农村,像她这样年龄的女人到该做饭的时候自己现去坑边挑水,大都是寡妇……她忽然觉得自己还不如寡妇。寡妇可以堂堂正正地得到别人的同情、尊重和照顾。她呢?她在守活寡!可又在为谁守活寡呢?她连守活寡的名分也没有。今天,她跟自己较上劲了,宁肯不吃不喝也不出去挑水。不管自己曾经定过什么死规矩活规矩,都要破一破了。她把水舀子扔到柜子上,又进了里屋。在里屋站了一会儿又走出来,她得给自己找点事干,不能光闷在屋里胡思乱想……恰好在这时候听到屋外有脚步声,噔噔而近。她正盼着有个人来说说话,不管是谁,也要把他让进屋里坐一会儿,哪怕就是一条狗、一头猪,跟自己做会儿伴也好。

"美棠。"想谁谁到,正是郭存勇的声音。

她答应着开了屋门,郭存勇肩上挑着一担水:"这两天乱套了,也不知道你缸里缺不缺水,我要外出几天,来看看你顺便就捎了一挑子水来。"

林美棠心里一热,眼睛又有点潮了,却没有说话。这时候说客气话显得太生分、太见外了。郭存勇进屋放下担子,打开缸盖:"哟,都干缸了!"郭存勇倒完水,挑起两只桶又向外走。林美棠以前对他的厌恶突然间都消失了,想留他:"进屋歇一会儿再走吧。"

"等我把水缸挑满了。"

"不用,这就足够我吃一天的啦。"

"还得洗洗涮涮呢,像你这样的人又爱干净。"他一只脚都迈到门外边去了,忽然想起来从口袋里掏出一封信交给林美棠,"北京家里来的,准又是老娘想你了。"

郭存勇又去挑水,林美棠就站在门口撕开了信封,果然是家里来的,弟弟执笔,以母亲的口气告诉林美棠又为她张罗了一个对象,四十三岁,是个工人,老婆跟着别人走了,给他留下一个十几岁的男孩,最主要的是他不嫌弃她是农村户口。弟弟还在这句话的下面重重地画了一条横道,不知是他的意思,还是母亲叫他这样画的?好像是提醒她在城里找到一个不嫌弃她的人可不容易,别再挑三拣四的,快点回来和人家见见面……

林美棠心里酸酸的,自己真的就这么惨啦?一个工人,年纪跟郭存先不相上下,而且是被另一个女人抛弃的,还不知道是副什么德性,居然也敢说不嫌弃她,摆出了屈就低看的架势……她难道连这样一个人还配不上吗?这就叫活鱼摔死了卖。这时候如果老娘给找了个条件稍微好一点的,她说不定真要好好考虑一下,回去先见个面再说。

郭存勇把水缸挑满了,还剩下半桶倒进锅里。林美棠把他让进屋里,沏上一杯热茶,拿出香烟、糖果。她保留着城里人待客的习惯,让每一个到她屋里来的人都留下一个好印象,觉得她这里就是和别的人家不一样。郭存勇剥了一块奶糖放进嘴里。

"你怎么不抽烟?"林美棠要给他拿烟,郭存勇不让,在争执中不知怎么她的一只手被抓在郭存勇的两只手里了,像被电流吸住一样,刹那间两个人都僵住了。林美棠脸热心跳,眼睛里露出羞涩和惊恐,单调孤寂的生活很容易使人的感情变得炽热,她不知道这时候郭存勇如果想要跟她发生点什么事情,自己还能不能拒绝得了?也不知道自己是希望发生点事情,还是害怕发生心里渴望的那种事情?她的双手柔软而冰凉,微微发抖。

郭存勇太想把她抱住,干他渴盼了许多年的事情,可这时候他不敢,外边不知道有多少双眼睛在盯着这间房子,他可不能干人家牵驴他拔橛儿的事……最终他还是松开了自己的手,立刻打哈哈:"你这屋里这么干净,还有一股好闻的香味,应当贴个条子禁止吸烟,以免给弄得烟熏火燎。"

她眼光湛湛,有一丝失望,又有些感激:"存勇,你还是个好人。"

"好人没好报。"

"行啦,家里外边你都够好的了,别不知足。"

"你不更好吗?论长相,论心眼儿,有几个女人敢跟你比?结果能有好报吗?这个问题你大概在脑子里过了筛子又过箩,不下百遍了……"

林美棠低下头,眼眶里泪珠涟涟,这份怨艾惆怅,真让男人受不了。人世间许多救美的英雄壮举,就是在女人这副神情的鼓励下发生的。郭存勇也是男人,而且是郭家店的头号情种,胸内陡然鼓荡起一股爱美惜美的勇壮,他太想把她搂在自己怀里了……可这是什么时候啊?刚才他挑着水进这个门的时候后边至少有几十双眼珠子在瞪着自己,欧华英随时都会闯进来或者在窗户外面大喊大叫……

可他就是要在这个节骨眼上英雄一回,将作为佳话传开,只要郭存先不倒也会感激他,郭存先这回真倒了,林美棠会感激他、依靠他,说不定会变成他的……话说回来,不管郭存先出什么问题,林美棠都是受害者,照顾她永远不会有问题。但是,天下什么女人都可以动,就是林美棠眼下可动不得!

郭存勇有情,却不缺心眼,开始掏着自己的心窝子给眼前这个可怜可爱的女人出着有用的主意:"美棠,你不能老是这个样子下去?该多想想以后,我是劝你往前走一步,所以临走前一定要来看看你,如果你有这个意思,我在外边就替你张罗着找人,随便抓一个就不会比我们差,怎么着回市里安家也比郭家店强。如果你有这个意思,我劝你要快,趁着现在年轻漂亮,越早了越主动……那样就是救了自己,也救了……存先。"

他跟林美棠在一起的时候,尽量不提郭存先这个名字。可今天情已至此,没有必要再躲躲闪闪了。林美棠看着他,以反问代替回答:"这种时候你要去哪里?"

"我跟你不说假话,正因为是这个时候,我还呆在村上干嘛?这不是活受罪嘛!趁着调查组还没宣布我不能动,赶紧快走,正好化工厂就要出产品了,我也得出去找找销路。这是个机会,我可能要天高任鸟飞,海阔凭鱼跃了。所以要听听你的打算,在外面好接应你,如果愿意就也出去找我……"

林美棠沉吟着,有一种欲说还休的沮丧,却又想倒倒肚子里的苦水:"存勇,我知道你是真心为我好,特别是我们两个以前想好而没有好成,我怪过你。现在你还能对我这样,我已经非常知足了。你说,以我现在的情况,人家条件好的,能让人看得上眼的,一旦知道了我的底细,谁还会要我?再者也不能连累你,让存先知道了是你给我介绍的对象,你们俩的关系不就更难处了吗?我知道你已经为以前跟我好的事受了不少委屈啦……"

"我不怕,郭存先如果是真心疼你,他会感谢我的。"郭存勇难得情绪这样激烈,心诚情切地恨不得把胸口豁开给林美棠看,"美棠,我可不是挑拨你俩的关系,你要真嫁了人,存先第一个会松一口大气,他的家里人以及郭家店所有对你好对存先好的人都会松一口气。他有这个心,却没有胆子跟你说,怕你骂他没良心。一个这么好的黄花大闺女给了他,自己腻烦了,遇到麻烦了,就想一脚把人家给蹬喽,这不就是始乱终弃嘛!他不是不讲义气的人,现在他和他的家里人不仅不会怪你,还得感谢你,这时候你若是想害他,到调查组一句话就能把他送进大狱,你信吗?反正我信。现在你若有了对象离开郭家店,就一劳永逸地解决了跟存先的关系,那才叫皆大欢喜哪。"

郭存勇如此情义挚厚,林美棠的心真被说活了:"好吧,存勇,我听你的。"

"有你这句话,调查组再拿这件事做文章,别人就可以为你说话,为存先求情了。你大概还不知道,调查组手里有一份《内参》,上面列了存先七条罪状,最厉害的一条就是长期霸占下乡女知青……"

林美棠心里一紧:"什么?"

"那叫《内参》,白纸黑字,印得清清楚楚,规规矩矩。是记者和能通天的人物为告御状写的呈子,专门送给中央的大头头们看的,哪个头头在上面一批字,事情就闹大了,层层传达,一级一级往下灌,存先就等于给判了死刑。过去许多政治运动,批这个,整那个,都是先由《内参》挑起来的。"

"这回调查组的《内参》中央领导批了吗?"

"还不知道。"

"是谁写的呢?"林美棠心慌意乱。

"咱哪知道啊?这回调查组里就有个女记者,千万记住,这些狗屁记者可是得罪不得。"郭存勇一直不错眼珠地盯着林美棠,她脸上有一种让男人的目光无法移开的吸力。他借着坦诚的关切和爱护，大大方方地用眼睛贪婪地吞噬着她。对这个让他着迷却又不能碰的女人，通过居高临下地照顾她，跟她无话不说，也能获得一种满足和快感。"美棠，天都这么晚了，就你一个人我看也不用再起火做饭啦，跟我回家去吃吧。"

林美棠扬起脸，勉强一笑："我天天都是一个人，还能天天不做饭？不能再给你惹麻烦，让别人说闲话了。"

"嘿，这你可就不知道了，只要我动了真格的，我真想干的事，欧华英就大气不敢出。当初是她钻了个空子先得手了，不然我怎么会要她。别不告诉你，真遇到事我是不怕麻烦的，更不怕别人说闲话，别忘了我是见过大世面的。其实在郭家店，除去存先再没有第二个人敢说我的闲话。我到你这儿来，请你吃饭，给你干活儿，都是官的，光明正大。刚才就有好几个人都盯着我，故意问这么晚了给谁挑水？我说你们眼瞎呀，看不见是给美棠挑嘛。欧华英也知道，这不也不敢说半个不字吗？全村人心里都明白我是活雷锋，是替存先照顾你，替他给你干活儿。他不管，别人避嫌不敢管，我再不管，那不就晒了你的台？一个女人立家过日子可是真不容易啊！"

今天郭存勇可真是牛逼抡起来吹了，彻底过瘾地英雄了一把。

"我心里都清楚，快回去吃饭吧，别让家里人老等着。"

别说还是在这种日子里，就是平常林美棠也不会到郭存勇家里去吃饭。这就是郭存勇和郭存先的区别，郭存勇能虚乎，会哄人。但他刚才谈到的《内参》，使她的心思散了。要不然她会借机用激将法留下郭存勇在自己这里吃饭，今天她太想有个人跟自己做伴了。她为什么就不能像其他女人一样，跟对自己好、自己也不讨厌的男人，高高兴兴、热热乎乎地吃顿饭呢？

郭存勇嘴里说着要走，拿眼扫扫外边没人，一把抱住林美棠，狠命亲了下去……

女人们在家里嘴就更不会闲着。因为农村的女人不串门就没法活,而串门就是串老婆舌头。一个村子会分成无数个女人的圈子,或三个一拨儿,或五个一伙儿,这就是她们的社交。在自己的小圈子里传递着各种各样的信息,山南刮什么风,海北下什么雨,东边出了什么新闻,西头有了什么丑事,真的假的,荤的素的,越乱越邪乎,她们就越能得到大的满足,得到在家里在自己男人身上得不到的快乐。女人们把从自己男人那里听到的东西带给其他女人,再把从其他女人那里听来的东西带到家里,这便构成了农村的社会。

郭存先是郭家店的一号人物,掌握着全村的命运,抛头露面最多,是村里的头号明星,自然也是全村闲话的中心。调查组进村使闲话又增加了十倍,他的老婆朱雪珍可坐不住了,就去找郭存勇的老婆欧华英。觉得她们两个此时应该是同病相怜的,一个的男人是村里的书记,一个的男人是大队管副业的队长,算是绑在了一块,要有事都有事,要没事就都没有事。欧华英年轻见识多,浑身都是心眼儿,说不定想出了对付调查组的好主意,就是只听她叽里呱啦地说会儿话也可以解解闷儿。

欧华英一见朱雪珍却立马做出一副愁苦相,其实她心里正高兴着呢。她认为自己的男人是村里的尖子,之所以才当了个管副业的队长都是因为被郭存先压着,手里屁大的权力也没有,大事小事全听书记一人的。还得有活儿抢着干,有事走在前边,卖傻力气出大汗。刚过门的时候她可没少跟男人怄气,嫌他太窝囊,叫郭存先给整治怕了,该争的不争,该主的不主。背地里也没少给他出主意,可他一出家门一条也用不上……所以调查组来了她心里一点都不慌,甚至还有点幸灾乐祸。如果郭存先这次被整倒了,说不定该轮上她的男人当一把手了!

苦命人心实,朱雪珍一向都把欧华英这个出了五服的兄弟媳妇当做很亲近的姐妹,她娘家没有人,心里存了什么事情全跟欧华英说。欧华英对朱雪珍的同情也不全是装的,当年郭存先从外县刚把她领来的时候,把郭家店的大姑娘小媳妇一下子全比下去了,要脸蛋儿有脸蛋儿,要身条儿有身条儿,能吃苦能干活儿,却从不多说少道。男人们都为她挑大拇哥,眼热郭存先好福气。眼热眼气都没有用,谁叫人家郭存先有本事。但,做人还得要有前后眼,现在又怎么样呢？朱雪珍可老多了,当年的眉眼找不到了,脸上一抓一把褶子。这就是找了个大男人的好处！在欧华英看来,男人分四等:大男人、好男人、小男人、假男人。找个大男人,是女人的福气,闹不好也跟着受罪,大男人招风,不好管,不好说。只有最倒霉的女人才会嫁给小男人或假男人。最保险的是找个好男人,又能干活儿挣钱,又好说好管,不会招蜂引蝶。郭存勇也是个大男人,要不然她欧华英也不会嫁给他,可阴差阳错地老得被郭存先压着一头,大男人装熊成了好男人,她的日子倒也过得舒心。当年郭家店的女人没有不羡慕朱雪珍的,现在真要把朱雪珍的位置换给她,她还不一定乐意。

她不再装愁,起身给朱雪珍倒水、切萝卜:"嘿,还是紫心儿的,好兆,保你称心如意！"说完自己先格格地笑起来,带着一种轻松和自信。

朱雪珍笑不出来,也只好陪着咧咧嘴:"你可真会说,哪还会有我称心如意的事。存先又不在家,还不知调查组会弄出什么事来？"

"别的事咱老娘儿们也插不上嘴,依我看要出事准出在那个狐狸精身上！"

"那可怎么办？"

朱雪珍没有主意,在她面前欧华英觉着自己强大、幸运,有责任为郭家店的第一夫人出谋划策:"你想,存先不贪不占不偷不抢不杀人不放火,别的事能整倒他吗？要是狐狸精咬他一口呢？轻者是霸占人家大姑娘,重者是犯重婚罪、俩老婆,如果把他的书记给抹下来,那就什么屎盆子都可以往他头上扣,还会有好吗？"

经她这一吓唬,朱雪珍好像只会说一句话了:"那可怎么办呢？"

欧华英的主意则越说越多,这一刻她成了朱雪珍的主宰和救星:"最好给她找个主儿嫁出去,她不嫁人早晚都是你的祸害。"

"这敢情好,可谁做得了这个主呢？她要不走怎么办？"

"也是,要不先回北京躲几个月也行。"

"这话谁跟她说呢？"

"也是,往常咱们光知道恨她骂她不答理她,眼下可不能太得罪她,把她惹急了站到调查组一边就更坏了……"

欧华英的主意还没有说完,又来了几个女人,想找欧华英打扑克。各人心思不一样,谈话变得躲躲闪闪了。朱雪珍知道人家防的是她,怕她把话过到郭存先的耳朵里去,怕她当场犯病赖上人家。她们都是抱着不哭的孩子,凑到一块就是要说要笑要玩儿要闹,有她在就扫了人家的兴,所以她自己觉得没趣就走了出来。还没出大门就听见屋里发出叽叽嘎嘎的说笑声……这时候还有什么事能让她们这么开心?自然是议论郭存先和林美棠呗。老实人总是替别人想,尽量不讨人嫌,可越是知道人家说话想背着她,她的心里就越是长草。

还不到吃饭的时候,她若回家一个人傻呆着会更难受,光胡思乱想还不知会想到哪里去。自己原本不是个没有见识的人,自从嫁到郭家店来渐渐地就变了……在农村,没有娘家的外乡媳妇是要受气的,即使因郭存先的关系没有人敢明着欺负她,心里的那份孤单也是免不了的。特别是当郭存先的女人,无风起浪,闲话不断,老感到背后有眼睛盯着,耳根子后面有嘴在数叨你……何况郭存先还是喜欢兴风作浪的人,跟他过日子就甭想安生。她得事事加着小心,长年累月担着一份儿惊……朱雪珍本来也不是个爱说的人,就渐渐变得说话越来越少了,甚至连自己都觉得整个人也变愚了……

她想去找好朋友刘玉梅,好好跟她说会儿话,倒倒心里的苦闷……可走到半路又改主意了,玉梅的那个傻小叔子欧广和太讨厌了,简直就是个媳妇迷,只要他们家去了女人他就不出屋了,跟在你身边瞎搀和。这时她又想到了金来喜家可以去,金的老婆米秀君也是外乡人,比朱雪珍还大几岁,脾气也和她差不多,不爱说不爱道,有时两人脸对脸地一坐就是半天,总共说不了十句话。虽然说话不多她却觉着亲近自然,在这闲言碎语满街飞,舌头根子底下能压死人的时候,找一个牢靠的人安安静静地坐一会儿也许更好。可今天她又想错了,眼下郭家店的一切都反常了,有几个媳妇也凑到米秀君这里胡嚼乱喷地正起劲……朱雪珍走到门口听见屋里在说郭存先的那个东西,跟别的男人不一样,是特大号加长的,而且带钩带刺儿,所以朱雪珍一个人顶不住,又找了个小他二十岁的林美棠……活灵活现,叽叽嘎嘎。

朱雪珍一撩门帘闯了进去,真想问问她们,郭存先的家伙大你们是见过了,还是试过了?屋里的女人们突然都不吭声了,齐刷刷地都用一种疏远而不怀好意的眼光盯向她,紧跟着爆发出一阵放肆的笑声……在这种场合朱雪珍从来没有占过上风,她惟一能采取的办法是掉头撤了出来,气得浑身乱颤。米秀君追出来,紧紧抱住她哭了,小声说,雪珍哪,你可不能真生气呀,她们知道你会来找我,是故意要说给你听的,就是要气你。我出身不好,这时候存先不在,调查组又抓出身了,我挡不住她们,你别怪我……

朱雪珍挣脱开米秀君的胳膊,逃也似的出了金家的大门。觉得眼下跟以前的政治运动来了一样,她又被女人们画到圈子外边了。平时爱巴结她的人即便是一些跟她说得上来的姐儿们,也都变得生分了,随时准备跟她划清界限,或在后面戳她的脊梁骨,往她身上吐唾沫、泼脏水……老邻旧居地住了不知有多少辈子,就能这么说变脸就变,说坏心就坏。她拙嘴笨舌地没有得罪过谁,更没有坑害过谁,即便她男人又要挨整,也不该这样对待她呀?她回到家就把自己扔到了炕上,一个人呼呼地生闷气。不知过了多长时间,就听着有人进了院子,脚步很急,不出声就推开了屋门,却又不是儿子传福。能是谁呢?这个时候外人还有谁敢进这个门?

进来的果然不是外人,可也不能说就是她家里的人,林美棠一见朱雪珍躺在炕上,脸无血色,眼睛庆庆悸悸,担心她又要犯病,赶紧走到炕边急问:"嫂子,你怎么啦?"

朱雪珍大骇,万没想到林美棠这时候还敢登她的门,就用力推开林美棠伸过来的手,决不能让她碰上自己:"你来干什么?"

"我想看看书记回来没有?他有没有给家里捎什么信来?"

朱雪珍怒不可遏:"天哪,这要叫人看见可怎么得了?你还嫌我们家不够倒霉呀?"

林美棠一惊,愣住了。但没有抽身而退,反而扑下身子抓住了朱雪珍的两只手。

朱雪珍神情陡变,不知林美棠要干什么?愣怔着两眼盯着林美棠看来看去、看去看来,林美棠被她看得心里发毛。她们的脸靠得很近,两个女人相互打量着,好像谁都不认识谁。朱雪珍对林美棠这张年轻的脸会怎么想?憎恨?妒忌?还是奇怪这张脸为什么老这么白,不变丑?林美棠对朱雪珍的脸则感到恐怖,她对这张脸本来十分熟悉,有相当长的时间她非常喜欢、羡慕这张脸,见了这张脸感到亲近、温暖。现在则变得非常陌生,从脸形到神情全变了,冷漠而又纯净,不带一丝人间的烟尘气。她至今对朱雪珍还怀有深深的负罪感,村里的女人都猜她恨不得朱雪珍快疯快死,她却是真正从心里同情和可怜朱雪珍,真想有机会跟她痛痛快快地说说心里话,哭一场。

林美棠这样想着就真的哭了,紧紧抱住朱雪珍:"嫂子……雪珍,你为什么这样看着我?你真的不认识我了?我是美棠啊!我知道你是好人,你心里有委屈,恨我,但我不怪你,你仍然是我的好嫂子。其实,我挺羡慕你,你有存先,有自己的家、自己的儿子,我有什么?"

朱雪珍没有躲避,也没有反应,脸上表情奇特,目光尖利……

## 15. 女人和小辫子

不知不觉天已分出三色,西边土黄,东边铁灰,中间郭存先呆的这块地方是一片灰黄。黄得密实,黄得浑圆,黄得险恶。不远的地方有一片坟场黄糊糊,眼前的土地黄秃秃,路两旁的杨树本该钻绿芽了,也土巴苍苍像泥捏的。眼看天就要黑了,风渐大渐凉,傍晚起风是要刮一夜的,郭存先不可能在这开洼野地坐一夜,可扔下这包东西回家他又不放心,万一被人捡去岂不前功尽弃?

郭存先搂着肚子缩在机件包后面一时无计可施,此时别说他不想动,就是想动也没有力气动了!这是他的地盘,只要能等到一个过路的,给村上带个口信就会有人来接他。到西半天也变灰的时候,他果真听到了脚步声,抬头往自己村子的方向看,来人也看见了他,由快走变成了小跑,边跑边喊:

"存先,存先!"

郭存先"噌"地一下站了起来,腰挺直了,双手也从肚子上拿开了。没想到是她,胃里立即也有了些许暖意。一个如花似玉的城里美人不要命地对你好,不知几辈子才能修来这样的福气……她就是林美棠,到郭存先家里看他还没有回来,就赶出村子来迎他。这位郭家店的妇女主任,上身穿着红色的防寒服,在这灰土土的傍晚格外鲜亮。身体随着她的脚步起伏,衣襟忽闪忽闪,头上的短发飘散开合,一耸一耸,像一只鸟一样飞扑到郭存先的眼前。

她喘着大气,气呼到他的脸上是热的、是香的。她的脸又白又细,从北京来到这黄土窝子十几年了,太阳仍然不能把她的皮肤晒黑晒粗,她喜欢农村,却没有变成农村人。刚才因跑得太急,两颊通红,从头到脚越发显得姣丽动人,仿佛让周围一大片黄土都变得干净清亮了。郭存先无论什么时候见到她,都有一种新鲜、娇嫩的感觉,身体内部立刻生出一种渴望,这渴望很快烧成一个洞,渴望越强烈,洞就越深越大,直到把她和自己一起吞下去。

她的身子贴得那样近,似乎被他的样子吓了一跳:脸上棱角突兀,全是皱纹没有肉,像开犁的生地,深沟高坎,坑坑洼洼。下嘴唇鼓起黄色燎泡,才几天没见,整个人瘦了一圈儿,都有点变形了。

"你怎么啦?"

"没事。"

"没事怎么变成这样了?"她眼里闪出热辣辣的流波,"你出差为什么就不肯多带几个人,一路上对你也好有个照顾……"她一直希望能有机会跟他一块出差,却不敢说出来,说出来他也不会答应。

郭存先是个霸道的男人,凡事都有自己的主见和规矩,她有时怕他,有时又喜欢他的霸道劲。他抓起她的手,柔软、温热,放在自己冰冷粗糙的掌心里揉搓格外舒服。

"你这是要去哪?"

"我来等你呀。"

"你怎么知道我今天回来?"

"我估摸着你该回来了,即使今天等不到你,明天我再来,明天没有就后天再来……"

郭存先一把将林美棠搂进怀里,起了燎泡的大嘴朝着她那娇艳温润的小嘴、脸蛋、眼睛、脖子、耳朵一股脑儿亲下去……他的身体也随之轰轰隆隆裂开一个洞,从中伸出一只拳头,炽热坚攒,硬挺挺地顶住了林美棠的腹部。郭存先一阵兴奋,一阵惊喜,行,自己还行!这就说明身体没有问题,胃里也没有大毛病。他开始在林美棠耳边嘟囔:"我想你,我真想你,我就是想你……"

他要拉她去不远处的那片坟地,大坟后面背风,地也平整,或许还有干草。他变得年轻了,身上又有了力气,可刚走出几步突然又停住了脚,死死地抱住林美棠……他看见前面每一个坟头上都有一颗人头,而且是活的,做出各种各样的表情,对着他在叫喊着什么……他听不清,却不敢再往前迈步了。头皮箍紧,毛发一根根地直立起来,两腿僵硬……

林美棠见他的身体骤然由热变冷,不知发生了什么事,便顺着他的眼光往前看,却什么也看不见。郭存先观察她的表情,见她并未露出惊恐之色,就知道她没有看见他所见到的东西,稍稍放下一点心。连他也不大相信刚才自己真的看见了那些东西,可能是自己的心魔作怪,产生了幻觉。可当他再次抬起头来,头皮又是一麥,那些人头的表情更为激烈了……他毕竟是郭大斧子,慢慢稳住神,低头问林美棠:"刚才你说专来等我,好像是出了什么事?"

"有点事,你听了可别生气。"

郭存先心里一激灵,知道真是出事了,而且不是好事,也不是一般的坏事。但他脸上可没带出来:"生气的事天天有,我要真生气早就气死了。"

"上边给咱们村派来一个调查组,里边还有公安局、检察院、纪检委的人,来头不小,专找一些不三不四的对村上有意见的人谈话,带队的叫钱锡寿,看上去很阴……"

郭存先觉得脑袋嗡地一下,身上的血仿佛都涌到头上来了,在这一瞬间胃里不管出了什么问题也无关紧要了。他知道调查组的分量,也知道挨查的滋味,更知道不管什么来头肯定是冲着他来的。因为郭家店大事小事都由他说了算。他的脸色更黄更暗了,却咧了咧嘴角,让林美棠知道他不在乎:"你就是为这事来给我送信?"

"我怕你没准备叫调查组抓住点什么,就想先等着你,让你心里好有个数。"

"他们把我这个支部书记撤了吗?"

"没有。"

这才是最关键的,郭家店还在自己的手里就好办,郭存先心想。

"他们说了想查什么吗?"

"没说,好像什么都查,但主要是冲着咱的工厂来的,好像是嫌以工害农,王顺的罪最大,变相赌博、坑害国家……把大队的账都给封了,但王顺还在扛着,电器厂、化工厂也都没停,砖窑厂、电磨房都停了……"她满眼都是焦虑,紧盯着他的脸。

他也看着她,是给她鼓气,也是给自己壮胆:"美棠,告诉你我什么都不怕查。男子大汉,心里没鬼,不怕油锅!"

其实他们俩心里都明白,别的可以不怕,却不能不怕查他们俩的关系。他们俩的事大概村里没有不知道的,但明着谁也不敢说,或者不好意思说,因为谁也没有当场抓着他们。调查组真要追查起来,几千口子人,一人一口唾沫就把人给淹死了。在这种事上作文章最容易把他俩搞臭,也可以把郭存先搞倒。郭存先心里还有一大堆问号:上边不会无缘无故地派调查组来,是村里有人告黑状,家贼引来的外鬼?还是上边听到了什么风声,又想搞什么运动?调查组想达到什么目的……

他此时却不能向林美棠提太多的问题,她知道的自然会说,不知道的反而会成为她的心理负担。大队里有那么多干部,自己家里有老婆孩子,在这种时候没有一个人来给他送信,有人没想到,有人恐怕是不敢……而她来了,敢想也敢做。人活一世交上一个这样的女人,不管今后如何,都值了!

眼下最重要的是保护好她,让她顶住:"你出来的时候有人看见吗?"话一出口郭存先又后悔了,有人看见了又怎么样?干嘛要自己吓唬自己?

"没有,我是装着串门溜出来的。"

"你赶紧回去,找靠得住的带几个人来拉零件。"这时候谁靠得住呢?儿子还小,自己的老婆、弟弟最牢靠,但雪珍干不了,存志废了,关键时刻指望不上他,林美棠在村里自然最清楚,就让她去安排吧。他忽然想起还有一个人,就是干儿子刘福根,又嘱咐林美棠,"让福根给我把自行车捎来。"

林美棠说:"你先回去,我在这儿守着。"

"不行。记住,只要有我在就不能让你再受一点委屈了。"郭存先仍然要表现自己的英雄气概,宁死架子不能倒。

林美棠抱住了他:"你放心,不管出了什么事,我决不会给你添麻烦。"

"不是你给我添麻烦,真出了事就是我害了你!"

"我不怕,我只为你担心。"

林美棠哭了,眼泪弄湿了郭存先的脖子。他心里发热,下体却一点动静也没有,活像个被劁了的废物。他轻轻推开她,用棉猴的袖子给她擦泪:"也不戴条围巾,回去脸就皴了。"

这时候的他,无比温柔,她不想离开他。女人真是要命,你对她好一点她就会缠着你不放,郭存先此时哪有这份心境,又不能着急,只好哄她:"你放心吧,这么多年上边整人的招我都见识过了,挨的整受的罪记不过来了。我是个农民,只要不犯法,谁也把我怎么样不了。再说无论什么年代,也无论对男人和女人管束得多么严格,男女总还是要发生关系,没有一个社会能杜绝这种事。特别是农村,男女间的事就从来没有断过,捉奸必须捉双,提起裤子不认账,谁也没有办法。再说顶不济了不就是种地吗?哪个社会还能不让农民种地?"

他推着她离开了,看着她的红衣服很快就隐没在黑暗之中,心里一阵空落落的,却又堵得难受。应该冷静地想想怎样对付调查组的事,脑袋却又很乱,集中不起来……天已经黑透了,四周没有一丝亮光,西北风一阵紧似一阵,声如鬼哭狼嚎。他全身的寒毛又立了起来,不敢再向坟地的方向看……今天真是活见鬼了?还是要有什么大祸临头?

调查组有恃无恐地以为郭存先回村后一定会主动找他们报到,你想想,以全村负责人的身份,怎敢对进村的调查组不理不睬。就像一帮警察闯到你家里来了,你能不神经紧张,毕恭毕敬?至少也要给人家斟茶递烟,问一声有何贵干?否则,他们就认为郭存先会吃不下睡不着,变成热锅上的蚂蚁。

可郭存先就偏偏不答理这一套,相反还要等着调查组来向他报到。他也有自己的道理,只要我一天没被撤职,就还是这个村的支部书记,你们进村来不管干什么,理应先向我报到。没有得到我的允许,怎么就能随随便便地在我的村子里乱活动?

他要按自己的心气想怎么干就怎么干,试试调查组到底有多大能为,是不是真能撒出一丈二尺的尿。虽然他并不是不知道,郭家店的前途和自己的命运或许就抓在调查组的这群王八蛋手里,但真让他犯嘀咕的还不是这几个人,而是他们背后所代表的那一股神秘不可抗拒的力量。任何强大的力量都是无情的,这股力量如果选择一只羊来做自己的代表,那只羊也立刻就会变成一只狼或一只虎。

何况被它选中当代表的往往原本就是一些虎狼之辈,否则又怎么能挤得进耀武扬威的调查组?能够主宰别人,让别人惧怕,自己则不必有所顾忌,那该是何等的惬意!郭存先也曾怀疑过自己的八字可能有点问题,活了这四十多年不是受穷受累就是挨整遭罪,别的本事不敢说长了多少,挨整的经验倒是积累了一些。这次调查,明明是冲着他给郭家店制定的大政方针来的,却先朝着他的男女作风问题下刀子,这一招可算是损到家了,而且稳准狠。他怎么办呢?首先是不能被吓趴下,变成软柿子由着他们捏,而且还要在郭家店今后的方向问题上顶着干,对着来,大闹特闹,把调查组的注意力,把全村人的精气神都集中到这上面来。所以在回村的第二天一大早,郭存先就示威似的先围着自己的村子转了一圈儿,让全村的老少爷们儿都知道,让调查组的人也看看:我郭存先回来了!

如果庄稼长起来了,他每天早晨的第一泡尿、第一摊屎一定要拉到庄稼地里。最痛快的就是拉野屎,天地做茅房,是庄稼人的一大享受。早晨通,一天通。早晨不痛快,一天痛快不了。眼下地里还光秃秃的,他看了王顺的奶牛场、养鸡场、养猪场,然后在村外找了个干净的厕所拉屎,主要是得好好看看自己的大便,什么颜色,是否有血?

由于两三天没有拉屎,拉出来的东西黑不溜秋,像一堆羊屁屁蛋,倒也并未拉出一摊鲜红或黑红……这就证明胃里即便出血也不多,有病也不大。行啦,还能禁得住折腾一气的。反正现在最主要的病不在胃里,而在脑袋上,最大的危险也不是来自自身,而在外部。

下边他就要去化工厂了,那才是他最关心的地方,也是他回村后真正要亮相的舞台,跟调查组唱对台戏的戏台。一个人能不能被打倒,不完全取决于对方,对方既然来整你,没有不想把你整死的,自然会出重拳朝你致命的地方下死手。关键还是要看你自己手里有没有硬家伙,食品厂、砖窑厂、电磨房都还属于"农林牧副"的范围,调查组再浑蛋也不敢对这些企业下黑手。关键是化工厂和电器厂,电器厂的头是自己的妹夫,不能把祸水带给他,最合适的就是化工厂了,这就是他手里的硬家伙,是他的重拳。化工厂搞成了,大钱哗哗地流进来,让村里人见识一下什么才叫钱,就会相信他的方针是对的,谁再整他老百姓都会跟他玩儿命。

郭存先听到了化工厂那种曾让他兴奋过的正常运转声,自己千辛万苦弄回来的机芯解决问题了,心里先得到一点宽慰。为了让化工厂离王顺的食品厂远一点,他选择在南洼建厂,用自己窑里烧出的新砖,砌了两排敞亮的大车间。他一进厂门,先看到迎面的大墙上楔着一溜木橛子,每个橛子上都挂着一个网兜,网兜里的东西五花八门:有的是馒头、咸菜,有的是玉米饼子、大葱,有的是大饼、咸鸡蛋,还有的是发面饽饽、臭豆腐……他对着这一兜兜的干粮愣神儿,根据每个人的家庭状况猜测玉米饼子大葱是谁的,大饼咸鸡蛋又是谁的?

没想到马上就能赚大钱的现代化工厂的幌子,倒是一批琳琅满目的土特食品。

郭存先的心情立刻开朗起来,看见从车间里跑来一个小伙子,敦敦实实,大脑袋,大眼睛,大嘴,脸上、手上、衣服上沾着油泥。对农村的年轻人来说,身上有了油泥是一种自豪,一种脱离了农业、跟工业发生了联系的象征。有人到下班的时候都不愿意把这光荣的标志洗去。迎出来的年轻人是陈老定的大儿子陈二熊,他没想到郭存先会起这么早赶过来,老远就喊了声"书记"。

行,在郭家店人们还能这么顺口地叫他书记,这就好办。他指指墙上的网兜问:"带这么多干粮干嘛?"

二熊咧嘴一笑:"大伙说不生产出高压聚乙烯就不回家。"

嗯,这个消息对郭存先可太重要了,他那张长脸仍旧威严整肃,口气里的热度却急剧上升:"干粮挂在这儿不都晾干了吗?"

"干一点不要紧,叫风吹着不会坏。"陈二熊怕书记误解又跟着解释了一句,"机器一开就不能停了,回家吃饭来不及。"

郭存先的心里眼里都是暖意,跟着陈二熊进了车间。车间里热气扑脸,管道横平竖直,机器设备擦得精光锃亮,操作机器的清一水全是年轻人。他顺嘴问了一句:"存勇呢?昨天夜里他没有跟着你们一块忙乎?"

陈二熊告诉他,郭存勇前天就离开村子出去跑市场了,他说先把客户找好,等产品一出来立马就能卖出去,等白花花的银子一打过来,大家的心气就起来了。陈二熊外表敦厚,内存精明,他说得自己先笑起来。

郭存先也不由得脱口叫好。可这一声好却不是陈二熊都能够理解的,他首先是为郭存勇的聪明叫好,他这是躲了,既躲调查组,也躲郭存先。既不得罪,也不搀和,村里出了什么事都怪不到他头上。郭存先不被打倒万事大吉,他若倒了,郭存勇也背不上整人的骂名。此时他若还呆在村里可就不大好办了,跟调查组合作吧会得罪郭存先,跟调查组顶牛吧万一郭存先真被打倒了怎么办?这时候最让郭存先担心的也是村里出内奸,跟调查组里应外合地整他,而内奸必定是有野心的聪明人。村上谁是有野心的聪明人,他心里还没有数吗?郭存勇这一走,他觉得心里的松快多于嫉恨。

好啦,郭存先现在可以横着站直了面对调查组了,第一招就是先把化工厂抓上去,搞成郭家店的一张王牌,成为穷怕了的郭家店人的银行。看他们怎么办?

他叫陈二熊立刻派人去通知全体村干部,马上到化工厂来开现场会。共产党的干部就得开会,一开会就是声势,就是权威,就是一种宣战。还叫陈二熊在不耽误生产的条件下把化工厂的骨干也召集过来,一块听一听。

不一会儿村上的高音喇叭响了:"现在播送紧急通知,村委会的全体委员,立刻到化工厂开会……"好,郭存先要的就是这个效果。村干部们紧跟着就连跑带颠儿地全来了,他们大多还不知道郭存先已经回村,一看到他精精神神地站着,就有了主心骨。

妹夫丘展堂凑近了说:"找个时间也到我那儿去看看,已经万事

307

俱备,就等着你给鼓点劲,下令出产品了。"

"一会儿等这儿完事了我就过去。存珠来了吗?"

"没有,留在城里照顾传福。这个孩子可会读书哇,刚又考试完,成了县中初一的尖子了,将来好好拔济,没准会有大出息。不行也叫嫂子去城里吧,娘俩在一块多好,眼下村里又这么乱。"

郭存先摇头:"越是这时候你嫂子越不能走……"

"大哥,"王顺离老远就招呼上了,"歇过来了吗?昨天真给累坏了吧?"

郭存先也跟他笑着,一个劲点头。

"昨晚你可睡得够快的,我回家拿了点小菜,提上一瓶就是给你存的酒,想为你接风,咱们好好喝几杯,没成想再回去你就呼噜上了。"

"今儿晚上跟你喝,到你那儿去,我也想你那三个宝贝儿子了!"郭存先像说相声一样呼应着王顺,他对王顺的称呼改了,不再直呼其名,而改称王厂长,"我在天津倒车,想买点咱独一份的酱货填肚子,好家伙排着长队。不过没吃上自己的酱肉,心里倒挺美,王厂长你给咱郭家店创出了一个名牌。东北也抢,听说北京也来人定货了?"

王顺洋洋得意:"大哥,你人在外边消息够灵的,我还没来得及跟你说哪,北京专要酱驴肉,有多少要多少,特别是酱驴圣,不让再卖给外人,他们全包了,今天我的人去老东乡大集,就没敢带驴圣。"

有人大感意外,全村人都知道调查组说他举着根驴鸡巴到处赌博,竟然还敢提这一段?有人似乎不大相信:"王厂长,你的人又去赶集了?"

"是啊,我卖肉的不赶集,卖给谁呀?"

"行啊王厂长,要不给咱来一段,好长时间没听你的段子了,让咱们乐呵乐呵。"今天村里的人是格外想热闹。

王顺自然明白这种情绪,不能扫兴,可也不敢像往常那样胡数:"行,那天我路过北洼,看见刘玉成刘队长在耙地,嗨,真是好把式!当场我就给他编了一段,念给你们听听? 地平如镜,土碎如面,埂直如线。一环套一环,环环抓关键,关键是当前!"

有人起哄:"行啊你,有点公社书记的意思!"

"咳,没劲,闹了半天才是个公社书记,我还以为自己像县委书记哪。"

四周一片哄笑,在这样一个早晨,村干部们围着郭存先,像在开一个小型的文艺欢迎会。就在大家被压抑了这么久,嘻嘻哈哈正闹着的时候,欧广明走到郭存先身边小声说:"存先,封县长让我给你带口信儿,等你回来找他一趟。"

"哪个封县长?"

"你忘了?就是当初抓水库工程的封组长,现在是常务副县长,也是这个调查组的副组长?"

"是他?我就是他提起来的,也来整我?"

欧广明冲着郭存先一摆手:"他好像跟市里来的那个头有点拧着,"欧广明握紧两只拳头做顶牛状,"他跟我说过,调查组就是来做调查研究的,跟以前的四清工作组、土改工作队不一样,那就是来搞运动,搞土改,搞四清的,这回不一样。"

郭存先似乎心里有点底了,低下头对欧广明咬耳朵:"如果我这次被弄下来,你就上,到时候不能客气。你没搀和搞工业,身上没黯儿,万不能让郭家店落在别人手里,那咱们这些年就白忙活了!"

欧广明撇着嘴,用食指点着郭存先:"可惜了你这么好的脑瓜,想哪儿去了?计划得还挺美,人家拿我当你的死党!再说我老婆是地主,你忘了?你知道村里人怎么说我吗?娶媳妇是目标,有儿子万事足。"

郭存先差点笑出来……

他扬起脸看着眼前这些人,从他们的眼神里就看出了这些天他不在时的各自表现……调查组的话不错,这些人都是他的死党。要干成点事,没有死党怎么行?郭家店的这台大戏就靠这些四梁八柱给他撑着。当然,这里边也有几个人眼睛老躲着他,那就是心里有点怯……他很清楚,只要自己不被调查组打倒,这些人就不会背叛他。当然,如果他真被打倒了,这些人也没有能力保他,但仍然还会有几个哥们儿。

看见郭存先这副神态，郭家店骨干们的脸上也都有了笑模样。可见这些天来心里也憋闷得够戗。可这种时候谁说话都加了小心，废话也用不着多说，郭存先立马宣布开会："现在是特殊时期，我们要在这儿开个现场会。"然后就把眼光盯住陈二熊，"设备都装好了？"

"装好了。"

"还有问题吗？"

"没有，挺好的。"小伙子劲头很足，他把自己的前途、命运押在了化工厂上，而不是种地。这也是郭存先所需要的，他正是要网罗这样一批年轻人。

太阳升起一杆子高，暖融融的光线照在大家的脸上，仿佛也驱散了他们心里的晦暗。郭存先提高了嗓门："大家都看到了，我们郭家店的第五家工厂，四海化工厂已经正式开工生产了。对，我今天早晨想了俩名字，化工厂的原料来自大海，我们又守着海这么近，毛主席说四海翻腾云水怒，五洲振荡风雷激。所以化工厂就叫四海化工厂，展堂的厂子叫五洲电器厂，你们觉着行吗？"

"行，挺好的！"

"还是存先厉害，这时候还有这种闲脑子！"

郭存先正好接着话茬儿说："这可不是闲脑子，是响应国家改革开放的号召，走出了发财致富的头一步。我想任命陈二熊为四海化工厂的厂长，你们大家有什么意见吗？"

"没有，同意！"人们喊得山响。

谁能有意见？调查组还没撤了他的职，他倒先在这儿行使自己的权力，封官许愿，不说收买人心也是振奋人心。获得了村干部们的同意，郭存先又问陈二熊："我在这个时候让你当厂长，你敢干吗？"

陈二熊出奇地镇定，对这个任命似乎并未感到特别意外："您信得过我，我就敢干！"

"我信得过，可眼下有调查组在村里，你有这个胆量？"他又转头征求化工厂其他几个人的意见，"若是让你们自己选厂长，你们选谁？"

他们说："二熊。"

他用钩子似的目光钩住陈二熊的眼睛,不让他躲闪:"二熊,你可想好了,调查组这次下来就是查我们为什么要大办工商业,是不是影响了农业生产,为什么没有分田到户等等。这时候当厂长责任重大,风险也大,你怎么样?"

"书记,您要是这么说这个厂长我就当定了。跟您说实话,我们这茬人对政治不感兴趣,村里搞工业我们就留下干,村里不搞工业我们就得到外面去找出路。好歹也上完了高中,总不能白上吧?"

陈二熊的话让人听着并不是很舒服,但郭存先现在正需要这样的人,就是要有点愣劲的才好。对政治感兴趣的人太会观测政治风向,七股肠子八条肝花,事情还没到那儿就急着要跟你保持距离。他眼下正是用人之际,就要煽起他们的情绪,把大家捆绑在一块:"好,又一个工业党!要想让郭家店脱贫致富、要想干大事,没有工业党不行。你打算怎么干?要给我拿个计划出来⋯⋯"

陈二熊似乎早就料到这个化工厂的厂长早晚得由他来当,心里很有谱儿:"今年只要能拿下一百吨,就能净赚四五百万⋯⋯"

"还要想得再远一点,什么时候上聚丙烯?有了条件还应该盖新厂房,扩大生产规模。我看搞塑料加工也不错,为大企业配套,又简单来钱又快。不要有框框,什么有利就干什么⋯⋯化工行业范围很广,染料、制药、化肥,都是化工。"

表面上看是郭存先在给几个年轻人下指示,实际上是这几个无职无权的年轻人,给了已经非常脆弱的郭家店村委会以强有力地鼓舞和支持。他是借化工厂、借陈二熊这几个年轻人给心慌意乱的村干部们打气。至少他自己的心里就不像昨天那么紧张了,就想再给这些年轻人鼓把劲:"你们记住,无论一个人还是一个集体,最难的是选道。道选好了就要干,就要快。所以已经发财致富的地方都是先行一步,都是动作快。在变革中谁能掌握住变化,谁就能抓住机会,就能抢先一步富起来。这些话我跟别人说不一定能听得懂,跟你们说你们不会不理解。"

他从眼睛里看出,陈二熊对自己生出了敬意,以前他肯定听到不少人讲郭存先是郭家店的大能人,但他的能耐又在哪里,还需亲自看到。农民认为的能耐也许就是在村里说一不二、能坐稳书记的位子，但是今天早晨这番话却表明他是真有点自己的思想，也有勇气。有能耐还要有机遇，光有能耐时运不济也是白搭，很显然，陈二熊被郭存先煽乎得也对自己信心十足："您放心，我知道该怎么做，过几天我就把化工厂的规划交上去。"

郭存先的脸向四下趸摸，其实他早就看见了郭存孝直往别人身后躲，却故意高声喊道："存孝来了吗？"

郭存孝没办法，只好站出来："我在这儿。"

"存孝，调查组找你谈过话了？"

"谈过了。"

"是他们叫你把电磨面房关了？"

"不是，我就是心里有点嘀咕。"

真是难得，要在往常郭存先不把他屁股眼子给翻过来，可今天郭存先竟然控制着没有发火，还是平心静气地对他说："农民到什么时候都得吃粮食面子，就是中央调查组来了也不能不让人吃饭哪？如果说建化工厂、电器厂算是地道地搞工业，你那个磨粮食面子的，还没有离开农业呀。过去谁们家没个磨？咱们四周的村子来磨面子磨不了，就都说我被抓起来了，判死刑了，还有的干脆就把我给枪毙了……怎么办哪存孝，我不难为你，但电磨房必须马上开，是你还接着管，还是我另外派人去管？"

"存先别着急，我马上就开，马上就开！"

郭存先又扬起脸做找人的样子，金来喜像投降一样高举着两只手从后边站到前边："存先，对不起，我认罚，你要还不解气我抽自己俩嘴巴！"他真的在自己脸上不太用力地刮了两下，周围一阵哄笑，连郭存先也忍不住了："你怎么知道我想找你？"

金来喜苦笑："我不是心虚吗？我管的砖窑厂也停了，但昨天晚上听说你一回来，马上就点火开窑，这不刚又出了一窑砖。存先你得体谅我，我的成分不好，身上担不了多少载儿，其实也是怕给你惹事，有个现成的罪名正等着你哪，叫重用坏人。还有哇，我怕因小失大，坏了我的大计划。我在天津拿下了大工程，现在大城市里都疯了，拼命地大兴土木,工程多得接不过来,我只能拣着肥的挑。因此想成立建筑公司,就等你回来拿大主意了。"

郭存先心里说,要不以前别人都穷人家富,做人就是机灵啊,转得多快。但他还是满脸高兴:"我早晨一起来往村东一看,砖厂的烟筒冒烟了,就知道窑厂又开工了。你说要攒个建筑公司心里有谱了吗?经理就由你当,再配个人给你当书记,就不算重用坏人了吧?你都想好以后咱们再碰个头,就进军天津卫!"

金来喜暗暗地长出一口气。

郭存先眼睛扫视着大伙问道:"谁还有事要说?"见没有人应声,他就想趁热散会,干脆利索,让别人还没醒过味来,他该做的就都做完了,还不耽误大家回家吃早饭。于是就提高点嗓门说:"眼下村里的情况有点特殊,我不能不把丑话说在明处,你们现在已经是一人一摊子,这就叫一人一把号,各吹各的调。我得给你们改改,你们可以一人一把号,但不论谁手里拿的是什么号,都得吹一个调,不吹我这个调,郭家店就准乱了套,宁可不要你这把号!我敢这样说,出了嘛事都由我兜着。老人说官大一级,肩宽一分,理应多担责任。村官也是官,你不按照我的调吹,出了事就得你自己兜着,行不行?"

行,忒好了呗!干部们心情畅快地分头散去。

打刚才郭存先就踅摸,却一直没看到干儿子刘福根,等干部们走了才问二熊,二熊一指加压罐的后面:"大概还睡着呢。"

郭存先一股火气攻心,便朝大罐后面走过去,果然看见刘福根铺着稻草垫子,盖着不知从哪里弄来的棉大衣,睡得正香。他一阵失望,一阵恼怒,这是什么时候啊,他居然对自己的干爹面临着多大的麻烦全然不操心,还自视特殊,竟在别人拼命干活儿的时候睡大觉。人家别人都能顶得住,你怎么就熬不住?还是缺少一点精神,没有上进心。可当着陈二熊和化工厂的年轻人,他又不能不给刘福根留点脸面,便用脚尖把他捅醒:"赶快回家,叫你干娘煮一大锅挂面汤送来。"

陈二熊赶紧拦阻:"书记,不用,福根别去。"

刘福根迷迷瞪瞪还没醒过盹儿来,郭存先不得不提高嗓门:"还不快去!"

  为冲淡干儿子造成的不快,郭存先离开化工厂后不想马上回家,就迎着阳光往村东头走,想看看村口的欢喜树。说不清为什么,就是想看看这两棵大树,如同一个人外出会想家、想村子一样,他几天不见这两棵树心里也会想得慌。

  欢喜树刚泛绿钻芽,沐浴在灿烂的阳光里,如同披金挂银,熠熠生辉。它占的位置太好了,每天总是先承接第一缕阳光,远看霞光万丈里的古树,气势磅礴,变化莫测,看它的人心里想着什么,眼睛就能看到什么。待走近了它,则会感到另外一种威势夹带着一种沧桑感搂头盖脸地压过来。不管是什么人,站在它面前都会显得细弱矮小,微不足道,显得人的根基十分单薄,生命短促。

  郭存先只顾抬着头看树,没留神脚下踢上了一堆纸灰,还有压在土块下面没有完全烧透的纸钱残片……不觉一愣,今天非年非节,是谁夜里来给大树上供呢?欢喜树就是郭家店的土地庙,谁家有忧有难或赶上红白事,可以光明正大地来给大树烧香上供,许愿求助。是谁又改在夜里偷偷摸摸地干了?难道是怕调查组知道,那就是反对调查组,求树神保佑郭家店……嗯,有点意思。

  他坐在拱起的大树根上,背靠着两棵大树的接合部,面对着太阳,脸上暖暖的,身上也暖暖的。每次出村回来只要这么靠上一会儿,都会感到有一种异乎寻常的亲近力,麻酥酥地传遍全身,莫名其妙地就有了一种安全感,仿佛一刹那间把什么都看开了。什么女人啊,权力啊,名声啊,地位啊,发财致富啊,等等,等等,真的有那么重要吗?当个普普通通轻轻松松的农民有什么不好?少操心,少受累,吃饱了往大树底下一坐,天塌了也与自己无关,不是比什么都强?

  他深呼一口气,闭上眼睛,一分钟前还想得很开的那些事情,突然又都涌到脑子里来了:不能就这么放弃,也许我只有这一次机会了,不干下去这辈子就算交待了。不能再为一时的感情冲动牺牲已经拥有的东西……

林美棠当初怎么也想不到,有一天郭存先的命运会抓在她的手里。调查组先后派出两三拨人找她谈话,目的就是要从她这儿有所突破,拿下郭存先。

先是有个叫高文品的组员,油光水滑,贼眉鼠眼,嘴里说要跟她"私下里透透风",可他那副德性分明是来逛妓院的。她又气又恼,三言五语就搪塞过去了。然后是穿警服的伍烈,换了一副盛气凌人的派头,用警察挽救失足青年的口吻告诉她,她是受害者,应该揭发检举郭存先的严重错误,或者说是罪行。她反问:我受了什么害?郭存先有没有问题与我何干?伍烈本想说得含蓄点,可绕了好大一个弯子也说不到点子上,索性就直截了当地摊了牌:有人给我们写信,控告郭存先长期霸占下乡女青年,这个女青年当然就是指你。

明里暗里林美棠已经不是第一次听到过这样的警告和恐吓,并未像伍烈所期望的那么羞恼和慌乱,甚至镇定出奇,显出一副病恹恹的漠不关心的样子:我明确地告诉你,没有人能霸占我,更不要说还是长期的……你不看看这是什么年代?这里还是不是社会主义制度?不错,我曾经是下乡知识青年,落实政策后回城了。但在城市的工作不如意,就又回到郭家店继续当妇女主任。这儿如果不满意我还可以再走,我是自由的,人格完全独立,怎么可能会让人长期霸占?给你们写这种黑信的人是在诋毁农村,也是想诋毁现代女性。你是警察,说话可要拿出证据,谁向你反映的情况你就该去找谁核实,必要的时候我可以对质。如果你们拿不出证据来,散播谣言或整人的黑材料,我也可告你们诽谤……

呀?伍烈一下子闷口了。他低估了林美棠,或者说低估了这个女人,尤其是一个豁出去的女人,其承受羞辱和灾难的能力是常人所无法想像的,比男人更难对付。他的失误就在于完全把林美棠想错了,一厢情愿地认为她呆在郭家店太不划算,何苦来?他甚至认为只要轻轻吓唬几句,或给她一两句好话,她就会软下来,就会后悔,就会掉泪,就会没了主意。谁想到她竟然义无反顾,弃守为攻,而他的手里也真的只有一封匿名信,不足为证,被她这样一叫板还真给叫疵毛了。眼下他确实不能拿林美棠怎么样。话不投机,再僵持下去也没有什么意思,于是他便以警察的机智和应变能力打了一阵官腔,给自己找个台阶下来,起身离开了林美棠。

出得门来,他感到窝囊、别扭,从心里鄙视自己。在城里当警察多年,今天怎么会栽在一个农村的破鞋手里?归根结底是自己在来之前就从心眼里同情她,甚至对她还怀着一种连自己也不愿意承认的好感,或者叫好奇心。原想这次谈话会非常诚恳,他会帮助她,谁料一开场就顶上了火,她不信任他,根本不需要他的好意。凭他的身份,被这样一个烂货给碰了一鼻子灰,总觉得是受了一场侮辱,而且还无法跟别人说……

连伍烈都没能从林美棠身上获得有价值的东西,调查组里惟一的女将安景惠便自告奋勇,选了一个阴郁的下午,走进了林美棠的小屋。

呀?林美棠暗自思忖,调查组这是把她当做堡垒来攻了!轮番轰炸,歇人不歇马,好像只要有她一句话,立马就可以治郭存先的罪。是想撤他的职,还是先把他抓起来?她成了能否打倒郭存先的关键人物。让这个郭家店不可一世的男人需要她来保护,自己不知该高兴,还是该悲哀。如果她当一个坏女人,借机就把郭存先一口咬死,那结果又会如何?她知道自己不会出卖郭存先,只是对这样一个想法感兴趣……那样郭存先会怎么对待她?能杀了她吗?他即便有那个心恐怕也没有那个力量了。

如果不是以她的背叛、以永远失去他为代价,她真想看一看郭存先在大难临头时会是什么样子?他还会这样硬、这样强吗?有权的男人常常会有一种错觉,以为这个世界都是他的。她爱看他生气的样子,那才是男人,让她颤栗,也让她倾倒。他有一种气魄让人望而生畏,总是板着脸,公事公办,说话尖刻,凡身上有点毛病的人见了他都会感到畏惧,然而她不怕他。她爱他的缺点胜过他的优点,他身上那异于常人的优势令人眼花缭乱,在郭家店无人不知,外人也能一见便知,谁都可以喜欢他、敬重他。而他身上的缺点,只有她最清楚,她喜欢的才是真实的他。所以她想考验一下自己,当郭存先成了普通农民甚至成了犯人,她还会跟他吗?她真的爱过他吗?除她以外没有人会相信这种爱,或许连她自己也不是很有把握。农村人不用这个字,一对男女相爱,是夫妻的叫过得不错,不是夫妻的叫相好、叫勾搭。

郭家店人背后也许会骂她不是好货,但以前当着面都不敢太过分,再疏远的也要客客气气地打声招呼点个头,平时向她讨好献媚、有求于她的人也不少,这倒并不全是因为郭存先的关系。如果说她当年为了报答郭存先的关照或惧怕他的权势把自己给了他,可她回城一年后又第二次跑回郭家店落户,不管出于什么原因都不能说跟郭存先没有关系了……敢这样做的女人能有几个?能这样做得出来,即便不是爱也成了爱,就算是勾搭,能勾搭出这么大的劲头,像电影里的故事,也很值得了。谁若不服气,也这样勾搭一回让人瞧瞧?有这一招,郭存先还能不对她敬让三分?郭家店的人谁还敢对她说三道四?谁还有资格能对她说三道四?有些女人们恨她也好,妒忌她也好,在心里都不能不宾服她几分、羡慕她几分。

但,叫人嫉羡容易,叫人理解就难了。调查组一进村就看出来了,郭家店人心大乱,心一乱人就变,人变脸翻,乱咬乱攀,想拿她当替罪羊……林美棠在郭家店没亲没故,一个外来的孤身女子很容易遭算计,或者毁在这儿,或者人不人鬼不鬼地被赶出村子。以前有郭存先护着她,或许正是因为这个她才会长期委身于他。现在郭存先非但保护不了她还牵累着她,需要她给撑着。世界上的事情常常就这么颠来倒去,当男人处于危险之中的时候,他心爱的弱女子就成了他的母亲。可自己真的是他最心爱的吗?至少不是惟一的。自己又有这个力量吗?特别是事关男女间的这种事,人们当面打问的少,背后猜测议论的多,添油加醋的满世界渲染。男人有这种事是可以炫耀的资本,而女人有了这种事,心里有多少话都得烂在肚子里。可以说,越是这样的女人越孤独,再加上这些天来她的神经绷得太紧了,快要受不住了……

性格浮浪的安景惠正是趁虚而入,笑模悠悠地敲开了林美棠的屋门。

她戴着墨镜,短发飞扬,帅得像个假小子。洋派时装上亮闪闪的高纽扣,给人以精明强干、咄咄逼人的感觉。她进门后就不错眼珠地盯着林美棠打量,从头到脚打量了足有好几分钟,她俩心里都觉察到了,屋里的气氛怪怪的,彼此之间很僵硬。打破这种僵硬惟有说话,而她们之间又有什么好说的呢,万一话不投机再顶撞起来,岂不更僵?安景惠就有这本事,她舌头薄而长,胸多智慧,嘴里开始轻声地叨咕起来:"嗯,的确是村上的人尖儿,名不虚传。我想你是要采取低姿态,不愿惹人注意才选择黑色的环领衫配紧身裤,可这恰恰突显出你的身材,品位也出来了,一副让人眼馋的好模子,真是会穿衣服。嗨,也真是的,我来村上好几天了,竟没有机会离近了端详过你。我就不明白,农村里风吹日晒,为什么你们这里大姑娘小媳妇的肉皮儿都这么好,真是有红有白,显得比城里女人的皮肤可好多了,白的就像样白,红的地方就像样红,看着自然、舒服。你的气质也不错……"她兴奋得有点神经质,讲着讲着忽然莫名其妙地哈哈大笑起来,笑得眼泪都流了出来,一对与身材不相称的肥乳,像干秧上挂着两个大瓜,跟着簌簌乱颤。笑到最后身子有些把持不住,便借机抱住了林美棠的肩。

一个完全不相识的女人,愣头愣脑的刚见面就对自己说了这么一大堆恭维话,林美棠虽然发蒙、发愣,感到大不自然,心里的戒备也并未因此而消除,但敌意却在减退。她也是女人,女人没有不爱听好话的,特别是来自另一个女人的好话。女人对女人常有的感觉是讥讽不如自己的和妒忌比自己强的,这样说是安景惠对她的欣赏大过了对她的妒忌?女人听男人的赞美时需要格外留神,在心里对那些好话要大打折扣,因为男人很可能对你不怀好意,想占你的便宜。而女人听另一个女人的赞赏,就更容易接受或信以为真。就在林美棠被安景惠夸得有些手足无措,不知该如何应对时,安景惠大笑之后自己又接上了话茬儿。她在跟人相处时不能忍受冷场,对方不说话她就会不停地说下去,有时对方说着话她也会插进去,打断人家的话。"美棠啊美棠啊,你知道我刚才为什么笑吗?我突然想起了那句话,叫做一朵鲜花插在牛粪上！鲜花都是长在挺拔的枝干上，没有哪一朵是愿意往牛粪上插的，我才不信哪。但是你算完了，长着这么一副俏脸儿，跳进黄河也洗不清。女人长得漂亮，就人人都想着你，男人想吃了你，女人想咬死你，你就是贞节烈女，在人们的心里也成了荡妇。我要是生活在郭家店，说不定也想咬你一口，幸好我不是郭家店人，真想亲你一口。"

她像到了自己的家，把被笑傻说蒙的林美棠摁在炕上，自己也坐上去，并继续自顾自地往下说。"美棠，你看看我这张脸，用你们农村的话说像一张死面饼，漂亮是谈不上，但也不是丑得惨不忍睹。这样的脸最安全，什么样的男人都愿意跟我打交道，我在政府大楼里能跟市长行西方的拥抱礼，不管是哪个头头的办公室我什么时候想去推门就进，我想办什么事都比别人容易，这个世界掌握在男人手里，而男人又为我所用，就等于这个世界是为我准备的。而且我跟他们的关系无论多么腻糊，即便真有一腿，都不会传出绯闻。因为我不漂亮，别人不相信哪个领导会跟我这样的女人上床。可我毕竟是女人，别看这张圆脸不算美，可我皮肤细而有弹性，你摸一摸，质感和肉感都不错。再说女人除去看脸蛋以外，还有两处很重要的地方，一是胸，你看看我这俩大奶，能把男人馋死。再有就是屁股，你再仔细看看我的屁股，撅起来上面能放个酒盅，女人就是靠这样的屁股托得起整个世界的，疯狂的年代人们都喜欢大屁股，这样的屁股是可以要了男人的小命的！你想想，一个女人能满足男人，还不给他们惹事，他们能不像对待皇后一样供着你哄着你吗？实话跟你说，我跟一个省部级的人物疯狂地风流过。现在的情人中还有两个是小兄弟，年龄都比我小，知情知趣，我想谁了，或他们中的谁想我了，一个电话就来了，或者我过去。我就是他们舒适而浪漫的港湾，上货卸货，安全可靠，哈哈哈哈哈……哎呀，你这里有什么吃的喝的？口渴死了。"

这回轮上林美棠笑了，听了安景惠这样一番妖精般放纵的话语，她想不笑都憋不住了，笑得太过分又不礼貌，便赶紧去拿零食、沏茶水，把那股笑劲遮过去。真想不到调查组里还有这道号的，按农村人的说法安景惠就是那种大扯子、没正形。安景惠端起茶杯，看着杯里的茶叶,然后慢慢抿了一口,又大惊小怪地咋呼起来:"哟,你还有这么好的茶叶!"从打她一进门嘴就没停,这工夫才打量着林美棠的屋子:"你这个小屋收拾得还真干净,很舒服,干脆我搬到你这儿来跟你做伴吧。你别多心,我不是要来套你什么话,我才没有兴趣管村里的闲事,我不是调查组的正式成员,是混进来玩儿的。前一段时间追踪一个大新闻太累了,到市委办事碰巧知道了要派这么一个调查组,就跟着来散散心,呼吸一下新鲜空气,看看风景。没想到天天坐在屋子里开会,真闷死了。听说明天是你们老东乡的大集,我想叫你带我去集上逛一逛。"

她可真是抱着不哭的孩子,调查组把郭家店折腾得人仰马翻了,她竟然是跟着来玩儿的,就只为了换换新鲜空气……不管她讲的是真是假,敢这样讲就证明这是个有心没肺、敢说敢道的人。林美棠也才算听出了安景惠找她的目的,心里不觉松了一口气,对安景惠提出的要求立刻全都答应下来,包括她想住在这儿。反正自己也没有什么好怕的,有一个调查组的人跟自己住在一起说不定会更安全,至少说明调查组还信任自己。有这样一个二百五娘儿们做伴,那是多大的乐和,正好解闷,还能多知道一些调查组的消息。

安景惠嗑着瓜子,不知怎么忽然一下子又把话题转到了吃上,问林美棠郭家店离宽河县城多远,宽河县有没有好的饭馆?调查组的饭太难吃了,你借两辆自行车,今天晚上我请你出去好好吃一顿。林美棠说,你要不嫌弃今天晚上就在我这里吃?安景惠不干,我要嫌弃就不来找你了,想吃你做的饭还不方便,哪一天都行。今天算我们俩正式认识,我喜欢你这个人,理应由我这个当姐姐的请你。趁着今天我有这个心气,我这个人就是这种毛病,只要想干什么就非得去干不可,想吃什么了立刻就馋得受不了。还有,你看我的头发,都快成乱鸡窝了,想看看宽河的理发馆怎么样,如果可以我们俩就顺便都烫烫头发。她一边说着一边就跳下了炕,拉上林美棠向外走。她走路轻盈,志气高昂,催着关门上锁,赶快去借车。

借车太简单了,自行车家家都有,林美棠不想带着安景惠去敲农户的门,就来到化工厂,借了工人两辆半新的自行车,两个人骑上去便直奔宽河。出了村,忽然一阵凉风扑面,路旁树叶飒飒,眼前草色开阔,安景惠昂起头放开嗓子喊叫起来:好凉快,啊——哦!欢乐女神圣洁美丽,灿烂光芒照大地;我们心中充满热情,四海之内皆兄弟……

她的情绪感染了林美棠,紧张了许多日子的精神变得松快起来,甚至有些羡慕旁边的这个女人:人家这也是一种活法,没有任何缘由,也无须动脑筋就能够开怀大笑,笑得不管不顾,笑得让人妒忌,生活轻易而又得意。

安景惠骑着车,说话也像喊:"出来透透风真好,这些天可把我闷坏了。美棠啊,你们这儿的女人肉皮儿好,全仗着这满洼的好空气,清新而湿润。要是有条件在你们这儿弄两间房,每年过来住上几个月,可以算是世外桃源。如果再把相好的带来,无忧无虑地享受人生,真可谓神仙眷侣!"

"安记者,你可真会说笑话,你看不到嘛,调查组一来全村紧张,人人害怕,你还说我们这儿是世外桃源?中国有世外桃源吗?"

"别叫我安记者?多生分哪,这么绕口你就不别扭?叫我景惠,要不就叫安姐。美棠,不管别人怎么看、怎么说,我跟你投缘,一见面就喜欢你,对你有兴趣。告诉你,这个世界上活得没滋没味默默无闻的人太多了,到处都拥挤着平庸呆板的家伙。如果有个人能格外引人注目,甚至招人议论纷纷,那这个人身上一定有特殊的东西。我跟你可以无话不谈,直来直去,作为朋友我当然也关心你的事情,只有我知道了你的情况才能千方百计地保护你,谁要真想把你怎么样,这场官司就由我跟他打!"

她语气坦诚,敢亲近,也敢开玩笑,不知不觉林美棠对她真的生出了几分好感。在她面前,林美棠感到了一种平等,一种交流的快感。一个女人很容易对长相不如自己的人生出好感,尽管她心里的警觉并未完全丢失。

"说实话美棠,我对你真是充满了好奇。谁也不能不承认,眼下的中国人还是都愿意住在大城市里,农村的年轻人不就喜欢往城里跑吗?何况你的家是北京,北京是个什么地方?全国的政治经济文化制高点,有本事的人都想进京,当官的进了京,就是京官,是中央干部。学者、专家进了京,就算国家级的人才。不管谁进了北京就等于升一格儿、大一辈儿。而你偏偏舍弃北京的生活,来到这个穷村子,能说出一个让我这个做女人的可以接受的理由吗?"

安景惠的确是会提问,这个问题并不十分尖锐,估计不会激起林美棠的敏感。但这个问题如果说透了,她想知道的东西也就都有了。何况她一上来就先跟林美棠抖搂了一番自己的老底,好像越是在一般人眼里最怕让别人知道的事情,她越是抖搂得彻底,大阳大阴,林美棠知道了人家这么多隐私,纵使过去对调查组的人再怎么反感,谅也不能翻脸了,即便不能以心换心,也会成为在大面儿过得去的朋友。其实林美棠也早有准备,安景惠找她来,不会是光为了跟她寒碜自己,而不想知道对方的事。

她稳住车把,随着自行车缓缓的节奏讲起了自己的故事:"我认识多少人,就有多少人向我提出过这个问题,而且不论我说的多么诚恳,他们也不能完全相信,老怀疑我没有全说真话。这么长时间,我也烦了淡了,不想再对这件事多作解释,至于别人理解不理解,接受不接受那与我无关。我这样做自然有我万不得已的理由……"林美棠忽然停了下来,扭脸看看安景惠。快嘴的安景惠此时却不拾茬儿,她知道只要自己一搭腔,就很容易把话题岔开,最好就是默默地等待着,林美棠适应了眼前谈话的气氛自然会继续说下去。果然,待她稍稍平静了一下自己的情绪,又接上了自己的话茬儿,讲了自己回到北京后的窘境,最后又怎么决定再回到郭家店来的过程……竟讲得自己的眼睛都红了。

安景惠下了车,将车子支在道边。待林美棠也下车后,她从侧面抱了抱对方的肩,两个人在道边上坐下来。看林美棠用手绢擦了擦眼角,安景惠问:"你的婚姻问题怎么办呢?像你这样的人,在农村能找到合适的吗?"

"这就看缘分了,有缘在哪儿都能找到合适的,没有缘在北京也找不到归宿。"

"好,我欣赏你这种性格,敢作敢为,有自己的主见。人就活一辈子,应该按着自己的心气活,感情问题无逻辑可言,守着一个枯燥乏味的男人过一辈子,还不如一个人随心所欲地疯活着好,至少还有自由。不结婚,等待你的可能是美好的婚姻。结了婚,等待你的可能就是离婚。许多人宁肯掉一次脑袋,也要换取一次幸福的感情生活,根据我的经验,一个女人只要为了感情,做出什么样的牺牲都在所不惜……"安景惠似乎是被自己的话,或者说是被自己能记住别人这么多话感动了,她停住话头在享受自己的感动。

林美棠猜想,下面可能就该问她跟郭存先的关系了。

但安景惠可比她想像的老道,知道火候还不到,两人刚刚建立起一点信任,决不能为一两个早晚都能得到的答案而破坏了这份来之不易的情谊,影响今后往深里交。她把林美棠拉起来:"这个话题太沉重了,不要影响今天晚上的食欲。你看天不早了,咱得赶快进镇子找到吃饭的地方,有什么话等会儿边吃边聊。"

两个女人又双双骑到车上去,东拉西扯的连她们自己都记不清又聊了些什么就闯进了宽河县城关。根据当地人的指点她们找到了全县最高档的十里香饭店,两个人进门拿眼一踅摸,地上黑糊糊地撒着菜汁、鱼刺、鸡骨头,桌子上油乎乎,油乎乎的柜台前站着个衣服油乎乎的女服务员,嘴里嗑着瓜子,喀喀喀……熟练而响亮地将瓜子皮吐到地上,眼睛好奇地瞪着她们,却不吭一声。安景惠没再往里走就拉着林美棠掉头出来了,咂着牙花子小声嘀咕:"这么脏啊?这种地方的饭你敢吃吗?"

林美棠只是笑笑,没有搭腔。心想在宽河县恐怕找不到安景惠心目中的那种高档饭店。

好在宽河县就有一条主街,从南到北横贯全镇,她们推着自行车溜溜达达地又看了两家饭馆,一家比一家差,比较下来还真是数十里香算高级。安景惠那张不饶人的嘴又有了感慨:"这种地方也能叫县?"

林美棠问:"你以为县应该是什么样子?在当地人眼里这儿就是大地方,平常能进趟县城也不容易。"

"惨哪,人们的心思都用在别处了,都穷成这样了还折腾个什么劲儿？"

林美棠真想顶一句，不是这儿的人爱折腾，是上边老有人爱折腾这儿的人。调查组就是来折腾人的，是你们要来，而不是这儿的人请你们来的。她话到嘴边还是忍住了，不管安景惠是有口无心，还是指桑骂槐，她毕竟是调查组的成员，不能轻易冒犯她。正是由于心里这么一烦，林美棠倒想起一个地方："听说宽河有个县委招待所，凡有上边的领导来了都住在那儿，至少应该是干净的。"

她们立刻打听，很快就找到了县委招待所，但只接待会议，不对外营业。安景惠亮出了市委机关报的记者证，很有派头地没费多少话就被请进了一个单间。她们坐下后要菜谱，服务员说没有菜谱，其实也无须菜谱，不大一会儿工夫大盘的热菜就端上来了。坐十个人还有富余的大台子，八个盘子一放就满满登登的了，香酥鸡、葱炒蛋、白菜豆腐、粉条炖肉……还有一大盆萝卜羊肉汤，米饭馒头随便吃。

两个女人傻眼了，"这么多啊！"

服务员说："都这样，这是规定，八菜一汤。"

"我们吃不了哇？"

"吃不了剩下。"

是呵，人家不可能强逼她们俩把这八个大盘子都吞下去。安景惠说，很好，多多益善，来者不拒。她又叫服务员再拿一瓶葡萄酒来。

服务员说没有葡萄酒，只有啤酒和白酒。

"你们这里最好的白酒是什么？"

"郎酒。"

安景惠一拍桌子："太好了，今晚正缺少个郎，那就快点上郎酒，咱们两个就跟郎一较高低，不醉不休！"

两个女人真的比画开了，你敬我一杯，我还你一盅，大口喝酒，大筷子夹肉，一口一干。安景惠似乎是真有一点酒量的，但她有二分的量就敢装成九分。林美棠也曾在寂寞难挨的时候抽过烟喝过酒，对白酒并不惧怕，更主要的是今天她想喝、想醉。如果真能一醉不醒，岂不一了百了。

瓶里的郎酒刚下去一半，两个女人已经感到了微醺的轻松和舒坦,都变得真实而快乐起来。林美棠面如桃花,连眼珠都是红的。安景惠却脸色煞白,越喝越白,脑门冒汗。她眼色迷离地盯着林美棠的脸,用一只手拍打着对方的肩膀:"美棠,你真是一株美艳的野海棠,我要是个男人多好,这会儿就恨不得把你给办了!"

"安姐,你也应该每天都喝点酒,你喝了酒之后又白又嫩,特别有味儿。"

"什么味儿?臊气味!女人的本质代表美,而美总是短暂的。所以女人老处于弱势,就因为资本短暂。其实有味儿没味儿又怎么样?现在的爱情,越来越像他妈的无情游戏,要不就是金钱游戏。既然是游戏,有味没味儿都可以玩儿,不玩儿白不玩儿。"

"你是大记者,玩儿得起。我跟你的想法不一样,我认为爱情是世间最可怕最沉重的一种感情,是最危险最痛苦的诱饵!"

"美棠这是因为你上过当,受过伤害。其实这也是没有办法的事,你生活在一个什么样的层面上,就会遇到什么样的男人,会碰上什么样的艳遇甚或奇遇。天下没有谁的感情是安分的,只是胃口不同罢了。"

"安姐,你喜欢什么样的男人?"

"我是女权主义者,靠自己的智慧而不是容貌俘虏男人。我喜欢帮着男人解决难题,然后让他们服从我,拜倒在我的石榴裙下,以我为中心。你哪?你喜欢什么样的男人?"

"我喜欢比自己强大的可以依靠的男人。"

"傻逼,世界上有这样的男人吗?你找到了吗?"

"我曾经以为我找到了……"

"郭存先?"

林美棠没有直接回答,而是又勾起了对过去的怀念,便跟安景惠讲了第一次下地和郭存先为她修鞋的事……安景惠咂咂嘴:"这倒真是个人物,眼尖心细,乘人之危修了修鞋,就把一个小姑娘的心给俘获了。蛮有戏剧性……后来哪?"

哪有什么后来?后来你都看到了,又回到了梦开始的地方,自己却不会再有梦了。林美棠一扬头自个又灌下一杯,她憋闷太久,心里快不通气了。安景惠抱住了她的肩,在她的脸颊上亲了一口:"好妹妹,这没有关系的,有这种遭遇的不是只有你一个人,每个人都是在缺陷中生存,在痛苦中欢乐。"

林美棠不做声,只是闷头喝酒,酒精给她带来的最初的放松感已经消失,相反倒勾起了她的惆怅,当初她怎么会想得到自己的一生就和这个男人捆在了一起……

一瓶郎酒喝空了,安景惠想再要一瓶,却找不到服务员了,整个餐厅都已下班,就只有她们这间屋子还亮着灯。哎呀,还没结账人怎么就都走了?她扶起林美棠,心里想着是要往外走,脚下却像踩着棉花套子,三摇两晃不知怎么两个人就都堆糊到地上。

安景惠搂着林美棠的脖子,轻轻地说:"今天晚上咱们不回去了,就在这儿开间房,我要传给你一个密招,当一个独身女人饥渴难熬的时候,自己怎么解决问题……"


不管什么组织,只要是由人构成,就不会铁板一块,准有各色的。调查组也不例外,钱锡寿是一类,封厚是另一类。他不跑步,每天清早像个没事人似的在村里乱溜达,尤其喜欢围着郭家店的大坑边上转悠,看村民们挑水,听村民们斗嘴,他好像对坑边上的气氛格外有兴趣。有时还主动插进来和村民们扯几句闲话,村干部们也乐意跟他打声招呼,还是称呼他为封县长,但这次是以调查组副组长的身份来的。

封厚一眼搭上了只有在郭家店才有的农业队长刘玉成,挑着两只铁皮水桶来到坑边,于是走向前去说:"我天天早晨都看见你挑水,看来你是个勤快人,要不就是家里人爱干净,用水够多的。"

刘玉成冲他嘿嘿一笑,带出一副老实相,不敢拾县长的话茬儿:"瞎祸祸呗。"

封厚突然口风一转:"郭存先回来两三天了吧?怎么看不见他来挑水,平时他家里吃水靠谁挑?"

刘玉成的脑子来不及拐弯,就实话实说:"他小子刘福根,不怎么着调,哪还管早晚,什么时候想起来就挑两趟。"

"他的儿子怎么姓刘呢?"

刘玉成自知失口,却也不敢瞎编:"当年砍棺材在外地认的,前两年来投奔他,可能家里没人了。"

"噢……你挑水回去看看郭存先起来没有?你跟他一块来,咱们商量点事。"

"在这儿?"

封厚点点头:"对。"

找郭存先来?还要自己也跟着,就在这坑边上……刘玉成差点没吓着,大清早的,调查组的副组长要找对头冤家郭存先,外加一个地主分子,村里人的眼珠子都会瞪出来,耳朵支棱起来,能商量什么事呀?八成是要开战,可为什么偏挑我去下战书哇?

封厚奇怪地看看他:"快点,我在这儿等你们。"

坑边挑水的人,有的开始磨蹭,把水筲撂在坑边上抽烟,有的加快脚步,把这一挑水送回去再来挑第二趟。都想等着看看封厚在坑边找郭存先谈什么……封厚有一句没一句地跟挑水的人们闲聊,问的也都是关于坑和水的事情……

好一大阵子刘玉成才把郭存先找来,他们不知道要发生什么事,心里难免紧张,一句话不说,只是拿眼睛瞄着封厚的脸色。封厚比以前胖点了,有一张富态的阔脸,平静祥和,深藏不露,一副典型的领导神态。他也没有先说话,一个劲地端详着郭存先的脸色,三个人就这么大眼瞪小眼地僵持了好一会儿,封厚突然问了个郭存先要命也想不到的问题:"看你的脸色肠胃一定有点问题吧?"

郭存先被问愣了,他猜不透调查组是怎么调查出他吐过血的?满心疑惑却摇着脑袋不承认,说不知道自己的肠胃有什么毛病。这是他的一块心病,他不想让任何人知道,心想这不过是封厚的开场白,这么一大早把他找到坑边上来,决不是为了他肠胃有没有问题。

"我年轻的时候学过医,这些天一直在观察村里人的气色,喝这样的坑水,有肠胃病的少不了,不得其他的大病怪病就是万幸,不信你们就做一次身体检查。"封厚眼光锐利起来,盯紧了郭家店的两个特殊人物,他们越发地蒙头转向了,调查组居然还调查郭家店人的吃水和健康问题?

沉了一会儿,封厚又问郭存先:"我叫欧广明带信儿给你找我一趟,为什么老躲着不见?"

郭存先吭哧憋嘟,无言以对。

封厚解释说:"你的心态要调整好,正常地看待调查组。你得承认你现在成了风云人物,对你的这些做法有人赞成,有人不理解,上边派个调查组来考察一下实际情况,然后向上边汇报,不是来搞运动,更不是想整倒你。明白了吧? 咱现在研究正事,我问你们,这个水坑干过吗?"

调查组的二把手这么东一榔头西一棒槌的,确实把郭存先打蒙了,刘玉成见大当家的接不上话茬儿,就顺嘴应了一句:"没干过,这是四千多口子人的命根子,干了怎么行? 据说坑底有个大王八精……"

郭存先却纠正说:"干过,解放后干过两回。"

"干了以后村里人喝水怎么办?"

"在坑底再挖个坑。"

"今年这个坑可能还会干,"封厚口气肯定,让两个农民看坑沿上横插着的一根草棍,"这是我来郭家店的第二天早晨做的记号,你们看,水位已经下降了有两指吧? 随着天气越来越热,群众用水量也越来越多,有人还要用它浇菜园子,这坑水最多能用到六月。我看了气象台关于今年天气和水情的分析报告,又是个旱年哪,降雨量比正常年份要少百分之三十左右。如果不想办法,你们坑里的这个王八精也得被渴死。"

旁边发出一阵哄笑,这是躲在不远处想听点惊人新闻的一些人,他们不敢靠得太近,或蹲或站的地方又正巧能听得到这边三个人的谈话。一听是谈水坑的事,并不是什么保密的村里大事,旁听者就变得放肆了,有几个农民干脆放下扁担走到近前来,甚至还想插话……

郭存先满脑子都是政治斗争、打击陷害,对这位本来是心存敬重和感激之情的县长,因为也成了调查组的头头,便不能不有所戒备,甚至是敌意,一时转不过筋来,怎么也不相信自己一扒眼皮就被急急火火地找来,是为了讨论这个水坑?或者这坑水?旁边等着看热闹的人听明白了,他这个郭家店的首脑却越听越糊涂。

封厚并不着急,索性提高嗓门,该停的停,该顿的顿,有板有眼地让坑边上的人都能听到他的想法:"我的意思是,现在全县喝坑水的村子不多了。喝坑水不牢靠,光是靠天吃饭不算,还要靠天喝水,这太说不过去了。更主要的是不卫生,你们看,牲口要在这个坑里饮,鸡鸭猪羊也到坑里来搅和,何况死水的水质本来就不好,水停百日有毒,人闲百日有病,你们为什么不喝井水?"

刘玉成此时比郭存先脑子好用:"挖过不少井,水是咸的,还带点苦味。"

封厚逼得很紧:"打深井!"

坑边上的人都没有想过这个问题,郭家店人祖祖辈辈都喜欢喝坑水,认为坑的水甜,养人。挖了井,也没有人愿意到井里去挑水,都说井水不甜。刘玉成问:"深井的水就好吗?"

封厚眼睛看着刘玉成说:"我之所以叫你也跟着听,因为你是管种地的,你们这儿是盐碱地,前些年挖河修水库,原意是想治理盐碱地,却想不到越浇越碱,你看看蛤蟆窝四周的地都碱成什么样子了?详细道理我不讲了,我那儿有材料,你等会儿跟我去拿。现在科学家研究出了新的治理盐碱地的办法,用井水浇地,既解决干旱和水源不足的问题,又能遏制土地盐碱化。而且清洁,很有可能还会含有对人体有益的矿物质,许多矿泉水不就是从深层打出来的嘛。"

刘玉成眼睛亮了,看得出兴奋起来了,却不敢多说少道。旁边有人替他说了:"打深井是不是得花一大笔钱?"

封厚盯着郭存先的眼睛:"我找你们来就是要商量这件事,供村里吃水的井,由我想办法出资给你们打。至于你们的农业用水,可以找银行贷款打井。今年要做抗大旱的准备,如果想大办工业,就更需要大量的自来水……水可是大问题,倘若郭家店就守着这么一个水坑,你们所有的规划全是空话。当然蛤蟆窝水库的水可以用,可你们尝过吗?这才几年的工夫,怎么变得那么咸?"

实在人刘玉成满脸都是笑纹,高兴地说出了声:"这敢情好啦!"

四周的村民们也随声附和,有的跟着一块笑,有的连声说好,调查组不白来……

郭存先的脑子也轰然开窍,却不是因为封厚要为郭家店打井。他终于听出滋味,调查组内部有矛盾,正副组长想的就不一样,封厚显然是在暗示支持我郭存先,是站在农业的角度爱护郭家店,这明摆着就等于反对调查组……郭存先一下子觉得胆气壮了,心里不再像前两天那么没着没落,惶惧无措。他没有像身边的人那样赔笑,而是满脸堆出尊敬:"封县长,您这才是真正来搞调查的,就像过去的领导干部蹲点一样,找问题,出主意,真杀实砍地支持村里的工作,为郭家店的老百姓着想。"

"打住,这些空的虚的用不着,我顺便提醒你一句,不能让谣言呀个人的恩怨得失呀把脑袋填满,你当村干部也不是一天两天了,郭家店是你们自己的,干好了是你们的福,干坏了是你们的过。眼下你的当务之急是赶快拿出打井的计划,如果你计划出来了,我三五天就能把打井队调过来。"

封厚的语气突然变得严厉而凝重,他边说边直起腰,用手指着村西继续说下去,"在欢喜树南面的空场上打一眼井,水质保证好。水若不好树就长不了那么大,西洼的地在你们村是最好的,对不对?"

刘玉成大为惊异:"一点不错!封县长,您会看风水?"

"这算什么风水,稍微留点神都能看出来。"

# 16. 骂

热闹非凡的世界有足坛、体坛、文坛、歌坛、影坛、棋坛、曲坛、剧坛……这个坛那个坛似乎都离不开"骂坛"。比如足坛,就可以称为"骂坛",还有谁不敢骂或不能骂它呢?笔骂、口骂、雅骂、野骂、笑骂、怒骂、真骂、假骂、单骂、群骂、小骂大帮忙、大骂不帮忙、指桑骂槐、不骂白不骂、骂了也白骂、白骂也骂。借骂足球可以骂领导无能,骂工厂亏损,骂不涨工资,骂不得提升,骂社会,骂人生,骂命运,骂同事,骂路人,骂家人,骂穷骂富骂赌骂娼骂天骂地骂一切!

当你被拥挤在秩序混乱的火车上或公共汽车里,被困在航班误点的候机大厅里,当你走在大街上或进了商店,尤其是被夹裹在自由市场的人潮热浪之中,很容易领略到"骂坛"的风光。人生不如意的事常有八九,而当下似乎人人都顶着一脑门子官司,不骂不说话。

千万不要以为"骂坛"只是靠着一些"粗"人或下层社会的人在支撑,还有些雅人或"上流社会"有身份的人同样很会骂,他们或者蔫坏损地骂人不吐核儿,或者赤裸裸地张口就上国骂,甚至一些名气很大的时髦女士,在公共场合也张嘴就是粗话、脏话,而且骂得那样顺溜,那样自然,那样有风采。让人感到传统国骂的魅力,反而更能衬托出新潮女郎的现代时尚气派。让人感到脏话似乎就该属于上等人,粗鄙和高雅是那样的般配,骂街就是时髦。

据报载,在某些发达国家,骂人正成为一种新兴的大有前途的职业。倘你憎恨某人,又不想把他杀死承担法律责任,就去雇请一位"骂坛"高手。一个"骂"字,上面要有两只"口",装备两副牙齿和两条松散脏乱的长舌,所以许多高级骂手中有相当一部分是女的。女人撒大泼骂起人来更具杀伤力,她们更容易"骂"得成功,直把雇主憎恨的人骂得七荤八素晕头转向两眼发黑颜面扫尽生不如死……甚至干脆就两眼发直口吐白沫气死方休。

中国"骂坛"已将此定为引进项目,第一步是先生产出"骂人娃娃",你出门可随身携带,看见谁不顺眼一捏娃娃大腿,娃娃便污言秽语,大骂不绝,兜头盖脸地将对方淹没在骂声之中,直至自己出完了气为止。

为什么骂人会成为时尚呢?社会学家总结出许多原因:现代人生活紧张,竞争激烈,压力过大,而且生活中有许多不公正、不合理……于是医学的最新研究成果证明,骂街可平衡心理,有益健康。只是没有解释对被骂的人会怎样?难道人类真的是不挨骂长不大?挨骂可以长寿?

调查组里又轮到安景惠当班做饭了,她嫌麻烦不愿早早地起来熬粥,就只烧了一锅开水。就便把昨天的剩馒头用热气熘一下,拿出自己带来的咖啡给每个人沏上一杯,剩下的开水还够灌满暖壶的。再切上一碟咸菜,早饭就算准备好了,然后像刚下完蛋的母鸡,咋咋呼呼地走出屋子招呼大家开饭。顶头正碰上跑步回来的钱锡寿,冷不防两个人脸对脸险些没撞个正着。安景惠倒没有什么,钱锡寿却吓了一跳,身体猛然受阻,失去了重心……

安景惠做出亲昵的样子要去扶他,他又赶忙躲闪,躲开了这头躲不开那头,脑袋便结结实实地撞向门框。安景惠忍不住哈哈大笑起来,一张大白脸笑得流光溢彩。一个女人大清早起来,当着不是自己丈夫的男人,竟然笑得这般忘形、放肆、率性、玩世不恭,让钱锡寿益发地浑身不自在,只觉得一冷一麻,周身起满了鸡皮疙瘩。他知道郭家店的四面八方、角角落落、每一扇门每一扇窗户的后面都有眼睛在盯着他。这个疯娘儿们,浪荡货,真是叫人受不了!

安景惠转眼珠向四外一飞,果然见旁边的人远处的人都被她的笑声吸引着正往这边瞧,走路的停了脚,干活儿的停了手……她索性就把戏做足,觍着脸一个劲地往钱锡寿的耳朵根子上凑,嗓门却放得老高:"钱头,您的脸可真漂亮!"

一股非自然的香气罩住了钱锡寿,如同一阵恐惧袭来,他变颜变色,身不由主地往后缩,说不清是躲避安景惠身上的香气,还是躲避她那句话。

"您这满脸的红圈儿还舍不得洗掉就出来跑步……"安景惠说着就又想笑,还从口袋里掏出手绢要替钱锡寿擦脸。钱锡寿愕然一惊,糟糕,刚才农民们冲着他偷笑,原来并不是因为看着他跑步新鲜,而是看见了他的花脸。真是出了大丑,自己出丑还是小事,让调查组的形象在农民心目中失去了应有的严肃性和权威性,这影响有多坏!

钱锡寿是个心思缜密的人,平时也总是把自己包裹得很严,按理说不应该出这样的疏漏,皆因调查组在郭家店老打不开局面,他必须做出姿态,跟大家打成一片,鼓励组员们齐心协力,让调查尽快取得成果。所以昨天晚上安景惠邀他玩牌就没有拒绝,紧接着这个娘儿们又提议,输了牌的人由赢家用她的口红在脸上画红圈儿。这一提议得到其他几个人一致地响应,他为了不扫大家的兴也只好接受,或许他们早就合计好要出他的洋相。

安景惠最能活跃气氛,她热心热肠热性子,在男人堆里如鱼得水,昨天晚上就是她第一个爬到钱锡寿的身上,一只手掐着他的脖子,另一只手拿着口红在他脸上乱涂,把自调查组成立以来的严肃和沉闷一下子就打破了,连钱锡寿也不能不笑,只是笑得尴尬,笑得一脸苦相。安景惠的脸和他的脸贴得那样近,嘴对嘴,眼对眼,他不能抗拒,只好闭上眼睛任她摆布,逗得组员们越发地开心了。以后谁赢了牌不好意思跟钱锡寿动手动脚,就委托安景惠代劳。而安景惠举止浮华,浅薄虚狂,总是能变换花样,把癫狂的气氛推向高潮。

她自己输了也要被其他组员摁倒抱住,用亲吻代替往她脸上涂抹。她瘦得皮包骨,却有一对丰厚饱满的嘴唇,性感迷人,拥有一种危险的浮艳。

后来不知是谁又弄来一瓶白酒,输了牌的人还要罚酒,罚钱锡寿跟安景惠喝交杯酒。钱锡寿本来是滴酒不沾的,可在那种场合大家已经闹疯了,没大没小,他往常做人的各色和架子都不再起作用,无论他说什么都没有人听,而且越说不能喝就越会让他喝。当牌桌上的另外几个人形成默契要琢磨某个人时,那个倒霉鬼自然就输惨了。

钱锡寿是何等样人,虽然被灌了几杯酒,对这点阵势却还能看得出来,何况他自记事起就经常吃这样的亏,心里不是全无准备。只要是在娱乐场合或群众自发的活动上,他总是莫名其妙地就成了大家算计和取笑的对象,到底是哪一点让不认识的人能不约而同地看着他不顺眼呢?偏巧他生性不爱开玩笑,不会嘻嘻哈哈,甚至惧怕嘻嘻哈哈,也不擅长随便乱搭讪。他的优势是在正规严肃的场合,有权有威,公事公办。但他自恃昨天晚上并未到不可收拾的地步,刚一感觉有点把持不住就抽身而退了。这一点他还是有把握的,只要自己的脸真的往下一吊,下边的人还是不敢不收敛。他一贯要求自己,在任何时候都要保持清醒的审时度势的能力,怎么在回到自己的屋子后不洗脸就睡了呢?而且是自来郭家店后睡得最沉的一夜。所以早晨起来带着一种难得的轻松就出门晨练,完全不记得自己脸上的标记了……

莫不是昨晚真的失态,确实放纵了自己?昨天是什么日子?哦,清水日,这就对了,无须用肥皂大洗,所以就马虎了。许多年前钱锡寿在报纸上看到一篇文章,每天都用肥皂洗脸会损伤皮肤,他认为自己的皮肤不错,已经年过半百还相当柔细,没有理由不好好保护。于是每周只在二、五用肥皂大洗,其余的日子一律用清水,从皮肤上一过即可。

其实,昨晚在钱锡寿走后,剩下的那些人才真正开始以他为中心,一边打牌一边谈论着他作为一个男人给大家带来的谜团,谈到热烈处竟停了牌局,开起了专门的讨论会……挑头的仍然是安景惠:"你们知道我为什么要放钱头走吗?我看他那张瘪脸白得越来越吓人,怎么看都像个老太太,就不敢再逼他。跟他这种人开玩笑不能逗得太过火,但凡生理上有毛病的人,心理上一定也有缺陷,别闹翻了大家都下不来台。说白了我不过是想验证一下,像他这样的人到底是喜欢女人,还是害怕女人?"

有人问,结论呢?你看他是更喜欢你,还是真的怕你?

安景惠说:"他是又喜欢又怕。我在平时就已经有感觉,他有时愿意跟女人说话,想套近乎,可当女人真要靠近他,他又显得紧张、惶悚,赶忙逃开。你们说,应该怎样给这样的人定义?他是不男不女,还是又男又女?伍烈,你是公安局的,经得多见得广,你说说。"

伍烈挠头:"哎哟姑奶奶,公安局也不是研究这个的,按老百姓的说法这就叫'废物蛋',男人不能行男道,就是蛋不管用,学名叫睾丸。听说过去阉人就跟劁猪一样,并不是把命根子连根割掉,而是割开个口子把蛋给挤出来。民间还把这种人叫'二疑子'……"

"二姨子?"

伍烈犹豫:"不是大姨子、小姨子的姨,可能是疑惑、疑问的疑,'二疑子'就是搞不明白他是男是女,是阴是阳,心存疑虑……说实话我也不知道是哪个字,纯属瞎蒙。"

一直都没怎么说话、只在一旁拾笑的封厚,突然很有权威性地解释说:"'二尾子'应该是尾巴的尾,不是怀疑的疑。动物界雌雄的尾巴大多不同,人也是动物,'二尾子'是比喻有两种性别特征,既可当男,又能当女。或者介乎两性之间,一乎二乎,阴乎阳乎,就是这个意思。日本管这种人叫'二形'或'半月'。现在回答安记者的问题,老钱可能在性生理上有障碍,却不等于他骨子里不喜欢女人,这你们都知道,他年轻的时候曾结过半宿婚,新婚的当夜,新娘子就跑了。据说从那儿以后他便不再接触女人,可这并不能证明他心里就不想望?如果不想望就不会结婚。若一定要打比喻,老钱更像过去的太监。"

安景惠穷追不舍:"太监是人为地阉割,老钱这又是怎么回事呢?"

封厚拉开架势侃侃道来:"《圣经》马太福音里说,有生来是阉人,亦有被人阉的。中国的古书《内典》里说,人中恶趣有五种不男,五种不女。五种不男是:生、捷、妒、变、半。生,是天生性器官萎缩,不能勃起。捷,是生而为男却是女人,反之生为女人实质却是男的。古人解释是值男即女,值女即男,即见了女人是男人,见了男人是女人……"

高文品立刻叫起来:"嗨,太棒了,那才叫左右逢源,兼收并蓄,不白来一世!"

安景惠赶紧制止:"瞧瞧你这个色鬼样儿,就你这小身子骨,男女通吃受得了吗?你们能不能别打岔,听封头接着讲。"

封厚笑模悠悠地接着说:"妒,是指性器官似有若无。变,是一半为男,一半为女,或者说半月为男,半月为女。半,是生殖器官看着没有异样,却不顶用……所以古人把这些人称为'人屙',白话就叫'人屎'。"

大家又七嘴八舌地插进话来,哈,男人还有这么多花样?你掰开揉碎了讲详细点。安景惠用尖叫盖住了大家的喧闹:"你们能不能先闭上嘴,让封头讲下去。"

她的建议立刻获得响应,好好好,谁也不许打岔,有问题等封头讲完了再提。

封厚笑着继续卖弄从来没有机会说出来的满肚子古董:"过去有一种传说,年幼的时候被阉,到成年后靠药物有希望能恢复一部分性能力,从前的太监确有结婚生子的。但采制太监吃的那种密药非常残酷,需用幼童的脑髓。而像老钱这种生来的阉人,是先天性生殖功能萎缩,目前尚无药可医。这种人只要一看相貌,一听他讲话的声音就能分辨出来。就说老钱,年轻的时候肉皮细白,已带女相。一到中年脸上的皱纹就特别多,而且他的这种褶子细密多弯曲,再加上肌肉绵软松松垮垮,猛一看就像中年妇女。这种人越老越瘦,最后只剩下皮包骨,嘴瘪下去,下巴颏尖突,完全跟内分泌有关,过去的太监就绝少有肥头大耳。这种人还有个明显的特征,发音是一副娘娘腔。过去欧洲的教会合唱团都是用阉割的男童充当女高音,欧洲歌剧发达,在歌剧中扮演女高音的也多用阉人,在他们的传统观念中这是基督所准许的神的恩赐。你们注意没有?老钱说话时有意放慢语速,尽量使自己的声音显得粗厚沉重,他只要一着急说话快了,就会现出娘娘腔,尖锐刺耳,似哭非笑,直钻耳鼓,令人十分难受。就跟他的性格也难以与人相处是一样的,大家可想而知,生理上不阴不阳,心理上必然变态,历来这种人都性格乖戾,喜怒无常,报复心重,在常人看来是些鸡毛蒜皮的小事,却可能引发一场大争吵。因为社会或者说生命本身对他们不公,被扭曲的社会动物自然要对社会有一股强烈的反弹力,所以历史上的太监只有极个别是有伟大创造的,如发明造纸术的蔡伦,东汉平乱定邦的郑众,大家非常熟悉的三宝大太监郑和等等,而其余的绝大多数太监都是窃权乱政、秽害宫廷。安记者刚才做得很对,老钱今天晚上已经很不简单,给足了你们面子,要适可而止,见好就收,不能闹得太过分。"

安景惠不知是对封厚讲的有关太监的知识着迷,还是因为受到了封厚的表扬,兴奋地拍手打掌:"哎呀我说封县长,你可真是真人不露相。平时看你少言寡语,我以为管农业的就是这种风格,想不到你还一肚子学问。"

"不敢称学问,管农业的都很土,我也一样,只不过多看了几本杂书而已。"

这时候大家抑制不住谈起关于钱锡寿的种种传说:都说他换过的工作单位最多,无论到哪儿人缘都混不好。

还听说他特别爱整人,而且下手极狠,这大概就是太监性格所致,既憎恨不能为自己所享用的女人,又嫉妒能够享用女人的正常男人。也可以反过来说,女人不喜欢他,男人嫌恶他,即使还没等他把别人都得罪遍,别人却都在说他的坏话,做人做到人见人烦的地步,自然就该他大腿贴邮票——走人了。

可听说他一到市委就稳定住了,像他这样的人研究政治最合适,尤其是在政治运动一个接一个的阶级斗争年代,他才是如鱼得水,禁欲节育,斗私批修,恨不得把天下的男人都给阉了。惟有他这样的人最适合那个时代,孤家寡人,无牵无挂,六根清静,八面见光,俗话说光脚的不怕穿鞋的,腰里掖着一副牌,见谁跟谁来……

像调查组这样的形式,大家同吃同住,天天打头碰脸,很容易就能相互了解了,想拒绝了解都不大容易。大家一熟悉了,每个人都会情不自禁地要讲自己的家庭,喜事,烦事,炫耀,抱怨,要思念,要惦记,要写信,要打电话……却从没有听见钱锡寿谈过自己的家庭,也没见他写过信,打过私人电话。难道他是从石头缝里蹦出来的,自己没成家就连个亲戚朋友都没有?所以叫他当组长是再合适不过了。

难怪当初市里一决定要往郭家店派个调查组,领导首先就想到了他,他来了以后也果然先从郭存先跟林美棠的关系上下手。有男女作风问题的人碰上钱锡寿,算是倒了八辈子的血霉。如果让他当扫黄办公室主任那才叫绝哪,非把大小机关都扫成和尚庙,把大小妇联都变成尼姑庵!

封厚感叹:过去中国人有句恭维人的话叫"官宦之家",为什么要把官和宦联系在一块?实际上人们称太监就叫"宦官",宦也是官,官宦难分。当不了官就去当太监,靠着心狠手辣,闹好了发财得势不比当官差。或者说,宦者更适合当官。

一提到太监,安景惠就又来了兴致:"你刚才还讲过五种不女,是什么意思?"

"所谓不女,就是俗话说的'石女'。有五种表现:螺、筋、鼓、角、线,俱都终身无法嗣育。其实就是现代医学所指的性生理障碍,大半可以用手术切除。"

"你说太监还有结婚的,那是真的男女结合,还是只有个夫妻名义?"

"这就复杂了,大致可分三种。一种是假太监,如尽人皆知的秦朝大阴人嫪毐,大阴人就是阉人,长时间奸通秦始皇之母,还生了两个儿子。明宪宗时代跟万贵妃私通的阿丑,据闲书上讲,这个阿丑平时跟太监没什么两样,每到月圆之夜,他藏在腑脐之内的另一个生殖器就会冒出来,伟劲倍于正常男人。同时他两眼赤红,女人的眼光只要和他的眼光一接触,便如中邪一般,脸烧心疾,春情荡漾,任其所为,欲死欲仙。还有私通慈禧太后的安德海,以及后来跟隆裕皇后和多名宫女姘靠的张永福,又叫小德张,等等不胜枚举。第二种是扮演女人角色,受到宠爱。过去讲究姘女人要具备五个条件:潘、驴、邓、小、闲,这第三个字邓,就是指汉文帝宠爱的太监邓通,是历史上最有钱的家伙,这就是说搞女人必须要有硬通货。《汉书》里说,文帝宠幸邓通,赐以蜀严道山铜,让他自己铸钱,于是邓钱遍天下。自己造钱,想要多少就有多少,那才是天下首富!你们一定听说过皇帝断袖的故事,那是指汉哀帝宠爱太监董贤,哀帝要起床上朝,一只袖子压在董贤的身子底下,皇帝为了不惊扰同性恋伴侣的睡眠,就用刀割断袍袖。第三种就是宣淫娶妻,公开结婚。唐代的太监高力士、李辅国,结婚时大操大办,是获得了皇帝恩准的。到了明代,如景泰、天顺年间,太监娶妻纳妾几乎是公开的合法的。皇宫里的宫女很少没有配偶的,星前月下,讲婚论嫁,定亲之后便彼此誓盟,唱随往还如外边的夫妇一般无二。当时对这种太监和宫女的鸳鸯配有个称谓,叫'菜户'。有些皇帝爱开玩笑,常会拿宫女开心:你的菜户是哪一个?当时的太监成千过万,难免有滥竽充数、蒙混过关的,或也确有'阳具再生'的。早在后汉就有个太监栾巴,成为中国历史上第一个'阳具复起'的阉人。由于风气如此,有些民间妇女甚至跟丈夫离异,而转嫁太监。史书上说,这些女人一是图太监有钱,二是太监们在床上另有一套功夫,能满足女人的性欲。当然更多的太监恐怕还是无法行人道,以其变态的心理或寻求心理补偿,还有的用假阳具折磨摧残女人……"

有人小声嘟囔:"想不到当个太监还挺不错嘛。"

"怎么,你想不想也阉了试试?"

"还真有点动心……你们谁行行好,给钱组长也找一个相好的吧。"

绕来绕去又绕回到钱锡寿身上来了……


有多事的人粗算了一下,郭家店三十岁以上的光棍儿有七十三个。如果再把年龄往下降两岁,从二十八岁算起,那郭家店的光棍儿比当年水泊梁山上的好汉还要多。这么多光棍儿可是村子里的一股势力,这股势力有种邪行劲,没有正形,没有常规,谁也不知道他们会在什么时候因为一件什么事情而爆发……

光棍儿们有的是力气,缺少的是发泄力气的地方,对他们来说,最强烈的欲望就是肉欲和饥饿。偏偏他们穷得光剩下时间了,一没事就爱往一块凑合。为找不上媳妇一块郁闷,一块骂街,一块胡诌白咧,一块下棋、打牌、抽烟、晒太阳、打盹。

于是另有好事的人给他们经常呆着的这个地方取名"光棍堂",过年的时候还从集上弄来一副对联,贴在光棍堂两边的门框上:

要足何时足知足便足
求闲不白闲偷闲即闲

大概光棍儿们都不知道这对联是什么意思,搞不清是挖苦他们,还是捧他们,干脆自己添了个横批:"无家无业"!

光棍堂原是大跃进时期的公共食堂,后来食堂垮了就改成大队的牲口棚。负责喂牲口的是两个老光棍儿,平时就睡在牲口棚旁边的小屋里,自然也就招引得其他光棍儿常泡在这儿,久而久之就成了全村的光棍儿活动中心。凡郭家店的大姑娘小媳妇,一般都不在光棍堂跟前经过,哪个女的在那儿过一趟,没准就会成为光棍儿们一天的话题。

自调查组进村后,光棍堂里就更热闹了,从早到晚人不断流,有光棍儿,也有成了家的男人。谈论的话题自然离不开调查组,最初关心的是郭存先的命运、郭家店的结局,渐渐地转到挨个琢磨调查组的人,各种消息都有,品头论足,说什么都可以,常能逗得光棍儿们哄堂大笑。最近两天,光棍儿们的兴趣不约而同地全集中到调查组惟一的女人安景惠身上。说女人本来是光棍儿们最拿手的,也最能让他们兴奋,让他们大过嘴瘾,可痛快淋漓地发挥着自己的想像力,越说越来劲……不知怎么忽然又把安景惠跟本村三十二岁的光棍儿欧广和连到了一块。

听说她还没有对象,不是因为搞不上,而是吃得多见得广,对城里的男人腻歪了,这次就想到乡下来找个新鲜的。谁不知道方圆几十里数咱们村光棍儿最多,而光棍儿个个都是新鲜的,地道的童蛋子儿。可在咱这个光棍堂里,又数欧广和跟那个女人最般配,一是年龄相当,二是相貌般配,你看女的那张小脸,又白又细,那要用手摸一摸,捏一捏,凑近了闻一闻,亲一亲……哎呀,还不得美死!

她的脸倒不怎么样,嘴好,那大嘴唇多有劲!

还有那抽烟的姿势,那才叫够味儿,她烟不离手,你们知道这叫什么吗?嘴馋逼浪!

叫我看她的小腰最好,一把就能抓起来,怎么摆弄怎么是。

你们说的都不对,她身上最值钱的是那对大奶子,地里不打粮食也足够吃的……

这么好的女人咱们村里谁能配得上呢?只有广和。浓眉大眼,膀大腰圆,也只有广和这身好力气,才能降得住那样女人……

"二乎头"欧广和,刚开始还拿着个劲,绷着个脸,很快就咧开了大嘴,笑得一脸得意,一脸幸福,美滋滋地享受着光棍儿们的铺排。

满屋子的光棍儿闹得就更起劲了:你们知道吗,我可是听说那女的挑来挑去,还真对咱广和有点意思,跟好几个人打听广和,昨天还专门找欧广明谈了一次话,先探探这个大伯子的口风。广和,不信回家去问问你哥。

旁边立刻有人呼应:是有这么一档子事,不过我听说调查组里也有人在追求她,人家可是近水楼台先得月呀。叫我说,咱们得好好给广和出点主意,怎么能快点把那个女的给弄上手……

这还不容易,她主动来到咱们村,就等于是兔子敲门——送肉来了。她老去找林美棠,而林美棠又是咱村的妇女主任,有给村里光棍儿找媳妇的责任,让广和提前在林美棠家埋伏好,等那女的一去就给她来个霸王硬上弓,生米做成熟饭,不愁她不跟了广和。

哎,你别出馊主意,那叫强奸。敢强奸调查组的人,你还叫广和活吗?广和呀,我给你出个好主意吧,调查组不是天天要找村里人谈话吗,你就天天去找那个女的谈,跟别人不谈,就专找她,等泡得有点火候了再上手。

或者你干一件出头露脸的事,成为郭家店的英雄,那女的自然会主动来找你……

大家自管嘻嘻哈哈地出点子,谁也没注意到今天这间房子里的主角欧广和,开始变颜变色,红头涨脸。不知是打算按谁的主意办,还是自己有了更好的主意,抑或是恼火了、动心了?他突然起身,一声不吭就甩门而去。

光棍堂里爆出一阵哄笑。


调查组的情形正相反,别看晚上聊得那么热闹,到白天却都有点犯傻,连吃饭的时候大家也不再像往常那样东拉西扯、嘻嘻哈哈,更不敢像昨天晚上那般没有顾忌,原因是钱锡寿的神态还很不自然,他除去通知大家饭后立即开会,就再没有话了,眼睛除去茶杯、菜碟就不看别处。搞得别人也不自然起来,连眼睛都不敢多往他那儿瞄。

直到开会,大家的眼睛似乎才恢复正常的直视功能,因为说话不能没有目光的交流。这时候该轮上钱锡寿表现了,开会是他的强项,他变得异常严肃,组员们因之也可以大大方方地盯着他看了,根据昨晚封厚的讲解,研究着钱锡寿的相貌:这张布满细褶的瘪脸果然有点太监味道,颧骨向外凸,双腮往里嘬,下巴尖锐光滑,根毛不生,越端详越像个虚弱的老太太。他说话也像封厚观察到的那样,语调缓慢,憋粗了嗓子一板一眼,加重语气的分量:

"我们这个调查组的背景大家都很清楚,农村里思想混乱,违法乱纪猖獗,市委领导非常重视这次调查,等着我们拿出点东西来,提供领导参考、研究,如果有普遍的指导意义还会推广下去。群众也在瞪眼看着,这么大阵容的调查组将怎么动作?我们肩上的责任大,压力也大,进驻郭家店这么多天了,村里人心浮动,谣言很多。所以我们要把方方面面的情况拢一拢,对前段的工作有个小结,商量一下今后该怎么动作?"

伍烈毕竟年轻气盛,忍不住先发牢骚:"郭存先这家伙回来也不跟我们打个照面儿,根本就没把调查组放在眼里。"

高文品立刻响应:"我看他不光是没把调查组放在眼里,似乎还跟咱较上劲了,纯粹是屁股眼儿拔罐子——作死(嘬屎)。他胳膊还能扭得过大腿?"

罗登高蔫蔫地答了一句:"这可难说,现在谁还怕谁?胳膊说不定也能拧断大腿。"

高文品不服,"哎?我们调查到最后还得靠你检察院给撑着哪,你怎么倒先说泄气话?"

钱锡寿赶紧把话题转到正文上来:"伍烈同志,有人举报郭家店曾在国家的水利工程中虚报土方数,骗取了国家十几万元,可查证落实了?"

"没有,工程指挥部早就解散了,找不到当时的土方验收员,无法抓着真凭实据。"

钱锡寿又问罗登高:"关于郭家店在大办工商业的过程中行贿送礼、违法乱纪的问题落实得怎么样?"

罗登高三十多岁,脸上一团英气,说话却很沉稳:"组长,现在办案不像从前,外调非常困难,证人一般都不说实话。他们如果举证郭家店行贿,就等于承认自己受贿,在犯罪性质上受贿岂不比行贿更严重,你当这些人是傻子?他们形成了一个网,互通信息,互相包庇,谁出卖自己的关系户,就等于断了自己的财路,让其他人知道你靠不住也会像防贼一样防着你,切断联系或少联系。没有四通八达的关系,又怎么能财源茂盛?急剧膨胀的经济欲望使人们的胆子大了,对法律的尊敬和惧怕减少了,所以我跑的单位不少,却没有拿到真正有用的证据。"

据说罗登高是检察院的办案高手,却说出这样的话,让本来情绪就不大好的钱锡寿很生气。"那就是我们还没下到工夫,或没有找对路子。郭家店的问题肯定有,不然市委也不会派我们来!"

罗登高定力很强,仍旧不急不躁:"眼下不像前几年了,调查组这种形式不再具有过去的那种震慑力,也没有法律威慑力,人家不说或作假证,我们一点办法没有。所以不能操之过急,他们的尾巴一旦被我们抓住,真正进入法律程序,再叫他们说实话就比较容易了。"

查账能手高文品喊了一句:"那为什么还不抓呀?"

罗登高反问:"抓谁呀?"

"要抓就先把郭存先抓起来!"

"凭什么?"

"郭家店的事,哪一件都跟他有关系。"

"你查账可查出能抓他的证据来了?"

"那账就别提了,记得乱七八糟,要说问题有的是……不过要抓郭存先还得先从男女关系下手,他霸占下乡女青年,不让人家回城,我们有群众的举报信,有事实,全村人有目共睹,先管这件事一定得人心。"

在调查组里,高文品大概算比较浅浮的,说话轻飘飘,且带着一种溢于言表的优越感。不论什么场合他都有本事很快就把话题扯到跟女人有关的事情上去,而且不掩饰自己在这方面的特殊兴趣。而他的理直气壮却恰恰让钱锡寿真正感到了不安,他心里原有的并被包装得很得体的居高临下感、对别人命运的主宰感,一下子消失得无影无踪……现在的群众的确变了,仿佛一下子又倒退回去几十年,面对这么严重的歪风邪气竟没有人能挺身而出。若在过去,调查组一进村群众就会一呼百应,调查组很大的一块工作量是平息众怒,掌握政策,那要比现在的打不开局面要相对容易得多了。他曾多次参加或领导过这样的组织,没有一次不是所向披靡,要风有风,要雨得雨,想不取得辉煌的成果都不可能。可现在呢?连调查组本身也不同于过去那种搞运动的队伍了,以前能参加这种调查的人会有一种自豪感、使命感,服从命令,雷厉风行,立场坚定。现在可倒好,光是内部的思想就统一不起来,各打各的算盘,各有各的主见,一个比一个能耐,组内缺乏应有的凝聚力……

他似乎不得不正视这样一个事实:社会已经不再是工作队和调查组的时代了。

钱锡寿宁愿组员们都像高文品,虽浅薄傲慢,但敢于行动,敢于向郭家店大喊大叫,这样的人好鼓动、好指挥。组员们积极性高,有战斗力,他这个组长就好当了。即便像罗登高这样的人,虽然有点让人头疼,却并不难为,罗无非是个有独立见解的人,对调查组的成立有自己的想法,说话办事不是先想到要跟调查组共进共退,而是先考虑自己的原则,依据自己的思想和经验,处处都显得比别人高明,一言一行带着一种职业性的傲慢。对郭家店的人傲慢还好说,在调查组里也自以为是,就让人讨厌。但最让钱锡寿恼火的还是副组长封厚,还有他的跟屁虫崔大本,郭家店所在乡的头头,一切都要看封厚的眼色行事。他们是调查组里仅有的两个号称了解农村的成员,却没人知道他们骨子里是来查郭家店的,还是来保郭家店的?封厚居然在水坑边上当众跟郭存先商量村民吃水的问题,还许愿要从县里给郭家店调打井队来。在调查工作正吃力、正叫劲的时候,这不明摆着是泄劲、拆台吗?等于给郭存先撑腰,公开告诉被调查的对象调查组内部意见不一致……钱锡寿已决定尽快向市委反映这一问题,请求调走封厚或再充实调查组的力量。

封厚城府很深,他的精明没有表现为协助组长调查,倒像是以副组长的身份钳制调查组的工作,而且还有个死党崔大本。那么谁又是自己这个当组长的死党呢?钱锡寿感到势单力孤,愕然似有所悟:封厚是怎么进到调查组当了副组长的呢?莫非市委对派出这样一个调查组意见并不统一,加进封厚是一种调和折衷的结果?钱锡寿不免脊背发凉,意识到自己身后或许并没有原来所想像的那种强大的组织支持……

而这次调查的成败对他偏偏又非常重要。他在政研室的位子上呆的时间不短了,再干下去纯属白耗,何况那只是个参谋部门,领导需要你参谋的时候你才有说话的机会,领导不想听你说话你便没有发言权。没有实际的权力,而且会越来越空。这次市委领导让他带队下来应该是有想法的,按惯例极有可能是提升前的一种过渡,明年市委换届,他若能在组织部长、政法委书记和市委秘书长三个位子中占据其一,就会顺理成章地进常委。他没有更大的野心,到此也算说得过去了,人生其他方面的缺失在官场得到补偿……

高文品并不知道钱锡寿在暗暗地翻肠倒肚,他谈女人一谈起兴头来就刹不住车:"这是明摆着的事,你们看林美棠的屁股、腰、胸脯,哪一点还像个处女?全都发起来了,那是被男人摸熟了的。她都快三十岁了,还不找对象结婚,在等什么?等谁?这还不是秃子头上的虱子——明摆着嘛!别看郭存先长得那副德行,搞女人倒是有本事,把一个北京来的黄花大闺女竟折腾得这样铁心……"

安景惠不高兴了:"我说高文品,你恶心不恶心?"

恰在这时,窗外突然响起粗嘎的叫骂声,而且越骂越脏:"我操你八辈儿祖奶奶……你跑到这爷们儿跟前来搅和,我跟你拼了,有一个算一个!"

"你们就缺德吧,家里着火,祖坟冒烟,是要断子绝孙的!"

调查组的会没法再开下去了,这是谁在骂大街?骂谁?

跑到调查组的窗户根底下来骂,还能骂谁?伍烈、罗登高动作快,先跑出屋子,其他人也相继紧跟出来,就把钱锡寿一个人孤零零地甩在屋里。这会开到一半,组长未发话,竟被窗外两句粗话给骂散了,钱锡寿沉了一会儿,觉得一个人闷在屋子里也很尴尬,便也走出了屋子。

一头脏兮兮的母猪,伸着长嘴在地上拱来拱去,发出吭哧吭哧的喘息声。在它屁股后面站着一个汉子,二十多岁,蓄着城里时髦青年的长发,上身蓝西装,下身黑裤子,脚上一双棕色旧皮鞋。这身打扮不能说有多大毛病,就是和他整个人不协调,古里古怪,不伦不类,让人觉得不单是乡下人学城里人没学好,粗人赶新潮没赶对,而是看他哪儿好像都有点毛病,神色愣儿吧唧,一对斗眼非常突出,带着蛮劲和邪气。

他身后跟着一群看热闹的人,当他骂累了停下来时,谁挑逗一两句,他一跳脚劲头就又上来了,戏也就更好看了:"你这个臭货、母货、浪货,不在自己窝儿里呆着,跑出来乱舔乱咬乱扒,这里有你的嘛?你就不怕踩上地雷!"

围着看热闹的人大声叫好:"嘿啊、嘿啊……广和的词儿还真多啊!"

高文品不知天高地厚,冲过去问了一句:"你骂谁?"

"你眼瞎呀?"

"哎……你这是怎么说话?"

"你说我该怎么说话?我骂谁你看不见?"

"你在我们窗根儿底下乱骂,猪又听不懂……"

"你又不是猪,怎么知道它听不懂?"

高文品平时伶牙俐齿,这工夫气得脸通红,却找不到赶劲的话……

欧广和见对方接不上茬儿,更逮着理不让人,嗓门又提高一块:"猪是我的,我爱骂就骂。哎,我说你这个臭王八蛋,小心我一刀宰了你!"

高文品当众栽在这样一个放猪的手里,怎么咽得下这口气,又拔高嗓门质问:"你叫什么名字?"

欧广和看着他还没有来得及搭腔,旁边有人高声作介绍:"他叫老二!"

"老二,你放猪是假……"

"谁是老二?你才是老二哪!老大是王八,老二是鸡巴,老三是兔子……"

"臭流氓,你不是老二是老几?"

"我是你祖宗!"

"你……"

"我怎么了?"欧广和一通乱骂倒把自己骂得激愤起来,再加上一大群看热闹的人起哄架秧,他红头涨脸,脖子一梗,两个大斗眼一瞪,变得六亲不让了。

伍烈想上去,罗登高拉住了他,悄悄说:"沉住气,先看看头的态度再说。"

围观的农民看出这娄子要捅大,兴趣便由看欧广和耍二百五,变成看调查组的态度,看他们怎样答对,怎样收场?组长钱锡寿还真被将在了那儿,这种局面他接茬儿不好,不接茬儿也不好。接茬儿吧不知道该怎么接?如果不立马加以制止,任由这个无赖继续闹下去又成何体统?显得调查组也太软了,软到被人家骂上门还不敢吭声,那还能在郭家店呆下去吗?可硬又怎么个硬法?如果对吵对骂起来还不能镇唬住这个家伙,就会更下不来台,把自己搞得十分难堪……他希望这时候有个合适的人站出来给解围,郭家店的干部都死绝了吗?或许这就是干部在背后挑唆的也未可知?

就在钱锡寿身为调查组组长又急又气,感到十分窘迫的时候,封厚阴沉着脸走到欧广和跟前,眼睛盯着他却对崔大本发话:"崔乡长,这是你的地盘,去给我把郭存先立刻找到这儿来!"他嘴角挂着芒刺般的冷笑,目光牢牢地盯住欧广和的眼睛,很快便从这个耍穷横的混球眼睛里看出了胆怯。他慢条斯理地开腔了,"好啊,郭家店真有能耐梗,你很会骂猪,猪也跟你配合得不错,有这么多人围着你起哄,你多有本事!但我告诉你,骂猪你到猪圈里去骂,要不就在你自己的屋里骂,这儿是郭家店的大街,是人呆的地方。猪是畜牲,百嘛不懂才跑到大街上来,难道你也是畜牲,百嘛不懂?你有种敢到村里任何一个窗户底下去骂,都得被人家打断腿。怎么?共产党的调查组,共产党的干部就可以由着你骂?我看你放猪是假,想闹事是真,你再骂一句我听听?"

封厚的手指头快点上欧广和的脑门了,还在不经意间转头看看伍烈。

穿一身警服的伍烈突然将右手放进口袋,眼光冷森森的也逼向欧广和,好像随时都会扑上去。周围的人心里一激灵,没有一个人出声。就趁这刚一冷场的空儿,封厚把脸转向看热闹的人高声问:"你们这堆人里有没有村干部?"大家你看我我看你,谁也不吭声。"没有,是吧?这就对了,你们这些人是对村干部有意见,特别是对郭存先有意见,但平时不敢提,也不敢到调查组来反映问题,怕郭存先报复。所以就想出这么一个损招儿,鼓动一个二百五到这儿来耍活宝。这实际上是给郭存先上眼药,败坏郭家店,让郭家店丢人现眼!实际上也等于跟调查组反映了问题……非常好,现在就请你们进屋,一个一个地跟我们慢慢谈。"

呼啦一下子,四周围观的人眨眼工夫跑个净光,当街就只剩下几个孩子和欧广和了。

刚才鼓鼓囊囊的欧广和也突然间瘪了,想趁乱赶着自己的猪溜走,却被封厚拦住了:"你不能走,你是主角,骂了半天也够累的,到屋里喝点水。"

欧广和真慌了:"封县长,你真要抓我?我不就是穷嘛,买不起饲料出来放放猪,赶上心里不痛快就骂了几句街,这就要搞我的阶级斗争?"

封厚上上下下左左右右地打量着他："哦,你穷,你就有理了,不光买不起饲料,看这身作料还没有娶上媳妇吧?不像个有人管的样子嘛。难怪会跑到我们这儿来耍光棍儿,老大不小的还打着光棍儿,滋味不好受啊,看谁都不顺眼,看谁都有气,三天两头得跟人闹一闹,好出出肚子里的邪火。今天竟闹到调查组来了,明天说不定会闹到北京去。你认为不搞阶级斗争共产党就没有王法了?就治不了流氓无赖?说吧,是不是郭存先指使你这么闹的?"

这回轮上欧广和着急了："不是,绝对不是,我有半个月没有见着他了,真的是我自己犯混。封县长,我不是冲着你来的……"

"那你是冲着谁来的?"

"我……我是冲着自己来的,纯粹是吃饱撑的,净给自己找病。我浑蛋王八蛋还不行吗?"

去找郭存先的崔大本回来了,向封厚报告："郭存先一会儿就到。"

此时封厚有了台阶："行啦,你是这儿的乡长兼乡党委书记,这位放猪英雄就交给你处理,让郭存先和郭家店党支部要对这件事向调查组做出个交代。这出戏后边有没有导演?如果有的话导演是谁?想达到什么目的?"封厚把眼睛又转向钱锡寿,"老钱,你说哪?"

钱锡寿脸上阴云密布,也只好就坡下驴："行啊,就交给他们处理吧,咱们继续开会。"说完径自转身进屋,他不愿意站在门口等着郭存先来,好像调查组挨了骂还得要他来给解围。他钱锡寿要见郭存先只能有两种形式,一是郭存先主动来找他报到,汇报自己的情况;二是他发出指令,找郭存先谈话,让其交代问题。

其他人都想等着看郭存先来了怎么处理这个局面?是不是他指使的,只要跟这个二百五一对质就能看得出来。他会不会以村支书的名义先向调查组道个歉?可是钱锡寿和封厚都进屋去了,大家也只好都跟进去。

高文品刚才当着那么多人挨了一顿臭骂,一肚子晦气还没放出来,大声嘟囔着："这还了得,再这样下去连我们的人身安全都没有保障了。前几天村里的人还不这样,自从郭存先一回来,形势就乱了!"

安景惠安慰他:"行啦,封头不是替你出气了吗?还是封头厉害,关键时刻真能镇唬得住。而且以四两拨千斤,三言两语往郭存先的身上一栽,村民为了避嫌就吓得一哄而散,看热闹起哄的一走光剩下个浑蛋就好办了……"安景惠看出钱锡寿的神色不对,向大家一使眼色,猛地闭上了嘴。

北方的春天是被大风刮来的,也是被大风刮跑的,连续几天的黄烟风一停,人们立刻就感到了初夏的气息:土变潮,草返青,空气温润,天地间有了一股甜丝丝的味道,还可以听得到各种各样生气勃发的声音,凡有生命的东西都在伸腰展臂。

太阳有了热力,晒得人身上暖烘烘的,小棉袄穿不住了。

郭存先穿一身深色中山装,脚上是崭新的千层底布鞋,下巴刮得精光。过年的时候他都没有这般整齐,好汉子倒霉不能带相儿,越挨整人就应该越精神。他想去电磨房,走到北场这儿看见几个半大小子正在做游戏,每人都装成讨饭的,弯着腰,低着头,手里拄一根树棍,到一个麦秸垛或柴火垛跟前就假装到了一户人家门口,开口讨饭。

有的叫:"大爷大奶,给口吃的吧。"

有的喊:"可怜可怜我吧,爷爷奶奶叔叔婶子大哥大姐们……"

有的说:"打竹板,响连环,爷爷奶奶听我言,你家房高门阔好气派,人财两旺万万年。"

有的唱:"行好福临门,家有聚宝盆;一辈好媳妇,三辈好子孙。"

每个麦秸垛或柴火垛后面,还站着一个孩子,讨饭者嘴甜,说的话对自己的心思,他就伸出手假装递上一块饽饽或一碗水。

有个小子胡数:"大爷要饭乐逍遥,有钱有势惹烦恼,求儿求个败家子,求雨求来大风飙,一哭二闹三上吊,四不吃饭五睡觉……"

胡数的孩子自然要不到干粮,其他的孩子便一拥而上,把他摁倒在地,扒光他身上的所有衣服,让他跪在当场……农村孩子穿的简单,有的就光身穿着绒衣或薄棉袄,脱和穿都很省事,七揪八叉就成光屁股蛋了。

郭存先愣在那儿,看着孩子们他半天回不过神儿来。孩子们都知道他是谁,见他这么直眉瞪眼地盯着自己一动不动,就想散伙不玩儿了。身上被扒得精光的狗蛋儿也赶忙直起身子,穿好衣服……

郭存先叫住了他们,对这群孩子中个头最高的一个孩子说:"你是叫小良子吧?你们别走,我去叫人来看着你们玩儿,就像刚才那样,完事以后我给你们每人五角钱,不用上交给家长,愿意买糖吃也可以,愿意喝羊汤、喝豆腐脑儿都可以,怎么样?"

有这样的好事还能不愿意?孩子们又跑回到麦秸垛跟前,商量由谁扮演那个被扒光屁股的坏蛋……郭存先转身喊住一个人,叫他赶快找人分头通知,让全体村干部、党员、团员、各队队长、各厂厂长,立马到这儿来开会。

别看有调查组在这儿,只要郭存先发令,还没有人敢怠慢。何况郭家店好长时间没开过大会了,是露天的,在北场上而不是在欢喜树的下面,大家就更好奇了,是干部的和不是干部的都跑来了。郭存先还在原地蹲着,很快就听到身后有了脚步声、说话声……但人们一走到他跟前,咯噔一下子就都不吱声了。

北场上的人越聚越多,没人知道要开什么会,也没人敢大声打问,都在心里嘀咕,东想西猜。走到近前的人看见郭存先蹲着,也都齐刷刷地在他后面蹲了下来,副支书兼治保主任欧广明凑到郭存先耳朵边上小声提醒他,人到得差不多了。

郭存先噌地站起来,回身望着他的干部们……嚄,这哪里光是骨干,小半个村子的人都来了,后边还有人正往这儿跑……他眼光阴冷、带刺挂钩,似乎能掏出别人的五脏六腑。一群郭家店有头有脸、平时也说说道道的人物,因为蹲着便只能扬脸看他,他身躯高大得有点变形,黑糊糊就像一团夹裹着雷电的云彩,却谁也不知道他会打多大的雷,闪多大的光,下多大的雨!

他开口了:"你们看看前边,我们郭家店的孩子在玩儿什么游戏?要饭!要不到就得被扒光衣服罚跪。我小的时候就玩儿这个,我相信蹲在这儿的人也都玩儿过,还不知道我们的老祖宗已经玩儿过多少辈子了？郭家店的祖祖辈辈为什么要玩儿这个？一个字：穷！从小就得学会怎么要饭，还要穷开心，以要饭取乐。你们说，让我们的子子孙孙就永远这么要下去？这么玩儿下去？"

原来这是个"讨饭"的现场会。但又绝不会这么简单，郭存先这是借题发挥。

北场上很静，大家看着前面，几个孩子被这么多人看毛咕了，讨饭的游戏变成走过场……静静的北场上回荡着郭存先粗重的声音："我们种了几十辈子的地，也要了几十辈子的饭，还不该想一想，光靠这么土里刨食能行吗？别的不说，我们村光是老光棍儿就七八十个，怎么办？难道等这些孩子们长大后再出个三五十条的光棍儿？别的地方已经动起来了，南方一些乡镇企业都成气候了，连报纸上都说，无农不稳，无商不活，无工不富。我们今年就是要大干快上，慢了就赶不上趟，一步赶不上步步赶不上，化工厂已经正式投产，厂长陈二熊表示，到年终至少给村里上缴四五百万元……"

北场上不再安静，大家开始交头接耳，郭存先的话也停了下来。

他有意先甩出一颗手榴弹，让大伙震动一下。同时还甩出一个诱惑，把大伙的腮帮子都钩上再说。哪个农民不希望多分点钱？好一会儿北场上重又安静下来，定定地看着他，他又接着说："前些天我为化工厂要零件到外边走了一趟，看到哪里都在盖房子，盖房子就需要建筑材料，需要钢材，房子盖好了不能是空的，还要有家具。我正和人联系，今年我们村就准备上马木器厂、建筑材料厂，另外还有一些项目正在研究筹划当中，我们要从外边请一批财神爷来，当然更要重用自己的土财神……本来想得很好，趁眼下的好风好水好政策，郭家店甩开膀子塌下身子成就几桩大事。想不到麻烦也跟着来了，有人往上捅，有人写匿名信，说我带着十几万买设备的钱跑了。太看不起人了，在我眼里十几万还叫钱吗？郭家店不出几年就要出几个亿元单位，食品厂、化工厂、电器厂都有可能。下边有人告上边就有人查，说我们抵制分田到户，不贯彻中央文件，说我们大办工业是不务正业，影响了农业……罪名多了。你们说，去年我们村的粮食少打了吗？少往上边交了吗？拖拉机、排灌渠、防漏渠，怎么分给各户？周围四村八店传我郭存先被抓不知有多少回了,前天在回来的公共汽车上还有人问我,听说郭存先在铁道上卧轨自杀,是真的假的?我说我就是郭存先,你说是真的还是假的?"

有人笑。也有人笑不出。北场上的气氛可比刚才更紧张了。

郭存先脸上没有一点笑模样,眼睛发红,却仍旧寒光凛凛。看上去他无比激愤,其实是在巧妙地转移大家的注意力——把调查组进村的目的、把群众的注意力引到大事上来,他宁愿承担这种政治和经济上的风险:"在中国最忙的就数谣言了,比谣言更忙的是领导,听到谣言就要查,就要整人。有人劝我别干了,图个嘛?有这个心气给自己干,早就发了。不行,我就图个为农民争口气!穷莫穷于无能,贱莫贱于无志,不能再让我们的孩子们从小就演习怎么出去讨饭。我郭存先的人格不是随便哪一个人想侮辱就可以侮辱、想损害就能损害的,风声不能不听,但也不能听见风就是雨。太怕风声就会把自己刮丢了,搞改革搞开放,不能随风转,要根据老百姓的利益转。以前千错万错,都错在不管老百姓的利益,公社化、'大跃进'、'文化大革命',以粮为纲抓得穷光光,以阶级斗争为纲抓得人心慌慌。我们始终把上级当亲娘,上边一阵风,说一不二,结果错是我们犯,罪是我们受,上级永远还是上级,风还照样年年刮。治灾、治贫、致富,都容易,治愚就难了。治上边的愚更是难上加难,如果亲娘变成了后娘怎么办?上边的愚一时治不了,就先治咱自己的愚,该有个准主意了。我想的主意就是,农民不是农民了,就是农民的最高出路,农村不像农村了,就是最好的农村!"

郭存先能煽乎,会造势,顶上边,骂下边,敢发着狠往疼里骂,当然他也会骂,骂死人不偿命。当头头哪有不骂人的,权威常常就是靠骂人骂出来的。但不是所有的头头都能靠骂人骂出威信,郭存先就有骂人的威势,他自信经今天这么一通骂,把关于他和郭家店的各种谣言就能收拾个八九不离十,也该把村里的邪气镇唬一下,给支持自己的人壮壮胆鼓鼓劲。他就是要让村里村外的人都听清楚了,他郭存先仍旧是郭家店的主心骨。这一点你不服不行,不承认不行。

来听会的人越聚越多,有些人关心村子的命运,有些人看见北场上这么热闹不知出了什么事,走过来一听就不走了。有的蹲,有的坐,有的站,郭存先讲话不怕人听,正乐不得听的人越多越好。他脸上那一条条横七竖八的皱纹透出一种力道,一种张扬,口气一转又表扬了几个人,将王顺、陈二熊、刘玉成、丘展堂、金来喜……等自己的铁杆都夸了一遍,说他们在这种时候还敢为他出谋划策,主动为村里联系项目、筹集资金。他鼓励郭家店的所有人,有风的借风,有雨的使雨,谁立起来的项目就归谁负责,享受村里的全部优惠政策。他最后还特别表扬了林美棠几句:"谁家有难处都少不了她,当妇女主任没有一副热心肠,没有一副好脾气怎么行?还得要不怕得罪人,不怕别人说闲话骂大街,农村最难干的事就是计划生育,林美棠有功劳也有苦劳。"郭存先还表扬她主动为村里致富操心,给城里的亲戚朋友写信,千方百计拉人到郭家店来投资办厂……

这就是郭存先,越是想掩藏的东西,越要在大庭广众之下堂堂正正地张扬。林美棠就在人群里坐着,屁股下面垫了块手绢,这种时候的郭存先对她有无法抗拒的魔力,她最喜欢看他生气、骂人的样子,一阵阵刺激穿透了她,心里生出一种焦渴……

调查组里除去钱锡寿和外出调查的人,也都来了,谁不想听听郭存先会讲些什么,能搞出点什么名堂。郭存先心里很清楚,他召开这个会就等于公开宣布要和调查组顶着干。想不顶也不行了,不顶他就得完蛋,先顶一下试试,说不定还有活路。然而,顶,分硬顶和软顶,或者软硬兼施,他的理智常常提醒他,尽可能不要硬顶,鸡蛋碰石头,中国整人的运动又这么多,哪个庙里没有屈死鬼?再说自己也并不是没有短处抓在人家手里。但他需要给部下鼓气,给自己壮胆,一拉开架势话头就收不住了……管他呢,眼下谁是鸡蛋谁是石头还难说,看着像鸡蛋的说不定是鸡蛋化石,看着像石头的说不定内部已经酥了。

他已经看见有调查组的人来了,即便他们不派人来,他在这儿讲什么也会很快就传到他们的耳朵里去。但,郭存先到底还是个有脑子的人,最后他把话硬是又拉了回来:"今天我要当着大家的面严肃地批评一个人,就是欧广和。他借着放猪跑到调查组的窗户根底下骂大街。你脑袋进水了？想媳妇想疯了？真是给咱郭家店丢脸,给我找病。你不想想,我还用得着你这么个二百五去替我拔创、给我撑腰吗？装的就好像真是我在他后边挑唆似的,这叫卡巴裆里抹黄油——是屎不是屎说不清楚。我在这里代表郭家店党支部和村委会,郑重地向调查组赔礼道歉。我还听说这些天大家都躲着调查组,这也不对,人家既然来到咱村上,咱就应该热烈欢迎,热情照顾。查咱也是帮咱,查完没问题就等于替咱辟谣,还咱郭家店一个清白,咱还不应该好好感谢人家吗？我希望党团员骨干带头,还要带动群众,主动向调查组反映情况,协助他们搞好调查。"

看他前面那种气势,谁也没有想到还会讲出这样一番话。他会虚情,会客套,表现出一村之主的智慧、手段和号召力。就是这样一个因小孩子闹着玩儿引发的现场会,就把笼罩着全村的悲观不祥之气给驱散了。他讲的是大道理,用国家当前的大形势大气候打击了调查组的气焰,有说服力,又难抓他辫子。郭家店人相互看看,有的怪模怪样地笑了,他们好像从郭存先的话里听出了别的意味……

调查组可是碰上了硬茬儿。

有人专门瞄着坐在后面柴火垛上的封厚,他那张富富态态的阔脸上老是一股劲儿,平静祥和,不动声色,一副典型的领导干部神态。有时低声跟崔大本说点什么,有时又有些心不在焉。安景惠则带着一脸兴奋,一散会就挤到郭存先跟前："郭存先,我能不能跟你谈一谈？"

郭存先面孔僵硬,戒慎地看着她："谈什么？"

"什么都可以谈,也可以先从你自己谈起,我觉得你这个人很有意思。"

郭存先听不出她是挖苦,还是恭维,一个调查组的成员似乎不可能当人对众地恭维一个被他们调查的对象。他当着自己的村民决不能表现出丝毫的软弱："我可不觉得这有什么意思,也许你们查别人查惯了,看着挨整的人倒霉,挨整的地方打蔫儿,就觉得很有意思。"

围在他身边的郭家店人发出一阵嘲弄的笑声。

安景惠一愣,这家伙怎么不知好歹？刚才还夸夸其谈、好话说尽,转眼就像变个人?她很少碰上男人敢这样跟她说话,脸一变也来了火气:"谁整你?你心里没有鬼,半夜不怕鬼叫门!"

"我心里是没有鬼,也不怕鬼,可半夜老有鬼叫门,也会影响我睡觉。"

农民们又发出一阵哄笑。

安景惠被噎住了,她没有料到和一个土包子斗嘴居然占不了上风,自己的智慧和语言突然不够用了……她原以为自己肯主动找郭存先谈话是看得起他,他会受宠若惊地感谢她,看来低估了对方的敌意。她在心里骂着浑蛋王八蛋不识抬举把好心当成驴肝肺……同时又不能不承认自己这是自作多情多管闲事爱出风头,完全是自找别扭……

她爱怎么想就怎么想,郭存先却很快就把她扔在了脖子后面,跟几个农民谈着别的事情走开了。还有几个农民在围着安景惠,看着她,脸上挂着笑,却不一定是同情。她先是感到下不了台,但难堪很快就被一种恐怖所替代。从农民的眼睛里她体会到什么是调查组……这时候如果有人强奸她或想杀了她,大概郭家店的人是不会出手相救的。

她在寻找林美棠,但愿看笑话的人中间没有这个女人的一双眼睛,但却看到欧广和直眉瞪眼地朝她走过来……

## 17. 闹

人们喜欢闹,往大里说闹革命、闹生产;高兴的时候闹洞房、闹花灯、闹元宵、闹场子;不高兴了闹情绪、闹脾气。闹好了就是热闹、闹市;闹不好就是闹乱子、闹事、闹剧,甚至闹灾、闹病……

狗蛋儿跑得小脸通红,东撞一头,西撞一头,终于在电磨房找到了他的父亲欧广明。也不管旁边有多少人,进门就大声嚷嚷开了:"我二叔又发火了,把水缸砸了,我娘关在屋里不敢出门,也做不了饭,你快回去吧。"

欧广明脸一白,扭头就往家跑,在别人面前假装疯魔的好像有多么急多么气,家里出了丑事嘛,搁在谁身上面子也下不来,可是,他跑着跑着脚步就沉了,速度也慢下来,只能自己在心里给自己慢慢撤火。即便一步跑到家又能怎样?还能把一奶同胞的亲兄弟杀了?他有这个心也没有这个胆,弄不好兴许自己还被兄弟给杀了。因为他恨兄弟也许远不如兄弟恨他更强烈。把广和臭骂一顿?广和的嗓门比他的还高,火气比他还大,骂起来更不知轻重里外,会闹得全村人都来劝架看热闹……

因为广和从来不知道什么叫丑,什么叫丢人现眼,可自己丢不起这个人哪!好啦,一不能杀,二不能打,三不能骂,甚至也不能劝,不能跟广和讲道理。因为广和早就认定他在这个家里吃了大亏,像扛长工一样白给他哥哥三口子干了好多年的活儿,自己却什么也没有落下,连个媳妇也混不上。若是一个人过,自己吃饱连狗都喂了,说不定早就存下钱娶上老婆了……

欧广明越想越泄气,越懊头,自己跑回去也只能劝解自己的媳妇。在这个家里真正最窝囊的还得数他自己,在外人面前要争强好胜、撑着门面,有多大的难处全得自己扛着,扛得动要扛,扛不动也要扛,多大的火气也都得往自己的肚里咽,还得一个人偷偷地给自己灭火消气。欧广明眼下是郭家店的"枪杆子"、"刀把子"式的人物,对别人脾气大得了不得,却管不了自己的弟弟。

他的弟弟就是欧广和。敢到调查组窗户根底下骂大街的人,还有谁他不敢骂呀?

如果欧广和缺个心眼儿或者真有病,那倒好办了,无论外人还是家里人都不会怪罪或嘲笑一个有病的人,欧广明也可以堂而皇之地管教他、整治他,甚至打他、骂他,没有人会说闲话。可欧广和并没有病,如果说他缺心眼,还不如说他是缺个媳妇。农村缺媳妇的男人早晚都会变得不正常,最明显的就是变成一副狗脾气,说翻脸就翻脸,见谁咬谁,这已经为几百辈子以来的无数事实所证明。所以谁家的小子一长大不听话了,老人们就知道该给他说媳妇了,再浑蛋的男人,一说上媳妇便如牲口上了套,立马就老实服管了。

男人就得要由女人套住,由于种种原因娶不上媳妇的光棍儿,三天两头会跟家里闹别扭,砸锅摔碗,胡卷乱骂,被认为是情有可原,父母觉得欠他的,结了婚的兄弟姐妹也觉得欠他的。所以只要是没有媳妇,就永远有理了,闹出多大的乱子都可以不受责怪。光棍儿有理的规矩就这么一辈一辈地传下来,光棍儿们也就越发地得寸进尺,大闹三六九,小闹天天有,办事不着调,说话风马牛,越闹越邪乎,不闹白不闹。

欧广明的家还是老人传下来的三间土坯房,他们三口住东间,欧广和住西间,当中一间是烧火做饭的地方——也是每次欧广和大闹的主战场。地面湿漉漉,洼的地方还汪着水,锅台前的一抱棒子秸都泡湿了,墙角放水缸的地方堆着一摊碎缸片,迎面一张黑不溜秋的旧桌子,哩溜歪斜地好像一碰就会散架。

欧广明心里一阵腻烦,这外间屋里就是水缸还算件像样的家什,却被砸了。广和啊,你有本事为什么不连锅也一块砸了?那样就彻底省事了,大家都不吃不喝,日子也甭过了。由于欧广明在村上是政工干部,没有挂在哪个工厂里,所以收入不算多,何况他存着钱有别的想法,所以屋子里看上去就穷得不像个样子了,这还有什么可闹腾的呢?咳,九九归一,还是叫一个"穷"字给拿的,如果他有足够多的钱给广和买个媳妇,俩兄弟一分开,就万事大吉。他并不是没有想着这些事,你得容他慢慢来呀,可傻广和就等不及!

欧广明脑袋嗡嗡响,邪火撞得脑浆子疼,他也想痛痛快快地砸一气,放放心里的邪火。许当兄弟的砸,当哥的为什么就砸不得?反正怎么凑合也是过不好,还不如干脆就明打明闹地告诉外人,欧广明哥俩过不了啦!不过就不过,谁还怕谁?至少欧广和不怕,他光脚还在乎穿鞋的吗?欧广明嘴上说不怕,心里却还发不了这样的狠,他有老婆孩子,不管出了什么事日子还得过下去,生气归生气,该怎么干还得怎么干。

他喊着狗蛋儿,把湿棒子秸抱出去,把碎缸片扫出去,把破桌子扶正,又铲了几锨干土垫在潮湿积水的地方。外间屋收拾得差不多了,就想进东屋劝老婆出来重新抱柴火做饭,前脚刚走到东屋门口又停住了……不行,不能先进自己的东屋,以前又不是没发生过这种事,嫂子和小叔子怄气,他回来后先进东屋向媳妇了解情况,广和就说他偏向自己的老婆,光听老婆的,两口子商量好了给他气受。他只好折回来先进西屋,他知道这又会惹得媳妇不高兴……

屋里光线暗淡,黑糊糊只有一张大土炕格外突出,占了大半间屋子。欧广和在炕上躺着,闭着眼装睡觉,欧广明压住自己的火,近前好言哄劝:"广和,又怎么了?"

欧广和头不抬,眼不睁,没好气地扔出一句:"没怎么。"

"没怎么就把水缸都砸了?"

欧广和腾地坐了起来,眼睛斜楞着:"砸了又怎样?我在外边受气,叫人瞧不起,回到家还得受气,都不拿我当人吗?我就是想跟嫂子说句话,她怎么也不答理我,我要帮她烧火,她一赌气连饭也不做了,跑进屋里插上门不出来,你说我在这个家里算什么?你们不光把我当傻子,还弯着心眼儿要把我撵出去,独霸这座房子。既然你们嫌弃我,咱过不到一块就不用过了,干脆分开拉倒!"

弟弟一犯牛性,欧广明就只有说软话:"又说气话,咱爸临死的时候嘱咐过,不给你成家我们就不能分开过,我不能对你不负责任。"

"行啦,你这是对我往死里负责!"

"广和,这是怎么说话?"

"你叫我怎么说?要不是跟你们在一块,我能落到今天这个地步吗?"

话赶话赶到这儿,欧广明想压火也没法压了,两个太阳穴突突乱跳,脑袋发晕:"好,这可是你说的,那就分吧。你说怎么分?"

"有什么可分的,不就是这三间破房子吗?你搬出去就行了。"

"你是说房子都归你?"

"你不是刚说要对我负责吗?我没有房子怎么成家?"欧广和理直气壮。

"我一家三口到哪儿去住?"

"你到哪儿去住都是一家子人,你总不能叫我一个光棍儿搬走吧?我一搬出去就成了流浪汉,全村人都会骂你是把我给赶出去的,你还想在人前说说道道吗?"欧广和虽蛮不讲理,却说到了欧广明的痛处,这哪是分家,纯粹就是想把哥哥嫂子撵走。但光棍儿有光棍儿的道理,冠冕堂皇地说出来,当哥的还真无言以对……话一说到这个份儿上兄弟情分就没有多少了,一不做二不休,欧广和索性把肚子里的存货都倒了出来:"如果我像你似的已经成了家,早就搬出去了,这是老规矩,谁成家谁搬出去过。凭什么你该有家,我就该打一辈子光棍儿?"

话一说到这个份儿上,不管兄弟是一时气话,还是背后有人挑唆,欧广明都没有必要再分辩了。农民一辈子就是三件大事:盖房子,娶老婆,生孩子。兄弟娶不上老婆,就成了绝户,这责任他可担不起。欧广明心里已经没有火气了,有的只是对自己的可怜和怨恨,恨自己没有本事,没有钱,都三十多岁了居然连累老婆孩子要无处安身了……他恨恨地说:"好吧,快了十天,慢了三个月,我就给你把房子腾出来。"

欧广明回到东屋,妻子刘玉梅正趴在炕上裁布。她的手巧,老有人求她给做衣服。根据以往的经验,她不看丈夫,也不主动说话,等着他的一通埋怨。她愿意听就给他一双耳朵,不想听就讲出老二的丑事,哭闹一番,他反过来又会安慰她。她只管忙自己的事,又要样式新颖,又要省布,翻过来调过去,一身大姑娘的春装都快裁剪完了,还没有听到丈夫吭声。她不能不感到奇怪:"怎么? 没有把你兄弟劝好?"

欧广明坐在炕下的凳子上,双手抱着脑袋:"不用劝了,劝好了今儿个,还有明儿个,多咱是个完?"

丈夫没有埋怨她,她又有点担心了:"那怎么办?"

"分家!"

"分家?"刘玉梅心好,她何尝不愿意摆脱这样一个四六不懂好坏不分的小叔子,过自己清静的小日子? 她生气的时候也不是没有这么想过,要动真格的了,却又充满了忧虑,这话可千万不能从自己和丈夫的嘴里说出来,只好转过身来又劝丈夫:"像广和这样又懒又混的人,分出去可怎么过? 出了事别人还不是骂你这当哥的,还不是说我这个当嫂子的容不下光棍儿小叔子。"

"今天你我想不分都不行了,这是他提出来的,不是我们要把他分出去,而是他要把我们赶走!"

刘玉梅听不懂。

欧广明不敢看妻子的眼睛,世上没有这样分家的,再老实的女人也不会同意。可他又不能不实话实说:"他提出要这三间房子,我答应了。如果爸还活着,我们也得搬出去,就当老人还活着吧。"

刘玉梅没有想到会闹出这样一个结局,丈夫没有埋怨她,自己却开始埋怨自己:"都怪我,都怪我,其实他就是说说,不会真的对我做出什么事,我不该这么闹,惹恼了他……"

欧广明坐到炕边上,一只手搭在妻子的肩上:"刚才他怎么了?"

咳,刘玉梅叹口气说出了原委。下午他出门的时候挺高兴,说郭传武、欧广玉又给他介绍了个对象,今天下午见面。没多大一会儿的工夫,狗蛋儿就回来告诉我,那两个王八羔子给广和介绍的是一只母羊,还说外国正兴这个,当场就叫广和和母羊拜堂入洞房。等到广和一回来我看他就有点不对劲,眼睛邪邪乎乎,老是盯着我看,嘴里还胡说八道,说有好多穷地方男人娶不上媳妇,就哥俩娶一个,单日子跟哥哥睡,双日子跟兄弟睡,要不就分上半月下半月……就是东北拉帮套的,还可以跟女当家的在一个炕上睡哪,他说自己怎么还不如一个拉帮套的呢?借着给我烧火抓我的腿,摸我的胳膊,嘴里还不住地胡诌……听得我浑身起鸡皮疙瘩,就躲着他,没成想他上来那股邪劲了,我走到哪他就在后边跟到哪,一气之下我就跑到屋里插上了门。他在外边先是砸门,我害怕,不敢开门,紧跟着就砸水缸……"

欧广明的脑门上青筋暴流,他真的动了杀机:"这样也好,要不我早晚得把他宰了,免得丢人现眼!"

刘玉梅不敢再说别的,她太了解这哥俩的脾气了,就把话题岔开:"我们搬出去住在哪儿呢?"

"玉梅,你跟了我真是遭罪。"作为一个男人,欧广明恨不得找个地缝儿钻进去,眼下却还得给老婆打气,说出他的打算,"现在找个住的地方太容易了,正是这时候都不用找郭存先向村上借,向王顺张口就能住上砖房。但咱不能那样,那样会让村里人误解是咱们想躲开傻弟弟。广和从小就缺心眼,全村的人都知道他半傻不茬的,知道的是他赶我们出来,不知道的都会说是我们嫌弃他。你是个好女人,我不想让你背这样的坏名声。所以咱得受几个月的罪,搬到村外看场的小屋里去,让村里人都知道真相了,到秋天,我保证让你们娘俩住上咱自己的新砖房……"

刘玉梅觉得丈夫说得在理,其实她手里还存着一些钱,那本来是准备给广和买媳妇的,用那个钱盖房也于心不忍。就说:"就按你说的做吧,别考虑我,我自小嘛罪没受过?不分家是亲兄弟,分了家还是亲兄弟,你脸上可不准带样儿。先去挑两桶水,我去做饭,熟了喊广和吃饭。一天不分开,就管他一天,分开了他想来咱家吃饭,也得远接高迎,只许他不仁,不许咱不义。"

进驻郭家店的调查组再也不会感到被冷落了,自从郭存先借题发挥在北场上自拉自唱地开了个现场会之后,郭家店的人像商量好了似的排着队到调查组反映情况。他们说这叫协助调查,而且许多人都直接点名找组长,钱锡寿从早晨一睁眼就有人在外面等着,赶累得他再不能出去迎着清新的晨风跑步了,甚至连吃饭的空都没有。倘若他饿得难受找个理由躲到里屋吃点东西,想跟他反映问题的农民就蹲在门外等着。调查组从早晨一开门,不到晚上就关不上门……

农民们说话各有特点,有的神秘兮兮,非将脑袋凑到你耳朵根底下才开始小声唧咕,好像他反映的问题是国家的一等机密。有的高腔大嗓,进门就扯脖子嚷嚷:"我反映个问题,村支书郭存先制造封建迷信,搞个人崇拜……"听起来帽子很大,这叫投其所好,先让调查组的人兴奋一下。"去年村上金老四家盖了新房,娶了儿媳妇,过年的时候不供灶王爷,却供了一张郭存先的照片,还说供郭存先比供灶王爷强得多,你们说这算不算个事?"

钱锡寿问:"是郭存先叫金老四供的吗?"

"我把金老四给拉来了,你老亲自问他吧。"

金老四的嗓门更大,人还在外边就喊上了:"那是我乐意,我家里放张郭存先的照片还犯法了不成?谁让我日子过好了我就供谁,谁能让我赚到钱谁就是我们家的灶王爷。前年是我给村上出主意建了台电磨,郭书记采纳了我的建议,还让我负责,电磨赚了钱,我愿意盖房就盖房,愿意娶媳妇就娶媳妇,你管得着吗?你眼红?你生气?气死了可活该……"

"我生的哪门子气?我说的是理……"

两个来反映问题的人吵起来了,钱锡寿还得先把他们劝开,然后才问金老四:"这供郭存先像的事他本人知道吗?或者说是什么人让你供的?"

金老四急赤白脸地表白:"郭存先不知道,调查组也千万要对我们反映的问题保密,他要是知道我供着他的像,准跟我没完!"

钱锡寿不解:"那是为什么?"

金老四放低声音:"这会折他的寿,灶王爷大小也是神,人只有死了不是才能成神吗?"

后边又有人叫喊上了:"你们俩还有完没有?调查组叫你们包了?也该让别人说说话了吧?"新挤进来的农民又对钱锡寿揭发了另外一件事,认为比供郭存先的像还要严重得多。

农村人格外看重香火问题,没有小子就是断了香火,那叫"绝户",按老理儿是上几辈子缺了大德,这辈子才会断子绝孙。现在不讲老理儿了,可家家户户都非常重视劳动力,谁家日子过得好坏完全取决于劳动力的多少,因此谁家都想有男孩。第一胎生了闺女的就千方百计还想生第二胎,偷着怀孕的妇女不少,你猜郭存先怎么整治这些人?他召开全村大会,说有闺女的想要个儿子,有儿子的还想来个闺女,都想儿女双全,甚至是五男二女,那还有个完吗?可国家的计划生育政策不是我制定的,市里乡里也都有规定,哪个村超生一个孩子,就撤掉那个村的支部书记,谁要是非生第二胎不可,我也就只能鞠躬下台。你反对我当书记就实话实说,别用这种损招!你说他抬出这么大的罪名谁担得起?怀了第二胎的只好都去流了,郭存先真是太损、太坏了,他当不当书记怎么能跟人家有个大胖儿子相比?

"我反映个问题,我们村的党支部一贯喜欢搞'极左'。这都什么年月了,郭家店还在刮批富风,得了恐资症,提倡穷光荣、左有功、假得利、风得势……"

慷慨激昂,热情高涨,可钱锡寿总感到浑身不自在,哪儿都不舒服。不能怪他多心,听听这些农民都反映的什么问题?他们是在说谁?是反映郭存先的问题,还是控诉调查组?钱锡寿一本正经惯了,总喜欢拿捏着一股劲,提醒自己这样怀疑是不是心态有问题?为什么人家一提"极左"就敏感、就老往自己身上对号呢?莫非自己的潜意识里也认为调查组是在搞"穷光荣"、"左有功",因之心虚情亏,疑心过重?

不管怎样检点自己,钱锡寿都很难再沉得住气了,这很像有人或者干脆说就是郭存先在背后挑动,用原始的车轮战法来戏弄他,变相地围攻调查组……一开始他对接待这些热情突然高涨起来的郭家店人缺乏经验,等他们讲完了还要借机向每个来反映情况的人提出许多问题,并要求他们尽量讲得详细点、具体点。来人就会东一耙子西一扫帚,前五百年后三百世,谈不出多少对他有用的东西,却把他的时间都占去了……

调查组的其他人也不清闲,如果要照顾影响对所有来访者都"热情接待"的话,也得两眼一睁忙到熄灯,中间还不能休息,不能外出调查取证,不能找想找的人谈话,屋里总是热热闹闹,出出进进,调查组成了大车店,组员们都成了服务员,不能碰头,不能相互交流信息……忙也不怕,累也不怕,调查组是干什么来的?关键是要值得,这值得吗?几天连轴转下来,年轻的心眼活泛的组员们知道是被人耍了,农民们是借着反映郭存先的问题而在变着法儿替他评功摆好,一件不疼不痒的事张三来讲了李四来讲,李四刚讲完王二麻子又来了……同一件事要听几遍、十几遍,你打断他说已经知道了,他愣神瞪眼说你不欢迎农民来反映问题,与其又费口舌又惹麻烦,就不如不吭声,随他们爱讲什么就讲什么吧。想不到搞调查原来还有这样一种滋味,听自己不想听的东西,听已经听过几遍十几遍的老东西,特别是明知是人家在戏弄你还要装腔作势摆出一副认真听的样子,这可真是一种折磨,是对调查组精神和智慧的一种摧残!

到晚上送走了最后一批来反映情况的人,组员们都不想说话,不想再睁着眼,甚至不想洗脸漱口就往炕上一躺。头昏昏沉沉,却又睡不着,伍烈闭着眼骂街:"他妈的,这也算调查吗?"

罗登高也闭着眼,有气无力地给他消火,也许是激火:"这也是一种调查,至少知道了民心,知道了我们是少数,知道了郭存先的能量……明天还要接着唱二本哪,快睡吧。"

这下郭家店可真热闹了,不再是调查组看郭家店的热闹,而是郭家店看调查组的热闹。到处都有农民在指指戳戳,交头咬耳,窃窃私笑,传播着对钱锡寿个人的种种议论和戏谑……

钱锡寿单独把封厚叫到里屋一个清静的角落,商量目前的局势:

"现在该是我们出击的时候了,村里人心混乱,谣言扩散,应立即召开群众大会,以煽动农民围攻调查组、干扰市委调查组的工作为由,宣布撤掉郭存先的党支部书记职务。这个人太坏了,如果不把他拿下来,调查组根本就无法在郭家店开展工作。"

封厚看钱锡寿是下了狠心,思量着怎样尽可能地将话说得和缓些:"老钱哪,我们来调查是一回事,真要处理这儿的干部则又是另一回事。按理应该放在调查有了结果之后,也还得请示市委、县委,得到批准后才能行动,调查组恐怕没有这个权力。何况现在调查还在进行当中,特别又是撤掉郭家店这样一个大村的党支部书记,应该慎之又慎。这地方历来有十乱、十难之说,我记不全了,大致是人心乱、关系乱、土地乱、房屋乱……吃难、穿难、喝水难、种地难、结婚难、干部难……以前村里的头头经常换,换上谁来也干不长,还就数郭存先上来后呆住了,稳当了几年,村里的工作也开始有些起色,受到上下左右的关注。要撤掉他容易,让谁来接呢?传说他的那些问题还没有查出足够的证据,包括眼下你说的谣言满天飞以及围攻调查组的事,你确有证据是郭存先在背后捣鬼吗?要撤掉他在大会上怎么向群众宣布?"

钱锡寿不以为然:"市委的批示我可以拿得到,至于证据嘛,有目共睹,前几天他在一个会上公开鼓动村民要配合调查组的工作,村民们这不就按他的要求都来配合了!如果没有人捣鬼,不是他在背后撑腰,村民们怎么会突然一窝蜂地都拥到调查组来,敢跟我们如此无理取闹?连许多人讲的内容都差不多,说明有人私下早给编好的。郭存先有恃无恐,一手遮天,已经成了我们调查工作的最大障碍,再不搬开他,所有想靠近我们要反映点真实情况的人就都不敢来了,对郭存先有意见的人更不敢接近我们。"

钱锡寿口气坚决,封厚自忖就更得保留自己的意见了:"我们来是要对郭家店的干部作全面的调查,不是光听坏话不听好话,或者认为说郭存先的坏话就是真实的,说他好话就是不真实的。"封厚的话软中带硬,钱锡寿知道要说服自己的这位副手,在调查组内部形成个一致的意见是不可能了,这也正好给了他回市委汇报的借口,要调查郭家店,必须先解决调查组内部的组织问题和思想认识问题。何况现在的调查组不光是思想统一不起来,在组织纪律上有人还故意从内部拆调查组的台,这最令钱锡寿恼火,却又无法说出口。比如眼前郭家店的人私下里沸沸扬扬地在取笑他生理上的隐秘,这样的谣言只能是从调查组内部散发出去的……

要调查别人,先得要查查自己有没有怕被调查的事情。在官场上丢丑或失败,往往是因为隐秘被人揭破。隐秘就是弱点,争斗的过程,就是隐秘被发现的过程。谁掌握别人的隐秘越多,谁就会越主动。谁的隐秘被别人掌握,就等于把自己的命运交付出去了,这个道理人人都懂,也都想方设法要保护好自己的隐秘。可世界上有没有隐秘的人吗?钱锡寿本该是最有条件成为一个没有隐秘的人,做"政治动物"就不应该有隐秘,可为什么会变成今天这个样子呢?连他自己都说不明白,能说明白的是:只要有隐秘,想永远藏住是不可能的。

同样,你揭了人家的隐秘,人家也会跟你拼命。

钱锡寿沉吟着终于下了决心:"老封,既然连我们两个人的意见都统一不起来,我明天只好回市委汇报,看看市委是什么态度?短了几天,长了一周。"

封厚安慰他说:"不着急,这一段时间你太累了,回到家好好歇一歇。"

钱锡寿心里极不舒服,封厚对自己突然决定回市委汇报竟然一点都不感到意外,还笑模呵呵地劝我回家好好休息,难道他就真的不多疑、不紧张,不怕我到市委说他的坏话?或许封厚早就想到了,他恨不得我走后就再也别回来……这个人真的是心厚,还是皮厚?三锥子扎不出血,用心极深。

钱锡寿只能依据惯例交代说:"调查组的工作你先管起来,处理郭存先的事等我回来再说。"他加上这一句话的目的就是要告诉封厚,自己对处理郭存先的决心没有变,让他们知道这件事不算完!

算完不算完是以后的事,眼下倒是叫封厚松了一口气。

钱锡寿这一走,叫光棍儿不吃眼前亏,这个精明的特殊的老光棍儿!

自从钱锡寿一走,咯噔一下村里再没有人去进调查组的门,说不去竟一个人影都见不到了。这个郭家店的确是够邪乎的,能人绝不只有郭存先一个。别看钱锡寿嘴上想把挑唆群众围攻调查组的责任扣到郭存先身上,其实调查组的人内心都不相信这是郭存先干的,以他的脑袋瓜怎么会蠢到这个地步?或许这正是跟郭存先上不来的人在私下里煽乎,目的就是要给他栽赃,把调查组逼急、气疯,邪火全冲着郭存先发,在他头顶上扣个大屎盆子,永远择捋不干净。

那么,这个人又是谁呢?到了也没弄明白,成了郭家店的一桩悬案。

钱锡寿走后调查组的其他人也很少露面儿,不知是抓空都回家了,还是猫在屋里翻账本、聊天或打牌?郭家店人和调查组不再接火,双方暂时脱离接触,表面上是松了一口气,可暗里显得更紧张了,不知对方在琢磨什么,下一步会怎么做?人们在对情况不摸底的时候总是喜欢往坏处想:钱锡寿回市肯定没安好心,讨口风,要批文,等他再回来,对郭存先是杀是剐就要动真格的了……

郭存先总不能就这么傻等着挨宰呀?


夜,黑得瓷实,硬邦邦,砸不动,刺不透。

星星反而显得特别亮,它们一群一片,相互辉映,又不相往来,永远都保持着一定的距离。刘玉梅觉得自己的心就像这个破家一样,比星星还孤单,只能一个人躲在厚厚的黑暗中。她从来没有感到过还有这么黑的夜,四周黑得深透,黑得广大,黑得阴森恐怖,严严实实地包裹着她的小屋。小屋也是黑的,只有站在小屋外面才能看到村里的点点光亮,那里有热气,有人家,只是太远了,像星星一样遥不可及。白天还没有什么,一到晚上就觉得自己一家被郭家店、也被人群抛弃了。

周围越黑她还越不敢在屋里点灯,时令已经开春,天气正在转暖,她怕小屋的灯光把狐狸、黄鼬、长虫、蜈蚣等等令她毛骨悚然的东西招引来。天一黑,狗蛋儿就抓着她的衣裳角不撒手,像个秤砣一样吊在她身上。孩子是害怕,怕这无边无际的黑暗,不知里边藏着多少奇奇怪怪的凶险。农村的孩子从小就听鬼故事,住在这样一个看场用的小屋里,离村子远,离坟地近;离人远,离鬼近,正是闹鬼的地方。

自从搬到村外来,欧广明尽量在晚上不出门,守在小屋里给老婆孩子壮胆。还把过去当民兵时收缴的一杆老猎枪也捣腾出来,挂在小屋的土墙上,不管能用不能用,是枪就辟邪,多少能镇唬一气,惹急了至少还能当根木头棒子使。可他哪里想到,把一杆生锈的破枪摆出来给老婆孩子看,不仅没有给他们壮胆,反而让他们认为连他也胆虚发毛了。如果一个大男人、一家之主都感到不安全,需要一杆空枪给自己壮胆,女人孩子岂不就会更害怕?刘玉梅既担心在这一片漆黑中孤孤零零的灯光会招来毒虫野物,还要顾虑会引来两条腿的匪类坏蛋……

在小屋后面,靠近西场边有一条大道直通东乡,连着大化钢铁公司,常有外地人打此经过,昼夜都有大钢的卡车轰轰隆隆地驶过,震得小屋哗哗啦啦乱响,从屋顶上往下掉灰土。谁知道什么时候就会有人闯到小屋里来呢?还有本村那些坏肠子的男人,如果知道欧广明不在,摸到小屋里来找便宜怎么办?这扇破木片子门禁不住一脚就踹开了,她就是喊破嗓子也不会有人听得见,那才叫呼天不应,叫地不灵哪!刘玉梅从记事的那天起就被人欺侮,遇事爱往坏处想,喜欢自己吓唬自己。越吓唬就越害怕,越害怕就越想得多……

这几天欧广明正在策划自己的大事,偏偏特别忙,一吃过晚饭就催着老婆快收拾,赶着儿子上床睡觉,想等他们娘俩睡着了,自己再偷偷出去。可狗蛋儿自从住到这小黑屋里就长了个新毛病,每天晚上大人不上床他不上床,大人不搂着他,他就不睡。这么大的小子了,越长越没出息……急得欧广明真想给儿子两巴掌。

刘玉梅看出了男人的心思,她不是那种不通情理的女人,却就是不开口主动放他走。到晚上她实在不愿意光是自己守着儿子和这个小黑屋。同时她也知道欧广明出去没正事,他越忙得罪的人就越多。欧广明当这个治保主任,除去自己的亲兄弟管不了,村上的闲事全管,过去搞阶级斗争还行,他张嘴就训人,没有人敢不听,没有人敢不怕,现在谁还把治保主任当棵葱?前任治保主任不是就保不住自己的孩子,还生生被挤出了郭家店……这年头管闲事落闲人,背后里谁不骂他,管小偷管不了大盗,管流氓管不了公开通奸,管下边管不了上边,欧广明把村里人快得罪遍了,自己又能落下什么?还不是背后让人家戳脊梁骨,说成是郭存先的一条狗。你说这犯得着吗?活活恶心死人。如果自己的日子过得好,吃饱没事闲着也是闲着,现如今让亲兄弟给赶到这村子外边来落脚,村里有谁过问你、关心你?有谁站出来为你说句公道话?没准儿人家都躲在阴凉地里正看你的笑话哪。

刘玉梅的这些话在肚里存了可不是一天两天了,大概烂在肚里她也不会说出来,她不想伤害男人的自尊,更不想让男人骂自己忘恩负义。当初不正是欧广明出身好,是村上的枪杆子,才保护了自己和哥哥吗?不能不承认那些年欧广明给刘家挡了不少风,自己也好像命中注定就是给他准备的。他不嫌她成分高,她不嫌他家里穷,天造一对,地设一双。可她真的是满意吗?她从小就不知道什么叫满意。后悔吗?她也不后悔。自己生了个儿子,日子过得也不比别人差多少,欧广明在郭家店好歹也算个能说说道道有头有脸的人。刘玉梅不是泼妇,不会吵不能闹,为了把欧广明留在家里,只有不停地唠叨,提出一个个的难题,男人解答不了就不能拂袖而去。

"现在咱三口人挤在这个小屋里还能凑合,等天热了还不得焖成酱?"

"人家三伏天睡在这里面看场的怎么办?也没听说谁就被做了酱。"

"到了夏天,就是热能熬过去,在这开洼野地也得叫蚊子给吃了!"

"屋里可以打敌敌畏,外边可以拿蒿子熏,现在哪还有怕蚊子的。"

"到冬天怎么办,没有火炕还不得冻成冰棍?"

"哎呀玉梅,你今天怎这么多话?我不早跟你说了吗,秋后就让你搬进新砖房。外边太凉了,咱进屋躺到铺上说行不行?你看狗蛋儿也困了……"

　　狗蛋儿突然睁开眼："我不困,我一睡着了你就走,当我不知道?"

　　"知道又怎么样?你也是男子汉,你妈还得靠你哪,就这个赖样?"

　　狗蛋儿想逗英雄,一看周围黑咕隆咚,胆又虚了,只能耍赖："我是小孩儿,闹鬼怎么办?坏蛋来了怎么办?"

　　欧广明有点生气："哪来的鬼,你见过鬼是嘛样的?"

　　刘玉梅也哄儿子："没有鬼,也没有那么多坏蛋,我是嫌屋里闷得慌,喘气不痛快,想在外边看看星星。你看今天的星星多好,格外多,格外亮。"

　　欧广明大喘一口粗气："我向你们娘俩保证,秋天一准让你们住上新房。"

　　"就会吹气冒泡,你当新房子是吹气吹出来的?"

　　欧广明有点急,也有点气："我就知道你不信,所以没有眉目不想告诉你……"他说出了自己的计划,这几天郭存先跟金来喜正商量成立郭家店的建筑公司,已经在天津揽下了一个大工程。由于金来喜出身不好,必须得给他配一个党支部书记,我想去。我一走你们娘俩就住到娘家去。如果村里不出大乱子,郭存先不出事,这事就算定了,我一当上建筑公司的书记,等个放假的日子,有的工人回来,咱花点材料钱,盖三间房子不跟闹着玩儿似的嘛。

　　玉梅看他是真的了,一喜一忧,喜的是他明白该干正事了,忧的是欧广明从来没有盖过房子,盖房子可不是闹着玩儿,出点事故就是人命关天："你一不会设计,二没干过泥瓦匠……"

　　"又来了,我还没干哪你就又有了犯不完的愁,操不完的心。设计是人家甲方出,我们只管施工,只要有工程,有钱,什么样的专家、什么样的能工巧匠都能请得到。我今天晚上就是要拉上金来喜去和存先商量这件事,时间不等人,开春后正是建筑业的黄金时期。"

　　"那你就快去吧。"刘玉梅拉着儿子进了屋,儿子不放心地喊了一句："爸,你可快点回来!"

　　"知道啦。"欧广明嘴里答应着,双脚却已经蹽出了好几步,他心急火燎,建筑公司能不能戳起来就看今天晚上了。许多天来他一直抱着这个热火罐儿,就怕放凉了,或者被金来喜砸了。欧广明认为要成就这番大事,金来喜是必不可少的人物,至少在创业初期是如此。可他找了人家好几趟,金来喜就是不肯说痛快话……

这的确是个鬼难拿,他表面上装得跟三孙子一样,骨子里却在端架子拿大爷……实际上金来喜的心思他也能猜个八九不离十,就是不想让欧广明真跟着去,只挂个空名,到了天津还是他自己一个人说了算。真出了事再由欧广明出头……天下哪有这么美的事。而欧广明的心思正相反,就想借着跟建筑队去天津,摆脱村上这些吃力不讨好的杂事。他对付金来喜这种人心里也有点数,对这种人郭存先捧得过头了,你捧过头他就不拿你当回事。有时对这种人还真得来点硬的,阶级斗争一抓就灵,专治这些神头鬼脸的家伙。

世界上的事之所以复杂,就在人跟人的关系上。欧广明和金来喜都是郭存先的死党,而同是死党分子却相互并不喜欢,可能跟他们是一对天敌有关。欧广明一直是抓阶级斗争的,金来喜一直是被斗的对象,其实欧广明还保护过金来喜,但他骨子里还是对搞政工的人有一种天生的反感。再就是两个人的性格合不来,欧广明喜欢咋咋呼呼,瞪眼珠子,总是当那个骂人的角儿。对别人行,他金来喜现在也算个人物了,还怎么受得了欧广明这一套?更重要的是欧广明跟着去天津太碍眼,工程是金来喜拿来的,甲方乙方之间打交道有好多不好让别人知道的事,有欧广明老压在自己上边算怎么一道菜?金来喜这回带着自己的建筑公司打回天津,要让过去那些非赶他回乡的人看看,十年河东十年河西,说不定他还要从老单位挖点人出来……公司的事必须得由自己说了算。

但目前没有欧广明这样的幌子,建筑公司说不定还真戳不起来,何况调查组还正在村里兴妖作怪,将来郭家店到底是个什么格局还说不准,欧广明是又可以利用的一张牌……他必须拿捏好这个火候,心里瞧不起欧广明是一回事,公开表现出来可是又一回事,他金来喜目前还得罪不起这样的人。可是欧广明左等不来,右等不到,金来喜又犯了嘀咕:别是那小子一气之下真尥蹶子了?金来喜心里正犯嘀咕,欧广明来了,这种人到底比自己简单多了。他只知道被金来喜拿住了,哪知道金来喜也被他勾住了。于情于理于脸面,欧广明都给足了,金来喜心里落地了,主意也拿定了,但那张扁脸还是吊着,眼睛也不看对方,他要永远都拿着一点欧广明:"广明,你是我的领导,我不能信不过你,可眼下这形势,调查组还在这儿,没有存先一句痛快话,党支部不批准,我可不敢答应你。"

这其实还是瞧不起欧广明,但拿架子要会拿,金来喜说的正在点上,他要让全村的人都知道是郭存先是村党支部决定成立建筑公司,决定让他当经理。欧广明才有几斤分量?官盐不能当私盐卖。欧广明心里那块石头也落地了,他早就请示过郭存先,不然他有几个胆子敢自做主张来入金来喜的伙。就说:"我要的就是你这句话,快走吧,存先他们正等着咱呢。"

欧广明拉着金来喜来到郭存先的家,屋里烟气腾腾,炕上地上坐着一屋子人,自从郭家店来了调查组,郭存先好像就在家里办公了,村里大事小事都在自己的炕头上决定。见金来喜进门,郭存先居然在炕上欠了欠身子,口气也很亲热:"来喜来了,炕上坐。"

金来喜在炕沿边上坐下来,人家正说着半截话,目前在座的哪个都比他的腰杆硬,没有他插嘴的份儿,只能低头听着。郭存先三下五除二就对前边谈的那些事做了决断,让该走的人都走了,屋里也显得宽敞了。郭存先将脸转向他:"来喜,支部已经决定了,建立郭家店建筑工程队,名字我也给你想好了,就叫郭家店天下建筑工程公司。咱们要心怀天下嘛,建一个新的天下……广明,你们觉得怎么样?"

欧广明很兴奋:"天下,有气魄!"

金来喜也说好。郭存先继续说:"就让广明跟你一块干,业务上全听你的,广明管管人,给你当个助手。广明的日子也够难的,被兄弟赶出来连个住的地方都没有,他又好面子不愿意借别人的房子住。来喜你们公司负责,今年必须给他盖三间新房子。"

金来喜答应得很痛快:"存先都发话了,没问题,包在我身上。"

郭存先接着说:"窑厂也还归你们管,通过卖砖还可以多掌握一些信息,有利于拉到工程。中央说百废待兴,废了就得盖新的,兴不就是建吗?我越想搞建筑越有前途,发展大了还可以把砖窑厂扩大为建筑材料厂……"

金来喜感到心里踏实,却做出一副不踏实的样子:"存先,我的出身你们都知道,特别是调查组还在这儿,用我这样的人会不会给你们惹麻烦?"

"咳,来喜啊来喜,再不重用能致富的人我们郭家店可真要有大麻烦了。你说我的出身好不好?又是大队书记,眼下还不是正在查我,我成了郭家店最坏的人。"郭存先明显的心里又有底了,讲话恢复了过去的那种横劲,"用阶级斗争的观点看你,是富农,是敌人,用'文化大革命'的观点看你,是被遣送回村的坏分子,用现在商品经济的观点看你,是有一技之长的能人,能给郭家店创造经济收益的好人。告诉你,我们再也不会用阶级斗争和'文化大革命'的观点看人了,现在是商品经济的时代,就该用商品经济的眼光看你。"

金来喜当然也明白眼下是什么时候,他就是要郭家店的大当家人当着他的面、当着欧广明和别的干部的面亲口把这话说出来,他以后在建筑队就硬气了。但还是低着头,不抬眼皮,双腿在炕沿下垂着:"我谢谢书记,建筑这个活儿是百年大计,出一点娄子就不得,我担心像我这样的人,在队里说话不占分量,管谁谁也不听,万一出了事故,怎么得了?要是再把责任都推到我的身上,我可担不了那么大的不是。"

金来喜说得合情合理,其实他是在向郭存先要权力,怕以后和欧广明不好共事。自己说话不算数,欧广明又不懂技术,再加上惯有的盛气凌人、独断专行,他怎么受得了?不如把丑话说在前面。这一点郭存先早就想到了:"我们研究过了,你当总经理,公司由你全权负责,工程、技术都由你管,该管就管,权力给了你,该管你不管,出了事当然要找你。你管了,别人不听,该怎么处理就按规矩办。广明这个支书就是为你分担一部分政治思想工作,再说村里还有他的事,也不能老在天津呆着。说白了就是等有人找茬儿的时候咱有话说。"

金来喜身上一阵热,没想到郭存先把话说得这么明白,这让他彻底放心了,再不能说别的了。说多了就等于不给郭存先面子,敬酒不吃可就得等着吃罚酒了。

把所有的人都打发走,朱雪珍侍候郭存先用热毛巾擦了把脸,两口子就关灯躺下了。过了好长一阵子,郭存先迷迷糊糊的要睡着还没有睡着,似听到有人敲门,他刺棱一下子坐起来,雪珍要起身出去开门,被他摁下了,自己披上衣服跳下炕,抓起斧子走出去。

打开门竟是郭存勇,这家伙离村的时间可不短了,这时候怎么突然窜回来了?在他身后不远,黑糊糊地停着一辆小汽车,车头前边的大灯亮着,灯影里站着一个人。呀?他竟然能弄辆专车送自己回来,这么大的谱儿!

郭存勇把一个兜子捅到郭存先的手里,转身去招呼汽车前边的人,要不你就在咱这土炕上将就一晚上,明儿个一早再走吧。那个人不干,说明天一早还得去山东,把你送回来就行了,还得赶紧回去。郭存勇说,要那样你就走吧,我的家离这儿没几步,等会儿跟书记谈完事自己走回去就行了。

这么说郭存勇还没有回家就先到他这儿来了?现在的郭存先遇事先不往好处想,尽往坏处猜,郭存勇连夜坐专车回来不先进家,莫不是出了什么急事?或者在外边听到了什么重要的消息?他满腹狐疑地把郭存勇让进屋里,朱雪珍已经起身穿好了衣服,顺手把灯也拉亮了。

进屋后郭存勇从兜子里拿出一件时兴的开领羊毛衫,是送给朱雪珍的,还配有一条米黄色的大围巾。雪珍不好意思,推脱说这么好的东西我哪穿得出去呀,还是留给弟妹吧。郭存勇说以后再给她买,我烦她那张臭嘴,一有点新鲜东西非显摆着让全村人都知道了不可。他接着又掏出一堆营养品,是专给郭存先买的,然后才坐下来打问村里的情况……其实村里的情况他清楚得很,家里外边有好几条渠道给他提供郭家店的消息,他就是选了钱锡寿还没回来的这个空当,趁调查组还没有采取大动作回来摸摸底,掂量一下阵势。

两个人点上烟,郭存先好奇地盯着郭存勇狠抽了几口烟才出声:"你回来得正好,钱锡寿在临走前就非要拿掉我不可,幸亏有封县长拦着,他没有得逞。我估摸着他是回市委要上方宝剑去了,调查组是市委派的,还能不给他这个上方宝剑吗?等他一回来,我是一准要被拿下了,到那个时候可能会在你或广明两个人中间选一个出来接替我……"

郭存勇"腾"一下从炕沿上跳起来,急鼻子快脸地嚷上了:"打住,你完全想瞎了,放心吧,谁也拿不掉你。这些天我在外边不光跑业务,多少也摸到了一点市里的情况,现在不是刚派调查组那会儿的气候了。市里原来意见就不一致,听说现在支持农村发展工业的又占上风了,再说市上边还有省哪,即便市里想动咱省里不同意他们也不敢呀?"其实这些话有真有假,是他根据在外边听到的闲言碎语加上自己的合理想像组装起来的,为的是先迷惑住郭存先。见郭存先真的听得有点两眼发直,说得就更带劲了,"外边的人赚钱都赚疯了,谁还像咱们这儿,调查呀,整人呀,现在的人谁还关心这个?有钱才是大爷。我告诉你,你要真被拿下来,就算烧高香了,咱哥俩一块干,保证不出三年,让你盖上小洋楼,坐上自己的小汽车,银行里还得有几十万存款。你还想让我干这玩意儿,一是干不了,二是打死也不干。我现在的兴趣就是赚钱,你听我慢慢跟你说。"他从口袋里掏出几份合同书摊在郭存先面前,"你看好了,这可都是钱,是我给村里搞的,你在台上咱就给村里干,你若不在台上了,咱俩就给自己干。这是国风中学盖校舍的合同书,这是市城建局的合作协议书,他们的工程够我们干个三年五载,这是市外贸局的定货协议书,我们化工厂的聚氯乙烯出多少他们收多少,你看这个单子,火碱、纯碱、钢材……凡这个单子上的东西都是目前最紧俏的商品,我看这里面有几项我们就能接过来干……还有市银行,我也去打听过了,只要我们提出项目,他们就给贷款,要多少给多少。那可是国家的钱,不要白不要,将来赚了钱再慢慢地还呗。我回来就是想跟你商量,我要戳一个商贸公司,将来村里的产品全由我向外销售,你得起个名字,要快,我得马上注册……"

郭存勇连三并四的这一通卖弄,连蒙带唬,说得嘴角起白沫,他活这么大第一次痛痛快快地把郭存先给镇住了,说傻了,哄乐了。今后这位郭家店的大拿如果不倒台的话,恐怕就要对自己言听计从了,如果郭存先真倒了,欧广明恐怕更不是自己的对手……确实,许久以来郭存先都没有这么兴奋过了,他极力掩饰着,低头凑到灯底下研究每一份合同……郭存勇趁热打铁又有了好主意:"书记,咱不能被动地光等着挨宰,趁着我在,要请封县长和崔乡长他们吃顿饭,这个时候不好以你的名义请,就由我出面,好在欧华英还能做几个菜,你作陪,让村里人一看你在座,心里不就什么都明白了吗?等于还是你请客,只要他们敢来,就等于给你打气。咱们一是感谢,二是听听口风,封县长将来说不定能升到市里去,这条关系咱得抓紧。然后我再到市里去活动,眼下没有拿钱摆不平的事,如果我们关系走得好,就可以不让钱锡寿再回郭家店了,调查组也就等于不了了之,你说怎么样?"

郭存先精神一振:"你真在市里有这么大的门头子?"

郭存勇嘻嘻一笑:"不瞒你说,这段日子我在市里交了几个朋友。"

"打通这些门路你需要多少钱?"

"哎呀老哥,咱现在又不缺钱,留着它下小的呀?食品厂、化工厂就是咱的银行,这些事交给我,你不用操心。"

郭存先完全相信了郭存勇,而且非常感激:"就依你说的办,天不早了你赶紧回家,跟华英合计一下,明天我们就行动起来。"

郭存勇回到家没有急着跟老婆说,他要先咂摸透郭存先的话,里边有几分真、几分假,郭存先这次真的是过不去了?应该说这种可能性非常大。可别看他要被拿掉了,以他的能量在选谁当村书记的这个问题上,他的态度还是很占分量的。那他为什么不选自己的铁杆欧广明,刚才还提到我呢?这当然不是他的意思,他才不会这么信任我呢,这肯定是上边的意思,比如封县长,向他征求意见……或者他真的是秉公而荐,认为只有我郭存勇的能力才可以驾驭这个职务,才能跟调查组周旋把郭家店带上好道?如果真是那样我郭存勇也就当仁不让了。把郭家店的人从头到尾数一遍,还有谁能跟自己一较高低?关键是要把上边哄顺,所以他提出来请头头们吃顿饭……

精明如郭存勇,自恃在郭家店是惟一能跟郭存先斗智的人,却被郭存先有心无心的一句话弄得心里敲起了小鼓,一会儿起疑,一会儿犯愁,一会儿兴奋。喘气粗了,嗓门高了,说话中骂字多了,这么长时间没回来,进门就带着火,老婆问他什么也不说,不说心里又痒痒。他主要是自己还没有想好,而欧华英的嘴碎,听见风就是雨,喜欢乱出主意穷叨叨,本来八字还没有一撇儿,万一传到外面去就会坏了大事……

可是,连老婆都不能讲,就再没有人可以商量了,这么大的事憋在心里也不是滋味,不知是该哭还是该笑,今后对村里的事该多管还是该少管,对郭存先该近还是该远,对调查组该恼还是该谢……脑子里一大堆问号,火候难以把握。权力这玩意儿还真有点像女人,看不见摸不到可以不想,一旦你看见了而且有可能让你摸上,你要再说不想不动心思那就是假的。不管你是什么人,溜奸滑蹭也好,忠厚老成也好,甚至连二百五缺个心眼的人也不会例外,何况是他雄心勃勃的郭存勇。欧华英是什么人,从郭存勇一进门就感到不对劲,开头以为他在外边累得心烦,这个时候村里有头脑的人都有理由心烦。但很快就看出不是那么回事,郭存勇一阵阵地走神发愣,说话着三不着两,前言不搭后语,显然是有闹心的事,肚子里正翻锅倒灶,却故意端着架子,黑唬着脸挑三拣四,变得不好伺候了。男人满腹心事又不跟自己的老婆说,还能是好事吗?她一问不说,二问不说,就不再问了,心里气得鼓鼓的,却又跟猫抓心似的着急好奇,拉长着脸一头先躺到炕上去了。

在郭存勇高兴的时候,也说自己有福气,这福气就体现在娶了个能说会道的媳妇。他生了气媳妇能把他哄乐,他心里有想不开的事,媳妇能给他解开疙瘩,家里的味道,家里的气氛,都是女人营造出来的,进家后暖和不暖和,乐和不乐和,全看媳妇高兴不高兴了。欧华英的脸一绷起来,郭存勇就觉得家不像个家了,自己这么长时间没回来老婆竟然自己先躺下了,而且还把被子压在身子底下,被窝掖得严严实实,看那架势是不让他进,不让他碰了。

郭存勇恼了:"你怎么回事?我大老远地回到自己家里,累个七死八活,你连锅热水也不给烧,就不让我烫烫脚?"

欧华英噌一下欠起身来:"你在跟谁说话哪?"

"你怎么啦?不跟你说话这个屋里还有谁呀?"

"哦,你还知道这个屋里有个我?我是开饭店的,还是开澡堂子的?你在外边野够了跑回来,看这儿不对看那儿不顺,谁叫你回来的?你有能耐再走啊!"

"行啦行啦,别烦啦,等会儿我还有事要跟你商量哪,快弄点热水让我洗洗。"

欧华英一看他是真有烦心的事,就不再怄气,翻身下炕烧热了一锅水,盛到盆里端到他脚前,然后又投了一条热毛巾让他擦脸,擦完脸再把毛巾投热亲手为他擦后背、擦前胸……女人突然间云开雾散,一脸阳光,把郭存勇侍候得浑身舒坦,血脉贲张,双脚还泡在盆里就一把抱过媳妇放到自己的大腿上。

等等,等等。欧华英一只手钩着丈夫的脖子,另一只手抓向郭存勇的裆里:"看看你这个蔫头耷脑的玩意儿,在外边打完野食,回到家来哪还像个样儿哟!"

郭存勇明白了,云雾并没有散去:"你别胡说八道,东西在你手里攥着,像样不像样你还不清楚?要不现在就试试……"

欧华英不撒手,脸上依然挂着笑:"这是强努劲给人做样子看,一用就泄气啦,糊弄外边的小野鸡行,还能骗得了我?你肚子里能盛几两荤油我还不清楚?说吧,你心里到底藏了什么鬼?"

"我能有什么鬼?"他嘴上这样说着裆里的那个东西却果真软下来了。

"好事不瞒人,瞒人没好事,你是不是也学郭存先在外边靠上了一个骚货?"

"去,你这是哪门对哪门啊?刚才郭存先跟我说,他逃过了初一逃不过十五,村支书算是当到头了,等钱锡寿一回来十有八九要被撸掉,想叫我上。所以要以我的名义请调查组的人到咱家来吃顿饭,通通关节,你觉得这事可行吗?"

"真的?早就该这么办了,依我看他若是光被撤职还算捡了个便宜!"欧华英做梦都想成为村上的书记老婆,那就等于是郭家店的第一夫人。她赶忙从男人腿上下来,为他擦干净脚,让他上炕钻被窝,自己到外面把洗脚水倒了,将大门插好,把尿盆拿进来,又到西屋看看儿子,把蹬开的被再给儿子盖好,才回到自己的屋里上了炕。她来不及脱衣服,先推着郭存勇的膀子问:"郭存先想叫你干可是真心的?你刚才是怎么回复他的?"

"我当时猜不出他真假,先来个一退六二五,表示坚决不干。记住,不管这事成与不成,咱俩说完就烂在肚里,千万可不能透出风去!"

"哼,你干嘛这么怕他?十年河东十年河西,今天就该是你出头露脸的时候了。其实这些年来郭存先不就是只动动嘴嘛,真正干事还不是靠你?"

"唉,我不是怕他,更不是干不了这个书记,就担心逮不着狐狸白弄一身臊。这种时候人心难测,郭存先可是瘦死的骆驼比马大,我不管心里多想干这个书记,也得装得不乐意,最后好像是被强打鸭子上架。我还没跟你说,这些日子我在外边联系了一些项目,能赚大钱,如果我当书记是一种干法,不是我当书记就是另一种干法,先让咱自己发起来再说。"

欧华英思虑得更周密:"依我看这可是个千载难逢的好机会,能当上书记郭家店就什么都是你的,当不上书记我们能不能发起来还得看书记高兴不高兴。"

"倒也是,你这个小脑袋瓜转得就是比别人快半圈儿,可接郭存先的摊子不容易……"

被丈夫一夸,欧华英就更来神了:"有什么容易不容易的,手里没权才不容易哪,手里有权干什么都容易。郭存先不就是仗着一张嘴吗?可噘嘴骡子卖不上一个驴的价钱,他就全叫那张嘴把人都得罪遍了,下边有人恨他,告他的黑状,上边有人整他,你说他最后能落得了好吗?你文化高,有见识有能力,这全村的人都看出来了,你的人缘儿也比他好,我看你会比郭存先干得好。"

郭存勇被老婆说得身上一阵舒坦:"行,就依你的,明天把封县长、崔乡长拉到咱家里来,先探探虚实再说。"

欧华英眼睛发亮,将上衣脱掉便顺溜进被窝,手脚并用,身子像灵蛇一样缠上去:"我的勇哥哥时运来了,要当一把手啦!"

"去去去,你刚才还说我在外边打野食呢!"郭存勇想还没有升官儿,先长一点脾气再说,不过并没有把老婆推开,反而抱紧了。

"傻样儿,那是逗你、想你,让我再摸摸你的小兄弟,看它想不想我?嚯,我的奶奶,可吓死我啦,这才真正叫好样儿的。别着急,我这就管你个够……"她像鱼儿吞钩一样,柔软的小嘴把食饵咬住后拉着钩线向远处游去。但被钓住的却不是她,而是郭存勇,仿佛不是他钓她,而是她钓他,郭存勇身不由己地被拉着游向一个深处,越游越深,灵性和魂魄都要被勾出去了。她牵着他,引导着他,自己的身子却颠来荡去,精灵一样活泛,嘴里也不闲着,或轻声喊叫,或胡数六数,甜哥哥蜜姐姐……

郭存勇被伺弄得从头发梢到脚趾尖都在发热、发胀,身体就快要爆炸了,腾地一下子翻过身来,把老婆压在了下面……


第二天,郭存勇没能请得动封厚,到傍晚只来了个崔大本,倒也无所谓,如果只是打听消息,封厚不在场崔大本说不定更敢说。其实,也就是因为参加调查组被约束住了,不然崔大本这个当乡长的还用请吗?这么长时间恐怕郭家店的大半个村子都叫他吃过来了。

进门后崔大本立刻就恢复了乡长的感觉,上炕坐了正当中的主位,跟以前来过郭家店的乡领导比,这个崔乡长显得粗率、可爱得多。郭存勇、郭存先一边一个坐在下手相陪。这回该欧华英露一手了,五个碟三个碗,登时就摆了一桌子,紫菜头炒肉丝是红的,芹菜拌果仁是绿的,粉条炖豆腐是白的,葱花摊鸡蛋是黄的……太值钱的东西没有,但弄得挺热闹,光是土豆就上了两碟,一碟切丝醋熘,一碟切块烩肉,还有咸鸭蛋、腌糖蒜、大葱和老酱,主食是烙大饼、杂面汤,冷的热的,荤的素的,稀的干的,眼下在郭家店这就算是上等饭食了。

看得出欧华英动了真格的,想给丈夫作脸,她也懂得怎样给丈夫留脸,只管盛菜端饭,不上桌子,不抢话说,屋里没事的时候就退到外间屋,坐在锅台上听着屋里的三个男人说话。

酒过三巡菜过五味,男人们开始放开了,嗓门高了,话的分量重了。其实男人们喝酒,最好的一道菜就是说话,没有话说,多好的酒菜也没有味道。好酒好菜是为了逗得人们多说话,说有用的话。今天郭存勇是主人,不光是要费尽心思找话说,还得绕着弯子套出自己想听的话,又要让郭存先以为是为他套话,一有冷场就赶紧劝酒布菜……

这三个人里心里负担最重的是郭存先,他约束着自己不抢话头,又不能表现得又臭又硬,得经常捧着崔大本说。崔大本随着胃口里的酒精增多,精神越来越放松。这段时间可把他憋闷坏了,他原本是一乡之主,手下管着七八万人,一进调查组却成了最小的,谁都不把他放在眼里。他难道还不如那个马屁精高文品?还不如那个贱货安景惠?一离开调查组,在自己的地盘上无论走到哪里,他都是地位最高的人,就像现在这样,别人都得捧着他、抬着他,他对自己的这份感觉越来越好,说话也随便多了:"调查组里若知道我跟你们坐在一块吃饭,还不知会说什么闲话?"

郭存勇立刻就给他找好了台阶:"中国人到底是会吃还是不会吃?现在吃顿饭好像成了大事,能把党风国风政策原则都吃没了。从前共产党、八路军,如果不吃老百姓的饭,不睡老百姓的炕,怎么搞敌工、除汉奸、打土豪、闹土改?恐怕连站脚之地都没有。"

"是啊,现在都忘本了,谁都敢来欺负老百姓。"崔大本肚子里的火气仿佛也被酒精顶出来了,"存先,别以为他们光盯着你,这是杀鸡给猴子看,郭家店出了什么事都有乡里的一份责任,我也在吃你的挂落儿。"

这话有点呛郭存先的肺管子,他很不爱听,谁吃谁的挂落儿?调查组又不是我请来的,你崔大乡长是我的上级,跟着调查组来查我,还说吃我的挂落儿?我还说是倒了你的血霉呢!郭存先叫酒精壮得也想发发心中的怨气,却又不敢坏了自己的大事,话到舌尖拐了个弯儿,再出来味就不一样了:"崔乡长放心,我郭存先别说没有大事,就是真有事,也是一人做事一人当,与乡里无关,也与存勇他们无关。调查组要撤我就痛痛快快地撤吧,说实话我早就干烦了、干腻了。不过,我今天借着酒劲向乡长进一言,给郭家店挑新支书可不能全听调查组的,让一个光知道跟在调查组屁股后面跑的小人上来,那郭家店就乱了。选新支书得由你乡长说了算,你了解情况,挑一个年轻有学历有真本事的,本来今天当着存勇的面我不该说,他是最合适的人选,可他死活不干,我要有权力就能逼他干,可现在我没有这个发言权了。"

"还没到那一步,你先把心放到肚子里。"崔大本大大咧咧,拦住了郭存先的话头,他把今天这顿饭的目的理解成是为了保郭存先了,所以就冷落了主人郭存勇,只顾给郭存先打气:"就算是搞不正之风,你们有的事别的村也有,别的乡也有,别的县也有,为什么不都查?不都撤职?"

这还算句公道话,正对郭存先的心思。于是他就不再为郭存勇说话,而是抓住机会为自己辩护:"是谁在搞不正之风?是农民在搞,还是不正之风在搞农民?有人硬说是农民不择手段办工业把社会风气搞坏了,农民有那么大的本事吗?大风不正,小树能直得了吗?大家都叫风吹着跑,农民能顶得住吗?不顶还派调查组来查呢,要是顶的话不知今天还能不能在这儿陪着你崔乡长喝酒。"

欧华英在外面听着味儿不对,赶紧一撩门帘走进来:"酒还热吗?快喝了吧,我再去给烫一壶热的。"她趁端酒壶的机会用手捅一下丈夫,郭存勇慌忙举起酒杯:"崔乡长、存先,干了这杯换热的。"

"干!"崔大本一饮而尽,欧华英又为他斟满。他夸赞欧华英菜做得好,叫她一块吃。欧华英笑着摆摆手,推说自己不会喝酒,又退出去了。郭存先又端起杯,他想趁着崔大本脑袋已经发热,但还没有喝多,大家心里还都清醒的时候,把该说的话说出来:"崔乡长,你为了保护自己的村干部,敢于顶撞钱锡寿,我敬你一杯!"说完又是一个底朝天。

崔大本脸有点红,气势也有点张狂:"他算什么,我看顶他也就顶了。今天不说这些,喝酒喝酒,说点高兴的事。存勇,我知道你正在外边给郭家店找财路,在年轻的一茬村干部中你是很有本事的,我敬你们两口子一杯,你摊上这样的媳妇真是你的福气,难怪你身体这么棒,原来经常被七个碗八个碟地伺候着……"崔大本红头涨脸有点醉意了。到了这个地步不用劝他也会自己喝,想不让他喝反倒有点困难了。

但,嘴里乱七八糟胡扯淡,正事谈不成了。

郭存先只好打圆场,对崔大本夸奖欧华英烙的大饼、擀的杂面汤,不敢说全乡第一,也是全村第一。然后就招呼欧华英不要再上酒了,赶快上主食。崔大本并没有全糊涂,他怕自己醉醺醺地回到调查组影响不好,万一有人在钱锡寿面前或到市里告他一状,同样也够他喝一壶的。

这顿饭吃的时间不短,吃完又坐了一会儿,崔大本觉得俩眼皮直打架,便起身告辞。外面天黑,郭存勇怕出事,就送他回住处。郭存先也想走,被欧华英拦住了,叫他等存勇回来再走,郭存先以为存勇两口子还有话要跟他说,只好又坐下了。欧华英叫他把腿收到炕里边去,累了先躺一会儿,困了就在这儿睡,她可以到西屋和孩子一块睡。按农村的习俗,大伯子见了兄弟媳妇,或兄弟媳妇见了大伯子,是最拘谨最不自在的了,不论是亲的,还是叔伯的,都必须规规矩矩,客客气气。即便有事要说,也需快说快散,没有话说最好就别往一块凑。大伯子和兄弟媳妇的关系最敏感、最微妙,说话一多,接触一多,就会让人多心,或许自古来大伯子和兄弟媳妇在一块就容易出事,所以才最遭人怀疑。

欧华英却不听这一套,至少眼下在她的家里是这样,她管郭存先不叫大哥,也不指着孩子叫大伯,就一口一个存先地叫:"存先,我给你沏碗枣茶吧,听说那个东西醒酒。"

郭存先止住了她:"不用,我没喝多少。"

"一人一杯地喝,崔乡长的脸都喝成猪肝啦,你怎么会没喝多少?"

郭存先是酒入愁肠,好多心思都翻上来,却不愿意跟一个论起来是兄弟媳妇的老娘儿们多说什么,就闷头抽烟不吭声。欧华英把脸凑到他跟前,郑重其事地说:"存先,往后你可别再说让存勇接替你的事了,你还不知道他嘛,从打昨天回来可把他愁得够呛,不知跟我说过多少遍啦,你干他就干,你不干他也不干,实在不行就跟你办个小厂子,当个体户。"

郭存先抬起眼看着欧华英,没有吭声,脸上也没有笑模样,猜不透他心里在想什么。

离郭存先越近,欧华英越能感受到他身上有一种男人的震慑力,这力道不是来自身体,他没有郭存勇壮,但郭存勇却没有这股威势。郭存先的震慑力是从骨子里散发出来的,让她紧张、拘束,又让她感到刺激、新奇。她担心他不相信她说的是真心话,从整个晚上三个男人的谈话中,她怎么也感觉不出郭存先要下、郭存勇要上的机会已经来了,崔大本根本没有想过这码事,郭存先也不是真的做好了要被撤职的打算,一顿饭当中谁都没有正儿八经地把这件事谈定。但她又一点都不后悔白请了这顿饭,多亏有这顿饭,她心里才有了准主意……

欧华英觉得自己身上有汗出来了,和郭存先经常低头不见抬头见,她从来没有想过自己会这么怕他。她起身走到外间屋,找出几个大红枣,放在火上烤了烤,里屋外屋立刻充满了枣的焦香,把枣和茶叶放在一起,沏了满满一大杯,端给郭存先。她借机也松弛了一下自己的神经,喘气匀称了,脸上笑得自然了,她的笑能照亮整个屋子,却无法引起郭存先的注意,而且屋里就只有他们两个人。

他太傲慢了,什么场面没有经过,什么人没有见过,怎么会把一个远房的兄弟媳妇放在眼里?他叫大伙惯坏了,所有的人都怕他,都想讨好他,都千方百计顺着他的意思说话……欧华英心里突然翻起一股冲动,想说一点别人不敢说的话,就是要刺他一下,看他又能怎样?她似乎是不顾一切地开口了:"存先,有人恨不得你明天就被撤职,最好是被抓进大狱,你自己是不是就别成天把撤职挂在嘴边上了,叫跟着你干的人寒心不寒心?这些天你千万也别再到林美棠的小屋里去,调查组有人在盯着,我不说你也知道是谁,她三天两头往林美棠那儿跑,还要给她介绍对象,这都是冲着你来的。依我说,你干脆顺水推舟,就让林美棠嫁人,一了百了。她要有心,就是嫁了人该怎样还怎样,只会更方便更自由,谁也不敢再说三道四了。要不然人家一辈子的事,都得让你兜着,你兜得起吗?不知什么时候就会像个地雷似的冒烟爆炸……"

她突然说不下去了。

郭存先没有恼没有跳,不打断她的话,也不想为自己辩解,就那么坚定而沉默地听着她说,眼睛里带着一点疲倦和阴郁。这样的男人才厉害,才更让人动心,欧华英端起郭存先喝剩下的枣茶喝了两口,然后用手心抹抹嘴角,擦擦脑门上的汗,眼睛像两汪水似的看着郭存先:"你看我,尽说让你不爱听的话。"

"怎么不说了?有话就都说出来吧。"

"你生气啦?"

郭存先下炕穿鞋:"我也该走了。"

欧华英猜不透他这是什么意思,有点着急:"存先,我可是一片好心哪!"

郭存先边走边说:"我知道,你不光有一片好心,还有个好脑子,有机会得让你出来干点事儿。"

欧华英愣在屋里琢磨郭存先话里的意味,等她再赶出门外,郭存先已经走远了。不管怎么说,今天晚上她把郭存先数落了一顿,这让她兴奋和自豪,郭家店再没有第二个女人敢这样干了。像郭存先这样的男人,女人碰到他可以不动脑子、无条件地信赖他依靠他,男人要碰到他,最好是当他的朋友,别当他的敌人。欧华英知道该让丈夫在存先下台不下台的问题上掌握什么火候了……

郭存先两腿发虚,脚有点打飘,在回家的道上老觉得踩不实着。但他脑子里非常清醒,知道自己没事,他对自己的酒量,自己的控制力心中有数,像崔大本这样的量,两个加起来也不是他的对手。过去他冬天外出砍棺材,都是蹲墙角钻棺材棚,靠喝酒取暖,他可从来没有在乎过喝酒。只是忘了一条,今天晚上的酒太苦,而他心里的气又太多,喝酒最怕斗气,苦酒越喝越烦,越喝越恨,更可恶的还是求人的酒,不得不陪说陪笑陪热闹……这样的酒是能醉死人的。他感到连自己胃里的东西都反常,不往下走却往上翻,这让他恐惧,决不能让吐出来。因为他不知道会吐出什么?即便光是烈酒烧菜,在当街吐了一大摊,明天早晨人们一发现又会成为大新闻。倘若再打听出是谁吐的那就更热闹了。如果里边还有他最担心的东西,那就不知会传成什么样?他不能让整他的人高兴。

刚才在郭存勇的家里他还觉得自己一点事都没有,出来一见风就不行了。也许刚才是当着兄弟媳妇的面儿,他不能不英雄到底。何况欧华英还是个自作聪明喜欢多嘴多舌的娘儿们,居然敢对他说三道四,指手画脚,尽管是想讨好他,却让他从心里起腻……她是精过头了,有哪个男人不讨厌盛气凌人的总想指挥自己的女人呢?表面上郭存先像一盘巨大的石磨,欧华英的勇气和激情根本轰不动他,反显得她自己浅材薄质。其实他的自尊心很脆弱,能轻易就被伤害了。

郭存先一脚深一脚浅地回到家,朱雪珍已经铺好了被窝,拿好了尿盆,就等着他回来睡觉哪。一见他的样子,闻到他身上呛人的酒味,被吓了一跳:"老天爷呀,你喝了多少,醉成这个样子?"

郭存先笑了,他难得露出这样的笑容,诚实而可爱:"嗨,你跟了我一辈子,什么时候见我喝醉过?"

确实有好多年了,朱雪珍没有见过他喝成今天这个样子,便赶紧到外间屋打热水,想让他洗脸。等她端着水盆进来,郭存先却没脱衣服就钻了被窝。

"你还说你没醉,有这样睡觉的吗?"

郭存先又坐起来:"谁说我要睡觉?我不过是想躺下歇一会儿。"

朱雪珍也笑了:"你就是喝醉了,别人也嚼不过你。"

她投出热毛巾想替他擦脸,他不用,硬挺着像没事似的自己洗、自己脱,脑瓜好像也蛮够用的,该惦记的不会忘了:"传福哪,睡啦?"

"找同学去啦,好不容易回来一趟,小伙伴们也都想他,该串的都得串到,该说的也得说了。"

"什么好不容易,去县城上学又不是出国,想回来什么时候不能回来?"

这话说得朱雪珍心里还挺热乎,他平时可不管这些事,即便心里有,嘴上也不说,两口子难得说点这些老娘儿们的话。郭存先洗巴完,脱利索,立马又钻进被窝,他老立着身子就禁不住呕心,躺下了却又睡不着。有人酒喝多了大睡,他喝多了是不睡。

朱雪珍收拾完,关了灯,挨着他也躺下了。一种对老婆不期而至的愧疚,涨满了郭存先的心,他伸过胳膊抓住朱雪珍的一只手,在枕头边上嘟囔:"还是我的雪珍好,郭家店有说我坏话的人,却没有人说你不好的。存勇的老婆就不行,太是非,那张臭嘴万人嫌,也就是存勇能受得了,要是别人,不割断她的脖子也得割掉她一块舌头!"

"看你说的这个吓人呼啦,她请你们吃饭倒吃出毛病来了。"朱雪珍被丈夫酒后的温情感动了,她真后悔,早知如此干嘛不天天晚上都让他喝点酒。现在家里又不难,他想喝什么样的酒都买得起……她用另一只手去胡噜郭存先的胸口:"挺难受的,是吧?"

"不难受,难受谁还喝呀?凡是想喝酒的都是为了找好受,我现在就挺好受,前三百辈子后三百辈子的事全想起来了,传福的姥爷临咽气的时候我答应过他,决不让你跟着我受屈。这回如果不当书记了,咱就自己开个工厂,赚点钱,让你后半辈子吃香的喝辣的,赇等着享清福。"

"我可不想吃香的喝辣的,只要你没有事,一家人平平安安,就烧香念佛。"

"雪珍啊,雪珍,人家都学坏了,你怎么就一辈子学不坏呢?"郭存先将女人搂进怀里,"还记得那年我领你回郭家店成亲的事吗?过河的时候我背着你,你搂紧了我的脖子,脸蛋贴着我的耳朵,胸脯压在我的背上,我身子动一下,你的胸脯就在上面颤一下,你咬住了我的耳朵,喘出的热气都扑进我的耳朵眼里,当时我就觉得这条宽河太窄了,我恨不得它有三里地宽。上了河滩我就迈不开步了,不是累的,是叫你馋得受不了啦,河滩上的土又平又细又干净,我把你放倒,底下垫上我的褂子,咱俩就算进了洞房。你的血把我半拉褂子都染红了,我叫你好好留着,不知还有没有?"

"生传福的时候把它铰开做了尿布。"

"那会儿,太阳在头顶照着,河水在脚下唱着跳着,天地做洞房,河滩当婚床,咱们的洞房花烛可算天下第一。完了事你就走不动道了,我又背着你顺着河滩走。你在我身上哼哼唧唧,一会儿咬我的耳朵,一会儿舔我的脖子,走着走着我又受不了啦……"郭存先被自己的回忆鼓动起来,又有了要压到朱雪珍身上的欲望和能力,他已经记不得是从什么时候开始,就跟光明正大属于自己的女人没有这种欲望了。两人相安无事的时间太长了,他对不住她,应该尽一个做丈夫的责任和义务,让她满足。她满足了才会相信他,精神才会平稳,这也叫一通百通。雪珍的里面很湿很滑很松快,这是他自己开拓出来的,开始的几下他感觉不错,到后来他怎么也达不到在这种时候应有的美妙和极度的膨胀,因此也就无法把雪珍送上高峰,她顺从地充满希望地还在配合,还在等待着他,他却不再从容,不再自信,而是心里越来越紧张,不断地提醒自己,激励自己:千万可不能半途而废呀。他无法想像干不成男人的事了怎么有脸从老婆的肚子上爬下来?他大脑这么一紧张、一走神儿,小脑就越发地不灵了,不是越磨越大越硬,而是越蹭越小越软,此时趴在女人身上干这种事,对他来说已毫无快乐可言,只剩下责任、义务、脸面,他强迫自己加大动作,加快冲刺的频率,想靠激烈的机械运动把自己刺激起来。岂料事与愿违,他那个不争气的东西在激烈地动作下不仅没有还阳,反而急速萎缩下去,最后无功而返,他的动作再大也只是一种砸夯,毫无意义了。

他恨不得立刻就钻进炕缝儿里去,这是男人最悲惨的失败,他只剩下一个男人的空壳,实质已不再是个真正的男人了,该怎样下这个台阶呢?他还担心雪珍不相信是他真的不行了,说不定还以为是他在外边胡搞的结果……他从雪珍的身上滚下来,把脸埋在她的胸口上。生平第一次向自己的老婆求饶、认输:"雪珍,我不行了,我完了,我不甘心,我不认头,我还不到五十岁怎么就成废物了!我没在外边胡来,没碰别的女人,这一个多月你都看见了,天天不是都在你的眼皮底下嘛。我对不住你,想不到我郭大斧子也会有这一天……"他说着说着哭了,有热乎乎的眼泪滴到朱雪珍的胸口上。

朱雪珍摸着他的脑袋,把他的脑袋紧紧地搂到自己胸口上,这个大男人,这个说一不二的暴君,这个一辈子出头露脸争强好胜的大当家的,这会儿反倒像个孩子。她搂着他就如同搂着自己的儿子,一股强大温厚的情感从心里漫溢出来,把他包得严严的。她感到了他对她的依赖,他需要她的信任,需要她的胸口,需要她的搂抱,需要她的呵护,她对他变得重要了……这种感觉真好。她只要他这个人,才不在乎他底下行不行哪。他干这种事不行了,心里就会素净了,无法再去沾腥惹骚,别的女人也不会再要他了,从今往后他就只属于自己的家了。她的怀里永远都收留他。她可怜他,像哄孩子一样用手轻轻地拍抚着他的后背。

郭存先最难堪的那一阵儿过去了,觉得口渴,却没脸让雪珍起来给自己倒水。于是就起身蹬上裤子下了地,先找到毛巾擦了把脸,再拿暖瓶倒水。刚从热被窝里出来,光着膀子这样一通折腾,胃又受不了了,一口酸臭偷袭般地从胃里猛涌到嘴里,他赶紧弯腰对着尿盆就吐。第一口吐出来,后边可就拦不住了,翻肠倒肚,生咯硬呕,仿佛要把五脏六腑全吐出来……

满屋子都是腥酸酒臭。

朱雪珍急忙穿衣服下地,不知什么时候串门回来的儿子传福,在另一间屋里听到动静也过来了,娘俩一个给他捶背,一个倒了一碗温水等着让他漱口。

上中学的儿子说话有了大人的口气:"您心情不好就不该喝酒,这不是自找难受嘛!"

郭存先把该吐的都吐出来了,蹲在地上还不想起来。脑袋挡住了尿盆,使那娘俩看不清他到底吐了些什么东西,但也不能老这么蹲着……雪珍叫他漱口,他漱完口就想自己去倒尿盆。这有点反常,儿子一把夺了过来,皱着眉头闭住气扫了一眼尿盆,倏地打个愣,险些没有失手摔了尿盆:"这是吐的嘛呀?怎么是红的?"

"紫菜头。"郭存先把酒饭都吐出来,心里一下子松快多了,头脑也完全清醒了,"快去倒了吧,你还不嫌味儿!"

"紫菜头哪是这么红,您吐血啦?"这就是小孩子,若是朱雪珍就不会这么大呼小叫。

一听说吐的是血,朱雪珍先被吓住了,她看看尿盆,看看存先,嘴里在嘟嘟囔囔:"这可怎么办,这可怎么办……"

郭存先心里也慌、也急,粗声粗气地说:"先把它倒了再说。"

传福端着尿盆到大门外倒进粪坑,又用清水将尿盆洗净才回到屋里。

郭存先又上了炕,倚靠着窗台坐着。朱雪珍坐在他脚边,一会儿睁大眼睛看他,一会儿又闭上眼,或摇摇头,或揉揉眼,神情古怪,似惊似恐,似疑似信……传福担心母亲受惊吓又要犯病了,他看看父亲,郭存先的眼神告诉他,爷俩正担心同一件事。

郭存先已经沉住了气:"雪珍,刚才我前边吐的是酒菜,后边确实吐了两口血。但是没有大事,我想是这些天累的、气的,再加上今天晚上喝酒太多了。你放心,我的身体我自己心里有底。"

传福着急,娘这个样,爹若再出了事,这个家不就完了嘛!于是说:"爸,明天我陪您到城里去检查……"

"不行,记住,这件事你们娘俩谁也不许往外说,过了这几天,我下台了就去检查,不下台也去检查。"

"哎呀,爸,下台不下台都是身外的事,只有身体才是自己的,要是胃里真的有麻烦,耽误一天可就多增加一分危险。"

"有什么麻烦?顶大不就是长了个瘤子,得了胃癌,那也没有我眼前身外的麻烦大。"

朱雪珍打断了爷俩的争论:"传福,你爸胃里没长东西,就是有个地方出血了,往后不能再喝酒了。"这是废话,嘴里大口地吐血,里边自然就有出血的地方。朱雪珍说话开始着三不着两,那爷俩却又不能跟她顶撞,只能顺着哄她。

传福问:"您是怎么知道的?"

"我看见的。"

"你看见的?"越说越邪乎,郭存先做好了朱雪珍犯病的准备。

"你出血的地方是块老伤,那天我犯病的时候,你刚从外边买零件回来,我一眼就看出你胃里流血了。那会儿我没在意,以为是叫病拿得我头昏眼花了呢。"

这回该轮到郭存先眼睛发直了,又惊又疑,却什么也不说。

朱雪珍闭上眼睛,现出满脸巫气,口中念念有词。

郭存先毛骨悚然,传福却上前抱住了母亲的脖子,开着玩笑说:"太好了,俺娘跟二爷一样,成了活神仙啦!"

郭存先脸上变颜变色,嘱咐这娘俩:"传福,关于你娘的事出去一个字也不许露。"

这娘俩嘴里答应着,心里却觉得他今天晚上有点邪乎。郭存先将肚子里的酒全吐了出来,头脑变得无比清醒,知道自己一时半会儿是睡不着了,就推说突然想起一件急事要去化工厂,穿衣下炕,并嘱咐这娘俩先睡,别等着他。

实际上他是趁着夜深人静要去拜拜欢喜树,到大树底下一个人静静地清理一下思路……

## 18. 死

　　林美棠该做的饭早就做熟了,尽管没有胃口也将该吃的咽下去了,熬到夜静该睡觉的时候就躺下了,可心里就是静不下来。专留着给自己解愁用的酒已经喝光,烟一根接一根的已经把嘴抽得发苦发木,情绪却越来越躁……下午安景惠来坐了半天,聊大天的时候捎带出一些调查组的动态,不知郭存先可知道这些情况,他那里又有了什么新消息?

　　凭以往的经验她知道今天夜里的觉又难睡了,不颠来倒去地折腾到下半夜就甭想迷糊。可悲的是这种时候越来越多了,在很大程度上这都怪郭存先不到她这儿来了。他还没有被怎么样就先抛弃了她,这让她看到了自己将来的结局,郭家店或郭存先无论出点什么事情,她总是会成为第一个牺牲品。想到此心里不免生出许多的焦虑和怨怼,怜悯自己,恼气自己,这是何苦?她除去怪自己还能怪谁?什么时候是个头?

　　到现在说什么也没用,埋怨谁都晚了,与其在炕上烙大饼,还不如到外面去走走,反正都是睡不着,躺着立着还不是一样?一个人就是有这样的好处,随你爱睡不睡,爱活不活,怎么折腾都没人管你。

　　她穿衣下炕,拿着手电筒出了门。

　　月亮胀鼓鼓白净净,带着讪讪笑意,逗得满天星斗也挤眉弄眼,东倒西歪。天地间一片清清亮亮,郭家店轮廓鲜明,只在房山背后,犄角旮旯,有着许多阴影暗角,扑朔迷离。晚风很暖,如丝巾般拂着她的脸,却拂不平她的心,她甚至看到夜色竟然这么好心里就气得慌,这夜色不再属于她,反而增加了她的惆怅无助,没人能知道这清亮的温柔和安静下面掩藏着什么,会发生什么事情。有一年也是在这样一个轻柔的月色下,她躺在河堤下坡的草堆上,看着月亮,数着星星,快快乐乐,无忧无虑。郭存先来给她盖大衣,站在她跟前却不动了,像一片巨大的乌云,遮住了月亮。后来他的大衣没有盖下来,整个身子却压上来了,那一次让她真正体验到了性爱的快乐,她疯了一样大哭大叫,当时她以为他给自己的生命带来了崭新的光明……事后他给她擦着眼泪,对她许愿说着当时他能想到的所有大话,她却什么要求也没有提。其实她心里是有要求的,他许了很多愿就是不许愿娶她,那时她也并不是很想嫁给他,只有月亮证明她确实把自己囫囵个的都给了他。古代的仙女和凡间男子结合还要借一棵树或一块石头做媒,那晚却只有月亮见证她的爱情,只希望每当月圆的时候他能跟她在一起,好好地爱她……

她突然一惊,赶紧止住脚步,自己不知不觉竟来到了郭存先家的门前。这要是被人看见传出去,说她深更半夜去找郭存先,那还得了!她匆匆拐进墙根底下的暗影,离开郭家的门口。原来她心里怨归怨,气归气,此时最急急渴渴想见的还是郭存先,但无论如何也不能到他的家里去。她实在怕见朱雪珍,如果朱雪珍再因她的突然闯进而犯病,那可真要遭千人恨万人骂。别人不恨不骂,她也会埋怨自己。

她没有目的地向着亮地方走去,那是化工厂,灯火通明,成了郭家店的一景。按郭存先原来的打算,全村致富的第一步棋在这里已经奠定了胜局,对他个人的命运却不知这一招是输是赢?林美棠很想进到厂子里去,跟夜班的工人说说话,或者帮着他们干点活儿,可天都这般时候了,她不睡觉还满村子乱转悠,人家会怎么想、怎么说?她快走到化工厂的边上了,又急转弯向着村子外边溜达,踏着满地清辉,心中怅怅。

越是见不到想见的人,心里就越加渴望他,偏是今晚的月亮好得出奇,流淌着脉脉温情,似有意刺激她的苦痛。还有这热乎乎的夜风,吹得她脸上发痒发烫,把潮乎乎的气息散播得到处都充满了一股青荇菜味,这光这影这气味越是和谐美好,越衬出自己身单影孤,撩拨得她心里一阵阵燥热不安。这样的夜晚是叫人不安分的,她渴望出点事情,特别想说话,想喝酒,想撒酒疯,想抱住一个人大哭大闹一通……

她忽然又对自己冒出了这样的念头感到惊奇,便快步斜插到村北头,然后掉头绕向西场,想让自己拥有整个的月亮和满天星星,还有这郭家店夜里的全部宁静。反正她不急着回到自己的小屋里去,在外面多消磨点时间,即便在月光下转悠一夜谁又会管她?直到累得不行了,困得不行了,什么也不用再想,回到屋里倒头就睡觉,岂不更好?

村外的夜色就更清静了,也不必担心会有人看见,惹出诸多的猜忌和闲话,心境便渐渐温软舒阔开来。远处迷迷蒙蒙,浮动着一条银亮的气带,气带把田野、树木都遮住了……

她忽然看见村西的欢喜树笼罩着一团耀眼的白光,枝桠像银打锡造,高高地伸向夜空,捧住滚圆的月亮,同时又把一个巨大的蘑菇状黑影投向地面。林美棠被欢喜树的光团所吸引,几乎是身不由己地快步走过去,走到近前猛地看见树的黑影里立着半截更黑的东西,她两脚站住,但没有想到要害怕。能够让她害怕的事情都发生在白天,没有一件是晚上发生的。晚上发生的都是好事,温馨而令人难忘的事。她和郭存先的许多次幽会,都是晚上在村外的场边地头。她怕的是人,没有人的地方最安全,哪怕晚上在这开洼野地里,她也会感到有一种自由。如果这时候能有让她害怕的事情发生,能见到神呀鬼的,那倒真是求之不得了。

可是,当欢喜树的黑影里真的传出了说话声,林美棠还是悚然一惊,头皮发奓,浑身激灵,只差没有掉头就跑。转瞬,便由大恐变为大喜,说话的正是她苦苦找寻不到的郭存先。"美棠,别怕,是我。"郭存先说。

郭存先脸对着欢喜树在直挺挺地跪着。

"存先,真的是你?"

林美棠扑过去,紧紧搂住郭存先的脖子,就好像怕他再跑了一样,说:"你怎么啦?"

"我没事。"

"没事为什么跪在这儿?"

"想跪就跪,跪一会儿心里舒服。"

"你信神?"

"信,也不信,但我更信这两棵大树。每当郭家店有大事发生,欢喜树都有预兆,刚才我来的时候就看到它通体放光。"

"是吗? 我好像也看到了。"林美棠抬头看看大树,黑糊糊的如屋顶一般罩在他们头上,神秘而又威严。"刚才是放白光,对不对? 其实我更喜欢它以前的名字,龙凤合株。"

郭存先对林美棠这么晚了还敢一个人跑到村外来更想不通,该不是又听到了什么坏消息或者被什么事情逼急了,莫非让他担心发生的事情终于临头了? 他问:"你怎么不睡觉也到这儿来啦?"

"你以为我还能睡得着觉? 我来找你。"

"你怎么知道我会在这儿?"

"大树告诉我的……其实我也不知道怎么就走到这儿来啦?"

"出了什么事?"

"……天下最大的事。"林美棠不想一见面就说丧气话,这种时候给他送坏消息的人很多,自己又何必一见面就报丧呢? 她太清楚郭存先的脾气了,他过于爱面子,把自己的痛苦当成自己的弱点,决不许别人触摸,甚至不想让最亲近的人看见。

"到底出了什么事?"

"想你,是我想你! 天下还有比人想人更大、更苦的事吗?"

郭存先松了一口气,却又不完全相信。

她顾不得他的情绪,自己压抑得那么久,猛地天遂人愿,感情像拢不住的月光泼洒出来,她捧着他的脸,眼对着眼,火星碰出了火星。她在这越来越亮的火星中渐渐迷失,双唇在他的脸上揉来搓去,不知该停在什么地方,双手在他的身上、头上乱摸乱抓,不知想摸到什么,嘴里呢喃不停:"我想你,我想你,想死你了,你不知道人家想你吗? 为什么不去找我? 你可真狠心哪,你看看这月亮,你忘了以前在月亮地里对我干的事吗？你这个大坏蛋,你这个独断专行的霸道的家伙,我恨你,我爱你,我想吃了你……"她的呢喃耳语渐渐变成了哼哼唧唧,牙齿开始咬他的嘴唇、他的鼻子、他的耳朵,腰身像精灵般活泛起来,体内的饥渴变得迫不及待了……

郭存先刚开始有点紧张,他对自己的身体没有信心,心里还留着在老婆身上失败的阴影,此时对自己的心情也没有把握。现在是什么时候啊？可越是冒风险的关系,刺激性也越大。林美棠的腰身在他的怀里扭动着,她那些如烈火添油般的情话哼哼得他受不住了。危险使人紧张,而紧张更能激发生命力。他感到自己两腿间的那个灵物,仿佛不再受他的控制,也不管他是不是愿意,就自顾自地疯狂膨胀起来。胀得他脑子里只有它的存在,只能接受它的主宰,只想干它想干的事,便三把两把将林美棠的裤子扒下来,托起她的身子就放在自己的大腿间。一种突发的疯狂冲动把两个人焊接在一起,猛烈地刺入又激起更大的欲望,唇在寻找唇,舌在寻找舌,刀锋在寻找伤口,手在扭结,腰在腾纵,她要把自己全部都揉搓进他的体内,两具猛烈的肉体像两只坐着厮打的野兽。

树叶在头上哗哗抖动,虫子在四周唧唧啾啾,月亮在悄悄西移……郭存先大喜过望,他恢复了自信,原来自己仍然是那个强大无比、能够创造女人的郭大斧子。他不再紧张,不再着急,摆脱了所有精神重负,他什么都不再想了,把自己整个儿交给了眼前的欢乐,交给了他们的激情。他觉出林美棠的身子被颠得越来越软,各个部位都张开了,喘气越来越粗,发出的声音越来越好听。他越发得意了,他就是喜欢林美棠气质这种外露的顽强的泼劲,不像农村的女人那么放不开,那么拿捏。他要将她送上天台,双手有力地托抱着林美棠瓷实而有弹性的下腰,像砸夯一样起起落落,忽轻忽重,和自己的灵物进行最原始地狂野地冲撞,嘴里还不住地哼叫着一些只有在这时候才能说出口的话……

他们被自己燃起的大火吞噬了,相互搂抱着倒在了地上。

欢喜树为他们遮挡着夜间的露水,四野非常安静。林美棠真希望就这么一直躺下去,相互搂抱着的手臂永远不再分开。

她的肉体也给郭存先提供了最好的归宿,他心满意足,不再忧虑,不再惧怕什么,转瞬间像换了一个人,从里到外得到了更新。真怪,他以为自己干这种事不行了呢,跟林美棠就行。世间最好的情是自己所需要的,不一定是最美满的或合法的。

林美棠耍赖,躺在地上不想动弹,搂着他脖子的两条胳膊也不愿松开。他把她抱起来,像哄孩子一样帮她穿好衣服:"地上太凉,热身子焐冷土,容易做病。"

"你还怕我病?我看就这样死了最好!"

她不想离开他,干完了好事爱犯小性子。

郭存先不在意,既然跟一个小女人相好,有时候就得有哄小孩子的耐性:"我死了不要紧,这一辈子不算白活。你可千万死不得……"

"为什么?"

"一朵鲜花还没有开哪。"

"什么鲜花,早就谢了,还不是都叫你给掐走了!"

"我没有掐走,只是浇水施肥,让郭家店最美的一朵花长得更漂亮。要不怎么会有那么多人想着你,郭存勇、安景惠不是都想给你介绍对象吗?"

"你怎么知道?"

"在郭家店能有什么事瞒得了我?"

"你吃醋啦?"林美棠高兴起来,双手又钩住了郭存先的脖子。"我已经是你的了,你说还有谁能再让我看得上眼?年轻漂亮的男人,我嫌他空有躯壳,没有真本事。性格细腻会向我献殷勤的男人,我又嫌他没有男子气。你说怎么办?"

郭存先没有笑:"人长得太招眼了碰到的好心人就多,给你出主意的人也多。依我看,第一,这时候不能回家,你一走人家就会说你是躲了逃了,认为你真有事,心里真有鬼。回到城里又不是躲到月球上去,躲过了初一还能躲得过十五吗?第二,我赞成你找对象嫁人,但眼下不能提这件事,那叫欲盖弥彰。把别人都当成傻子啦?对象哪有那么现成,如果一时找不到合适的,不能马上结婚,人家准会说你是虚晃一枪,转移视线。什么事都得等过去这一阵子再说。"

到底比别人想得深,这就是郭存先,总是跟别人不一样,既老谋深算,又带着郭大斧子的风格。林美棠被他那幽暗奇怪的眼神弄得有点不安:"你不高兴了?"

"没有。"

"我哪里也不去,谁也不嫁,就在郭家店守着你。如果因为这个治你的罪,我去跟他们说,是我主动勾引你,我愿承担破坏你们家庭的全部责任。"

"又犯傻了不是?那不等于不打自招了吗?他们正愁没有你这句话治不了我哪,只要你承认了有事,谁主动,谁被动,就不是由你说了算啦。你是谁?我是谁?凭我一个大队书记,有职有权,说我霸占你有人信,说你主动勾引我没有人听。记住,你要真对我好,就刀搁脖子上也不认账。"

"没问题,你就是真出了事,我也会等你,去看望你,等你老了我来伺候你。"

"行啦傻丫头,不会有那一天的。真有了那一天,你就赶快离开郭家店,回到城里去。"

女人的爱一旦变痴变呆变固执,男人就有点受不了啦。郭存先拥着林美棠往树影外面走:"我送你回去。"

"不用,我自己回去,你在这儿呆一会儿再走。"女人十八变,倏忽间林美棠恢复了理智和刚强。这倒正符合郭存先的心思,深更半夜的,送她回家万一被人撞见,等于不打自招。可是真要不送她,又显得自己太胆小自私。

他有点不好意思:"你自己回去不害怕?"

"在这个世界上我只怕一件事。"

"什么?"

"怕你把我当成累赘,当成你的一块心病,有一天会把我一脚蹬开不要了。除此之外,再没有什么事情能让我害怕了。"

"美棠!"郭存先转身又抱住了她,把她顶到大树干上,干裂火烫的嘴唇迅猛疾烈地烧灼着她的嘴、她的脸、她的脖子、她的耳朵和头发。"我的美棠,我的好人,我的小美人,为了你就是掉一次脑袋都值得!"身体狂放疯长,火苗又烧起来了,带着他全部的力量和虚弱。

钱锡寿又跑着步出现在郭家店的晨曦里,脸上挂着笑,骤然间郭家店的空气仿佛又紧张起来,以他眼下的身份来揣度着他的笑:他笑得越好,被调查的人就应该哭得越惨;他笑得不阴不阳、莫测高深,这说明郭存先还前途未卜……在这个特殊时期,郭家店人待人看事习惯于不往好处想,会有意无意地忽略笑还有另外的功能,那就是以笑来掩饰自己的哭,或以笑做武器欺瞒哄骗他人。人的感情成分是世间最复杂多变又难以度量的,表达方式也多种多样、离奇古怪,本来胸腔里交织着尴尬、沮丧、愤懑和怨妒,流露出来却可能就变成了笑,而且笑得沉稳自信。谁会想得到有着这种笑容的人,也会被别人耍弄,被别人钳制……

只有钱锡寿自己明白,这很可能是他最后一次在郭家店跑步了。

还就得说是钱锡寿,才有这份修养,长期混迹于各种政治运动和人际争斗之中,见惯了波谲云诡,反复无常,明明是灰溜溜地要撤退了,却仍然要笑着在村里跑一圈儿,从容自若,深藏不露。从他到市委告状未成反惹得上边决定撤消调查组的那一刻起,就沉浸在一种失败的感觉里,却表现得像个胜利者。

其实,失败的并不是他,而是上边决定派调查组的人,他不过是个执行者。从执行者的角度来说,也不能算是输给农民郭存先了,而是输在对上边头头之间一言难尽的复杂关系估计不足,头头之间的分歧因对郭家店的看法不同而加深,或者说因他们之间早就有分歧,才在对郭家店的问题上态度迥异。他夹在中间,趁还没有陷得太深就撤出,焉知不是一件好事?

是好事就更要办得像个好事的样子,他要给郭家店留下悬念,让郭存先知道自己头上还悬着一把剑,不知什么时候这把剑还会落下来砍掉他的脑袋。要让村民们看不出是上边撤火,给调查组来了个大窝脖……所以,他本可以不再回来露面,下一纸通知让封厚代念一下就全利索了。但他还是回来了,调查组必须有始有终,是他带领大家堂堂正正地进来,还得由他带领大家堂堂正正地离开,来是任务,走也是任务。

对调查组的其他成员来说,能离开郭家店本来是件值得高兴的事,可没有人高兴得起来,调查刚进行到半截,有头无尾,这样离开根本无法收场。不收场就撤,那叫溜,让大家很难没有灰溜溜被人戏弄或被郭家店人赶走了的感觉。能修炼到钱锡寿那种程度的人毕竟是太少了。因此大家格外心齐,对钱锡寿的要求完成得非常认真,每个人都写了一份调查小结,详细说明了自己所负责调查的内容,已经完成了哪些,还有哪些没有来得及调查,以及对郭存先的认识……全部材料都带回市委存档,什么时候市里又想查郭家店了,这些材料还用得上。

剩下的事就是开个散伙会,把钱锡寿亲自执笔的关于调查组的半截调查总结通过一下,然后就收拾东西走人。可封厚一吃过早饭就到村边去安排打井队的事,没有他在场调查组的这个散伙会便无法进行。

封厚在去东场的路上被欧广明给缠住了。他手里提着两条胖头鱼,用尼龙绳穿鳃而系,两条鱼还都张着嘴,后面跟着一只狗。封厚觉得奇怪:"哟,今天是什么日子?"

欧广明把鱼提得老高,在眼前晃了晃:"封县长,我正要去请您,中午一定到我的小屋里喝两盅吧,下午我们的工程队就要出发啦!"

"谢谢,祝你们旗开得胜。但吃饭就免了,我今天的事太多了……"

"那哪行啊!"封厚不答应欧广明就拉住不放,他心里还揣着别的小九九,以后在市里县里承揽工程,如果能靠上封厚这层关系,那不就要风得风,要雨有雨了吗?或许这还是郭存勇给出的主意,也未可知。所以欧广明就像打架一样,一定要借这个机会把跟封厚的关系砸死夯实,还编笆造模地说是奉了郭存先的命,不请到县长郭书记就会跟他没完……

在郭家店谁不知道郭存先的霸道,封厚无奈,谁叫他天生一副随和的佛爷相,就苦笑着被欧广明跟头骨碌地先拉到郭家,偏赶上郭存先还不在家,朱雪珍一见欧广明手里提着鱼,后面还跟着狗,兀自被吓了一跳。眼睛直愣着,脸上变颜变色,顾不得跟生脸的封厚打招呼就先申斥欧广明:"你提着鱼干什么?"

欧广明笑了:"嫂子,鱼除了吃还能干什么?"

"快把它扔了!"

"扔?"欧广明以为她又在说疯话,"我可舍不得。"

"要不把狗打跑!"

"怎么啦?"

"不吉利,会死人的!"

又要犯病,欧广明急忙打着哈哈离开:"嫂子,你中午也别点火了,跟存先一块到我那里去陪县长。"

封厚走了几步突然又转身回来,低声请教朱雪珍:"大嫂,为什么狗追鱼就要死人?"

朱雪珍仍然看着欧广明的背影发愣,听到问话才将脸转向封厚:"上边两只口,下边一个犬,是个什么字?"她说着弯身捡起一根柴火棍,在地上写了一个"哭"字。

封厚倏地一震,两条大鱼张着嘴可不是两个"口"嘛,狗就是犬……他怕欧广明看到地上的字,转身迎住他,说郭存先一定是在东场,两个人便直奔村东。

郭存先果然和村上的几个干部一起在忙着安置打井队的事,吃饭当然不成问题,全由大队负责,就是睡觉的地方有点小麻烦,大队的空房子都让调查组占了,他请示封厚能不能让打井队的人分开住到村民家里?

封厚说不用,调查组的大部分人今天下午就都撤了,房子可以腾出来让打井队的人集中住。

郭存先耳朵一支棱:"您说调查组要撤?"

封厚把郭存先叫到一边小声说,实际上调查组是撤消了,应老钱的要求,市委领导同意留下两三个人,在郭家店再呆上一段时间,由我牵头。但我不会像以前那样老呆在这儿,只能把你们这儿当做我的一个点儿,有时间就下来看一看。

"钱锡寿也走?"这个消息太重要太突然了,郭存先老以为自己不会再有好事了,对好消息不敢轻易相信,必须一而再,再而三地砸实在了。

封厚嘱咐他:"存先哪,不管怎么说,调查组来了对郭家店并没有什么坏处,至少还给你们敲了警钟,澄清了一些事实。人家下午走的时候你们要去送一送,说点客气话。"

郭存先满口答应着,两眼灼灼生光。

站在旁边的郭存勇,心被着实地刺了一下,眼看着煮熟的鸭子飞了,还要极力装得为调查组的撤离而兴奋异常,以免失态露怯,让郭存先看出来。

还阳的郭存先这工夫似乎把自己曾经对郭存勇许过的愿忘得一干二净了。

封厚把该安排的事情安排完,匆匆赶回调查组,他一露面,不等钱锡寿宣布开会,正一肚子牢骚没处发泄的高文品,就贫嘴贱舌地抢了话头:"嘿,还是咱们封副组长有远见,刚一来的时候就知道调查组长不了,所以一直在给自己留后路,会买郭家店的好,又来搞调查,又帮着打井送甜水,一边打一边哄,好人算是做到家了。"

封厚宽和地一笑:"有问题该查的就得查,有困难该帮的也得帮。"

"我们可傻老婆等汉子似的等您回来揭锅哪。"

封厚不再接茬儿。崔大本瞪着高文品,脸色很难看,其他人也示意高文品别再打岔,此时大家都想听听钱锡寿要说些什么,他将怎么给这个排场很大的调查组中途夭折找到理由?

"好啦,调查组的全班人马都在这儿了,我们抓紧开会。"钱锡寿那张老太太脸比以往开会的时候要和蔼得多,似乎是想调和组员们因猜测和等待所造成的焦灼不安。"我这次回市委汇报了调查组在郭家店的进展情况,市委主要领导同志对我们的工作给予了充分肯定,知道大家在这儿工作得很艰苦,我们的调查经验和收获,对领导同志把握全局,分析和研究当前的农村形势,非常有价值。鉴于有些同志的原单位工作压力太大,这里的局面也已经打开,不可能也没有必要在郭家店再保留这么一个阵容庞大的调查组,所以市委决定让大部分同志先撤回,只留下以封厚同志为首的三人小组。谁走谁留等一会儿再说,现在请安景惠同志宣读我们的工作总结,大家讨论一下,进行补充修改。"

话都说到这个份儿上了,谁还会对什么狗屁总结感兴趣?什么肯定成绩呀,工作需要啊,都不过是给自己找台阶下,好向上面交差的官样文章。读的人没有激情,听的人也不专心,大家关心的是谁会被留下……

罗登高一脸轻松,捅捅身边的伍烈小声说:"怎么样,老弟,当初我说的没有错吧?干这种事跟你在公安局办案不一样,得悠着点劲,刚进村的那阵如果我们干得过了头,把事情做绝了,你说现在可怎么收场吧?"

"这么不黑不白地一走了之,就能收场吗?"伍烈反问,"这是拿郭家店开玩笑,也是拿咱们开玩笑,你是老前辈,你说谁会被留下?"

"反正不会留我,留我也不干。"

"我哪?"

"可能性也不大。"

"那会留谁?"

罗登高拿眼一瞟高文品。

高文品最着急,等安景惠的总结一读完,就急不可待地抢着表示异议:"我们干得好好的,为什么要中间撤火?由大变小等于调查组降级,还有什么威慑力?正好叫有的人看我们的笑话……"

崔大本早就看不惯这个花里胡哨的色鬼,眼前的调查组气数已尽,也该顶他一下出口气:"你是不是从前捞不着机会整人,好不容易有了这一回,觉着威风还没有耍够,整人的瘾还没有过足?"

罗登高也对伍烈说:"他叫人家给卖了,还替人家数钱。留下两三个人不过是个形式,只表明当初派调查组不是错误,现在也不叫撤走,而是减员。"

"你们这是干什么?干嘛都冲着我来?"高文品大喊大叫,"调查组还没有解散,就四分五裂窝里反!"

安景惠平时得到高文品的照顾最多,他喜欢围着她的身边转,适时地给她提供零食和其他服务,这时候也只能由她来为他解围了:"文品,你就别哪壶不开提哪壶了,这里边的矛盾错综复杂,深不可测,不是你我这样的小人物能够探究的。你不老说想老婆嘛,嫌这儿吃的不好住的不方便,叫你回家又何乐而不为。"

罗登高说:"安大记者怎么知道他能回去? 像高文品同志这种对调查工作热情高涨的人应该留下,继续完成调查的使命。"

高文品有了台阶还不愿意下来:"我们不是还给上边写过一个《内参》吗? 有没有结果? 如果解散调查组就是结果,证明我们错了又何必再留人?"

钱锡寿解释:"那份《内参》早已经送给了有关领导,同时也应该发到了中央,但目前还没有得到什么消息,一旦领导有了批示我想大家会知道的。"

"那是后话了,也许还不会有什么结果,石沉大海哪!"伍烈有点着急了,"组长,我们对总结没意见,您快点宣布谁去谁留吧,走的人还得收拾东西,吃过午饭好早点赶路。"

他的建议得到大家一致地响应。

钱锡寿不紧不慢,气度娴雅:"我们同吃同住,一起生活了两个多月,大家相处得很愉快。我也非常感谢大家对我的支持,今天中午我掏钱买了几瓶酒,大家要尽兴而散。现在我宣布,经上级有关领导批准,除封厚同志外,崔大本和高文品二位同志留下来,继续对郭家店的调查工作。"

大家哄堂大笑,但笑声发干,笑得很短,又戛然而止,没有余波。

这件事实在也没有什么太可笑的,封厚只是挂名,更确切地说是市委领导调和的结果。崔大本是此地的乡长,本无所谓走和留,让他们名义上留下来再支撑一下调查组的脸面,顺乎自然,合乎情理,他们在这里会享受尊荣,如鱼得水。把高文品也留下来就难说是可笑哪还是可悲,把相互最看不起、最无法共事的人留下来,也许是钱锡寿别有深意,就是要留下高文品搅和着封厚,保留调查组原有的一点色彩,不让郭存先太痛快了。要不就是钱锡寿太损了,平时高文品对他最巴结,跟得最紧,这样安排却纯粹是拿高文品糟改,他孤单一人还不得叫郭家店的刁民给吃了。

伍烈高声说:"这回行了,领导高明,成全了高文品的心愿。"

高文品不想调查组解散,不愿调查组撤退,可城里来的组员只留下他一个人,心里又不是滋味,对钱锡寿也恭敬不起来了:"钱头,你是老太太吃柿子专拣软的捏,为什么非得把我留下?"

钱锡寿一板一眼:"领导考虑留你比较合适,一、你们单位并不是急于要你回去;二、这里也确实需要留一个懂财会的人。"

这让高文品更难堪了,好像他在自己的单位里人缘儿很差,有他不多,没他不少,倒希望他永远别再回去。他脸上挂不住了:"我不干,我要回去找单位,他们把我推出来就不管啦?"

"从现在起,你有什么困难就向封厚同志讲。"钱锡寿一退六二五。

封厚一副佛爷相,什么都明白,什么都不说,不急不躁,能容能笑。

崔大本却现出满脸的不屑,这是明摆着的,一个到哪儿都没有人待见的家伙,还有什么资格和脸面留在郭家店调查别人,还指望郭家店会把这种人当人看吗?郭家店人对调查组的所有火气都会撒到他的头上,调查组牵驴他拔橛,等着瞧好吧。

高文品自己也想到了这一点,想大闹一通,心里又没有底气,只能暗憋暗气。

安景惠安慰他:"别着急,你要不想在这儿,我回去想办法让你们单位把你要回去。"

伍烈已归心似箭,催着快开饭:"吃饭吧,早吃完了早赶路。"

罗登高也说:"要走快走,磨磨蹭蹭就更没有意思了,让村里人知道我们要撤走了,说不定会做出什么事情来……"他的话还没有说完,大街上猛然响起了锣鼓声,紧跟着鞭炮声大作,夹杂着人们的欢叫和奔跑的脚步声。"我说怎么样?这是在欢送我们快点滚蛋哪!"

伍烈惊诧:"他们的消息可真快呀!"

连人来疯的安景惠,听到锣鼓声都打不起精神:"按农村的习俗,大概只有送死人或送瘟神的时候才会敲锣打鼓放鞭炮。"

罗登高说:"管他呢,瘟神也是神!"

封厚解释说:"你们不要多心,这是打井队开钻!"

钱锡寿脸上不再有笑容,面色冰冷,嘴唇向里嘬得更紧了。

每个人的心里都有一股蝎虎劲,放出来就会发疯。

仔细想想,谁都有想疯一回的时候。几个打鼓敲锣的汉子,打着打着就把疯劲逗弄出来了,越打越急,越敲越重,恨不得一槌擂出一个窟窿,一槌砸碎一面锣。人疯鼓鼓,鼓催人疯,这鼓声比大喇叭广播还及时,比村干部挨门挨户地通知还有效,不消一顿饭的工夫,全村人都知道调查组要撤啦。

郭家店的人在家里呆不住了,都想到东场上瞧瞧热闹。有热闹谁还不想瞧瞧呀?以刘福根、二膘子为首的几个年轻人放鞭炮也放疯了,手里提溜着打着圈、绕着花地放,用木杆挑着在人们的头顶上炸响,一嘟噜一串地挂在树杈上点火,二踢脚钻到空中爆炸,地雷子在人们的脚下轰起烟尘,纸屑、硝烟滚成一团,绞成一锅。

放吧,敞开地放,食品厂的大厂长王顺已经发下话来,放没了找会计支钱再去买。

调查组滚蛋了,花点钱算狗屁!

其实调查组滚不滚蛋,跟这些起哄架秧的人并没有多少直接关系。越没有关系的人越可以借机疯一疯、闹一闹,愿意打鼓的过鼓瘾,愿意放炮的过炮瘾,嗓子眼痒痒的可以放开嗓子喊叫,爱占女人便宜的就专在大姑娘小媳妇的堆里挤来蹭去。愿骂的骂,愿笑的笑,郭家店要过个狂欢节。

于是,西场上的人群挤成一个蛋,忽而围住打鼓的,忽而拥向放炮的,叽叽喳喳,闹闹嚷嚷。人是自来疯,他们就真的对调查组这么恨?调查组一走就真值得这么高兴?还不是因为大当家的高兴,全村人闹给他一个人看,花钱哄着他一个人高兴。今天是他的节日,闹翻了天也不要紧。历史上有许多节日不都是因为一个人的缘故而设立的吗?

欢喜树披红挂彩,树下培起一堆新土,上面插着三炷点燃的大香。有些孩子爬到了大树上面,坐在树杈上荡着双腿,得意洋洋。在大榆树高处的树梢上,还残留着一些已经发白的榆钱儿,下面的大树枝上垂吊着一条条大标语:

热烈欢迎打井队!

热烈庆祝郭家店天下建筑工程公司成立!

热烈庆祝郭家店化工厂投产成功!

在这种大热闹中心情最复杂的要数郭存勇,他看着标语抽抽鼻子,这些都是幌子,郭存先心里真正想庆祝的是调查组滚蛋,以他的性格干嘛不把这事挑明呢?

欧广明和金来喜各自提着一个小行李卷在召集公司的人马,叫他们把行李都放到旁边的卡车上去。这帮人就要离开农村到城里去挣大钱了,脸上的神情比打鼓放炮的人还要风光,吸引了一大群人围着他们,有人还在向他们打听怎样才能参加到工程队里来干活儿……

指挥这场杂八凑庙会的是王顺,他在人群里穿来穿去,吩咐这个,指使那个,还要不时地跑到坐在大树底下抽烟的郭存先跟前请示点什么。他看见到化工厂来拉货的卡车开出了村子,就打手势让打鼓敲锣的和放鞭炮的都停下来,东场上戛然安静下来,人们的耳朵却还嗡嗡山响。硝烟向空中浮移飘散,欢喜树若隐若现,似升似摇,让疯不够美不够的人又突生出一种腾云驾雾的感觉。

卡车在西场的道边停下来,上面装满郭家店化工厂的产品,厂里特别选了一个姑娘压车,鲜丽透亮,如一团大花开在车顶。

欧广明走到话筒前大声宣布:"现在开会!"

他什么时候通知过开会啦?"先请存先讲话。"

郭存先站了起来:"乡亲们,同志们,今天郭家店是三喜临门,不,是四喜,也许还有五喜、六喜。第一喜,封县长带来了打井队,很快就让家家户户都能喝上自来水,这是上级领导对我们的关怀和支持。第二喜,化工厂的头一批产品已经卖出去了,后边要货的还多的是,我们出多少外贸就收多少,没想到我们村办企业的产品一问世就是皇帝的闺女——不愁嫁。第三喜,建筑工程公司成立了,马上就要进天津卫去干活儿啦,天津城里很快就会出现我们郭家店人盖的大楼。第四喜,调查组经过几个月的调查,过了筛子过罗,挖地三尺,把水搅混,也没有把我们查垮,这也是对我们的帮助,证明我们不怕查,查不怕,怕不查!今天他们大部分人要离开郭家店了,我们感谢他们,欢送他们,欢迎他们有机会再来。这些喜是怎么来的?是我们冒险的结果,我要不是差点没被整死,能有这些喜事吗?冒险不是致富的保证,但不冒险绝对致不了富。冒险可以让你挨整,挨整比受穷好,说来说去,只要想不再受穷,总归都冒险……"

他的话被远处一声尖利的呼叫打断了:"广明……欧广明!"

这叫喊变音变调,让人身上一激灵。西场上的人都回头看,来人越跑越近,边跑边喊:"欧广明在哪儿?欧广明……"

欧广明认出是自己的内兄刘玉成,他头皮一乍慌忙往人群外面走。

"狗蛋儿出事啦!"

"怎么啦?"欧广明迎住了刘玉成。

"他被车轧……了。"

"什么?"欧广明撒腿就跑,"狗蛋儿呢?"

"还在北大道边上。"

大树底下顷刻间乱了营,许多人跟在欧广明后面也往村北头跑,这也是一种热闹,而且更具刺激性,不能不凑,不能不看。不管是三喜也罢四喜也罢,不管是庆祝会也好欢送会也好,不管这场热闹是事先准备好了的还是脑瓜一热临时抓挠起来的,现在都闹不成了。

郭存先叫住了刘玉成:"狗蛋儿是怎么轧着的?"

"咳,广明一走,我想去把他们娘俩接到我家住一阵子。狗蛋儿放学晚了,他又急着要到西场上来看热闹,把书包往他妈怀里一扔,饭也不吃,拿了个馒头就朝外跑,偏巧赶上北大道过汽车……"

"是谁的车轧的?"

"轧人的车跑了,八成是大钢的。"

"狗蛋儿伤得重吗?"

刘玉成满脸是泪:"人已经完了。"

郭存先心里咯噔一下,不再东问西问,扭头就往村北边赶。

他一走,村干部们都一溜小跑地跟上去。

金来喜手扶着卡车的车帮却没有动地方,有几个工程队的人围着他讨主意:"金头,广明一出这种事肯定是走不成了,我们怎么办?"

"就是,还没有出征先死人,真不吉利!"

"这就叫乐极生悲,四喜加一丧。"

不管别人说什么,金来喜就是一声不吭,脑袋耷拉着,眼睛眯缝着,不看任何人。老话说"扬头女子低头汉",像金来喜这种成天低着脑袋跟自己老二算账的男人最难斗。

郭存勇走过来,神色严肃:"来喜,你们的工程对方催得很急,即便广明走不了你也得带着人马先出发,到城里不还要安顿两天嘛,做做准备工作,马上就得开工。"

金来喜看看他,小眼睛贼亮,却只是一闪就又眯缝起来:"那就要看领导怎么决定啦?欧书记不去工程队谁挂帅呢?"

"咳,你别跟我玩儿这一套,欧广明就是当书记,工程上的事还得你说了算,工程出了事我得找你,不会怪他。"

金来喜的小眼睛一挤咕:"要不你就委屈一下,代替广明当几天书记,领着我们先走?"

这正是郭存勇的意思,郭存先既然倒不了台,自己还留在村里干什么?应该走第二步棋了,自己先发起来再说。眼下村里乱哄哄的,郭存先正春风得意,跟在他屁股后面凑这种热闹有什么意思,人的得意之色最让人受不了。郭存勇不想再扮演这样的角色,今后他恐怕要多利用郭存先,而不是光让对方利用自己。眼下当务之急是越快点离开郭家店越好,欧广明家出事正是一个非常好的借口,想到此便拨头也往村北跑去。

刚才西场上的热闹场面又搬到了村北头,从城里通向大化钢铁公司的道边上拥挤着几百口子人,但没有人打打闹闹、嘻嘻哈哈了。为主的声音是哭,撕心裂肺,死去活来。这是真哭,无法控制,无法阻拦,欧广明抱着儿子血肉模糊的尸体一边号啕一边用头撞地:"狗蛋儿啊,是爹害了你,爹对不住你,你等一等,爹这就给你偿命,跟你一块去!"

他有悔有愧有恨有悲,哭得绝望。周围的人慌忙把他掐巴住,掰开他的胳膊,将狗蛋儿的尸体夺出来放到门板上。欧广明的妻子刘玉梅大嚎着又朝儿子扑过去,蓦地一口气没上来,身子一挺便死了过去。还好,林美棠和欧华英正在她身边,一个抱住腰,一个掐人中,有两个老爷们儿给她窝腿,农村人都懂得怎样救护一个过度悲恸的人。

欧家的人和欧家的亲戚们也陪着一块哭,连看热闹的人也鼻子发酸,红眼吧喳。林美棠本应劝解刘玉梅,自己却满脸是泪,说不出话来,她心里还有另外一层疚痛,刘玉梅通情达理,生了狗蛋儿后听她的话做了绝育……如今却害得人家绝了后!

郭存孝死死地抱着欧广明的肩,叫人把狗蛋儿抬进小屋,用床单蒙上:"广明,光哭不行,你得打起精神,想想怎么办后事……"

旁边的人也帮腔解劝,但更多的人是在骂,破口大骂,跳着脚大骂,骂大钢的司机没良心,轧死人逃跑,骂大钢占了郭家店的地,骂他们的汽车震塌了道边房子的地基,骂这些年来大钢的汽车轧死了郭家店多少只鸡、多少只猪、多少只羊……郭家店人抱团,尽管他们自己的心里也各有许多疙疙瘩瘩,一旦跟外边挑起事端,就会奋力对外。有人拿来了铁锹、大锨,眨眼工夫在北大道上挖了一道横沟,大钢的汽车甭想再从这儿通过了。

骂欧广和的人也不少,骂他是个浑蛋,如果不是他把哥嫂撺出来,住在这靠道边的小屋里,哪会有今天的大祸呢?欢蹦乱跳的狗蛋儿整个是叫他亲叔给害死的。

大概欧广和心里也觉出病来了,哭一阵,骂一阵,越哭眼睛越红,越骂越不解气,终于提起铁锹要去找大钢公司:"我操他八辈儿祖奶奶,我跟他们拼啦!"

"对,跟他们拼啦!"一群小伙子呼一下也抄起家伙,有的拿锨,有的拿镰,有的捡起根棍子,一窝蜂地要跟欧广和一块去找大钢算账。

郭存先好像也疯了,一声断喝,跑到路中间挡住了欧广和:"广和,好样的,你真敢去拼命?"

"敢!"

"你有这个胆?"

"有!"

"狗蛋儿是谁轧死的,你去找谁拼命?"

"大钢的车。"

"你有证据?"

"……这不明摆着嘛!"

"明摆着不等于就是证据,大钢两万多人,你去跟谁拼命呢?总不能见人就打吧?恐怕不等你找到凶手,人家倒先把你给抓起来了。"

欧广和有点发傻,蔫下来了。

郭大斧子的名头镇唬他可有的是富余:"你只要有种,我担保你有拼命的时候,眼下还得听我的,带几个人守住现场,再有大钢的车经过就扣住它,等县交通队来了人再说。"

郭存先转头又盼咐郭存孝:"你赶快去告诉封县长,请他给县交通队打电话,让他们来人调查。"

他让林美棠找几个妇女照顾好刘玉梅,让几个没有事干的汉子和刘玉成一块照顾欧广明,说:"等我把西场上的事处理完就过来,绝不能让狗蛋儿就这么着走了,这事没完!"

丧事和喜事一块来,真不顺气。丧事要办,喜事也不能叫丧事给冲了,两件事都不能耽误,越是在这种时候,郭存先这个大当家的越要担得起,稳得住。先是为打井队开钻剪彩,然后把建筑公司送走……派谁顶替欧广明呢?钱锡寿和他那一帮子人要滚出郭家店了,不能让他们悄没声地溜走,他答应了封县长去送他们,他愿意干这件事,想看到他们蔫头耷脑的样子……只是,狗蛋儿的死给所有这些好事都蒙上了一块孝布,大家笑不出来,他也笑不出来了。

在郭存先回西场的道上郭存勇跟上了他:"存先,广明一时半会儿走不了啦,可天津的工程又不能等,我看还是让我带金来喜他们先到城里开了工,等广明料理完狗蛋儿的事再去不迟。村里这一大摊子够你忙的了,外边可不能再出事,外边的关系都是我给铺的,只有我自己跟出去心里还踏实点。"

郭存先没有抬脸,也没有马上应声,郭存勇真是太精明了,调查组一撤,他知道自己在村里呆着没戏了,不如到外边去赚大钱。但郭存勇这回在调查组的压力下没有出大格,对自己就算不错,推销化工厂的产品,为工程队揽项目,也多亏了他。眼下情急事急,郭存勇又说得在理,也只能先顺坡下驴。于是他说:"突然出了这种事也只能辛苦你先去踢蹬开局面再说,你安顿好他们立刻就回来,我还有好多事要跟你商量。我想就按那天晚上你跟我说的路子办,我们成立几个公司,趁这个机会狠狠地抓挠一下……"

狗蛋儿的灵棚搭起来了,比他活着时住的屋子还要高大敞亮。

灵棚中间横放着两条长凳,长凳上搭着床板,床板上躺着面目全非的狗蛋儿被白布单罩着。主事的嘱咐看灵的人,不得轻易让人撩开单子瞧,等警察验过尸,给狗蛋儿整容后再让人看。棺材也正加紧做着,用在村里能够找得到的最好的木头,按着大人的尺码做。要做得厚厚的,结结实实,孩子活着没有住过好房子,死了不能再让他受委屈。

乡亲们打心里可怜暴死的狗蛋儿,也对大钢公司发着狠心,不管怎么铺排,反正最后要跟他们算总账。欧广明蒙了,没有了主见,只知道哭,只知道今后的日子没有过头了,狗蛋儿的丧事完全由一群帮忙的人在料理,出了这么大的事不能晾台,必须要有人维护……这是农村最有人情味的习俗,也是乡里乡亲做人的原则。

来帮忙的人越多,说明这家的人缘就越好。最好是来吊孝的人不断,家属的哭声不断。死了人最怕没有人哭,死者周围太冷清了,就要想办法让人哭起来。但有人哭得太厉害了也不行,还要有人解劝,一来是防止发生危险,二来是给哭的人一个收场的台阶下。打发死人上路要精通阴阳两界的规矩,有许多程序,办许多手续,是一件很繁琐的事,要有懂行的人张罗、操持……

郭家店有个现成的操办"红白事"的班子,这不是上级领导发号令组织起来的,是一辈一辈传下来、自然产生的。哪一辈人中都不愁没有热心热肺爱热闹的人,他们不怕管闲事落闲人,而且能在这种忙活中获得一种尊敬和满足。谁的家出了红(喜)事或白(丧)事,都要去请这些人,有时不请他们也会自来。今天欧广明就来不及去请,但他们都来了,是郭存先发的话。几个工厂的生产不能停,工厂的厂长们也都要守在厂里管好自己那一摊子,他招呼的都是村里的闲人。为首的叫张殿奎,人称"会头",个头不高,长得却很精悍,表情丰富而灵活,能吹能打,会拉会唱,刚才在东场上打第一通鼓的就是他,现在又成了操持狗蛋儿丧事的会头。向村里借了多少钱,用了谁家多少木头、多少苇帘、多少铁丝等等,他都记着账哪,将来跟主家要有个清清楚楚的交代。狗蛋儿的丧事可不同于一般的生老病死,它还牵扯着一场官司,张殿奎格外小心。他派人到村外迎着,一看见县交通队的警察来了就立刻去找郭存先,自己把欧家的人召集到一块,商量跟交通队的人提什么条件⋯⋯

他劝欧广明:"你光哭可没有用,不想活了也得活,不想往下过了还得过下去,最紧要的是不能让狗蛋儿白死。但大主意得你自己拿,我们说了人家也不听。"

交通队来了三个人,为首的是个黑大个,那张脸比郭家店任何一个农民的脸都更黑。严肃坚毅,沉稳练达,他先让一个年轻的警察在现场拍了照片,然后走进灵棚,撩开盖着狗蛋儿的白单子,跟另一个年纪比他大的警察检查伤情,拍照留证。这自然又引起家属的一阵恸号,刘玉梅已经哭不出声音来了,口吐黏沫,有进气没有出气,旁边的人赶紧把她架到小屋里去。

根据哭的情状,黑大个很容易就看出谁是孩子的父母了,便问欧广明:"出事的时候有人看见吗?"

欧广明摇摇头。

"出事后是谁第一个到现场的?"

刘玉成搭了腔:"是我和妹妹,死的是我外甥。"

"你们是怎么发现的?"

"汽车一经过,小屋子就乱颤,妹妹说她突然觉着不对劲,心惊肉跳的,出了屋子想去找狗蛋儿,我跟出来说我去找,这时候看见狗蛋儿血糊流烂地躺在了大道上,汽车已经没有影子了。"

"当时人还有气吗?"

刘玉成悲酸难忍,呜咽着摇摇头。

"你听见汽车是往哪个方向去的?"

"好像是朝大钢那个方向开的。"

欧广和已经扣住了三辆大钢公司的卡车,黑大个又去向被扣的卡车司机了解情况,这工夫从村里开出一辆伏尔加轿车,来到事故现场,郭存先陪着封厚、崔大本从车里下来,先进了灵棚。狗蛋儿虽是恶死,却选了个好时候,县里的大干部和乡长都要来给他志哀、送行,按农村的规矩,赶上了人家办丧事不来吊唁一番是为不敬,也叫不懂事。封厚用温言热语劝慰了欧广明,并向正检查尸体和给尸体照相的两位警察打招呼:"辛苦你们啦。"

黑大个主动给封厚介绍自己的两位同事:"这位是法医黄大夫,这位是王胜。"最后才自报家门,"我叫马行健,是二中队的队长。"

封厚问:"现场看过了?"

"看过了,肇事的汽车是开往大钢公司去的,或者是从大钢方向开来的,先撞后轧,轱辘从前胸轧过,当场断气。车祸发生时没有目击证人,因此在没有拿到证据之前还不能肯定肇事者就是大钢的司机。"

"不会让肇事的司机真的能逍遥法外吧?"

"应该不会,跟您汇报完我马上就去大钢公司。"

封厚示意马行健出了灵棚,两个人单独来到交通队的吉普车旁边:"是谁的责任你心里已经有数了吧?"

马行健点点头:"最大的可能是大钢的车轧的,责任在司机,这是乡村土路,没有便道,没有人行道横线,司机应该特别注意从房子里、从柴火垛后面突然钻出来的孩子。"

"马队长,这可是人命关天啊!"封厚的神色和语气里不光有对死者的痛惜,还隐含着某种忧虑。大钢公司和周围几个村子的关系本来就够紧张够复杂的了,大钢占了农民的地,也造成一定的污染,有些农民偷大钢的电,截大钢的水,溜进厂子看见什么东西好拿就往外拿什么。可谓吃着大钢又骂着大钢,这件事倘若处理不好,也容易引起额外的麻烦。

"封县长放心,我知道该怎么做。"看得出,马行健是个有经验的警察,举止稳健,说话严密有度,封厚心里踏实了许多。他请郭存先派人把拦腰截断了北大道的那条沟填平,还要他同意让自己把扣住的汽车带走。

郭存先没有理由不答应,叫欧广和立刻填沟,同时也向马行健提出一个问题:"什么时候能查出凶手?"

郭存先不说"肇事者",而是叫"凶手"。

马行健略微一沉:"如果是大钢的司机干的,最迟后天就会有结果。如果不是大钢的司机干的,就要费点事,但也不会太久。"

郭存先盯得很紧:"这条道只通大钢,即便不是大钢的司机,也跟大钢有关系,不是来给大钢送东西,就是到大钢拉东西,抓住大钢就不愁找不到线索。"

"你想得很细,可是这条道两边还有不少村子,就像郭家店一样,也有汽车和拖拉机出入,不能排除这些车辆也有肇事的可能。为了万无一失,等会儿我和黄大夫去查大钢的汽车,小王沿途一个村子一个村子地查。"

在场的人无不佩服黑脸队长的思虑周密。

郭存先由衷地说:"你们多受累了,我代表村委会和死者家属感谢你们,等完了事再报答,一定重谢。"

"不用不用,这是我们的责任。"

会头张殿奎见书记不说话了,就插了一句嘴:"马队长,抓到了凶手怎么办?"

所有人都很关心这一条。

"这是有规定的,像这种情况对肇事的司机最重可以判七年徒刑。"

立刻有人嚷了起来:"才七年?还不应该枪毙吗?"

马行健解释:"这是意外事故,不是蓄意谋害。他轧死人如果不跑,都不会判刑,只是经济赔偿的问题。"

张殿奎还想打听一些更实际的东西:"判了刑也不会不管赔偿了吧?要不受害者的损失怎么办呢?"

"关于对受害者的赔偿也有许多具体的规定……"马行健一条一条地掰开揉碎了细说一遍,每个事故都有其特殊的情况,要想事先对各种情况都想周全了、都规定好了是不可能的。受害者家属有什么要求都可以提出来,只要合情合理,又不违反规定,我们会尽量从中斡旋。

张殿奎又问:"孩子的尸体怎么办?"

"我们已经检查过了,做了记录,拍了照片,没有特殊的要求了,按家属的心意办吧。"

张殿奎立刻叫人拿来早就准备好的酒精、干净的棉花和白布,在黄大夫的指导下给狗蛋儿整容,主要是把脸上的血迹擦净,把被轧瘪的胸部撑起来,用白布缠紧……

马行健见沟已填平,就要和大家告别,并说有了消息会及时通报。

张殿奎却死拉活拽地要留他们吃了饭再走,他代表死者家属,又代表村里领导,好话说了一大堆。若换个别人可能就走不成了,但马行健见多识广,黑脸一抹搭,强调人命关天,十万火急,死活不肯留下。两个人拉拉扯扯一直走到卡车旁边,又站着说了一会儿话,像两个老朋友似的……尽管现在他们还不是朋友,通过这件丧事,张殿奎肯定会交上马行健这个朋友。他就有这个本事,以后再办这种事就会方便多了。人们看见马行健最后又掏出本子写了一张字条交给张殿奎,才和黄大夫上了大钢的卡车,王胜驾着带警灯的吉普车,一块离开了郭家店,很快就消隐在西天的一片猩红之中。

眼见太阳由白变黄,由黄变红,越变越大,越大热力越弱。西天原有的一抹猩红变成土黄,把太阳向地平线下挤压,天马上就要黑了。张殿奎操办过数不清的红白事,从来没有像这次这么复杂、这么难办。责任太大了,他担不起,什么事也不敢做主,更不能像过去那样指挥一切、调度一切地出尽风头。他回到人堆里,趁着村里的头头都在这儿,不能不跟主家把话挑明:"广明,天不早了,你看还有什么需要我办的吗?"

欧广明发愣:"殿奎大哥,我脑袋都成蒸笼了,有什么事你就掂派吧。"

"不是我不掂派,是我掂派不了。狗蛋儿的事跟一般的死个人可不一样,我兜不起这个责任,只能帮着干点跑腿学舌的事,你应该请个村里的领导出来挑这个头。"

欧广明扑通一声跪倒地上冲着张殿奎磕了个头,按规矩,办丧事请会头孝子是要磕头的,可狗蛋儿是个孩子,别人无法为他戴孝,但此时的欧广明什么都顾不得了:"殿奎大哥,你不看我的面子,就冲着狗蛋儿管你叫大伯,一丁点年纪又遭了这么大的横祸,你怎么也不会不把他送走吧?"

欧广明声音混茫,泪水又无声流出。

张殿奎扶起欧广明:"广明,我受累可以,但大主意拿不了,天这么热,狗蛋儿的身子挨到明天不会有事,三天以后就会有味儿,流黄水,招苍蝇,不光你们两口子心疼,村里乡亲也看不下去,更对不起孩子。所以你跟弟妹得赶快商量个主意,要是还按老规矩第三天出殡,就交给我办,你们甭管啦,我保证打发孩子入土为安。要是想等查清了案子再说,那时候你们肯定还要提一些条件,对方又不知答应不答应,一拖就不知要拖到什么时候了,孩子的遗体怎么保存?"

欧广明有一个主意已经拿定了:"案子不查清,他们处理得让人不满意,狗蛋儿的遗体就不能动!"

张殿奎说:"那就只能把孩子送到县殡仪馆去冷冻,你得问问玉梅舍得舍不得?"

郭存先问:"殡仪馆好进吗?"

"刚才我叫马队长给写了张字条,殡仪馆的冷冻费很贵,先记账,最后全由对方拿。"张殿奎不愧是会头,知道的事情多,想得也周到。

郭存先对张会头说:"殿奎,广明已经给你磕了头,狗蛋儿的丧事你就得管到底了。我老觉着这件事不会太顺利,你要想得复杂点,多给广明两口子出点主意。现在我得去照看一下打井队的人,有为难的事再去找我。"

头头们可以走,看热闹的可以走,为丧事多多少少出了力帮了忙的人不能走,每人一碗菠菜炖豆腐,馒头随便吃,大锅里有开水。这就是会头的本事,别看死了人乱乱哄哄,从大事到小事他把一切细节都得想到,都得安排周全,不能让各个方面来的亲戚朋友和帮忙的乡亲挑出理去。这是死的孩子,玉梅的娘家也在本村,一切都好说了。若死的是大人,有贵客和娘家人来,就要上四个碟四个碗,还要有酒。刚才如果把三个警察留住,就不能让他们吃这种炖菠菜。欧广明原来的小黑屋接待女客,在小屋的旁边又搭起一个席棚专门接待男客。席棚外边新埋了两口大锅,好像在不停地蒸馒头、熬菜、烧开水。

张殿奎真正不放心的是刘玉梅,死一个又搭上一个的事不是没有发生过。好在林美棠没家没口,人又负责任,能寸步不离地陪着她,帮着她用一下午的时间为狗蛋儿做了一身装殓衣服。到吃饭的时候张殿奎作了难,无论他和林美棠怎么劝,刘玉梅就是一口不吃,也不说话。欧广明跟她讲了要送狗蛋儿去殡仪馆冷冻的想法,以及该向对方提什么条件……

沉了好一大会儿,刘玉梅才开口,声音嘶哑,却尽力一字一句地让别人听清楚:"狗蛋儿是我的儿子,他的后事必须由我说了算,有一条不依我,我立马死给你们看。第一,害死狗蛋儿的有两个凶手,一个是司机,那会有法律制裁;另一个是欧家的人,不准欧广和进我儿子的灵棚,沾我儿子的边儿。第二,你们要跟对方提什么条件都可以,只是不能拿我儿子当资本,他死得惨,死后决不能再让他挨冻受冷,离乡背井,我们不去殡仪馆,后天就出殡。第三,狗蛋儿要进欧家的坟圈子(按农村的老规矩,没有成家的人死了不能埋到祖坟圈子里,只可以埋在坟圈子以外,等结了阴亲以后才能进坟地,跟家人祖宗团聚),不能让他成为孤魂野鬼。会头大哥给想着点,哪里有没结婚的姑娘死了,不论花多少钱,我也要给狗蛋儿娶门阴亲。第四,今天晚上我要给狗蛋儿洗澡穿衣服,别人都不要陪着,让我们娘俩单独多呆一会儿。会头大哥,谢谢您为狗蛋儿操办后事,我替他给您磕头。"

刘玉梅话说到了,脑袋也随着磕下去。

众人都听愣了、看呆了。

张殿奎赶忙扶住她:"玉梅,你这样就是见外啦。"

欧广明还想跟妻子再讲讲自己的打算,刘玉梅却不让他说下去:"你就是说下大天来我也不听,你要是有本事在村里有间房,狗蛋儿也不会有这个结局,你要不是光想着发财,把我们娘俩扔在这个小黑屋里自己进城去干活儿,狗蛋儿就不会急着去送你,怎么能碰上这样的横祸?你说吧,我那四条依还是不依?现在我儿子都没有了,你提条件又怎么样,人家答应不答应又怎么样?你如果能把我儿子救活,提什么条件我都应。"

欧广明诺诺:"我没说不依呀,都依你的还不行吗?"

刘玉梅又抬脸盯着张殿奎:"您说呢?"

张殿奎挑起了大拇哥,眼睛潮了:"玉梅呀,你是这个!我听你的,你怎么说大哥就怎么办。"

"叫人给我烧一锅热水吧。"刘玉梅打开箱子翻出一条新毛巾,抱着狗蛋儿的装殓衣服进了灵棚,叫张殿奎把别人都挡在灵棚外面。

张殿奎不敢不从,他暗自庆幸刚才对狗蛋儿的伤口做了处理,否则刘玉梅给儿子穿上衣服还不知要死过去多少回。帮忙的人也没有一个敢拧着她,谁也猜不透她是怎么啦,平时刘玉梅都没有这么强梁,几十年不显山不露水,温顺贤淑,儿子出事后一次次哭得死去活来,那才是大家所熟悉的她。可倏然间她变了一个人,是心疼儿子疼疯了,还是哭儿子哭急眼了?看她说话办事有条有理,比外人还理智还刚强,没有一丝疯疯傻傻的迹象,这反倒让人更害怕、更担心……

张殿奎留了几个人守在灵棚外面听着,防备刘玉梅一不行了就把她抬出来。

欧广明端着一大盆热水跟在刘玉梅后头一块进了灵棚,她总不能把他也当"外人"给轰出来吧?她跟他一块过了十几年,欧广明好像刚认识她,感到陌生而紧张。

张殿奎嘱咐他,狗蛋儿身上缠着白布的地方不能动,白布一拆人可就塌架了。

人们隔着灵棚的苇帘子听着里面的动静,有的扒开帘子缝看着刘玉梅的一举一动。她撩开盖着儿子尸体的白布单子,没有悲号,没有背过气去,用新毛巾蘸了温水给儿子擦脸,动作极其轻柔细致,好像怕把睡着的狗蛋儿给弄醒了,连狗蛋儿的鼻子眼、耳朵眼、嘴角、眼角都擦洗到了,然后是头发、脖子……

她的爱,她的悔,她的悲,她的恨,全含在对儿子的擦洗上了,嘴里轻轻地跟儿子说着话,眼下她也只跟儿子还有说话的欲望,儿子下葬以后,她或许就不再有说话的必要了,即便非张嘴不可,大概也只说一些废话,不会是自己心里想说的话了。因为她的心已经跟儿子一块死啦。

"孩儿啊,你疼不疼?你懂事啦,你听话啦,从把你生下来我就给你洗澡,洗了十二年,你可从来没有像今天这么老实。是娘没有心,不该让你不吃饭就往外跑,不该对你大撒把,娘应该陪着你一块去,是娘该死,娘怎么就不愿意凑热闹呢!娘如果打你两巴掌,把你抱在怀里、锁在屋里,哪还会有今天这样的事呢?娘好后悔呀,对你还没有疼够,没有爱够,你就走了,娘活着也是个死人啦。不是娘不想跟你去做伴,眼前咱家里人太多,他们拉住娘不让走,你什么时候想娘了就托个梦来,娘立刻就去找你。是娘上辈子作了孽,是欧家作了孽,才连累你遭此惨祸,让欧家断子绝孙。孩儿啊,你下辈子投生可要选个好人家呀……娘欠你一条命啊,生了你却没能保住你,不能养大你,娘没有福气当娘,真真地白来一世啊……"

欧广明早已涕泪纵横,怕引得妻子再悲伤过度,就强忍着不敢哭出声。

他忍来忍去终于憋不住了,一把抱住妻子放声恸号:"玉梅,你就别说了,千错万错都是我的错!狗蛋儿没了,你不能就不管我啦,咱们俩还得活下去……"

灵棚外面的人看的难受,听的伤情,没有几个不掉泪的。有人想进去劝解,被会头拦住了,张殿奎看出刘玉梅还能挺得住,这么大的祸事临到她头上,该哭的让她哭出来,该说的也得让她说出来,不然那才真会出事……

两口子抱头哭了一会儿,玉梅推开广明,继续为儿子擦手擦脚。把全身都擦洗干净了,替他穿上刚做好的小寿衣,头脚都垫舒服,玉梅在儿子的头边坐下来:"孩儿啊,你好好地睡,娘守着你,看着你,从现在起到送你下葬,娘一步都不离开你!"

　　张殿奎松了一口气,刘玉梅可不是个一般的女人,她铁了心比有些男人可强多了。他留下几个人夜里顶班,让其余的人都回家了。

　　下半夜两点多钟,正是人最困的时候,在小屋里和席棚里睡觉的人仿佛听到了刘玉梅嘶哑的喊叫声,跟着就是欧广明的叫喊:"来人哪,来人哪!"

　　张殿奎和顶夜的人跑进灵棚,狗蛋儿的尸体没有了,刘玉梅和欧广明都倒在地上。

　　刘玉梅讲,刚才冷不防有几个人进了灵棚,一个人用手捂住她的嘴,别的人抱起狗蛋儿就跑。欧广明坐在灵棚下面的草垫子上,听到动静站起来要追,被堵在棚口的人猛地推倒了,掐住刘玉梅的人是最后推开她跑的。

　　张殿奎带着人跑到路边上看,四周一片漆黑,在通往大钢的方向,隐隐约约似有马达声,待要仔细听却什么都听不见了。张殿奎当了多半辈子会头,还从来没有碰上过这样的事,是谁抢个死人干什么用呢?在场的人只能得出一种答案:是大钢肇事的司机,约了人来销尸灭迹,否则无法解释这种怪事……

　　张殿奎派两个硬可小伙子骑车往大钢追,追不上也要到大钢摸摸情况,找到马队长跟他讲一声。又让一个人到县公安局去报案。他自己得赶快去告诉郭存先一声,欧广明叫他等天亮了再说,可出了这种事还怎么能等呢?

　　张殿奎叫留下的人照看好欧广明两口子,自己摸着黑向村里快步走去。会头怕闹丧,偏偏就让他赶上了大闹丧……


　　郭家店炸营了,在家的男人们得到通知,带一件可手的家伙到村北头集合。

年轻气盛的已经按捺不住了,郭家店人就是不怕打架闹事。从前他们的父辈、祖辈年轻的时候,能骑着牲口追到外村去打架,堵着人家的门口打,那才叫打架。子孙不孝,也不能让人家跑到自家门口把孩子轧死,然后还把尸首抢走……

他们真的以为郭家店没有人了吗?这叫工逼农反,农不得不反!

听说郭存先把他的宝贝斧子也拿出来了,大当家的动了真格的,有些老奸巨猾、心存疑虑的人也不敢退缩不前了。人家有事你不靠前,轮到你有事的时候别人也不会管你。居家过日子谁敢保证没有点事呢?欧广明在两天前能够想到他的家里会出这样的事吗?人的心里都有一只狼,放出来就能吃人。

空空如也的狗蛋儿灵棚前面,聚集了几百名男子汉,每个人的手里都拿着一件农具或棍棒之类的东西做武器。也称得上是铁锨大杈林立,镰刀锄头并举。旁边的大道上停着一长溜马车和拖拉机,畜牲们似乎也受了主人的感染,打着响鼻,踢蹬着腿脚。

人就靠一口气顶着,人不争气如同佛不受香,会变成木胎土坯。气势煽乎起来如雷霆震怒,群情激愤,就连一些胆小怕事的人也没有退路了。张殿奎带着几个人给大家分发黑纱,往胳膊上一戴就成了这支队伍的标志。他们的旗帜是把整匹的白布铰开,在上面写出这次行动的口号,然后用竹竿挑起来……

有些女人们忧心忡忡,但也只能站在远处嘀嘀咕咕,不敢到近前拉男人或儿子的后腿。郭家店复仇的农民大军,只等郭存先一声令下,就要向大化钢铁公司进发了。

大部分人都相信,有郭存先在前边领着,别人没有什么可担心的,天塌了有高个儿的顶着,出了事有郭存先兜着。他跟欧广明也非亲非故,又刚挨了几个月的整,自己的屁股还没有擦干净,上边还有人在盯着他,闹出大乱子他是要坐牢杀头……他不会不明白这一点,明白了还要干,那就是该干,别人还有什么好怕的呢?

大家的眼睛紧盯着席棚子,郭存先和村干部们还在里边研究战斗方案。

大队长郭存孝出来发布了第一号命令:化工厂、窑厂、电磨房、鸡场、猪场的人以及帮着打井队干活儿的人都回去,要坚持生产,由他留在村里坐镇指挥,有什么消息及时和出征大军保持联系。

席棚子里,郭存先面色沉重而威严,干部们碰完头以后他叫人把蓬头垢面的欧广和找来,要特别交代几句:"广和,你大概也知道村里有人平时就不把你当人看,这回狗蛋儿出了事就都怪到你的头上,你把哥嫂一家赶出来也确实不地道……"

欧广和抹搭着眼皮一个劲地点头,自从狗蛋儿一死,外人骂,嫂子恨,他就是再浑蛋也知味了,发憷打蔫地抬不起头来。今天到大钢公司肯定会有一场武戏,不先动兵就讲不了理,欧广和应该是敢死队的角色,可他这副状态怎么能闹得起来呢?闹事闹事,不闹岂不就没事啦?所以,郭存先不得不烧一把火,把他的浑劲、疯劲给烧起来:"可我相信你是条汉子,从那天你敢在调查组门前闹那一场,就看出你是个人才,郭家店正需要你这样的人才。今天你要给狗蛋儿出气,给自己争脸,敞开了闹,你是狗蛋儿的亲叔,闹到什么地步都可以理解。但是不能打人,要看殿奎的眼色行事。"

欧广和虽然听得有点懵懵懂懂,可身上那股二百五劲头又摆出来了,竖起眼,发着狠,愣愣地哑摸着书记的话。他没有想到郭存先会这样看重他,外面有那么多人等着,书记单独给他布置任务,他还从来没有享受过这样的待遇……

"听明白了吗,广和?"情势已非常紧急,郭存先却表现出了少有的耐性。

"书记,我当初是犯浑,不该把我哥一家挤出去住,可我也不愿意狗蛋儿出这样的事啊?现在我浑身是嘴也说不清了……"欧广和声音粗嘎,眼神阴鸷而又茫然。

"过去的事就别老吃后悔药啦,你找不上媳妇的老根是穷,别人不拿你当人看也是因为穷,别老埋怨哥嫂,更不是房子的问题。过去的财主、瘸子、瞎子都有,不如你的很多,却没有一个打光棍儿的,而且找媳妇还要挑挑拣拣。你的媳妇包在我身上,有机会先在工厂里给你找个事干,等你稍微混出个人样,大姑娘就会来找你。如果你老觉得对不住哥哥嫂子,就在狗蛋儿的丧事上卖把子力气,为他们出口气,也让我看看你欧广和的本事。"郭存先又劝勉又激火。

"书记,你就等好吧!"欧广和本来已经通红的眼睛里冒出了火焰似的红光。

"那就出发。"郭存先摆摆手,大家都走出了席棚子。

他最后一个出来,刀削似的瘦长脸挂满怒气,眼里的瞳人灼灼生光,带着透心的寒颤,手里提着一个木匠用的白帆布口袋……郭家店的人没有不知道这口袋里装着什么东西,于是众人的情绪倏地一振,抖抖手里的家伙,发出叽里哐啷的碰撞声。队伍骚动,群情愤愤,张殿奎摆手让大家静下来……

按照惯例,这样一支队伍出征,郭存先不能不作战前动员,他上来就说:"谁都知道鹰拿兔子,逼急了兔子也能把老鹰给擗喽!何况我们还是人,大钢的车轧了我们的孩子,这是头一条罪。见死不救,开车逃跑,是罪上加罪。今天半夜又把尸体抢走,消灭罪证,就是罪大恶极!这已经不是广明一家的事了,这事如果不管,明天还会有别的事轮到张家、王家,他们占了我们的地,震坏了我们的房,轧死许多我们的牲畜,现在干脆不把我们农民当人了。是人不是人的都敢骑到我们的头上拉屎,老这样下去我们还能活吗?"

郭存先声音愤激,农民心里的邪火被点着了:"谁不让咱好好活,咱也不能让他活好了!"

"今儿个就是今儿个了,得让他们知道马王爷三只眼!"

郭存先停顿了几分钟,让农民们吵吵嚷嚷发泄一下,然后再宣布纪律:"我们今天是讲理去的,不是去打人,一打人我们就没有理了。我们的口号有三条:第一,讨还欧敬凡同学的遗体,欧敬凡就是狗蛋儿的大名。第二,严惩肇事凶手。第三,赔偿一切损失。大家说行不行?"

"行!"

"行就出发!"

队伍出发了,第一辆拖拉机上放着狗蛋儿的空棺材,坐着欧家的人。后边以年龄为序,年纪大的在前面坐拖拉机和马车,剩下年轻的,有自行车的骑车,没有自行车的步行,每一辆拖拉机和马车上都绑着一根竹竿,竿头挑着一块长条白布,白布上写着郭存先提出的那三句口号,迎风鼓荡,猎猎有声。

黑棺白旗,行色悲壮,这支奇特的半机械化队伍轰轰隆隆、浩浩荡荡地朝着大化钢铁公司挺进。艳阳当空,风干气燥,黄尘搅着阳光在大道上飞旋,滚滚滔滔,拖曳千米。

这里面有些人是来大钢干过活儿的,熟门熟路,接近大钢公司的时候,张殿奎又让队伍停下来做了调整,所有的人都从马车和拖拉机上下来,选了八个体魄健壮的小伙子在前面抬着狗蛋儿的空棺材,欧家的人跟在棺材后面,或哭或骂听其自便。大队人马各自拿着家伙或祭奠死人的东西跟在欧家人的后面,张殿奎手握一根赶车的鞭子走在队伍的最前面,郭存先提着著名的帆布袋子殿后,他的后面是插着飘飘白布的大车和拖拉机。

他们的目标是大钢公司总部,未进厂区先要经过大钢子弟学校,欧广和大叫:"棺材不能拐弯,就在他学校里穿过去!"

"对!"二膘子、韩二虎等一批壮汉齐声叫喊,随后拿着锹、镐、锨、锄的人一拥而上,三下五除二把学校的围墙给推倒了,清理出一个两丈多宽的豁口,几个小子点响了鞭炮在前面开道,纸钱满天抛撒,然后是冷森森的黑漆棺材,纸牛纸马,长权短棍,镢头镰刀……没有空着手的人,个个怒容满面,眼光可怖,左臂缠着黑纱,最后连马车拖拉机也一起开进了学校的操场,正在上体育课的孩子们吓得让开了道,教室里的孩子都跑到窗口向外看……

棺材放在了操场中央,大放鞭炮,焚烧纸牛纸马,欧家的人大哭大叫:

"敬凡呀,你死得冤啊,你爹你叔你舅,郭家店你一千多名哥哥叔叔伯伯爷爷今天要来给你讨还血债!"

"敬凡呀,你阴魂不散,就让大钢的人一个个都断子绝孙!"

老师们从楼里跑出来了,为首的可能是校长或教导主任一类的人物,气呼呼地质问:"你们是哪里来的,要干什么?"

欧广和冲到他跟前,手指几乎点到对方的鼻子尖了:"你眼瞎啦,看不见吗?"

"简直是胡闹,你们送殡怎么送到我们学校里来呀?这不影响我们上课吗?"

"我们的孩子叫你们给害死了,你们还想上课?"欧广和一举拳头喊起了口号,"向大钢讨还血债!"

"惩办凶手!"

"血债要用血来还!"

农民们挥动手里的农具,教师们吓得又退回到楼里去了。

郭家店的人马在学校里折腾了一阵,又拆了东面的围墙,气势汹汹地拥进了大钢公司的正门,然后就用自己的马车封住了大门口。

棺材放在办公大楼前面的空场上,似幡似旗的白布在楼前飘飘摇摇,撒纸钱、烧纸房子、放鞭炮……对狗蛋儿的新的一轮祭奠仪式又开始了。

办公大楼的门前有两根柱子,柱子上端顶着巨大的廊檐,拖拉机手们用钢丝绳拴牢柱子把钢丝绳扣套在拖拉机的挂钩上。两台拖拉机拉一根柱子,只等张殿奎一声令下,四台拖拉机同时开动,就会把两根柱子拉倒。柱子一倒,廊檐砸下来必然要把门口堵死……农民们拉开了拆楼砸厂的架势。

阴郁而又警惕的农民占据了大门口和主楼前的广场,等于掐断了大钢公司的主要通道,围住了他们的司令部。公司里乱套了,里面的人出不来,外面人的进不去。

车间和分厂的职工们不知道发生了什么事,没有人号召,没有人组织,他们便人心不齐,想看热闹又不敢靠得太近,一下子让郭家店的人占了上风。

公司总部的大会议室里坐着各车间、分厂的头头,总经理张才千气度娴雅,春风满面,正在主持一个月一次的调度会。楼外骤然鞭炮大作,人声喧闹,会议无法开下去了,张才千走到窗前一看,勃然变色,自己的大楼已经被农民包围,急忙询问出了什么事?

保卫处长耿之介简单地介绍了昨天的车祸。张才千暗自骇然,却并未责怪下属,这时候再呵斥他们已经晚了。他让耿之介赶快给公安局打电话,请他们火速派人来,并让满脸惊诧、被困在楼里出不去的各部门的头头们,分头给自己的单位打电话,管好职工,不得围观或私自同农民接触,更不能跟农民发生冲突,进一步激化矛盾。

张才千中断调度会,回到自己的办公室亲自给市里主管领导打电话通报情况,并请求委派有关人员赶紧来解围。

耿之介在保卫处里则对着电话大喊大叫,半个楼层的人都能听得到:"……你们要多带人,多带枪,多带子弹,他们每个人手里都有武器。农民居然集结成一支庞大的队伍,有组织有领导地到国家的工厂里来闹事,这不是要造反吗?再不管一管,不把领头的抓起几个来,还得了吗?还有王法吗?"

别看他叫喊得凶,心里却悚惶不定,底气不足,不知该怎样处理眼前的局面,只好把火气和责任往公安局推。大楼里的人一时谁也想不出好主意,就像平时谁也没有把农民放在眼里一样……到底是谁怕谁呀?

大钢公司的人忽然觉得这里离法律还很远,连是非也难以理论清楚。

张才千不好露面,只能让工会主席胡义和耿之介先出去摸摸深浅。胡义一副和事佬的派头,脸上带着给职工发放丧葬费和生活困难救济金的神色。保卫处长耿之介,让人一眼就能看出是军人出身,腿直腰硬,挺胸昂头,气概傲慢。两人刚走下台阶就被欧广和的大铁锨一横给挡住了:"哪里去?"

耿之介面色一沉:"呀,我还没问你,你倒先问我,这是在我们的厂里,我想去哪儿就去哪儿!"

呼啦一声郭家店的人挺出来好几个:"你还想去郭家店再把我们的人轧死几口吗?"

"你不要胡搅,你们手持凶器,成群结队,闯进国家的企业里来干什么?"

"来找你们算账!"

"犯了法国家有法律管着,出了交通事故交通队会处理,你们这样做可想到后果吗?"

张殿奎接上话茬儿说:"昨天轧死人你们管了吗?半夜里又把孩

子的尸体抢走,你们的法律管了吗?就许你们杀人劫尸,胡作非为,不许我们来讲理?"

胡义一惊,事情变得蹊跷骇人,不再是一起简单的交通事故。不能让耿之介把局面搞僵,一抖精神自己走到了前面:"你是说那孩子的尸体丢了?"

"这要问你呀?不是丢,是叫你们的人给抢来了。"

"你怎么知道是我们的人抢的?"

"开着汽车去抢尸,如果不是你们想毁尸消灭证据,谁要抢个死孩子干什么?而且抢完尸汽车就朝你们厂这边跑来了。"张殿奎说得凿然有据。

"那……棺材里装的是什么?"

"空的,等着要回敬凡的尸体放进去,或者是把我的尸体放进去!"

欧广和目光凶狠,他身后是一大群面带杀气、时刻准备拼命的农民。

胡义赶忙说软话:"对不起,肇事的司机确实是我们厂的,但他昨天下午跑了,交通队正在通缉他。"

"跑了?跑了和尚跑不了庙,我们就找你们厂里要人!"

"大家别着急,事情总会有办法解决。"

"别着急?要是你的孩子被人轧死了,或是你亲爹亲妈死了,你能不急吗?"

其他农民开始叫喊:"别跟他废话了,他这是拿咱找乐,耗时间。"

张殿奎冲大家摆摆手,他不得不再向前逼进一步:"你们俩主得了事吗?主不了快回去换个能主事的人来,我们不能老这么等着,你们再不答复可就别怪我们不客气了!"

耿之介从来都是横茬子,他的经历以及工作的性质培养了他强硬的性格,喜欢以一种强硬的姿态跟人打交道,包括跟农民打交道。那些到公司里来偷偷摸摸或打架斗殴被他抓到的农民,他虽然最后也不能把他们怎么样,但当时却可以像审臭贼似的把他们狠狠教训一番,让那些农民在他面前也不得不说软话、赔笑脸。今天他碰到郭家店的这些农民，感到自己和农民的位置倒了个儿，他变得处处被动挨骂，且无计可施。农民们倒咄咄逼人，有进无退。耿之介觉得栽了面子，这本来就应该是他处理的事情，因为他没有及时处理好才惹出这么大的乱子，心里存着一份惶愧，如果再不能让农民退出去，自己怎么向张总经理交代？

以他的脾气真想把公司的民兵召集起来，比郭家店的人还要多，发给他们枪，强迫农民撤出大钢公司。但那可能会有两种结果，一是真把农民吓退了，二是把农民逼急了，引发一场更大规模的械斗。工农混战，但吃亏的未必就是农民，他们心齐，敢拼命，哀兵必胜嘛。而工人就不一定了，手里拿着没有子弹的空枪，说不定还不如农民手里的铁锨大叉管用，到那时候工人还会听他这个保卫处长的调动和指挥吗？公司肯定会大乱，不知要死伤多少人，后果不堪设想……耿之介也只能这样想想罢了，他脖子梗梗着，眼睛通红，手里既无兵又无枪，只好被老胡强扯硬拉着，退回到大楼里去。

这件事已经不是保卫处所能处理得了的了，他感到歉疚，感到窝囊，只能听任胡义向公司总经理张才千如实地汇报事态的严重性。他讲了自己亲身感受到的农民们那种集体的愤怒，骇人视听，非常危险，虽说是胡来，却又不能说全无一点来由，事情确实是公司的汽车轧死了人家的孩子引起的，而司机又跑了，人家孩子的尸体也不翼而飞……

张才千问耿之介有什么想法，这真叫耿之介无地自容，他态度依然强硬，却想不出强硬而有效的解决办法，只能说等公安局来了人再说。他们是专政机构，总不会看着农民这样胡闹不管吧？如果公安局能采取强硬手段，那就是另一回事了，即便出了乱子也跟大钢公司无关。其实就在他们盼着公安局快点来人的时候，封厚和宽河县公安局副局长鲁清，以及专门处理这起事故的交警队长马行健已经来到了大钢公司的门口，封厚在郭家店一听到消息立即就给马行健打了电话，他们看到占领了公司大门口的农民情绪激烈，就不愿意多费口舌，绕个大弯子从后门进了公司。封厚不愿激怒农民，他是来泼水救火的，自己不能先跟农民摩擦出火星。他们的吉普车无法靠近公司的办公大楼,就远远地下了车,没有强行进楼,免得农民多心,而是先去见郭存先。

郭存先处在农民队伍的中心,里三层外三层的郭家店人让开了一条路,封厚走在前面,和认识的人打着招呼,不徐不疾,仪容端肃。不管郭存先有多么牛气,见了封厚也不能不恭恭敬敬,心里还有点打小鼓,怕封厚怪罪他,结合以前的事,两罪共罚。封厚为他和鲁清作了介绍,鲁清不矜不伐地打量着郭存先:"早就听说你郭书记的大名了。"

封厚对郭存先说:"你能跟来真是太好了,可以把握方向,控制局面。"

这是先给郭存先戴高帽子,也是给他找了个台阶下,把他的身份和应该负的责任点明了:他郭存先跟其他农民不一样,不是来闹事的,是来管着农民不得闹事的。

郭存先心存戒备,不一定马上品味出封厚话里的意蕴,但知道了对方的态度,心里也稍稍松了一口气。他不怕大钢公司,也不怕公安局,就怕得罪了封厚,人家毕竟是自己的恩人,也有恩于郭家店,因此也对那个公安局的副局长客气多了。鲁清看样子很不好斗,他如果端起架子,当着封县长的面儿先跟他耍一通威风,他又能怎样?还不也得听着,他郭存先可知道不能给脸不要脸的道理,便抢先说:"鲁局长,农民要的是个理,公安局得给做主。"

"郭书记,乡亲们的心情我能理解,你们先听马队长介绍一下情况,然后咱们再商量怎么办。"

马行健说:"肇事的司机叫王飙,刚进厂还不到一年,没有经验,出事后表现失常,请了病假就跑了。当然这是跑不掉的,我们估计他会去的地方,包括他的亲戚家,都派人去了,很快就能把他抓回来。我可以肯定地说,抢尸体的不是王飙或他的同伙干的,其他村子也发生过类似的事,都是火葬场的人或跟火葬场有关的人偷的……"

郭存先不解:"他们抢尸体干什么?"

"现在土葬的风又兴起来了,火葬场完不成火化指标要被罚款,有人偷一个尸体送去可得几十元的奖金。"

"还有这种事?"马行健的话给郭存先一个意外,也给围在他身边的农民们降了一点火。

"这个世界上什么事都有,所以干我们这一行,不敢草率从事,不敢脑袋一热就揭竿而起。"鲁清以沉重的目光望着郭存先。

四周的农民也开始嘟囔:"在死人身上找钱,真是缺德呀!"

"你们公安局就不管吗?"

"管,怎么能不管呢?不管我们就不会到这儿来了。"马行健解释说,"我们的人正在跟每一个火葬场联系,很快就会有消息。"

鲁清指着一根根竹竿上的白布条问郭存先:"家属的要求就是这三条吗?"

郭存先看看身边的欧广明,欧广明面带戚容,点点头。

"前两条有我们负责,第三条是不是还有更具体的要求?"

"到时候再说吧……"欧广明声音喑哑,含糊其辞。其实是不好意思当人对众地提钱的事,乡亲们轰轰烈烈地闹到这里来,难道就是为了替他多要几个钱吗?

封厚嘱咐郭存先:"现在我跟鲁局长、马队长去和公司的领导交涉,你管好乡亲们,没有得到我的回话,你们的三条要求没有被公开拒绝之前,你得保证不能有任何过激行动。情是情,法是法,出一点差错,法律无情,到时候后悔就来不及了。"

由封厚和公安局副局长亲自给搭桥说和,正投郭存先的心思。他已经冷静下来,以前心里也并不是没有顾虑,既然封厚给铺了这么好的台阶,干嘛还不下来,活鱼不能摔死了卖。他索性痛痛快快地给封厚一个面子:"行,我们等您的信儿。"

封厚心里有谱儿,郭存先能胆大妄为,却不是个浑蛋和傻瓜。他带着鲁清和马行健进了大钢公司的主楼,先找到保卫处,进了保卫处马行健直奔电话机,他急于要跟队里通话。

封厚和鲁清则被耿之介领着去见张才千。

按照中国现行的干部等级制度,别看封厚是副县长,论级别却比大钢公司的保卫处处长耿之介还低一级,而当官的一见面都会在心里先比级别,比过之后各自就知道该用什么口气说话了。级别高的就有资格倨傲,说话也随便得多,耿之介就是这样,跟封厚和鲁清大发牢骚:"你们县里的治安状况太差了,农民由偷抢国营企业的财物,发展到聚众暴乱,事件的性质已经变了,县公安局就应该采取强有力的措施制止。穷山恶水出刁民,真是一点不假,对他们不动硬的不行,至少要让郭家店的农民包赔给子弟学校造成的损失,向公司赔礼道歉,挽回恶劣影响……"

封厚神态安贴沉稳,见怪不怪,似听非听。

鲁清听得心里起火,我们心急火燎地赶来为大钢解决难题,这个草包处长,倒把从农民那里惹来的满肚子火气都撒到自己的头上了。他想回敬耿之介几句,或者再给他制造点难题,让这个愣子处长吃不了兜着走……这对鲁清来说是太容易了。他看看封厚,连人家都能忍得住,便没有吭声。如果不是进了张才千的办公室,耿之介可能还要说下去。

张才千倒是气度雍容,谦虚随和,先检讨自己的工作有疏漏,给封县长和县公安局的领导添了麻烦,并感谢封厚和公安局的领导及时赶来解围,然后才询问案件进展情况,详细打听郭家店和郭存先的情况。封厚尽自己所知作了介绍,张才千听得专注而诚恳,并请他说出对这件事的处理意见。

封厚示意鲁清讲,鲁清特别看看耿之介,他的意见很简单:"工厂跟农民发生了冲突,只能软处理,不能硬处理;只能冷处理,不能热处理。该让步的就得让步,何况郭家店的农民并不是无理取闹,到目前为止他们也没有干太出大格的事,倘若一味僵持不下,或火上浇油再次激怒了他们,即便做出一些过火的事,又能把他们怎么样?"

张才千点点头,又请教鲁清:"公司该做出怎样的让步呢?郭家店人可能会提出哪些要求赔偿的条件?"

鲁清先讲了郭家店人写在旗帜上的那三条要求,特别对第三条多说了几句:"根据以往我们处理这类事故的经验,无非是多给死者家属一点钱。但郭存先这个人不好惹,是个要脸面的人,决不会为了多要几个小钱丢人现眼。至于他还会提出什么具体要求,真也说不准,不过对他待之以理、动之以情很重要,特别是有封县长在场,事情会更好办一些。封县长是支持过他保护过他的老领导,郭存先谁的账都不买,也不敢不给封县长的面子。"

封厚接过话头:"昨天晚上操办丧事的人和家属商议该向你们提什么要求,有人建议孩子的尸体送到县殡仪馆冷冻,你们不答应要求就不办后事。可孩子的母亲却出乎意料地表示,谁轧死了人自有法律管着,不能拿她儿子的死当条件去要这要那,按老规矩第三天出殡,谁要不按她的意思办就一头撞死。这个人说到做到,儿子出事后她死过去好多次了。"

张才千悚然动容:"这位母亲叫什么名字?"

"刘玉梅,是农村里那种少见的知书达理、端庄稳重的妇女。要知道她已经做了绝育手术,这孩子一死欧家这一支就算绝后了。她还能说出这种话,相当了不起。如果不出丢尸事件,也决不会出现今天这样的场面。"

张才千动了感情,心里似乎也有了主意:"封县长,谢谢您告诉了我这些情况,我们和周围几个村子的关系处得一直不好,不能把责任全推到农民身上,我不想再跟郭家店闹得太僵喽。能不能请鲁局长下去告诉郭书记,他们提出的要求我们全部接受,请死者家属和村干部到楼上来,当着封县长的面大家一起谈一谈,把细节一下子都敲定了,好不好?"

"这没有问题。"鲁清又看看耿之介,走了出去。

张才千吩咐胡义:"你去通知机关食堂,做一千个盒饭,熬两大桶绿豆汤,一个食堂做不出来就多找几个车间分厂的食堂帮忙,做好后送到大门口,就说是封县长请他们吃的。"

他转脸对封厚一笑:"打您的旗号,您不会有意见吧?"

封厚以笑作答,心里很赞佩张才千的通情达理和思虑周到。

张才千让耿之介打开小会议室的门,准备好茶水,他和封厚站在门口等候,看到鲁清领着郭存先、欧广明和张殿奎一上来,他就迎了过去。鲁清为他们作了介绍,大家都到会议室里坐下来。郭家店的三个人坐在一块,灰头黑脸,倒也掩饰不了他们心里的焦灼不安,各自在揣摩这场官司将怎样进行?有封县长搀和进来,如果对方不真心诚意给解决问题,他们该怎样闹?

张才千和封厚坐在他们对面,这位大钢王国的一把手,白面丰润,黑西装稳重合体,气度徇徇儒雅,在他面前很容易让人自惭形秽,更不要说坐在他对面的还是农民。张才千征求封厚的意见:"封县长,怎么开头?"

封厚谦让:"听您的。"

"我先讲,讲错了你们随时打断、批评,最后由封县长作结论。他是宽河的父母官,也就是我们的父母官,县长怎么拍板,我就怎么执行。"倘若按官场的规矩论资排辈,张才千要比封厚高得多,但上来却先把封厚捧得高高的,实际就等于给这场谈判定了调子,封住了三个农民的嘴。

"我深切地哀悼不该遭此横祸的孩子,罪孽是那个司机闯下的,但我们也有责任,起码是对他教育不够,肇事后不该丢下孩子不管而自己逃跑。公司运输处和保卫处的领导对这件事处理不及时、不得当,他们昨天晚上就应该到郭家店去,慰问孩子的父母和亲属,拿出解决实际问题的办法。他们没有这样做,才激起了今天这样的事件,实在对不起,惹得乡亲们动这么大的肝火,劳民伤财,我代表大钢公司向你们赔罪!"

张才千没有一句虚词套语,悲悯是真的,检讨也是真的,讲到动情处自己也不免心下黯然。三个农民的心被说动了,他们暗暗地给自己打气,别被他三句好话就蒙住了,实质性的东西还一点没说哪。

封厚小声对鲁清说:"去催催马队长,看他有消息没有?"

鲁清出去了,张才千继续恳恳而言:"不必讳言,这些年我们的保卫处抓住不少到公司来骚扰的农民,但没有一个是郭家店的。我不能不对你们的村子怀有好感和敬意,正好想通过这件事跟你们建立一种友好合作的关系。听说郭家店的村办工厂搞得很红火,郭书记雄心勃勃,我们为什么不可以互通有无,合作办厂呢?关于这些事等我去了郭家店咱们再详细谈,今天只谈对死者一家的赔偿问题,赔偿总是有限的,你们的痛苦,你们的损失是巨大的,是无法补偿的。公司周围的农民兄弟,也包括你们,平时对大钢公司的支持是巨大的、无限的。听说欧广明同志还没有自己的房子,我们的基建处去给您盖三间新房。虽然你们还很年轻,可敬凡是你们惟一的孩子,他不在了,按农村的习惯有个养老的问题,如果你们同意,可以都到大钢来上班,养老就不成问题了。如果不想到大钢来,除去按规定你们应该得到的赔偿外,我想动员全公司职工捐助,至少再为您筹集三五万元。这是我一个人临时想到的,你们还有什么要求,还有什么更好的办法,千万不要客气,都提出来。"

郭存先看着欧广明,表示这种事主要是听当事人的。

真到了较真的时候,欧广明反倒有些吞吞吐吐了:"封县长,这不光是钱的事,那凶手呢?"

刚才在张才千说话的时候,鲁清就把马行健找来了,封厚示意马行健:"有新消息吗?"

马行健说:"孩子的尸体是被你们乡的火葬场给偷走的,已将偷尸的四个人拘留,尸体送回了郭家店。王飙的姑姑告诉我们的人,他躲在城里一个同学的家里,队里已经派人去了。"

欧广明坐不住了,张殿奎知道这时候该自己说话打圆场了,他站起来:"封县长、张总经理,既然孩子的尸体已经找到了,我们就得赶紧回去操办后事,再耽误尸体就要坏了。关于赔偿的事,我看就按张总经理说的办,我替家属谢谢啦。"

欧广明借机也站了起来,只是说不出"谢谢"这两个字……自己死了儿子,难道还要谢谢轧死他的单位吗?

张才千拦住了郭存先:"其他同志急于回去办理后事可以理解,郭书记是不是晚走一会儿,陪着封县长看看我们的公司,有关合作的具体事项咱们再商量一下。"

封厚也说:"存先就再留一会儿吧。"

## 19. 光 棍 堂

名义上是张才千陪着郭存先在参观大化钢铁公司,实际上张才千主要是讲解给封厚听,郭存先只是蔫蔫地跟在后面竖着耳朵听。当年公司刚建的时候他曾来过这里,公司真正建成投产之后竟让他全不认识了,果然是大企业,这才叫企业。嘛时候郭家店的工厂也能干得跟这个大钢差不多……他心里暗暗地拨拉着自己的算盘,倒要看看这个张大经理最后将怎样打发自己。

大钢是个庞大的钢铁王国,厂房气势压人,管道横空交错,真像一个傲慢的迷宫。公司里有大小分厂二十几个,连接它们的竟是自己的火车和铁道线,与外面国家的铁道接轨,每年的产值近百亿……郭存先无法想像钱多得过了亿是什么样子。在同一块土地上,自己那里几十辈穷得冒烟,他这里却富得流油,可以说遍地是钱,就在张才千陪着他们溜溜达达的这工夫,就有成千上万的钱又赚到手了。

难怪张才千的级别比封县长还高两格。本钱本钱,有本才能赚钱,小本赚小钱,大本赚大钱。反过来,有了大钱,就又具备了获得其他权力的资本,他郭存先翻来覆去地被人整治,说到底还不就是因为一个"钱"字吗?没有钱让穷治死你,想法去弄钱又被上边的权力整治你……有钱的王八大三辈,你看封县长见了张才千这个客气劲儿,还不是因为人家手里既有钱又级别高。做人做到张才千这个境界,才算是有风光,论有钱多得可以买下整个城市,论有权能够跟县长、市长平起平坐。

他们由张才千带领着路过轧钢厂的露天跨,头上有两部天车正轰轰隆隆地为停在下面的火车皮装钢材,张才千停下脚,转脸对着郭存先说:"郭书记你大概也知道,目前我们国内的钢材需求量缺口很大,每年大致缺三千多万吨。所以国家制定了价格双轨制,计划内的钢材价格是统一的,各厂家都不得随意抬价,但限量供应。计划外的钢材价格自由浮动,却不限量。比如我们眼前的这批槽钢,计划内的一吨只能卖到八百元,而计划外的每吨可卖到一千二到一千五百元……"

郭存先嘴角抽动,眼睛死盯着张才千,等着他说下去。张才千回过身谨慎地和后面的两个人又订正了一下数字,才接上刚才的话茬儿:"我们每年计划内的指标一下来,如果不控制很快就会被一抢而空。为了预备有特殊情况,每年总要留下几百吨到三四季度的时候再出手。所以,我们决定按计划内的价格拨给你们五十万吨,你们或者发展乡镇企业自己用,或者以市场价格去换取你们所需要生产材料和机器设备,只是这五十万吨的差价就有几千万,想你们一个村子利用这些钱足够干点事的了……"

后边的话郭存先就听不见了,脑子有点发蒙,就像叫花子跌个跤就捡了一筐金元宝。他真的不敢相信世上会有这么好的事,却又不能不信,财神爷来找你,想挡都挡不住。做钢铁是大买卖,赚的是大钱,来钱也快,是钱来找你。以前他干的那些事都是人去找钱,小打小闹,累吐了血也没抓挠着几个钱。他心里盘算今天无论如何也要把这件大事夯实了,砸死了,最好是当着封县长的面就把手续都办妥实……真是跟做梦一样啊。

封厚看他低着脑袋老不吭声,就用胳膊肘捅捅他:"张总经理的话你没有听清吗?"

他显得异乎寻常地沉闷和冷静:"听清了,天上掉馅饼的事还能听不清嘛。我是在琢磨郭家店有没有金刚钻揽这个大瓷器活儿?以前我们不过就是装了个电磨,办了个化工厂、屠宰厂什么的,就差点没把我整死。这点事谁还看不明白,说白了就是穷光荣,左有劲,闹有功,假得利,跟风就得势……共产党跟共产党伤心了,我琢磨着有劲还不如给自己干哪。"

封厚笑了:"行啦老郭,你用不着把挨整的事成天挂在嘴边上,好像真逮着理了。谁不知道这年月谁挨整谁就是英雄,查你半天你损失什么了?相反倒名气大了,名气大机会就多,这不连张总经理都给你特殊的支持。你真要干大了,郭家店成了气候,那就不是挨整的事,而是要处处受捧了。"

"谢谢县长吉言。"郭存先突然郑重其事地冲着张才千和封厚深鞠一躬,"张老总,您和封县长就是我郭家店的大贵人,我希望您刚才答应的事立刻就办。另外还有个请求,我想用这笔钱也办个钢铁厂,今年用你们给的差价治穷,明年就可以用自己的钢材致富,我早就看出来了,只有工厂才是农民的银行,要想富得快,庄稼加买卖。您得派人帮我,钢铁厂干起来如果有玩儿不转的时候,您还不能不管。就算是我郭存先赖上您了,大恩不言谢,以后咱走着瞧。别看我郭存先在这方圆几十里挨整出了名,但我有个好处,知恩必报,知恩不报的是杂种!"

"言重了,言重了。"张才千看看封厚,"郭书记名不虚传,果然厉害。放心吧,我们的计划处长、供销处长都在这儿,按你的要求立刻就办。"


太阳当空,巳时已到,随即鞭炮声大作,光棍堂一片爆土扬场。

这一天的巳时是吉时,适宜"动土",施工队要扒掉光棍堂,自然吸引了许多村民围着看热闹。光棍堂称得上是郭家店名声最臭的一栋房子,是穷得精光光的象征,是村里的谣言中心、歪风邪气的策源地。郭家店要大换门面,起工厂、建招待所、盖新村委会,岂能容忍光棍堂丢人现眼?拆了这个倒霉的房子,就是掘了郭家店的穷根。

但,光棍儿们可不是省油的灯,光棍堂是他们的家,拆了光棍堂让他们往哪儿呆着去?胳膊拧不过大腿,公开硬顶着不拆恐怕不行,耍点赖说点闲篇儿他郭大斧子总管不着吧!别忘了光棍堂历来都是个惹是生非的地方,眼下村里忙翻了天,一个人恨不得顶三个人用,可光棍堂里还是老有那么一帮一伙的家伙扎堆磨闲牙……这当然是郭存先的一块心病。所以这天上午他什么也不干,就站在现场专盯着这件事,看哪个光棍儿敢多刺儿。

墙倒众人推,民工们一哄而上,在嘻嘻哈哈的喊叫声中,光棍堂的山墙晃晃悠悠、晃晃悠悠地轰隆一声趴架了,随即腾起一股烟尘,夹带着陈旧发霉的土腥气,呛得看热闹的人直往后退。

在慌乱中有人发出刺耳的尖叫声:"蛇,蛇!"

围观者立刻闪开一个豁口,一条锹把子般粗细的黑蛇,从烟尘中钻出来,不慌不忙地向东爬行。胆小的人慌不迭地往一边躲闪,胆大的人却拼命往前挤,想看个真切,连拆房的人也都停了手,围过来看这条大蛇。

光棍堂前一片大呼小叫:"哎呀,这么大的蛇啊,吓死人啦!"

"说不定它已经成精了,成了精可就是仙哪!"

"惊动了它可是要遭报应的,赶紧给它烧炷香上点供吧。"

这种场合欧广和与另外几个光棍儿哥们儿自然要充能耐梗,舞着铁锹,拿起土块想打死那条蛇,这么粗个家伙,烧熟了一定很香!

郭存先跑过来喝住他们:"别打,谁也不许碰它!"

那条黑蛇摇头摆尾地穿过当街,爬上东坑的坑沿,等人们追到坑边,它已踪影皆无。

大家却围在坑边上不肯散去,嘀嘀咕咕地议论不休:"真够邪行的,咱这地方哪见过这么大的蛇。看来光棍堂的风水不错,今天把镇宅宝物赶跑了,不知是福是祸?"

"狗屁,光棍堂能有什么风水?真有好风水就不会有那么多光棍儿了,这肯定是条母蛇,要不光棍儿们怎么都爱往这儿跑呢。"

"你们可知道,世界上干那种事能力最强的是什么?就是蛇。蛇一交配二十四小时不分开。不信你们下地再碰上交配的蛇就好好研究研究,它们紧紧缠绕在一起,上下翻动,没完没了,无论你用什么办法也不能把两条蛇分开。"

"人家正干好事,你为什么非要拆散人家?蛇通灵,懂规矩的人碰见交配的蛇都装做没看见,远远地绕开。"

郭存先心里也犯嘀咕,猜不透拆掉光棍堂拆出一条蛇是吉是凶,听着村民们的议论就更觉得闹心……不知怎么一抬头,看见林美棠急赤白脸地从大老远跑过来,离近了告诉他是乡里来了紧急通知,明天县上来检查扫盲和计划生育的情况,凡达不到指标的不光在全县通报批评,还要重罚,严重的村子支部书记要当即撤职……坏了,扒光棍堂果然扒出了毛病,而且还来得这么快!

坑边上立刻安静下来,村民看着郭存先,有人甚至小声给他出主意:"赶紧杀鸡宰羊,在坑边上供,请求蛇仙原谅……"郭存先张口就骂:"浑蛋,神鬼怕恶的,别说是一条蛇!光棍堂扒了,蛇跑了,这就叫邪气没了,瑞气来了,郭家店穷运到头了,好运来了。"

他吩咐林美棠,立刻用大喇叭广播,郭家店的全体村民,男女老少一个不能缺一个不能少,特别是各单位各级头头,马上立即赶快跑步到东坑边上来开会,我要好好地给蛇仙上供!

一听郭存先说要给蛇仙上供,看热闹的人更来了精神,烦恶开会本打算溜号的人也不走了,站在坑沿下面看着郭存先。眼下,郭家店的这位大当家人身上有了一股威势,浑身精瘦,满脸褶皱,但眼睛格外厉害,能射出尖锐的光,盯着谁谁就得赶紧把眼睛躲开,说话的语气也强硬起来。

郭存先要的就是这种效果。他站在坑沿上一声不吭,静静地等着,他倒要看看自己下了令,郭家店人多长时间能集合起来?有谁敢不听招呼,看他今后会怎么收拾他。他玩儿这一手已经玩儿得很熟了,隔三差五地就要找个由头召开群众大会。他喜欢讲话,人越多越来神儿,大当家的就该经常面对面地让群众直接听到他的声音,不能光依靠下边那些有心没肺的小头目们丢三落四地传达。眼下尤其需要这么一个举动,郭家店该恢复由他说一不二的传统了。他郭大斧子不能光是顺应别人、满足别人对自己的要求,郭家店人对上对外顺应了几辈子,又顺应出了什么结果?为什么不能让别人来顺应咱?

郭存先突然觉得自己的生命舒展昂扬起来,老天真是有耐性,总能让老被欺侮的人等到机会,用欺侮回敬所有的欺侮……此时,郭家店的所有大喇叭猛然间都响起来,林美棠在广播郭书记的紧急通知……难怪她能深得郭存先的喜欢和信任,几乎是一字不落地重复着郭存先的原话，这分量自然就跟一般的通知大不一样。

快响午头了，村里人不知道发生了什么大事，工厂的下了班，做饭的停了手，一个个都跟头骨碌地拥向东坑沿。林美棠将紧急通知连续广播了好几遍，然后在村子里又兜了一圈，用刚买来的手提电喇叭继续吆喝着，催促那些落后的磨磨蹭蹭的快一点。等她再跑回东坑边，村里人还真到得差不多了。这就跟过年给头头拜年送礼一样，头头对来过的人不一定都能记得住，对没有来的人肯定忘不了。林美棠将手提电喇叭递给郭存先："开始吧，书记。"

自从调查组走后，村上的所有人，包括郭存先的哥们儿、死党，人前人后都不再喊他存先，而一律尊称"书记"。并没有人下令，是一个跟着一个学，都是自己慢慢改过来的，连林美棠也不例外。郭存先举起电喇叭贴到嘴唇上，他是第一次使用这玩意儿，觉得有点滑稽。这家伙挡住了自己的多半张脸，下边的人只看得见喇叭，看不见他的表情，遮遮掩掩有损他的尊严，也影响他观察下边人的反应。于是又将电喇叭从嘴边拿开，他相信自己的嗓门和充足的底气，能够把话送到每一个村民的耳朵里。还不如就这样在手里抡着电喇叭当道具，更有劲儿："大家都看到了，我们总算把光棍堂给扒了，下一个目标就是消灭光棍儿。以后郭家店不能再有光棍儿了，我在这儿宣布一个政策，凡三十岁以上的光棍儿能娶上媳妇的，村里奖励五百元。"

人群里哄的一声，有嚷的有笑的有逗的有啧啧称叹的……

郭存先自己的心里也一咯噔，这件事他跟谁也没商量，事先甚至也没跟自己商量，他根本就没想讲这个，话到嘴边不知怎么就蹦出了这么一个光棍儿结婚奖。既然蹦出来了就算数，说一不二。好在他现在手里有钱了，不是一般的钱，是大钱。人有了钱可真好，只有钱才是生活的方向，有钱就能征服人心，然后征服世界。他将嗓门又提高了几度："怎么样？眼下五百元在咱这儿足够你娶个媳妇的吧，就是到南边买一个也差不多了……别在底下瞎嘟囔，你们说我什么我心里跟明镜似的，说我刚有几个钱就烧包，是发疟子烧得五急六瘦，我最恨的就是吃里爬外！外人骂咱是看咱干起来了眼红心气，咱自个儿村里也有人跟着起哄，你安的是什么心？我就是发高烧又怎了,好东西都是烧出来的,泥一烧就成了砖,铁一烧就成了钢,孙猴子放进炉子一烧就成了齐天大圣,人不经烧炼就成不了能人。咱郭家店是为全国的农民发家致富蹚地雷的,没有敢死队还行?敢死而不死就是大本事、大能人。这个世界上就是有百分之五的大能人挣大钱,百分之九十五的傻蛋在旁边生闷气。你们是想当挣大钱的能人,还是当只会干生气的傻蛋?"

"现在言归正传讲第二件事。明天县、乡两级领导到咱们村检查扫盲成果,我们这个盲,可是扫了好多年了,但文盲的帽子就是扫不掉,像长在咱脑袋上一样,真是邪了门儿啦。不行!从现在起,凡是好事郭家店都要争第一,第二我都不要。今天晚上,全村必须彻底扫盲。别急,我有办法……你只要能认识一个字,谁还敢说你是文盲?你一夜不睡觉连一个字还认不下来吗?你总有个名字吧,把你自己的名字认下来还难吗?凡认不下自己名字来的就改名!改成嘛名,喜欢俩字的叫'文盲',喜欢仨字的叫'不识字'!"

人群里哄笑……

郭存先却绷着脸:"我可不是跟你们闹着玩儿,叫你认字不是好事吗?怎么这么难呢?认不下三个字认一个,实在不行认识一两个数总可以吧?一二三四五六七八九十,连杂技团的猪、狗、猴子都识数,你再不济还能不如个畜牲?记住了,今天晚上郭家店必须摘掉文盲帽子,凡六岁以上不识字的人,在明天天亮前必须都给我认下一个字。多认了有奖,多认一个字奖十块,你多认十个就奖一百……到明天上边来检查的时候,在谁那儿出了事,影响了咱们全村摘帽子,就要重罚。怎么罚?奖励别人的钱都由你出,要罚得你后悔一辈子,不信你就试试。有人说死猪不怕开水烫,说下大天来我反正没有那么多钱。你眼下没有那么多钱不要紧,眼睛可别也瞎了,就是眼瞎了心可不能瞎,郭家店现在是什么势头看不明白还想不明白吗?那我在这儿就先给大家透个信儿,到年终你分钱说不定会分傻了眼,我敢断定今年村里将产生一大批万元户,到那时你可别怪我没把丑话说在前头。"

欧广明眼珠子通红,脸盘子却煞白,明摆着又喝高了。只要郭存先不在场,十回得有九回他非把自己灌醉了不可。而郭存先官儿大脾气长,有钱毛病多,最近把架子端大了,一般的客人来了不陪。说实话这正对欧广明的心思,郭存先要是永不露头才好呢,只要有他郭存先在,欧广明就只能带着两个耳朵跟在后边听,嘴都用不着带,带了也不能随意插话,连喝酒都不敢放开性子,憋屈死了。郭存先一闪开,他就活了,凡钢铁厂的客户都由他挑头招待,想说什么就说,想怎么做就做,由着自己性子来,谁还能比谁差了多少?欧广明喝酒的特点是自来疯,闹得凶,喝得急,看着是劝别人喝,最后却都倒进自己的肚子。

　　偏巧今天请的客户中有一个硬茬儿,天津大通集团采购部的翟发强,他要八百吨螺纹钢和五百吨带钢,把价格压得很低,理由是来买乡镇企业的东西,图的就是便宜,如果花一样的钱干嘛不去国营大公司?他话里话外想要的回扣也太多……欧广明当然也不在乎他,你去国营大公司买得到吗?正因为你在别处买不到才来找我,还愣充大尾巴鹰,想唬老赶?谈了一下午也没谈出结果,只好拉到酒桌上比画。但欧广明酒一多话就多,话一多就走板,把请人喝酒的目的丢到脑后,光剩下喝酒了,嘴里还不干不净地离不开荤腥。其他几个从邯郸、沈阳、济南来的客户都挺客气,逢场作戏地捧着主人说话,惟有翟发强,长得疙瘩溜秋,满脸飞沙走石,老爱逆着茬儿损他:"像你欧厂长这样的农民企业家现在都抖起来了,可也给我们国营留条活路啊,做事别太绝了。"

　　欧广明大脑袋一梗,眼珠子一瞪,你损我?我们是农民,刚不讨饭了。

　　"别逗了,我又不找你借钱,跟我们装什么穷。你要还说穷,别人就没法活了,看看你住的房子,清一色的砖墙瓦顶,正房南房厢房一应俱全,独门独院,这就叫别墅,多牛啊!还有这一片青堂瓦舍的招待所,气死城里大饭店。别看你名义上是钢铁厂的副厂长,实际上就是一把手,郭存先要管全村的事,哪还顾得过来别的,钢铁厂可不就是你做主了,什么价不就全在你一句话吗?"

其他客户反过来又帮翟发强的腔,说也怪了,郭家店就像后边有鬼给推着似的,说发就发起来了。对呀,有钱能使鬼推磨嘛。你看看人家的运气,建工厂先得大兴土木,土木一动自然就需要大量建筑材料,于是又建起自己的建筑材料厂,盖房子要有施工队,肥水不流外人田,又戳起了自己的建筑工程公司……

欧广明得意了,你们在村里看到的不过是一个分公司,真正建筑公司的大队人马都在城里干哪。

"人家也确实有资格显摆了,这几年的工夫郭家店急剧膨胀,为保障血脉畅通拓宽了通往县城和大钢的沙石大道,道一修好,村子立即长了精神,眼看着就活泛起来,各种各样的大卡车拉着各式各样的产品、材料和机器设备,没黑没白地进进出出,各种各样的人物也开始光顾郭家店,以前是以讨饭闻名的郭家店,现在居然天天大摆流水宴,中午小宴,晚上大宴,座无虚席,天天客满……"

听得出,这些人对郭家店知道得都不算少。但翟发强的本意可不是为郭家店评功摆好,他赶紧拦住别的话头,重新又接到欧广明身上:"你欧厂长顿顿不在家里吃,还不是想吃啥有啥……"他突然停住嘴看看旁边的林美棠,硬把后半截话又咽了回去。

林美棠被郭存先任命为钢铁厂的办公室主任,是为他把着权,所以跟客户谈判以及吃吃喝喝的事都不能缺了她。今天她穿了一件雪白的短背心,外罩黑丝半透视衫,头发披散在脸上,眼光烫人,让男人们瞄一眼就牙根发酸,心旌摇荡。她借着翟发强的话茬儿顺势把酒杯端起来:"谢谢翟总对郭家店的支持,我替欧厂长敬大家一杯。"

"哎呀,林主任敬酒不能不喝呀……"

林美棠敬完了酒让菜:"来,多吃菜,别看今天上桌的小菜不起眼儿,可都是正格的真东西,在城里绝对吃不到。这是新摘的苣荬菜,爽口解油腻,能防癌、降血压。城里人不是都嫌鸡蛋不好吃吗,尝尝我这儿的鲜黄花菜炒土鸡蛋,保证味儿不一样。"

她没话找话地要把说话的权力接过来,在酒桌上谁说的话多谁就掌握主动权,能控制酒宴的节奏。她一边给客人夹菜一边询问大家,主食想吃点什么?这意思很明白,酒就喝到这儿了。

其他客人积极响应:主食都有什么?林美棠说都是我们当地的土特产,铁锅熬鱼粘卷子,鱼味都进到卷子里,特别香。不上化肥的韭菜合子,还有饸饹捞面,有高粱面的、荞麦面的、标准面的,稀的有山芋黏粥、小米粥……林美棠眼光明亮,话到眼到,把每个客户都照顾到了。难怪郭家店的人盛传她在建钢铁厂的过程中立了大功,只要有她陪酒就没有办不成的事,想要贷款准能拿到钱,想推销产品准能拿到订单……有关她喝酒劝酒的笑话在村里村外传得有鼻子有眼儿。以前包揽了郭家店外交大权的郭存先,现在为什么不愿意陪着关系户们喝酒了,说白了就是受不了客人们在饭桌上借着酒劲占林美棠的便宜,荤的素的全上,他觉得这是栽了自己面子。可眼下他还下不了狠心不让林美棠露面,很多事情还真得靠着她,只好就自己糊弄自己,来个眼不见心不烦。据说郭家店在对外谈生意的时候有个不成文的规矩,哪个客户在酒桌上占了林美棠便宜,在签合同的时候就得多付一成的钱,如果是动手动脚,掐一把摸一把,那就得再多加两到三成的钱。

以往只要林美棠一挑头发话,欧广明就会顺坡下驴,他喝得再多也不会忘了林美棠是代表郭存先。今天却不知别住了哪根筋,竟然跟林美棠唱反调摆起了副厂长的派头:"等等,先别上主食,客人的酒还没喝足,你看满桌子的好菜都没怎么动筷子。来,这大葱虾酱可是下酒的好东西,天天大葱抹虾酱,夜里能干到天大亮。这盘是爆炒羊肾,吃肾补肾,现在的男人哪有不肾虚的。这个就更厉害了,红烧驴鞭,我郭家店的驴鞭可是远近闻名的……再干一杯,羊肾加驴鞭,不干才叫冤。"

翟发强也来劲了,"好,像欧厂长这样的才是汉子,够朋友,既然你说酒还没有喝足,咱们干脆撤掉杯子换碗,我看你们这儿的花碗不错,干了这一碗我告诉你们什么叫朋友。男人跟男人成朋友,要靠长时间的考验,男人跟女人的关系就产生在一眨眼的工夫,这就叫一见钟情……"翟发强的眼睛放肆地盯着林美棠。

酒都喝到了这个程度他还要换大碗,明显地没安好心,或者他自己也喝得有点多。林美棠不答理翟发强,只想拦住欧广明。欧广明却用一只胳膊挡开了她的手,另一只手端起酒碗一扬脖子倒了进去,哩哩啦啦洒得下巴和前襟上都是酒,却不知道擦一擦,只顾催促崔发强:"翟总,这回可以讲你的段子了吧?"

翟发强端着酒碗,眼睛仍然盯着林美棠:"如果林主任也肯赏脸喝了这碗酒,合同就在我的包里,不用等到明天上午,马上就签,一切都按你们的报价,或者随你爱怎么填都行。"

林美棠显得有些打憷:"我们女的本来不会喝酒,既然翟总把话都说到这个份儿上,为了攀上大通集团这个高枝,我就有今儿个不管明儿个了,你先请,我随着。"

翟发强这回跑不了啦,只好把酒干了,抹着嘴角等着林美棠。林美棠在众人的盯视下不皱眉不打夯,稳稳当当地一滴不洒地将酒喝干净了。

翟发强忽然有点见傻,脸上的疙瘩通红锃亮,愣愣地盯着林美棠。或许他还在等着,这个女人喝了这么多酒应该软下来,倒下去,或者哭起来,求情告饶,那他就可以扶她抱她摸她抓她。他就这么直眉瞪眼地看着林美棠,林美棠看着他身边的皮包,大家看着他们俩,场面十分尴尬。

终于还是翟发强坚持不住了,但并不想开包拿订货合同,而是转脸对着欧广明讲起他的段子:"欧厂长,我今天就告诉你朋友有几种。好朋友像内裤,就算你大起大落,他永远包容着你;非常好的朋友像保险套,永远为你的安全着想;更要好的朋友像壮阳药,当你抬不起头来的时候他给你力量。你说咱们俩是什么朋友?"

大家哄地一阵大笑。

"我也给你们讲个段子,"不等欧广明答声,林美棠又将众人的注意力引到自己身上。翟发强先嚷了起来,好啊好啊,咱们听听女人的段子。林美棠不慌不忙又斟满了六大碗酒,三碗放到翟发强的面前,另外的三碗留给自己。翟发强突然不说话了,脸上的疙瘩开始由红变紫。林美棠笑模悠悠地说:"我也听到过一种说法,一个男人的好坏,就看他喝了酒之后的表现,借酒撒疯的是窝囊废,酒后胡说八道的靠不住,喝多少酒都心性不乱,仍然不忘自己答应的事,敢切敢断兑现诺言的,才是靠得住的真男人。翟总,我相信你是后一种,今天我就是舍命也要连敬你三碗。"说完自己就先干了一碗等着他。

翟发强无路可退了:"妹子,我能不能叫你妹子?"林美棠说可以。翟发强说:"妹子敬的酒就更得喝了。妹子你这么看得起我,我不能不喝。但有个条件,我早看出来了,郭家店的钢铁厂是你当家,我把这三碗喝下去,咱们的协议按我说的条件签;我若是喝不下去,你说怎么办就怎么办。"林美棠说好,真是痛快人。翟发强脖子一挺,端起酒碗咕咚咕咚,连喝带洒。即便是这样,头一碗喝完后眼珠儿就开始发凝,伸出两只手想去端第二碗,不知怎么双腿一软扑通冲林美棠就跪下了,两手抱着她的小腿,脑袋耷拉到她的膝盖上:"好妹子,你就饶了我吧,合同在包里你想怎么填就怎么填吧……"

本来在旁边看笑话的人赶紧弯下身子扶他,费好大的劲才把他从林美棠的腿上拉开,哩溜歪斜地被架起来。酒宴吃到这个份儿上不散也得散了,林美棠先把客人们都送回住处,好在都在一个院子里。回来的时候顺便拐到另一个房间,拉出正在陪银行的人吃饭的化工厂厂长陈二熊,让他帮着自己也把欧广明送回家。

两个人一边一个架着欧广明刚挪出屋,迎面碰上经常来来去去、风风光光的郭存勇,林美棠埋怨道:"这一大晚上你到哪儿去了,你明知道有饭局,广明又是这么个性子,也不帮着照应着点。"

郭存勇心情很好,解释说刚从存先那儿来,跟他商量建一座娱乐城。客户们反映,吃完饭没地方可去,到处黑灯瞎火。你看,我们这不是放着现成的钱不挣吗?要是政府允许我都想建一座赌城,赌场一开那银子就会哗哗地往你口袋里流……他一边白话着一边伸出手想替下林美棠,可欧广明的一只手死死抓住林美棠的腕子:"美棠你别走,到家我有话跟你说。"

郭存勇只好绕过去替下陈二熊,他的饭局还没散哪,得回去继续陪客人。不错,现在的郭家店每天都有一拨接一拨的客户找上门来,稀奇古怪的、溜光水滑的、大模大样的、人模狗样的、呹五喝六的、低三下四的、不三不四的……他们有的带着支票,有的用提包装着钱,来购买郭家店的产品或跟郭家店合作什么项目。郭存先对手下的干将们早有训示,别管来的这些人你看着顺眼不顺眼,一个都不许得罪,里边不是来给郭家店送钱的,就是郭家店请来的,世界上只有讨饭的才老给你笑脸,那是想找你要钱。

郭家店已经成气候了,村子像雨后的野草般在疯长,钢铁厂就矗立在东洼空阔的盐碱地上,钢铁之光把郭家店的东半个夜空照得通明,和西面化工厂的灯光交相辉映。欧广明脚下磕磕绊绊,嘴却不闲着:"存勇哇,咱们村除去大当家的就数你最精了,建筑公司当初还是我给戳起来的哪,由于狗蛋儿出事我没走,你就毛遂自荐代替我跟金来喜搭了班子。一离开村子你就是天空任鸟飞,大海凭鱼跃,打着郭家店的旗号一下子就在外边发起来了……这两年一看村儿里的机会来了,立刻又杀个回马枪,在家里招兵买马成立了建工大队,跟着就建钢厂,盖招待所,一下子还真闹腾大了,哄得书记也格外喜欢你了。咳,好事都叫你们占了,最倒霉的就数我了,家破人亡,临了什么都没混上。你说,村里村外四邻八乡谁不知道,没有我儿子的车祸就不可能有郭家店今天的暴发,可书记还是不信任我,你们都能各管一摊儿,惟独让我当摆设……"

郭存勇偷眼看看林美棠,她要是把这话传给郭存先那还了得。于是赶紧打圆场:"广明啊,你想得太多了,关于狗蛋儿的事人家大钢公司该赔的赔了,该处理的人也处理了,平心而论,咱们的钢铁厂是靠书记的能耐干起来的。你不承认不行,他的脑子就是好,转得快,是当着封县长的面儿跟大钢公司的一把手谈判谈下来的。钢铁厂是咱村的龙头老大,这个厂长还就得他当才能拿得住。"

"是啊,我知道,你以为我是傻子?这样的实权大权有油水的权,能让我欧广明掌吗?他怕让我当厂长就更证实这个厂是用我儿子的命换来的。而他自己占住位子就可以堵大家的嘴……"欧广明晃悠着脑袋,突然岔气引起一阵干哕,差点没把刚才吃的那些补品全吐出来。好在他的家就在招待所旁边,这是大钢公司给盖的,目前是全村最好的房子。

到了门口,欧广明掏出钥匙,林美棠帮他打开院门、屋门,先进门开了灯。屋子里一色儿的新东西,新家具,新被褥,可就是清锅冷灶,缺少烟火气,不像个过日子的人家。郭存勇诧异:"玉梅一直就没回来?"

欧广明又晃晃脑袋:"我往她娘家哥那儿不知跑了多少趟,嘴皮子都磨出了泡,她这股劲儿就是过不去,说永远都不会踏进用儿子的小命换来的新房子。你看看我,家不像家,日子不像日子,光杆一个要这么一套红砖瓦房又顶什么用?"

林美棠说:"今天太晚了,明天我就再去找玉梅,好好劝劝她,不信就劝不动她。"

欧广明不信:"你再劝也是白搭,她好像铁了心,已经信佛了,天天念经。"

"啊,还有这事?"郭存勇感到惊讶。

欧广明说:"存勇你忙,先回去吧,美棠再等一会儿,我还有事跟你说。"郭存勇看看林美棠,不想光把她一个人留下,就替林美棠解围:"广明你今天喝得不少,我们都走,剩下你一个人好好睡一觉,有什么事明天再说。"不想欧广明一拧脖子要急眼,叫你走你就走,我跟美棠的事非得现在说不可!

林美棠跟郭存勇一对眼神儿:"你走吧。"

郭存勇后脚一出房门,欧广明上前一把又抓住了林美棠的手:"美棠,我今天可并没有喝多,我是心里苦哇,要跟你说几句掏心窝子的话。"

林美棠应付着,你说,你说,试着想抽回自己的手。欧广明的两只手却紧得像钳子:"郭家店就有两个苦命人,一个是我,一个是你。你知道别人怎么说咱俩?说郭家店的钱一是拿欧广明儿子的小命换的,二是用郭存先的小老婆林美棠的身子换的……"

"广明,你醉了。"

"我没醉,你听我说。你这么好的一个女人,跟郭存先这样不明不白地混下去将来可怎么办?我有个主意想了好多天了,我不嫌你跟郭存先的那一段,你也别嫌我不如郭存先能耐大,我还比他年轻哪。咱俩结婚成为一家人,保证会馋死他们。只要你同意,我立马就跟玉梅离婚。"欧广明说着说着,溜着床边也学翟发强的样子双膝跪了下去。

这下林美棠真急了,身子像被蜇了一样从床边弹开,拼命想把欧广明拽起来,很生气地说:"你怎么能说这种疯话?"

"这怎么是疯话?你又不是他郭存先明媒正娶的老婆,你现在还是没有主儿的大姑娘,我有权利向你求婚。"

"你怎么对得起玉梅?真要那样我们就得被村上人的唾沫淹死!"

"你不知道,是玉梅先提出要跟我离婚,她这也是为我着想,如果不让我再找一个,老欧家就要断子绝孙了。她生下狗蛋儿后,不是你动员她做了绝育吗?"

林美棠的脑袋"嗡"一下:"欧广明,你要跟我结婚原来是想报复我,叫我替玉梅给你生儿子?"

"不是,你别往歪里想,我是真心喜欢你,不喜欢你的还叫男人吗?"

她又用力拉他,哄着他说:"你先起来,这事等你酒醒了再商量。"

"你点了头我就起来……"他们两个只顾拉拉扯扯都没有听到脚步声,郭存勇和陈二熊一前一后地闯进来,看到屋里的场面他们忽然打个愣怔,僵在屋子中间。

林美棠满面通红,眼睛里露出恼意。

还是郭存勇来得快:"哟嗬,广明啊,这是唱的哪一出?三娘教子,还是负荆请罪?"

欧广明心里好恨,索性耍赖:"我向美棠求婚也不丢人,你们来了正好做个见证。"

林美棠恼透了:"见证什么?谁答应你了?还不是撒酒疯!"

陈二熊打圆盘:"欧厂长,跪地求婚是西方的古典风俗,但你犯了人家的忌讳,不能酒后求婚,这是对女方的不尊重,谁知道你求婚是出于理智和感情啊,还是叫酒精壮的?快起来吧。"他说完向郭存勇一使眼色,两人从两边一架胳膊,一较劲把欧广明拉起来扔到床上。

林美棠也借机抽出自己的手,两只手腕子都被欧广明掐紫了。

郭存勇说:"广明啊,你不是想当钢铁厂的一把吗?二熊有个好主意,你听他说。"

陈二熊说:"我的化工厂现在已经跟不上趟了,眼看有些能够到手的大钱却不得不放弃。我已经跟郭书记讲了,以前我们只知道在一个点上赚钱,不知道赚钱可以是一条线,甚至是一大片。所以我要将化工厂扩大为公司,下面可以设好几个厂,根据外边的市场形势什么有前途就上什么,刚才跟银行也谈妥了,贷款不成问题。如果存勇也往大里干,可以成立东方贸易公司,金来喜已经有自己的建筑工程公司了,你们的钢铁厂也应该扩大为钢铁公司,由你牵头,那时村里就可成立集团总公司,郭书记当集团的老总,我们在下面当他的四梁八柱。"

郭存勇用手指捅捅欧广明问道:"听明白了吗?赶紧把心思用到正道上,你干出了样子,钢铁厂就是你的。现在这个社会,用不着跟别人要权力,你能干多大你的权力就有多大,你没有本事,即便成立了集团,就是存先不兼厂长,也还得找个别人来当,懂了吗?"

外面猛然响起鞭炮声,屋里的人都有些纳闷,今儿个是什么日子,深更半夜放的什么鞭炮?郭存勇笑了,别看他不经常在村里呆着,可村里发生的事情他比经常呆在村里的人还清楚。说:"一定是除凶辟邪的雕塑弄好了,你们谁想跟我去看看热闹?"

林美棠正好借机摆脱欧广明,便撺掇陈二熊跟着一块出来了。

郭家店的北洼里灯笼火把,人声喧嚷,其间还夹杂着汽车和吊车的马达声、喇叭声,有人指挥着将一座一丈多高的钢筋水泥雕塑"快刀斩乱麻",矗立在郭家店和麻坡店的交界处。在汽车前灯的照耀下,武圣人关云长,气势凛凛、威猛异常地冲着麻坡店举起青龙偃月刀……原来关羽的快刀斩的是"麻坡店"啊!

这回可够麻坡店受的了,谁叫他们在郭书记倒霉的时候落井下石啊。

立完北洼的雕塑,大家说说笑笑的又来到西洼。西边跟郭家店接壤的是王官屯,郭家店的雕塑是"擒贼先擒王"。钢须虬髯、怒目圆睁的金刚力士,脚下踏着一只大甲鱼。

要解释这尊雕塑的涵义就有点绕,王官屯当初可能是因为姓王的当了官而得名,"王"字也是王八的王,王八又称甲鱼,因此被踏在脚下。而当官无论当到多大,都得怕天神,俗话说天理不容、天怒人怨,对当官的来说老百姓也是天,倘是贪官就更省事了,只等着挨枪子儿吧。金刚力士就是天神,也代表着人间的正义力量,所以能结结实实地将王官屯踩踏上一脚,叫他们不得翻身。

郭家店南面的邻居是苗家庄,相对应的雕塑就简单得多,两头雄鹿低着头吃青苗,叫"连根拔起"。

东面是蛤蟆窝,对着它的是两条昂头吐芯的蟒蛇"一物降一物"。蛇专吃蛤蟆,足能镇住蛤蟆窝……

这叫什么玩意儿!

陈二熊年轻,很不以为然地小声嘟囔,我们是干企业的,讲究诚招天下客,多个朋友多条道,这样干不是以邻为敌吗?人家要是也弄个更大更恶毒的雕塑反击我们怎么办?他忍不住问郭存勇:"这是谁的主意?"

郭存勇得意地用手指点点自己的鼻子尖。

"就是你那帮泥瓦匠们鼓捣的?"

"嘿,叫你这么一说就不值钱了。这是大化美术学院正儿八经的雕塑系教授,带着学生创作的。"

陈二熊差点嚷起来:"雕塑系的教授干这个?"

郭存勇摆出一副不屑:"教授怎么啦,为嘛就不能干这个?你只要给钱,没有不能干的。"

"书记知道吗?"

郭存勇夸张地提高了嗓门:"你傻了吧,他不同意谁敢干哪,存先美极了,一看到这玩意儿就咧着大嘴笑了,最近我还没见他这么高兴过。"

陈二熊咯噔一下不再出声。

这是一个征兆,郭存先要还手了。或者说郭家店真正开始进入郭存先时代。

或许任何神话刚开始的时候都像现在的郭家店这样,不仅一点都不神秘,甚至会受到人们的种种怀疑和鄙视。骂郭家店骂得最多的,就是郭家店的四邻八村和附近村子里的人,他们最清楚郭家店的底细,更知道郭存先想致富都快想疯了,闹腾了几十年了,也让邻村的人看笑话看了几十年,甚至把大家都闹腾疲塌了,没有哪个村子会认为郭家店真能成事。不过是郭存先天生爱折腾,折腾一阵挨一阵整,挨一阵整就会老实一阵,老实一阵再折腾,折腾得一出格就又离着挨整不远了……

当人们突然间发现郭存先真的闹腾大了,又开始添油加醋地扩大这种变化,有说好的也有说坏的。说好的往神里说,越传越神,越神越传。说坏的则往死里说,说他杀人放火、坑蒙拐骗,说他不把自己折腾到监狱里去,乃至被枪崩,是不算完的……以前郭存先听到这些诅咒毫无办法,只能听之任之。现在,他不能容忍这种局面再继续下去了,要以牙还牙,以眼还眼。如果邻村也像郭家店这么齐心,也有能跟郭家店抗衡的能力,那就让他们来吧!

这一年春节,发了财的郭家店人扬眉吐气,从腊月二十三就开始放鞭炮,哩哩啦啦地不断,一直放到大年三十的晚上,几乎就放了一夜。

——后来被传说成是"郭家店战役"。

大年初一,拜年的人像赶庙会,尤其是挤破了郭存先家的门槛子……

突然间,来郭家拜年的人全闪开了,让给了一小车队。是省委书记熊文,带着家人来给郭存先拜年了。有他的夫人、儿子、女儿,还有三四个小孩子,当然还有秘书、记者,一共四辆小车。这是多大的面子,郭家店人的心里没有不馋的,人家郭存先算是活出个人样儿来了!

省委书记身着便装,气韵平和,一见面就让人感到亲近:"老在电视和报纸上看到你的消息,今天算见到真人了。按照咱们这个地方的风俗,一是来给你拜年,国家现在非常重视农民企业家,鼓励一部分人先富起来,尤其是支持农民发家致富。二是给你道喜,祝贺你被评为全国十大优秀农民企业家!这不光是你的荣誉,是宽河县、大化市的荣誉,也是咱省里的光荣。我本来想轻装简从一个人来,可大家对你都很好奇,连我的这些孙伙计们都想看看你长得什么样?我跟他们说你有三头六臂,就是当今的哪吒、孙悟空……"书记很高兴,被自己的话逗笑了,四周也响起一片笑声陪着,更给郭家店增添了过年的喜庆。

熊文书记看大家笑得差不多了就继续说:"过年嘛,就当走亲戚,人多就多点吧。"他回头对身后的孩子们说,"你们好好看看吧,这就是大名鼎鼎的郭存先!"

省委书记下车伊始,当着村里这么多人说的这番话,比放多少鞭炮、听多少别人的拜年话都更让郭存先心里舒坦。郭家店如今有了自己的六层办公大楼,也有了堂皇的会客室,省委书记却坚持先看他的家,认识他的妻子和家人,来拜年嘛,哪能不进家呢?看完了郭存先的家,熊文又想先看郭家店的企业,然后再听郭存先汇报。

郭存先遵命先把省委书记和他的随行人员带往村子东部,对一般看热闹的人来说最好看的就是食品公司和钢铁公司,光是这两个公司花一天时间都看不过来。食品公司里有好吃的也有好看的,两万平方米的养鸡场,两万平方米的养猪场,十亩地的奶牛场;钢铁公司有大工业的气势……他悄悄嘱咐王顺,把咱的好东西将那四辆车的后备箱都给我塞满了。

果然,连食品公司还没看完就到了吃晌午饭的时间,只能请书记一行进餐厅,边吃边听汇报。郭存先很清楚,大年初一不是谈工作的日子,书记真想听汇报还会再找时间来的,因此讲得很笼统:"郭家店目前分两个工业区,南部是电器和化工,去年完成了八千万;东部工业区里主要是食品和钢铁,去年完成一亿四千万,预计五年后东西两个区各实现十个亿,十年后,东区百亿、西区百亿,郭家店实现年产值双百亿……"

熊文来得高兴,听得兴奋,一个劲地说不虚此行,收获很大,并嘱咐秘书要记住,把这儿定为他的点,以后要经常来。临走的时候,背着省委书记,林美棠给每个孩子送了一个两万元的红包。郭存先则亲手送给熊文一个小纪念品,他当面打开一个极其精美的红木盒子,从里面拿出一个包裹着黄丝绒的金牌。介绍说:"这个在国内还做不了,我们跑到香港寿丰金店定做的,纯金净重八百克,正面刻的是我们村西口的欢喜树,此画是著名画家沈中梁的作品,这幅画在欧洲还拿过一个奖。这是我们郭家店的金牌,送给支持我们的人留作纪念。"

其他随行人员每人一个图案一样也是纯金制作的小金牌,但净重只有八十克。

送走了省委书记一行人,有人心疼得不得了,我的天哪,这是多少钱、多少东西啊……省委书记来拜个年可真值了!咱们书记也太大方了……

可他们又没人敢当面跟郭存先说这种话,却被王顺一耳朵听到了。王顺冲他们撇撇嘴:"你们怎么就老是一脑袋高粱花子呢?光知道心疼那几个小钱儿,就不会算算政治账,省委书记一来给咱郭书记拜年,这是多好的大广告啊!你到报纸电视上做广告不也得花钱吗?这点钱算什么,我抠抠驴屁股就给你们抠出来了。你们就不看看咱书记乐的,这就叫美!不管你们,反正我今儿个也美极了,我给他们每个人的箱子里都塞了一根酱驴圣……以前我就是臭要饭的,现在高官们来跟咱要饭,你说我不高兴?我没有什么是舍不得的,给!"

下

部

## 20. 转

又是几年过去了,这些年是郭存先人生中真正的"大跃进"。

这个第二次"大跃进",可不是胡乱吹出来的虚假数字,是货真价实的真金白银哗哗地流进了郭存先的钱袋子。郭家店的财富积累之快之多,甚至把他们自己都吓着了,是他们连做梦都想像不出来的。

郭存先有时会产生一种错觉,郭家店似乎成了国家的"店",他就是这个店的"店掌柜"。领导像走马灯似的你来我走,围着他转。领导一围着他转,权力就围着他转。领导来了他能不陪吗?给他权力他会不要吗?自然而然地他也得围着领导转,围着权力转。就这样他成年累月地、无时无刻地转来转去,越转名气越大,越转财富越多。

人们拜年的时候都会说吉祥话"心想事成",这几年对郭存先来说,常常是他还没想事就成了。"啪"一下子,他成了全国人大代表,这是一个人靠想就能成的事吗?每年要到北京人民大会堂里去参国家之政、议天下大事……到了这个档次就让他不能不想到中国另一个著名的农民陈永贵了,那位头上老扎着白羊肚手巾的老兄,就是先当上人大代表,然后升为国务院副总理。他也是人,也是个农民啊……还有一些事不仅是郭存先没想过,甚至还让他不胜其烦,比如这个协会要请他当会长,那个组织想让他当理事,邀他参加这个活动,接他出席那个盛典……更让他以前做梦都不敢想的是公社改乡,想叫他去当乡长……

这简直是跟他闹着玩儿。说句大话,现在是"富可敌国"的郭家店一村之长,给十个穷掉底儿的老东乡乡长也不换哪!后来又传出风来,上边想让他去宽河县当个副县长……若在二十年前嘛,让一个农民当县长,那是美得祖坟冒烟了。现在呀,他对县长的位置都懒得拿眼皮睐一睐。这两年他添了个新毛病,凡有高官来郭家店,他都喜欢用开玩笑的口吻询问人家的工资收入有多少?有些高官一听郭存先的收入比自己高那么多,还会哈哈大笑,似乎很为农民们富裕起来高兴。有的高官嘴上不说,心里却泛酸,甚至会气不忿儿。郭存先目前的收入就比大化市委书记高敬奇高十倍还多,你叫他去当那个工资又比高敬奇还低很多的副县长,他还会拿正眼看你吗?

这时候你给他什么位置,能让他舍得丢下郭家店呀?那样的位置大概除去北京别处没有,这些人想事就是没有当年毛主席英明。但不断有类似的信息传来,却让郭存先的自我感觉越来越滋润。人一滋润,转得就更多更快了。权力跟他这么互相一转,银行就围着他转,银行围着他转,就等于钱围着他转,上赶着贷款给他。而且只谈贷不谈还,还款的事以后再说,仿佛银行把钱贷给他就算是支持了改革。

世上还有这种好事?不光有,还都叫郭存先赶上了。这就叫人走时气马走膘。

郭存先既然有那么多意想不到的好事会随时降临到自己头上,当然也不会缺少"心想事成"的快乐。现在郭家店发起来了,兵多将广,人强马壮,再叫党支部显着不好听、不好看,于是给县委打报告,升格为党委。上边立刻就同意了,他由支部书记变为党委书记,这听起来可就顺当多了。由于他是砍棺材出身,喜欢斧子,连带着也喜欢刀、枪,从骨子里崇尚力量、胆魄和勇毅。有一天他突发奇想,郭家店现在还缺什么呢?缺个派出所。但不是叫公安局来郭家店建个派出所,那等于请别人来管自己,岂不是找病?要自己成立一个派出所,由自己当所长。那样一来郭家店这个新型的大农村,实际是一个小王国,就算成龙配套了,有了自己的制法权和执法权,将会胆气更壮,万事不求人。可郭家店不是土匪窝,他也不是占山为王的大寨主,自己私自成立个派出所没有用,人家不承认。必须得由国家认可,由公安局下达让自己当所长的正式任命书,发枪和警服……这样才有派出所该有的权威性。

有了主意,措词就好办了。要不眼下人家都说,当一个好的领导关键是出主意。于是郭家店向县委、县公安局打了报告,说郭家店有外来务工人员近五万名,每天进出郭家店的流动人口平均两千多人次,已经形成一个复杂的有城有乡有工有农的小社会。出于治安的需要急需成立自己的派出所,为了便于本地的治安管理,郭家店党委建议由郭存先同志任所长,由村上的基干民兵兼任警察职责,无须上级公安机关另派警员……报告写好了还得要有得力的人去办,郭家店已经不缺少精通当今社会各种游戏规则的干练办事人员,很快上级的批示就下来了,随着带子弹的枪就发下来,十几套警服也送来了,郭存先当所长的任命书自然也一块都有了……

枪这玩意儿壮胆、辟邪,郭存先忽然觉得喘气都痛快多了,有了一种特别的权威感。过去人们都说,只要有了印把子和枪杆子,就什么都不怕,稳坐江山。也有的说是"笔杆子和枪杆子",于是他成立了自己的电视台和秘书处,由自己控制舆论,制造舆论。他说的每一句话、参加的每一项活动,以及郭家店发生的每一件事情,都要有记录、有录像,每到年底编辑印刷成一本堂皇的大书,凡郭家店人和外来打工者人手一册,也作为珍贵的资料和礼物随时赠送给外来的嘉宾和记者。

他现在还多加上一样东西——钱袋子。

"四子"都握在他一人手里,若有谁还敢说他郭存先也有办不成的事,恐怕连他自己都不大相信了。过去有许多企业、村里乃至党支部不能干的事,派出所就可以干了。枪杆子辟邪,也镇邪。以前村里有土地庙,现在人们不信神了,派出所就是现在的庙,什么鬼都能治。有句老话叫"哪个庙里都有屈死的鬼",屈死的鬼有庙管着就没事,若没有个庙,屈死的鬼就得闹翻天。

郭家店有了派出所,还有不怕死的就来吧。

在时下还是计划经济的中国,郭存先这一套是新鲜玩意儿,既然连枪杆子都围着他转,别的还用发愁吗?因此市场也围着他转,城市围着他转,城市里各式各样的专家、能人纷纷往郭家店来,谁想拦都拦不住。郭家店不光有钱,还有机会呀！郭存先真是什么都吃头一口,要风得风,要雨得雨。记者们围着他转,各种媒体围着他转,社会上的各种名流围着他转,特别是女明星们更愿意围着他转,找他做广告、拉投资、要赞助……哪个女明星敢亲他一口或让他抱一抱,他一高兴了说不定就送给人家一块一斤半重的大金牌。围着他转的女人越来越多,他学会了吃壮阳药,郭存勇每次去香港都得给他捎一包回来,更让他一阵阵有了一种天下无敌的感觉……

而郭家店的金牌做了一批又一批,却还是不够发的。本来是金牌围着他转,却弄得他经常围着金牌转,天天琢磨金牌该给谁,不该给谁……钱围着他转,他围着钱转；女明星们围着他转,他也围着女明星转……天转地转,神转鬼转,眼转心转,情转智转,这样转来转去,还有谁能保证脑袋不大？

郭存先被转"大"的不光是脑袋,话越说越大,口气越来越大,架子越来越大,脾气越来越大……后来大化市委书记高敬奇也把郭家店当成了自己的点,有事没事的每年总要来一两趟。郭存先却没有多少热情,完全是应付差事,有时干脆躲出去不见,有时明明就蹲在屋里也让下边人说他出差了,当然也不会把那一斤半重的金牌送给高敬奇。这就明确地告诉人家,从心里不买大化市委的账,认为高敬奇骨子里是对郭家店有看法的,当年往郭家店派调查组就没安好心。后来看省委书记都来了,自己再不到郭家店来点个卯就没法交代了……因此郭存先心里很清楚,眼下是大化市委以及高敬奇们需要郭家店,而不是郭家店需要他们。你既然是来求我的,想来沾我的光,就别再摆当官的臭架子了。

这可倒好,他还嫌别人架子大。所以他定了一条规矩,凡省部级以下的干部来了,他一概不接见,正好把大化市的领导全划到杠外边了。但有例外,郭存先几次让人给钱锡寿带信,只要他肯到郭家店来承认错误,向他说一句当年带调查组来整郭家店是错的,他就送给他一块一斤半重的金牌。郭存先还盼着张才千和封厚能来郭家店,并一次又一次地派人去请,给他们每人留着一块大金牌。你可以说郭存先有别的毛病,但他不是个忘恩负义的人。可兼着大化市市长的张才千和市委副书记封厚竟都还没抽出空来。

特别是有恩于郭家店的老县长封厚,最近刚又调到市里去,因为忙人来不了也就算了,却居功自傲,倚老卖老,好转文的老毛病又犯了,在全天下都对郭家店和郭存先发出一片赞扬之声的时候,却写来一封大扫其兴大煞风景的信。封厚的信一上来就带着股酸劲,先说什么三天两头在电视上看见郭存先,比任何一个大牌明星的出镜率都高,三十晚上更是频频亮相,比国家领导人的镜头还多,就更别提平时那些铺天盖地的追踪报道。当下是媒体时代,媒体捧人可是往死里捧的,千万要清醒。还特别推荐两篇文章,供郭存先闲时一阅。

这是两篇什么狗屁文章呢?一篇是《古代的首富》,说的是晋朝的全国首富石崇,生活极尽奢靡,平时专吃用人乳喂养的小猪。就连他家的厕所里也必备有锦香囊、沉香汁、新衣服,并常有十几个美婢在伺候着。凡有人从厕所出来,都要更换一身新衣服,因为上厕所时穿的衣服已经沾上厕所的臭味儿了。他还喜欢经常在家里宴请客人,且令美女陪酒,只要哪个客人没有喝得酩酊大醉,陪酒的美女就要被推出去杀掉,有时一场宴会要杀掉好几个美女。这样一个喜欢炫富的人自然也经常跟别人斗富,别人用麦糖洗锅,他就用白蜡当柴,别人有一株三尺高的珊瑚树,他就搞来六七株四尺高的……斗来斗去,被对手假传圣旨抄家砍头了事……

郭存先一边读信一边跟下边人骂大街,这不是在咒我郭存先吗?引经据典、说古道今,欺负农民没有你有文化?说到底还不是因为妒忌。别人妒忌还情有可原,你堂堂一个提拔过我的老领导,现在又升为市委副书记,竟然会妒忌一个以前自己曾赏识过的农民。

封厚推荐的另一篇文章就更厉害,题目叫《豺狗的阴谋》。文章说在非洲大草原上,生活着一种豺狗,它们整天跟在野猪后面转悠,两眼紧盯着野猪的屁股,一旦野猪拉完屎,它们便急速地凑上去,伸出舌头细舔野猪的肛门。把野猪直舔得浑身舒坦,喜不自禁,渐渐地就丧失警惕,躺下来尽情享受这妙不可言的服务,当然也就脱离了群体。此时,豺狗猛然变色,一口咬住野猪的肛门,用力一扯,野猪那花花绿绿的肠子就被拽出来了。野猪再怎样愤起、哀嚎,也无济于事了,被豺狗拉着转圈跑,肠子也像草绳一样被一截一截地拉出来,直至野猪倒地而亡……

这是什么意思?连傻子都能猜得出来,他把我郭存先比喻成野猪了,领导和媒体就是给我舔眼子溜沟子的豺狗!他骂媒体倒也罢了,居然把支持我的一大群高级领导干部们也骂成是舔眼子的狗,这也太损了!你说他妒忌吧,可为嘛他不来郭家店?他若来了,我郭家店有什么就往他车里装什么,保证比给任何领导的东西都多。请他他不来,不来又在旁边说凉快话,这算什么人哪?

就这样,郭存先转来转去转得分不清好坏人,也听不出好坏话……人一到这个份儿上离得撞客就不远了。

## 21. 撞　客

撞客是一种病。

这个病名儿起得可有点意思：撞见了客人——什么客人？不速之客。

《红楼梦》中曾多次使用这个词，如第二十五回中马道婆说："若有善男子善女子虔心供奉者，可以永佑儿孙康宁安静，再无惊恐邪祟撞客之灾。"薛蟠喝多了也爱说："原是我昨儿吃了酒，回来的晚了，路上撞客着了。"

据台湾版的《国语辞典》解释："撞客是碰到鬼邪。旧时以为一些突发的病症是鬼邪作祟所致。"

此病可能就是现代人所说的"癔病"，或者叫"歇斯底里"。感觉异常，动作僵硬，哭笑无常，胡言乱语，愤怒粗暴，打滚吵闹……

大化专区升格为市以后，特别是沾了大化钢铁公司的光，城市扩大，修建了新车站、大广场、宽马路。可真遇到事，还是挤成一个团，乱成一锅粥。这一天，大化车站前的广场，变成了汽车的大展览，各种款式、各种颜色的汽车，排成了阵，挤成了团，堵塞了所有的空间和通道。亮花花，光闪闪，排在里面的想出去，等在外面的想进来，喇叭声响成一片……

奇怪的是这么多豪华轿车不仅没有把广场的格调给抬上去，反而让人觉得站前广场更像难民营了。人群像炸了窝的蚂蚁，刺刺刺，嗖嗖嗖,乱哄哄,急转转,提着包,背着袋,提溜甩挂、叽里哐啷地在汽车的缝隙间穿梭。

爱多事的人嘴里不免嘟嘟囔囔,胡卷乱数:今儿个是什么日子?要地震哪还是要打仗?

哼,你还别说,真跟那个差不多,是到北京开会的人大代表回来了!

更有举旗的,吹哨的,扬手大声吆喝的,敲锣打鼓放炮的……

车站贵宾室里也快挤成肉酱了,还有许多代表不得不停在站台上,这其中也有市里的头面人物。因为头面人物自然也都是代表,比如市委书记高敬奇,大钢总经理兼市长的张才千……而这两个人偏偏还要急着赶到国宾馆去,那里有一个国际经济论坛正等着他们去剪彩开幕。

这都是早就安排好了的,现如今的官场习惯如此,要的就是这种节奏,当个头头练的就是赶场这一功,好像天天忙得马不停蹄,赶会如赶场,救场如救火。领导就是参加活动,参加活动也就等于领导,不然为什么各种各样的活动总是一个紧接着一个?

来车站接书记、市长的车,自然架子就大,一般都是掐着点儿来,不想今儿个被堵在了老远的地方,连广场都进不去,更甭想靠近贵宾室的门口了。如果让书记、市长像其他上下车的乘客一样,在人堆里挤来撞去地钻出广场再上车,那成何体统。可要想让领导体面地不挨挤,那就只有耐着性子等。

所幸当头头的都有着很不错的自我专注的修养,至少看上去还保持着平时的派头和气度,仍旧显得随和从容,平静地一声不吭地看着乱糟糟的站台。特别是张才千,眼中似乎还闪动着略带嘲弄的笑意,他笑谁?

他身边的那些当官的代表们可全没了在北京开会时的庄重和文雅,吵吵嚷嚷,甚至骂骂咧咧:今天真是邪行!

你没看车站里外全是郭家店的旗号嘛,除去郭存先还有谁能作这么大的妖?

这些人都不是等闲之辈,又是刚从北京参政议政回来,俗话叫

"借横",谁能吃得下这个亏?公安局长吴清源,举着手机一边说着话一边挤到高敬奇跟前,他努力压抑着自己的恼怒和不安。像他这种平常骄横惯了的人,怎么能栽得起这样的跟头,想压也压不住那满肚子的邪火,一脸白白净净的细肉流露出冷酷的急躁,在市委领导面前给郭存先结结实实地捅了一根大棒槌,同时也是为自己开脱:"郭家店来了一个庞大的车队和几百号人,扯旗放炮地迎接郭存先开会归来,他们占据了站台和广场上最好的位置,还把所有的道路都给叉死了,连警车都开不进来,只能等他们走了您才能出得去。"

高敬奇仍旧没有出声,他身边的代表们却受不住了,开始这个一句那个一句地给吴清源上棒槌:"我们市的交通管理体系也未免太脆弱了吧,你那些交通警察是干什么吃的,竟让一个郭家店的车队就把全市的交通都搞瘫痪了!"

"还有一刻钟经济论坛就要开幕了,会上不光有来自国内知名的经济学家和企业家,还有几十位外国学者和企业巨头,其中还有两位诺贝尔经济学奖的得主,他们可都是我们请来的,书记、市长做东怎么能迟到呢?误了这个场可不是闹着玩儿的,我们即便再磨破嘴皮子,人家还能对大化有好印象吗?还会认为我们这里的投资环境是最好的吗?"

一向冷漠和自信的吴清源,双颊发紫,牙帮骨突出,益发地阴沉可怖:"那怎么办?郭存先就在那边,要不让他的车先送书记……"

高敬奇摆手止住了他,眼光也从别处收回来聚拢到他的脸上,书记这种暧昧不清的眼神就更让他心里发紧,比当众损他批他还要厉害。让堂堂书记、市长在自己的城市里受这种窝囊气,被一个农民暴发户占了车道、夺了风头,自己这个公安局长是怎么当的?

而此时的郭存先却很是受用,心里别提多么滋润啦,一下车就被里三层外三层地围上了,抬眼便看见站台正中扯着的横幅大标语:"热烈欢迎我们的好带头人、全国人大代表郭存先同志进京开会胜利归来!"

天哪,若想念完这幅横标非得憋一口长气不可,还好没有在"好带头人"的前面再加上一串"最"字。连贵宾室里也都是郭家店的人了,他们旁若无人地吆喝着、勾连着、护卫着郭存先,为他在人堆中开辟出一条通道。

既然已经这样了,就索性一不做二不休,郭存先把眼皮一抹搭,圆乎脸变长乎脸,被搀扶着随着前面开道人走向自己的汽车,连眼珠都不往市里领导这边转一转。他当然知道,郭家店摆出这么大的阵势来接自己,肯定会让市里的人心里不舒服,这些昨天还跟他坐在一起开会的代表们,不知道有多么闹心,甚至会妒忌得牙根发痒。他们在唧唧咕咕地说什么,郭存先听不到却能猜得到,无非是骂我摆谱了、什么张狂得不知道自己是谁了……反正无论自己怎么做他们都会看着不顺眼,那就随他们去了,还能怎么样?你们倒是知道自己是谁,却在车站广场上找不到北了。身为市里的头头脑脑,如果只为了几辆汽车的事就表现得这么浑身不自在、心急眼红,那可就让郭家店的人得痛快了,今天这件事干得好!

猛然间,广场上的汽车一起鸣笛,声势雄壮,吓人一跳……

是郭家店的汽车在向郭存先致敬!

广场上的人群就更乱了,大家都争着往前挤,大概是想看看郭存先长得什么样。随着汽车喇叭声,郭家店的欢迎队伍站成两排,在广场上为郭存先开出一条通道,保护着他特地从德国定做的皇家型奔驰600,威风八面地缓缓开动了。

然后,郭家店的车队长开始动弹,广场上的人流和车流也便随之松动,慢慢就活泛了。谁爱生气就气吧,整个广场上的人都不能不耐着性子等待着,郭家店的车队像长龙一样慢慢地游离了广场,有爱看热闹的人还像潮水一样从后面追着车队瞧新鲜,眼瞅着这个庞大的车队气势显赫地向市中心驶去……

火暴暴的车站广场一下子像被抽空了一样,显得空空荡荡,无精打采。

郭家店的车队长到什么地步呢?村上的二百多辆豪华轿车差不多都开来了,跑在前面的开道车是虎头虎脑的"沙漠公狼",美国产的越野吉普。紧接着就是郭存先的坐骑,后面依次是各种型号的奔驰、宝马、林肯、别克、凌志、公爵王……在最后面压阵的,是一辆号称"沙漠母狼"的越野车。

这的确是够招摇的了,等于是汽车大游行。而游行的含义,在中国又太丰富、太敏感了……很显然,郭家店的人就是要趁这个机会显摆一回。既然有,干嘛不显摆,显摆显摆又怎么了?正好也给大当家的作脸、争气。

汽车——可是郭家店的图腾。村民们讲,早晨上班一看到办公大楼下面郭书记的奔驰600,就眼亮,就来劲。他们说郭书记的车有多好,郭家店就能有多好;郭书记的车跑多快,郭家店的发展就有多快。还有的说,每天看到郭存先的大奔心就踏实,像吃了定神丹……这是不祥之言,好像连村民们也在为郭存先的安全担心,不知哪一天他或许就不在了。

郭存先的存在变成了一辆汽车。汽车在农民眼里象征着权力、地位和金钱,有钱的农民跟别人比什么,比汽车。前些年郭家店人在报纸上看到南方有个华西村,一次买了五十辆国产捷达牌小轿车,记者形容说浩浩荡荡地向村里驶进,如一片红色的云……当时他们眼馋得不得了,现在却换了口气:狗屁,小捷达算什么?还红色的云呢,我郭家店是清一色的豪华型进口车,这才叫一步到位,买不起别买,要买就买好的。这自然格外招眼,而郭家店人就是喜欢招外人眼馋,谁眼气谁活该,特别是那些城里人和当大官儿的。

郭存先喜欢好车,也喜欢跟人谈论汽车,为这些汽车可没少跟人费唾沫星子。有个随一位大领导来郭家店视察的北京记者,当着领导的面问过他,生活在一个村子里的农民,搞这么多豪华轿车用得着吗?还是就为了显摆?别人会怎么看?

郭存先最喜欢打嘴仗,当场就给顶回去了,他说别人爱怎么看就怎么看,他们嘴歪眼斜跟我们有什么关系?你要问我怎么看,我可以告诉你,豪华车队有巨大的经济意义,它代表一种投资条件,郭家店经常有外国客户来谈合作,已经建立了三十多家合资企业。如果我们都骑着毛驴,腰里掖根旱烟袋,脑袋上罩块白羊肚手巾,外商还敢跟我们合作吗?

记者不解,骑毛驴抽旱烟戴羊肚手巾,怎么就不能跟外商谈判?

郭存先认为这个问题提得无知,不值得回答,他举出另外的例子,有个部级干部曾问过我,你是什么级别,敢坐这么好的车?我一句话就把他顶了回去,我们农民没有级,别拿我们跟有级的比。还有位退休的老干部看见郭家店这么多豪华轿车心里气不忿儿,责问我,说他是流血流汗扛枪打仗过来的,现在也只能坐个一般的车,你郭存先有几个钱算什么,竟敢超标准坐车?我笑呵呵地就给顶了回去,你是带着穷人打倒了富人,我是带着穷人变成了富人,我不坐好车天理不容!

郭家店的车队,拉开来足有一里地长,城里人看傻眼了,马路两边站满了人,可见汽车并不单是农民的图腾,也是让城里人眼馋的东西。

马路两旁看热闹的人一多,郭家店人就更长精神,越发地臭美了,前面的"公狼"开始大声鸣笛,后面的"母狼"立即回应,中间的所有轿车都跟着一起摁喇叭:嘀嘀——嘀、呜呜——呜……此起彼伏,前呼后应,若群狼长嚎,刺耳穿心。

大道两旁的围观者不知出于一种什么心态,也跟着起哄,大呼小叫,吱呀乱喊。于是便有更多的人从屋子里跑出来,像涨潮一样涌向大街。

到什么时候,人群像羊群一样都有一种盲动性,一个走都跟着走,一个停也都跟着停。有人往外跑自己就跟着向外挤,有人朝前看自己也跟着伸长脖子,谁也不知道外面到底发生了什么事,挤到马路边上才明白过来是过汽车……过汽车有什么好看的?城里的大街上天天过汽车,怎么农民的汽车就成了风景呢?

不光人凑热闹,其他街道上的车辆也来添乱,一辆满载着铁皮大桶的卡车,从化工区幽静的彩虹大道上钻出来,司机明明看见前面是绿灯,没有减速就直冲路口,快到近前才发现前面横挡着一个车队,赶紧急刹车——车上一阵叽里哐啷的碰撞声,装载着硫酸的桶盖被撞飞,硫酸带着火辣辣的烧灼气味泼洒出来,只听得两旁的人群哇呀呀一阵尖叫,急慌慌向四外逃散,跌跌撞撞,挤作一团……

乱了,乱了,整个大化市都在倾斜!

由于事先没有接到通知,临时戒严已经来不及,各路口的警察都被闹蒙了,搞不清这到底是谁的车队?气派像国家领导人来了,可比国家领导人的车队更洋、更长,莫不是哪个外国元首来了?警察手里的报话器吱呀乱响,却拦也不是,放也不是……

等到他们知道了这是哪里来的车队,再想控制局面已经晚了。但警察们又岂能甘心,他们还从来没有受过这样的戏弄,有人火气顶到了脑门,不管三七二十一地吹哨子打手势,想拦下车好好整治一下这些乍富的土包子。

但这么长的车队,首尾相接,想拦下其中的一辆或几辆车是不可能的,要停全得停,而整个车队一停下来,就占住了马路,那就谁也别想通过了,大半个城市的交通都得瘫痪!可就这么不管不问地放他们过去,警察又不甘心,也觉着太不像话,太便宜了他们。

大化市的警察还真没吃过这个亏,心里窝了大火。

车队经过的所有道口,红绿灯全失去了意义,红灯亮着也不能停,绿灯亮着也无法过。凡交叉的路口,都围堵着层层叠叠的人群,附近的大街小巷里塞满了无法挪动的汽车,无辜而焦急的司机们不耐烦地摁着喇叭。后来都知道这就是大名鼎鼎的郭家店的车队,叫喊声和汽车喇叭声就越发地刺耳了……这是一种响应、一种支持,还是一种愤怒、一种抗议?

看上去偌大的一座大化城,原来竟这般脆弱,被一个突然闯入的农民车队就搅得六神无主,乱了分寸!

郭存先半躺在座位上,脑袋枕着靠背上方的软垫,眼睛看着司机的头顶,其实他什么也没看见,只看着自己脑子里闪过的一个个半拉咯叽的念头。车窗外面的混乱好像跟他没有关系了,村里人的兴奋和得意也不能再感染他,他的兴奋劲已经过去了,显得疲倦和落寞。

旁边紧紧依偎着圆润明艳的林美棠,鲜亮的洋红套装像一堆火在燎烤着他,一阵阵浓郁而强烈的香味刺激着他,身上因突然袭来的渴望而有点疼痛。她的两只手攥着郭存先的右手,轻轻地捏搓着,扬着一双喜气盈盈的眼睛一刻也不离开他的脸,悄悄地问:"这么长的会是不是开得挺累?我们都在新闻联播里看到你了!"

"狗屁,就那么一闪而过,不是我们郭家店的人谁能注意得到?"郭存先的干儿子刘福根坐在前面副驾驶的位子上,大咧咧一张嘴就连卷带骂。"这帮王八蛋记者都他妈是喂不熟的狗,光知道追着你屁股要钱,不办一点人事。按理说这场合还不该录您讲话的镜头吗,至少也应该给一个大特写。不信把那些代表挨个人头点一遍,谁能跟咱郭家店比?惹急了咱自己买个电视台!"

好,这小子有种,将来会顶大用!郭存先撩开眼皮,看见干儿子的瞳仁像火花一爆,迸出逼人的光亮。这是自打他上车后第一次笑,旁边的女人也陪着咧开嘴角笑了。

郭存先的亲儿子郭传福,随他妈,文文静静地爱读书,从宽河一中毕业后考到北京读大学,正准备去美国留学。郭存先喜欢自己的儿子,并以儿子为骄傲,可一年也见不到儿子几面,便把对儿子的喜爱转嫁到干儿子刘福根身上。不仅没有怪他粗蛮,心里反倒赞许他看得深,一下子就点到了他心里最痛最烦的地方……郭存先知道,村里有许多人私下抱怨他把干儿子宠坏了,吊儿郎当,精于玩乐,张狂无形,没大没小。

郭存先自小没少看戏听故事,有个大地主培养儿子的故事,格外对他的心思。大地主只有一个儿子,长大后不学好,吃喝玩乐样样精通,渐渐地大地主成了老地主,就给了儿子很多钱,让他出去随便糟。一年后儿子把钱花光回来了,老地主问他有什么感受,儿子说女人太好了,一人一个样,妙不可言。老地主又给了儿子更多的钱,叫他继续去历练。三年后儿子回来了,跟他说天下的女人都一个样,没什么意思。老地主很高兴,知道儿子毕业了,便把家业传给了他。释迦牟尼之所以能成佛,因为他曾是王子,享受过荣华富贵,成佛后才能真正做到六根清静。弘一法师之所以能成高僧,是大家的少爷,吃过见过。小和尚为什么天天念经还难以成佛?就因为他什么都没经过见过,嘴里念着经,后边有高跟鞋的声音,心就定不住了,非得要回头看看不行。

后来,一个想拍郭存先马屁的教授,为他的理论找到了真正的历史根据:唐太宗几次三番地想废掉太子李治,魏征问他为什么?唐太宗说,我像他这么大的时候无恶不作,臭流氓一个。可你看看现在的李治,循规蹈矩,唯唯诺诺,将来必干不成大事,管不了天下,很容易被人推翻……以后果然验证了他的话,李治被武则天给废了。

有皇上这么做过,郭存先心里就更有底了,对刘福根这个干儿子越发地放纵。

就说这次进京,他是费了大劲才当上了这个全国人大代表的,这不过只是个台阶,在中国谁不跨上这个台阶就甭想能成为国家级的人物。山西那个老文盲陈永贵,不就是在一九七五年的第四届全国人民代表大会上一跃成了国务院副总理的吗?前有车后有辙,他郭存先自然也对参加这个会抱着非同一般的期望。虽然明知自己一时半会儿还不会成为第二个陈永贵,但名气搞得大过陈永贵还是可能的。如果把话说大点,现在郭存先的名气和贡献就已经大大地超过陈永贵了。

孰料北京这个人代会竟像个深不可测的大水坑,一下子就把他给淹没了。在会上没有人特别地拿他当回事,特别是那些国家级的头头脑脑,有不少曾来过郭家店,或在一些会议上跟他谈过话,可这次碰了面都像不认识一样。自打郭家店发起来以后,郭存先走到哪里不是一群一伙地围在他屁股后面转?越是生脸的对他就越好奇,像朝圣一样都想看看他长得嘛模样,哪里受过这样的冷落。

可他不想让郭家店的人知道自己在会上被慢待了,这是只有他自己知道的心里的痛。心里的痛就是他的弱点,也是郭家店的一号机密,不能让别人知道,包括车里这两个自己最亲近最信赖的人。于是,他把自己脸上的褶皱很快又耷拉下来,神情变得恍恍惚惚,心不在焉,仿佛被一种浓得化不开的气息罩住了。

林美棠眼光流转,尽情透露着她的媚,并稍稍直起身子,从口袋里掏出一个精巧的银制打火机和一盒大中华香烟,抽出一支放到嘴里点着,深吸一口,然后从自己的红唇上拿下来放进郭存先的嘴里。

他用左手指夹住烟悠悠地吸着,像头大鸟一样低下头看着眼前这个明艳的女人,缓缓地问她:"刚才车站里很乱,郭存勇跟我叨咕了一通什么来着?他的车怎么啦?"

刘福根在前面接口说:"他的凯迪莱克昨天夜里在国宾馆的停车场被砸了!"

"哦呵?"郭存先突然直起身子,像要扑过去。"他的车为什么放到国宾馆去?"

林美棠轻轻插嘴说:"咱们的办事处由华侨大厦搬到国宾馆了。"

郭存先的身子又向后躺下去,眼睛里也恢复了见多不怪的神情,却慢慢地甩出了一大堆疑问:"国宾馆的停车场夜里没有保安吗?知道是谁干的吗?是郭存勇自己得罪了人,还是冲着咱郭家店来的?车被砸到什么程度……"

刘福根只知道那辆崭新的凯迪莱克算彻底报废了,郭存勇已经向公安局报了案,其他情况就说不上来了。今天早晨郭家店的头等大事是欢迎郭存先这个大当家的回村,哪还顾得上别的呀?郭存先嘬着牙缝慢慢地迸出两个字:现眼!

然后指示干儿子通知郭存勇,今天下午回村汇报砸车事件。顺便给前面"沙漠公狼"的司机打电话,叫他领着车队到国宾馆门前兜一圈儿。刘福根笑了,掏出手机一边拨号一边幸灾乐祸地说:"我猜国宾馆门口那条道,肯定会拌不开蒜了……这几年市里的警察老跟咱郭家店过不去,常扣咱的车罚咱的款,今儿个上午国宾馆正巧有个国际经济论坛要开幕,国内国外来了不少有头有脸的人,那就让他们先认识一下郭家店的车吧。"

郭存先忽然又打断干儿子的话:"这个会请咱了吗?"

刘福根正听电话,只回头冲他摆了摆手。他神情阴悒地掩饰住自己的失望,在市里举办经济研讨会竟然不请就在身边的郭家店参加,还能讨论出什么名堂?林美棠像钻进他肚子里一样悄声宽慰说:"可能他们知道您在北京开会,也许这两天就会给送请柬来!"

郭存先嘴角挂出一丝不屑,右手加力攥住了林美棠的手。林美棠顺势将脸贴到他的身上。

郭存先的车队回到郭家店,已经接近中午时分,老远就看到了村口的欢喜树,枝条已经泛青,颤颤巍巍,遮天蔽日。在大树的上空悬浮着四个巨型红气球,气球下面挂着长长的彩带,迎风舞动,宛如两条直立的彩虹。

一条彩带上写着:"热烈欢迎郭书记参加全国人大会胜利归来!"

另一条彩带则是:"热烈庆祝郭董事长进京参政议政获得圆满成功!"

这是郭存先最看重的三个头衔,书记是党内的职务,郭家店集团总公司董事长是行政职务,全国人大代表是社会职务,所以要特别标出"参政议政"的字眼。

村口的大牌楼粉刷一新,巍巍然顶天立地。进了牌楼,全村也一片披红挂彩,喜气洋洋,醒目的高处张贴着花花绿绿的庆祝全国人代会闭幕和欢迎郭书记回村的大字标语……这架势给人的感觉,就好像开好全国人代会是郭家店的事,或者是在郭家店主持召开的,大会的圆满成功,就成了郭存先的圆满成功,当然也是郭家店的圆满成功。

村人已经习惯了这种夸张地颂扬,习惯得让人觉得是一种风趣、一种反话。

依着惯例,车队应该开到总公司的大院里集结,凡村上有点脸面的人早就等在那里,要听郭存先讲一讲,讲什么都行,或传达北京大会的精神,或讲讲外面的见闻,或说点自己的感想……村民们都知道郭存先擅于讲话,也从来都不愁没有词儿。见面礼嘛,村上人有十多天没有见着他了,也知道他肚子里存了不少话了。

但这次,下边的人想错了,郭存先意外的没有要进村就讲话的情绪,却不想让下边人看出他不正常的低调。郭家店任何时候都必须保持着高调,低调就是反常,就表示又要出事了。所以他一进村就让刘福根传下话去,今天时间太晚了,书记照顾大家去市里接站辛苦,先各自回家吃饭,有话以后再讲。然后吩咐司机,直接将他送回"人才园"高级住宅小区里的新家。

这个小区被村民称做"郭家店的中南海"。狮头形的大门楼,威严而堂皇,门口昼夜有警卫站岗——这警卫可不是城市住宅小区里的那种保安,是地道的佩枪警察,或者叫"村警"。人才园的大门是用拳头粗的不锈钢柱打造,关上以后坦克也攻不进来。当初一设计的时候,郭存先就定下了标准:在样式上、气魄上要参考北京的人民大会堂,在质量上要高于中国现有的任何建筑,院内的一砖一瓦、一墙一门、一梁一柱都要能防大震、防大仗、防原子!

因此,小区的四周围起了一丈二尺的高墙,高墙内分布着几十座样式各异的二三层别墅。在小区最好的位置上,也就是过去兵家安营扎寨时搭建中军大帐的地方,矗立着一幢大一号的四层红楼,四平八稳地俯瞰着整个小区。小区里的别墅群则呈现出一种众星捧月的效果,这中央的红楼当然就是郭存先的新居,但看上去冷冷清清,好像守家的朱雪珍还没有把家搬过来……

大奔说话间就开到了红楼跟前,郭存先依然躺在座位上没有动弹,等着司机或保镖为他开门。司机刚想起身,胳膊却被刘福根拉住了,刘福根的一只手举着电话有点发愣,嘴里嘟囔着:"我干娘又犯病了!"

郭存先心里咯噔一下,皱皱眉:"人在哪里?"

"还在老房子里。"

他越加不耐烦了:"为什么还不搬过来?"

刘福根也不知道这一上午出了什么事,只能支支吾吾:"是啊,说好了今儿个上午搬过来……"

所谓搬家其实就是人过来,说得再具体点就是老婆搬进新房子来住就行了。家就是人,男人的家就是老婆,老婆一搬过来房子里就有了活气儿、有了热气儿……红楼里的一切高档设施和用具都是崭新的,原来老房子里的所有东西都不要了。

可朱雪珍就是耗着不想搬进来,什么原因却不对外人讲,在小区刚建成的时候她曾跟自己的丈夫透过那么几句,当时就被郭存先给呵唬回去了。因为她的道理总是那么邪乎,说这个郭家店的大会堂是凶宅,老在噩梦里看见它,圈着高墙,装着冷森森的大铁门,日夜有警察把守,这不是监狱是什么,住到这里面还会有好吗?

多年来她被"撞客"拿得颠三倒四,也只有郭存先知道她得这种病的真正原因,所以就对她格外迁就。当然也从来不把她的话当真,自己眼下正是阳气鼎盛,什么鬼祟敢近他的身?他在临去北京开会的时候下了死令,叫雪珍在他不在家的这段日子里必须搬过来,搬也得搬,不搬也得搬。可到了还是没搬。在这个村上,对他的指令敢这么软拖硬泡的,除去自己的老婆再不会有第二个人了。

无奈,他只好叫司机掉头再去老房子。

离老房子还很远哪,就看见好事的邻居们正往他的老房子里跑,从里面传出男男女女吆三喝四的叫喊声和噼里啪啦的摔打声……

不等车停稳,刘福根就跳下车向自家院子疾跑。林美棠瞄一眼郭存先的脸色,也紧跟着下了车朝院里跑去。惟有他,胸内血气翻涌,却仍能保持着令人敬畏的自制,一直坐在车里等司机为他打开了车门,才阴沉着脸橐橐有声地踩着砖地走进自家院子。

院内站着许多人,家什横躺竖卧,柴草踢踏得满地都是,闹闹嚷嚷,乱七八糟。大家都知道得了撞客的人力大无比,四五个同辈或晚辈的男人把朱雪珍围在中间,有的抱腰,有的摁胳膊,有的抄大腿,想把她掐巴住抬到屋里去。

朱雪珍真的像中了邪,完全变成另外一个人或另外一种勇猛的生灵。她表情奇特,目光犀利,愤怒而危险,大喊大闹着突然一发力,正掐巴着她的那些男人们呼啦一下被甩开了,有的跌倒,有的松手,有的倒退了好几步。她嘴里嘟嘟囔囔,声音冰冷而浑浊,绝对是她平时说不出来的话:"谁能知道当娘的当初为什么生下你,你更不会知道自己什么时候死,大家碰巧在世上见了面,早晚都得走。没有谁是最高的,人人都是重复。只有病是不能治的,活一天就要感激一天……"

林美棠一边极亲近地喊着大嫂,一边凑到朱雪珍的跟前。在这个时候她老想表现得比其他人跟朱雪珍更亲近,她对朱雪珍的这些话似懂非懂,但觉得很有意味,真希望朱雪珍继续说下去,即使永远就这么说下去也比打打闹闹强。此时大家又一拥而上,还想再制住朱雪珍,可她一抡胳膊,把林美棠和靠她最近的人又打开了……

477

这时候有人去翻柴火垛,捅阳沟眼儿,察看屋里屋外所有墙角旮旯和一切堆放东西的地方。他们认为朱雪珍之所以这么折腾,是由于一只"黄大仙"不知躲在什么地方使妖作祟,不然朱雪珍没有这么大的力气,也没有这种腔调、这副神态。所谓"黄大仙"就是黄鼠狼,只要找出那只黄鼠狼,把它赶跑或打死,朱雪珍就没事了。可是人们在院子里和屋里翻了个底朝天,闹得鸡飞狗跳,满地狼藉,也没有找到那只捣鬼的黄鼠狼。

农村人对这种事总是有很高的热情,有的怀着同情来帮忙,有的纯粹是来看新鲜瞧热闹,但不管出于什么心态,进门都装出一副热情张罗的样子。围着的人越多,朱雪珍就闹得越厉害……

这大的混乱突然在一刹那间凝固住了,院里的人看见郭存先站在门口。他这时候的脸色要多难看就有多难看,眼睛里的光是冷的,能把站在这儿的每个人的心思都看穿。怕一个人就是怕他的眼睛,在这个村上还没有人敢跟郭存先对眼神。

他在外边的时候恨不得一进家就躺倒在自己那张舒服的大床上,喝上一大碗老婆熬的山芋粥或姜丝热面汤,然后松心地睡上一大觉。可眼下,他真的跨进了自己的家门口,却见到了这么一副翻了天的样子,家不像家,人不像人,便怒从心起,想杀人的心都有。家是男人的私处,不管有没有怕见人的东西,都是最隐秘的地方,现在像抄了家、遭了劫,供人随便看,谁都可以来滥使同情或幸灾乐祸,让他这个本来是全村最有力量最强大的人,变成了一个倒霉蛋、一个弱者。

别人的讥笑固然使他愤恨,关切怜悯就更是他无法忍受的耻辱。所以他一句话不说,就站在门口用镇定得可怕的眼神看着这些人折腾。因为,他还必须掩藏住自己的痛苦和愤怒,他不能像雪珍那样可以毫无顾忌地大哭大笑大骂大叫……

屋里屋外的一大帮男男女女一见到郭存先回来了,立刻就静下来,自动让开了道路,所有的人脸上都换了一副恭敬的表情:"书记回来了","存先回来了……"

他没有答声,谁也不理。

有人开始主动归置弄乱了的院子……

人最怕的还是人,最敬的也是人。"黄大仙"能把朱雪珍折腾得不像人,可人们对它也没有这么客气过。郭存先对所有对他的客气、关切、刺探、好奇、暗笑,一概没看见,径直走到老婆身边,伸出两只手狠狠抓住她的两个胳肢窝。他是抡斧子砍棺材的木匠,手劲特别大,再加上一肚子火气全撒在这两只手上了,只听朱雪珍的叫声越来越轻,渐渐变成了呻吟,身上的邪劲也随之泄了,整个人一下子又变得一丝力气也没有了,现出陷入大病之中的样子。

郭存先这才慢慢松开手,刘福根和林美棠把朱雪珍架上了炕。

娇小轻柔的林美棠先爬上炕,为朱雪珍的头垫好枕头,并顺手将她的身子弄舒服。刚才她的身上无处不是硬的,梆硬梆硬,碰一下生疼。林美棠的脸上身上着实挨了她几下子,头发被抓散了,脸上还留下两道紫印。现在朱雪珍的身子却变得稀软,怎么摆弄都行。她脸色煞白,没有血色,脑门上盗汗,双眼微闭,喘气粗深,刚才这一通撕巴让她耗尽了力气,身子太虚了。林美棠从炕角拉过一床被子给朱雪珍盖上——她做这一切看上去很自然、体贴、细致,带着出于真心的关切与呵护。所有的人都看着她,她是在做戏给大伙看,还是真像她表现的这样从心里就跟朱雪珍这么亲?

她靠着郭存先都快四十岁了还不嫁人,这在全村早就是明的了,跟朱雪珍正应该是死对头,却敢在这种场合往前挤,上下张罗,大包大揽,连朱雪珍的亲妯娌、郭存志的媳妇也不能在这种时候跟她争风,只是站在炕梢给她打下手。到底是林美棠这个女人不简单,还是郭存先的威势太大,能罩得住、镇得服?

当林美棠觉得在炕上已经没有什么好做的了,准备下地的时候,一扬脸,眸子和满屋各式各样的眼光接上火,心里微微一颤。但看她的人现出了更多的不自然,赶紧别开眼睛,甚至借机向外撤,本来也没有什么事情可以让这么多人插得上手了,大家打着招呼纷纷离开郭家。有人临走前还把院子给归置了一下,人真要想巴结谁,心会想得很细,眼里自然有活儿。再说能帮助或同情一个像郭存先这种平时让人见了敬畏的人,也会给村人们一种快慰。

人们说走,不一会儿工夫满屋满院子的人就如落潮般退出去了。

看看屋子里没有外人了,林美棠就问黄素贞:"今天早晨看见雪珍还是好好的,我们一走怎么就犯病了?"这话可问得有学问,先把自己给择捋清了,这回朱雪珍可不是因她而发病。

黄素贞先拿眼睛向郭存先这边瞄一瞄,论起来他是大伯子,而且是从心里对存志好,真像个当大哥的样,可不知为什么自己就是怕他。自打进屋后他坐在炕边就没吭声,听林美棠问黄素贞的话才抬眼瞅了瞅她。但眼光冰冷黯淡,双颊仍旧绷得很紧,黄素贞就加了小心,知道林美棠问的事一准也是郭存先想知道的,便先叹了口气。

这声叹息就像唱戏的叫板,后面就该是一大段的唱词:"上午我嫂子生了点气,把我喊过来念叨着哪,就快到晌午头了,估计大哥要回来,就到院子里抱柴火做饭。不大一会儿工夫就听见她在外边叫了一嗓子,吓得都不是人声儿了。我赶紧跑出去,大嫂脸是青的,汗也下来了,眼睛直勾勾地盯着柴火堆下边,嘴唇哆嗦着一个劲地往后退,我问她怎么了?她说刚才一伸手抱柴火忽然看见一团黄澄澄的东西,脑袋像大个的玉米棒槌,尖尖的下颌,胡子横排,又硬又长,威风凛凛地向两边翘着。两只眼睛晶亮,一眨不眨地瞪着她,好像有怪罪之意。一身黄毛像抹了油一样闪闪发亮,大尾巴舒舒服服地伸出去足有半尺多长。大嫂后退到认为不会再惊扰到黄仙的地方,双腿跪了下去,一边磕头嘴里一边叨叨咕咕,好像是说大仙别怪,我不知大仙在此,求大仙保佑我一家老小平安无事,保佑存先爷俩……"

郭存先听不下去了,冷冰冰地打断了她的话:"你嫂子上午是跟谁怄气了?"

黄素贞咯噔愣住了神儿,两片薄嘴唇轻轻地向里嗫着,瞅瞅郭存先,那眼睛活像看到了一团黑糊糊的炸药,感到了危险。沉了一会儿她才想出了词儿:"怕你刚一回来生气,我跟嫂子商量好先不告诉你。其实也没出大不了的事。你不在家的这些日子嫂子把小慧叫来做伴儿,今天上午村里清静,蓝守义的二小子蓝田,不知怎么把小慧堵在了娱乐大世界,可能是跟她动手动脚了,小慧没见过这个,吓得哭着跑回来了,我嫂子最疼这个外甥闺女,这种事又不好闹出去,心里暗憋暗气,一下就受不了啦……"

刘福根不等他二婶把话说完就先撺儿了:"这个王八蛋,我非宰了他不可!"他一边骂着一边就蹿了出去。

郭存先依旧黑唬着脸问:"小慧在哪儿?"

"嫂子一闹病我就让她到我那边去了。"

"吃亏了没有?"

黄素贞摇摇头:"没有,一点事都没有,就是小青年谈对象嘛。"

"存志没事吧?"

"没事,挺好的,还老叫您惦记着。"

## 22. 钱的面孔

> 钱之为体,有乾坤之象。……亲之如兄,字曰孔方。……无德而尊,无势而热,排金门,入紫闼。危可使安,死可使活,贵可使贱,生可使杀。是故忿争非钱不胜,幽滞非钱不拔,怨仇非钱不解,令问非钱不发。洛中朱衣,当途之士,爱我家兄,皆无已已。执我之手,抱我终始。……凡今之人,惟钱而已!
> ——西晋·鲁褒《钱神论》

刚过晌午,六辆豪华大巴拐下7384国道,驶向郭家店,车里坐的是各地的全国人大代表。上午他们在大化市内转了想转的地方,吃过午饭便来参观郭家店,也算是不辞辛苦。

离着老远他们就先看到了遮天蔽日的欢喜树,那可是一棵有名的树,是郭家店的标志。它远看是一棵,到近前细看才会发现是两棵,一棵是杜梨树,一棵是老榆树。由于年代长久,它们完全连成了一体,皮肉相连,根脉相通,密不可分。只有查看树皮才能辨认得出南边是杜梨,北边是老榆。连树冠也交织在一起,北边以榆树为主,掺杂了许多杜梨的枝条;南边以杜梨为主,插进了不少榆树的枝叶;中间的天空则不分彼此,亲亲热热,密密匝匝,你中有我,我中有你。

来郭家店必须要在大树旁边经过,想不看都不行。久而久之,这棵树就成了郭家店的门神,到这儿"文官下轿,武官下马",对现在的官员来说,当然就是下车了。每天大批大批的外地参观者更得要在欢喜树前面的空场上下车,全国人大代表也不能例外。他们只有多半天的时间,按郭家店的规定,半天有半天的参观路线,一天有一天的参观路线,如果住下来要呆两天以上,还有另外一套要参观学习的内容。

村里的一位导游小姐举着电喇叭,把人大代表们召集到欢喜树跟前,就便先介绍这两棵大树的故事:不光是郭家店的人,就是方圆几十里的四邻八乡,也都认为这是两棵宝树。村里没有庙,这两棵树就是郭家店的保护神,逢年过节,有红白喜事,每当郭家店有迷信的人要祈求神灵保佑的时候,就到大树底下来烧香上供、磕头膜拜。即使是平常的日子,从初春到秋末,村里的人也会经常到这两棵大树底下站一站、坐一坐,哪怕从大树下过一下、绕一圈儿也好。到夏天的晌午头,欢喜树的下面能有半亩多地的阴凉,过去是郭家店人睡晌午觉、开会和娱乐的好地方,没有事干的人也可以坐在大树下消磨时间,有人连吃饭也端着饭碗到树底下来⋯⋯

大树的一条条老根像龙背一样拱出了地面,比一般树的树身还要粗,被人们的屁股磨得锃光瓦亮。谁也说不清这两棵树到底有多大年岁了,目前郭家店年纪最大的人说,在他们很小的时候就有这两棵大树,他们也曾问过他们的老祖宗,老祖宗也说在他们刚记事的时候这两棵树就这么大,老祖宗又问过他们的老祖宗,他们的老祖宗也是这样说⋯⋯推来推去就推成了一千年。这样的树谁敢说没有成精,没有幻化成神?

据说在清末的一个大灾之年,它曾经被雷劈电烧过,齐斩斩削去了杜梨树的脑袋,只留下半截一人多高的焦黑身子,紧紧靠在大榆树上。谁也没想到几年后又长出了新芽,新芽变成了枝干,渐渐地欢喜树又恢复了原貌。杜梨树是所有的梨树之本,不用它的枝条嫁接,天下的梨树都结不了果儿。榆树从来都被中国人当做摇钱树,春天树上挂满榆钱儿,不仅形状像钱,更是农民的美味。度荒的时候这棵树曾经一年结三次榆钱儿,救济郭家店的人没有被饿死。这样的两棵大树结成一体,是天下最完美的"龙凤合株",后来县里领导又给它起名欢喜树。它如果长在谁家的门口或坟地里,谁家就能大富大贵,不知会生出多少帝王将相般的人物。然而它偏偏长在了郭家店的村口,该当全村人都沾它的光。

人大代表们一下子听傻了,郭家店的确有绝的,来了不让进村先讲一大通风水学。难道大名鼎鼎的郭家店就是靠这两棵大树发起来的?刚从首都参政议政的神圣殿堂走出来的人大代表们,一个个还都拿捏着一种派头,谦虚地说是来参观学习,实际上也可以说成是视察,怎么也没有想到一个像过去的大寨一样出名并取代大寨成为新时期先进典型的郭家店,派出来负责接待的人竟是这般随随便便地乱讲。严肃有余的人大代表们顶着一头雾水,喊喊喳喳、将信将疑地围着欢喜树转了两圈儿,果然看到树身上粘着红布、黄帐子和许多纸制的吉祥物,树底下摆着香炉和各种供果……

看完了大树,讲解姑娘又领着代表们来到村口的牌楼跟前。这个牌楼可够大的,四柱三门五楼,讲解姑娘说加起来是两个六:六六大顺。牌楼高二十七米,宽五十四米,都是九的倍数:九九归一。过去全世界最大的牌楼在中国,在中国的牌楼中又数颐和园的牌楼最大,这个牌楼却超过了颐和园的牌楼,成了中国第一牌楼。当然也是世界第一牌楼。两个人搂不过来的朱漆大柱,雄劲巍峨,气势压人,黄琉璃瓦的坊顶,飞金走彩的斗拱,突显出一派和周围环境很不协调的皇家气派。牌楼上用浮雕、透雕和圆雕的方式雕刻出三百六十只凤凰,大小不等,姿态各异,色彩艳丽,气韵生动。

牌楼的中门上方有四个黑漆大字:"天圆地方"。字体难看,却不缺少力道,像干柴棍子一样硬邦邦、直杵杵,与牌楼的富丽堂皇颇不般配。经讲解姑娘提醒参观者才辨认出这是郭存先所题。穿过牌楼不远,道分两股,两股道合抱着一个花坛,花坛也不算小,但讲解姑娘没有说这是世界第一花坛。但花坛中间有一个直径相当于两层楼高的白色金属圆球,上面有许多方孔。讲解姑娘说它是"天眼",当然是世界第一"眼"。但不是世界第一球,第一球是地球,世界上再没有大过地球的球。这"天眼"一到晚上就会旋转,从里面放射出七彩霓虹,把整个郭家店的夜空都照耀得五彩斑斓。

人大代表们绕过"天眼",突然被一面金碧辉煌的"九龙壁"挡住了视野。这座"九龙壁"跟北京北海公园的"九龙壁"式样相同,色彩一样,只是又高出两米,宽了两米,龙也更长大、更粗壮,自然又是世界第一"九龙壁"。

实际是按农村的风水习惯起到了影背墙的作用,让从村外路过的人看不到村里。代表中也是什么人都有,有人对这一套感兴趣,就主动连声赞好:好,好,真好。郭家店都占全了,又有现代性,又有传统气派!

再绕过这堵"九龙壁",才真正进入郭家店,真不容易。

村里很热闹,主要街道两旁摆满货摊,从日用百货到蔬菜水果、五谷杂粮,小贩多垃圾也多,街道自然也不会太干净。村内同村口一样也给人一种奇怪的不协调感,建筑参差不齐,有农村常见的砖平房,也有外观非常考究的楼群,有的地段当街还有柴垛、粪堆,鸡鸭猪羊之类的禽畜散漫地游荡着觅食;有的地段又繁华得像城市,商店一家挨一家,广告招牌花花绿绿;还有的街区整洁幽静,花木繁茂,很像富人聚居的地方。

村子的中心是郭家店集团总公司的办公大楼,在楼前的空场中央,矗立着三根高大的旗杆,据讲解姑娘说这是世界上最高的旗杆。真不知道郭家店人是怎么考评出来的?旗杆虽高上面却没有挂旗子,所以就无从知道这三根高杆上是挂什么旗子的?由此向村外辐射出几条大道,通向工业区、科技园、学校、农场……在总公司大楼的对面是一座多用途礼堂,从北京来的全国人大代表们就被领着朝这边来了。

礼堂的大门前站着一个年轻人,额头饱满舒展,气势张扬,通身放散出一种特有的桀骜不羁,还多了份少年得志的傲慢。他肩上斜披着紫红茄克,手里提着一根电警棍,身后还跟着两个年轻的警察。讲解姑娘急忙向参观者介绍站在前面的年轻人:"这是我们郭家店集团的总经理助理刘福根先生。"

刘福根神色狐疑,缺少应有的热情,只是让讲解姑娘吆喝着代表们进礼堂,并尽量往前坐。等参观者安静下来,他站到前面草三了四地对来自北京的全国人大代表们表示了欢迎,口气轻佻,还有几分心不在焉。然后就叫人放录像。

所谓录像就是一张巨大的人脸,粗糙、瘦削、冷峻,还可以说有点丑陋。只有眉心部分比较平整,向两鬓、额头及双颊扩展出无数沟沟坎坎,纵横交错,疙瘩溜秋。短平头,重眉毛,眼睛是干的,目无所视,透出一种拒人于千里之外的孤傲,声音浑浊沙哑,却相当冷静、平稳:"大家已经来到了郭家店,还得在录像上跟我见面,这也是没有办法的事。加上台湾商人,全国三十个省市自治区和直辖市的人都到郭家店来,每天至少三千多人,二三十拨儿,每一拨儿都提出要见郭存先。可我一天最多能见八拨儿,没完没了地说话、握手、赔笑,就这样哪一拨儿没见到我就有意见,说我骄傲。这些年我是天天都得过四关,指手画脚的方向关,议论不断的经济关,说不清的作风关,最难过的骄傲关。没办法,农民自己管理自己,不拿国家一分钱,每年还得给国家上缴好几个亿的税,有点架子是正常的,抠着屁股上墙——得自己托自己。

"现在就简单地介绍一下郭家店的基本情况,郭家店说白了就是国家的店,不是我这个农民开的店,它建村于明代永乐年间,距今已有五百八十多年的历史。全村有土地六千多亩,五千多口人,外来工近四万人,从外面聘请的专家、教授、高级工程技术人员共一千六百人,有管理人员一千多人。全村有企业二百七十五家,其中与国外合资的企业五十二家,年产值超过亿元的三十家,分成独一份食品、钢铁、五洲电器、四海化工、天下建筑、东方商贸等六大公司,外带一个农业大队。去年全村的工农业总产值四十五个亿,税后纯利六点三个亿,人均占有税后利润十二点五万元。怎么样?要知道郭家店在二十几年前还穷得有七十多个光棍儿娶不上老婆,大家一会儿还可以去看看光棍堂的旧址,现在改成了致富会。

"有人老觉着郭家店是财运来了,想挡都挡不住,真正的发财就得是人家给你送钱,不是你去找人家要钱……哪有这回事?这么多年谁能知道我承受的压力?打个比方吧,我坐过目前世界上最大的客机,叫波音747,航空小姐跟我讲,这种飞机一起飞必须在一分钟内拔高到一万米以上,否则就会爆炸。有些领导干部不看我郭家店对国家做出了多大的贡献,就光盯着我们坐什么车、拿多少钱,生气眼红就说我是土皇上。我看这些城里的领导干部,比农民还农民。

你有本事也当回土皇上试试,土皇上去掉土字就是皇上!"

这家伙可真是个人物,什么都敢往外扔。说话的时候嶙峋可观的瘦脑袋一个劲地往前伸,身子也随着一纵一纵地往前蹿,仿佛要把自己像弹头一样发射出去。但你不能不承认郭存先有一种特殊的风采,他老说自己没有多少文化,可讲起话来一套一套的,土的洋的、虚的实的,打比方举例子,自成理论。在他身上纠结了农民的全部故事,还能让人从他身上看到农民以外的东西,看出许多人没有的东西,这就构成了他的强烈魅力。不但能够感染普通人,也能感染地位不低的党政要员,于是才形成了郭家店今天如此热闹的参观大潮。

许多人大代表们对数字并不陌生,很清楚郭存先报出的这一串数字的分量。难怪郭家店的名气这么大,这儿的一切也都牛得有点古怪,确实是名不虚传。人物、人物,"人"要靠"物"给抬起来,没有物的人就只能是个普通的人,后边一加上丰盈的物质,就成了"人物"。

神奇总是诱人,在录像中代表们明明听见郭存先嘲笑了那些想要见他的人,却不仅没有打消想见他的念头,反而勾起了更强烈的好奇心,越发地想见见郭存先这个传奇人物了。代表们以为郭存先在录像中的那番话是对普通参观者讲的,这么多全国人大代表来了,可以叫参观,也可以叫视察,何况他自己还是一名代表,不可能就真的不露个面儿。按惯例他不光是露个面,还应该有别的内容……什么人到了什么地方应该由什么人陪同,享受什么样的规格和待遇,这可是有一定规矩的。

半个多世纪以来,由上边不断地树立或由下边自发地搞成各种不同的典型,供全国大参观,借机公费大旅行,这是中国一道特殊的文化景观。在封闭的年代它几乎给所有公职人员提供了外出的机会,开阔了眼界。人大代表们借北京开会之机,顺便拐一下弯到郭家店一游,是再正常不过的。只是令代表们没有料到,这么大声势地跑了这么远的路,想见的人竟然不露面,用这么一个轻狂的小子就想打发了……

岂料就连这个郭存先的助理刘福根都不想陪,他向导游小姐布置了参观路线,连手也不想跟代表们握就转身要走,参观团的领队沉不住气了,把他拉到一边悄悄地告诉他,这些代表中有厅局级领导干部,也有企业家和各式各样的知识分子,郭存先无论如何也得出来见个面。

刘福根身子没动,只转过来半个脸,漫不经心地说:"省部级以下的干部老爷子一概不见。"

呀?老爷子……这是什么规矩?

刘福根笑了,但笑得有点邪:"郭家店的规矩,刚才你们没看录像吗?过去十年学大寨,去大寨参观的人总共才一千万,截止到目前到我们郭家店来的人就已经达到一千三百万了。前些年北方人都跑到南边去看特区,现在南方人跑到北方来看我们郭家店,不划个杠杠谁来谁见,我们还能干正事吗?我知道你们都是全国人大代表,这不才陪你们看录像嘛。你们不是来参政议政的,是来参观学习的,就先要端正态度,要再摆代表的架子就请自便。"他说完便拨头扬长而去。

这个大窝脖呀,凡站在附近听到刘福根这番话的人全愣在了那儿。

郭家店人在郭存先面前都是孙子,但在外人面前又都学郭存先。人大代表们在北京风风光光了十来天,哪吃过这个?说来也怪,大家同是人大代表,要想在北京开会期间看看郭存先长得什么样非常容易,如果想把他请到宿舍或小组讨论会上去介绍一下郭家店的情况,他说不定会感到无上荣光。那个时候谁把他当棵菜呀!为什么一散了会,大家非要闹着喊着来参观郭家店呢?想多享受几天人大代表的待遇,还是认为郭存先看在同是人大代表的分上会出点血?他那么有钱还在乎这一点吗?

谁知这个"土皇上"一回到自己的老窝还真要当"皇上"……他去掉"土皇上"前边的"土"字了吗?很显然他对这个"土"字深恶痛绝,一心要去掉它,这成了他的动力,也是他的目标。

这几年,郭家店人什么新鲜事没见过?说来也怪,你见的越多,新鲜事出的就越多。不像受穷那会儿,天天穷的一个样,年年穷的差不多,大家的日子都过得千篇一律,谁家闹狗就算是新闻。

今天,在这个暮春的燥热里,人来车往、闹闹哄哄的白天快要过去了,忽然有一个妖冶撩人的港派儿女人,抱着个还没满周岁的小丫头闯进了郭家店。逢人便打听郭存勇在哪儿,自称是他的太太,从香港来找他……

呀哈,乐子又来了!越热闹越有人嫌郭家店还不够热闹,呼啦一下就围上了一大帮人,七嘴八舌地为香港女人指路,更有热心的干脆就自告奋勇领着这娘俩直奔郭存勇的家。后边还跟着一群看热闹的,而且越往前走,后边跟着的人就越多。

也有人已经飞快地去给郭存勇家报信了……

村里陡然又涨满了骚动。

欧华英在郭家店是出了名的精豆子,平时在人前是说说道道的主儿,猛听到这个信儿脑袋也是嗡地一下,差点没背过气去。但气归气,蒙归蒙,丢下正做了一半的饭,慌不迭地就向外跑,跟自己男人的账等以后再算,眼前最要紧的是不能让这个婊子踏进自己的家门。这是自己的家,一旦这个娘儿们认识了门儿,以后想来就来那还了得!郭存勇在村上是有头有脸的,自己也是要头要脸的,这件事万不能在家门口子上闹腾。因为这里是郭家店的中南海,左邻右舍住的都是郭家店的头头,邻居们的脸上虽然都没写着字,可这年头谁的心里不等着看别人的笑话?在这儿闹腾就等于在大喇叭里广播……

最好是把香港婊子支得远远的,找个没人的地方跟她了结。欧华英脚底下倒扯得挺快,脑瓜儿转悠得也很快,等她跟头骨碌地奔到院子大门口,看见迎面一大帮人也快来到中南海的大门口了,她心里不免咯噔一下。她知道自己的男人花哨,平时也没短了敲打,所以始终还没把战火烧到自家大门口,她还真没经历过这种事。现在不管天塌地陷也只能迎上去了,走一步看一步,先把她挡在高墙外边再说。

所有跟在后面的和从四面八方正往这儿奔的人,看见欧华英脸上冒着烟直顶过来,就都停住了脚,并自动向四外闪开,像给耍把戏的打场子一样,立时围成一圈儿。两个女人被围在中间,想要也得要,不想要也溜不掉了。

香港女人大概也猜到迎上的女人是谁了,她们面对面地站着,都在运气。

欧华英恨得牙根痒痒，眼光赛过刀子，在对面的女人和她孩子身上剜来剜去。这也不解气，如果真有一种能藏在眼里的秘密武器就好了，这边一瞪眼那边就倒地毙命，活像得了急病，谁也怪不着。可惜她没有这样的道行，不得不嘱咐自己要沉住气，动心眼、动嘴皮子，一招一式地应对好这件事。

欧华英越是往死里盯人家，就越觉得自己的嘴里在向外冒酸水。对方年轻而妖媚，拥有一种危险的性感，长发披散在脸上，为了不挡住眼睛又经常甩来甩去，羊绒衫随随便便地搭在肩上，系在皮带里的浅藕色的吊带背心，根本遮不住两只雪白的大奶子，真是波涛汹涌，勾魂摄魄。下身是柔软而又闪闪发光的黑色紧身裤，裤脚掖在棕色的长筒高跟小皮靴里。难怪她一进村就吸引来这么一大帮站脚助威的，她身上有男人无法抗拒的东西，也令别的女人无法不妒忌。欧华英从看见她的第一眼就明白了，郭存勇只要有机会，跟这个女人必定会有一腿。自己的男人自己还不知道嘛！

本来气急败坏的欧华英，忽然间意识到自己实际上已经处于下风势，叫这个香港女人一比自己显得又老又土又丑，真闹起来周围的人还不知会向着谁？男人们在心里是肯定会同情对方的，你瞧她那个妖样儿，一股不想掩饰的新鲜和兴奋劲儿，却又轻松自然，对眼前的危险和尴尬全无察觉，漫不经心地用一种好奇的眼神忽而看看欧华英，忽而又看看四周围观的人。

欧华英知道不能再这么傻愣着了，可一张嘴，火气冲得连自己都听出变音变调了："你是谁？到我们这儿干什么？"

对方似乎受了一惊，却没有回避问题，操着一嘴软不啦唧、半拉咯叽的蛮子普通话开了腔："我叫郭楚芳，是香港人，来找我的先生郭存勇。请问你是谁？"

欧华英这个气呀，就更没好声儿了："我是郭存勇的老婆，我们结婚都十几年了，他什么时候又成了你的先生？"

这下该郭楚芳大吃一惊了，可她并没有像围观者所期望的那么慌恐，只是露出了一脸的无辜："我们是前年在香港结婚的，这么说存勇犯了重婚罪,被抓起来了?"

这个傻娘儿们,什么犯忌往外扔什么,还怕旁边的人不这么想吗?

欧华英若不是看她怀里有个孩子,早就上去抽这个烂货了,"放屁!你算什么东西,你不就是个男人玩完就甩的破烂儿吗?谁会跟你这道号的真结婚,你有什么证据?"

"证据当然有。"

"拿出来我看看!"她真希望这个傻娘儿们能拿出证据来,当场就撕它个稀巴烂,看她以后还怎么赖得上!

郭楚芳一脸疑惑:"在这儿?你是警察?"

"我不是警察也能管你,像你这样的骗子我见多了,今儿个竟敢讹到老娘头上来了。走,我这就带你去找有警察的地方!"欧华英猛地蹿上去,伸手夺过郭楚芳怀里的孩子,转身就跑。这一招还真灵,郭楚芳叫喊着在后面追赶,早已经受了不小惊吓的孩子,放声大哭,在欧华英怀里挣扎着……

若在平时,以欧华英的心眼儿一准会和颜悦色地先把郭楚芳领到一个清静的地方,比如娘家、亲戚家、好朋友家,问明情况,连哄带吓唬,顶多就是拿点钱出来,也能把这个香港女人给打发了。只要能用钱摆平就最省事,神不知鬼不觉地就把这个大炸弹给排除了。这对欧华英来说非常容易,因为她手里有的是钱。郭存勇一年光是挣有数的钱就是一百多万,没有数的钱还不知道有多少,她认为管男人最有效的办法就是在钱上卡,凡她知道的收入,一个不剩地都从郭存勇手里抠过来,男人没钱心再花也花不到哪里去……是啊,没想到现在弄出了一国俩妻,连孩子都揍出来了,还要再花到哪里去!

女人终归还是女人,没事说嘴儿的时候浑身冒精气,看得比谁都明白,事情真摊到自己头上了,却犯傻砸锅。连看热闹的都觉得奇怪,你说精豆子欧华英干的这算怎么一档子事,不跟女的讲理抢人家孩子干吗?那女人在后面追,她在前面跑,孩子哭,大人叫,两旁看热闹的哈哈笑,还有更多的人跟着一块跑。

有的给欧华英打气:"好,抢得好,孩子可千万不能给她,要抱到大医院里去检查一下,看是不是真有存勇的骨血?"

还有的给郭楚芳加油:"快呀,跑快点,把孩子弄丢了郭存勇可就不认你啦!"

整个郭家店都轰动了。这种事最容易激活人们的兴奋点,平时跟郭存勇上不来的和跟他走动比较近、相好不错的都出来了,都在旁边帮腔。

吵架斗气最怕别人在旁边起哄架秧,这如火上泼油。精明的欧华英,就是被旁边起哄的人给煽乎疯了,才把事情闹得自己驾驭不了了。但她再糊涂也不会抱着人家的孩子真的去医院,也许在她抢过孩子转身一开跑的那会儿,潜意识里就已经有了目标:去村委会,找郭存先。在这个村里不论谁都可以有犯浑犯难没有主意的时候,惟独自己这个不远不近的大伯子,在她眼里从来都没有过没主意的时候。而且她一直觉得自己在心里跟郭存先很近,他一定会向着她,为她做主,或者给她出个好主意。

然而,她哪里想得到,平时没事的时候好像经常能碰见郭存先,真有事要见他可就难了,她被保安非常生硬地挡在办公大楼的外面:老老实实地在门外边等着,给你去通报,至于郭书记见不见你,那就看你的造化了。你急?到这儿来见郭书记的谁不急?市里有头头来了你知道吗?还陪着四十多个外国专家,正在大贵宾厅等着郭书记去讲话哪。你的事大?事小能到这儿来吗?看那边,是一大帮记者,有大报的、小报的、中央电视台的、地方台的,排队等着要采访郭书记,要宣传咱世界第一村,你说这是大事还是小事?

外面这么热闹,郭存先在办公室里还能坐得住吗?这么多重要的事情等着他都无暇顾及,眼下他已经忙成了什么样儿呢?

其实,保安即使不阻拦,让所有来找郭存先的人随便进,也没有一个人能找得到他的办公室。这幢大楼从外面看是六层,到里面看却只有五层,楼道只到五层就好像到顶了。五楼有贵宾厅、大会议厅、小会议厅、荣誉室,把着大楼东南方金角的是总经理办公室。分里外两大间,坐在外间的是总经理办公室主任林美棠。她身后有一个暗门,通过暗门可以看到一个小楼梯,直通六楼。

六楼的整个一层就全都属于郭存先,有办公室、卧室、洗浴按摩室、小餐厅、小会客室等,家具全部是紫檀木的,餐具都是银的,水龙头是镀金的,他那张大得出奇的办公桌上的电话号码是98888888——"就是发发发……"凡有幸走进这间办公室的人,大多都接受过郭存先这样的询问:我的办公室比中南海怎么样?其实发问的人和被问的人都没有进过中南海。有没有答案并不重要,重要的是郭存先一定要拿中南海做参照。

房间这么多这么大这么豪华,可郭存先常常只占很小的一点空间。此刻他就苦披着西装,斜蹲在硕大而舒适的皮转椅上。对,是蹲着而不是坐着。就像在田间地头那样蹲着,他可以这样默默地一蹲就是两三个小时,只在他蹲累了或有外人的时候才会坐一会儿,等歇过劲来或外人一走,就又蹲上去了。而且一根接一根地抽烟,也可以叫烧烟,他手里必须得老夹着点燃的烟,想起来就一口接一口地紧抽,想不起来就夹在手指间任其自燃,烟灰太长了就自动落在下面厚厚的纯毛地毯上。在他身后站着一个容貌纯朴的姑娘,看到他手里的香烟烧得差不多了,自己先点着一支,然后把郭存先手里的烟屁股接过来掐掉,将新点燃的这支再送到他的手里……如此往复,没完没了,除非郭存先离开了办公室。

仿佛不蹲在椅子上抽烟,郭存先就不会思考。不论外面有多少人找,多少事催,即便热闹得吵翻了天,急得火上了房,他仍能在自己的椅子上蹲得住,像一盏孤独的老油灯,除了喘气,几乎一动不动。至于他成天蹲着想什么,没人知道,遐思冥想,胡思乱想,或许根本就什么都没想,只是让孤独的寂寞静静地烧着自己的心。形单影只,恍恍惚惚,似有满腹郁勃盘结于胸。

权力这块肥肉是他自己培养出来的,想不到稀里糊涂地他就成了活着的神话。这时常让他感到自己已经缺少权力所需要的体力和智力,开始憎恶一切人与人之间的接触,不能再随意跟人交流心思。他必须把自己关起来,保持着对一切的冷漠和对一切的野心。让群众轻易见不到他,才更有神秘感,有神秘感才能成神。想想那些成气候的人物,哪个不是都留下了许多谜。

这或许是因为他太强了,所以寂寞。因为寂寞,他才能发现最强大的活力。用心的孤独,换得心的自由。他已经不能再说那些寡淡无味的平常话,必须苦思冥想出一些警句格言和能逗趣的顺口溜,以应付领导、群众和媒体。从他嘴里说出的所有话都是指令和规章制度,甚至就是金科玉律……让下边的人负责制造产品去赚大钱,他最主要的职责是生产思想,征服人的精神。就像当年的大寨精神那样,成为全国人民的信仰,成为农民的律条。

郭家店的名气如今已经远远地超过了当年的大寨,但靠的似乎不是精神,而是钱多。甚至连这名气也要拿钱换。今年的春节联欢晚会上就播放了他三个大特写镜头,有正面的也有侧面的,比上了三个节目影响还大。郭家店早有准备,上一个镜头放一通鞭炮,可那也是花银子买的,整整九万,一个镜头三万元。他原本是想上六个,过年嘛图个吉利,六六大顺。电视台倒不干,说许多著名的英雄模范和现场的演员,都不一定能轮上一个特写,有些领导干部也只能给一个镜头,倘若给你六个大特写,那准得惹出事来!

不错,名气这玩意儿太大了就遭人嫉恨,甚至连封厚、张才千这些郭家店发财致富中的贵人,也不再到郭家店来了。郭存先肚子里怨恨他们,可有时又真想他们,现在他天天满耳朵里听的都是好话,却不知道谁才是自己真正的朋友,他那些患难时期交下的好哥们儿,王顺、刘玉成、金来喜、欧广明……一年到头也见不上几次面,即便见了面也都是恭恭敬敬,有事说事,没事散伙,再也找不到过去的那种亲近感……

踢里趿拉一阵楼梯响,他的助理刘福根推门而进。在郭家店只有两个人能这么径直往里闯,除去这位郭家店的"少帅",另一个就是林美棠。刘福根身子轻捷,举止犷悍,带进来一股风、一股活气。

郭存先缩在皮椅子里的蹲姿没有变,只将眼皮撩了撩:"有事?"

刘福根先示意拿烟的姑娘给自己也点上一支精装大中华,然后一桩桩地向"老爷子"汇报外面发生的事情——郭存先不过才五十多岁,可在郭家店一些经常出头露脸的年轻人,却喜欢在背后称他为

"老爷子"。这称呼带着一种戏谑和敬畏,又显示出了自己敢于这样戏谑郭家店老大的特殊身份。刘福根在汇报的过程中自然也加进了自己的观点:"香港女人的事咱可以不管,这是郭存勇家的私事,谁惹的祸谁自己擦屁股。问题是老监委的那几个老帮子,倚老卖老,堵着门口非要见您,怎么办?"

郭存先抬起脸,眼睛里有了亮光,而且非常尖锐:"他们又闹什么?"

"简短截说就是抗议黑森林今天开业,要求封闭巴黎大道。他们说巴黎大道就是过去的窑子窝,在方圆几百里内都出了名儿,天一黑四乡八县的有钱人,甚至连市里的大款都往这儿扎。黑森林再一开业,我们郭家店就成大红灯区,把年轻人全给带坏了。"

"带头的是谁?"

"还有谁,老支书韩敬亭,还有欧玉田,替他闺女欧华英拔创,后边跟着的还有蓝守义,为他儿子开脱,好像他那个王八蛋儿子调戏小慧是受了巴黎大道的影响……"刘福根虽口无遮拦,却始终拿眼角瞄着老爷子的神情。"得想个办法治治这些老帮子,不能让他们太蹬着鼻子上脸,老觉着可以对您吆五喝六的。"

"郭存勇哪?"

"他可能还不知道,或者知道自己惹了这么大的祸不敢露面,一直躲在黑森林里忙活开业的事。等他老婆赶走了香港女人,一定会跟他没个完,不让他脱层皮才怪哪!"

郭存先开始一口接一口地抽烟,腿也从椅子上伸开改为坐姿。是啊,过去他有一回挨大整,村上的几个老人保过他,应该说现在的这个书记头衔,最早也是韩敬亭让给他的,为了感激村上的老人就成立了这个"郭家店老人监督委员会"。想不到人是越老越糊涂,给个鸡毛就当令箭,他们还真要拿着老监委压人,想骑到我郭存先的脖子上来!

郭存先突然抬眼问干儿子:"黑森林的开业典礼是什么时候?"

"晚上八点。"

"去,把那个香港女人和孩子带上来。叫人通知七点半开党委扩大会,各公司的一把手参加,特别是郭存勇,你单独通知他,必须得来。"

"那几个老头呢?"

"不见!"

"国际经济论坛的那一帮人怎么办?"

这也是个难题,要冲他们关着门瞎论,居然不请郭家店去给他们上一课,就不该答理这些家伙,淡着他们。可这毕竟是一批国内外的经济学家,征服了他们岂不等于征服了经济界?给点甜头买下他们的嘴,就会到处宣传郭家店。不管怎么说人家这不还是到郭家店来朝圣了嘛!得,不看金面看佛面,谁叫我今天有精神哪,也算他们来巧了。郭存先吩咐刘福根,请国际经济论坛的专家到餐厅等候,他一会儿就过去。

郭存先站起身,将斜披着的西装穿好,在办公室里溜达了两圈,活动一下腿脚。人还是那个人,行头还是那身价值十九万元的行头,转眼间便有了精气神,顾盼风生,咄咄逼人。

很显然他喜欢面对难题,这能让他享受拥有权力和头脑的快感。权力差不多就是一种春药,特别是处理女人问题的时候。

你看,刘福根到楼下一宣布他的指示,欧华英和她老爹欧玉田立刻都蔫了,只让香港女人进去,反而把他们挡在门外,这不是拉偏手、胳膊肘往外扭吗?存心要当着全村人的面给他们难堪。可他们跟郭存先是多近的关系啊,即便什么关系都没有,只看在他们是郭家店人这一点上,也不该这么对待他们。可欧家人心里敢这样想,身上却不能夯刺儿,还得乖乖地把孩子还给郭楚芳。

刘福根把香港这一对母女带到五楼交给林美棠,又赶紧去落实老爷子的另外几条指令。林美棠陪着郭楚芳母女上楼,轻轻地推开了郭存先办公室的门。她一来就让负责点烟的姑娘离开,姑娘担负的那一套点烟、递烟、掐烟头的活儿便由她亲自动手。

她先为郭楚芳介绍了郭家店的大当家人郭存先,在讲解郭存先的各种头衔时没忘了特别强调,他还是郭家店派出所的所长。也就是说,郭存先是此地警察当局的最高领导。

郭楚芳赶紧鞠躬问好。

郭存先只点了点头,他已经在皮转椅上稳稳地坐好了,吸着烟,眯缝着眼在打量郭楚芳,直觉得自己牙根一阵阵冒酸。这个女人,说不上有多漂亮,但眼睛会勾人,身材圆润肉感,成熟冶艳,很甜很软,在任何情况下都能让男人馋涎欲滴。郭存勇这小子倒挺会找女人。

但,自从郭家店发起来以后,郭存先就不怎么会笑了。尽管眼前这个女人的故事让他摆脱了封厚带给他的烦恼,但一开口仍旧是冰冷的:"你也姓郭?"

"我姓楚,由于跟郭存勇结婚了,所以在自己的名字前边加上了他的姓。想不到跟您也成了一个姓。"郭楚芳连声音都带着肉质。对面这个古怪的一村之长,虽然其貌不扬,却有一种奇特的威严,给了她安全感,心也随之定住了。

郭存先自恃没有人在他面前能够不拘束,有人甚至还会感到紧张。包括像林美棠这样跟自己最贴近的女人,在他跟前也总是察言观色,小心翼翼,凡事百依百顺。郭楚芳明明是有求于他,身处尴尬的窘境只有他才能为她做主,却还能这般松弛自然,脸上堆出浅笑,显得很妖媚,郭存先的心软了,心里有轻贱,也有怜惜。

他继续发问:"怎么能证明你跟郭存勇结过婚?"

"我们在香港结婚的时候许多朋友都参加了婚礼,证书、证婚人都有,您看我们的女儿,像不像存勇,这还不是活的证明?"女人骄傲地举起怀里的孩子,郭存先这才真正把目光从母亲身上移到女儿脸上。可不是嘛,那大脑门,那宽嘴,那鼻子和眉眼,活脱脱就是用郭存勇的模子扣出来的。

他回身看看林美棠,林也抿着嘴笑了。

那女人突然神色一转,嗓子带了哭腔,连声音也有点湿漉漉的:"我很清楚存勇爱我,可他为什么要骗我……"

"爱?"郭存先鼻子里哼了一声,"爱里有骗,这是生活中的真实。上帝让人会说话就是为了增加欺骗性,所有人的话都含有欺骗性。什么叫真?什么叫假?你敢保证自己每一次张嘴都说的是实话吗?"

他阴悒镇定,坚如磐石。郭楚芳心里生出恐惧:"那怎么办?我一定要让他付出代价!"

"你找到郭家店来到底想干什么？"

"我自从怀孕后就失去了工作，郭存勇说好要供养我们母女，可他半年多没有去香港，也没有给我寄钱。"

"这就对了，别跟我谈什么情呀爱的。情也好，爱也罢，都需要钱和权力支配，一个人没有饭吃没有衣穿，有多少情和爱都没有用。你既然大老远地投奔来了，我就不会让你白跑一趟。"

"真的？这么说您承认我们的婚姻是合法的？"

"在这儿，我的话就是法。郭存勇结婚在前，你跟他认识在后，婚姻无效。但我会让郭存勇养活你们娘俩，他不养我郭家店养！"

"您的意思是？"

"你以前是干什么的？"

"我学过美容。"

"那好，我在郭家店给你一套房子，给你出钱支持你在巴黎大道开一家美容店。条件是从现在起必须放弃郭存勇老婆的身份，和他的家庭井水不犯河水。我只管秩序，不管感情，你们私下里偷偷摸摸，只要不惹出乱子，就与我无关。"

郭楚芳闷口了，一时难以权衡得失，不知该不该马上答应，更不想拒绝。

林美棠却以一种欣喜的崇拜的眼光看着郭存先，这样处理真是太棒了。他们两人许多年来，就为了这样一种不清不楚糊渍麻黑的关系招来多少闲话，惹了多大的麻烦……郭楚芳一来可有做伴的了、挡风的了。

见对方一时拿不准主意，郭存先又说："今天晚上让林主任在宾馆给你安排间房子住下来，晚上好好想一想。如果不想留在郭家店，明天一早就回你的香港，我给你出路费。但丑话要说在前面，过了这个村可没有这个店，以后不许再打着郭存勇老婆的旗号来郭家店闹事。"说完他一摆手，眼睛随即也低下来不再看任何人，那神情就像屋子里根本就没有别人。

林美棠赶紧示意郭楚芳告辞，直到她们离开他的办公室，他坐在椅子上都没有再动弹，也没有吭声。

## 23. 话　痨

现在有一种病很流行,叫"话痨"。

肺痨——是肺里的病,严重者可将肺烂成一个空洞,兜不住气。

话痨——则是嘴兜不住话,撒风漏气。临床表现为病态的强烈说话欲,喜欢作报告,喜欢表演,摇唇鼓舌,口若悬河,比比画画,眉飞色舞。真的假的,实的空的,荤的素的,咸的淡的,有用的没用的,成套的连续的,戛来的瞎编的,煽情的唬人的,起誓的赌咒的……滔滔喋喋,不休不绝。或危言耸听,或道听途说,或故作高深,或恣口谐谑,或车轱辘话转得让人昏昏欲睡,或裹脚布扯开来臭气熏天……

唐代赵蕤《长短经》说:"多言多语,恶口恶舌,终日言恶,寝卧不绝,为众所憎,为人所疾。"据现代医学专家考证,话痨是一种"非典型"疾病,传染性很强,被传染的人很多。所以,现在的人喜欢扎大堆,愿意凑热闹,需要经常开会。

有人私下里说,郭存先就染上了话痨症。


他由刘福根和林美棠陪着,来到郭家店天保大酒店的汉白玉宫。客人们守着酒杯和一圈冷盘等候好一会儿了,有人已经很不耐烦。让客人等主人,上级等下级,一批官员等一个农民,这不合礼数,不成体统。

可又有什么办法?在郭家店这儿,不合礼数、不成体统的事多了,人家也没请你,不是你自己要来的吗?人总是很容易被自己愚弄,大家吹出了一个神,反过头来还得受这个神的愚弄。

这个所谓的汉白玉宫,在装修上可是下了大本钱,黄的是金,白的是银,大红大绿,气势张扬。最显眼的还是大厅中央那两排汉白玉的大柱子,每排六根,只是有点不中不西,不古不今。郭家店可真是店大欺客,体面的人不便在这样的场合随意发泄心中的不满,顶多也就是小声地喊喊喳喳……

郭存先一进来,大厅里倏然安静下来。你看这劲头,不服行吗?

他看上去倒有点心不在焉,都没正经地抬眼看看这些等了他许久的领导干部和国内外的专家们……但他心里不糊涂,眼角一扫大厅就露出了不屑,说的是一共不到四十人,怎么坐了十来桌?陪吃陪喝陪着玩儿的比正式的经济学家要多一倍。

他径直走向坐着市领导和外国人的主桌。所谓市领导不过是个政府秘书长,真正的领导一个都没来。郭存先满心希望张才千能来,他请过好几次,每次都答应得挺痛快,可就是老不露面。如果今天是张才千带队来的,他就不会是这种接待法了。主桌是一张大台子,可以坐下十七八个人。他应付差事似的随着刘福根的介绍跟领导干部和专家们握手,然后站在主桌正中间的空位子前,不为自己来晚了说一句道歉的话,也不为人家赏光来到郭家店表示一下感谢,连最起码的欢迎的话都没有,上来就直奔主题:

"宴会宴会,设宴是为了相会,为了聚会。再说白点,相会、聚会都是为了说话。最好的下酒菜就是说话。所以大家吃着喝着,我说着。今天以郭家店本地的特色饭菜为主,吃不惯的外国专家可以朝着海鲜、猪排、牛排比画。人的动力来自肚子,肚子吃美了,才会快乐,才有力气工作,才能思想。你们是经济学家,这个道理比我清楚。"

郭存先有个特点,心里不管有多少不快,一讲起话来就会随着自己的话语兴奋起来。他越兴奋话就越多,话越多也就越兴奋:"我喜欢经济学家,经济学就是赚钱学。钱这个玩意儿总是能让人多交朋友,净碰上喜事,每天都能欢欣鼓舞地过日子。郭家店要不是大发大富,你们就不会来,我们也不可能在这里相聚。只有没钱的人才会对钱羞羞答答,心里时时刻刻想钱,嘴上却天天骂钱,想是因为缺钱,骂是因为得不到,九九归一还是因为穷。只有有钱的人才有资格谈论钱,钱是全部现代生活的灵魂,它既可以将一切都归结为钱,又可以将钱归结为一切。钱象征着人的能量,有钱就有力量。现在的人只有通过拥有金钱,才能拥有生产力和生命力。我们与金钱的关系,代表了我们与别人、与社会联系的本质,说白了就是拿钱说话。就像这个大厅,这是我设计的,基本就是两种颜色,黄和白。黄的是金,代表钱,象征太阳,阳刚,有强烈的辐射,无敌的能量。白的是银,银子也代表钱,象征月亮,阴柔……好了,讲得太多惹你们笑话,下面听你们的。你们在郭家店看了大半天,有什么问题,有什么意见,尽可以提出来。"

郭存先说完这一通自认为是开场白的话,不谦不让一屁股又坐下了。

而这番没头没脑不伦不类似是而非的道理,还真让在场的人兴奋起来了。不能不承认这是个有味道的人,等了这半天没白等。他目光四射,声音喑哑,但镇定有力,显出强硬的独立意志。一位头发白得柔软而有光泽的外国学者,通过翻译发问:"郭家店是中国非常普通的一个村庄,是什么机缘,什么力量,使它变成了现在的样子?"

郭存先又站了起来,因为他要借着回答外国人而说给所有的人听:"郭家店一点都不普通,以前穷得不普通,现在富得也不普通。先说过去的穷,有的人家四五口人只有一床被子,两个老人只有一条裤子,老头要出去干活儿得穿上裤子,老太太就只能一天天一月月地围着被呆在炕上。穷也是种子,一样能生根,所以穷收穷,辈辈穷。穷根长出的是仇恨的种子,穷了就斗就闹,俗话叫穷折腾,越穷越折腾,越折腾越穷,越穷越胆大,胆子越大越敢说大话……"

郭存先翻起了老账,话头可就刹不住了,那个年代装满了他脑袋的顺口溜顺嘴就溜了出来:"当时有这么几句口号:迈大步举红旗,誓与帝修反干到底;世上还有帝修反,睡觉也要睁只眼。那时候把你们外国人都折腾得有点发憷,是不是?当然,我们自己的日子也过得不怎么样,一大加二公,三平又四统,干部敲破钟,社员不出工,被逼下了地,干活瞎糊弄。远看一大片,近看一条线,你歇我也站,下工一窝散。

"那时候的分配是,工分打不倒,社员受不了,一年混到头,肚子填不饱。

"那么,这许多年为什么没有把农民都饿死呢?多亏还留了条资本主义的小尾巴,叫自留地。社员们说:自留地里出口粮,鸡屁股眼子是银行,年终分配吵翻天,生产队是打架场。

"当时社员管农民叫黑爪子,抓土抓粪抓瞎,手老是黑的。管干部叫白爪子,干部不干活儿,手干净。管各种管理部门的人叫花爪子。黑爪子挣,白爪子花,花爪子来了乱扒拉。

"干部下趟乡,队里遭场霜。农民埋怨干部,干部也有一肚子牢骚,反右以后不发言,四清以后不管钱,'文革'以后不掌权。两个人在一块说真话,三个人在一块说空话,四个人以上说假话……"

大厅里活跃起来了,笑的,重复他的话的,拿笔记录他的顺口溜的……顺口溜竟"溜"成了一种巨大的社会景观,它一针见血,出其不意,是民心的度量。但真正让人惊讶的是,这些几十年前的顺口溜,郭存先怎么还能张口就来?而且一嘟噜一串,源源不断……

这就是郭存先。他希望自己的每一句话都能引得哄堂大笑,要不就达到格言的境界。

只是苦了翻译,要把他的这些顺口溜向外国人解释清楚可不容易。却至少能让他们从中获得一种历史感,对郭存先以及郭家店引起兴趣。这无须怀疑,外国学者感到郭存先这个人就像中国的顺口溜一样古怪而有味儿。而他话语中的怪味儿和魅力,和他那一脸的皱纹、一脸的沧桑极其和谐一致。

没有风霜的脸是不可能有这种味道的。

旁边的林美棠自从坐下来就低着头只干一件事,一点一点地将海蟹的肉从硬壳里剔出来,剔完蟹肉又择鱼肉,将鱼刺一根一根地挑出,然后才把干净又安全的蟹肉和鱼肉都放进郭存先的小盘子里。有时光靠筷子和牙签解决不了问题就用手指掐、捏、撕,一连串的动作自然而熟练,且旁若无人,完全不顾及周围的领导和专家们怎么看、怎么想。脸上洋溢着快乐和自豪,呼应着郭存先讲话所引起的反响,不断露出笑颜。

郭存先坐下后,在众人的盯视下,大大方方地理所当然地将林美棠择好的蟹肉、鱼肉一并夹进自己的嘴里。这让看他的人反而不好意思再直盯着他,或别过脸,或低下头,或改用斜眼偷瞧。他除去吃林美棠给他挑出来的精品,基本就不再向其他盘子里伸筷子。或许这只是吃给林美棠看,为了不辜负她的一番好心……

他其实吃得很少,凡这样的宴会对他来说只是会,以说为主,吃不吃东西都无所谓。是林美棠看他经常这样光说不吃,就埋怨他只靠一口烟儿活着。女人的关切如果很容易满足,又何必不让她们知道你很在意她呢?

郭存先见大厅里闹哄得差不多了,就站起来再接着说郭家店现在富得是怎么不普通。机会难得,他来的目的不就是要借机多讲讲自己、多讲讲郭家店吗?不知怎么,他越来越喜欢说话,也越来越敢说。无论是做过的没有做过的,甚至是别人做过的,或自己刚刚想起来的,都敢当做自己的经验讲出去,而且大讲特讲:"刚才说的是郭家店以前穷得不普通,现在说郭家店富得是怎么不普通。专家们都看到了,连我的养猪场都是一个猪的联合国,尽是英国的、加拿大的、比利时的、乌克兰的、中国的良种猪,年出栏两万多头。刚又盖好了两栋三层的养猪楼,暖圈、单间包房、自动喂养,猪们上下有电梯,管理有闭路电视。你看看,我这里连猪都是楼上楼下、电灯电话了!"

大厅里自然又是一阵爆笑。

"这叫无农不稳,无商不活,无才不兴,无工不富。艰苦奋斗是实干,发展科技是巧干,实干升级加巧干,转变观念是关键。市场经济不是一种做法,而是一种制度,从根本上是冲着我们这个社会来的……"

呀,听懂了的中国经济学家们,心里一凛,深有所动。这个家伙看似土包子,却极端敏锐,从实际生活中感受到了许多官员和知识分子还没有意识到的东西,一句话就点中要害,看到了骨子里……

"对于穷了几十辈子的人来说,想发财致富没有点绝门功夫不行。成功有两种办法,一种是靠自己的才干,还有一种是靠别人犯错误,别人的错误就是你的机会。在这里我也不瞒你们,让你们这些专门研究经济的大专家也研究研究我这个小农民的招儿,过去的老苏联电力充足,钢铁价格便宜,苏联解体后我就进去大做钢材生意。他们那阵还为自己国家的变化发蒙哪,船队都闲着,连军舰都没有事干,我就租他们的船给我运钢材。后来俄罗斯人觉着我购买他们的原料占了便宜,要进行限制。他有政策我有对策,我在俄罗斯和乌克兰合资建厂,这样他们不仅不管了,还大张旗鼓地欢迎我。现在是老虎正在下山,猴子正在上树,狮子正在出洞,谁有本事谁大干,谁有本事谁先富,谁有本事谁成功。中国富不富,关键在组织部。组织部是负责提拔干部的,如果光提拔那些舌头长能舔的,腿长会跑官的,手长专为自己捞的,眼尖能看风头的,传达文件一字不落,标点符号一个不差,具体主意一个不拿,一句错话不说,一件正事不办,要想靠这样的干部带领群众发财致富,我看也是万万不能的!当领导多管事不如少管事,少管事要管关键的事,管关键的事不如管关键的人……"

郭存先讲到高兴处,那张平平常常的瘦脸突然有了一种光亮,变得生动耐看,跟他的话和谐成一体,互为佐证,格外富有鼓动性。

有位电视台的记者激动起来,当场邀请郭存先到经济论坛节目去做嘉宾,这个节目知名度大,收视率高,正符合郭存先一味要给农民争气露脸的思想。不想郭存先脸一吊,即刻拒绝了:"等着吧,我很快就要让'经济论坛'变成'郭家店论坛',给我上一个镜头一万五!"

那个记者一下子闷口了。

又有个外国专家提问:"我注意到郭家店有个致富会,据说以前叫光棍堂,是个很有意思的纪念物,请问郭先生,光棍儿现象是中国农村贫困的一种标志吗?"

郭存先说:"我看可以这么说,农民过去讲究一辈子就是干三件大事,盖房子、娶媳妇、生儿子。生了儿子再盖房子、娶媳妇……传宗接代,循环往复。盖房子需要钱,穷得连住的地方都没有,想娶媳妇就难了。娶了媳妇要入洞房,你没有个洞没有间房,哪个女人愿意跟你？过去的皇上房子多,所以娶的媳妇就多,三宫六院七十二嫔妃,你说那都是爱情?穷人一个媳妇都娶不上就没有爱情?我才不信哪。爱情是人身上的东西,自然也摆脱不了权势、地位、金钱、名誉的左右。郭家店以前剩下了七十多个老光棍儿,年纪大的都五六十岁了,我发布了一项征婚启事,谁给介绍成一个媳妇奖励九千元。没几年的工夫光棍堂就空了。就在今天下午,有个很漂亮的香港女人找到我,非要当郭家店的媳妇。于是,我要出台一项政策,等会儿就要在党委扩大会上宣布,我要公派一百个年轻小伙子到国外留学,鼓励他们在国外找对象,还要挑漂亮的,谁能娶回外国新娘我就给谁重奖!我就要争口气,让外国女人给咱中国农民当媳妇。将来一百个最聪明的小伙子和一百个外国最漂亮的姑娘结婚,生出最优秀的后代。造人也是一项产业,而且是世界上最重要的产业。何况这还不光是造人,娶了一百个外国媳妇,就有了一百个外国亲家,也等于在郭家店建了一百个合资企业!"

哈,想得真美啊!几乎所有的人都笑了,不过有开心大笑的,也有苦笑的、嘲笑的。

亏他想得出,光打你的算盘,就不想想人家凭什么非要嫁到你郭家店来?还要带着资金项目来办厂……他似乎漏掉了一个条件,找外国媳妇不仅要最漂亮的,还得要最有钱的,最好个个是富婆。那样郭家店的小伙子,才算是一鸡巴捅到了钱柜上!

郭存先不可能分辨得出笑声中的多重含义,在他讲话的时候只要有人笑,就是有效果、有反响,他就满意、就高兴。他还喜欢在大家情绪最热烈的时候戛然而止,便重又站起来,用筷子敲敲手里的玻璃杯,让大厅安静下来,"宣布一个通知:大家既然来一趟郭家店,我总不能让你们空着手回去,我们这里的土特产是棒子面、绿豆、小磨香油等等,都是没有污染的。谁要谁举手,不举手的不给,我不愿意落个行贿的罪名。"

大家以为是开玩笑,一开始没有人举手。可郭存先那张脸根本就没有一丝笑模样,渐渐地大厅里的气氛也有些尴尬。郭存先撩起眼皮扫了一眼大厅,有些不耐烦地说:"没有举手的,都不要,这就省事了。"

这时有人举手了,先是随行的工作人员、记者,跟着有的专家也举起了手。不要白不要,干嘛不要。郭存先咧咧嘴角算是有了点笑的意思,高声说:"这就对了,实事求是,想要就举手嘛。"他让餐厅的经理把举手的人记下来,等会儿散席之后把土特产发给他们。

然后就带着林美棠和刘福根都站起来,在大家的哄笑声中告辞:"我郭家店有个规矩,上班时间专心工作,真杀实砍地解决问题,下了班开会,静下心来研究问题。党委委员和各公司的经理都在等我,我必须先走一步。请大家慢慢吃,不着急。"

你主人都走了,还叫客人慢慢吃,不着急……这家伙可真是个老帽儿,我行我素,不近人情,连起码的礼节都不顾。

客人们却只能眼看着他端肩拱背,头也不回地就走出了汉白玉宫。

一个人真怕了一个人,会是怎样的?

像俗话说的:能吓出尿来!

郭存勇从电话里听到郭存先要开会的指令,第一个反应是膀胱鼓胀,有了尿感,立即就得去厕所。而且来得快,憋得急,慢一会儿就要尿在裤子里。

并非只有今天才这样,至少有两年了,只要一接到郭存先要开会的通知,他就都先去撒尿。即便刚从厕所出来,尿泡里本没有存货,也同样会感到憋得慌,好歹挤出一点心里才踏实。待走到要开会的地方,见郭存先之前还得再去厕所打扫一次。

郭存勇曾经也是在郭家店有头有脸、说说道道的人物,竟生生被吓出了这么稀罕的毛病。他忍着尿感,举着电话心不在焉地随口问了一声:"什么会呀?"

论起来狗屁不是的刘福根,竟在电话里冲他嚷嚷起来:"你问我?我还正要问你哪,也不想想自己干的好事,你那个香港小老婆带着孩子打到郭家店来了,这工夫正在老爷子的办公室里评理哪。你也不想想你那大老婆是省油的灯吗？她弄来一帮老头儿老婆儿到老爷子那儿请愿告状，都快把村委会的房盖儿给端了，惹得老爷子脑门上的青筋都快爆了，等会儿会有你的好果子吃的。"

郭存勇心头悚然一震，脑袋像短路一样愣怔着，一片乱花花，发麻发木。随即寒颤由内而生，冷彻骨髓，凝结心脏……他跟跟跄跄地去找厕所。

黑森林娱乐城正处于开业前的大忙乱之中，灯红如血，彩带飘旋，乐声急骤而强烈，催命般震耳欲聋。他手下的人个个兴奋异常，大呼小叫，忙得四脚朝天。其实未必就真值得那么忙，有些人是无事忙，甚至帮倒忙，或者做出忙的样子，还有不少的人原本就是娶媳妇打幡——白跟着凑热闹。

是郭存勇一手搞成了这个黑森林，现在却突然觉得这一切跟自己已经没有多少关系了……完了，撒手闭眼，什么都该结束了。眼下他不想让人看见，也不想看见任何人，只想找个地方让自己静一静。最好是回自己东方公司的办公室，那里面有个人专用的卫生间。

楚芳啊，你这个臭娘儿们，纯粹就是一枚肉弹，这回可把老子给毁了……郭存勇觉得此时的悔恨和疑惧，可比当初的什么情呀爱呀强烈多了。自己找的女人，怎么不是像欧华英那样精过了头的，就是像楚芳这样没长脑子的？她不早不晚偏在这个时候来，来了也没关系，应该先来找我呀，去找郭存先干什么？她跟他都瞎咧咧些什么呢，他会拿她怎么办？

郭存先或许不会对她怎么样，可不治她还治不了我郭存勇吗？可楚芳又是怎么跟欧华英接上的火呢？真是冤家路窄，什么事叫欧华英一搅和，就准没有个好。楚芳居然把孩子也带来了，显然是想要挟我，可那个小丫头真是我的骨血吗？自己可一直对这个孩子的来历有些怀疑呀……

郭存勇能想像得出，今天的郭家店人会有多么的兴奋。人嘛，谁都喜欢听作践别人的话，喜欢看别人打架，泼妇在大街上越是骂得凶，得到的喝彩声就越多。今天晚上郭家店的家家户户，保准都在谈论他，拿着他的这些花花事下酒下饭。名誉是一面可怕的镜子，他现在是郭家店有脸面的人物,自己从小就喜欢这张脸,爱惜这张脸,现在可怎么保住这张脸呢?

恐惧比实际的危险更叫他害怕。

瓦罐不离井上破,女人呀,真是祸水汪洋,一掉进去就五色俱迷,再想拔腿出来可就难了。人的欲望又是不断膨胀的,在跟女人的关系上,所有的人都是软弱的。可一切玩乐都有腐蚀性,连他自己都知道,有一天可能会在这种事上栽跟头。

可人不能跟命争啊!

这些年他的命运正是通过分裂和矛盾,才变得丰富多彩了。没有陶醉纵欲,要理性和明智又有什么用?没有恐惧和悔恨,感官的欢娱就缺少刺激。没有两性间永远纠缠不清的孽债,要死要活的劲头哪儿来?现在这些事不算什么,郭存先自己就是搞女人的老祖宗,还能把他怎么样?疑惧又总是和希望搅扯在一块儿……

真正让他害怕的是,楚芳来了这么一闹,可能要勾出那件能要他命的塌天大祸。

这些天他一直没能好好地睡个囫囵觉,紧赶慢赶就是想赶在郭存先找他谈话前把黑森林搞成了。他的汽车在市里被砸,郭存先不可能不问不查,只要他伸手一查就会查出公司账上的大窟窿……而搞成黑森林,是能够日进斗金的,一来给自己冲喜,二来或许能哄着老爷子高兴一阵,多拖延点时间说不定就把亏空给堵上,躲过这场灾。

偏偏楚芳来引爆了这一连串的炸药桶。

难道郭存先不跟自己事先谈一谈就直接上党委会?这是要把他一撸到底……郭存勇沉迷于恐惧的魔力之中。因为他了解郭存先,这个主儿是什么事都干得出来的,杀七个宰八个,从小就没含糊过。可以说郭存先从来就不是正号庄稼人,抢斧子,耍玩意儿,抓权力……公章盖在自己的脸上,都能把权力攥出汗来。他之所以能成为郭家店的土皇上,就因为他确有当皇上的那股狠劲。郭家店的几大姓自古来就是轮流坐庄,但不管姓什么的掌权都长不了,惟独郭存先掌权后,几十年一贯制,郭家店的权把子从他开始就姓郭了。

渐渐地，郭存先这个官当得高出村民一大头，成了郭家店的救世主，再没有人敢跟他争个高低了。对给他溜须拍马的人，他都是先用霹雳手段后显菩萨心肠，对待得罪过他或对他不那么百依百顺的人，他就只有霹雳手段，外加蛇蝎心肠。几十年下来，看看村里曾跟他上不来的人，哪一个得到了好报？一年到头地耷拉着脑袋。

要想也分点肉吃，那就投靠过来，改换门庭，正像他郭存勇。在"文革"造反的时候，他帮过郭存先，后来就因为他追求过林美棠，两个人的扣儿就怎么都解不开了，天地良心，当时他确实不知道郭存先吃着碗里的还占着盆里的，自己老婆孩子一大家子，竟利用职权还跟人家一个大姑娘有一腿，这些年他没少巴结他，怎么就焐不热他的心呢？

都怪那时他郭存勇太狂了，觉着自己是村里的第一个高中毕业生，名副其实的知识分子。便眼高于顶，觉着哪儿也盛不下，放不开。更何况他一表人才，一米八几的个头，丰伟朗健，意气飞扬，一盘白净大脸浓眉横秀，不客气地说，在村里的年轻人中数自己长得体面，谁见了都说是富贵相，绝不是长期窝在下边受大累的命。特别是在县中沾染上的那种近乎玩世的洒脱，更令姑娘们着迷，只要他乐意，可以一抓一大把，却偏偏蛤蟆看绿豆——跟林美棠看对了眼。

两人本来也年貌相当，互有好感，可谓是天造地设。但人算不如天算，这或许不是坏事，不然林美棠真成了自己的老婆，而郭存先还是要继续霸占她，你又能怎么样？那可就戴着绿帽子永不得翻身了。可是，没有娶上林美棠毕竟是他心里的一块痛，这股邪火只能找别的女人发泄，世界大得很，郭家店才有几个女人？外面比林美棠漂亮的女人有的是。男人嘛，和自己喜欢的女人结了婚，很容易会被自己的喜欢捆住，而和自己不喜欢的女人结了婚，就获得了一种自由，可以再喜欢任何一个没有跟自己结婚的女人。只要你离不开女人，你就会发现到处都有女人在等待着你。

喜欢的女人越多，就越不满足……这就是他的病。

也正因为他放弃了作为老婆的林美棠，才得到了一个作为死党的林美棠。给他透消息、出主意，他知道她心里一直对他不错。她也是女人,哪有不爱美男子而喜欢一个糟老头子的?两个人什么时候见了面心里都会觉得暖暖的,彼此可以感受得到对方身上那种浓得化不开的情结,巨大而深刻。只要没有别的人在场,他们就可以无话不谈。他不断从香港给郭存先购买世界上最好的补药和壮阳药,都是交给林美棠,让林美棠在需要的时候给郭存先吃。这既保存了郭存先的面子,又叫他知道郭存勇是真对他好。可郭存勇你也不想想,自己算个什么东西?主动给一个你不喜欢的男人送春药,干你自己喜欢的女人!

除去林美棠,跟他郭存勇要好的女人不知有多少,却没有一个能长期保持朋友关系,都是三天两早晨,不能相好了,就成冤家。

他知道郭存先记仇,为了化解跟郭存先以前的过节儿,仗着自己的脑力和精力,这些年下了多大的工夫!可以说是把自己变成了一条狗。只要在郭存先跟前,就露出像狗那样忠诚的眼神,像狗那样敏捷的下贱……没办法,人在屋檐下怎敢不低头,谁不都是驯服于有威慑力的人?

郭存先老骂当领导的,挑选接班人尽挑舌头长会舔的,而他郭存先自己恰恰就是这样选人用人的。他在人前背后只要有机会就大说郭存先的好话,还想方设法让这些背后的好话能传到郭存先的耳朵里去……哎呀,惨哪,对自己的爷娘老子都没有这么孝敬过。对男人来说,活着最重要的不就是这三样东西吗?权力、金钱和女人。只有那些没有沾过权力的边,也没有真正见过大钱的人,才会对权力和金钱说出许多不敬的话,把世间的许多坏事和丑恶都归结到权和钱上……人,都犯一种气人有笑人无的毛病,越是不懂越敢说,自己越没有资格就越要否定别人的资格。

对他郭存勇来说,钱、权、性这三样东西已经成了生命的一部分,少一样都没法活。所以,当他感到郭存先又成了一双老盯在自己身上的眼睛时,就再也无法镇定自若了,时时都有一种莫名的为之胆战的惶遽。伴君如伴虎啊,伴土皇上比伴真皇上更难,谁若不懂得其中利害,不拿郭存先当"君",郭存先对他就更是一只恶虎!

事情已经迫在眉睫,郭存勇却没了主见,精神上失去了归属感。

他体重一百多公斤,简直就是一座塔,完全属于另一个级别,今天何以竟如此委顿？人家都说心宽体胖,心宽意味着能容,意味着大度、自信和幽默。胖则意味着圆满、健康、神气和修养。他胖则胖矣,心却何曾宽过？平时看他,脸色通红,容光焕发,敞开西服纽扣,露出两千块钱一条的皮带系在紧绷绷的肚子下面,派头十足,一副大老板的富态相。可谁知竟长了个猪脑子,既有现在,何必当初？你说从哪儿不能抠唆出几万块钱来,若早一点给楚芳寄去,她还至于来烧你的后院吗？俗话说得好,情场得意的人必在赌场失意,明知人家可能设好了局子拴好了套,为什么还伸着脖子非要往里面钻,一个晚上就输掉了三百万！

郭存勇怎么想都觉得自己已经身陷绝境,都怪自己鬼迷心窍,行为卑污,细算一下活这么大净干后悔的事了,好像他的生活就是由一连串后悔终生的事情勾连起来的。一到真出了事,他的胆子又很小,不知该怎样摆脱困境……

痛苦多大总有个限度,而恐惧却是没有极限。

摇滚,摇滚……今天格外像地狱里的音乐,砸起来真是声若滚雷,地动山摇。郭存勇仿佛还在被黑森林里的鼓乐声所追赶,他呼吸急促,胸闷气短,再加上身粗腿细,摇摇晃晃,选择了最僻静的小路往公司跑,脑子如做梦一般飘飘忽忽,却不忘躲避着行人。

农村人喜欢说,好狗追不上怕狗。恐惧能给两条腿加上翅膀,郭存勇记不清有多少年没有这样跑过了,忽然他感到自己的裤子又湿了……

一阵自我憎恶,懊恼而绝望,紧咬牙快步冲上了三楼的办公室,竟累得有出气没进气,拼命想张大嘴,却不知牵动了一根什么神经,一霎时仿佛有无数根钢针刺穿了他的心脏,心房发出迸裂般的剧痛。这剧痛一下就把他肥胖的身躯击垮了,自己感觉得到被一点点地扭曲、变形,紧跟着便轰然倒地……

他立刻生出窒息般的恐惧,疼痛越来越剧烈,他的感觉却越来越轻,甚至渐渐漂浮起来,并依稀闻到自己身上散发出一股阴森森霉腐浓重的死亡气息。

他的嘴里发出含混不清的吟哦……慢慢地消融在无边的黑暗之中。

凡郭家店有头有脸、能说说道道的人物，都准时聚集到集团总公司的小会议室里。

郭存先召集会议没有人敢迟到。如果有，也只能是他自己。因为他常把自己是个农民挂在嘴边，而农民更习惯于看太阳，日出而作，日落而息，能掌握个大概其就行了，哪会有太精确的时间观念？郭存先常常忘了自己通知的开会时间，要不就是人到齐了他却只顾跟别人扯闲篇，忘了开会的时间。那得是他高兴。

可今天晚上，他只是闷头抽烟，屋子里充斥着一股凝重的气息。其他人也就都大气不敢吭一声，似乎预感到这个会上将没有好话。

林美棠在旁边悄悄提醒他："书记，快八点了。"

郭存先没撩眼眉："郭存勇哪？"

刘福根答话："到处都找不到他，打他的电话也不接。"

郭存先突然撺儿了："这是什么意思？小脑袋给大脑袋惹了祸，觉着没有脸，躲了？躲了初一还能躲得过十五吗？可我并没有说要怎么样他呀？这年头，只有关在圈里的猪兴许还老实点，只要是吃腥的有几个是好东西！"

呀，这不是把大伙连他自个儿都一勺烩了吗？这话也就是他郭存先自己说说可以，若换了别人，借个胆子也不敢。但在场的人一时还听不出这话是正说还是反说，摸不透老爷子今儿晚上的脉，是上火了，还是平滑均匀？反正不像有喜的样子。

"唉，人有两大难题，欲望得到满足和欲望不能满足。就像受穷的时候想发财，真发了财又有发了财的难处……"郭存先黑唬着脸嘟嘟哝哝自说自话，说着说着就晃晃悠悠地从沙发上站了起来。"走，咱们这个会就搬到黑森林去开。今晚不是开业庆典吗？我去给他们剪彩！"

郭存先想起一出是一出，但出去透透风，至少比闷在这间屋子里要好。大家一阵兴奋,噼里啪啦从座位上站起来,跟在郭存先后面踢里趿拉地相继走出了会议室。

晚风湿润,混合着植物和泥土的青涩气息,偶尔还夹带着从工业园区飘来的铁腥和化工的味道。郭家店的夜晚如同它的味道一样混杂而古怪。村口的巨型旋转琉璃灯,不停地喷射着五彩霓虹,把半个夜空照耀得闪闪烁烁、花花绿绿。村北的工业园区上空,像经常打闪,不时有弧光电火冲天而起,轰轰隆隆、铿铿锵锵,如连串的滚雷。相对来说,村子的西半部较为安静,天色青黑,苍烟若浮。

巴黎大道坐落于村子的中部,两边排满商店和娱乐场所,门脸各异,招牌不同,花样翻新,各显其能。有的灯火通明,色彩迷离;有的光线昏暗,神秘莫测;有的在大门口播放电子音乐,震天动地;有的在门口站着小姐和大汉,美女配野兽,阴森古怪……

黑森林位于巴黎大道最繁华的黄金地段,是一幢披金挂彩的四层楼,集歌舞、游乐、洗浴、餐饮等各种娱乐于一体。最惊人的是门口立着一棵足有两丈高的摇钱树,上面挂满金光闪闪的钱币,吸引了一大群围观者。有好几名保安站在旁边维持秩序,禁止人们用手触摸。却还是有人实在禁不住金币的诱惑,趁保安一不留神就飞快地伸出手去碰一下。

郭存先一见这棵摇钱树立刻就乐了,刚才满脸的阴云一扫而光,禁不住夸奖道,存勇这小子,就是有点鬼道道。

黑森林里正抓瞎。开业庆典的时间已过,请的贵宾们早就到了,却不见郭存勇的影儿。

总经理贾振魁只有三十岁上下,像新郎倌一样头上身上一派溜光水滑,一听说郭存先来了,没命地往楼下奔,差点从三楼直接跌下来。这真是天上掉下活菩萨,郭存先这一来可给黑森林长了大脸。现在没有谁都无所谓了,郭大书记一个人就足以把娱乐城给抬起来!

贾振魁一边扶着郭存先上楼,一边汇报黑森林开业的准备情况。这种时候火上了房,油下了锅,周围一片灯红酒绿,熙熙攘攘,还汇报得了什么东西?讲的人不能细说,听的人也没有心思细听,郭存先似乎只记住了黑森林招了九个俄罗斯小姐……他微微一愣,然后点点头表示赞许。

光说不行,郭存勇的脑瓜确实够使的,不知他是从哪儿弄来的,一传出去郭家店有了俄罗斯小姐,周围百八十里地以内的人,当官的,有钱的,好奇的,还不得跟苍蝇似的都叮上来?巴黎大道就会更加火暴。

可郭存勇是怎么揣摩出郭存先想给郭家店引进外国媳妇呢?难道他想让这些俄罗斯小姐当第一批郭家店的新娘?只是俄罗斯穷了一点,既然先当了小姐,传出去名声总归不大好……外人本来就眼气郭家店钱多,如果到处去说郭家店找的外国媳妇都是三陪小姐,听起来太不顺耳。

郭存先被前呼后拥地簇拥着进了三楼大厅。

贾振魁摆手先叫乐队停下来,然后扯着脖子变腔变调地宣布一个特大喜讯:"郭书记亲自来参加黑森林的开业庆典,这是对黑森林全体员工和顾客的巨大鼓舞、巨大支持!"

这自然会煽动起一阵热烈的鼓掌,等掌声差不多了,他就顺理成章地请郭存先讲话。大厅里变得非常安静,郭存先看到了一张张年轻的脸,一个个大胆招摇的姑娘……他的眼睛亮起来,面孔也显得明朗而随和,清了清嗓子上来先设问:"现在正是总公司党委开会的时间,我为什么带着各公司的头头都到这儿来了?"

然后他就自问自答,"因为黑森林还没有开业,人家就找到我那儿告你们的状,说巴黎大道是红灯区,把郭家店的风气都带坏了……所以我一定要来,就是要给你们壮胆,给你们打气!我看郭家店的风气就数这时候最好,今后还会更好。外边的人嫉妒我们有钱,天天骂我们,找个茬儿就批我们,怎么我们自家人还里应外合,住着星级的好房子,吃得不知道世界上还有什么好吃的东西了,家里用的七大件八大件一应俱全,银行里存的钱至少够花两辈子,男的有老婆,女的有丈夫,家家安居乐业,风气怎么就不好了呢?难道饿肚子打光棍儿,有个女的在当街一过,老光棍儿们的眼珠子都瞪得要掉下来,那种风气就好?我没见过红灯区,只知道红灯也是灯,通明透亮,吉祥喜庆。国庆节的时候天安门城楼上挂的就是大红灯笼。敢情你们一回到家都有老婆抱,都有孩子哄,我郭家店还有几万打工的单身汉、单身女哪,他们也是人,下了班能有个娱乐活动的地方是好事,是积德行善。不能把郭家店弄成和尚庙、尼姑庵,富裕有富裕的活法,发达有发达的标志,西方发达世界有什么,我们也会有什么,它既然存在,就一定有它存在的道理。这就好比凡是庄稼地里一定会有草一样,连一根草都不长的地方也不长庄稼。人有大的欲望,才会有大的动力、大的满足,眼下中国人还只知道苦挣,不知道玩儿,光知道做生意要担风险,不知道玩儿也要担风险,有了钱的人不知道珍惜眼前的生活,还总是习惯过去那一套,那你还挣钱干什么?再说,娱乐业也是一种产业,谁跟赚钱也没有仇啊。我刚接待了几十号从世界各国来的经济学家,现在国际上公认一个道理,金钱最大的特性就是永远都不能满足人,越有钱越想有的更多……因此,大赚特赚、大存特存这种不能满足的东西,就成了人类进步的最大动力。一个快进棺材的老富翁,在报纸上一登征婚启事,二三十岁的美女一群一群地去应征……这是为什么?社会变了,笑贫不笑娼。现在没有人还敢斜眼小瞧一个亿万富翁,不管他的钱是怎么来的。在人们的眼里,能挣大钱是一种非常吸引人的冒险经历,世界上最好的新闻、最有趣的故事,都跟钱有点关系……"

最后他宣布了村党委的决定,其实就是他的决定,用重奖鼓励一百个郭家店的年轻人去找一百个外国媳妇回来……郭存先的讲话自然又赢了满堂彩,叫好的、鼓掌的、哄笑的、跃跃欲试的……现在做梦娶媳妇不算新鲜了,讲究做梦娶外国有钱的媳妇。

这时从旁边的屋子里走出两个金发碧眼的俄罗斯姑娘,一身锦缎旗袍,斜披黄色缎带,牵着一条大红绸子站到郭存先面前。另有两个娉娉婷婷的姑娘,来到两侧,伺候他戴上白丝手套,贾振魁打开一个极其精美的包装盒,取出一把纯金打制的剪子交到他手里。在众目睽睽之下他张开金剪,犹如举起指挥棒,待他慢腾腾剪断绸带的一刹那,乐声骤然大震,掌声响起……

贾振魁接过金剪子放回盒内,转身交给了旁边的刘福根。随后又凑近了小声请示郭存先:"吃点东西?洗个桑拿?还是到包房听歌?"

郭存先都摇脑袋,沉了好一会儿才从嘴里吐出两个字:"跳舞。"

跳舞?周围的人都没有想到。郭存先什么时候学会了跳舞?贾振魁赔着笑说:"您先到包房歇着,我一会儿带小姐来让您选。"

"不,就在这儿跳。"郭存先还随手指指跟他一起来的党委委员们,"给他们也一人找一个舞伴。"

林美棠把贾振魁拉到一边小声说:"书记这是在给你撑腰,你想,他在这儿一跳舞就成了大新闻,这是多好的广告?明儿谁还敢再对黑森林说三道四?快给书记选个好点的俄罗斯小姐。"

贾振魁哪知道什么样的小姐在郭存先眼里算好点的?他让林美棠给选。这就是郭存先离不开林美棠的地方,他一时兴起就要换口味,吃新鲜的,知道瞒不过林美棠,索性不瞒。而林美棠竟然为他安排,为他付账,从来不因为吃醋跟他吵闹撒泼。

林美棠最后挑了个能说一口汉语的雅塔莎,身材轻盈,双腿修长,身着淡紫色的吊带裙,腰肢纤细,双乳高耸,绽开一脸迷人的灿烂笑容,轻飘飘地向郭存先贴过来。

郭存先像被火苗灼了一下,身上随即鼓荡起燥热的快意。

乐队特意为他奏起了一支舒缓的老曲子,幽柔而恢宏。郭存先便生硬地搂着姑娘开始迈步子。姑娘的眼睛深湛而朦胧,涂着珐蓝眼影,一直定定地看着郭存先的眼睛,仿佛能看到他的眼底、心底。

郭存先还真被她看得有些毛咕,想缓解心里的不自在。可在这样的场合他脚底下拌蒜,别的事又不能做,老这么装腔作势地端着架子,就会越端着,自己的身体也绷得越紧……说话,他知道自己的嘴好使,惟有说话才能消除跟这位洋妞的拘束感。

"你会说中国话吗?"

姑娘眼波流转:"说不好,不好说,不说好。"

"哈,你还能说绕口令!在哪儿学的?"

"我在大学读的是电气专业,毕业后来北京语言学院又学了两年中文。"

郭存先显然没有想到这还是个大学生,兴致越发地高了:"怎么干了这一行?"

"怎么,这一行不好吗?"姑娘碧眼一斜,表情夸张地诘问。却并不想真让郭存先难堪,紧接着又很坦诚地说出真实原因:"赚钱,一切都是为了赚钱,赚够了钱回国干一点自己的事情。"

"好,赚钱意识也是一种文化。在有钱的人身上换取金钱,是女人的权利。请你陪伴的人有钱,你有美貌,各有自己的优势和尊严,大家是对等的。没有必要把本来很直截了当的事情弄得七拐八绕。现代社会的生存原则不是你死我活,也不是有我没你,而是我活,你也活,各以自己的方式活得五彩缤纷,健康长寿。"

"你是个很好的大老板!"小姐清清地笑了,郭存先感到她满脸都是蓝色的双眼皮儿。

"不错,我是这儿管所有老板的大老板。你如果想在这儿实现自己的梦想,我也可以成全你。在郭家店任何一个人都能发迹,想干什么都会受到鼓励,得到贷款。怎么样?好好想想,想好了去找我。"

姑娘眼睛里流露出迷茫,觉得这是一个不可思议的舞者,他更喜欢动他的舌头而不是他的手脚,再配上他这副鬼斧神工的容貌,难免显得怪异,跟舞厅里的气氛格格不入。

郭存先受不住默默地对着姑娘的脸,继续没话找话:"黑森林一个月给你多少工资?"

"两千,不包括小费。"

"等一会儿我给你两千小费。"

"谢谢!"姑娘踮起脚尖飞快地在他的腮边吻了一下。

郭存先心花怒放,手上加了点劲,随即感受到姑娘坚实温热的奶模子在他胸前活跃起来。乐声也煽风点火般地鼓动得血脉贲张,灵魂开始贪婪不安……越是这时候嘴越不能停,为了掩饰,也为了将姑娘引向自己熟悉的方向。他情绪高涨地开始卖弄他的金钱哲学:"金钱是富人表达感情和爱好的方式,而且是最简单有效的方式,古今中外莫不如此。实际上追求赚钱,跟追求漂亮、浪漫没有本质的区别,有钱的男人跟想在男人身上赚钱的女人是天生的一对儿。如果一个有钱的人,不在你身上花大钱,趁早离他远远的。"

俄罗斯姑娘似懂非懂地点着头,星眸闪烁着狐媚的光:"你很特别,我喜欢你!"

"小姑娘,要小心啦!当一个女人对一个男人说喜欢他的时候,这个男人通常是不会拒绝的,哪怕是出于好感、同情、善意,都会让两个人发生点事情。一旦拥抱接吻,就等于拿到了进入对方领地的护照。今天我们可是拥抱了,刚才你也吻我了……"

正当他沉浸于男人最古老的愉悦之中时,林美棠却神色惊恐地来到他身边,小声告诉他郭存勇的家里人发现他死在办公室里了……郭存先身子一抖,立马松开了怀里的姑娘,想要问什么却又把话咽了下去,却没忘了冲俄罗斯姑娘努努嘴,然后抽身就向外走。

林美棠走过来,面对面认真打量着雅塔莎,右手伸进自己的小挎包里捻出一沓钱。她现在对钱的感觉极端灵敏,每次向外发钱根本不用数、不用看,只要用拇指和食指一捏,就能准确地知道是多少钱,想给两千,就绝对不会多一张或少一张。她淡淡一笑,友好地接受了俄罗斯姑娘的感谢,然后才疾步去赶郭存先。

## 24. 郭存勇死也拉个垫背的

眼下在郭家店还敢跟郭存先谈意见提要求、曲里拐弯或直截了当说出自己想法的人，大概就数陈二熊了。你看他选择的这个时机，郭存勇还没有发丧，村上说什么话的都有，光是关于他究竟是怎么死的就有好几种传说……估计郭存先这时候心里最乱，陈二熊却当面向他递交了一个报告，想将自己的化工公司升格为"四海化工集团"。

他知道这是个敏感问题，更清楚文字报告只是个形式，或许郭存先根本就不看。之所以自己要去当面呈交，就为了好亲口向他陈述利害，只要郭存先口头上一应允，他就可以办了。陈二熊见到郭存先后，果然详细地分析了目前郭家店化工系统管理上的弊端和局限，公司下面有一批小公司，小公司下面还有许多小单位，分布不合理，有的忙不过来，有的闲着没事，有的任务多得能撑死，有的吃不饱，有的小马拉大车，有的大马拉小车……根据国内外化工市场的情势，郭家店再不成立化工集团就要阻碍生产发展了。

到这个时候郭存先才发现，陈二熊已经实实在在地将原来的化工厂搞成了一个化工王国。而自己对这个王国却相当陌生，他有很长时间不管企业，每天尽琢磨一些闲白了……如今占据郭家店化工王国里重要位置的人物，都是陈二熊这些年自己带出来的，或是他从外面聘请来的。这就是说郭家店的化工系统实实在在地操控在陈二熊手里，经营和技术大权他抓着，特别是跟外界的业务网络，全都捏在他手里……将要成立的化工集团，其实就是专为陈二熊量身定做的，集团的总裁自然除去他再无第二人选。细想这倒也应该，谁打下的江山谁坐嘛。虽然最早的化工厂是在他郭存先指挥下干起来的,却是由陈二熊干大的……

可是,刘福根干什么去呢?他正式的职务是化工公司的副经理,工资关系也一直在化工公司。在村上挂名当个郭存先的助理,不过是为了替他接来送往的方便。化工这一块升格为集团之后陈二熊还会让刘福根挂在那里吗?许多年来郭存先只知道陈二熊每年给村里交钱很多,仅次于钢铁公司,其实这一点都不让他惊奇,当初在刚一筹建化工厂的时候,他就知道干化工有前途,是块肥肉,所以才把干儿子刘福根塞给陈二熊。明着是叫他带,实际暗含着嘛意思,陈二熊岂能不知?可刘福根一看郭存先的亲儿子太小,就把自己当成他的亲儿子了,但他喜欢出头露脸却不肯吃苦受累,有好事都跟着搀和,真正该他干的事却没怎么干,十几年下来,当初的化工厂下面又生出十几家化工企业,刘福根却还是一个跟着瞎搀和、凑热闹的角色。

平常他在化工公司的任务似乎就是吃喝玩乐、出头露脸,国内玩腻了国外玩,要多少钱一说,陈二熊就能给他多少钱。只有在向外来参观学习的人介绍经验时,他才会出面,人五人六的风光一番。同时他还有另外一种特殊身份,做陈二熊的私人代表,凡陈二熊有需要得到郭存先点头批准的事情,一律由刘福根全权代表去找他干爹谈。长期以来,给人的感觉是刘福根跟陈二熊好得像一个人,一个主外,一个主内,不分彼此。刘福根做的事就是陈二熊想做的,陈二熊所拥有的也就是刘福根的。等到化工集团的规模已经形成,架势都摆好了,陈二熊却不再让刘福根做代表,重要的事都是自己出头。

郭存先惕然有了一种危机感,问陈二熊:如果你叫集团了,不是跟村里的集团一般大,谁领导谁呀?陈二熊说,村里也应该升格为集团总公司,是专管集团的,就像军区管着集团军一样。郭存先怀疑陈二熊在底下已经跟另外几个人串通好了,就想先敲打一下试试:这是你个人的想法,还是跟别人已经商量过了?

陈二熊自然了解郭存先的性格,哪会办那种傻事。解释说这纯粹是我个人的想法,但已经琢磨很久了,今天是正式向您汇报,您是第一个知道我这种想法的人。我估计,只要我一宣布成立集团,欧广明会立即跟上来,王顺和金来喜就说不准了……但丘展堂的电器公司还没有做大,他目前是不会让自己戴个集团的空帽子的。其实金来喜的建工行业这些年也干大了,而且前途无量,只是这个人老谋深算,摸不透他的心气。如果您召集一个会,讲明眼前的形势,大家一定都会跟上来。郭家店的优势就意味着物质的力量和金钱,我们要保持这种优势就得要相信制度的力量,引进和完善先进的管理制度,才能永远保持郭家店的优势。可是,如果再不提升郭家店原有的管理模式,就要限制和影响我们的发展。外边什么单位都叫集团了,我们还是一大堆公司,不了解情况的还以为我们是小打小闹,底气不足,那样自然就会影响人家跟咱们合作的积极性。如果由您下令,给下边的公司一律升格为集团,可谓水到渠成,大家会又高兴又钦服您的远见卓识。

陈二熊在他面前竟然能一套一套的,讲得头头是道,甚至还给他出谋划策……竟让郭存先忽然怀疑起自己是不是真的老了?思想开始跟不上陈二熊这样的小脑袋瓜了?他反问:"成立了集团你想把福根放在哪儿?"

——这才是今天这场谈话的要害。

陈二熊早就准备好了答案:"福根如果愿意就还留在化工集团里担任副总,可他对具体业务工作不感兴趣,只能在集团里飘着,那可就把他给耽误了。他原本是可以干大事的,将来要接您的班,所以对他最合适的位子是集团总公司的常务副总经理,做您的副手,学着怎样掌控全局,将来可顺理成章地从您手里接过郭家店的大印。"

这话说得倒很对郭存先的心思,却又深深地刺痛了他。于是还想再试探一下陈二熊:"其实这些年来我一直考察的是你,你最大的优点是思虑周密,踏实牢靠。这么多年来谁不知道,你一天三顿饭就是三个十分钟,总是嘴里还嚼着东西就往公司走。将来把郭家店这一大摊子交到你手里,我放心,全村人都放心。当下如果先把你提到总公司来,你干不干?"

陈二熊显得诚惶诚恐,急赤白脸地一个劲拔楞脑袋:"书记,您还是不了解我。我这个人对政治一点兴趣都没有,更不会有什么远大抱负,我只是一个干业务的料子。您若非提我到上边来,我宁可辞职去当老百姓,再重新创业,给自己干个化工厂,几年后说不定能抗衡村上的化工集团。"

郭存先笑了,"你太谦虚了,到那时就不单是抗衡,而是挤垮村里的化工集团。你一走,化工系统的大部分管理人员和客户都得跟着你走,剩下的谁还有能力跟你竞争?二熊啊,你就给我彻底死了单干的这个心吧,有我在那是永远不可能的。你可以估算一下,单干能拿多少钱,我就给你多少钱。全郭家店的位子任你挑,你想上来就上来,不想上来就搞你的集团。我只是担心,福根吊儿郎当的惯了,提上来怕下边人不服,当然也不能再让他在你那儿飘着了。"

"书记您多虑了,郭家店的这一大片江山是您创下来的,您提谁下边都不会不服的,更何况还是福根。您没有发觉,现在他已经变了很多?过去的达官贵族培养接班人,大多也要经历这个过程。福根要跟那些大户人家的少爷比,可要强上一百倍。"

"臭小子,你把我当成地主老财了?"

"地主老财算什么,您的家业可上任何一个富豪榜,哪个富翁敢跟您比?"

"我已经让福根去东方公司接存勇的摊子,存勇一走那儿正缺一个当恰的人,他也正好需要锻炼。"一听郭存先说出这番话,陈二熊暗出一口长气,心想可把刘福根这个爷给挪走了。

嘴上却说:"书记真是通揽全局,棋高一着,这简直是神来之笔,将存勇之死这件坏事变成了好事!"

郭存先也为自己给干儿子找了这么好个位置而得意。就这么着他采纳了陈二熊的建议,允许他的公司升格成集团。但他没说那几家公司怎么办,也没说村里的集团是不是要翻牌成为集团总公司,听起来"集团总公司"不如"集团"干脆响亮,"集团总公司"最后还是公司,而"集团"就是集团,一般人还真闹不清哪个大,哪个小。再说他也还想再看看其他那几个人的态度……生活在一个你谁也不能完全相信,也没有人会完全相信你的社会里真是累死人,你必须时刻提防着,睡觉都得睁着一只眼,遇到嘛事脑子都得多转俩弯儿,免得掉进无处不在的陷阱。每个人都可能冒犯你,同时又是受害者。

郭存勇无论如何都算得上是个人物,是今天郭家店的功臣。四十岁刚出头就死了,非常惋惜,非常意外……要表达郭家店人这种"非常"的情绪,郭存先做出一个决定:不能烧他,只有土葬才对得住他,才能让亲属的心里会好过点。

书记发了话,下边人自有办法。花两千块钱买了一具乞丐的尸体,顶着郭存勇的名字被送进了火化炉,当然也得再花钱打点好火葬场的人,入殓的时候名义上是往棺材里放郭存勇的骨灰,而实际上放的是他的真实尸体,因此除亲属以外只有很少的几个人在场。

在郭存勇的棺材里放了价值近十万元的好东西,他脖子上戴的是绳子般粗的特号金项链,手腕子上是价值两万多元的瑞士金表,手指头上有全套的宝石戒指,口袋里装着他常用的花八千多元买的大哥大,脑袋左边是收录机,右边是录像机,脚底下蹬着彩色电视机。为郭存勇想得最周到的,是在他的身子底下铺了一层人民币现钞,从一百元到一分钱的都有。他活着挣了那么多钱,死了也要让他垫着钱走,这叫铺金盖银,以钱开路,否则就对不住他。

郭存勇的棺材自然也是超豪华型,耗费了三立方米的柏木,堪称特大型,若不然怎么能放得下这么多好东西。郭存先是砍棺材出身,都从没做过这么好的棺材。全郭家店人都看出来了,书记在心里是对郭存勇真好,让他走得这么风光也算对得起他了。

一盖上棺材盖,就可以为他大操大办地出大殡了。

下葬后的第二天早晨,天刚亮郭存勇的老婆就去砸郭存先的门,他一开门竟看见欧华英在地上跪着,披麻戴孝,用脑袋撞地,大哭大叫地求书记给她做主!

郭存先把她扶进屋里,不知又出了嘛事,让她慢慢地讲,心里却有几分不耐烦,觉得这个娘儿们真是难缠,难怪郭存勇会死这么早。丧事办得这么体面,你说她还有嘛不满足的,大清早地跑到人家门前哭丧!

欧华英张口就说:"书记呀,存勇的新坟被人给挖开了……"

"啊!"郭存先的脑袋嗡地一下就像挨了一棒子,立刻惊醒过来,不再哈欠连天了。这可真是邪行,从来都听说有盗古墓的,那是为了得宝,哪有掘新坟的?是图钱财,还是出于仇恨?按老令刚死的人都很凶,得跟郭存勇有多大仇恨,才有这个胆儿挖他的新坟呀?郭存先起先还不大相信,可能是由于郭存勇走得太突然,欧华英接受不了,脑子受刺激想得太多了……可他跟着欧华英到坟地里一看,立即头皮发麻,浑身的寒毛都竖起来了。

郭存勇的新坟被挖了个乱七八糟,棺材盖扔得老远,他的尸体被扒得精光丢在旁边,棺材里的东西不翼而飞,一样没剩下。在郭家店算是见过世面,尤其是见识过许多死人的郭存先,也从没见过这种惨景。他当场就急了:"这是哪个不怕死的干的?查出来一定饶不了他!"

他随即安慰欧华英说,你放心,现在咱郭家店有自己的派出所,要一查到底。存勇棺材里放了值钱的东西外人不知道,一定跟本村的人有关系……

欧华英说我知道是谁干的。

"谁?"

"蓝新!"

"这可不能乱说,得有证据。"

"我有证据,蓝新是为一个女人才掘了存勇的坟。他也是中了那个女人的邪才有这么大的贼胆,还从外村雇了两个人当帮手。"

"你是指郭楚芳?"

"嘛郭楚芳?实际她就叫楚芳,是郭存勇在香港找的小老婆,把男人的姓顶在头上假充真事。也就是在她找来的那一天就把存勇给妨死了,她就是个扫帚星,硬生生妨死了正在壮年的存勇。这样的女人万人嫌,那天我当然不许她见存勇最后一面,也不让她参加出殡。我是放出过话去,只要她敢在发送现场露面就叫人收拾她……那种时候人心悲痛,闹丧会闹出什么事我也说不准的。谁知道这个臭娘儿们怀恨在心,就勾结蓝新干出这种事。"

"你凭什么说蓝新跟楚芳搅和到一块了?"

"这你就不知道了,蓝新是村里出了名的色鬼,有腥活儿就沾,他趁着楚芳举目无亲、孤立无援的时候,特别还因为她是自己老冤家郭存勇的女人,所以就去勾搭,就是想报复存勇。像偷坟盗墓这样的主意,没有蓝新光靠一个女人是想不出来的,想出来也不敢去做。这可以说是一举两得,既让楚芳见上了存勇最后一面,她从香港来一趟不容易,活要见人,死要见尸。同时还可将坟里的钱物拿走,也算是泄了心头之恨……实际情况就是如此,盗墓事件发生之后楚芳就不见了,咱村有人在天还没亮的时候看见过蓝新骑车从火车站的方向回来,这明摆着就是他把那个香港的扫帚星给送走的。书记呀,你可得给我做主啊,蓝新这就叫'挖绝户坟,踹寡妇门'呀!"

"这还了得,你放心吧,如果真是他干的决跑不了他!"郭存先回村让刘福根找了一批年轻人,有几个到坟地把郭存勇再放进棺材,将坟培好。另外几个人由郭家店新的治保员郭传良带队,去蓝家掏窝,抓了蓝新,顺便在他家里搜出了几万元的存折和四千多元现金。存折不算,现金就说不清了,完全可以说是从郭存勇的坟里偷出来的,并就势隔离了蓝家人。

风水轮流转,但谁能想到会转得这么快,而且是大掉个儿地转。农村的集体企业生机勃发,财源滚滚,城市的国营企业却因不适应市场的发展,纷纷亏损,乃至破产或倒闭。曾不可一世的大化钢铁公司,竟穷得给职工发不出工资了,当年的供销处长李益可,早已升任副总经理,来郭家店向欧广明求助。

郭家店钢铁大厦门前的大牌子,赫然换成了"日月钢铁集团",越显得雄伟富丽,气势压人。但欧广明非常热情,很用劲地握着李益可的手不放:"我从心里高兴,你能看得起郭家店,来跟我们张嘴。当年要是没有你们大钢,就没有我现在的这个日月集团。说吧,缺多少?"

李益可满脸通红,犹犹豫豫地试探着:"除去工资以外,我们也想再揽点活儿,让公司活起来,但缺少周转金,加在一块得三千多万……"欧广明从李益可手里拿过借据和账号,叫来会计,吩咐道:

"按这个借据上的钱数,立刻把钱打到这个账号上去。"

会计出去以后他又对李益可说:"你派人到银行去提吧,我这儿有的也就是你的,以后缺嘛自管吭声。不用往这儿跑,打个电话就行。"

这么大的事,欧广明没用几分钟的工夫就全办利索了,然后非要留李益可吃饭。李益可擦着脑门上的汗说,我哪还有心思吃饭,得赶紧回公司报信,下午就得提款发钱。我们那么多职工,可不能出事啊!

不错,这是一件大事,救一个大企业之急,不能算小事,甚至在大钢公司的高层传为佳话。但郭存先知道这件事后,却差点没把眼前的大桌子掀翻了。幸好那张大桌子太重了,他不动大力气根本掀不动。三千多万,在过去能买下一个宽河县,凭欧广明上嘴唇跟下嘴唇一碰就送人了?那么我在郭家店算怎么一号?谁是这儿的书记?现在郭家店的家到底是谁在当?

郭存先明显地意识到自己被架空了,有名无实,大权旁落。这些天下边已经有人在传,郭存勇一死,郭家店正好还剩下四个大能人,正好是"四大金刚":欧广明、陈二熊、王顺和金来喜。那么他郭存先是谁呢?已经不算是大能人了,那就成了庙里正中间摆着的那个泥胎,表面上看在被人们当佛供着,但只会微笑,不会说话。

郭存先可不想当摆设,他一直都在怀疑,该不该让下边成立集团?果不其然,陈二熊一挂集团的牌子,欧广明紧跟着也挂上了,看起来这很正常啊,既然化工可以称集团,别的单位当然也可以。一叫集团感觉都不一样了,即使王顺和金来喜还没敢叫,村里人也已经把他们当集团了,于是就产生权力过大的四个巨头。人的权力一大,面子、架子、眼眶子以及野心等等自然也都跟着一块儿大起来,要自作主张,要跟上面分庭抗礼……

郭存先非常恼火,自己却没有直接责问欧广明,而是让林美棠给欧广明打电话,想摸摸他的真实想法。林美棠就在郭存先眼前拨的电话,问他借出去三千多万这样的大事,为什么不跟书记汇报就私自做主了?不料欧广明竟满不在乎,振振有词:"这算什么大事?经过我手进进出出的钱多了,一笔几千万或几个亿都很正常,还能笔笔向书记汇告?这是我集团的钱,又不是总公司的,反正到年底我给村上的钱一分不会少就行了呗。"

"这是我集团的钱"……集团是他的,他想怎么办就怎么办,你管不着。郭存先这才意识到,郭家店这块大蛋糕已经被一切四块,四大金刚一家一块,只给他剩下了一个空盘子。他懊恼不已,欧广明过去是自己的小哥们儿,没有自己他说不定连媳妇都娶不上,当初钢铁公司是自己一手抓起来,从跟大钢谈判合作,一直到戳起摊子,都是自己干起来的,嘛时候成了他的?刚一起步的时候本来是抓在自己手里的,后来怎么就兴趣转移,只抓人头不管"老人头"(人民币),拱手把实权一点点地都让了出去?

郭存先这个后悔呀!如果下面的权力是分散的,哪怕有几十个乃至几百个单位,都要对他负责,由他来控制平衡。尽管看起来是下面千条线,上面一根针,对他来说反而更好领导。他上当了,是陈二熊画好道儿,哄着他或者说是牵着他的鼻子上了这条道儿。下边的人一个个真的都要反了?

郭存先正烦,听到外面又乱了起来,心想是又有女人找上门了,还是又死人了?

是蓝新的父亲蓝守义在郭存先的办公大楼前喊冤。昨天他的家里被翻了个底朝天,而且家产被查封,又没收了存折和现金,这叫他一家人的日子怎么过呢?曾因造反一直不得好的蓝新,已经被打了个半死,通身血肉模糊,再这样下去小命真就保不住了……蓝守义走投无路万般无奈只好来求郭存先,可他又进不了办公大楼的门,便在楼前大喊大叫:"我要见郭书记,我儿子是冤枉的呀!"

这就难免会引来看热闹的人,围观者中有郭家店的村民,也有外来的打工人员,陆陆续续地越围人越多。门口有保安拦着,他知道没有郭存先的准许是进不了他办公室的,可不当面求郭存先发话,他的问题就解决不了呀。越想越急,人一急了眼喊叫得就更凶了。喊冤喊冤嘛,有冤的人一定会喊,想叫有冤的人不喊都不行:"郭书记,我们家冤枉啊!我拿这条老命担保,蓝新没有偷坟哪,他是前一天去他姨家,怕误了上班,那天才起个大早往回赶……郭书记,你得说句话呀,要出人命啦!"

郭存先叫林美棠把治保员郭传良叫上来,他问:"蓝新的案子到底查得怎么样了?"

郭传良汇报说:"这小子的嘴还挺硬,怎么打也不招供。"

"你们拿到证据了吗?"

"他不承认往哪儿去找证据呀?"身为治保员的郭传良,似乎除去打蓝新想不出别的招。这些农民警察的兴趣本来就在奉命打便宜人找乐儿上,对破案找证据哪在行啊!

郭存先摇摇脑袋,"郭存勇的棺材里有好多东西呀,电视机、收录机、大哥大,你找不到这些东西就定不上蓝新的罪,光是从他家里抄出存折、现金不管用,说明不了问题。实在不行就先把他放了吧。"

"就这么把他给放了?那不太便宜他了,他老子出来一喊冤就放人,显得咱们太窝囊点了,以后这些人就更长脸了!"郭传良太年轻,又仗着论起来怎么也算得上是郭存先的叔伯侄子,尽管远了一点,可一笔写不出两个郭字,因此不知天高地厚,说话没轻没重。

郭存先这时候竟有点怀念欧广明当治保主任的年代,那个时候郭家店最难最乱,村上却什么事都没出。现在要钱有钱,要名有名,百嘛不缺,乱子却一桩接一桩……此时楼下的喊叫声更厉害了,郭存先站到窗户边上往下看,不光是蓝守义自己在喊冤,还有几个村里的老人也一块帮着蓝守义说话……这骤然激怒了他,骂道:"这些没良心的,到了用他们的时候就掉链子,不帮着做工作倒火上浇油,跟党委不保持一致。他们想干嘛呢?想顶着门骂阵?这么乱哄哄的让我怎么出去?出去也没法说话,说轻了是显着怕他,说重了又怎么收场?纯粹就是激火,向我示威,要我的好看!"

于是他吩咐还站在门口没有走的郭传良:"蓝守义这是在找难看,他还没完没了啦?既然他不嫌丢人,不嫌害臊,那就拉到街上拿唾沫啐他,寒碜寒碜他。你们要穿上警服,别忘了是派出所在办案。"

书记的指令正对郭传良的心思,他带着几个人服装整齐地冲出楼去,把蓝守义拖到大街上就开始"寒碜他",先是冲着他啐唾沫、骂大街,一会儿就觉得光动嘴不过瘾了,开始拳脚相加。越打越觉得不过瘾,下手越来越重,下脚越来越狠……这些平时看着还算端正的年轻人,一旦有机会可以打便宜人,觉着打了白打,不打白不打,越打心里便越凶恶,胆气越膨胀,打来打去甚至忘记了为什么要打他?想把他打成什么样?

打到最后暴打本身变成了暴打的目的,打打打,眼睛红了,脑袋热了,顺手抓起什么就用什么打,有的用皮带,有的用棍子,更有狠毒的用角铁和带铁角的胶管……郭传良像疯了一样还在旁边加油喊号:"打死他,打死他我偿命!"

只消十几分钟,年近六十的蓝守义就被打得奄奄一息了。打手们却还没有尽兴,骂骂咧咧地抱怨说:"这老东西,真不顶用。"

这场暴行吸引了二百多人围观,无一人敢上前阻拦。

因为已经出嫁而躲避了被关押的蓝守义女儿,闻讯赶到现场,央求过往的车辆送她父亲去医院。郭家店有数百辆汽车,却没有一个司机敢管这件事。没办法,她只借得一辆手推平板车,将老人送到村卫生院,卫生院的医生竟不肯认真抢救,草三了四地应付一下就将老人推进了停尸房。这或许就叫"淫威",是一个人的"威",让一村人都不敢接近发威者不喜欢的人,让无辜的人成了见死不救的帮凶,让邪恶之徒肆意释放心里的邪恶,助纣为虐。结果可想而知,本来还有一口气的蓝守义,在停尸房里又被冻了几个小时之后,就真的变成了一具尸体。

郭存先一听说蓝守义被打死了,嗡一下心里颤了,脑袋炸了,把自己关在里屋气得咬牙跺脚,这些小王八蛋,没有一个能给我搪事的,全是惹祸的精!我不是叫你们寒碜寒碜他吗?他有天大的错也不该死啊,就是该死也轮不到你们上手啊……但是,郭存先的性格是吃软不怕硬,不是出了事往下面推卸责任自己却不敢出头的人。他很快就想出了处理这件事情的办法,将错就错,采用高压办法处理此事。也就是利用自己在郭家店的绝对权威,把群众对蓝家盗墓掘坟的愤怒调动起来,先处理完蓝守义的后事再说,以后真的能平息下去,甚至可以考虑给蓝家补偿……

当天下午郭家店就在打死蓝守义的大街上搭起一个台子,召开全村的现场批判大会。七八个打死人的凶犯,一字排开坐在台上,趾高气扬地喝着茶水。死者蓝守义的家人却被穿警服的农民押来低头站在台下。难得露面的郭存先站到台前,亲自主持这个阴森森的现场会。他上来就说:"蓝守义应该早死,他死得太晚了,死有余辜。"接着便鼓动村民,"有水平的可以上台揭发蓝守义,没水平的可以骂大街。"

这是典型的郭式说话风格,他开过无数现场会,很擅长长篇大论,也确实很会说话,如今却不讲理了,因为他讲不出多少理,只剩下气急败坏,动用手中的权力以势压人。现场会结束后他又组织了一场万人大游行,嫌村民不够数,又找来一部分外地民工,可大部分民工正上着班,他就下令让学校停课,老师带着学生一块上街……想借此彻底把蓝家搞垮搞臭,压住他们想告状的打算……郭家店不过是一个村子,再大又能有多大地方,万人的队伍在村里穿来转去,也称得上是浩浩荡荡了。真闹得尘土飞扬、鸡犬不宁。一路贴标语,喊口号:"蓝家横行霸道,罪有应得!""打死蓝守义不冤,打人的无罪!"

但,郭存先的算盘显然是打错了,你把人逼上绝境,人家自然要拼个鱼死网破。你不看看这是什么年代?你权势再大,想一手遮天,也只能遮郭家店的天,连宽河县的天都遮不住,更别说大化市了。蓝家报案,真正的职业警察到了,凶手纷纷落网,个个判刑。

这件事极大地打击和刺激了郭存先,县市两级公安局不仅一点面子不给他,还当着郭家店里里外外数万人的面给了他一个大嘴巴,让他吃了个大窝脖儿。他把自己关在楼上近一个月不出屋,也不见任何人,甚至也不怎么吃饭。他反复追问自己这叫嘛事?他对蓝家又恨又不是没有一点歉意,对被判刑的郭传良和一干打手,既不是没有埋怨,又觉得对不住他们,自己若不发话他们也不至于闹到这一步,这不把人家一辈子都给毁了吗?更要命的是让他看到了自己的弱小和无能,他并不是什么事都能办到的,来几个正式的警察就可以完全不把他放在眼里,他忙活了半天什么用都没有……

他一想到这些就气冲心头,一看见还有人穿警服就火冒三丈,他下令将县公安局发下来的警服全部烧毁。他原来很把自己的派出所当回事,真遇到事才知道全是假的,想用它的时候狗屁用不管,人家根本就不尿你。他们自己办案就没打死过人?公安局里就没有屈死鬼?可哪个警察被判刑了?

闹了半天,咱还是后娘养的。还不如不穿那身皮,自己想怎么干就怎么干。你们拿我不当人,我在郭家店看谁敢跟我拧着?他命令全村为被判刑的人捐款,并具体分派任务下达指标,二百户村民负责养一个判刑者的家……

这些天郭存先最烦恶警察,偏偏还有警察要来找不自在,大化公安学校刑侦班的班主任孙文达,就是这么个倒霉蛋。他竟选在这个时候带着全班同学跑到郭家店来做什么社会调查,而且还都穿着警服,一下车就炸营了,让郭家店人头皮发麻,不知道又出了嘛事?后来知道是警校的学生来做调查,精神上稍微松了一扣,但仍处处设防,事事刁难,甚至连损带骂,嘴里也很不干净,将对警察的怨恨撒在了他们的头上。郭存先得到信后也十分生气,以为公安局又在耍什么花活,亲自参与询问,一看果真是一帮半大小子,不过是穿了一身警服显得大模大样了。他问了几句见问不出嘛东西,就撂下几句狠话,气呼呼地甩手走了,好让下边的人撒撒气。

他们老觉得白打人是一种便宜,正是这种便宜让他们的手痒痒了,心里凶了,使郭家店有了一股杀气。有句老话叫:祸不单行,福不双至。古往今来人们都喜欢挂在嘴边上,一定有其道理。自从郭家店被法办了几个人之后,村子一直笼罩在一种不祥的烦躁不安的氛围当中。

刘福根雄心勃勃地接手了郭存勇留下的东方商贸公司,上任后却发现公司只剩下了一个空壳儿,不算欠银行的那两个多亿,内部还亏损七千多万元。刘福根急坏了,原以为干爹给自己找了个好地方,谁知是这么大个烂摊子,他一贯是个坐享其成的主,怎么能收拾得了,便跑到楼上添油加醋地把东方公司的巨大漏洞学说了一遍。郭存先当即雷霆震怒,令他恼恨的不光是亏损这件事本身,更气人的是东方公司上上下下竟都欺瞒着他。

他总以为自己一跺脚郭家店就会乱颤,在郭家店不可能有他不知道的事情,可郭存勇竟在自己眼皮底下弄出了这么大的窟窿,却没有一个人给他通风报信。这已经是第二次了,欧广明向外一借几千万也不跟他讲一声,这又弄出个欠银行两个多亿、内部亏损七千多万,加起来就是三个亿呀,败家子,败家子!

他一怒之下想起了当初别人整他的办法,便也破天荒地成立了郭家店的第一个调查组,自己任组长,刘福根任副组长,进驻东方公司查账。他总说平生最讨厌调查和被调查,这回却是以其人之道还治其人之身,由过去的被调查,变成去调查别人。

杨祖省是东方公司的总会计师,已近中年,西装整洁,神情谦逊,走进总经理的大办公室,首当其冲接受郭存先的亲自询问。在他左边站着刘福根,右边是林美棠,后边是四个穿保安服的警卫。郭存先痛恨警察,却又无法不弄几个类似警察的角色围着自己,这是一种很奇怪的心里。

杨祖省被推到郭存先面前站好,却是刘福根先发问:"杨祖省,你是东方公司的总会计师,干什么吃的让公司亏了这么多?"

杨祖省镇静自若:"我应名是个总会计师,可什么权力都没有,上边的经营决策不听我的,连下边的会计都不听我的,领导要到澳门去赌钱,要多少会计就给多少,开销那么大,而经营决策又屡屡失误,焉有不亏损之理。"

"那你为什么不向上边报告?"

"我向郭存勇总经理不知报告过多少次,可他听不进去。"

"为什么不向村集团报告?"

"我不能越级,在我的职权范围内尚且得不到信任,再越级反映问题就更不会有好结果。"

郭存先突然嗷的一声:"浑蛋,你们都是一帮败家子,到我这里来不是干事的,是来糟蹋郭家店的。"

杨祖省一惊,但很快就镇定下来,喟然一叹。沉了一会儿才辩解说:"郭书记,这样说不公平,我们受聘来到郭家店的时候,的确都想干一番事,渐渐地却被排挤到边上,有劲使不上。这其中的情由我不说您也清楚,在郭家店有一条不成文的规定,凡从外地应聘来的人,只要没有和郭家店本村的人结婚生根,就不会得到真正的信任,更多的时候是当幌子、做商标……"

"别扯那么远,我看你也不干净,老实说你贪污了多少?"

"没有,一分钱都没有,郭书记你可以详细调查,调查后给我一个公道。"

"公道,你还要讨公道?好,我这就给你公道,从现在起撤掉你总会计师的职务,老老实实地接受审查。你刚来的时候就狗屁不是,现在又跟过去一样了,这最公道!"

杨祖省摇头苦笑:"这叫什么话呀,你郭书记也是大名鼎鼎的,怎么可以说出这样的话?"

每个人的天性中都有见不得人的东西,如果将这种东西释放出来并受到鼓励,必然会冒犯别人。这时站在后面的一个保安猛然蹿出来,左右开弓给了杨祖省两个大耳光,嘴里还骂骂咧咧:"反了你啦,敢跟书记这么说话!"

郭存先爽然大悦:"好小子,赏你五千块钱!"

林美棠立刻从包里一下抽出一沓百元大钞交给那个保安。

保安接过钱扑通一声冲着郭存先跪倒在地,纳头就拜:"谢谢书记,谢谢书记!"

刚被打愣了的杨祖省,此时缓过劲来,口中喃喃:"郭书记,咱这儿还打人啊?"

人的心里只要结了核儿,几乎可以肯定不是友善,而是丑恶和仇恨。郭存先站起来不慌不忙地走到他跟前,扬手又是一记耳光,然后嬉笑着问:"这里有人打人吗?谁打你了?"

杨祖省傻了,他几乎不相信眼前的事实。

郭存先鄙夷不屑:"你不是能说嘛,说呀,怎么不说啦?"

权力是一种烈酒,长期享用不可能不酒精中毒,在飘飘忽忽中头脑发涨,自不量力。他见从大城市里来投奔他想赚大钱的知识分子杨祖省,这会儿被戏弄得像个傻子,完全没个人样了,便冲着押解杨祖省来的四个警卫一挥手:"把他带回去好好审!"

刘福根想实际掌控一个公司,将来也成为郭家店一个金刚的梦想破灭了,化工集团又没有他的位置了,以后自己算怎么一道菜呢?他暗恨陈二熊领头发动了一次漂亮的政变,把他彻底赶出来了。而他曾经把陈二熊当成自己最要好的哥们儿。陈二熊也确实让他当过一段常务副经理,而他这个"常务",完全就是"常无"或"常误"副经理。刘福根曾当面向他要求给自己一个实际的单位练练手,陈二熊却哼哼唧唧就是不动真格的,其实在心里一直防着刘福根。这正是陈二熊做人的信条,他曾不只一次地表白过:不跟比自己强大的人结盟。当然,陈二熊认为强大的是郭存先,而不是刘福根。可刘福根的后台是郭存先。

这一天他又审了一阵杨祖省,仍然没有结果。其实有结果又能怎么样?反正公司没钱了,早早晚晚就只剩下一条路了,那就是关门大吉。刘福根喝闷酒喝多了,在回家的路上看见林美棠风骚地撅着屁股正在开自家的房门,他猛地怒从心起,冲进去反锁上门,将林美棠推进屋子,兜头盖脸就是一巴掌。

这一巴掌把林美棠打蒙了:"福根,你疯了?"

刘福根抬手又是一巴掌:"我就是疯了,是叫你们逼疯的,叫你气疯的,打你是要替我窝囊了一辈子的干娘出口气。"

林美棠岂能白让他打,回手也厮打他,边打边骂:"你算个狗屁东西,在郭家店还有你插嘴的份儿吗?居然还敢打我,也不掂掂自己那点分量……"于是,两人抓挠到了一块。刘福根由打林美棠忽然紧紧抱住了她,任由对方抽打自己,然后打急了便撕掉林美棠的衣服,将其摁倒在床上,不顾一切地压上去……

可能连他自己都觉得恶心,完事后吐了两口,随后便倒头睡去。

待到他醒来,天已经快亮了,发现自己光着身子清清爽爽地躺在林美棠的被窝里,一激灵拥着被子坐起来。正悚惶间,看到林美棠弓着身子在给他熨衣服,听到动静才直起身子,竟冲着他笑了笑,问道:"你醒了。"

刘福根表情呆滞,不敢正视她的眼睛……这要让老爷子知道了,非闹出一场大乱子不可。吭哧半天才说出成句的话:"对不起,我昨天喝多了,犯混,不知道自己都干了些什么浑蛋事,真对不起,您别往心里去……"

林美棠拿着他的衣服来到近前,慨然释怀:"听到你跟我说对不起,我心里挺热乎,这顿打挨得值。人世间的事情很复杂,这么多年咱俩的关系一直不自在,早晚得有这顿打。将复杂简单化,最省事的办法就是动武,打完就好了,你出气了,也替你干娘出气了,以后咱们的关系也就好处了。"

刘福根内心惶怵,不免有些战战兢兢:"我真不是个东西,除去打您没干别的吧?"

林美棠瞋目道:"光是打我还不够可以的,你还想怎么着?别看论年纪我比你大不太多,也别管名义上如何,论实际我可是你二娘,这是全村人都心照不宣的事实。昨天你吐了我一身,害得我这通收拾,给你擦完身子,还得洗你的衣服,我这里又没有男人可穿的,怕天亮了你没有衣服穿,总不能老呆在我的被窝里呀。所以就拿电烙铁给你烙干了,来,穿上吧。"

刘福根穿好衣服,下床后双膝跪倒:"我认您这个二娘,以后再不敢对您放肆了。"他突然抱住林美棠的腿呜呜哭起来,"这个世上还从来没有一个女人这样跟我说过话,我从小就被人瞧不起,过去在原来的村子上就抬不起头来,人们说我是一个瘸子的私生子,他是给大队喂牲口的。后来碰到郭伯伯,他救过我,对我也很喜欢,就认了他做干爹。在郭家店其实也没人真拿我当回事,有人是碍着干爹的面子不敢对我怎么样,从心里是真看不起我,说我是来捡便宜的,还有的说我就是郭存先的亲儿子的,是他在外边砍棺材跟当地女人乱搞生的……在郭家店只有干娘不厌弃我,她是天底下最好的人,却经常一个人偷偷地哭。我想恨你,可又恨不起来,我从没想过敢碰你,没成想昨儿个借着酒劲犯混了……"

林美棠抱住他的头，心中一阵悲酸，眼泪顺势滴到刘福根的头上……她把他拉起来，让他坐到床边，用手扶着他的肩轻声安慰道："我知道你这些天心里不痛快，可你怎么就想不开呢？东方公司垮了郭家店还有那么多公司，东方不亮西方亮，还能没有你的职位？书记至少还能再活二三十年，在这么长时间里你还能成不了气候？"

　　这几句话竟让刘福根有醍醐灌顶般的感觉，不禁悚然有思，许多年来因一直对林美棠怀有成见，才低看了她，对她不公。原来她的确不同寻常，难怪自己的干爹这么多年都离不开她……

## 25."软蛋治不了浑蛋"

　　东方公司一间空荡荡的大房子里一片混乱,有吼叫,有哀求,有哭号,有辩白……正面的白墙上多了八个黑色大字:"清理经济,整顿思想"。如果换成"坦白从宽,抗拒从严",这里就是监狱了。还有一点不同的是,监狱里不会有录像的,而在这儿有郭家店电视台的摄影记者,随时将审讯情况如实地拍摄下来。这是根据郭存先以前的指示,完整地记录郭家店前进的脚步,详细保留每个大事件的资料……

　　这种审讯一直持续到深夜。刘福根自恃在东方公司没有关门前,自己还是这里的瓢把子,就对杨祖省一笔一笔问得特别仔细,可审了半宿也没审出什么结果,他实在太累,就回到旁边的屋吃了点东西,不想一歪脑袋就睡着了。剩下的那几个小子误会了他的意思,以为他是故意躲开,好让下边人收拾杨祖省。再加上前天他们亲眼看到,第一个动手打老杨的人当场就得了五千元奖励,于是便有恃无恐,甚至也想靠拳脚邀功请赏,这就又引发一顿狠揍,结果是闹着玩儿似的就把杨祖省又给打死了。

　　打人难道像吸毒一样也会上瘾,暴力也会传染?郭家店刚因为打死人被抓走了七个人,最重的被判了七年徒刑,最轻的也判了三年。眼前这些还没有被抓进去却仍然干着要被抓进去的事,为什么就没有顾忌,反而会变本加厉了呢?

　　连本村蓝守义的儿女,一豁出去都能把凶手送进监狱,何况杨祖省是天津人,是你郭家店把人家当人才引进来的,其家属岂能善罢甘休?所谓"少当家的"刘福根却根本没经过事,心里着实慌了。他多少读过几年书,还记得"人命关天"四个字的涵义,便慌慌张张地立刻去见郭存先,急着要向干爹禀告杨祖省被打死了的消息。

整个办公大楼的六楼上,门窗紧闭,只开着一个小天窗透气,郭存先躺在一张硕大的四周包金的软床上,赤条条双脚垫得老高,枕头却很低。这是他年轻时养成的习惯,睡觉时头低脚高消化慢,省粮食,肚子不饿。如今有了吃不完的粮食,就怕不吃或吃不多,但他一躺下就非得将自己弄得高低不平的习惯,却是改不过来了。林美棠也一丝不挂地躺在他旁边,是被上楼的脚步声和急速的开门声惊醒的,但她知道身上有钥匙并敢直接闯到这个屋里来的,只能是刘福根,所以并不着忙,慢腾腾有条不紊地欠起身子开始穿衣服。

心里慌乱的倒是刘福根,不是因为看到干爹跟别的女人睡在一张床上,更何况林美棠还不算是"别的女人"。让他慌乱的是越想打死杨祖省这件事越麻烦,这回很有可能连自己都得蹲监狱,因为杨祖省是在他的办公室,又是在接受他的审问过程中被打死的。因此他汇报得也有些散乱……

郭存先从大床上刺棱一下坐起来,心里明明也并非不慌乱,表面上却是一副完全不在意的脸色,慢腾腾地问:"都谁参加了?"

刘福根磕磕巴巴地说,还不是郭传正、金大宾、欧廷玉、郭传宝那四个家伙……眼下村里的局面有点乱,我觉着管不住了,空气也闹得太紧张,人人害怕……我刚才布置下去,把东方公司下边所有被关的人都放了,调查工作暂停,等过去这一阵再说吧。

郭存先摇晃着脑袋:"福根你给我记住,越在这时候越不能软,软蛋治不了浑蛋!做一个当家人,在这时候让人怕你,比让人亲近你更有用。"

"问题是一批坏小子借着这个气候都冒出来了,踩着鼻子上脸,不好控制。"

"控制不了他们是你自己没本事,眼下正是用人的时候,自古以来哪个朝代不是流氓无赖打下来的?"郭存先又闭上眼睛,在床角郁郁枯坐。

他自我专注,看上去在难题面前有着令人惊异的沉着和自信。

其实他又何尝没意识到眼前的局面有些失控,村里的情况越来越繁乱,他明显感到驾驭起来有些力不从心,想不出更好的办法。但有一条他还没有忘,越是这种时候越要显示力量,最简单的办法就是高压,用打手维护自己在郭家店的绝对权威。只要维护住自己的权威,剩下的事就好办。他坐在床上,想一会儿说上几句,说上几句就又停上一阵,像是教导干儿子,又像是在给自己打气:"你得有足够的底气,才能认识到人的命运是不同的,有的生来会管人,有的天生就得被人管。不管你的境遇如何,你只能全力以赴,郭家店的全部成就都是硬顶顶出来的……你干爹这辈子实际就干了一件事,得到了权力上的成功和名望。中国的权力都产生于土地之中,自古打政权都是攻城抢地,谁有地盘谁就有权力……而土地又是个什么样子呢?野草永远都挤在庄稼旁边,一遇上连阴雨就会疯长,没有几天的工夫就会超过庄稼。我们现在就碰上了连阴天,要格外防备这些野草、杂种,把手里的镰刀磨快。这时候最重要的就是控制住大环境、大气候,别再让大雨下起来……"

郭存先说了半天,刘福根还是一头雾水。他只好再说具体点:"你和那四个人先藏起来,不能像上次那样硬顶了。"

"可往哪儿跑呢?"

"跑?"郭存先重复着刘福根的话,"一说藏起来你首先想到的就是快跑,以此类推,公安局的人一定也会这么想,所以眼下最安全的地方就是不跑,就藏在郭家店。这是咱自个儿的村子,咱能控制得住。但不要藏在自己的家里,谁还没有仨亲的俩厚的吗?村子这么大,藏起几个人还不容易吗?"

他转头又吩咐林美棠,"给他们每人发一笔钱,也可以算做是犒赏,凡是能保护好他们的人家,将来也会有奖赏。我们有的是钱,对我们来说花钱是最容易的,凡是能用钱解决的问题,就多用钱解决。同时还要放出风去,就说他们都跑了……"郭存先现在重视的已经不是郭家店有多少钱,钱对他意义不大了,他最需要的是有足以能驾驭局面的权力。

刘福根被打发走了,林美棠也立即去落实他的指示,剩下郭存先一个人又在床上坐了好半天,一根接一根地抽得满屋子都是烟了,才挪屁股下地。他需要打个电话,六楼特意为他安装了六部镀金电话,床头柜上、写字台上、麻将桌旁、按摩椅边、马桶旁边……可他还是等到上班后,趿拉着鞋来到五楼林美棠的办公室。

有些话他就是想当着下边的人说,好让他们学着点,也省得再费口舌重复自己的指令。他也喜欢看下边人对他惊奇赞叹的样子,并说些敬佩和崇拜之类的话。他让林美棠拨通了宽河县公安局值班室的电话,然后自己接过话筒说:"我是郭家店的党委书记郭存先,告诉你们一件事,昨天晚上我们这里死了个人。郭家店东方商贸公司在审查杨祖省的经济问题时,突然闯进来一群人把他打死了,你们是不是来一下?"

轻描淡写,居高临下,与其说是报案,不如说是下通知。不用郭存先再多说什么,林美棠便立即布置下去,让东方公司按照书记这个电话的口径做准备。

令郭家店人没有想到的是,还不到中午,市公安局的警车就到了,熟门熟路地直扑东方公司,一共是四个穿便衣的刑警,他们很快就被领到一幢尚未装修的空楼里,那里才是审讯和打死杨祖省的现场,三人进了楼,一人留在外面勘查周围的环境。

郭存先也在第一时间得到了报告,这惹得他老大的不高兴。他是向县里报的案,为什么来的是市里的警察?要知道这对他来说差别可就大了。他一直以为,这些年来自己跟县公安局的关系处得还可以,逢年过节都有走动,案子落在他们手里怎么都好说。而跟市公安局的关系就一言难尽了,说弄得很僵也不过分,市公安局长吴清源来郭家店,他都避而不见,有人不止一次暗示他给吴清源送个大号金牌,他装听不见。凭什么?大化市的警察最喜欢扣郭家店的车,扣了后罚得也很重,还想让他给整自己的人送礼?郭存先可从来都没这么贱过。至少在他的心里跟市公安局较劲较了好多年,案子落到他们手里,还能有好吗?

他脑袋一热,又较上了劲:"把他们给我扣起来!"

郭存先是冲着电话喊的,却如同当面下命令一样快,十几个保安从东方公司的总部飞跑出来,直眉瞪眼地冲进新楼,并随手关闭了身后的铁栅门。留在外面的那个刑警,发现情况有变,立即钻进警车,看见又有几个保安从主楼里冲出,向他这边跑过来,便赶忙发动汽车向村外疾驶……

市公安局带队来郭家店出现场的,是刑侦处二科科长于长河,他一看这阵势就明白是怎么回事了。拥进来的这群郭家店的保安,立马将他和另外两名同事分割开来,刑侦处的元老邢振中,身边站着三个保安,大概是欺负他上了点年纪,认为只要有三个人就足以对付了。而白白净净的尸检专家姜源,倒吸引了四个保安圈围着他。再看自己的身后,竟像一堵墙似的站着五个面目不善的家伙……这就叫分而治之。看来这批人还是受过一点训练的,或者刚被点拨过。他拉下脸,正色喝道:"你们这批人里谁是头?"

没有人搭腔。沉了好一会儿才有人嘟囔一句:"这里没有头。"

"没有头可就麻烦了,那你们就得为自己的这种犯法行为负责。你们知道自己是在干什么?这儿躺着一个死的,是你们的头头郭存先向公安局报的案,我们是奉命来查案,你们却围上来捣乱,这至少是犯了三条法:一、妨碍公安人员执法;二、非法拘禁公安执法人员;三、故意破坏现场,变相包庇罪犯。"

于长河转着头将房子里的保安挨个看了一遍,似乎是要将他们的面目全都记下来。眼睛最后停留在一个不敢跟他对视的保安脸上:"谁叫你们来的你赶紧回去向他报告,把我的三条意见转达给他,并告诉他我的要求,立即撤走保安,恢复我们的自由,为我们查案提供应有的便利条件。如果他立刻答应了我的要求,这件事或许可以到此为止。不然,后果可就严重了,你们吃不了可就得兜着走!"

那个保安愣怔了一下,还真的转身出去了。

于长河又提出要打个电话,保安们只是冲着他瞪眼,不说行,也不说不行,意思是你自己看着办吧,反正楼里没电话,大门出不去。

呀哈,今天还真的陷入肉头阵了……这招儿可够损的,当头的不露面,用一群保安装哑巴激火,如果冲突起来会怎么样?不行,跟一群保安闹个什么劲儿,只会把事情弄得更复杂,影响破案,说不定那正是郭存先所希望的。他既报案，又不愿意让人来查，到底安的什么心？如果就这么软磨硬泡地耗下去，他最后会怎么收场呢？

邢振中是老油条，这点事哪能难得住他，他把手提包垫在水泥地上，背靠墙角一屁股坐下了，将鸭舌帽檐儿往下一拉遮住眼睛，舒舒服服地伸懒腰打了个哈欠："哎呀，有一个星期没有睡过好觉了，真还有点累，想不到郭家店倒是善解人意，那我就不客气了……"

只一会儿工夫，他还真的打起了呼噜。

姜源则是另一副状态，专心致志地蹲在杨祖省的尸体旁边，像检查验收一件易碎的老古董一样，十分精细地摸摸这儿，看看那儿，然后往一个大本子上记点什么。或者眼睛盯着地面在尸体周围转来转去，发现什么或捡到点什么都用镊子夹起来放进塑料袋里。他旁若无人，哪个保安影响了他的工作，他就将那个人扒拉开。

保安们大都还没见过公安局是怎样验尸查案的，他们喜欢打活人，却从骨子里惧怕和厌恶已经死了的人。因此对姜源的工作充满好奇和敬畏，竟主动给他挪地方、腾方便……


下午三点钟，宽河县公安局副局长鲁清赶到了郭家店，先奔村委会要见郭存先。村委会的办公楼大门紧闭，保安说郭书记不在。再掉头赶到东方公司，照旧被保安挡驾。他提出找谁，谁就不在……在的只有保安，可保安一问三不知，既进不了凶杀现场，也无法解救市局被扣押的同事，除非是动硬的。可"硬"的该怎么动，后果将如何，他的心里没有底，只能先回去，向市局和县委报告。

其实，鲁清的到来是给了郭存先一个台阶。他如果顺坡下来，再找个借口圆场，纵使不能化干戈为玉帛，也可消除一场关乎到自己的风波。让公安局该破案的破案，他愿意当书记也还可以照旧当自己的书记，可他硬是犟上劲了，偏不下这个台阶。你鲁清该来的时候不来，不该来的时候倒闯来了，也不撒泡尿照照，你有这么大的脸吗？大化市公安局不是权力大、能耐大吗，郭家店就专治权力大、能耐大的，把你的人扣个一天半日的又能怎么样？

他的大半生挨整挨伤了,种下的过节儿也越来越大,再加上公安局刚又抓了他的人,一见到当官的和警察心里的气就不打一处来。很快,县委办公室的电话来了,找郭存先,县委书记要亲自跟他通话。若是对于一个普通的村干部来说,这个面子可够大了,又比鲁清亲自来升了一格。可郭存先不能算在普通的村干部之列,他冲着林美棠一拨楞脑袋:"不接,就说我不在。我治的是大化市公安局,他县里跟着搀和什么。"

只要你不被置于死地,就会让你更强大。郭存先得意起来:"都看到了吧,只要你咬住了,台阶有的是,有人要保住自己头上的官儿帽,就得不停地给你铺台阶,因为这儿是郭家店,每年要给国家缴大把的银子,我是全国人大代表,宽河县再无第二个。"

果然,县委办公室的电话又来了,问了接电话的林美棠的姓名,在郭家店的职务,然后让她务必将县委的指示马上转达给郭存先:"郭家店再次发生打死人的恶性事件,公安人员依法办案,任何单位和个人,都不得也无权以任何理由刁难或阻止。你们必须立即放出在郭家店被扣的公安人员,必须保证公安人员的人身安全和顺利执行公务。立即执行,不得有误。"

郭存先闭着眼琢磨了一会儿,也开始下指示,到夜里十一点的时候给县委发传真,至于他们收到收不到那就是他们的事了。如果这帮官老爷吃饱喝足早早地睡了,看不到我的传真,那就活该那三个警察倒霉,让他们跟个死人在一块呆上一宿,到明儿个早晨再放他们。传真要这么写:"今天中午,从大化市来了四个人,身穿便衣,进到东方公司任意活动,被公司保卫人员围住。我刚从外地回来,得到县委指示才知是一场误会,立即好好款待公安人员,并为他们破案提供一切便利条件。"

郭存先认为自己这一手玩儿得很漂亮,既戏耍了县、市两级的公安局,打破和拖延了他们的破案步骤;同时又为打死人者赢得了时间,该藏的把他们藏好,该串供的也对好了口径,现在是自己该顺着台阶下来的时候了。

人是一种喜欢自作聪明的动物,尤其是这些自命不凡的人。当郭存先想下台阶了,却发现已经下不来了,眼前根本没有台阶,而是一只老虎背。

天快亮的时候,在空楼里看守市里那三个警察的保安们,悄悄地溜走了。又过了一会儿,一个人出面代表东方公司向于长河解释说这是一场误会,并提出要请他吃早餐,也算是压惊捎带着送行……

不想竟遭到于长河的拒绝:"我们又不走,你送的哪门子行?早饭就不必了,我们的习惯是任务没有完成就没有胃口。只需要你们提供方便,让我们询问殴打过杨祖省的人,逐个排查以找出凶犯。"

郭存先在给县委的传真里许诺,要为公安人员破案提供一切便利条件,不能这么快就食言自肥。可是,这三个家伙饿了一天一夜竟不想先撤走,一定是发现了什么。让他们挨个询问,那几个凶手必然露馅儿。不让那几个小子露面,或者说他们已经跑了,就等于不打自招,告诉人家那几个人是谁了……

郭存先还没想好怎么应对,骤然又听到有警笛声由远而近,催命般地急促,尖利刺耳。眨眼工夫,一拉溜四辆警车,顶着早晨上班的人流开进村来,三辆轿车,一辆中级面包车,本村和外来的打工者急急忙忙让路,好奇地站在路边,看着警车直奔郭存先的办公大楼。

村民们一阵紧张,一阵骚动,警车卷着风,带着一股凌厉的气势,停在大楼前。从前面的三辆轿车里下来七八个身穿警服的人,一副公事公办的派头。从后边面包车里下来的,是十来个全副武装的警察,有两个留下守车,其余的跟着前面的人进了楼。

这种阵势一拉开,谁都看得出来,郭家店的事闹大了。

看守大门的几个本村保安,平时狐假虎威,遇到了来势不善的真警察,立刻见傻,竟不敢阻拦。他们真要阻拦,说不定立即就被人家给收拾了。他们也确实没有接到不让警察进楼的命令,此时哪还敢吱声。人家也不答理他们,径直推门而入,直接来到五楼,名义上的郭家店党委办公室。

屋子里烟气腾腾,除去郭存先、林美棠,还有四五个男女,一时都有点发愣,竟僵住不知如何是好。最终还是郭存先气横,上来就来了个先发制人:"你们是干什么来的,不就是打死个人嘛!"

鲁清指着伍烈介绍说:"郭存先同志,这位是大化市刑侦处处长……"

伍烈摆手拦住了他:"我们认识。"

他从一进门就一直在打量郭存先,他钱多了名气大了又上了一把年纪,不仅没有发福反而越加精瘦,就活像个大烟鬼。所不同的是,以前是满脸皱纹,有时还会满脸笑纹,现在是满脸横纹,满脸傲纹……伍烈从口袋里掏出公文,冲着郭存先说:"我来传达大化市公安局的命令,第一项,立即放出我局昨天来郭家店办案的于长河、邢振中、姜源三位同志。请他们立刻到这里来。"

林美棠看看郭存先的颜色就知道他不想顶了,便不待他发话就吩咐身边的一个年轻人赶紧去办这件事。伍烈宣读第二项命令:"从即日起撤消郭家店的企业派出所,收回当初下发的自动步枪十支,子弹一千五百发,六四式手枪五支,子弹五百发。"

办公室里非常安静,伍烈眼睛盯着郭存先,紧追不放:"枪支和子弹在什么地方?立即交接。"

郭存先万没料到市里还有这一手,原来伍烈是奔着这个来的。他平时最是看不上公安局,可恰恰忽略了自己的派出所正是归公安局所管辖。这可是朝他的裤裆里踢了一脚,他毫无准备,立刻翻了脸:"你们的命令我不理解,撤了派出所还怎么为郭家店的改革开放保驾护航?这影响生产,影响民心,事情严重,我们无法工作……"

伍烈厉声打断了他:"先执行命令,枪支子弹在什么地方?快领着我们的人去取。"

到这个时候,郭存先纵有天大的本事也无计可施了,如果他真敢抗拒,对方说不定就抓住这个把柄对他动硬的。伍烈带了这么多警察来,显然是早就做好了多种准备。看眼前的局势,真要动硬的,栽跟头的恐怕是自己……无奈,他对林美棠一摆手。

林美棠领会了他的意思,低声对伍烈说:"枪还都在,子弹不全了,平时打靶可能用掉了一百多发,其余的都在中南海的值班室里……啊,就是我们的花园别墅,有两支步枪,十发子弹。四大集团的值班室各有一支空枪,其余的枪和子弹都在这个六楼上。"

噢,原来还是郭存先自己天天把着这些枪支和子弹……这还真有点玩儿悬。

鲁清带着四名警察跟着林美棠上了六楼,另有伍烈的一位副手带着另外的几名警察,跟一个男青年下楼去收取其他几个地方的步枪和子弹。办公室里剩下郭存先和伍烈,他们面面相觑,谁也不愿意再主动搭讪对方,屋子里气氛僵硬,让人憋闷得足以窒息。

好在没一会儿的工夫,于长河他们三个人进来了,当着郭存先的面,他们没有过多的寒暄和问候,姜源便直接向伍烈汇报案情:"死者全身伤痕近四百处,可以说体无完肤,不仅有拳打脚踢,还有明显的钝器打击痕迹。经验查,有十二处大面积皮下出血,八根肋骨完全性骨折,右胸腔有约四百毫升积血,肝、肾三处破裂,系伤性、出血性休克死亡。打人现场只有五个人的脚印和其他痕迹,当晚的值班门卫也证实,并无其他人进入审讯室,可以肯定地说凶手就是这五个人……"

郭存先听得脊背发冷,他们几乎一进村就被看管起来了,只跟一具尸体呆了一宿,就把案子给破了?伍烈问:"接触过犯罪嫌疑人吗?"

于长河说:"还没有机会,但目标已经锁定了。"

伍烈点点头:"好,辛苦你们三位了,我的车里有吃的,有热水,你们先下去吃点东西,等一会儿把枪支弹收上来,我们再分头行动。"

此时通向六楼的暗门开了,鲁清和四名警察背着枪和子弹走下来,林美棠拿着个本子跟在后面。鲁清留下向伍烈汇报清点枪支弹的情况,于长河三人陪着四名警察下楼,将枪和子弹放到车里去。枪和子弹一收回来,伍烈的心里去了一块大病。他转头对郭存先说:"还有几件事需要你们协助,首先是要立即抓捕犯罪嫌疑人,如果今天抓不到,我们要传唤犯罪嫌疑人的家属,搜查犯罪嫌疑人的住地和有可能藏匿的处所,明天我们还会派人来在村里张贴通缉令……"

带着警察下去收枪的男青年也回来了,神色有些不对,走到郭存先身边正要说些什么,伍烈反应极快,先起身发问:"收枪出了什么问题?"

青年人惊恐地说:"没有,四支枪和十发子弹全拿到你们车上去了。"

他看看伍烈没有再发问,就又将嘴凑到郭存先的耳朵根子底下,小声唧咕起来:"下面都传开了,说我们的村子外面被警察包围了……"语速很快,声音也越来越低,最后低到让屋子里的其他人根本听不清了。郭存先憋闷了一早晨的邪火终于爆发了,刺棱一下从椅子上跳起来,声狠气暴地指着伍烈喊道:"你们想干什么?告诉你,发生了什么矛盾冲突你担得起吗?群众不懂法,我也不懂法,闹出了乱子谁负责?你们想要逮我郭存先,我这就跟你们走,用不着这么多人,我郭存先是个爷们儿!"

伍烈解释说:"请你冷静点,不错,在距离郭家店三公里远的地方,确实有四百名警察在待命,这是局里的部署。昨天你连来查案的公安干警都敢扣,还有什么事是你做不出来的?特别是在这之前你手里还有枪有子弹,再加上郭家店人多、人杂,我们不得不防,不得不做最坏的准备。请你理解和配合我们的工作……"

"我配合你?你为什么不配合我?从现在起我要辞职不干了!"

他一甩门蹿了出去,气呼呼地拐进同在五楼的电视广播站。很快,分布在郭家店各个方位的高音喇叭里,传出了他激愤的高腔:"乡亲们,外来打工的兄弟姐妹们,现在发生了非常严重的情况,市里在我们郭家店外边布置了大批武警,他们还带着小钢炮、催泪弹、警犬和长短武器,要到村里来搜查。我怀疑这不是来破案的,是冲着郭家店的改革来的,我们要准备郭家店的改革受损失,生产倒退,收益下降。但我们不怕,要寸步不让,寸步不让!从现在起,全村停工、停产一个月,学校停课,工资照发,如果没有现金,我可以取出存款给你们发工资。他们不客气,我们也不客气,赶快集合队伍,全村出动,什么方便、什么顺手就拿什么当武器,这是正当防卫。还要封锁路口,防止坏人进村捣乱,我们要保卫郭家店,保卫总公司!人能活多大呀?活二十是死,活六十也是死,我从来没有想到我个人,身不由己,死又何惧……"

办公室的人都站了起来,鲁清喊了一句:"这家伙疯了!"

伍烈用手里的步话机命令楼下的副手:"叫咱们的人都上车,不要跟村民发生冲突,等候我的命令。"然后他转向林美棠,语气变得非常强硬:"广播室在什么地方? 快带我去!"

林美棠刚要动,被鲁清插过来拦住了:"伍处,我们车上有那么多枪和子弹,如果跟村民们冲突起来后果难以预料……"

伍烈知道鲁清的担心不是多余,但如果就这样撤走,传出去就成了灰溜溜被赶跑的,那也太长郭存先的脸了。可是,以目前的态势只有先撤走,才不至于与村民发生冲突。他只好把该说的话撂给林美棠:"你知道吗,郭存先这是在煽动闹事,非常危险。你千万要冷静,希望你劝劝他不要脑袋发热,别做傻事。我再重复一遍,明天,我们要来抓捕犯罪嫌疑人,张贴通缉令,传唤有关人员,搜查有关处所……为了不跟群众发生正面冲突,今天我们就先离开。"

林美棠不住地冲着伍烈点头,她毕竟年轻,脑瓜好使,对眼前的局面有个大致清醒的判断。她还亲自送伍烈他们到楼下,如果有人拦截,有她在就不会出事。她甚至猜想,即使自己不主动送他们出来,说不定他们也会抓她做人质,等出了村子再放她也未可知。

郭家店像开了锅一样,群众恰恰就只对事情的表面现象感兴趣。人们纷纷跑出家门,拥挤到大街上,有人甚至并不真正明白发生了什么事情,也跟着跳跳呼号,情绪亢奋,所谓世界第一村,陷入了一片混乱和嘈杂。

有的人手里还真的拿着一件家伙,有扫帚疙瘩、木棍、铁锹、角钢……或许郭家店的村民们平时太压抑、太拘谨了,几十年来运动不断,调查不断,不搞运动不调查的时候村子里又出了神,永远都需要恭恭敬敬……于是,打人,乃至打死人,便成了一种宣泄,一种像过节一样的兴奋和刺激的事情。今天这个绽放人心恶之花的狂欢节,达到了高潮,这回要打的是警察,而且全村人一起上手。

林美棠看着伍烈他们上了警车,然后站到路口指挥村民们让开一条道,目送着四辆警车呼啸而去……她的举动又让看到这一切的村民不解,不是要打警察吗,一直都是代表郭存先的林美棠怎么又放走了警察?

看着情绪激昂的群众,像无头苍蝇一样乱撞,忽而指东,忽而骂西,刘福根奇怪自己竟兴奋不起来。他本来已经躲藏起来,是自作主张又跑出来的,实际上他在郭家店还真没有仨亲的俩厚的,不过临时藏在林美棠的家里,那儿能牢靠吗?警察真要想搜查不可能会忽略林美棠的家。更重要的是,他觉得这场乱子是自己惹出来的,在这个时候自己藏起来光把干爹一个人推到前边,有点太说不过去了。自打上次出事起,四大金刚就都躲着,包括郭存先的亲妹夫丘展堂,不是说外出不在家,就是推说没得到通知,反正不往郭存先跟前凑合。干爹身边目前能靠得住的也就剩下他跟林美棠了,他再一躲起来岂不是晾了老爷子的台?刘福根戚戚然生出一种忧虑,老觉得眼下村里这种像活报剧似的乱象很滑稽……旋即又觉得这是对干爹的不忠,憎恨自己在这种最关键的时刻对干爹的无限信赖产生了动摇。

刘福根崇拜郭存先,一直认为自己的干爹从骨子到外表都是一个硬邦邦的男人,是一个伟大的农民。他也明白干爹对自己的期望,因为他的亲儿子兴趣不在郭家店,很快就要去美国读书了,将来干爹养老就得靠他了,所以总想把郭家店的权杖传给他,可又怕他拿不起来。事实也的确是如此,一旦老爷子不在了,他怎么可能指挥得转郭家店这一大摊子?甭说别的,就是四大金刚就都不会尿他。他明白老爷子眼下摆出这副拼命的架势,是想借打死人事件敲山震虎,也顺便把他扶起来。问题是这真能镇得住虎吗?刘福根毕竟年轻,感觉更真实一些,总感觉虎并没有被镇住,大山自身倒好像要崩塌……

大喇叭又响了,是林美棠的声音,她传达村党委会郭书记的指示,并给四大集团做了分工,东西南北,一个集团负责把守一个村口,要用卡车和拖拉机把村口封死,并组织好队伍轮流值班。其他村民和工厂的工人,一律到大楼前的广场集合,全村必须保证有一支两万人的队伍,到关键时刻由村委会集中调动、统一指挥,一个小时内要在广场上集合好,接受郭书记的检阅。公安局撤消了我们的派出所,我们组织自己的队伍为改革保驾护航。他们收回了步枪子弹,我们还有别的武器!

　　拥挤在道边、门口、场院和厂区的人们,听着广播像潮水一样涌向办公大楼前的广场,男男女女、老老少少,手里的家伙叽里哐啷,看上去更像赶集,或是出河工。各公司的卡车和拖拉机也纷纷开往郭家店的四大路口,一层层地堵塞了对外的通道……大喇叭里反复播放着昂扬的乐曲,一会儿是《运动员进行曲》,一会儿是《义勇军进行曲》……广场上的人也越聚越多,吵吵嚷嚷,棍棒林立。农民们经历过打土豪分田地、集体化、全民皆兵和"文化大革命"的训练,弄这一套简直就是驾轻就熟,只要有条件,有人一招呼就起来了。

　　乐声戛然而止,广场上也渐渐安静下来,又等了一会儿,郭存先被保镖们簇拥着从楼上下来了,广场上随即一阵骚动。他一见这场面,刚才的激愤和阴郁一扫而光,代之以兴奋和愉悦,破天荒的没有坐自己的大奔驰车,而是登上了提前准备好的卡车,拿起大喇叭冲着广场上的人群高喊:"大家辛苦了!"

　　这时广场上的人群应该齐声回应一句口号:"郭书记辛苦!"或"为人民服务!"可农民们不懂这一套,又没有人指挥和组织,使场面难免有些尴尬。忽然有几小青年省悟过来,高喊着后补了两句:"人不犯我,我不犯人","人若犯我,我必犯人"!

　　惹得广场上爆发了一阵笑声,"阅民"毕竟不同于阅兵。

　　郭存先又问了一句:"你们怕不怕?"

　　这次有了回应:"不怕!"

　　"挨打的怕,打人哪有怕的!"

　　"好!"郭存先正式开始战前动员,"只要我们齐心协力,就一定能保卫住我们的改革成果,保卫住我们的好日子。咱们本来就是敢死队,从一开始起步就是为国家的改革开放蹚地雷的,要不我们哪会有这么多麻烦?刚才他们还想压服我,叫我要冷静,说水大不能漫过桥去。谁说的,真发了大水,别说是桥了,就是整座大楼、整个村庄都能淹掉。古代不是还有个水漫金山嘛!从现在起,村里的青壮年,按单位分批在村里巡逻、值班,老人孩子在家里也要保持警惕,听到号令全村一起上。我就不服这个理,他们欺负农民竟敢欺负到我们家门口上来,农民过去穷了受气,现在富了还是被人瞧不起,今天就叫他们看看什么是农民,没门!"

广场上也跟着齐声呼叫:"没门!没门!"

他讲得痛快,讲得过瘾,然后就乘兴去巡视四个村口,并吩咐司机先去进出车辆最多的西路口,那是由化工集团负责封堵。车路过欢喜树时,他却发现树顶上有一片片的干枝枯叶,巨大的绿色树冠像遭遇了鬼剃头,这让他倏然一惊!

欢喜树是怎么啦?他这才想起来,自己有好长时间没有到这两棵树跟前来了,要不怎么会没有发现欢喜树生了病,或者是招了虫子?这会是化工厂污染造成的吗?为什么其他人也没告诉他?欢喜树出了问题可是他的一块大心病,让他隐隐地有一种慌乱不安。

但此时他已经顾不了许多了,还是先去察看自己的排兵布阵。

他站在卡车上,看见有载着集装箱的大卡车,连车速都没减就从西边直进到村子里来了,他心里有点纳闷,还不相信在郭家店会有人敢公开违抗他的命令。待他的卡车离近了才看明白,西路口看上去是用四辆卡车横着截断了,但卡车里都坐着司机,凡有车辆进出,一听到喇叭响他们就一起往后退,通衢大道转瞬就让出来了。对待郭存先的检阅车也一样,还没等他到村口,负责封堵的四辆卡车已经给他让开了道。

郭存先心里一阵恼火,停车把四个司机叫到眼前训斥道:"谁叫你们这么干的?你们这也叫封锁路口吗?"四个司机吓坏了,一时不敢吭声。可老不吭声也过不去,郭存先又喊了一嗓子,"都哑巴啦?"

终于有个胆大的吭哧憋嘟地说出了原委,是上边叫这么干的,只要不是警车,一律放行,不得影响了村里的交通运输,影响生产。这倒也是,上边没有人发话,吓死他们也不敢这么干。至于这个"上边"是谁,他们可就说不清楚了,这既推卸了自己的责任,又没出卖自己的上司,不会被头头当成是打小报告而受到处罚。

郭存先这也才发觉,自己阅了半天兵,身边却只有林美棠、刘福根和几个保镖,他对干儿子在紧要关头主动站出来跟他生死与共,心里很满意,觉得平时没有白疼他。可四大集团的头头,过去也曾是跟他生死与共过的哥们儿,却一个都没来……这不是光耍巴自己,俨然成了一个光杆司令吗?刚才阅兵的好心情全被破坏了,另外的三个路口不用看也知道是什么状况了,就生气地对林美棠说:"回办公室,你通知四大集团的负责人来见我,不管他们正在干什么,立刻都给我滚过来!"

他真的动了气,那是没有人敢怠慢的。不大一会儿的工夫,四大金刚齐刷刷地都来到了他的面前,郭存先用手指点着陈二熊:"你那是怎么给我堵的路口?"

陈二熊已经知道了事情的来龙去脉,辩解道:"书记,你还想真堵啊?堵不住警察可把我们自己给堵死了,光是我们集团的出货进货,出料进料,一天就有二百多车次,损失这么大值得吗?"

这小子竟敢顶嘴,真是反了,气得郭存先嚷了起来:"值得!你不能光想着钱,这都什么时候了,养兵千日用兵一时,你的钱多得三辈子也花不完了,就不能在关键的时刻为农民争口气?"

陈二熊吓得不敢再出声了,他赶紧低下头,万不可跟郭存先对视,被他的眼睛锁住就像被枪口瞄准,太危险了。

欧广明是快五十岁的人了,在郭家店也算老资格,低声替陈二熊解围:"书记,我派人出村兜了一大圈儿,警察们全撤了,咱别自个儿吓唬自个儿了。您想,他们要真想进来,就咱们那几辆车,几百号或几千号人能挡得住吗?"

"挡不住也得挡,要的就是这股劲,横的怕愣的,愣的怕不要命的。再说我也不相信他们就真的敢对我们开杀戒!老金,你怎么不吭声?"

此时的金来喜可不是十几年前的那个滑头胆小鬼了,论年龄他跟郭存先不相上下,是郭家店发家致富的功臣之一,论地位他是郭家店的四巨头之一,更重要的是现在没有人再敢拿出身和成分歧视他了,相反他倒成了香饽饽,有资格有胆气说点自己想说的话了。但在郭存先面前,还得要装得低声下气,却不紧不慢,软中有硬:"书记,我看他们二位说的有道理,咱用了几十年的工夫才走到今天这一步,不容易啊,不能为了打死人的事毁了这一切,毁了郭家店的前程。到什么时候民也斗不过官,我们一个村子能抗得过公安局、抗得过市县两级政府吗?叫我说,这样闹一闹也好,毕竟把警察赶跑了,你的气也出了,咱们的脸也圆过来了。明天他们来查案就让他们来,该怎么办就怎么办,这一页就算翻过去了,往后咱还有好多正事要干哪。"

"对呀,书记,咱混到这一天不易呀,求求您啦,要以大局为重,不可因小失大呀!大哥,求您啦!"王顺不等郭存先问他,扑通一声竟双膝跪了下去。

他这一跪不要紧,其他三个人也都一起跪了下去:"书记,求您了,到此为止吧,再不悬崖勒马,要出大事了!"

一直不敢插嘴的刘福根不知该怎么办,便也陪着大家一块跪了下去。郭存先怒从心起,跳起来一脚把干儿子踹翻了,暴悍地吼叫着:"叛徒,白眼狼,一个个翅膀都长硬了,胳膊肘都向外拐。你们都对,就是我一个人错了,滚,都给我滚!"

其他人灰溜溜地都起来走了,只有王顺跪着不动:"大哥,你不解散村民,就是打死我也不起来。咱犯不上拿鸡蛋往石头上碰啊,大哥!"

其实,想把恐惧强加于人的郭存先,自己的心里也惶惶不安。不管白天黑夜,只要他一闭上眼,就会看见自己脑子里裂出了一个黑洞,深不见底,有股巨大的吸力要把他的魂儿给抽走,阴森可怕,让他冷汗淋漓……黑洞越裂越大,现在他已经没有勇气面对这种幻觉了,不知道该用什么东西能堵死这个黑洞,只有黑白不闭眼、不关灯。他弯腰将王顺拉起来:"兄弟,你有好多年不喊我大哥了。"

"有时在心里喊,不敢当着人喊出来,怕让人听到说我对您不够尊重……"

"你也成了四大金刚之一了,你的独一份食品公司为嘛还不改叫集团呀?"

"不就是个名儿吗?我就是个卖肉的,现在无非捎带着又多卖几样,叫什么还不都一样,我听大哥的。"

"唉,到现在也就还剩下你一个兄弟还能跟我一个心……"郭存先心里忽然冒出一股凄凉,甚至迷糊了,走到这一步竟不知道自己到底想干嘛了?他历来都是主观的,从不会没有主意,脑子里各种各样的想法就像韭菜,割了一茬又一茬,随时都在向外钻新芽长新叶。正是这一点经常让别人惊异,没法不佩服他,却也助长了他的排他性,凡事都是自己一个人拿大主意。事到如今才明白,不怕不知人,就怕不知己。他现在就有点不了解自己,驾驭不住自己了……

几天后,刑侦处处长伍烈被叫到局长吴清源的办公室,见局长心情很好,白面带笑,儒雅淡定,先打手势让他在对面坐下。他有些紧张,按习惯这是要进行一次严肃的谈话,而不是简单地布置任务。可他想不出,事前也没有得到一点信息,局长要跟他谈什么?

吴清源看部下紧张疑惑的样子,打手势让他赶快坐下,然后才慢悠悠地带点调侃的味道问:"郭家店的土围子撤了?"

伍烈点点头:"撤了。"

"凶手都抓到了?"

"都抓到了,一个没漏。"

"好,"吴清源猛然发狠,"下面你要给我抓捕郭存先!"

刺棱一下伍烈又从椅子上站起来:"抓郭存先?"他瞪着局长,怀疑自己听错了。

吴清源又恢复了微笑,伸出手掌冲他做着往下坐的手势:"把屁股坐稳了,不就是叫你去抓一个农民嘛,有什么可值得如此大惊小怪的?"

"他可是著名的农民企业家、全国人大代表啊?"

吴清源脸一沉,凛然可畏:"郭存先现在只有一种身份,那就是犯罪嫌疑人。因此他只代表罪恶,以后也不会再代表人民了。我随口就可以列出他几条罪状,纵容犯罪、包庇罪犯、妨碍执法甚至非法拘禁执法警察,哪一条不该把他逮捕归案?"

因兴奋或深感意外的伍烈,口不择言问了个更加愚蠢的问题:"这是市委的决定?"

"这不是你该关心的问题。"吴清源不客气地训斥道,"但可以告诉你,我给省公安厅打的拘捕郭存先的报告,已经批回来了,同意我的意见,只要再向市委通报一声就行了。你只管去执行任务。"

"好!"伍烈昂扬地站起来,一副急不可耐马上就要出发的样子,"这家伙早就该收拾了,我只要多带几个人就行,保证完成任务!"

"不必那么兴师动众。"吴清源又打手势让他坐下,"要兵不血刃,不费丝毫力气就把他抓获。现在我就告诉你具体的实施方案……"

## 26. 逮 捕

郭家店重又安定下来,虽然村子四周筑起的屏障还在,但村子已不再是火药桶,数千名用钢筋、铁锹和钉耙武装起来的精壮村民和上万名外来打工仔,有的回家,有的又各回自己的生产岗位,村里村外没有人再分班值勤、日夜巡逻了,该抓的抓了,杨祖省的家属也把他的尸体拉走了……后面就等着打官司,该判刑的判刑,该赔偿的赔偿,跟郭家店的老百姓没有多大关系了。

就在大家都以为事件过去了,郭存先却接到了大化市委的电话通知,市委书记高敬奇要在国宾馆一号楼约见他,跟他谈谈心,一起吃顿便饭。他还不是没有想过自己可能会有去无回,身边知疼知热的人也劝他不能去……要在过去,他本来可以不尿这个市委书记,你要想见我就到我村里来,不来拉倒。可眼下不知为什么他没有这个胆气了,再一再二地打死人事件把他闹得心里确实没底了,这是生平第一遭感到对自己和村子的命运把握不住了。

但,打电话下通知的人口吻非常客气,告诉他不要想得太多,刚出了那件事领导就到村里去说话不方便,国宾馆条件很好,便于说话。经过了一系列的事件,除去市委书记还有其他一些市里领导,都想见见你,跟你好好交流一下,彼此沟通……人家讲得体又合乎情理。郭存先在电话里就答应了,不答应没理由,可既然当时答应了,就不能不去。人家这么抬举你,你不能不识抬举。你终究是个农民,不管你心里怎么想,嘴上还不能不承认你是在县和市的领导下,眼前他也需要摸摸市里的底……

其实上边要真想办他，也用不着绕这么大的弯子，抓那几个人的时候就可以把他一块捎上。警察手里有武器，他没有把握自己养的那些能打死别人的保镖们，关键时会为自己舍命。因此不能显得太狗熊，让别人以为他已经怕了、厌了，卖豆腐干的掉进河里——人死架子不倒！于是他带上四个膀大腰圆的保镖，开着三辆车出发了。郭存先的车被夹在中间，前有开道的，后有压阵的，碰上一般的情况都能应付一气。

但凡心里有病的人，又都抱着一丝侥幸。国宾馆的一号楼是专门招待大人物的地方，郭存先想即使市里真想治他，总不至于挑选这样一个地方？他由保镖簇拥着走进一号楼的大厅，被两个年轻的女服务员含笑迎住了，说市里领导同志正在小会客室等着哪，请郭书记一个人进去，其他人在大厅等候。

真是店大欺客！一号楼的大厅金碧辉煌，气派庄严，豪华而又安静，郭存先没动脑子就答应了小姐的要求。他动了脑子也得遵守这里的规矩，哪有带着保镖进去跟领导谈话的？

他示意保镖留在外边，自己随服务员顺楼道拐进另一扇门。这是一间空屋子，哪里有什么高敬奇或者别的什么大化市的领导，倒是有几个全副武装的警察，在伍烈的带领下几乎还没等他明白过来就被掐巴住了。此时再后悔已经没用了，甭问大厅里的那几个保镖也早叫人家给制服了……

这边在诱捕郭存先，旁边大化市委的小会议室里在召开常委会。

书记高敬奇前额圆润，有一副保养得很好的面孔，不温不火地说出了一个让常委们十分震惊的消息："今天的常委会是要跟同志们通报一个消息，前不久郭家店发生了一系列的犯罪事件，吴清源同志向省办公厅打了个报告，经得办公厅同意，几分钟前在国宾馆一号楼抓捕了郭家店原党委书记郭存先。"

除吴清源外，其他常委们一片愕然。

高敬奇熟练地掌握着审时度势的艺术，眼睛扫视着常委们，话却没有停顿,仍旧不紧不慢,"有的同志可能觉得突然,或者觉得太富戏剧性了,偶然是必然的结果。这些年来围绕着郭家店的发展,社会上一直就存在着争论,一派坚决支持,一派持怀疑乃至否定的态度。支持者主要是看在郭家店的快速致富上,赞赏他们的成功之路,以及所创造的发财神话。持否定态度的人则认为这并不是正路,郭家店发财的手段值得商榷,甚至怀疑这手段是不正常的更不具备推广和学习的价值,不发达地区如果也走这条路,必然会以农业的萎缩和停滞为代价。当年毛主席一再鼓励干部要多读书,特别是多读点历史著作,为了更好地认识郭家店现象,我读了《吕氏春秋》,上面说:'古先圣王之所以导其民者,先务于农,民农则朴,朴则易用。民舍本而事末则好智,好智则多诈,多诈则巧法令,以是为非,以非为是。'《盐铁论》上也说:'商则长诈,工则饰罢,内怀窥觎而心不作,是以薄夫欺而敦夫薄。'郭存先的人生轨迹惊人地印证了古人的论断,一个聪明能干的农民,随着财富的积累越来越多,金钱的光芒越来越大,大过了郭存先作为农民原有的朴实色彩,也遮住了他最初想脱贫致富的理想和真诚,一步步地走向犯罪……可惜而又可恶。现在请同志们发表意见。"

常委们一时都不知道该说什么好,高敬奇开场说的是向大家通报一声,也就是打个招呼,并不是叫常委们讨论研究,最后按多数人意见形成一个集体决定。事情都做完了才询问大家还有什么意见,即便有不同的意见又有何用?既越过了常委会,还又想让大家表态,这时候常委们还能表出什么态呢?只能是支持或者认可。在这样一种令人极端压抑和难堪的沉闷中,市长兼市委副书记张才千开口了,他一向清明沉实,有着健全而均衡的人格,此时脸色竟变得很难看,上来便说这是个奇怪的常委会,不合常规,且有悖于组织原则……

常委们的心里都一激灵,会议室里极为安静。张才千是大化市的元老,无论在市政府或市委的地位都举足轻重,是他创建了大化钢铁公司,先有大钢后有大化,大化是因大钢而建,没有大钢也就没有大化市。大家都静静地想听老市长会说些什么?

张才千虎着脸,情绪并不激烈,声调也不急躁,用词沉稳的一句是一句:"刚才敬奇同志说通报给大家一个消息,无论常委同意不同意你们都把事情办完了,这是强加于常委会,违背组织原则。这么大的事应该先请常委们讨论,形成决议再向省厅打报告。吴清源同志你叫什么?对常委会搞突然袭击,先斩后奏?且不说郭存先犯了多大的罪,走到今天这一步是他个人的事吗?郭家店是我们培养起来的,也是我们把郭存先当典型树立起来的,环境在一天天地变,他也不可能不变,我们该负什么责任?抓了他就证明我们正确吗?在座的谁没去过郭家店?当初谁没支持过郭存先?如果说他犯了罪,也是我们一点点把他推到了这个地步。先是发现他,表扬他,支持他,甚至是纵容他,把他捧上了天,给了他许多并非是他自己伸手要的荣誉,把他养够了膘突然开刀,这是什么意思?意味着什么?你们想向群众传达一种什么信息?想告诉社会我们的政策要变?气候要变?还有,你们这样做想过郭家店吗?想过国家吗?郭家店有上百家企业,有的还是名牌企业,国家的银行还在郭家店有几十个亿的投资,那可不是郭存先的私人财产,你们这样抓捕了郭存先,想过会造成多大的影响吗?郭家店怎么办?郭家店那上百家企业怎么办?银行的贷款怎么办?我们本来可以有更好的办法处理郭存先的问题,先动用组织手段,撤掉他的职务,甚至开除党籍,慢慢地将他和郭家店分开、和企业分开,在保护郭家店群众的积极性和国家财产的前提下,将郭存先的错误或罪行当做他个人的问题来解决,那不就容易多了嘛!堂堂一个大化市的市委处理这么重大的事件为什么这么情绪化?就没有想过要对国家负责、要对历史负责吗?同时也应该对郭家店和郭存先本人负责。我今天很后悔,觉得对不起他,甚至是害了他,当年很欣赏他,给过他支持,跟他合作过,这几年对他的一些做法不喜欢,就再没有去找过他……如果我不夹带个人情绪,多去几趟郭家店,多跟他谈谈,郭存先不是个油盐不进的人,或许他不会走到今天这一步。在座的你们谁做这个工作了?党叫我们当干部是该做这个工作的,对不对?该做的时候不做,不高兴了抓住把柄就一棍子打死,未免太轻率、太不负责任了,你们想过这样做的后果吗?目前郭家店是我们大化市的一个经济增长点,那并不是郭存先私人的,可你们用这种手段整治郭存先,郭家店很有可能从此垮下去,垮不了也要倒退十年二十年,你们丝毫不顾及大局,还敢大言不惭地说什么执法,对党负责,对人民负责?最后说一下我的态度:第一,不同意你们这样的做法;第二,我要向省委领导同志陈述我的意见。"

张才千的话里一口一个"你们、你们",大家都知道他这个"你们"里包含着高敬奇,没有他的同意吴清源不会以个人名义给省厅打报告。可是高敬奇依然神态自若,像以往一样凡遇到棘手的问题就采取圆熟的,或者说纯粹虚伪的态度。而这种本事正体现了这个时代的本质,他的所做所为都迎合了这个时代。所以尽管张才千的话说得那么尖锐,高敬奇仍然能够继续当裁判,从容地接着张才千的话说:"老市长的话非常重要,但事已至此,要尽量减少负面影响,保护好郭家店的经济态势。清源同志,后边的审讯以及量刑等工作一定要严格按照法律程序,严格保护好郭存先的安全,我想为他说情的人也少不了,你们一定要秉公办案,一查到底。查出了问题,该怎么办就怎么办,查不出问题,该放人就得放,我们要承担责任,向郭家店、郭存先,乃至全市人民谢罪……看看其他同志还有没有新的意见要补充?"

形式已经走过,他想散会了,再开下去也开不出好来了。

"我说几句,"副书记封厚也不想让高敬奇这么轻易地就散会,"我赞成才千同志的意见,这么仓促地抓捕郭存先,至少是太草率了,考虑不周全,这不光是法律问题,更是政治问题。不管我们承认不承认,郭存先、郭家店都具有某种象征意义。怎么对待他,决不仅仅是我们大化市的问题。而刚才敬奇同志谈的关于对郭家店发展的两种争论,恰恰是理论问题,或者说是认识问题,不是法律问题,绝对不能构成抓捕郭存先的理由。《吕氏春秋》和《盐铁论》里的那些观点,到清朝后期就被西方的坚船利炮打得落花流水了。西方经典的工商贸易观,来自孟德斯鸠的思想,他说正是商业活动,在北欧的野蛮人中间传播了文明和高贵的气质,贸易在哪里兴起,美德就在哪里盛行……"

本来就对郭存先进城心存惕惧的村民,见他的车回来了、保镖回来了,惟独他本人没回来,呼啦就围了上来,几个保镖蔫头耷拉脑地从车里钻出来,报告了书记被抓的消息。

郭家店一下子炸锅了。当场就有人把邪火撒到了保镖们的身上,朝他们啐唾沫、骂闲街:你们这些白吃包,老爷子花钱养着你们,平时你们看谁都横眉立眼,可到了真用你们的时候一个个都怂了!保镖保镖,把书记保丢了,你们还有脸都囫囵个地回来?

上边要抓郭存先,几个保镖又怎么能保得住他?

村里真正关心郭存先的人,开始找人想办法,商量怎样能搭救他。即使是一般的村民,也大都放下了手里的活计,你找我,我问他,一个个出出溜溜、嘀嘀咕咕,像没头的苍蝇一样到处乱撞,弄得村里气氛紧张,一副大难临头的样子。却又极其安静,谁都不敢高声说话,人们更多的是用眼睛交流,有的人干脆不出门,把自己关在家里估摸没有郭存先的郭家店以后会是个什么形势?自己该如何打算?

林美棠则什么都不顾了,竟忘记抓个车,像疯了一样向村外老远的化工集团跑,她想找陈二熊讨个主意,在四大金刚里数他心眼最多了……可她越跑越慢,跑着跑着竟停了下来。在她看来,没有郭存先四大集团很快也将完蛋,可陈二熊也会这么看吗?他心里想的说不定正相反。这个时候的郭家店,已经群龙无首,从现在起村里再没有能发号施令的人了,陈二熊凭什么要听她的,会跟她说真心话呢?今后在郭家店最尴尬、最困难的应该是她,自己还是要知趣一点,多想想自己吧……在四大金刚中能给她点面子的是欧广明和王顺,她随即改变主意掉头去钢铁集团,可走到半截又停住了脚,这时候找到他们,除去生气骂街还能有什么好主意?眼下最重要的是打听消息,最好自己先有个主意,然后再找他们商量……

她猛然想起了安景惠,那可是个手眼通天的女人,这时候正该求她。多亏这些年来跟她一直没断了联系,逢年过节郭家店的车队到城里送礼,林美棠总会在受礼名单上填上她的名字,她说不定真会有办法,至少能打听到确实的消息……想到这儿林美棠又转身跑回自己的家,急忙拨通了安景惠的电话。安景惠听到郭存先被抓的消息也大吃一惊,但十分关切,没有丝毫的推诿和官腔,这件事无疑也触动了她那根做记者的敏感神经,当即答应林美棠立刻去找人打听情况,一有消息立刻就给她回电话。

林美棠放下电话便不敢再出屋,死死地守在电话机旁,顺手打开了电视机。按常规像郭存先这样的人物出了这么大的事,肯定要成为热点新闻,而她却企盼着郭存先千万别上新闻。只要媒体不公开报道,事情就还有转机,上上下下、方方面面地托托人,还有活动的空间。一旦这件事上了电视新闻,就等于向全社会公开,众目睽睽,舆论汹汹,整人的和被整的都不再有退步,郭存先也就凶多吉少了。

林美棠此时心里的这份煎熬就别提了,就是俗话说的"度日如年"!到天黑了安景惠的电话才来,这果然是个不同凡响的女人,就像她亲身参加了大化市委的常委会一样,拣重要的情况告诉了林美棠。林美棠顺坡乞求道:"安姐,我现在也没有别人能求了,请你无论如何帮帮我,救救郭存先,你花多少钱都行,我明天就给你送钱去。"

安景惠不推不挡,但头脑很冷静:"美棠,这不是钱的事,郭存先事件的背景很复杂,已经闹到了这一步,那些要整他的人也未必还敢收钱。你别着急,我会全力以赴,需要用钱的时候自当告诉你。"

林美棠被感动了,说实话,她从心里并不是很喜欢安景惠,但遇到大事求到她,却真够意思,没有一句应付打悠飞的话,好像越是难办的事她的劲头还越大。林美棠觉得安景惠提供的情况很重要,须赶快告诉郭存先的家人和四大金刚,现在可以商量怎么救人了……此时电视机里也正在播报新闻,她想听完新闻再出门,眼看国内新闻就要结束了,林美棠正要松口气,播音员却口气一转,用极简短的语言道出了最后一条新闻:因郭家店连续发生打死人事件,著名企业家、郭家店原党委书记郭存先,今天被刑事拘留……

她就觉着脑袋嗡的一声,胸口发紧,心往下沉,但有一个意识却格外强烈:完了,郭存先这回是真完了!这一下全国的人都知道他被抓了……如果安景惠的消息可靠,整他的势力竟不顾市常委会上的反对意见,还能公开捅出这件事,就是想制造一种既成事实的局面,要置郭存先于死地！她忽然一阵心灰意冷,犹豫着还要不要去给郭家送信……

刚才家家户户肯定都看到了电视新闻,这个时候还要去给人家送坏消息,岂不是徒增烦恼,惹人家厌弃？迟疑了好半天,她最终还是走出了家门,这时候不是别人需要她打听来的讯息,而是她需要听听别人的看法和主意。自己已经心慌意乱、六神无主,再关在屋里不是愁死,就得憋疯。林美棠走出家门,听到从远处传来一阵阵鞭炮声,有地雷般一声声炸响的大鞭,有炒料豆似的小炮,还有脆声脆气的二踢脚……

这显然是邻村的人站在村边上放,好像从四面八方在攻打郭家店。她心里纳闷,今儿个是什么日子,放的哪门子鞭呀？为什么郭家店没有放的？一定是让郭存先的事闹得大伙都没有心思了。她穿过西街,听到村口有人在吵吵嚷嚷,突然一个粗嘎的大嗓门竟骂起来了：

"王官屯的、苗家庄的,放你娘的逼呀！你们村上死人啦？我操你们八辈儿祖奶奶！"

——这是欧广和的声音。

黑暗中又有人气不过："咱们也放吧,我家里有一麻袋小丁庄的大鞭,把他们都压下去！"

旁边有人阻止："浑蛋,那不成了咱们自个儿也庆祝书记被抓了？"

林美棠心里咯噔一下,敢情邻村放鞭炮竟是为了庆贺郭存先出事呀！

想必是都看了刚才的电视新闻……可他们哪来这么大的仇恨？是对郭家店发财的妒忌,还是洼口那几尊雕塑惹的祸？凭什么这样恨人不死下笊篱！可谁知道呢,或许这就是舌头根子压死人的道理,一传十,十传百,唾沫星子也能把人淹死。老百姓知道啥,喜欢或讨厌一个名人常常并不需要理由,也不需要真实确凿的内幕,一个人不知怎么做了个好梦,一夜之间好名声就传开了。也有人忽然莫名其妙地就成了民间各种政治笑话嘲骂的对象……

不管怎么说,郭家店富起来之后没有跟邻村搞好关系,是个巨大的失误。又岂止是跟邻村没搞好关系?跟县里、市里若搞好了关系,还会有今天这样的大祸吗?现在再后悔已经没用了。

她也不再听村口的人们在吵吵,快步来到郭存先的家,门口及楼上楼下都是人,一楼的客厅里也挤满了人,郭存志两口子、郭存珠和丈夫丘展堂以及刘玉成兄妹围着朱雪珍,旁边站着欧广明和王顺,其他乡亲或站或坐地塞满每个角落,大家除去咳声叹气却想不出多少有用的话可说,偶尔会说句不管用的气话、狠话,或骂几句大街。最重要的是,这个时候凡是有心的都应该来郭家看一看,看看朱雪珍,说不说话都没有关系。欧广明一见林美棠进来立刻打破沉闷:"美棠你打听到嘛消息没有?"

林美棠脸冲着朱雪珍说:"我上午打电话托的安景惠,她刚才有了回音,是市公安局长暗地使坏抓的郭书记。他先斩后奏,这边抓了人那边才开常委会,在会上张市长和老县长封厚跟高书记吵起来了,他们坚决反对抓人。但市里一把手和公安局长是一拨的,也请示过省公安厅。我已经托付安景惠,不惜一切代价也要把郭书记救出来,明天我就进城给她送钱去。"

丘展堂说:"不管用多少钱都由我出,一会儿我叫人送过去。"

林美棠一摆手:"不用,我有。安景惠在电话里不让我送钱去,我想她不让送我也得送,眼下咱就得抓着谁是谁,见佛就拜,有庙就烧香,谁知道哪个庙里的神会显灵啊?我听安景惠的意思,现在真正能救郭书记的,是省里的头头和中央的大领导。"

欧广明说:"那好,我明天去求省委书记。"

王顺说:"我去北京跑跑试试,这些年好歹也认识几个有头有脸的人,托他们给想想办法,死活也得把大哥给捞出来。捞不出大哥我也没脸再在这儿呆下去,就得带着一家大小滚出郭家店!"

大厅的气氛立刻激昂起来,人们从绝望和郁闷中苏醒过来,找到了救人的办法,看到了一线希望……

惟有朱雪珍,在沙发上自始至终都不吭一声,她甚至也没有动一下,没有改变过坐着的姿势。神色既不显得有多么惊慌,也没有为屋里这些人的热情和侠义所感动,没有一句感谢的话,甚至压根就不对能救回丈夫抱希望。林美棠原想凑过去安慰她一番,看到朱雪珍这个样子反而不敢跟她说话了。

连已经被抓的郭存先,都无法相信自己真的是被抓了。人已经被推上了警车,却还在反复地跟自己较劲,对自己问个没完:这是真的？他们真就敢抓我郭存先？是暂时地先关几天,等打死人的风波过去再出来,还是真就逮捕我了？这是谁的主意？我断定这不是公安局能定的,虽然伍烈早就看我不顺眼,我看他也不是什么好东西,但吓破他的苦胆也没有这个权力敢动我！那么是市里的谁下的决心？市长张才千不会,他是我命里的贵人,怎么可能抓我。是市委书记高敬奇？也不大可能,虽然我不大喜欢他,但这些年他可没少吃郭家店拿郭家店的,他怎么可能掐断自己的财路？最有可能给我使坏的是二尾子钱锡寿,可他没有这个权力呀？他们抓我上边知道不知道？郭存先脑袋发蒙、发空,说不慌不怕是假的,说很慌很怕倒也不至于,就是乱糟糟摸不着大门,一肚子问号……眼下真是乱套了,只有你脑子想不出来的,没有别人干不出来的。像他这样一个郭家店的大掌柜,说句不谦虚的话,就是这个时代的领潮人物,把他这么一抓起来,岂不是宣布一个时代要结束了？莫不是又要搞什么大运动？不管怎么说,这也是脚上的泡——都是自己走出来的。

那么他们抓了我又能怎么样？难道真的会判我的刑？判几年？怎么量刑？要知道这个时代是农民唱主角的,难道磨还没有卸,他们就要杀驴？郭存先被深刻的懊恼和恐怖追赶着,他的心脏不好,闹不好还没等自己弄明白输在谁手上,就先嗝屁潮凉了！

名气这玩意儿本来就是软的、轻的,跟名人有关的事总是容易令人匪夷所思。但,名也挨着气,有名就惹气,出名靠气吹。碰上硬的一捅就撒气,气一撒名就玩儿完。

在警车上这一通颠荡,七转八拐,跟摇煤球似的……渐渐地他觉着肚子里的这颗心不再直落下沉了,胸口也不再血气翻涌,估摸着自己已经定住了神。也许从现在起就要由天堂下地狱了……想不到平时一惊一乍的心脏,真摊上事这不也挺过了这一关? 眼下能给自己帮助的,恐怕也只有自个儿了。其实只要看透了,人活着还不就是这么回事。走一步,说一步,当官的不都爱说摸着石头过河吗? 反正已经掉进河里了,也就不怕湿衣服了……

警车最终钻进了一所警备森严的大门,院子里几乎看不到人,却让人感觉四周有无数只眼睛在盯着你。下车后警察带他走进了一间坚固的小屋子,出于好奇出于紧张也出于戒备,他四周打量着:屋子中央摆着一张长条桌,桌子后面并排放着三张带靠背的椅子,桌子前面摆着一个方凳子,这显然就是给他预备的了。

只要一坐到小凳子上,就正对着迎面墙上八个血红的粗体字:坦白从宽,抗拒从严! 像刀子一样扎人的眼睛捅人的心。他不觉浑身一激灵。

奇怪的是靠墙边还放着一个半旧的单人布沙发,跟整间屋子的气氛不那么协调,他心里暗笑:哈哈,这才是给我准备的座位。我郭存先到哪儿都是郭存先,就是当了犯人也得享受特殊的待遇。那就甭客气了……他一蹲屁股就把自己扔进了沙发。

这叫来者不拒,要显出一种大样,也好让即将露面的人物知道自己的分量。

但,他心里还没有想好怎么应对后边的事,要等的那个人就进来了。又是他? 虽然两人没有正面说过几句话,但郭存先此生都不会忘记这张脸,当初作为调查组成员进驻郭家店有他,前不久进郭家店收枪、抓人的也是他,让自己进到这里来的还是他,他宁愿一辈子都没有遇见过这小子。在这种场合碰到的即便是熟人,最好都装做不认识,免得有拉拢高攀之嫌,何况是仇人! 但对方的眼神却十分陌生,他又怀疑是自己的一种错觉,这时候他看见任何警察都有一种似曾相识之感,或许是叫他们的那一身警服闹的,突出的警察职业模糊了他作为人的相貌特征,在郭存先的眼里今天遇到的警察长得都差不多,脸色严肃得近乎装腔作势,相貌则安全而抽象,毫无特点,简直就叫你没法说清他到底长得是什么样。也可能是自己眼花脑乱,当了犯人难免懵懵懂懂,犯人看警察大概就都是一个鸟样。

来人进屋后径直坐到桌子后面正中间的椅子上,然后将手里的文件夹子放在眼前,那大模大样的神态就好像屋子里没有他郭存先这么一个大活人。当他转过眼睛实实在在地盯看郭存先的时候,竟让郭存先的心里不免又一阵毛咕……他随即就安慰自己,这不能说是害怕,只能说是因为陌生,或者是愤怒。多少年来他天天都要看人的眼睛,大体就是几大类:亲近讨好的、巴结拉拢的、畏惧宾服的、钦佩羡慕的、嫉恨挑刺的、好奇探索的,即使是再高的领导,看他的时候也尽量在眼神里透出亲和和好奇。可这家伙的眼睛竟是那么的平静,说严肃吧又不故意绷着,说他不绷着吧又看不出一丝一毫的感情波纹。他有没有闹错呀?知不知道眼前坐着的是什么人?我郭存先即便犯了事也是郭家店一村之长,他对我就没有一点好奇?对我坐在这儿一点都不感到惊讶?

不可能。他要是装的,那这个人可就太难斗了!

他要掩饰心里的紧张,下意识地将身子后仰,跷起二郎腿,右手拍打着沙发扶手。对方的脸上还是那副冷冰冰的样子,但嘴里出声了:"郭存先,坐到我眼前的凳子上来。"

他当然不能动屁股,满不在乎地摆摆手:"行啦,就在这儿说吧。"哈,这有点像在自己办公室的劲头。好,叫你臭,你以为自己是谁?

来人脸一黑唬,加重了语气:"不行,你是在接受审讯,必须坐到受审席上来。"

"那你这沙发是给谁预备的?"

"沙发并不是专为你预备的,那是为审讯时间过长或有人精神紧张发生意外准备的。你屁股上有刺儿啊,还是觉得自己到了这儿仍然可以特殊?"

他敢损人?记不得有多少年了,都是我郭存先损别人,哪有别人敢损我!坐在高处的审讯员整个人还是那个鸟样子,口气和眼神却变得不容置疑了。看这意思他若再不挪窝,对方就要让门口的警察帮忙了……没办法,这里不是郭家店,好在古人早就给他预备好了台阶:人在屋檐下怎能不低头?能屈能伸才是大丈夫……于是,他起身坐到了长条桌前的小木凳子上,立马便感到浑身不自在。这也太缺德了,后背无依无靠,老挺着太累,只能往前佝偻着身子。身子往前一佝偻,下边的两条腿就得自然并拢,双手耷拉,整个人随即就猥陋下来一大截,连自己都觉着活脱脱就像个受审的犯人了。他一像犯人,对方果然立即就开审了:"叫什么名字?"

"咳,闹了半天你们还不知道我是谁就给抓到这儿来了?"

"别心存侥幸,我们没有抓错人。现在是让你必须自报家门,这是规矩。"

"郭存先。"

"出生年月日?"

"一九三八年正月初一。"好好听着吧,就凭这样的生日怎么会坐在这儿呢?凡是给我算过卦的没有一个不说,有这样的生辰八字,日后必定大富大贵!

"你的简历?"

他突然感到受不了啦,对方不谈正事,老是这么明知故问,是在磨他的性子,还是装傻充愣地拿他找乐儿?便没好气地反问:"我的简历跟我坐在这儿有什么关系?你们要真尊重我的经历还会把我抓到这儿来吗?说这个没有用,我没有那么好的记性,记不住了,说不准!"

"这是法律程序,你必须讲。记性不好就顺着年龄从小往大里捋。"

对方的眼睛直盯盯地看进他的眼睛里,显然是在估量他的分量。他当然也得迎住,好掂掂他的斤两。心想眼下是麻秆打狼——两头害怕。也是一场狐狸斗智。自己现在还不能说就是对方的囊中之物吧?或许这家伙是故意表现得不紧不慢,好像并不急于要把我拿下。其实是在试探,他很清楚我没有这么容易就叫他给拿下来。

但,眼下还得悠着点劲,不能逗急了。一旦急了眼,谁掌握生杀大权谁就掌握主动。权力毕竟是在他的手里,而不是在我的手里。自己虽然已经羊入虎口,最好也扮成狐狸——这样的斗智以后不知还要持续多少时间,如果真是一条老狐狸,就没有必要在这种无关紧要的枝节问题上跟他较劲。于是,郭存先装做很不耐烦地草三了四地将履历说了一遍,审讯员没有全听清,想让他再说一遍。这回他就理直气壮地给顶回去了:"我说了,你没有听清是干什么来的?"

对方一愣,然后缓解地像咽了咽嘴,没有再坚持,并从他的脸上挪开眼睛,从文件夹子里抽出一张纸,变一副更生硬的腔调读起了条文,依据中华人民共和国的什么条例,你被刑事拘留了,请签字吧。

"轰"的一声,郭存先的脑袋像挨了一棒子……他们真要动真格的了?自己心里虽然多少有点准备,知道进了这个门再想出去就不那么容易了,可真临到听着这么郑重其事地一宣布,心里还是发蒙。这就是说公安局该走的程序都走过了?料想一般的人做不了这个主,那他们已经捅到了哪一级呢?

人心似铁原非铁,官法如炉可真是炉,多硬的心能禁得住炉子炼啊!他却还是硬挺着,故意慢条斯理地表明自己的态度:"你们非要拘留我,我又有什么办法?即便我说不同意能顶用吗?但我不会签字的!"

审讯员那张已经变清晰的圆脸又开始黑了:"我告诉你,签字也只是个法律程序。拘留证一经出示就生效,你今天想走是绝不可能了!"

"你们为嘛要拘留我?有证据吗?"

"当然啦,没有一定的证据能把你这样的人物请到这儿来吗?"

"你问了我这么大半天,我也能问问你吗?至少也得知道自己是被谁关的、被谁审的?"

"我叫伍烈,多次去郭家店,你应该认识我,刚才在国宾馆指挥抓你的也是我,当时你神情紧张没有注意到我。或许这张拘留证在十几年前就应该送到你眼前,这可真叫不是不报,是时候未到,时候一到,一定会报。我这次又负责审理你的案子,咱们两个也算有缘,不过请你放心,我更尊重事实和证据。"

冤家路窄,真是冤家路窄呀,到底还是落在他手里了。由这样一个家伙办自己的案子,那还能好得了吗?他掩饰着自己的憎恨和懊恼,根本不接伍烈的话茬儿,不提过去的事,生硬地岔开话题:"等会儿是把我一个人关在一间屋子里,还是跟其他逮来的人关在一起?"

"跟其他嫌疑人同一个监房。"

"我需要一个人住一间屋子,如果是钱的问题我可以叫郭家店给送来,随你开价,多少都没关系。"

"这不是钱的问题,是规矩,也是对你负责。"

"对我负责?你不就是怕我寻死吗?告诉你,我郭存先是不会自杀的。"

"是啊是啊,像你这样的人怎么会办那种蠢事?可你既然这么看得开想得透,为什么还怕跟其他人关在一起呢?"

"我睡觉择席,换个地方就失眠。在家里一个人一间屋,临睡前有医生按摩还常常睡不着哪,你要把我关在大监号里,不是要我的命吗?把我逼疯了你还审谁去?"

"对不起,这里不是你的家,是拘留所,没有特殊,你适应不适应都得这么办。如果还让你住在豪华的单间房里,天天有人给按摩,还抓你来干什么?对你来说现在最重要的是好好想想自己的问题,过去的现在的,认真挖挖根吧,你现在也有的是时间了。"

伍烈终于有点耐不住了,冲着门口的两个警察像轰苍蝇一样摆摆手,他们进来架起郭存先就向外走,这显然是要送他去监号。

他心里有些嘀咕,刚才是不是跟伍烈顶得太厉害了?其实也应该在拘留证上签字,正像伍烈说的,签不签字还不是一样?他在琢磨着这第一次过堂的体验,自己哪儿赢了分,哪儿输了分?随后便晕头转向地就被两个警察带着拐进了另一条走道,快到尽头时打开一个监号的铁门,他被送进去,紧跟着哐当一声铁门在身后又关上了。

他第一眼看到的是监号里排满双层的单人铁床,但满屋子都是眼睛,究问的嘲弄的憎恶的幸灾乐祸的和各种不怀好意的眼光,从床上床下床前床后、从四面八方的各个角落向他射过来,就觉着自己的肉皮连带着血筋儿被一块块地撕下来、剜下来!

他心里一紧,不禁打个寒颤,同时还闻到了一股臭烘烘的血腥味,这简直就是个兽笼子,还好他们并没有马上扑过来。郭存先也不吭声,暗暗地运气攥拳,准备要拼一拼这条老命了。真像戏词儿里说的,虎落平阳被犬欺。我郭大斧子当年是经过大阵仗的,现在虽说胳膊腿老了,难道还怕你们这帮小王八蛋?过了一会儿,他稳住了神,看清只有正对着门口的那张床上没有人,上下铺都空着,这可能就是自己被送到这个监号里来的原因,因为这里还有空床,他走过去在下铺上坐下来。

估摸着同号的这些家伙们琢磨他也该琢磨得差不离了,现在该轮到他来研究他们了,便一个个地看过去:二三十岁的居多,嘴脸可憎的,眼神邪恶的,表情怪异的……真是应有尽有,长得一个气死一个,确实是一堆渣子!兴许人一被关进这种地方,无论以前长得多么顺溜,也会变成一脸社会渣子相。想到这儿他心里突然打个冷颤,如今自己不也是这堆渣子里的一个吗?

呀?他忽然发现在监号最里边的角上,有两个形容萎缩的老家伙,看上去好像比他的年纪还要大得多,不知为什么他心里冒出一种怪里怪气的感觉,像是恶心,又像是获得了某种慰藉,至少在这个监号里还有给自己垫底儿的。监号里仍旧没有人说话,但空气紧张,好像有个火星就能引爆。不清楚这里边就该是这个样子,还是因为他来了号里的人有些反常?他正纳着闷,监号的铁门一阵叽里咣啷地被拉开了,警察又送进来一个。

新号友长得很帅,由于愤怒或恐惧,白净净的一张脸扭歪了,紧咬着牙帮骨,透出内心的自负和刚硬。负责押送他的警察站在门口用眼睛把监号扫了一遍,然后关上铁门走了。监号里呼啦站起来六七个,一齐望着新来的人。哦,这是什么规矩?刚才自己进来的时候怎么没有这番欢迎仪式?看来他们犯的是同一个案子,刚进来的人可能是他们的头头……郭存先正瞎琢磨着哪,就看到这些人猛地扑向新来的人,还没等他看清楚,他们就把来人给掐巴住了,抱脑袋,抓胳膊,抬腿扳脚……这时有个小子打开了门后的马桶盖,里面已经积存了满满一桶屎尿,监号里立刻弥漫出一股恶臭。这显然是早就预谋好的,新来的人几乎没有来得及喊叫,头朝下就被斜着塞进马桶里。一个面目狰狞的家伙放下马桶盖卡住他的脖子,随后还踩上一只脚。

那个新来的倒霉蛋拼命挣扎,全身扭动,可又怎么能挣脱得开?眼看着他的扭动越来越没劲,渐渐变成了抽搐,最后身子瘫软下来便一动不动了。狰狞的疤瘌脸冲着门口一努嘴,立刻有人去拍打铁门,并高声喊叫:"有人自杀啦,有人扎马桶自杀啦!"

走道里随即响起脚步声,铁门也很快被打开,门一开警察赶紧用手捂住自己的嘴和鼻子。这时所有的犯人都回到了自己的床铺上,只剩下那个被屎尿呛死的人还趴在马桶沿上,他的肩膀以上成了一个屎蛋!

按理说警察一看都会明白,谁会用这种办法寻死啊?再说自己伸着脑袋往马桶里扎,能死得了吗?可警察除去厌恶以外却并不想多问,好像真的相信了这个人就是自杀,或者根本不相信这个人是自杀。他伸手点了几个人,让他们把死者抬到外面的院子里,放到一个自来水的龙头下面,拧开水龙头就不管了……

等警察一走,疤瘌脸则指使几个年轻犯人打开监号的窗户,冲洗马桶,看来他是这个监号里的头目。以前他肯定被破过相,脸上东一道疤瘌西一块岗子,真是惨绝人寰。但很提神,谁看他一眼都会打个激灵,立刻能醒过盹儿来。莫非所有刚一进监号的人都要经受方才这番洗礼?那他郭存先刚才为什么被放过了?是他特殊,因为关系重大,他们不敢就这样把他给弄死?还是那个人特殊,享受了别人没有享受过的待遇?哎呀,不管怎么说把他跟这帮畜牲关在一间屋里,别说睡不了觉,就是能睡他也不敢睡啊!

敢睡就能睡得着吗?伍烈刚才说的分量最重的一句话是,对我的拘留证晚发了十几年,这是什么意思?

## 27. 死去活来

　　身体陡然跟床板剥离开来,失去重力般地旋转着,向一个白花花深不可测的鬼域坠落……夜是浅色的,这比漆黑的夜更为恐怖。四周充塞着斑斑点点的暗物质,松软黏稠,有极强的吸附力,使身体的旋转越来越快,往下的坠落越来越迅疾。他吓得魂飞魄散,脑袋就要炸开了……猛地睁开眼,郭存先通身大汗淋漓。

　　他知道今天夜里是无论如何都甭想睡着了。睡觉都是先睡心,后睡眼。活这么大头一遭进监狱,这又是第一个晚上,心怎么还能睡得着?心不睡,但也不能一宿不闭眼哪?只要一闭上眼想歇会儿,身体便立刻就不由自己,悬浮飘荡,被丢来扔去。周围尽是鬼魅魍魉,狰狞恐怖……

　　可眼一睁开,发觉自己还照旧躺在监号的硬木板床上,四周一片通明。是院子里的探照灯,把号里号外照耀得如同白昼。他并未受皮肉之伤,可浑身上下没有一处好受的地方,无处不疼,怎么摆放都疼,就觉着自己这副骨头架子快散了。或许因为老了,真的是老了?刚刚五十岁出头,按理说正是壮年。这都怪村里的那帮臭小子,在一年多以前就称他"老爷子",虽然是高抬他,他自己听着也很舒服,却生生地被他们把自己喊老了……是这个监号让他实实在在地认识到了这一点,想不承认都不行。一是心里装不下事了,二是身子骨禁不起折腾了,这还不是老是嘛呀?

　　夜应该是黑的、是暗的,黑暗掩盖一切,便于隐藏和逃遁。眼睛什么都看不到了,才愿意闭上,眼睛闭上了,心才会安定下来。而光,是现实的源泉。监狱里之所以装这么多大探照灯,就是要让他们这些人无处逃遁,甚至在夜里也无法把自己藏匿起来,包括意识。让你时时刻刻都要看得到这个世界的存在,正视被光明凸显出来的肮脏和现实。

看来今后就得学会睁着眼睡觉了。

谁都有经验,夜里睡不着觉了就想美事,想自己以往的过五关斩六将。美梦、美梦,人一美了就容易进入梦境。夜晚属于女人,属于两口子,有个女人怀里一搂,谁还会知道失眠是什么滋味?可是,一个刚蹲了大狱的人,满脑子翻腾的都是坏事,看什么都往坏处想,更不能老是琢磨伍烈的话,老按照伍烈的要求去寻思,那正好中了他的计,你也就别打算能睡觉了。可是,这种时候若还能做美梦,那岂不是没心没肺?要不就是天塌地陷不眨眼的大英雄。说我郭存先是个英雄,这到哪里都不算过分吧?

战争年代,人们崇拜战斗英雄,他们的名字家喻户晓,他们的事迹到处传诵。英雄引导社会潮流,净化民族精神,提升人和社会的品格。解放后,人们崇敬劳动模范,劳模是建设战线上的英雄。到了"文化大革命",就开始丑化英雄、打倒英雄,社会进入了反英雄的时代。现在,则是经济英雄称霸的时代,生活开始以赚钱成败论英雄,谁成功谁发财谁就是英雄,大家不都在说"扭亏为盈就是英雄"吗?市场如战场,成功的企业家也就是商品经济这块战场上的英雄。钱又能够通神了,社会开始神化有钱的人,谁成了世界首富,谁就是全世界男女老幼都在崇拜的大英雄。眼下各种级别的选美优胜小姐、年轻貌美的影视明星、名模以及歌星,都在一窝蜂地去追商人、嫁老板……这就是现代社会时尚,就像过去的姑娘争着嫁英雄、嫁劳模是一样的。社会历来如此:有非常之人,然后有非常之事;有非常之事,然后有非常之功。我郭存先就是做了非常之事,立下非常之功的非常之人,到监狱里来走一趟,也应该视做稀松平常,就要该吃的能吃,该睡的能睡,该做美梦的还得有美梦可做,只有这样才能持久,才能长寿。

他这样把自己鼓励了半天,却还是睡不着。其实,越把自己想得多么的了不起,就越不甘心眼前的处境,心有不甘,定然失眠。心死了才能睡得踏实,人睡着了也是一种死。人们在嘴头上不是经常说"睡死、睡死"嘛。睡就是死,醒是又活转过来。郭存先不知道现在是什么钟点,不停地翻过来倒过去,倒过来又翻过去,真恨不得就在这时候一口气上不来,死了算啦。没有痛苦,也算是"善终",至少要比这样熬着好受多了。也只有死才是真实的,而真实也是短暂的,很快就会腐烂。但现在不死,今后恐怕少不了受罪……如果自己就在今天晚上死了,那会怎么样?夜晚属于死亡,人正常的老死或病死多发生在夜里,只有横死的人才不挑时间。中国有一句骂人最狠的话,叫"不得好死"!

进了监狱,再想修个"善终"可就势比登天了……这也难说,只要不判死刑,就有希望,说不定还照样能成全一个人修成"善终"!世界上有许多伟大的人物就是靠坐监狱坐出了名的,所向无敌的大英雄岳飞就是在监狱里被打死的,后人才给他盖了庙,尊崇为神。孙猴子如果不在大山底下被压了五百年,也不会成为"大圣"!

这就是说,自己被送进监狱是福是祸目前还很难说。他是上三辈儿再加上自己的前半辈子积下了大德,才有后来郭家店的发迹,自己也成了国家级的名人。郭家店的发迹是惊动天下的大新闻,这个功德也不是一个人或一个村子的事,是对全中国的贡献。即使把他抓进了监狱又能怎样?敢判他吗?怎么判法?他不信就没有人出头会管管这件事……

如果不蹲监狱还真没法想像,监号里竟然会这么满登。人类从原始部落时代就创造了监狱,数千年下来,世界上许多东西都消逝了,监狱却一直存在着,且越造越多,越造越好。监狱为什么成了人类社会所不能缺少的东西?有人说现代人类千分之一左右的人,是被关在监狱里的。有些西方国家的监狱已人满为患,越是富裕的国家监狱越不够用。这年头胆子大的人多起来了,有条件开一所监狱准能赚大钱……咳咳,你又想到哪儿去啦?要不是因为有了钱,你还至于被关到监狱来吗?躺在监号里愁得睡不着觉,竟然还想开监狱赚钱……这才叫屁股眼儿拔罐子——作死(嘬屎)!

睡在郭存先上铺的小伙子也老有动静,可想而知他应该更糟心。

人有七窍，七窍都被灌满了屎尿，想想都恶心，活着脏，死了也脏。还是警察有经验，或许他们经常干这种事，不然下午明明看见人已经被屎尿呛死了，还叫扔到水龙头下面去冲……谁知冲着冲着，人就愣又缓过来了。这个人算是捡回了一条命，从马桶里。

这么一个体面的人，一辈子都干净不了啦！

刚才他被送回监号的时候，并没有马上躺到自己的铺上去歇着，而是定定地站在门口，挨个打量着号子里的人，好像在回忆和辨认下午把他摁到马桶里的人。他没有恼怒，也不恐惧，平静沉着，甚至不失优雅。然而却让人感到了一种可怕的危险，监号里骤然变得阴冷而充满凶险。人跟人只要眼睛一交锋，就知道了对方的分量，那些害过他的人一个个都掉转头，躲避着他的眼光，也没有人敢跟他搭讪。

等着吧，那几个害他的人可能要有麻烦了。

辱身过于杀身，他们用那么肮脏下流的手段，真该杀死他。一个死过一回的人，再回来可就不是人了，是厉鬼，是野兽！他镇定是因为他冷酷，他已经想好了怎样报复，而且稳操胜算。好，这个小伙子是个人才。

勇气的最高表现就是面对危险时的冷静和胆量。胆量是身处逆境时的光明，不管什么时候，有胆量就有希望。如果我能出去，要不惜代价把他请到郭家店去替我管一摊子。

床铺一阵轻轻摇动，想必是上铺的小伙子下来方便。年纪轻轻的怎么水泡这么小，盛不住尿？还是下午为冲洗肠胃里的屎尿，往肚子里灌凉水灌得太多了？迷迷糊糊地就等着听他往马桶里尿尿的声响，在这个难熬的长夜里，听人尿尿也可以解闷。可他好半天又没有动静了，或许刚才是自己听错了。

被他这一搅和不要紧，郭存先的头脑更清醒了。在监号的长夜里，越清醒越害怕，一阵阵感到头皮发麻，阴森可怖。周围有嘎吱嘎吱磨牙的，啪唧啪唧呱嗒嘴的，咬牙切齿说梦话的，似哭似叫做噩梦的……会不会还有借着梦游行凶作恶的？

既然人睡着了就等于死去，人一死灵魂就会出窍。现代医学已经言之凿凿地证实了灵魂的存在、灵魂的分量，以及灵魂是怎样出窍的。医生在治疗癫痫性痉挛的时候,会用电极刺激病人的角脑回,病人就会产生"瞬间轻盈"的感觉,明显地觉得自己的灵魂浮离了肉身,像从高处看到自己躺在床上,但只看到自己的脚和下半身……

于是科学家继续实验,将一些将要咽气的人放置到一架大型精密光束天平上,当病人一命呜呼的那一刻,光束发生偏移,会有十到四十克的重量突然消失。这失去的重量就应该是灵魂的分量。人不同,灵魂的分量也不一样。为了证实这一点,科学家对快死的狗进行了同样的实验。狗们在死亡时则不失去任何重量。这就说明狗是没有思想和灵魂的。

鄙视一个人往往会说他"骨头很轻",这个骨头可能并不是指被肉裹着的那种东西,而是比喻这个人的骨气,也就是"灵魂"没有分量。既然灵魂的分量不同,自然质量也千差万别。而监号里的这些灵魂都跑出来,你说能好得了吗?凶的恶的奸的狠的毒的滑的贪的色的……一个个都原形毕露,张牙舞爪。谁叫这里是监狱呀!这里边什么人没关过、什么人没死过?男鬼女鬼,大鬼小鬼,厉鬼恶鬼索命鬼,屈鬼冤鬼马屁鬼……这监号里可就是真实的地狱!

所以,犯人最怕走单。一旦被关进禁闭室,就知道光有多重要。犯人们都怕黑、都怕闭眼。睁着眼什么事都没有,到夜里一闭上眼,什么声音都出来了,尖声怪调,鬼哭狼嚎,甚至还有男女的说笑声、喊叫声、穿着高跟鞋走路的咔咔声……不然,监狱为什么都有高墙围着?就是要挡住这些鬼魂别到外面去糟害人。

忽然,叽里扑噜,监号里有一阵怪异的响动。

郭存先耳边有凉风扫过,床铺摇晃,上铺的小伙子似乎又爬了上去。


这个时候不要说官员们,就是一般老百姓都想躲郭家店远远的,免得沾上点腥。尤其是大化市的一些干部,以前没去过郭家店的人太少了,而凡是去过的人多多少少总会拐点东西回来,说是事就真是个事,说不是事也实在不算个事,就像癞蛤蟆趴在脚面上,不咬人恶心人。对于大化市有点地位的干部来说,此时真恨不得地球上就从来没有过郭家店这么个地方,也从来没有出现过郭存先这么个人。谁知道在审理郭存先的案子过程中会牵涉到谁,谁会被咬上一口?

而市委副书记封厚,却在这个时候抓空来到郭家店。就因为他心里老是不踏实,想验证一下自己的感觉。在郭存先小辫子拴秤砣——正打腰的时候,他有一种不踏实感,如今郭存先被抓了,是什么还让他不踏实呢?他一到村边,就知道自己的担心不是多余了,甚至比自己所担心的还要严重得多。曾经一天要接待几千名参观者的郭家店,如今一片死寂,看不见熙熙攘攘的人流,也没有进进出出的车辆,当街上晒着一尺多厚的秫秸秆、干豆秧子、麦滑秸,封厚的汽车根本无法进村,只好叫司机先不进村,绕过村子去看郭家店的两个工业区。通往工业区有很好的柏油大道,但也冷冷清清,看不到工人,没有车辆,听不到动静,所有的工厂都大门紧闭。

他心里已经有数了,还是先找到人再说吧。让汽车停在村西口,自己踩着地上厚厚的秫秸秆步行进村。路过欢喜树时他吃了一惊,这两棵神奇的古树都失去了往日的神采,枯枝败叶很多,即便还没有死的部分也缺少生气和灵性,枝干发锈,树叶蔫得打卷儿。还好树底下坐着一个人,来到郭家店这半天总算看到个人了,他拐了过去。

天快晌午了,正暖和,那人背靠大树,耷拉着脑袋在打盹儿,其神情样貌酷似当年的疯子二爷。只是头上缺少乱发,脸上没有长须。封厚近前搭讪:"好清闲哪,疯子二爷转世了!"

那人霍然睁开眼:"你怎么知道二爷不在世了?"

"噢……"封厚被问住了。他盯着那人细看,五十岁上下,有点像郭存先,便问道:"你是郭存志?"

郭存志说:"我也认出来了,您是封县长。当年我哥可是您看中的,现在怎么说抓就抓?"

封厚轻轻一叹:"物有本末,事有始终,说来话长,但这儿不是说话的地方。"

郭存志从树底下站起来,请求道:"您一定要救救他!"

"能不能救他现在谁也不敢说,我倒是对你们村子有些建议,可对谁说呢？你们村里现在谁管事？"

"没有管事的,心气一散郭家店就算完了,连四大金刚也都趴架了。"

"你嫂子还好吗？"

"出了这种事能好得了吗？"

"听说存先有个儿子很好？"

"很争气,去美国留学了,解放以来宽河县的头一份。没成想他爹是全县倒霉数第一。"

"你几个孩子？"

"两个姑娘。封县长,二爷临走的时候就嘱咐过我一句话,叫我帮我哥。当时我听不懂,还以为是自己听错了,或是二爷说错了。我哥比我强百倍,从小到大都是他帮我,我怎么帮得了他？从打他出事起我就坐在这大树底下犯愁,想二爷的话,说不定是今儿个应在您的身上,您一直是我哥的命中贵人,您不能不救他吧？要不您也不会在这时候到我们这儿来呀？"

"存志,你能先帮我个忙吗？"

"您说。"

"把四个大金刚,你妹夫丘展堂……总之是在你们村里有头有脸有点影响的人,全都找来,我在村委会的办公大楼里等他们。"

"行,我这就去找人分头去喊。"郭存志头前一溜小跑地走了。

封厚随后也进了村,慢慢地四处踅摸。村里仍然见不到多少人,倒有不少猪呀鸡的随处乱拱乱刨,大街上又脏又乱。他熟门熟路地先来到村委会的大楼前,广场上空空荡荡,保安们都没影儿了,大门上挂着自行车的链条锁。他看不到别人,却不等于别人也看不到他,其实从他一到村边就被郭家店人盯上了。

从打郭存先被抓后,郭家店再没有来过小汽车,村民们想当然地认为可能不会再有当官的到郭家店来了。因此对封厚的到来既觉得蹊跷,也不无疑惧,如果他又是来抓人的,却没带警车和警察？郭家店人当然知道他曾经扶持过自己的村子,最近有几年不来是对郭存先有看法,虽然抓郭存先不是他下的令,这件事却证明了他的先见之明。今天跑来就是要显示自己的正确,来看郭家店的笑话?还是又要闹出什么事?而现在的郭家店再出事,肯定都不是好事。等他在大楼前的广场上开始转磨磨的时候,村民们开始陆续地凑上来,先是几个人,后来越围人越多……但都不吭声,这段时间把郭家店人给闹惊了,他们只用眼神表达自己的疑虑和戒备。

封厚在人堆里找不到熟脸的,却也不能老是这么大眼瞪小眼呀,便高声问道:"看这架势你们都恨不得吃了我呀?可别忘了你们现在喝的甜水,还是我给打的井。有句老话叫喝水不忘挖井人,你们可忘得够快呀!即便如此就不想知道我这时候闯来是想干什么吗?"

村民们你看我,我看你,还是没人应声,却不像刚才围得那么紧了,有人开始往后捎。封厚觉得宽松多了,但气氛还有点尴尬。幸好欧广明从远处跑过来,边跑边喊:"封县长、封县长……"他呼呼地喘着大气,大声训斥着扒拉开人群:"你们这是揍嘛?横眉立眼的,快散开。封县长是咱郭家店的恩人,你们以为是他抓的存先?抓存先的人这时候还会到咱郭家店来吗?人家躲还躲不及哪。"

封厚注意到欧广明提到郭存先时不再叫"书记",而是恢复了过去的老称呼,反显得亲近和不避嫌。他冲进人群使劲抓住封厚的手:"可把您给盼来了,我们这时候正没抓没挠,哭诉无门,连个可靠的消息都打听不到,找谁谁躲呀!"

欧广明说着说着眼睛潮了……此时他已经不是当年那个大脑袋愣头青,脑袋上边开始谢顶,下边挺起了大肚子,却还是那副直言快语的脾性。

封厚握着他的手问:"你过得还好吧?玉梅怎么样?"

欧广明说:"都挺好的,凑合着过吧,谢谢您还惦记着。是我对不住玉梅,绝户就绝户吧,到老了两个人相依为命也挺好。"

"替我问候玉梅。你弟弟结婚了吗?"

"结了,跟一个来打工的安徽姑娘,还生了个小子。"

封厚连声说好!

欧广明忽然反应过来说:"别老站在外边,进屋里说。"可大门上挂着锁,问谁都不知道钥匙在谁手里,他叫人去喊林美棠,钥匙说不定在她那儿。但他似乎又等不及,走到楼后边踅摸来一根三角铁,这大概就是前些日子当武器用的东西,或许还是打人凶器。他抡起来朝链条锁上一砸,哗啦锁头就开了,从楼内窜出一股呛鼻子的霉味儿。他招呼广场上的村民帮忙,把二楼会议室的门窗全打开。

封厚也跟着大伙一块来到二楼,桌子和椅子、沙发上盖着一层灰土,村民们七手八脚地帮着收拾,擦的擦,抹的抹……不大会儿的工夫,他看到想找的人陆续都来了,便上前跟他们一一打招呼。与干企业的农民大老板们不同,刘玉成还是一身典型的农民打扮,他不免好奇地问:"老刘,你的那个农业队怎么样?"

刘玉成连笑容都没有变,还是那么谦恭谨慎:"封县长,说我们不重视农业真是不公平,我们的耕种面积比过去少了一多半,可打的粮食是过去的三倍半。我们上缴的公粮在全公社第一,在全县也排前几名,质量年年都是最好的。因为我担不起不是,都是往上缴最好的粮食。别忘了我们农业队就只有五十个劳力,种着全村四千多口人的地。"

欧广明插嘴说:"印度农业部长来咱们村看了之后,对玉成种地那一套赞不绝口,要请他们两口子去印度访问。存先这一出事恐怕就黄了……"

封厚说:"不能黄,把印方的邀请函给我,我帮着办……"他正说着话抬眼看见林美棠走进来,不觉一愣:"林美棠同志也来了,好,我还以为你这段时间回北京了呢?"

林美棠凄然一笑,很快又转化成悲哀:"越是这时候越不能回去,干嘛要让人家说闲话、看笑话、指脊梁骨。肉烂在锅里,受穷也好,挨骂也好,要臭就臭在郭家店了。"

封厚突然对这个女子生出了几分敬重:"别在意闲话,所有闲话都是暂时的。"

四大金刚中最后一个到的是王顺,他红头涨脸,带着满身酒气,由他老婆洪芳扶着还摇摇晃晃。一见封厚却推开老婆,规规矩矩地立正、鞠躬,喊道:"封县长,您大人不计小人过,不管郭存先以前怎么惹您不高兴,看在他是您亲手提拔起来的分上,求您救救他,我在这儿给您磕头了!"

他说着就真的跪了下去……

封厚慌忙奔过去架住他,他却就势蹲到地上呜呜大哭起来,双手抱着自己的脑袋。洪芳也蹲下去,一边搀扶着丈夫,一边对封厚解释:"您别见怪,郭书记刚出事那几天,他就像疯了一样,带着钱带着东西去求人托门子。他做买卖这么多年,认识不少各式各样的人物,有些还很有来头,可到这时候要用他们了,不是不见他,就是见了也打官腔。有的更缺德,给钱照收,拿了钱却不办事。这段日子人没少托,钱没少送,却一点动静都没有。从打昨天起他就哪儿都不去了,一睁开眼就喝,喝醉了睡,睡醒了再喝……"

封厚感叹不已:"王经理真是名不虚传哪,郭存先能交下你们这样一批朋友,这辈子就算值了。我听说那天为了阻止他错上加错,你们四大金刚一块给他下跪呀!人的膝盖最硬,不是随便能弯的。可惜呀他辜负了你们的一片苦心,才酿成大祸。"他一边说着一边将王顺搀起来扶他在椅子上坐好,又接着自己的话头继续说,"我和张才千市长是在一个会上得到了郭存先出事的消息,我们知道信儿的时候他已经被抓起来了。我们俩都非常后悔,这两年不该不来郭家店。如果我们两个经常来着点,跟你们一起经常劝诫他,或许不会出这样的事。我今天来郭家店完全是私人行为,没有受市委和市政府的委派,就是自己想来看看你们。我看到的情况跟我所担心的一样,农业那一块就不说了,眼下也不是最忙的时候,可四大集团为什么都停产了?这么好的企业,有些已经创出了牌子,你们真想都扔了,让郭家店再倒回去?"

王顺喊道:"国家都不心疼,我们还疼嘛呀?再干对得起存先大哥吗?就得让事实证明郭家店没有郭存先不行!"

欧广明也嘟囔道:"我就更不怕了,又没有孩子,挣那么多钱留给谁呀?"

封厚摇头:"这都是气话。"随后将眼睛转向陈二熊,"你也这么认为吗?"

陈二熊满脸苦涩:"现在群众的情绪很大,你别看郭书记在的时候弄得人人神经紧张,他谁也不信,今天怀疑这个,明天猜忌那个,搞得人人自危,人人怕他,一怕了就不敢说心里话,有时还不得不说瞎话骗他。可他这么被抓走,大家心里不服,把他的好处全想起来了,供他神像的人家也越来越多……"

封厚一愣:"谁的神像?你说有人把郭存先当神来供了?"

"是啊,"陈二熊从头讲起,"前几年就有了,郭家店发财了嘛,过年的时候家家都要请财神爷,不知是谁发明的,说郭书记就是郭家店的财神爷,以前供财神供了几百辈子也不管用,郭存先一出世郭家店就有了真财神。财神爷的穿衣打扮还是过去那一套,惟独把脸换成了郭书记的大照片……"

封厚听到这儿心里咯噔一沉,似有一种不祥之感,莫非郭存先真的回不来了?在中国历史上常常是失败的英雄,反而容易被供奉为神,因其不得好死更能激起群众的同情,而同情产生亲近,亲近推动流传,流传催生神话……陈二熊见封厚突然变颜变色,神情恍惚,便停下话头看着他。封厚反催促说:"郭存先成了财神爷跟你停产有什么关系?四大集团倒闭了,郭存先这个财神爷不也就跟着失灵了吗?"

陈二熊说:"不停不行啊,我那儿有些工序本来是不能停的,这次损失大了。可我要是不停产就会遭村里人咒骂,甚至还有可能会砸我的设备,我担心大伙不敢惹警察,把火气撒到我身上。"

一向沉稳清雅的封厚,却有些着急地站了起来,看着这些今后将掌握郭家店命运的人,口气相当沉重:"可你们知道吗?你们这样干反而把郭存先给害了,证明抓他抓对了。他不过就是个农民暴发户,郭家店就是靠国家银行贷款扶持起来的,银行贷款一断四大集团立马就完……这不是你们创造了多少产值的问题,郭存先最大的贡献不是让郭家店发了大财,而是他在这个特殊时期,贡献了一种让贫苦地区农民发财致富的思想。人能够传下去的只有思想,历史上的富翁千千万万,哪个人的财富传下来了?他被抓了,他的思想、他的精神要靠你们完成,结果你们撂挑子了。这个世界并不是属于有权的,也不是属于有钱的,是属于有心的,郭家店强大,郭存先就强大,无论他在哪儿人们都不会忘记他。郭家店败落,郭存先就是不被抓,也不会被人重视。"

会议室里外极其安静,郭家店这段时间与外界隔绝,会议室外边的楼道里、楼梯上都站着人,大家都想听听封厚会说些什么话?其实他们都听得懵懵懂懂,并不一定都听懂了,但郭家店特别是四大金刚,需要封厚给他们搭建的这个台阶。他们赌气,说气话,从心里并不一定真舍得让自己的企业就这么黄了。封厚的这番话在郭家店一传开,他们就可以开工生产了。

封厚又突然发问:"你们是不是认为郭存先害了郭家店?当然不是指他的本意,他并不想害郭家店,可现在的实际效果是害了自己又害了村子对吗?如果他不被抓,郭家店一切照常运行有多好啊。你们是不是这样认为的?"屋内屋外都没人搭腔,他便接着说下去,"不吭声就是默认,至少也觉得他这样做对郭家店没好处,对不对?"

这回有人点头,有人随声附和。

他却摆摆手:"你们想错了,从长远看他这次是救了郭家店!"

屋子里静得仿佛连空气都凝固了。

封厚说:"这次的郭家店事件,早晚都会发生,按照你们以前的那种做法,不发生在郭存先身上,就会发生在某个四大金刚或以后的哪个小金刚身上,郭存先以身试法,是在教你们,给你们上了一课,你们明白他的苦心吗?比如教你们怎样跟官员打交道,千万别把宝押在某个或某些领导人身上,也别押在自己的财富和权势上。教你们怎么跟政府打交道,千万别用冲撞体制的办法证明自己的富有和强大,一个农民企业家发出的光芒,其实是这个时代的光芒,别全当成是自己在发光,一个成功人物的命运不是孤立的,他必须要借助时代的大背景。他还教你们怎么跟媒体打交道,当你自以为买通记者为你说好话的时候,你的小辫子也就攥在他们手里了。郭存先这回教你们知道锅是铁打的,让你们明白一个道理,世上的理是直的,但路是弯的。通过弯路可以明白直理。我相信,从今往后的郭家店再不会是过去的郭家店了,你们四大金刚以及以后的小金刚们,再也不会像郭存先那样说话行事了……这就是以郭存先被抓做代价换来的,你们可不能让郭存先白白地被抓呀!"

封厚的这番话大家都听懂了,特别是四大金刚,听到心里去了,有种蓦然醒悟的感觉。他低下头小声问身边的王顺:"酒醒了吗?"

王顺点头:"醒了,一语惊醒梦中人,何止胜读十年书啊!"

封厚又说:"今天中午你能请我一顿吗?"

"求之不得,这是给我天大的面子。"

"那好,你找个人到村西头把我的司机叫来,叫他别忘了车上的那瓶好酒,是我特意给你带的……"


"嗷儿……啊"的一声怪叫,尖利而恐怖。这声音简直不像是从人嘴里发出来的,监号里的人猛然都坐了起来……

昨天把睡在郭存先上铺的人戳进马桶的疤癞脸,上吊了!

细套就拴在他自己的床铺最上面一根横梁上,脚离地面不过一个拳头多一点。最先吱呀喊叫起来的是睡在他上铺的人。监号里乱了,在大乱之中总会有能耐梗出来说话:"快把他抱下来呀,看样子他还没有死。吊死的人都会瞪眼珠子吐舌头,他这不还闭着嘴吗?说不定又是故意闹着玩儿吓唬人……"

监号里又一通手忙脚乱,解套的,托腿的,抱腰的……人碰上这种事都格外兴奋,喊里喀喳地就把疤癞脸又放回到他床上。然后一拥而上,掐人中的,窝大腿的,摁胸口的……捣鼓了半天,疤癞脸还是毫无气息。

郭存先似乎有一种感觉,疤癞脸决不会再缓过来。甚至在他被吊起来之前就已经先被人给勒死了。他虽然对疤癞脸的死不感到特别意外,但在刚才最乱的时候还是愣不啦叽地坐了起来。整个监号里就只有他的上铺,始终稳稳当当地躺着没动,不看,不说话,不参与,甚至对自己的床铺旁边吊死一个大活人都没有一点好奇。这个年轻人的定力何其了得!

那几个小子都有点犯傻,监号里安静下来。

这时候郭存先的上铺突然说话了:"屎蛋,现在只有一个办法能让他活过来。"

从打昨天进了监号,大家这还是头一回听见他出声。音调文雅舒缓,却有一股不可抗拒的力量。被称做屎蛋的是疤瘌脸的上铺,长着一副下三烂的样子,急问:"什么办法?"

"用水激,往他那张大疤瘌脸上喷水。"

"这时候里里外外的大门都锁着哪,到哪儿去弄水?"

"你尿泡里的那一兜子尿不是水呀?"

立刻有人帮腔:"对呀,昏过去的人用水一激就醒。"监号的这帮东西,哪个不是有热闹就上、惟恐天下不乱的主儿?一会儿向着这个,一会儿又煽惑那个。

郭存先的上铺依旧仰面朝天地躺在自己床上,不看任何人,口气却加重了分量:"屎蛋你可听着,不快点把大疤瘌尿醒,你今天可就吃不了兜着走啦!"

屎蛋还真紧张了:"你什么意思?你不就想报复大疤瘌也想弄他一身尿吗?要尿你自己下来尿啊……"

"你这个杂种,等一会儿我会尿的,以后也还有机会照顾你的。眼下先说大疤瘌的死,他在你的脑袋头里吊死的,你还敢说没有听到动静?发现他上吊之后你又故意毁坏现场,大疤瘌的绳套上、床铺上都是你的手印,他若醒不过来你就是第一犯罪嫌疑人!"

"哟,可不是吗?"刚才闹腾得最凶的那几个小子,又反过来帮着郭存先的上铺起哄架秧,吓唬屎蛋。

屎蛋真急了,大声嚷嚷着就蹿到了郭存先的床铺跟前:"你血口喷……"人字没有吐出来就又闷了回去。郭存先看不清他的上铺是什么时候坐起来的,他用左手叼住了屎蛋的右手腕子,往床铺棱子上一垫,差不多将屎蛋整个人都给撅了起来,他的右手紧抠着屎蛋的咽喉,几个手指头都像抠进了肉里。大疤瘌吊死都没有瞪眼珠子,屎蛋这工夫却瞪大了眼珠子,脏兮兮的垃圾脸憋得又青又紫,却说不出话来,踮起脚尖乱动,却就是挣为不开。

呀,这能活活把他给掐死!监号里气氛恐怖,连大气都没人敢喘。

郭存先的上铺缓缓地发话了:"是我把你这张脏脸摁到马桶里

去,还是你给我往大疤瘌的嘴里滋尿?"

屎蛋说不出话,只是拼命点头。郭存先的上铺在松手的同时往前一推,屎蛋叽里咕噜地摔倒在监号门口的那点空地上。他坐起身子先用手胡噜自己的脖子,脖子上留着几个紫红的指印。若再加一点劲,手指头岂不就抠进去了?

郭存先想昨天凡参与伤害过这位上铺的人,这时候恐怕都得倒吸一口冷气。

屎蛋爬起来,不敢再看郭存先的上铺,低头走到大疤瘌的脑袋跟前,真的掏出家伙就冲着疤瘌脸尿上了……

郭存先的上铺又说话了:"你们几个王八蛋都给我听着,昨天害我的时候谁伸手了,谁心里有数,我也有数。我知道你们只是打手,大疤瘌也没有这个胆,你们都看到了,我是死过的人了,死了的人还活着,知道这叫什么吗?叫活鬼——也就是专要活人命的鬼!谁心里有鬼谁就给我小心了。我姓商名易,商量的商,贸易的易。但是,我跟一些狗豸、下三烂,是从来没有什么好商量的!"

此时监号外面有了响动,看守所的大铁门哐里哐啷地被拉开来了,紧跟着楼道里响起急促的脚步声……监号的门猛然被推开,警察站了门口,先皱皱眉头,又抽抽鼻子。可想而知,这个监号里的气味好不了。警察的眼睛在监号里踅摸着:"怎么回事?"

好半天都没有人应声,警察便把目光移到郭存先身上,成了是在问他。这时候他也才发现,整个监号就他一个人是在床上坐着,其他人都躺回到自己的床上,闭着眼装睡。他差点没笑了,这不是在猫盖屎吗?刚才闹腾得那么热闹,这时候又装睡,警察能信吗?自己新来乍到,不懂监号的规矩,本不该多嘴,可这时候不说话不行了:"有个人上吊自杀了。"

"自杀?谁?"

他用手指指疤瘌脸的床。

警察走过去,对疤瘌脸从头到脚仔细察看了一遍,用手里的警棍捅捅这儿,碰碰那儿。然后检查了疤瘌脸上吊的套子,是撕了床单搓成的。而疤瘌脸的床单正好缺了一条布……最后警察直起身子大吼一声:"都给我下地站好!"

犯人们好像早就等待着这一声口令,叽里咕噜地都从床上爬下来了,习惯性地挤到监号门前的空地方站直。

郭存先还很不适应自己的犯人角色,对警察的态度和口令看不惯也听不惯,可又有什么办法? 很不情愿地嘀溜甩挂地从床上下来,站在后边凑数。

只有死了的疤瘌脸,还湿漉漉地横在床上,这证明他确实死了,可以不听警察的指挥了。警察站到大家面前,眼睛挨个扫过:"是谁第一个发现的?"

屎蛋举起手:"我想下地解手,翻身起来吓了这一大跳!"

"所以你就吓得把尿都尿在他的床上啦?"

"听人说往昏死的人脸上泼水能激醒,监号里找不到水,只好先用尿试试……"

警察点着头,从牙缝里向外嘶嘶地冒凉气:"这个主意不错,如果他还有口气儿的话也叫你的尿给灌死了! 你们可真是损到家了,还有谁往大疤瘌身上尿尿了?"

屎蛋赶忙解释:"就我自己,别人还没来得及您这不就来了吗?"

"哦,你是说要来得及的话,每个人都会往他身上撒一泡?"警察冲着屎蛋逼近一步,眼光也像钉子一样钉住他,不让他的眼睛躲开。"把大疤瘌从套上弄下来,也是你一个人干的?"

"我们好几个了……"

"都是谁?"

屎蛋只好一一指出那几个热心人。

"为什么不先通知我们? 你们可都是干这一行的老手,莫非想急于毁掉现场?"

"别别别,我的老天哪,看您都想到哪里去了……"屎蛋又悔又怕,双手乱摆,更像作揖。"说实话,当时谁也没想到他会真死,寻思救人要紧,还没顾得去报信,您这不就及时地赶来了嘛。"

"你的脖子怎么了?"

"我自己挠的,不知叫什么玩意儿给咬了,痒得要命。"

"是自己挠的,还是叫别人给抓的?"警察用手电照着屎蛋的脖子,绕他转了一圈儿,上上下下前前后后地检查了个溜够。

"您还不了解我吗?就是因为胆小怕事不敢坚持自己的意见,才进到这里边来的。就我这小身板骨,您就是借给我个胆子,也不敢跟人动手啊!"屎蛋还真能对付,表情夸张,一副战战兢兢吓破胆的样子,可无论警察问什么他都能把场圆过去。可见他骨子里并不是真的很怕警察。那么,刚才他对商易的惶惧是真的,还是装出来的?

郭存先还在琢磨屎蛋这个人,警察的眼睛却又转到了他上铺的脸上:"商易,当时你在干什么?"

商易直对着警察的眼睛,仍旧用不紧不慢的口气说:"我在睡觉。"

"你还能睡得着?"

"我脑袋进屎了,现在还晕晕沉沉,一喘气都是屎尿味儿!"

"你夜里听到了什么动静没有?"

商易索性不再出声,只摇了摇头。

警察又转问大家:"谁夜里听到了什么响动?"

其他人也都像风刮的一样赶紧摇脑袋。多一事不如少一事,别没病找病。可这么屁大一间屋子,挤着十几个都各怀鬼胎在夜里不可能睡得安稳的人,咬牙放屁呱嗒嘴都听得真真的,一个大活人上吊怎么会没有动静?有动静竟没有一个人听到,这谁信哪?

警察自然不信,疤瘌脸无论是自杀还是他杀都会有动静,有动静就会有人听到。他抡着眼睛扫来扫去,最后把目光盯在郭存先的脸上:"郭存先,听说你在家的时候晚上有专门的医生给按摩还常常失眠,昨天又是平生第一次在监号里过夜,你不会也说睡得跟死过去一样什么都没听到吧?"

犯人们一下子都把脸转向他,监号里非常安静。

这样耗了一会儿他才开口:"不,我几乎一夜未睡。"

"听到过什么动静吗?"

"这个监号里的动静也几乎一夜没停。"

"哦,都是什么动静?"

589

"磨牙的呱嗒嘴的说梦话的像我一样翻来覆去烙大饼的……"

有人哧哧地偷笑,监号里刚刚绷紧的气氛忽然又泄了。

警察却不放弃:"有没有激烈打斗的响声?"

"没有,也不可能,在监号里打斗不用激烈,就至少会吵醒一半人。快天亮的时候我好像听到里边咕隆响了一下子,还以为是谁撒呓挣,只响了那一声就再没有动静了。"

"你确信自己一夜没睡?"

"我如果连自己睡着没睡着都记不清,你们也就不会抓我到这个地方来了。你知道对于一个失眠的人来说这一夜有多难熬吗?"

"你敢为此作证?"

"哎呀,这有什么敢不敢的?我只是实话实说,我就不信你们能把监号里死个人也扣到我的头上!"

警察愣怔,有些意外地看着他没有接茬儿。大概整个看守所里还没有人敢用这种口气跟他们说话。不早不晚,就在这时候突然丁零一声警铃响了,吓了他们一大跳,寒毛都挓挲开来。

其实这就是让犯人们起床的铃声,这里面无论什么东西都搞得一惊一乍。说话要喊,看人要瞪眼,心里有气就动手……即便是晚上让犯人们熄灯睡觉,也要响这么一通铃,本已经困的又把盹儿给吓跑了,胆小的时间一长还不得吓出心脏病。

起床的警铃也打断了警察继续向郭存先发问的兴致,就此打住不再往下深究了,并随手点了两个犯人,让他们把疤癞脸抬走。警察则弯腰将死人的所有东西以及上吊的绳套、床单也卷成一包带走了,临走还不忘指示监号的人立刻开窗通气,打扫卫生。

天已大亮,各监号都有了动静,看守所又回到了阳间。但不知道对郭存先来说,白天是好熬哪,还是比夜里更难熬?警察布置的所谓打扫卫生,就是排队使用马桶,清理自己积攒了一夜的满肚子垃圾。马桶旁边有个水龙头,随着起床的铃声一响就开始供水,犯人们可以漱口洗脸。但监号十好几个人,抢一个马桶,用一个水龙头,又整整憋了一夜,大家的尿泡和大肠都是满的,谁先谁后啊?是谁能抢谁就在前面,还是谁最憋得慌谁在前面?难怪有人都想往大疤癞的脸上尿,那岂不就省得在马桶边上排队挨个了?

昨天晚上屎蛋就给郭存先讲过了,监号有监号的规矩,谁先谁后一点都不能乱,没有人敢争抢。没轮到你的个,实在憋急了往自己的裤兜子里拉尿,也不敢去抢占马桶。这个号的次序是号长排的,号长总是每天早晨第一个使用马桶,占住龙头,屎蛋则是最后一个。监号里再来了新的号友,就像郭存先和商易,就得排在屎蛋的后面。除非新来的人发动政变,而且还得政变成功,才可获得重新排座次的权力,打乱旧规矩,重立新章程。这不是屎蛋讲的,是郭存先自己猜测的。这也是兽笼子里的普遍法则。

这个监号的号长是疤癞脸,他已经被抬走了,平时的第二名应该顶上去,抢先占马桶、用龙头。可他不敢,用眼睛看着商易。

商易当仁不让地宣布了新规矩:"不论谁在外边犯的是什么案子,进到这个地方来就都是一个德性,谁也不比谁高,谁也不比谁低。从今天早晨开始,以年龄为序,年龄大的在前,年龄小的在后,依次类推。只有两个人不受年龄限制,我排在倒数第二,屎蛋排最后,并负责把马桶洗刷干净。有不服的吗?谁不服就排在屎蛋后边!"

厉害,他已经显露过手段,这番话又说得比较公道,谁还能不服?不服的只有屎蛋,可他不敢表露出来。郭存先排在第三位,在他前面有个七十二的和一个六十九的。大家噼里扑噜地开始了……这还真是一景。

时间掐得很准,大家刚洗巴完,早饭就送来了,每人一个窝头、一点咸菜、一碗稀饭。嘿,他们是怎么琢磨的?听说顿顿"窝、稀、咸",是监号里几十年一成不变的老饭谱了。这好像是糊弄小孩子的办法,给你吃好的你就不想出去了,让你吃的差一点,你就老老实实早点交代自己的问题,好快点离开这里……有人会这样想吗?

或许还会激起犯人的反感和对抗情绪,不利于坦白交代。比如他郭存先,昨天中午和晚上都没有吃东西,肚子本来有些空,可一见这些"窝稀咸",不但不想吃了,胃里倒向外翻。就在他对着自己的早饭相面的工夫,一阵吸溜划拉……监号里所有人的饭盒全光了,贪婪的眼光从四面八方向他的饭盒上聚拢,有的用正眼,有的是斜眼,有的用眼角余光,有的眼冒贼光,但谁也不敢先伸手。

商易小声对他说:"老郭,我们刚进来,前边几天好受不了,别看这些窝稀咸,肚子没它可顶不下来。"

"我试试,现在不是正时兴饥饿疗法嘛,听说对身体大有好处。"

"你真不吃?"

他把饭盒递到商易手里,商易一扬脖儿,三口两吸把一碗稀饭喝进肚子去了,然后拿起窝头丢给屎蛋:"你最辛苦,老郭奖赏你。"

他的话音刚撂地,警察进来就把他提走了。监号里的人相互看看,谁也不敢吱声,猜不透他是因大疤瘌的死被提走,还是因为自己原来的案子?

紧跟着警察又来叫郭存先,警察把他领到还是昨天的那间审讯室。看来这间屋子今后就归他专用了。审讯席上又多了两个警察,伍烈坐在正中间,气氛比昨天要严肃和险恶得多。

郭存先心里也想好谱了,就不慌不忙地在他前面的小凳子上坐下来。兵来将挡,水来土掩,你有来言,我有去语,现在还难说谁怕谁。

伍烈假作关切:"郭存先,昨晚睡得好吗?"

他心里话,操你祖宗!我好不好你比谁不清楚?猫哭耗子。我说不好你能让我出去,还是给我换个单间监号?今天偏要硬一点:"除去没有睡,其他的都还算好。"

"郭存先,你既然一夜没睡,一定知道外号叫大疤瘌的刘双是怎么死的了?"

"吊死的。"

"睡在你上铺的商易夜里下过床吗?"

"不知道。"

"郭存先,你要作伪证可是罪上加罪!"

有话说,有屁放,干嘛一张嘴就连名带姓地提拉一次我的名字?就凭我是一个老人,名字能让你这么随随便便地叫着玩儿?他老是这么全须全尾地叫我名字,是一种蔑视,一种挑衅,想经常提醒我不要忘记现在是他的犯人。"你让我证什么?谁交代我夜里不睡觉专盯着商易下不下床?"他闭上眼睛,不再答理人。

"郭存先,看着我的眼睛,你现在是接受审讯,要端正态度!"

他睁开眼睛,心想看着你又怎么样?

"你承认自己有罪吗?"

这是一个圈套,我只要承认有罪,他紧跟着就会让我说出犯罪事实,那就越说得多越把自己给卖得狠。郭存先摇摇头:"不,我没有罪,只有功!"

"你没有罪怎么坐在这儿?"

"这应该问你?"

"好,我可以慢慢地告诉你。但,从我嘴里讲出来,跟你自己说出来,味道可不一样,对你的影响也大不相同。抬头看看墙上的这八个大字。"

他确实讨厌正上方的这八个红字,虎视眈眈,钻心透肺。他相信,把一个老好人放在这儿,对着这八个字看上半天,也准会给自己罗列出一大堆罪状。要不就精神崩溃,变成疯子。如果伍烈不再逼他说话,他想试试。若要不被它镇住、摧垮,就得改造它,赋予它新的涵义。大概天下的犯人们没有不讨厌或害怕这条大标语的,所以在它后面又加了八个字:"牢底坐穿"和"回家过年"。于是就变成了:"坦白从宽,牢底坐穿;抗拒从严,回家过年。"这就把它的欺骗性和震慑力一下子揭穿了……

他就这么有滋有味地看着墙上的标语,眯缝着眼睛,轻微微地晃着脑袋,看谁耗得过谁?不一会儿伍烈就有点坐不住了,他似乎不愿意冷场,审讯审讯,犯罪嫌疑人不说话就是审讯员的失败。于是他摆出开导的架势自话自说起来:"郭存先,看来还得给你讲点法律的基础知识,好在我有的是时间,我干的就是这个工作。你可听好了,时间拖下去,对你可大不利。你现在至关紧要的就是抓紧时间,争取主动。法律的基础是事实,事实在你说不说都可以定罪。法律的生命是理,完整的理构成法,你讲不出理来就等于认罪……"

这是在激他说话,他偏不张嘴。今天他给自己制定的策略就是要摆摆"肉头阵"。

为什么看守所这么看重审讯?没有审讯就定不了罪。所以,审讯对犯人来说是过鬼门关,古代叫"过堂"。过了这一关就是天堂,过不了这一关就得下地狱。在阳间蹲监狱,跟到阴间下地狱又有什么区别?对付审讯的一等策略是:死靠,靠到死!

只有死人不会出错,因为死人不知道正确或错误。死了就可以出去,大疤瘌不就出去了吗?他因此也自由了。可郭存先现在还不想死,那就装死,这是对付审讯的二等策略。

装死先要能闭住嘴。当你茫然无措的时候,先把自己的舌头拴住是上策。为什么人家都说沉默是金?金子放进水里,立刻就显出金子不同凡响的分量。而说话,就是水。金子最硬,也最值钱。郭存先以前的优势是思想太活,嘴太能说、太好说。或许他倒霉就倒在得意的时候太快意,失意的时候太快口了。现在不同了,变为阶下囚,以前的强项正好成了现在的弱项。为什么家家户户都有大门、厅门、卧室门、厕所门……十几道乃至几十道各种各样的门?有门才安全,大门一关,外面什么也看不见。当了犯人,当务之急是关闭自己的是非之门、保命之门,这可不是逞能的时候。人的神奇之门就是双唇,闭紧双唇,思维只在沉默中进行。在沉默中思想、逃避、进攻。沉默能招来保护神,沉默是隐藏的神。既然伍烈怕冷场,那么你就要比他更能够沉得住气,那你就更强。要想能沉默得住,就是他说他的,你想你的,不能跟着他的思路走,那样走来走去准会进入他的陷阱。胡思乱想,七股八叉,占住脑子别钻了他的套……

"法律的手段具有强制力,没有强制力的法就是不燃烧的火,不照明的灯。所以,你即便把肉头阵一耍到底,到头来也只会耍了你自己,定罪时只会加重,而不会减轻。给你再讲得通俗点,法律是受上帝启发而形成的正确规则,它指点诚实,禁止倒行逆施。你不是老喜欢跟西方攀比吗?那就给你讲个《圣经》上的故事。上帝发现亚当因自己裸体而感到害羞,不敢出来见他,便问他是不是偷吃了禁果?亚当说是夏娃给他吃的。上帝又追问夏娃,夏娃说是蛇诱骗她吃的,这可以说是对人间第一个违法者的第一次审问!"

他这么说能让郭存先抓着点什么:"你是说人类的老祖宗就是罪犯?从刚有人类的那天起就有犯罪?焉知你们抓我就不是犯罪?至

少扼杀了一个农村脱贫致富的典型！"

对方有漏洞可抓,他就忍不住说话了。然而只要他出声,就有危险在等着他,他看到伍烈没有生气,反而笑了……他蓦然省悟:哎呀,让能说的人不说,难哪！人的头脑,人的智慧,都在舌头上。一个有头脑有智慧的人会不由自主地嚅动舌头想说出点什么。看来想拴住舌头,先得把自己的心禁闭起来,在审讯中才能不犯错误。要给自己的每一个想法,每一句话,每一个动作都加上计算器,好好算计一下,以确保自己的安全。

伍烈意外地笑了:"我知道你的心思了,原来到了这步田地你还不能正视眼前的现实,不敢承认自己现在已经是戴罪之身,学鸵鸟把脑袋钻进沙子的伎俩,幻想躲在过去的光环里就能混过去。你就不想想,监号是辟邪的,你以前那些光环若真能环护你,你也不会进到这个地方来。告诉你吧,没有人能凌驾于法律之上。法律如果穿不透特权的高墙,又怎么能走向民间？说吧,就从郭家店打死第一条人命开始……"

"毛主席说,死人的事是经常发生的,或重于泰山,或轻于鸿毛……但具体情由我记不得了。"

"这是人命关天的大案,刚过去没多久,你每天不知要在脑子里过滤多少遍,怎么敢说不记得？"

"白天吃不好,夜里睡不好,昏昏沉沉,脑袋要裂……你还想要我记住什么？告诉你吧,这就叫老了。你不知道人老了有八大反吗？夜里不睡白天睡,远事都记着不记近事,远处的东西看得见,近前玩意儿的看不清……"

伍烈一时竟不知道该怎么接话了,看着郭存先笑也不是,恼也不是……哈,这也是一反。想不到打岔还有这样的效果,不说话是一种掩藏,文不对题乱说一通他不爱听的也是一种掩藏,这叫有声的沉默。用有声沉默对付审讯,便可让任何讯问都无济于事。

谁身上都有别人想了解的秘密,郭存先想知道他们到底要拿他怎么办？伍烈审讯的目的是要刺探郭存先内心的隐秘,引诱他说出自己想要的东西。郭存先的智慧就是不能让对方弄清自己心里真正惧怕的东西。要不乱说,要不什么都不说,而处于被审讯的地位想要拴住舌头,又谈何容易?这时候最好是能割掉舌头,一了百了。

郭存先以前曾对沉默怀有深深的恐惧,只有迫不得已才会忍受孤独和孤立,沉默本身充满意外和许多危险因素。现在什么都被剥夺了,惟有沉默还属于自己,也只有在沉默中自己还能保持几分尊严,人格才显出分量。真正的沉默是生命的基础,在沉默中心灵才能自由地控制自己。对一个被审讯者来说,沉默是最高宣言。一旦被剥夺了沉默,就会全线崩溃。


审讯成了家常便饭,不吃这一套还不行。

而审讯又是两个人的戏,被审的不张嘴,审人的就得多说,看来伍烈每天上场前都得认真做准备,也不容易。他今天的开场白是这样准备的:"郭存先哪,看来你还陷在当年过五关斩六将的辉煌里不想出来,其实讲讲过去也没有什么不好,有助于看清自己的人生轨迹,是怎样一步步地走到了今天这种结局。可你如果想靠怀念过去而逃避现在,那就大错特错,未免可悲了。无论有着什么样的过去也遮蔽不了现在,你恰恰是有过去那些种种前因,才有今天这样的后果。我听说过放下屠刀立地成佛的话,却没有听说过昨天是天使今天就变成魔鬼的。你如果老浸沉在过去的所谓业绩里拔不出来,我可以成全你,听你说个够,我有这个耐性,因为我就是干这个的。不过要提醒你,时间可是你的,不会老等着你,这关乎你的态度,而你的态度又关乎着对你的处理。其实,你念念不忘的那些成就,说穿了用一个字就能概括:闹!没饭吃要闹,有饭吃了还闹,大事情上闹个你死我活,小事情上闹个鸡飞狗跳,于是闹出了一场又一场的乱子,或横着闹,俗话叫'打横炮'、'飞来的横祸';或竖着闹,从上往下闹,从下往上闹,只要到上边一闹或闹动了上边,马上就算大闹起来了,对一个村子来说打死一个又一个,堪称是死闹!你自己老吹嘘是靠挨整出的名,越挨整名气越大,可你自己一旦有了整人的能力同样也不客气,骨子里接受的遗传基因还是一闹字。开始是人家闹你,后来别人闹不动你了,你就开始闹人家、闹上边、闹下边,看着谁不顺眼就闹谁,闹来闹去就把自己闹到这里边来了。人无非就是两种,爱闹的和被闹的。爱闹的永远闹腾,不会闹的老是挨闹。但所有爱闹的人,最后都闹了自己。闹是一种病,传染病,世纪病,或许只有死亡才能结束它的危害。"

郭存先说:"总结得不错,不过你说反了,从来都是你们闹我,是上边闹下边,眼前就是你在闹我,而不是我在闹你,对不对?"

审讯不光是斗智慧,还要斗意志,斗经验,斗嘴。归结到一点就是套话,你套我的话,我套你的话,一个圈套连着一个圈套,一个陷阱接着一个陷阱,一不留神掉下去,可能整个人就哗啦啦垮了。所以,郭存先的神经绷得特别紧,白天被伍烈审,晚上回到监号自己还审自己,回想白天哪一句话说对了,哪一句话说错了,明天伍烈可能要从哪儿下嘴、会咬住哪儿不放……因此他也不能断定,下面的审讯是真的发生过了,还是只在他脑子里演练过?

"郭存先你承认不承认,你从来都不拿别人的死当回事,已经习惯于制造或目睹各种各样的死亡,甚至利用别人的死为自己取得好处。比如,你早年是靠给人砍棺材起家,成全死亡,送人上西天,赚死人的钱。你刚当大队长不久,一个远房侄子是出纳员,为结婚拿了大队三百块钱,你一通臭骂,小伙子就卧轨死了,听说刚结婚没几天。"

"哦,你说的是郭传贵?那件事跟我一点关系没有,当时还是韩敬亭当书记,发现问题的不是我,找他谈话的也不是我,是有人想用他的事整我,传贵一时想不开就用死改正了自己的错误。想不到事隔这么多年,你们把它扣到了我的头上……不论他是不是我侄子,也不论钱多少,性质都是贪污,那时的三百块对农村来说也是笔钱了,别说我没管这件事,我就是真的说他骂他了也都是对的,他也必须把那笔钱还回来。他想不开是他的事,这叫重节轻生,以死洗刷了自己的耻辱,是大丈夫所为,不愧是我郭家的后代。他死后是我厚葬的他,并负责照顾他媳妇,以后给她找了一个很好的人家改嫁了。你说我哪儿做错了,要是你会怎么办,难道你今天坐在审讯员的椅子上,就认为村里不该追问他,容忍他的贪污?"

"别歪词儿,你知道我不是那个意思。那次事件确实不是你的错,甚至可以说你做得对,因公灭私。我举出这件事是要你认识自己品性中的阴毒和残暴,惯于利用死人做文章。还记得二十多年前蛤蟆窝的那场大火吗?至今那还是个悬案。最奇怪的是着火的几天后,要抓纵火犯的治保主任蓝守坤的儿子却失踪了,活不见人死不见尸,后来连他们两口子也离开了郭家店,这又成了一桩悬案。你反倒因祸得福当上了村支部书记。"

"你什么意思?给我栽赃,还是吓唬我?看我反正是在你们手里,想把公安局所有破不了的案子都扣到我的身上?"

"用不着再往你身上扣别的案子,光是你自己犯的事就够你喝一壶的。我说的是一种现象,这些现象说明一种规律,构成了你的人生轨迹,或者说是犯罪的轨迹……还比如狗蛋儿的死,你好像早就等着这场死亡,一下子就促成了你命运的转折点:赶走调查组,讹上了大化钢铁公司,借狗蛋儿的小命找到了郭家店快速发财致富的契机,工厂就像吹气冒泡般地建起来,钱多得连你们自己也数花了眼,郭家店变戏法似的发起来了。"

"这不对吗?正说明死是终结,也是孕育。死是生的开端,死也是活着的一部分,而且是最重要的一部分。因死而创造出来的生,强大无比,绚丽多姿……你是被死的观念欺骗了,忽略了生的意义,这也正暴露了你的虚伪。你的职业比我更习惯于看到死亡、利用死亡,借法律之手把死当做惩罚的工具,你才是拿死做文章的高手。为什么就只许你以死为手段对付别人,而不许我通过死看到生的价值呢?"

"你是说以别人的死换你的活,利用别人的死实现自己生的价值?你有今天这种结局难道也是生的价值的体现?其实,这正是你借郭存勇的死大做文章的结果,以死人整活人,无法无天,草菅人命,以为你就可以为所欲为,这就叫利令智昏。你以为调查组真是被你赶走的?调查组离开了郭家店,可法律、民心对你的调查并没有停止,一直在积累着你的材料。现在时候到了,就把你隔离在这里边,调查起来岂不是更方便?"

## 28. 咸鱼翻身

又是一天,这一天天过得可真慢真长啊!

能够熬下来就很不容易了。郭存先回到监号已经是晚上了,他觉得自己有些扛不住,就把"号饭"强吞下去:两个窝头、一小碟咸菜和一碗清汤。最可怕的是不知熬到什么时候算个头,后边还有多少个这样的日子在等着他?对于一个失眠者来说夜里难熬,对于一个接受审讯的囚犯来说,白天比夜晚更难熬。

什么叫失去自由?"犯"字的左边是犬部,这就是说当了犯人半只狗,不再是完全意义上的人。你有屁股,不得到允许不能坐;你有双腿,却不能自己想站就可以站起来,想走就能走出去……你身上的任何一件器官都不再由你自己支配。甚至连令人毛骨悚然的监号,此刻都成了他向往的地方……到夜晚回到监号,至少还有坐着或躺着的权利。

在有警察看守的时候,监号里的犯人都用相同的姿势在床前静静地坐成一排,腰身挺得笔直,双手放在膝头,两眼正视前方,一个个像出家人在静修。世间的事就这么别扭,人在失去自由的同时,一定还会有所得,这就是逼着你多想好多事……即便是自由本身,伸缩性和变异性也很大,有时自由度愈大,说不定自由愈少;自由度愈小,或许自由愈大。就像王顺食品厂里的鸡,想要它们多下蛋,就得剥夺鸡的自由;养猪场想要猪长肉快,也得把猪关起来。倘若能利用蹲监狱这个没有自由的条件静修,给大脑和心智以最大的自由和想像空间,一定会获益匪浅。不然监号里的这些不自由人,为什么都还活得劲儿劲儿的,能吃能睡,无病无痛?他们一定在心理上都有一套对付不自由的办法。这也是一种功夫,一种修炼。郭存先之所以还能撑得住,是认准了一条,自己不是一般的犯人,他不相信上边那些跟他有联系的大人物会不管他。还有那些记者,国内的,国外的,听说他出事还不炸了窝,这对上边就没有压力吗?没有了他的郭家店很快就会垮下来,这么大的责任,下令抓他的人真能够扛得住?

商易的那份号饭还摆在郭存先床头的小板凳上,引诱得许多眼睛老往这儿瞟。如果是给别人留的饭,恐怕早就被监号里人抢着吃了。商易的饭,却没人敢动。有人认为他今天晚上不可能再回到这个监号里来了,以屎蛋的表现最为激烈,口气也最肯定:"这一天下来,那家伙肯定被收拾惨了,你以为警察就那么好糊弄,那么好说话?如果还让他留着一口气儿,也会黑白连轴转地进行突审,还想再回到号里来睡觉是没门儿了。"

有人反问他:"如果他扛不住把什么都撂了,不就可以回来了吗?"

屎蛋说:"撂了就更麻烦,那得戴上手铐脚镣被关进单号。要不那家伙就太危险了,谁知道夜里还会死谁呀?"

"那还用猜,没有别人肯定是你!"

屎蛋翻翻眼,"敢,我借给他个胆儿!"

"哟,夜猫子落在鸡巴上——鸟不怎么样架儿还挺硬!"

"是啊,人家不在这儿看你牛的,怎么俩眼珠子老瞅着他的饭不敢动呢?"

"老子今天胃口不好,我自己那份还是强塞的哪。"

"嘿,你早说呀,我们替你打扫。"

"屎蛋,听说你那点狗屁事很快就要判了,趁着还没走给咱哥们儿来个段子吧。"

"我的段子你们都听过了,还是让老鬼讲吧,他都快八十岁了还能干小闺女,多厉害!"

"你个王八蛋,我都可以当你爷爷了,你还糟践我?你那点能耐就是会欺负老头。"

"你个老王八蛋,要不是大疤癞护着你,凭什么你就得在我前边尿尿?你不干人事光年纪大管个屁用!"

"狗嘴吐不出象牙,下流坯子一个。"

"什么,我下流?流到你妈的那儿啦?这年头下流又怎么样,你不下流又怎么来到这个地方?甭老充大尾巴鹰,表面上癞巴啦叽,你他妈背地里却专干缺德事。"

"你们还有完没有?"

"我还就没完了,老白呀,你给我测测字吧,今天感到审我的那个家伙不对劲,闹不好得重判。"

"那你随便说个字,我给测测。"

"来,来来去去的来!"

"来,繁写是三个人挂在十字架上……如来,已经来的,正在来的,将要来的,囊括万物,无边无际。如如不动,了了大明……没事,我保你不会被重判。"

"嗨,我说老白头,够神的,准吗?"

"准吗?你去掉吗字,光剩下一个准。还记得当年的东北王张作霖是怎么死的吗?他住在北京的棋盘胡同,又是大帅,两边有两个车保着,一个是永定门车站,一个是北京火车站,这是风水先生给他选的地方,一辈子万无一失。他如果就住在北京不动,谁也拿他没办法。可他偏偏要回东北,老帅挪窝了,一出关就叫日本鬼子在铁道上给炸死了,这叫当头炮!"

另一个囚徒凑过来:"那你也给我测一下。"

"你想测什么字?"

"有毛病的毛。"

"哎哟,你这小子胆儿够大的。"

"我就是要镇镇你,看你怎么测这个毛字?"

"你别给我设套,我测的是字。毛字,就是手的反写,所以姓毛的人物都擅长用反手,一生都是反着抓、反着干、反着来。四次反围剿奠定基础,然后反土豪恶霸,反蒋,反美,反修,三反,五反,反走资派……人家是伟人,反手怎么用怎么得心应手。你算什么东西?你

601

也敢用这个字？虽然你是闹着玩儿，可这也是天意。听我劝，这几天小心点。"

"去你妈的，小心不小心还能给我咬一块下去？大不了就是一个死呗，早死早转世。"

"哟，想的还挺美，就你这道号的怎么知道自己还能转世？"

"转世有什么新鲜的，人都是转世的，你看刚出生的时候都是满脸皱纹，跟小老头、小老太婆一个样，那不就是上一辈子的老头老婆转世的嘛。现在也就数转世为人最不值钱，转个动物都受保护，大熊猫呀、狮子、老虎就甭提了，就是转一头骡子，都能卖个汽车的价钱，而煤矿上死个人才赔个万八千的。所以像你我这样的，死了也就只能还转世为人。"

"咳咳咳，还有完没有？被审了一天就够烦的了，回到监号就这一会儿工夫可以乐和一下，还得要听你们讲课？来，我给你们说个段子，解解闷儿……"

听犯人斗嘴，你不能不惊奇剥夺舌头的自由有多么难，也最痛苦。号里人的舌头都被关了一天，即使没有全关住也别别扭扭地只说一些自己不想说的话。憋得太难受了，一回到监号，一有机会，就先解除对舌头的管制，大说特说胡说乱说争着说抢着说，重要的是要获得随便说话的快感。话语这个玩意儿真是好东西，无尽无休，无人能离得了它，没人能计算得出，人活一辈子要听多少话、说多少话……

人的大脑也是个奇妙的仓库，能保存一辈子所听到的很多话，凡自己说过的重要话都不会忘记。话语有时能创造奇迹，有时又是有力的武器……罪犯在被子弹或刑罚征服之前，都是先被话语的武器征服，那就是审讯。就在号友们嘻嘻哈哈、你来我往地乱饫饫中，一个年轻人坐到郭存先的床上来，他说无论如何都想不到，会在这种地方认识他这样的人物……他叫付新辉，二十七岁，原是银行业务员，财经大学毕业后刚工作了四年，却贪污了一千多万。他平时上下班开着自家的宝马轿车，有人问就随口乱说，一会儿说是跟朋友借的，一会儿说是打赌赢的……这年头什么样的朋友能把崭新的宝马让给你玩儿？他要给你宝马，你得给人家什么？有时他忽然想吃葡萄了，周末就坐头等舱飞到新疆，住在乌鲁木齐最高档的酒店里，把吐鲁番的葡萄吃够了，周日晚上再坐头等舱飞回来……

真是会作呀，是个人物！但毕竟还太年轻了点，钱一多，来得又容易，就不知该怎么糟了，张扬过头才被人盯上。他原打算再干半年，凑足两千万就出国，不想驾轻就熟地竟失了手。其实人家早就下好了夹子等他，还会逮不着？这个监号里还真是藏龙卧虎，郭存先为付新辉感到惋惜，生出一种惺惺相惜的亲近之感，禁不住称赞他是个人才，能够像变魔术一样搞来大钱的人都称得上是人才，这个时候发横财不是耻辱，至于最后失手了，那是命运的安排……

付新辉说："您知道人才都有什么结局吗？就两条道，一是过人上人的日子，二是进监狱。您还不是一样，您是农民中的大才，要在过去是领袖一方的人物，现在还不是跟这些杀人越货、鸡鸣狗盗之徒关在一块。"

在付新辉的指点下，郭存先开始拿眼前的这些人逐个对号。

屎蛋，真名叫沈福民，是个大盗。专门围着二环线作案，他认为凡窗户对着二环线的机关和住户一定都麻痹大意，因为二环线上昼夜车水马龙，谁有那么大的胆子敢在灯火通明中登高作案？他，偏偏就有这样的胆子和手段。在这次进来之前，用不到一个月的时间围着二环线偷了一圈儿，光是现金就到手三十七万……

被称做老鬼的叫刘全，是这个监号里年纪最大的，脑袋上顶着几根灰苍苍的干毛，一脸鸡皮。被抓进来的因由是奸污幼女，他们一共四个老东西，合伙奸污了邻居家的弱智幼女。他们中年纪最大的八十四岁，最小的六十七岁，另外三个人分别关在别的监号里。

测字先生白良，以年龄为序在监号里排第二。看上去还算干净，能说会道，犯的罪却非常下作，经常偷看儿媳妇洗澡，有一天趁儿子不在家就把儿媳妇给强奸了……真是邪了，当今社会上各种壮阳补肾的广告满天飞，好像无男不虚，无男不痿，怎么看守所里的这些糟老头子，不仅不虚、不痿，反倒性亢奋，成了性犯罪的主力？真是天道无常，人道也无常。

丁零零……刺耳的熄灯铃响了。说话的犯人们立马闭上了嘴,谁敢在这时候还出声,让查监的警察听到那可是自找倒霉了。几乎是踩着这警铃声,商易回到了监号。已经在床上躺好的犯人们又扭脸又抬脑袋地看着他,大家心里可能怀着相同的疑问,看看他变没变样,还是不是囫囵个的,按常规推算这一天他吃的苦少不了,让人好奇。商易似乎有意让大家看清楚,走到监号中间停了一会儿,回应每个人的注目礼,显得轻松自如,身上干净利索,显然并未受皮肉之苦,看上去比早晨离开监号的时候还更精神些。有些人的眼光跟他一接火,就赶紧扭过脸去装睡。他看到了小凳子上的号饭,也不问这是不是给自己留的,弯腰就抄起一个窝头,一口下去少半个。

郭存先将身子往床里挪了挪,用手拍拍床边,示意他坐下慢慢吃。商易顺手把放号饭的凳子也拉过来,坐在郭存先脑袋跟前轻轻地问道:"怎么样,还顶得住吧?"

警察突然在门口喊上了:"商易,你还折腾什么?警铃响过了没听到吗?"

商易屁股没动,嘴里还照样嚼窝头:"你不是看到了我刚回来吗?总得让我吃点东西吧?要不你们就别管饭。"

"嚯,一天不张嘴,一见到吃的舌头就会动了?"警察倒也不愿意跟他多纠缠,训斥几句就离开了。

郭存先问他:"你真的一天没说话?"

"反正都是死,干脆以死对死,张了嘴只会死得更快、更窝囊。"

"他们变着法逗你说话,你怎么就能憋得住呢?"

"你要是被大粪呛死过,也会憋得住的。有人就想杀你灭口,你若开口必死。法国有个很著名的老头叫伏尔泰,他说人有两件很难做到的事情,第一件是替人保守秘密;第二件是如何度过闲暇时光。这简直就是专对我们这些被抓进看守所的人讲的。"

商易吃东西就像往嘴里倾倒一样,没看他怎么嚼,眨眼工夫就把那些东西全倒进脖腔子里去了,抹抹嘴巴将脸凑到郭存先脑袋跟前,谈话变成了耳语:"还记得前几年外贸的大红人刘建梅吗?每年为市里创汇不低于五千万美元,为不到三万块钱的一个小漏洞被抓进看守所。下边的人立马去找主管市长,几乎没怎么耽误工夫就疏通好了上边的关系,马不停蹄地拿着领导放人的批示来看守所接人,可就这么一会儿的工夫他自己已经承认受贿一百多万了……他自己这么一秃噜,就是神仙也捞不动他了。无论你是什么人物,无论外面有多硬的关系,也不能把一个罪人从这里面捞出去。要想出去只有一条道,自己咬死口,我是无罪的。要救你的人也才有机会。何况这里本来就不是辩理的地方,不开口就是最好的雄辩,打掉牙往自己肚里吞。"

有道理,要活命就得有足够强硬的意志。而意志不是命运,人的一生就是意志和命运抗争。商易对郭存先的态度好像格外好,是因为他的身份,还是因为他没有向警察说出他夜里曾经下过床的事?

转眼郭存先被抓进来一个月了,按规定拘留的时限已满,要么正式宣布逮捕,要么就得放他走人。所以,这几天的审讯就像干锅爆鱼,嗞嗞冒烟,翻过来掉过去,伍烈就想靠急火把他拿下来。里面也确实快烤焦了,连他自己都闻到了一股糊味儿,表面上却还能拿捏得住,耍过肉头阵,也说过不少话,但真正有用的不多,估计就根据这些口供恐怕还难以逮捕他。既不能正式逮捕他,那么会放他出去吗?据商易告诉他说,但凡有头有脸的人被抓进来,头一天说情的人最多,像潮水一样扑上来。一周后求情的人会逐渐减少,有人怕引火烧身,便知难而退了。到月底的几天最关键,如果这一天还不能把他捞出去,往后就难了。一个月之后基本就不会再有说情的了……

郭存先问一个关进来时间最长的号友,以前有没有抓进来一个月后又无罪释放的?号友说只是听人讲过,没有亲眼见到过。被铐着进来甩着手出去,那叫咸鱼翻身,哪能那么容易碰上?恰恰这一天上午伍烈没有提审他,又增加了郭存先的希望,莫非真是在研究怎么放他?他们肯定要先想好一套滴水不漏的说辞,既放他走,又不能承认自己抓错了,以免他出去后得便宜卖乖,不依不饶地起诉他们。其实他们只要放他出去,别的事都好说,他可以立下保证不追究伍烈和后面指使者的法律责任。

到下午,监号的人谁都没有想到,竟是号长商易真来了个咸鱼翻身!

应该说在这个监号里数他这条鱼被腌得透,近一个月里就没有闲着过,有长时间地连续审讯,也有不让他喘气地突击审讯,就在宣布释放前的一分钟,还在经受轰炸式地审问,连骂带吓唬的已经折腾了多半天,给他的感觉是自己不可能再活着出去了……既然反正都是个死,说是死,不说也是死,索性就死得像个人,让一切委屈、怨怼和愤怒都烂在肚里,保留一个人完整的尊严。

谁知心如死灰地沉默了几分钟之后,审讯员突然口气一转,告诉他可以走了。他一时转不过弯来,不理解"可以走了"是什么意思?除去回监号他还能往哪儿走?警察很不耐烦地呵斥他:"叫你走嘛当然就是放你出去,你在这儿还没呆够啊?还想再多呆几天?"

正因为他什么都没有说,警察没有掌握真正能定他罪的证据,而外边想捞他出去的力量又很强大,时间一到就只能放人……郭存先蓦地有所悟,为什么咸鱼能够翻身?已经被腌咸的鱼,自然早就是死的了。而死鱼是不会开口的,你只有豁出去死,才能闭得住嘴。商易正因为能三缄其口,求死不求生,反而能死里逃生。死硬死硬,豁出去一个死,才能真正硬起来,惟有硬起来,才有机会复生。

世事难料,有时直路反不如弯路近。他心里忽然泛起一股莫名的兴奋,商易被意外释放似乎是对他的提醒,审讯员反常的大半天不露面也预示着点什么……看来这个地方也不是铁板一块,并不像传说的那般进来容易出去难。真实的情况是进来突然,出去也突然,你没有想到能进来,也会在你没有想到的情况下被送出去,他很有可能就属于这一类。

郭存先心里发躁,坐立不宁,耳朵仔细听着监号走廊里的动静,充满企盼……咸鱼都能够翻身,何况我还不是咸鱼,活这么大年纪翻身也不是一次两次了,最大的翻身就是建起了钢铁厂,偏赶上那年钢材大涨价,一年下来就赚了一个多亿,林美棠天天数钱都数不过来。按理说经历过那样一次大翻身的人,已经翻到了社会的最顶层,不会也不该再有翻船的事了……正想着翻身的美事,不料伍烈就来了,说是来看看郭存先,既不宣读正式逮捕令,又不说要放他走,这家伙的手里攥着什么牌?莫不是有意在刺激他,考验和折磨他的神经?先以不提审制造假象,给他以错觉,让他产生幻想,然后又毁灭他的全部幻想?

他玩得起,郭存先可耗不起,不如干脆直接捅破这层窗户纸:"你们已经关押我一个月了,今天是不是该放人了?"

伍烈轻描淡写地说:"经领导特批,你的拘审期再延长一个月。"

郭存先大怒:"你们还有没有王法?"

伍烈嘻嘻一笑:"这也是法律规定的,特殊情况特殊对待。"

郭存先一直心存侥幸,坚信外面想救他出去的人绝不会比想捞商易的人少,而且实力也会更强大。他之所以还没有出去,大概还是由于自己的态度。因为他跟商易正相反,人已经被关在监号里,可思想上始终还无法正视这个现实,老想跟伍烈辩出个理来……太想出去了嘴就咬不紧,态度也死硬不起来。

有希望就有所求,有所求就有弱点,就容易被戏弄。想想几十年来管过多少人,管过多少物,管过多少钱,怎么轮到这一天就管不住自己的舌头了?被关在这种地方,除去舌头还归自己管,别的也管不了啦。郭存先呀郭存先,你应该算是一条老咸鱼了,以前挨整无数,都是靠硬碰硬顶过来的。在那个拿着整人当饭吃的年代,靠敢顶敢撞顶出了自信,也顶出了威信,由一个木匠顶成了生产队长,再由生产队长顶成了大队书记……不怕挨整是你成功的一条经验,每当一次咸鱼必翻一次身,这回是怎么啦?

成功是失败的根源,你难道已经不能再挑战自己了?所以也就无法获得新的机会。莫非真是老了?你被延长拘留时间,就说明外面的所有搭救都没有起作用,或者是真正有分量的人物根本就没有想救你……他带着惊惧、自疑和自危,要求伍烈多给几片安眠药。

伍烈说不可能。他反问为什么不可能,你知道一个人天天夜里睡不着觉,能熬多久?如果我垮了,你是不是就省事了?你就不怕我留下一纸遗言,告你是精神迫害?

伍烈说不会的,你现在的失眠不是药物所能治得了的,是脑子里黑白转轴,跟自己较劲。如果你选择跟我合作,一吐为快,心里一块石头落地,自然也能在夜里睡安稳觉。

他说我心里没有石头,现在睡不着觉是叫你们给气的。

伍烈说你是被延长拘审时间给气的吧?到了这一步你应该清醒了,不要再指望有什么人会为你说话,别再对自己的将来抱不切实际的幻想了。

他说所有人都会经常思考自己的将来,但大多数人都是错的。我从不思考将来,因为我对将来看得很清楚。逮捕又怎么样?判刑又怎么样?每个人一生下来都被判了死刑,也包括你。无非有的缓刑期长一点,有的缓刑期短一些,长的不过就是七八十年,短的有几年、十几年。其实早几年又何忧?晚几年又何乐?

伍烈说这样讲太消极了,这不是你的风格。照你这么说人人都是混吃等死,那生命的价值又怎么体现?你当初又何必带领郭家店发财致富?富了又有什么意义?人还是要活得有价值,活得有价值不容易,死得有价值就更难。因为死得没有价值会抵消活的价值。你是由于缺觉而思维有些混乱,我去给你找个大夫来看看怎么样?

他出去不一会儿,果然领着个上了年纪的医生进来了,老医生对郭存先打量个没完,又是摸脉,又是听胸,手指敲肋,张嘴看喉,然后东问西问没完没了,这岂不成了变相审讯?他腾一下火了,呆在这里边是怎么回事你还不清楚吗?这还用得着问,你到底会不会看病?

老医生一点不着急,慢条斯理地向他解释,医生看病有四妙:称神、圣、工、巧。望而知之叫做神,闻而知之叫做圣,问而知之叫做工,切脉而知之叫做巧。四妙少了一妙,就不是好医生。若望闻问切一概没有,就是华佗再世,也只是逞能。

"好吧,经过这一番望闻问切,我究竟有什么病呢?"

老医生一口气说出了他身上的一堆毛病,肝脾心肾都不是很好,以胃和肺里的毛病最大,好像身上没有毛病的地方倒不多,神经衰弱并不是最主要的……但目前都无大碍。

郭存先忽然明白了,伍烈并不是真正要给他治失眠,而是想听最后一句话:目前都无大碍。也就是说眼下一时半会儿还死不了人,他这是怕出意外。

临走的时候伍烈说熄灯前会让看守给他送一片安眠药来。郭存先生气地拒绝了,他感觉到自己今天的情绪格外恶劣,是由于反省商易的被释放而对自己不满意,也对刚才跟伍烈那番对话不满意,下了决心要管住自己的舌头,以拼死的硬劲闭住嘴,怎么看见伍烈一戗火,就全不是那么回事了,还跟他要什么安眠药,如果下了想死的心,还怕睡不着觉吗?自己的定力怎么就比不上才三十多岁的商易?当年的胆力、勇迈和智慧都到哪儿去了?


早晨,吴清源的车驶到公安局大门口,门卫敬礼放行,却斜刺里跑来一个穿着入时的女人拦住了他的车,车一停她开门就上了车,司机正想发作,却认出了她是《大化日报》的名记者安景惠。吴清源无可奈何地笑了:"我就想到了,在大化能做出这种事来的,除去安大记者再无第二人。说吧,有什么吩咐?"

安景惠脸上堆出迷人的笑容:"我要旁听你们上午的会。"

吴清源面有难色:"你可真是厉害,连我们内部要讨论一下案子的事你也知道?我们局里一定有内奸……"

安景惠以不见外的口吻磨蹭:"郭存先的案子不仅是特大新闻,还有许多值得往深里挖的东西,用我们的行话说是块大肥肉。我们老总说了,让我一跟到底,必须掌握第一手资料,好好写写这个人物的起伏跌宕,你吴局长无论如何得支持我。"

"这是有严格规定的,我们内部研究案子不许记者介入。"吴清源嘴上这么说着,但神色轻松,甚至是带几分赞许的样子鼓励安景惠跟自己泡蘑菇。皆因他此时的心情太好了,简直可以说是志得意满。抓捕郭存先是他从警以来最得意的一招棋,或许还是他为官以来干的最重要的一件事,先是造成既定事实,然后顶住了一轮又一轮来自各个方面的巨大压力,现在可以说大局已定。只要把郭存先一判刑,郭家店一完蛋,支持郭家店的人就不可能再闹腾了,某些人想借支持郭家店主政大化市的可能也就没有了,而自己的计划则会一顺百顺……他既然已经胸有成竹,对安景惠的要求自然就格外照顾,而且这个女人手里的这支笔自己也正用得着:"我同意你的说法,郭存先这个人物将来是可以写一部大东西的。但今天上午的会你进不去,也没有必要,今天不讨论具体案子,只原则地讲讲政策,对你没有用。不如这样,用我的车把你送到宣传部,你在那儿等我,我一散会立刻赶过去,再拉上宣传部长,咱们一起商量一下。"

这已经给足了面子,安景惠当然知道见好就收。她坐在车上,公安局长反而从自己的车里下来,让车掉头离去,自己则走进公安局的大院子,再奔楼上的会议室。专案小组的其他成员早都到齐了,他一落座就赶紧开场:"郭存先案件震动全国,现在各种媒体的记者不再去郭家店,都拥进了市委宣传部。市委书记高敬奇几乎每天都要过问案件的进展情况,我知道你们承受了很大的压力,这些天来非常辛苦,发现和掌握了大量证据,检察院的批文也下来了,正式逮捕郭存先。从今天起,郭家店案件进入正常的司法程序,我们这个临时应急的专案组也该撤消了。撤消前再最后汇总一下情况,该交接的交接,看看还有什么遗留问题需要提醒具体办案人员注意的,或者对案件有些什么要求、希望,都可以讲一讲,下午我要向市委常委会汇报。"

吴清源的话音刚落就有人举手:"好,老钱同志先讲,我们听听人大那边的反映。"

老钱自然就是钱锡寿,退休后到市人民代表大会当了个常委。但,光当常委平时并没有什么事情可干,而他又没家没业,非常需要有个事可干,于是又在人大法制委员会当了个主任。这下就在人大办公楼里有了一张办公桌,如果愿意的话他可以有干不完的事。钱锡寿精神抖擞,皱纹绽开,只是太瘦了,被高脚沙发椅衬得整个人都小了一圈儿。他嘴向里瘪,下颌往前挑,更像个小老太太了。但一张嘴,声音却依旧响亮尖利:"市人大常委会接到了一百多件代表提案和数百封群众来信,多数是要求公审郭存先,能够公平公正地将此案追查到底,查清他的后台、他的网络,查到谁算谁,也是对人民有个交代,对群众是个教育……"

他边说边打开眼前的文件夹,从里面抽出一大沓资料,以示所言不虚。然后接着说:"人们有个共同的疑问,像郭存先这样的人为什么会出在我们大化市?如果没有领导的支持,他能有今天吗?既有今天,那领导又该负什么责任呢?我在不同的场合说过多次了,十多年前我就带队查过他,由于上边有人保护,使调查半途而废。现在看当初保他的人反而是害了他,调查他才是真正爱护他,如果当时能一查到底,无非是撤掉他党支部书记的职务,还可以当他的农民,也不至于像今天这样弄出人命官司,被抓进大牢。人大常委会有权了解案件的进展情况,希望公安局能跟人大法制委员会经常保持联系。"

好硬的口气,这是冲着谁呀?张才千、封厚?可市委书记高敬奇也没少去过郭家店呀?看来去过郭家店的,不等于支持郭家店,不经常去郭家店的,说不定倒是保郭存先的……复杂呀。钱锡寿的头一炮轰得会议室里冷了场,而吴清源并不喜欢钱锡寿在这儿放炮,你这是在轰谁呀?有些话是不能明说或说得太明,难怪大家都不喜欢他。但吴清源不动声色,似乎还轻轻笑了一下打破僵局:"钱锡寿同志不愧是搞理论的出身,提出了一个有意思的问题,郭存先现象不仅值得我们深思和好好研究,恐怕在全国也极富典型性,值得从理论上加以剖析和总结。也可以换个角度讲,调查他、批判他也是对他的一种成全和变相的支持,正由于上次我们对他的高规格调查,才使他名气大震,引起人们的好奇或者叫同情。后来也正是这种名气帮助他吸引了大量的投资,用郭存先自己的话说,挨一次整,出一次名,长一次肉。但,不可以混淆概念,领导同志支持郭家店的农民改革开放、脱贫致富,不等于支持郭存先刑事犯罪,也不可以将郭家店的经济现象和郭存先的犯罪活动等同起来。今天我们是讨论案件的进展情况,意识形态方面的问题另当别论。下面还是请伍烈同志简要地汇报一下案件的进展情况。"

伍烈讲的很笼统,他对这个以市委名义组成的大专案组不信任,怕泄密反而影响审案。但吴清源对他的话听得很仔细。吴清源身板挺得很直,在会议桌上高出别人半头,白皙的面孔上戴一副白色细边眼镜,目光冷峻,阴鸷而又骄傲,显得多少有些古怪。等伍烈一汇报完,他立刻接上话头说出自己的看法,显然是不想把这个例行公事的会延长下去,措词也干脆利索:"我看了这一个月来对郭存先的全部审讯记录,几乎没有实质性的交代,他的心理落差太大,不敢正视现实,仍然抱着很大幻想,以为我们不会也不敢对他怎么样。因此一有机会就大肆炫耀,为自己评功摆好。通过这几天的情况看,由伍烈主审他不合适,郭存先对伍烈有积怨,伍烈对他也是刺激和揭露多,策略用得少,不过这也有好处,可以消消郭存先的邪火,压压他的杀气。预审处副处长陈康从别的案子上下来了,以后就由他负责主审郭存先。陈康,说说你的想法。"

陈康矮胖,大头,秃顶,活脱脱一个寿星佬:"局长,我正熟悉材料,目前还没有什么想法,请在座的领导同志多给出主意。"

吴清源从旁鼓动:"好啊,审案高手求招儿,在座的谁有高见,请不吝赐教。"

会议室里开始活跃起来,看来大家都对审问别人有兴趣,特别是设想着居高临下地审问已成为阶下囚的郭存先,就越发地让人感到刺激。有人说要硬,有人说郭存先不怕硬,要先上点软的,然后软硬兼施⋯⋯

饨饨了好一阵子,吴清源看时间差不多了就把话头截住:"好啦,大家提了不少有益的想法,下面就看陈康的了。"他将脸转向陈康,当仁不让地直接下指示,"记住,郭存先是你过去的审讯经验里所没有碰到过的对手,他不是当官的,可又自认为是可以当大官的人物。他不是惯犯,却又多次挨整,有对付审问的经验。因此我给你两点建议:一、不要居高临下,要准确地观察和估计对手的心理状态,把自己和对手的智力等同起来考虑问题,当你的感觉和郭存先的感觉完全一样的时候,你就可以把他拿下来了。二、一个预审员的真正技巧,是透彻地掌握对手赖以抗拒的事实,然后从策略上利用这些事实,使对手确信抗拒是没有用的。郭存先的全部幻想就是他创造的郭家店奇迹,你去琢磨出办法,利用他的神话,戳破他的神话,剩下的就容易了⋯⋯"

郭存先确信监号里有鬼。一连几天他都亲眼目睹,还能假得了?

这不是以往人们传说的那种"闹鬼",此鬼不闹,都是在夜静更深的时候飘然而入,或白花花一团,或黑糊糊一抱,有时静静地蹲在门口,有时会贴过来坐在他床边,待他身子一动真想抓它的时候,又倏忽不见了。被鬼缠住是要倒大霉的,奇怪的是他一点都不感到害怕。他怎么会不怕鬼呢?可能因为自己眼下跟鬼也差不多,要怕只应怕人,鬼有何惧?他每天晚上都为睡不着觉发愁,漫漫长夜难以打发,能有个鬼哥们儿做伴,聊天解闷,知道些另一个世界的情况,也不失为一桩奇遇。何况此鬼不像是想糟害人的厉鬼、怨鬼和索命鬼之流,身上没有骇人的杀气,也从不纠缠他,它真要想害他早就可以下手了……

很有可能这也是个睡不着觉的失眠鬼,寂寞难挨,森冷渗骨,到监号里来默默地感受一点人的热气。或许鬼跟他有缘,此是善鬼,想提醒他一点什么也未可知?因此,他应该守住这个秘密,这是个只属于他的神奇有趣的秘密。

同屋的号友们大都是蹲班房的高手,白天混吃等死,晚上脑袋一沾枕头就跟死猪似的,只要鬼不掐上脖子他们是不会看到的。真若让他们知道了同号的郭存先天天与鬼有约,准会闹得满城风雨,将会引起警察不必要的怀疑和许多麻烦。不想有一天夜里,付新辉突然惊醒也撞见了鬼,便大喊大叫起来……郭存先这才知道,原来监号里有不少人都见到过鬼。屎蛋自吹还抱着女鬼睡过一夜,痛快淋漓地跑了一回马……为了安慰惊吓过度的付新辉,算命先生白良用唾沫在监号的门上画了一道驱鬼符,嘴里还念念有词作法一番:

东方请来孙大圣
西方请来白虎星
南方请来观世音
北方请来姜太公
各路神仙都请到
再请领袖毛泽东

妖魔鬼怪快伏法
　　一个一个上绑绳
　　……

　　可就在当天夜里,郭存先好不容易已经迷迷糊糊地睡着了,不知因为什么猛地又睁开了眼睛,骤然间变得极端清醒,看见门口站着一个人,他好像就是被这个人喊醒的,影影绰绰还能看出他的形貌,一身庄户人打扮,头上缠着白羊肚手巾,满脸垄沟式的皱纹,端肃沉定,两眼深如古洞,散发出拒人于千里之外的孤傲……

　　郭存先认出了他:"啊,是你呀,怎么也跑到这儿来啦?"却又不免生疑,监号的鬼应该都是死在这里边的冤魂,怎么还会有外鬼窜进来?

　　"谁说我是鬼?"对方竟出声了,声音苍老浑浊,却飘飘忽忽地硬往他耳朵里钻。"你死了肯定会变鬼,我能跟你一样吗?你不是一直在暗憋暗气地跟我赌劲吗?你落到了这一天,我怎么也得来看看你呀?"

　　郭存先陡然火起:"你幸灾乐祸,来看我的笑话?告诉你,就是到了这一步,我也比你强!郭家店已经成了当今最富有的农民象征,光是品牌效应少说也值一百个亿,得顶多少个你们的寨子?你是受穷的样板,天天挣命、辈辈受穷。我是发财致富的典型,做强做大,走向世界。你代表着耻辱和愚昧,我代表着尊严和智慧。别的不说你先看看我戴的这副眼镜,金丝镀膜,在香港买的,九千九百九十八元。我的年薪是一百八十八万,从来不穿脱下来的衣服,抽的是专给中南海制作的高级烟……再看看你这身作料,上边顶着条白手巾,下边一身小粗布,活着是这一身,死了还是这一套,你还有资格笑我?"

　　"是啊,当然是你的本事大,要不怎么会呆在这个地方?平常杀七个宰八个,蹲了大牢嘴上还是七个不在乎八个不含糊,可就是天天晚上睡不着觉。闭上眼做噩梦,睁开眼就看见鬼,活见鬼,见活鬼……你知道这是为什么吗?你身上有了鬼气,自己离着做鬼不远了。"

　　"我做鬼也比你强,至少还是个有钱的鬼,是个撑死的鬼。总比饿死鬼、无家可归的野鬼要好。"

"我说老郭呀,你天天这么装腔作势、自吹自擂,累不累呀?你自己真的就不腻烦?这一百多斤好作料眼看就快糟践了,还是现原形恢复过去的老样子吧。也说点老实话,看在我们都曾经当过农民的分上,说不定我能帮你。如果我的力量有限,还可以给你请更大的神……别看你嘴上百般寒碜我,其实骨子里无比羡慕我,眼红眼气,做梦都想能成为第二个我。因为农民只要一出了头,就都想摘掉农民帽子。最轻视农民的还是农民自己,你就是如此。别看整天都把农民挂在嘴边上,专是跟当官的过不去,一有机会就嘲笑他们,侮骂他们,可你自己最是官迷,而且是大官迷,一心想当大官。如果能用钱买到我过去的地位,你早就买了。骄傲、妒忌、贪婪,这三根绳子拧成套就把你送到这儿来了。说句能让你气吐血的话,现在你更没法跟我比了,有些人物你看着不起眼,在地上有一号的必然在天上也有一号,我是在天上,而你连在地上都不敢说。因为你身上有大罪大恶,不然就不会进到这个地方来,而这里边的人死了大都要下地狱的。我就不信你不害怕、不后悔,不想让我帮你……"

这个老鬼,貌似朴拙,出言却阴损狡奸,正踢到郭存先的蛋子上。他千不怪万不怪,只怪毛主席死得太早了。不然他就一定能把毛主席他老人家请到郭家店来,只要毛主席一到郭家店,他郭存先就打了双保险,肯定也能上封神榜。说不准就成了陈永贵第二,甚至会超过他……这家伙果然是鬼,只要是郭存先心里正在想的,无论说不说出口,他都能知道。

他说:"这可真是够怪的,你是靠自由化兴妖起家的,身陷大牢却怀念起一辈子都大反自由化的毛主席来了?"

"你不也一样吗?应该比我更怀念他。没有毛老人家你只是个在穷山沟里刨土坷垃的。你交上好运就是从毛主席请你进中南海参加他的生日宴会,这就等于上金銮殿喝了皇上钦赐的御酒,你从此便一步登天。紧接着毛主席关于你的语录也就在全国传开了,什么永贵好,永贵好!你说这也叫领袖的语录吗?还有什么山沟里出了好文章……其实这都是毛主席一时高兴,顺嘴嘟囔了几句客气话,被当时的政治形势所利用闹成了一场运动。说一千道一万,还是毛主席最信任农民,东方红是农民唱出来的,大救星是农民喊出来的……"

"呀?你对这些事情捣腾得还挺清楚。"

"实话告诉你吧,这些年一没有事的时候我就捣腾你的发家史。要说你这一辈子倒也算没白活。你五十大寿是在人民大会堂过的,对不对?当时你可真是出足了风头,人民大会堂坐满了一万多名中高级干部,还有不少中央的领导人物,眼巴巴地盯着你,静悄悄地听着你海吹了好几个小时。那时你就是现在这副鸟样,白羊肚手巾,粗布对襟褂子,上台的时候手里就夹着一支烟,坐下来嘴不停地说,烟不断地吸,右手还随着自己的语气乱比画……几个小时讲下来,手里没断过烟,烟缸里满满一缸子灰却没有一个烟头。台下的人都看傻了,你那也是一种绝活。一支烟抽得只剩烟屁股了,右手便伸进衣兜很麻利地又抽出一支,眼睛不看,嘴里照样讲着,左手却将快烧完的烟屁股准确地接到了新的烟卷上,又送到嘴里抽起来。你看看,要文化你没有多少,要本事无非就是个种地的,却当上了国家的副总理,在过去那就是宰相,古今中外还从来没有过。十亿人遭了十几年的罪,合着就成全了你一个人!"

"你看看,你看看,妒忌得牙缝里都流出酸水来了。人活一辈子不能老像鱼那样躺着游,也不能像爬行动物一样爬着走,该站就要能站得起,该挺就要能挺得住。关键是看你的盆子是不是真金的?只要是真金的,打碎了盆子分量还在。如果你只是个尿盆,碎不碎都狗屁不值。什么农民当宰相古今中外都没有过?你知道多少古今中外?中国历史上有的是农民宰相、农民皇帝。几千年的农业国,封建帝王大多是农民出身,你不也是个农民吗?还配跟我谈文化。你说什么叫文化?文字的下边是个十叉,人拿着匕首就是化,匕首不就是刀子吗?你说这是文,还是武?文要有武才能化。文化有两种,一种是死记硬背别人的东西,装了一肚子书本;一种是创造历史、创造经验、创造文化。我就创造了一种精神、创造过经验、创造过文化,你说我有没有文化?你嘲笑农民宰相,农民当了宰相,他就是宰相而不再是农民。你还老瞧不惯我的粗布褂子白手巾,告诉你那是标志,是旗帜。就像毛主席的中山装,周总理的弯胳膊……谁像你,一发迹就赶紧掩藏起自己原来的农民相,不管你戴多少钱的眼镜,穿多好的衣服,旁人一眼就看出你骨子里还是个农民,而且别别扭扭,不伦不类。就像那个猴子,穿上人的衣服更像猴子,而不是像人。你这个样子只能说明你自卑,看不起自己。我就是偏要保持农民的原样,这也是一种风度。告诉你吧,对成功的最好奖励就是成功,自信和有才干才是男人的风度,不是看他穿什么衣服戴什么表。我是农民,可是身上有农民以外的东西,这就不仅能打动普通百姓,更能感染党政要员。人到了一种境界,有时会不自觉地感到只要你在,连太阳都得围着你转,只要你是对的,你的世界就是对的。现在你可倒好,蹲了大狱,弄不好你的一切就都是错的了,还不好好琢磨琢磨……"

"你在权力地位方面的确爬到了一个农民所能达到的最高点,可你在聚集财富和知名度上就远了,也可以说我在这方面达到了一个农民所达到的最高界限,你我怎么能分得出谁高谁矮、谁上谁下?或许你这辈子是不冤了,可你没有见过大钱哪!你不想着钱,钱也会忘了你,你体验过发大财的感觉吗?哎呀,钱赚钱,财引财,钱多得追着你、赶着你,你想不要都不行。滚滚滔滔,源源不断,那种经历才是人间最吸引人的历险。钱是一种你永远都不会满足的东西,追逐它、积聚它才是人活着的最大驱动力。我的头衔是没有你大,可我吃过见过玩儿过,手底下有一个庞大的金钱帝国,比你活得有气派。只有钱才能提高你生活的品质,真正体味到富有的滋味。富有是两层意思,一是你赚了让人一听就吓一大跳的钱,二是你过上了让人眼馋的做梦也想像不出来的日子。你虽然戴着高高的官帽让别人不得不高看你一眼,可求不着你的人背后照样骂你是土包子。你是不知道,不管你是不是农民,只要你手里有钱,立刻就成了祖宗,你变得神秘高大,强悍有力,没有你不敢轻视的人,没有你办不成的事,你会常常觉得自己就是另外一种样式的大人物。以前谁拿农民当回事?可现在,从上到下再没有人敢瞧不起一个富翁,那还不好好地做回子人。过分点也应该,膨胀一下不算嘛,就算是今天到了这个地方,也值了,我不后悔!"

"行啦,人都到了这一步,就别再糊弄自己了,不信去做个肠镜看看,你的肠子保准都悔青了。你怎么赚的钱,怎么出的名,以为我不知道?发横财都得靠别人犯错误,你靠的是政府犯傻,政策有漏洞,送钱给你你敢要,有的人就不敢要……这年头能把银行的钱搬到自己村里,也是一种贼大胆。可有钱的人常常不懂得珍惜,有多余的钱就会买多余的东西,越有钱心里就越饥渴。本来手里有,还不停地要去得到什么,又嫌弃能得到的每一样东西……这就成了你的病。你有钱就有钱呗,还非要用别人的贫穷来证实你的富有,在你眼里别人都是穷鬼,都是想有求于你的孙子,天下容不下你,地上盛不了你,没有远谋,只顾瞎吹,自己吹,花钱让别人吹,这怎么能不倒霉?"

"我要没有胆子就活不到今天,胆量是人在倒霉时的精神支柱。人家要置你于死地,如果你自己再是胆小鬼,那你就成了自己最大的敌人。如果你胆大,你就是自己最大的朋友,明白吗?冒险是想取得成功所必须付出的代价。要说吹,我哪有你能吹,你那个地方连老天爷都不喜欢,三天两头地闹灾,一闹灾人们就抱怨,可你偏偏就是靠天怒人怨出了名。受一次灾就大吹一次,小灾小出名,大灾大出名,你自己说又能光荣到哪里去?"

"你还不是一样?头长反骨,心黑手辣,挨整上瘾,进了监牢就更是出了大名……可历史不会老给你校正命运的机会。到今天你还想不明白,天下的东西都是自己先烂,而后生虫子。我现在超脱了,就比你明白得多,看尽人间兴废事,不曾富贵不曾穷。"

## 29.陈康的画技

伍烈由一个胖乎乎的警察陪着,向郭存先宣布了逮捕令。郭存先已经不感到意外,也没有特别的沮丧和激愤,只是提出了一个要求:"既然我已经被正式逮捕了,是不是就可以请律师了?"

伍烈一愣:"呀,你知道得还挺多?"

"你就是把一个白痴关进看守所,也会很快成为一个法律专家。你们当警察的也一样,你之所以成不了好警察,就是只想把别人送进来,自己没蹲过监狱。"

伍烈讥讽地望着他:"人们所以需要法律,就在于它能显现罪恶。"

"你甭跟我绕词儿,法律就是法院和律师,无论法律有多少条,没有律师都是空的。你们只要不让我见律师,我就以死抗议。不信咱就试试?你们也不是不知道,我郭大斧子真要发起狠来,想弄死自己就跟玩儿似的。"

"我说过不让你请律师了吗?你想自己请律师,还是我们替你请?"

郭存先语气坚定:"我自己请,希望明天就能见到我的律师。"

"谁?"

"郭家店小学的老师朱雪珍。"

伍烈大出意外:"你老婆?"

"不错,朱雪珍有文化,奉公守法,完全可以当我的律师。"

"不行,法律上有规定,跟案件有关的亲属都得回避,你还是请个正式的律师吧,要不就由我们给你指定律师。"

"你们很清楚,朱雪珍跟我的案子毫无牵扯,除她以外我谁也不要!"

伍烈撇撇嘴:"怎么,想老婆了?"

郭存先反问:"这也犯法吗?"

"恰恰相反,这很正常,我完全可以理解。除去想老婆还想谁?"

"我现在就想两个人,头一个就是我老婆,我就想跟她说一句话,娶了她是我这一辈子干得最得意的一件事。"

"第二个就是想儿子,对吧?"

"自己的儿子哪有不想?但眼下还顾不上想他,我最想的还有我二叔。这几天一闭上眼就看见我二叔站在我的床前,可就是不跟我说话……你们若能找到疯子二爷,告诉我他是死是活?叫我认嘛罪我都认了。"

伍烈看看身边的胖警察,未置可否。但自那以后好多天,郭存先都没有再被提审,当然也未让雪珍来看他。他百般猜疑,莫非他们真的撒出人马去找疯子二爷了?或是他们当真以为他要请雪珍当律师,在打报告请示上边?他把能想到的各种可能性,翻过来倒过去想了一遍又一遍,却始终想不出眉目。

如果天下真有什么肉头阵、迷魂阵,那也都在看守所里,是警方在摆阵,而不是犯人。只有警方才是软硬不吃、刀枪不怕,把你审不死也能磨死,磨不死还能把你耗死……什么滚刀肉、二百五、浑蛋王八蛋、嘎碴子琉璃球,进了看守所全被一勺烩了。这许多天来,郭存先估摸着自己连半宿的好觉都没有睡,吃饭就更是二五眼了,成天昏昏沉沉,头痛欲裂,老想用脑袋撞墙,真是生不如死。他还真不是没有想过死,关在这种地方成天想得最多的就是死,这时候惟一能保全尊严的办法,就是体面地死去。

在监号里又怎么才能死得体面呢?其实是他还下不了这个狠心,再说也不值得。天不绝人,临到绝处无可绝。往最坏里说即便被判刑,又能判多少年?人又不是他亲手打死的,少了三年五载,在里边关一年,然后监外执行,撑死也超不过七年,有一天他还能再回到郭家店的,到那时一定要好好地重振雄威……所以眼下只能凑合活着,监号的饭吃不下也得强吃,只要能咽下几口东西,再喝点水,就死不了人。

他倒是盼着提审,有审问才有信息,也才能透口气。

既然是蹲在监号里,想老不被提审也是不可能的。警察终于来喊他的名字了。他被带到审讯室门口,正好碰上那天见过的胖警察也刚来,竟然冲他一笑,喊了声"老郭",下边刚说了半句"这几天休息得……"后半截却嘎嘣一下又咽回去了。不论他想问休息得好吗,休息得怎么样,都没有必要了,郭存先的样子已经回答了他,面色焦黄,眼泡浮肿,头发挓挲着,灰白的胡子楂如一捧死草。询问有着这样一副头脸的人休息得如何,未免太做作了。

尽管如此,这也是自郭存先被抓进来以后碰到的第一个笑脸,第一次不被直呼其名,并含有某些客气成分在内。可惜自己已经不会笑了,没法回应他,说穿了也没有必要,这种笑面虎更难斗,别看伍烈满脸穷横,可郭存先打从心里就不憷他。胖子做了自我介绍叫陈康,今后将接替伍烈负责他的案子。

郭存先心想,这个陈胖子肯定比伍烈要厉害多了,不然就不会让他把伍烈替换下去。只见他左腋下夹着一个本子和几张八开的白纸,左手拿着几支笔,右手提着一个小盒子,全身没有闲着的地方,显得有点手脚不够用似的。这个人的零碎可真不少。

落座后,陈康没有像伍烈那样直瞪瞪地逼视他的眼睛,先在精神上给他来个下马威,而是打开手里的小盒子,从里面拿出一盒大中华和一个打火机,一边递给郭存先一边解释:"我知道你平常只抽精装大中华,我买不到精装的,只弄到了这种平装的,花的是真烟的价钱,但不知是不是真货。还有一斤核桃酥,肚子饿现在就可吃一块。不过话得说明了,这不是我送给你的,我也送不起,这些东西都得记在你的账上,将来一块算。因为现在你的家属还不能探视你,无法给你送东西。关于你想见你妻子的事我也向上级汇报了,一有了消息立刻告诉你。"说着他又递过来一个小本子和一支笔,"看看符不符合,钱物相符就签上你的大名。以后还想要什么就告诉我,只要不出圈儿我就给你捎过来。"

郭存先一口就将一支烟吸下去半截,就着烟他又吃了两块核桃酥,仿佛一辈子都没抽过这么香的烟,没吃过这么好的东西。记录员给他倒了一杯水,在他又抽又吃的时候,陈康用一根很粗的铅笔在白纸上画着什么……

郭存先起疑:"你在画什么?"

"为你画像。"

郭存先由于受到意想不到的照顾,心里越发地警觉:"什么意思,为我留遗像,马上要枪毙?"他想幽自己一默,但声音沙哑,中气不足。

陈康眼睛盯着他,手里的笔并没有停:"你想到哪儿去啦,我原本就是学绘画的,毕业后歪打正着干了公安,那天一看见你这张脸就觉得很有特点,禁不住手痒痒,想给你画一张。希望你能好好配合,最后让我能拿出一张让你满意的画像。"

这小子玩儿什么鬼,以画像代替审讯?

陈康似看出了他的疑惑:"今天算是我正式开始接触你的案子,不想一上来就谈你的问题。你的问题是秃子头顶上的虱子——明摆着的。不需要侦查,也不用破案,事实都摊在那儿,成千上万的人都看见了,都可以作证。我的责任不过是帮助你也看清这个事实,因此在这之前我想跟你谈的是你的病……"

"我的病? 我得了什么病,你怎么知道?"

陈康说:"那不是一般意义上的病。"

"哦,我明白了,我身上的病都是大病。心脏不好,随时都可能嗝屁潮凉;膝盖疼痛,走不了长路;严重失眠,时间长了会变疯……"

"这些在你身上还不算是最严重的,还有比这些更危险的。不信你可以想一想,当年你游走乡间砍棺材的时候,是快乐的,知足的。你是村里的能耐人,媳妇漂亮贤惠,小日子过得也比别人强。但随着你的官越来越大,手里有了所谓生杀予夺的大权,就真的想夺取别人的性命,你不为自己的变化吃惊吗? 你有了两辈子也花不完的钱,过去讲富不过三代,但你至少可以让你的后两代身不动膀不摇地吃不穷花不尽,可你自己非要亲手再毁了这一切,这算不算是一种病态?你的成功之路不可谓不艰难,步步坎坷,大险大恶,先后被调查过好几次,都扛过来了,却在年产值六十多个亿、明年就可过百亿的当口栽倒了,这又是为什么?你自己就从来不追问,不感到奇怪吗?你是不是觉得有时连自己也控制不了自己,像叫病拿的一样?"

郭存先为之一动,这是陷阱,还是希望?他是想引导我要承认自己精神上有毛病,如果真是精神上有问题,无论做出什么违法的事情都可以不负法律责任……

陈康说得认真,偶尔还会认真地在纸上画几笔,眼睛一会儿看看郭存先,一会儿看看自己的画稿,抬头低头、低头抬头,简直不够他忙活的。"不错,让我直说了吧,你还真是叫病拿的。这叫什么病呢?'暴富躁狂症',也称'金钱偏执狂'。发财本来就是一件性命攸关的事,不是有俗话说,'人为财死,鸟为食亡'嘛。拥有金钱的多少,代表了内在所承受的压力程度,金钱可以召唤人的灵魂,也可以左右人的行为。暴富至少是一件复杂的事情,经常获得的不单是荣誉与赞美,还有更多的嫉妒与背叛。许多人在对待财富方面都患有精神分裂症,一方面都希望自己变富,一方面又怀疑暴富者的钱来路不正。但这并不等于说钱是万恶之源,人类就应该抛弃金钱。当然,那也是根本不可能的。正像大家呼吸一样的空气,吃一样的饭,有人得病而有人却不得病一样,钱是清白的,不清白的是人。'暴富躁狂症'的典型症状是,多疑多忧,孤僻抑郁,心胸狭窄,容易记仇,报复心强,易躁易怒,经常轻易下结论,自认代表真理,放大自我,以自我为中心,等等。我给你读一段这种病人的病历……"他从本子里抽出一张剪报念起来:"一开始我没有办法睡觉,然后是没有办法吃东西,以前很愉快的事情变成灾难,感到绝望,却又无法压制自己的情绪,对一切事情都失去信心,就像疯了一样。于是不理解,也无法理解,抽水马桶的制造商,为什么不提前在马桶里安装好炸弹,谁一按开关就将他的屁股炸飞;我不理解,也无法理解,我妻子在煮面条的时候,为什么不连同那可恶的电话机也一块煮了;我不理解,也无法理解,那些骄横的公共汽车司机,为什么不撞碎玻璃橱窗,抢一些商店的好东西。终于有一天,我有了自己的汽车,在拥挤不堪的大街上我忽然觉得自己驾驶的是一辆坦克,朝着前面的人群和障碍物轧过去,像碾死一群群的蚂蚁,好不痛快!"

郭存先受不了啦,觉得这是一种污蔑,便大声抗议:"扯淡,有话快说,有屁就放,不必兜这么大圈子骂人。"

陈康并不生气,反而笑了:"你说我这是在绕弯子骂你?那就对了,一个正常的人,有病会主动找医生,甚至为了引起医生的重视还会稍稍夸大自己的病情。而你否认得越快,反应得越强烈,就越说明你有病,而且病得不轻。因为所有患这种病的人,都珍视自己的病,认为这正是他们的特长,是一种优越,能使自己变得与众不同。"

郭存先又点着一支烟。

陈康说:"老郭,你怎么不说话?想想你自己,在下令打人的时候,心理和生理上是不是也承受着很大的压力?"

"我没有下过令,那是群众自发的。"

"噢?那咱就掰开揉碎了,看看你治下的郭家店群众是怎么自发地闹起来的。太远的先不提,就从郭存勇的死说起⋯⋯"

"你说够了没有,现在该轮上我说了吧?"郭存先要反击了。他吃饱了喝足了,便生出一种强烈的想说话的欲望,憋闷了这么多天,不痛痛快快地说道说道,可能会憋出病来。同时,他也想尽可能拖住陈康,能在审讯室里多呆一会儿。这里有吃有喝有烟抽,可比监号里强多了。

于是,审讯变得有意思了,被审讯者跟审讯员抢话说,陈康还用着急吗?他脑袋上那片整洁的光头皮,越发地亮堂了。郭存先振振有词:"你怎么光说我有病,不说别人有病,不说上边的头头有病,不说社会有病,不说这个世界都有病?你不是问我这个'暴富躁狂症'是什么时候得上的吗?我现在就告诉你,从市里的省里的乃至国家的大人物,一个接一个的都到郭家店来,这个病根就算坐下了。你知道我第一次去书记家是怎么进的门吗?就背着二斤香油,提着一个西瓜,到门口打声招呼,门卫就把我领进去了。在中国镀金有两条路,一条是出国,一条是跟领导合影。人们一般都认为大人物家里什么都不缺,给他们送礼不好送,你送什么人家都不稀罕。错了,其实你送什么他都喜欢。这就是农民的办法,而农民的办法吃得开,因为头头也是农民。不信你也可以试试,你就是背上十斤香油,拉上一汽车的西瓜,也未必能那么容易地见到书记。为什么?你叫人家信不过,农民就容易叫人信得过,而且我这个农民还有钱。有钱的人上门让想钱的人想得多,不知道我会送什么好东西去,能调动起领导干部的好奇心和积极性。所以,我到哪里都是一路绿灯,你们公安局就好生这个气……"

陈康心里说,你倒霉可能就倒在这上头了。你可以什么都不送,但不可以戏弄领导,跟领导玩心理游戏,玩来玩去这不就把自己玩了进来。

"还有各式各样的专家、学者、科学院院士,他们都向我献媚,一套套的最会总结我的经验,专说我的好话和会说我爱听的话。我无论做的什么事,到他们的嘴里都成了一朵花,给我加上一大套好听的理论。我的别墅、村口的大牌楼、九龙壁、地球灯……还不都是他们给设计的,他们千方百计地揣摩我的心思,投我所好,哄我高兴。就说那个镇唬四邻八乡的雕塑吧,你们都说它是封建迷信,你以为我一个农民能搞得了那样的封建迷信?那也是地地道道的专家给做的,还告诉我风水是怎么回事,怎样用风水绕着弯子骂人。比如雕塑一个美人挺好看,但上边会找你的麻烦,给她加上个尾巴,变成美人鱼就行了。我郭家店又没有海,哪来的美人鱼?这个意思就是说农民要想干点事也要搞点遮羞的东西,就像加个尾巴、穿条裤衩一样。高官、专家尚且如此,别的人还用说吗?郭家店最兴旺的时候,上下班高峰期走路都得侧着身子,前来参观的、淘金的挤满村子,到晚上没有地方睡觉就躺在路边。除此之外还有世界上一百多个国家的高级官员、记者和旅游者访问过郭家店,毫无例外的都被好好地感动一番。郭家店让他们觉得惊奇,在脑子里留下了深刻的相当刺激的印象,到哪里都挑着大拇哥,一片称赞声……叫你一说这股邪乎劲也都是一种病态喽?也是被你说的那种暴富病给拿的喽?说白了,钱是每个人心里的痛。穷人谁不想发家,发了家的谁不想做大?是钱掌握着现实,也操纵着每个人的灵魂。说句老实话,如果你突然也像我一样这么有钱、有权,你会不会变?"

陈康说这种假设没有意义,我永远都不会成为你,你也永远不会成为我。天下有钱的人很多,变成你这样的才有几个?

"我怎么了?即便倒了在中国也还是一个绕不过去的人,无论嘛时候谈起农村的改革,能迈得过我去吗?我的经历、我的业绩,都是中国农民的神话,任何一个关注中国农村变革和农民命运的人,都无法回避我和郭家店。你们把我抓到这个地方来,说不定还是对郭存先神话的一种成全。因为没有我,郭家店必垮无疑,郭家店一垮就更证实了我的价值。这件事将来会怎么评价真还很难说……你们肯定是平时听反面声音听多了,光听到有多少人在议论我,有多少人在说我的坏话,就不知道我能一直生活在各种各样的议论之中,这也是一种荣耀。你若没有本事,想叫人家议论可人家知道你是谁呀?我敢肯定,自己一定会载入史册,成为一个历史人物。因为历史没有让我默默无闻,我也对得起历史,没有让历史感到寂寞。今天就顺便再告诉你一句实话,不管你们怎么样我,判也好不判也好,判多少年也好,我早晚都会成神。别愣神,我说的不是胡话,去年过春节,郭家店家家户户供的财神就是我。有的人家八仙桌子上还供着武财神的雕像,手提大刀,胡子老长,那也是用了我的脸。这可不是村上统一布置的,完全是农民自发的,是他们自个儿想出来的。因为给他们送财的、让他们发财的的确是我,而不是旧财神爷和关云长。我相信,在郭家店打工的那几万民工的家里,没准也有拿我当财神爷供的……"

陈康停下画笔,打开旁边的手提包,从里面拿出郭家店的"年画",端详着画面上的"财神"郭存先,脑子里突然冒出一句话,不禁笑了:"神头鬼脸。"

想不到陈康居然还搜集和保存了这种宝贝,这极大地鼓舞了郭存先,兴头更高了:"你不知道郭家店的女人们这几年还兴起了一种风俗,她们怀孕以后,不论是有指标准备生产的,还是没有指标要去做流产的,都先找到我的办公室,腆着肚子让我给摸一摸……"

陈康突然忍俊不禁笑出了声,用手指着郭存先:"你是说郭家店的女人都得让你给摸肚子?"

"哎,你可是二级警督,别想歪了。"

"我没有想歪,是你自己说歪了。"

"我说的是事实,凡被我摸过肚子的人,去做流产保准顺顺利利,不会留下什么毛病。凡是生产的,大都能健健康康地生出个大胖小子。"

"哦,郭家店的女人被你一摸肚子就都生男孩,将来郭家店就光剩下秃小子了,岂不又得重建光棍堂,或者只能到外村去找媳妇?"

"不是外村,是外国。我郭家店的小伙子想要什么样的姑娘,那还不是随便挑。这就叫强人有强人的道路。就连你也不能不承认,我就是落到了今天这个地步,也比别的人分量重。别跟我说什么病得不轻呀,痛苦呀,沉重呀……伤得深才痛,有斤两才沉重。沉重也是一种分量、一种价值。"

陈康似听非听,手里的画笔倒是一直没有停。他已经是在画郭存先的第三张头像了,画着画着突然没头没脑地插了一句:"你的头发太长了,胡子拉碴,明天我带个理发师来,给你推推头刮刮脸。"

郭存先说得正热闹,被横插进这么一杠子,顿觉扫兴,不禁有些悻悻然:"我说了半天你倒是听了没有? 你到底是来审我,还是画我?"

听他这意思,对陈康为他画像不仅不高兴,反生出一种说不清的反感和惶遽,似乎宁愿被审,也不愿意被画。陈康停住笔看着他,脸色平静,目光沉凝,语气也十分和缓:"放心吧,干我们这一行讲究的就是眼、耳、手、脑并用,凡你说的每一个字都落不下。即便我落下了这不还有记录员嘛。你刚才讲的很过瘾,把自己生前死后的价值都充分估计到了,就好像你的一生都在追求死……别误会,人只有死了才能成神,你想成神不就是在求死嘛。所以一个这么聪明的人,却一步步走向犯罪,这与其说是你选择的生活方式,还不如说是你选择的死亡方式更确切。但是你忘了,每个人的经历都会造成难以摆脱的局限性,有时自以为是站在最高处,实际却是在最低处。天空的上面还有天空,风的前面还是风,道路的前面还有道路……即便就是你所说的历史,也比人更有耐性,它一声不吭地看着你、等着你一步步走向被它设下的陷阱。比如,你说自己在郭家店已经成了神,你可知道什么是神? 神就是被高高地供起来,不食人间烟火,也就是被架空了。你屡屡制造或纵容恶性死人事件,深层原因是不是跟你们内部的矛盾有关? 说得再具体点就是你感到权力失控,实际上是被四大金刚架空了,郭家店的经济命脉实际上已经不掌握在你手里,而是由四大金刚所控制。所以你要一次又一次地挑起事端,借着闹事再把权力抓到自己手里,将来好传给那个干儿子……"

郭存先感到自己像褪了毛的猪,放到案板上由着陈康一刀刀地剥皮、剔骨、剜心……这小子外表像和事佬,内心却足智多谋,他现在说的比自己当初想的还清楚。自己当时若能像他讲的这样透彻,或许还有更好的办法解决大权旁落的问题,也不至于弄得像今天这样,彻底栽进了监狱,甚至还牵累了干儿子。

而四大金刚却毫发无损,说不定还因祸得福,站在旱岸上捡个大便宜。如果他们该怎么办还怎么办,四大集团一切照旧,就证明郭家店没有他郭存先,也一样照常运转,甚至还运转得更好。那才是端了他的老窝,断了他的后路,比判他个死刑更让他受不了。他从一被关进来,最希望的就是那几个兄弟给他作脸,从他挨抓的那天起就停工停产,或消极怠工,将集团搞垮、拖垮,让郭家店彻底完蛋。只有这样才能证明郭存先的重要,郭家店没有他不行,抓了他就等于毁了郭家店。可是,这些人会这么干吗?有的会,有的说不定还怀着某种暗喜,搬掉了太上皇,正好各自独立,称王称霸……

第二天,陈康果然带来一位理发师,审讯之前先给郭存先理发刮脸。

这就是陈康的审讯方式,随意性很大,老有出其不意的东西调节审讯气氛和节奏。他给人一种不着急不上火的感觉,讲究的是火候,如文火炖肉,不紧不慢。但,火候到了,被审讯者会比他还着急。郭存先的头脸被清理干净以后,显得利索和精神了许多。陈康在一旁还紧着给刷色:"老郭呀,理完发你看起来还是很年轻的,我对你就更有信心了,好好认识自己的过去,争取宽大处理,出去还可以好好干几年。"

这几句话极大地鼓舞了郭存先,尽管他没有吭声。

陈康一边说着一边急急忙忙地又开始为郭存先画像:"你简直就

是焕然一新,我得好好为你画几幅像。你坐好了,咱们接着昨天的话茬儿往下说,今天要说具体的,你们因为打死了人刚有七个打手被判了刑,随即又发生殴打公安学校师生的事件,这是为什么?你不必解释给我听,我很清楚这里边的原因,我想让你给自己找出一个说得过去的理由。"

郭存先已经没有昨天那股胡吹乱侃给自己打气的谈兴了,便应付说那事跟我没关系,但也不怪我下边的人,是公安学校的人自找的,他们太遭恨了。公安有什么了不起,不就仗着身上那张皮嘛!看谁都是坏人,到我们商店买东西一张嘴就横着出气,还砸柜台、骂售货员,你说这不是找着挨揍吗?

"不对吧,事情可不像你说的那样。他们是市公安学校刑侦班的学员,由孙文达老师带着到郭家店去做社会调查,这也是经过你们同意的。在调查中有村民向他们反映,你为被判刑的囚犯募捐了四十多万元的捐款,有人怀疑你拉这么多钱到底想干什么,真的要成立一个'杀人犯基金会',还是另有所图?当然还有一些别的事情。有个叫程伟的学生磁带用完了,到村里的商店里买磁带,不知商店里已经得到了你的指示,还是你早就给下边的人打过招呼,商店里明明有磁带就是不卖,想买也行得交出旧磁带……你说哪有这样的规矩?学员们自然要问个为什么,不想商店经理立时喊来一帮保安,兜头盖脸就将几个学员打了一通。打了人还不算完,硬拉着挨打的学生到办公大楼让你给评理……后边的事就直接跟你有责任了。"

"哪有那么多责任?世界上没有责任,没有原因,有人天生吃素,有人天生吃荤,你还能问为什么吃素,为什么吃荤?"郭存先有些不耐烦,开始胡搅蛮缠。

每到这时,陈康不急反笑,右手重又拿起粗铅笔,不错眼珠地在捕捉郭存先的神情变化。嘴里当然也不闲着:"别躲、别躲,看着我……唉,这就对了,事有事在,理有理在,你甭想靠几句歪理就能逃脱责任。"

"天下的理多了,谁有权谁的理就管用,没有理也可嚼出理来。相反,手里没权,理再多也狗屁不值。现在权力就在你的手里,你怎么说都行,想提审我就得来,不想提审我就得在监号里呆着。"

"哦,这么说那个时候你的手里权力最大,所以就拿着不是当理说,敢于为所欲为。实际上商店的保安打了学生还非要拉去过堂,也是你早就布置好的,就是要找茬儿给你提供审讯他们的机会,对不对?"

"我看那帮人二二乎乎的,就想叫来问问。"

"想问什么,又是怎么问的?"

"想问的多了,为什么砸我们郭家店的买卖,把商店的柜台玻璃都打碎了,是来搞调查的,还是来闹事的?为什么单选郭家店来搞调查,是不是早就没安好心?都调查了谁,调查到了什么,整了郭家店什么黑材料……现在哪还记得那么清。"

"问的结果如何呢?"

"没有问出什么,后来那个姓孙的老师带着别的学生也来了,没想到学生浑蛋老师也浑蛋,他不是来了事,而是仗着公安的势力压人,在我们的村里跟我们耍穷横。当时我不愿意答理他,就出去打电话,想核实一下他们的身份……"

"等等,先别走。"陈康伸出胳膊用画笔做了个想拦住郭存先的架势,"你在离开五楼林美棠的大办公室之前说了一句话,那可是一句非常重要又非常巧妙的话,你不会不记得吧?"

"我说的话多了,你想听哪一句?"

"你们这会儿不说,等我一走你们可就不好受了。"

"不错,我是这么说的,那又怎么样?"

"你是揣着明白装糊涂,后边发生的一切都跟这句话有关。你说的这'不好受'三个字看似冲着学生们说的,实际是给你的打手们下了命令。后来公安学校的师生是怎么'不好受'的,你只见到了结果,没有看到过程,我现在给你重述一遍当时的场景。首先是你的保安上来先打了孙老师一个耳光,这就如同一个信号,郭家店的打手们呼啦一下都扑了上去,一边打还一边高声叫骂:你们干公安的又怎么着?这是郭家店,打的就是你们!"

陈康飞快地在纸上画着,语气也跟着加快:"最令人震惊的是连女人也上手,比如林美棠,平时看她哪像个能打人的,也扑上去揪住一个学生的头发又推又打,嘴里还不干不净,'你们这些流氓,就该好好打一顿!'这可真是好一顿暴打,打便宜人,不打白不打,你们就像在过一个狂欢节一样兴奋、刺激、痛快,人人参与,尽情释放。然而,打便宜人者,一定便宜不了。孙老师被打得耳膜穿孔、左眼底震动出血,同时还有二十一个学生被打伤,其中五人伤重住院……住的当然不是你们的村医院,是在又被你们关押了七个小时之后,回到市里才得到应有的救护。幸好还没闹出人命。可是,没等这件事做出最后处理,相隔不到半个月,你们竟又打死了自己东方公司的总会计师……打外人,打自己人,连三并四,逐步升级,打手由几个、十几个、几十个,发展到武装起几千人,公开对抗国家的武警部队……"

陈康从座位上站起来,举着画纸一边围着郭存先转悠,一边在打量:"你们要干什么?这简直是闻所未闻,听起来就像是现代版的天方夜谭。所以我一直在想,你们是不是打人上了瘾?把手都打熟了,一不高兴手就发痒,就要抬巴掌、抡拳头。我知道犯罪是能够上瘾的,有些罪犯会对自己的犯罪行为有一种畅快的感觉,为了追求这种感觉,他们便身不由己地继续犯罪,欲罢不能。比如恐怖分子、连环杀手,或者窃贼之流,总是用同一种他们所喜欢的方式犯罪,每种罪行都留有其特殊的面貌,形成他们自己的犯罪特征和笔迹。这就是犯罪心理学上所说的'犯罪方法重复性理论'。你说,是不是这么回事?"

陈康奉局长之命,破例在办公室里等候着安景惠的来访。以往哪有这样的规矩,可见这位女记者的能量。更特殊的是,按约定时间已经过去半个小时了,安景惠还没露面,要知道这可是她来有求于陈康,竟然还敢摆这么大的架子……

这就是女人哪,而且是有了名气的女人。陈康想像着这位本市"名女人"的样子,听到楼道里终于响起张扬的高跟鞋的嘎嘎声,有人推开了他办公室的门,轻声通报道:那位安大记者来了……随即有一股好闻的香水味飘进来。陈康抬头,暗自一惊,老天哪,这位"名记"

怎么跟电影里刺杀列宁的那个女人差不多,耸着肩,缩着脖,嘴唇冻得发青,或者是成心将嘴唇涂成这种颜色。

尽管如此安景惠却不失性感,下身一袭玄色丝裙,上身是驼色衬衣,胳膊上挎着小包,双手抱在胸前,走到陈康面前停住脚,定定地看着他,面带微笑,却一声不吭。

陈康起身打招呼让座:"快请坐,您就是大名鼎鼎的安景惠记者?"

安景惠并不坐,说:"把这一大串都省了吧,叫我景惠就行。"

她还在不错眼珠地打量他,脸上的笑容也更亲近了:"你才是大名鼎鼎哪,刑侦专家,多才多艺……"她跺跺脚搓搓手,抱怨天气太凉,这间办公室更冷,这都什么时候了还来寒流?忽然像老熟人似的直呼他的大名,陈康,你能不能发扬一下人民警察爱人民的光荣传统,给你安大姐搓搓手暖和暖和。

陈康尴尬,他倒是很想把安景惠的两只手抓在自己手心里揉搓热了,可他哪敢呀!尽管第一次见面就提这样的要求有点过分,可他心里并不厌恶这个女人,反而觉得很受用,悄然生出一种好感,顿觉自在多了。他脱下自己的警服,绕过去给安景惠披上。

"谢谢!"安景惠笑得越加暧昧了,揶揄道,"你还算是一个绅士,其实我就想试试你们公安人的风度。"

陈康赶紧说正题:"局长办公室通知我,你想看郭家店的录像?"

"是啊,可你这屋子里太冷了,能不能让我把录像带借走,回家慢慢看。"

陈康紧张:"那可不行。"

"要不我还带着空白录像带,能转录一份带走吗?"

"那也不行。"

安景惠一点都不着急,仍旧以一种好玩的眼神在诱惑他:"这也不行,那也不行,你这儿有行的吗?"

陈康苦笑:"对不起,这是纪律,我也是奉命行事。若不是局长特批,您连到这儿看带子都是不可能的。但也只限于让您看一看,不能记录,不能在写文章或发消息时使用录像带上的内容。您能答应吗?"

安景惠正色道:"我答应你,咱们开始吧。"

一进入工作状态,她显得很投入,不再打岔,也不再嫌屋子冷,录像资料冗长芜杂,有许多枯燥乏味的地方,她的眼睛却始终紧盯着电视荧屏,偶尔会在一张纸上记下几个字,陈康没有制止。

画面上一片混乱,有许多房间里都在进行审讯和殴打,有吼叫,有央求,有哭号,有辩白。屋外的高音喇叭里在播放着郭存先的讲话……陈康在旁边为安景惠解说,安景惠从挎包里摸出香烟和打火机,问道:"可以吸烟吗?"

陈康点点头:"当然。"安景惠先把烟盒送到他面前,他摆摆手:"我不吸烟,您请自便。"

画面出现了几个横眉立目的警察,簇拥着一个西装整洁、神情谦逊的中年人进了一间大办公室。安景惠禁不住发问:"郭家店怎么这么多穿警服的?简直是遍地警察,处处保安。"

陈康解释说:"这是他们自制的假警服,虚张声势,唬老百姓。崇尚暴力的地方,以为穿上一身警服就可高人一等,横行霸道。其实这恰恰暴露了是一种心虚,每个人都会不自觉地保护心理上的弱点,缺乏安全感才惯于自我保护。郭存先痛恨警察,却又弄了许多类似警察的人天天围在自己身边,这让他有安全感。"

看完郭家店打人事件的录像之后,安景惠仿佛在自言自语:"郭存先这个人真是很复杂,有时看着很男子气,可气量很小,报复心极强。有时又慷慨得令人难以置信……"她忽然侧转脸问陈康,"这录像是谁拍的?"

"当然是郭存先叫人拍的,郭家店有一流的录像设备,还有一个电视台。"

"他有病啊?这不是成心给人留下证据。"

陈康笑了:"不错,您也看出来他是有病?不过当时他下令录像的时候,更多的是要显示自己的风采、自己的权威性,表示堂堂正正,无所畏惧。另外,他还有一种历史情结,记录下所有的资料以便将来载入史册。他平时的一言一行都有专门的人负责录音、录像,然后整理出来,或以文件的形式下发给村民,或存个一年半载的就印成一本书,将来出'选集'、'全集'就很方便了。可他哪里会想到,这些录像带日后竟成了他犯法的铁证。"

几天后,《大化日报》以整版的篇幅发表了安景惠的文章《富翁的沉落》:

又有一个农民制造了爆炸性新闻,震惊全国。他当然不是普通的农民,而是大名鼎鼎的郭家店"店主"、全国人大代表郭存先。是的,就是这个郭存先出事了,出了大事,人命关天,被抓起来了。

谁不知道,一九七六年"文革"结束,七七年大家观望、等待和琢磨了一年,七八年首先是农民忍不住了,那也可以叫做另一种形式的"揭竿而起":安徽凤阳小岗村的十八户农民歃血为盟,签下生死文书,大胆地平分了土地,实行大包干。

也就在那个时候,各地也就有胆大的和有能耐的农民开始办工厂、跑运输、包工程……也是因为农民穷怕了、穷够了,不愿意再被糊弄,也不怕吓唬了。只要能挣到钱,什么都干,几十块钱不嫌少,凑起几百块钱就敢干大事。只要脑瓜聪明,点子活泛,很快就能发一笔财。

当时中国最流行的话是,中国什么问题最大?农民问题最大,不懂农民就不懂中国。农民是中国社会的主体,农民活得不好,中国社会还能好得了吗?就这样,中国的改革首先在农村起步了,甚至到八十年代农业改革期间,连主要的改革领导人也多出自农业大省。

紧跟着,乡镇企业称雄,农民独领风骚,构成了那个时期的社会潮流。郭存先是这个潮流中发展得最快、干得最大的一个。他充分展示了农民的智慧、勤苦和胆气,有自己的哲学、神招和手段,甚至不缺乏自嘲和幽默感。在社会转型期,在新旧规则交叉使用的阶段,他抓住机会抢先进入高速度,打擦边球,开飞车,踩线不越线,瞅冷子还会闯红灯,屡有违章却从未翻车。只用了十几年的工夫,郭家店成为农村中无可争议的首富,郭存先顺理成章地成了经济时代的英雄,被推举为新时期农民的代表。

套一句老话,叫"典型"——农村发家致富的"先进典型"。从土改、合作化,到"四清"、"文革",每个时代都有农民典型,但每个典型的命运又都不是很长。典型不同,其本质和盛衰规律却大同小异,这里面是不是有可总结的东西?农民的先进分子难道就不能摆脱这一命运模式?大家都在看着郭存先,寄希望于他。所以,在他成了"典型"的富翁之后,其演变过程就更值得人们深思。今天他的被捕,同时也预示了新的农民富豪们的一种命运轨迹。

当下媒体在纷纷给农民富豪们算卦:在一九九一年国家评选出来的五百位农民企业家中,仅两年多一点的时间就有四分之一以上的人,由于各种原因退出了企业家的舞台……他们像做了一个发财梦,梦醒之后发现又回到了原地,仍旧是穷光蛋。有的还回不到原地了,而是进了监狱,甚或已经做鬼……

北京的权威媒体,还公布了对三代农民企业家的调查:

一九七八至一九八四年为第一代,文化程度以小学为主,多是村里的支书、队长以及能人,采用家长式的管理方法,完成了从土地拓荒到市场拓荒的转变。

一九八五至一九九○年为第二代,文化程度已经上升为初中、高中,个别的甚至还进过大学的门,管理形势也趋向制度化,其历史贡献是完成了从小生产到大市场的转变。

一九九○至一九九四年为第三代,文化程度升至高中、大学甚或研究生,管理上开始吸纳外来的先进方式,有意识地引导企业走向高科技和工业现代化……

若是这么看,郭存先显然是属于第一代。几年就是一代,养兔子都没有这么快!

根据这个统计,中国的乡镇企业平均寿命是七年,有八类发财的人是富不过第一代的:胆大妄为的,做事太嚣张的,靠结交权贵发财的,养权生钱的,割据一方的,好大喜功的,侥幸发财的,股市的超级庄家……郭存先又算是哪一类?

为什么一发家致富成了"地主",便要当恶霸,一当恶霸就快作到头了。可怕的是,郭存先现象并不是个别的。仅摘录几则刚被媒体曝光的农村暴力事件:

福建漳州的白礁村,是东南沿海的一个富裕村子,村党支部副书记林立志,买凶枪杀了村委会主任王艺杰。

河南邓州市陶营乡许家楼的村干部章则新、柳常直等人,遵从乡长段战清的授意,将向上级反映该村无理摊派和买卖土地等问题的村民陈中身,活活打死。

安徽涡阳县双庙镇的干部关而回、王部九等近十人,以"计划生育常抓队"的名义,肆意窜入百姓家,甚至破门入室,强抓妇女,任意强奸。

河北永年县朱庄乡南龙泉村青年农民张彦桥,因与村委会主任发生争执,被乡、村两级干部抓去,惨死于棍棒之下……

不仅农村的富豪是如此,在对广州、武汉、上海、沈阳的第一代富豪进行追踪调查后,得出的结论也差不多:有的一味享受,坐吃山空;有的吃喝嫖赌,吸毒成瘾;有的严重亏损,关门大吉;有的称霸一方,沦为罪犯……

暴力像瘟疫一样蔓延,毁了不少发了财和渴望发财的人。

善良的土地才能长出黄金,哪块土地上的错误和丑恶太多,就只会培育仇恨。郭存先曾经受过许多伤害,在他心里就种下了太多的仇恨。贫穷时尚可掩盖一些东西,一旦有了钱,特别是有了大钱,可以对换权力、地位、荣誉和种种光环之后,心里积存了几十年的仇恨就要像恶魔一样寻求释放。

他喜欢跟官员比级别,其实心里是仇视比他级别高的官员;他之所以辱骂和打死总会计师杨祖省,也是因为从心里就仇视知识分子,认为知识分子最瞧不起农民。他常把为农民争气挂在嘴头上,干什么都是为农民争口气,给农民争面子,却正是他纵容手下打死了农民。其实在他的骨子里同样也瞧不起农民!过去农民因为没有钱,失去了许多自由。在郭存先的领导下,农民有了钱,照旧也失去了许多自由,一切都必须听他的吆喝。

当初曾有人指责郭存先,说他挖社会主义墙脚,抢国有企业的饭碗,大搞资本主义。他理直气壮地反驳说,郭家店只有资本,没有主义。他确实是说对了,他只有资本,不懂资本主义,所以倒退回封建主义。他成了郭家店的救世主,以财神爷自居,让整个村子以无限崇拜的方式过度依赖他这个经济强人。决策、管理、运行完全随他的心意,根本没有体制化,所以郭存先走到今天是必然的。

郭存先的命运,就是郭家店致富神话的全部秘密。

难怪有专家出语惊人:"郭存先现象是一个具有中国特色的政治现象。纵览社会各界,不仅农村、城市、工厂以至特区,哪一个成功者,哪一个成功单位,后面没有一个类似郭存先式的人物?没有一个擅长政治运作远甚于经济操控的强人?"

郭存先是强人吗?那只是表面。

信任的缺失造就犯罪,暴力表现了人的软弱。郭存先是为了掩盖自己的某种弱点才选择了打人,乃至打死人。当他自以为强大到可以主宰别人生死的时候,他成了一个弱者,一个失败者。

郭存先事件之后,郭家店村口的大牌楼上贴出了一张奇怪的字谜:

存先——书记——老爷子——郭存先!
老人——病人——疯子——犯人!

我想试着对这个字谜做出解释:从郭家店人对郭存先的称呼上,可以看出他的命运轨迹:最早村里的男女老幼都喜欢叫他"存先",透出一种喜欢和亲近,那才是他生命中的黄金时期。后来他当官了,只能恭恭敬敬地称他为"书记",否则他会不高兴。再后来他上了岁数,人们叫他"老爷子",这就有点家族族长、黑道上的老大,乃至土皇上的味道了。现在他犯事了,还不如一个普通的农民,人们可以不必再怕他、敬他,于是无论男女老幼一律都可以叫他"郭存先"了!

他原是一个普通的农民,立志发家致富,有了钱以后他也老了。钱多得足以烧得他陷于一种病态,他办的那些事,实在不像是一个正常人干的。再到后来,他的病态越加严重,干脆变成了一个疯子,扣押警察,想把郭家店武装成一个现代土围子。他发疯的最终结果,是进了大狱,成为一个犯人!

——这就是郭存先的轮回。

## 30. 判　决

　　上午的提审有点怪，警察没有把郭存先带往审讯室，却领他来到大院前面的一间空房子里。令他万没想到，朱雪珍提着一大包东西正神色不安地站在里面等他。他在门口愣住了，心里一阵绞痛，才半年多的工夫，朱雪珍老了有十岁，快成小老太婆了！

　　这都是自己作的孽呀，多好的一个女人，跟了自己却落得个这般田地。

　　但他忘了自己现在的变化，竟让朱雪珍一开始没有认出来，他还不光是老得厉害，整个人都脱形了，瘦得皮包骨，像一根干柴棒子……朱雪珍不敢哭，也不敢张嘴说话，大门开着，门口还站着两个荷枪实弹的警察，眼泪却不知不觉地涌出来，且越流越急……

　　由于很久以来她每天吃东西就很少，昨天接到通知后又一夜没睡，突然看见丈夫变成了一个糟老头子，一阵心慌意乱，就觉着两腿发虚，手一软将兜子掉在地上，整个身子也随之堆乎下去……郭存先一步蹿上去抱住她。随后一屁股坐在凳子上，腾出右手用拇指掐住她的人中。好一阵子，朱雪珍煞白的脸上才渐渐有了血色，发青的嘴唇也开始转暖……她一睁开眼就赶紧挣脱郭存先的怀抱，虚虚弱弱地坐到旁边的小凳子上，用手指指地上的兜子，让他捡起来。

　　郭存先很想打开兜子看看里边都有嘛，但他怕自己一看见里面的东西就要吃。现在他像一头永远都处在饥饿中的牲口，担心让雪珍看着难受，于是便强忍着把那一大兜子食物提起来放到旁边。眼睛盯着雪珍，无比愧疚地说："我向他们提出来一定要见你，不让见你就死给他们看,就是想当面向你赔罪,在这个世界上我只对一个人犯了大错,那就是你。我最对不起的人也是你。如果有一天我还能从这儿走出去,先陪着你去趟下阳坡,到一对老人的坟前磕头认错,当初答应他老人家的事我没有做到……"

朱雪珍的眼泪又下来了,摆摆手不让他说下去:"我从来也没有怪过你……"她不想让丈夫当着警察谈这些话,便从口袋里掏出一封信,刚想递给丈夫忽然想起警察的嘱咐,不得给郭存先传递任何文字材料,便赶忙又收了起来,改用嘴说,"传福从美国来信了……"

郭存先"噌"地一下从凳子上蹦起来:"他真走了?"

"说也巧了,跟你进来是前后脚的事,你出事的第二天他就飞走了。"

"我还一直担心,害怕因我的事影响了孩子前程……这就好了,老天有眼,总算对我郭存先不薄!"

"传福在美国挺好的,本来他就考上了全额奖学金,导师又给他找了个当助教的工作,自己挣的钱除去供自己在美国的全部花费还有富余,正办手续想叫我过去陪读。"

"好好好……"郭存先一迭声地说了一串"好","雪珍,我这辈子做的惟一最正确的事,就是娶你做老婆。就因为娶了你才生下传福这个好儿子,他接受的是你的遗传,你是读书人家出来的。我们郭家祖辈就没出过读书人,幸好儿子不像我!我的事他知道了吗?"

"这么大的事,又上电视,又登报纸的,他还能不知道?"

"他怎么说?是不是很瞧不起他老子?"

"不管他再怎么会念书,也是你的儿子,还能瞧不起你?他在信里叫我劝你无论如何也要闯过这一关,他说这件事是你一生的分水岭,闯不过去就永远是个农民企业家,闯过这一关就有可能成为农民思想家。"

"他真是这么说?"

"不是他说的我哪说得出这样的话?信就在我口袋里,可警察不让给你看带字的东西……"

郭存先上前一探身子,抓住了老婆的一只手,朱雪珍看看门口的警察想把手抽出来,但那只手却像被老虎钳子锁住一样,哪里还抽得动。郭存先的脸也凑得很近,两只眼珠子瞪得老大:"雪珍你得答应我,就算我求你,等儿子那头把手续一办好,你立刻去美国陪读,既照顾了儿子,又让儿子照顾了你。这等于让儿子替我还账,我一下子就放心了,无牵无挂,天塌地陷也不怕了!"

朱雪珍轻轻地说:"我已经给儿子回信了,告诉他等你出来咱俩一块去。"

郭存先有点着急,一把甩开了朱雪珍的手:"你糊涂啊,我就是能从这儿出去,也不会让我出国门啊!我现在心里放不下的就是你,你一走了我就轻松了,嘛事都好办……昨天二叔也来看我了。"

朱雪珍惊异,直起眼睛问:"你在说胡话?可别吓唬我!"

郭存先摇着脑袋:"不是胡话,也不是做梦,真真切切是二叔到我的监号来了,身边还带着黑子,已经长得像小牛犊一般大了。前些日子二叔也常来,但不跟我说话,我知道老人一准是对我很失望,不愿意答理我。二叔一直更喜欢存志。可昨晚清清楚楚地跟我聊了多半宿……"

朱雪珍就觉得浑身的寒毛都竖了起来:"二叔都说什么了?"

"他说我救了郭家店,今后的郭家店会比我在的时候干得好。以前我老说自己是为农村的改革开放蹚地雷的,现在真蹚上地雷挨炸了,就别抱怨。任何权力都是一头猛兽,权力越大,这头猛兽就越凶,不会将一个人稳稳当当地老驮在肩上,不管你是谁,等这头猛兽一厌烦了,就会把你给掀下来。他说我现在应该为自己以前的莽撞和自大付出代价,也应该为不知天高地厚地当了标杆、成了一种象征感到后悔和悲哀,他说我实际上是被喜欢我和不喜欢我的两种人共同推到了命运的绝境。这实际上又是对我的成全。他叫我不要辜负了命运的这种成全……你刚才说传福在信里不也是这么写的吗?"

"二叔说你该怎么办了吗?"

"是啊,我也问他了,把我跟这些社会渣子关在一块,又脏又臭,这不是往死里成全我吗?二叔说大粪臭不臭啊?脏不脏啊?怎么上到地里就能打出好粮食?而粮食又是最干净的,能让人活命。这就看你是不是块好地,有脑子没脑子?是好地就能改变粪便的味道,将臭烘烘的东西转化成营养。人要是有脑子,也能将苦难转化成对你的造就。"

朱雪珍笑了:"这都是你自己想出来的,二叔说不出这样的话。"

"没有二叔的指点,我也说不出这样的话。"郭存先从口袋里掏出一块不到两指宽、半个巴掌长的木板,交给朱雪珍,"你可认得这是嘛玩意儿?"

朱雪珍接过来细看,小木板打磨得溜光水滑,中间还剔出一个凹槽,凹槽中间有个孔,孔里插着个可以活动的细栓。这个神秘的小木板做工极其精致,但她不明白丈夫的意思,抬起眼睛看着郭存先……

郭存先解释说:"这就是咱家屋门上的消息儿,是我亲手做的。你不会忘了吧,就是这个小玩意儿改变了咱俩的生活……我被抓的那天不可能在身上带着这玩意儿,即使带着它进看守所得要搜身,也会被警察没收。这就是昨天晚上二叔交给我的,你看反面,还新刻了两行字,那不是我刻的,我脑子里没有这样的词儿。"

朱雪珍翻过来看,在凹槽两边果然像对联一样刻着两行小字:

识破世事惊破胆,
看透人情冷透心。

又隔了许多天之后的一个晚上,都快要熄灯了警察来提郭存先,他猜想这可能是陈康对自己的最后一次审讯了,奇怪的是他心里并没有轻松感,反倒有几分怅怅无奈。下面要临到判决了,真是吉凶难测呀……若能轻判还好,可最近这段时间他的感觉并不好,上边把这件事折腾得这么大,怎么想都不像能轻饶了他。如果草三了四地就结案,头头们岂不是在拿着自己开玩笑,怎么向国家、向社会、向舆论交代?若是被重判,还不如像眼下这样由陈康无限期地审下去。

连他自己都觉得自己变了,刚抓进来的时候就想见家人、见郭家店的人或者是任何一个人,想冲着他们骂街,跟他们喊冤,让他们为自己呼吁……现在除去自己的老婆则任谁都不想看见。他甚至不知从什么时候开始都有点喜欢陈康了,而审讯却要结束……

陈康显得很轻松,笑模悠悠地看上去一切都是圆的,头是圆的,脸是圆的,肩膀是圆的,连腰身都给人以圆圆滚滚的感觉。他一见郭存先,笑得两只眼睛也圆了,赶忙打开手里的圆纸筒:"今儿个白天我实在抽不出空了,只好晚上给你送过来。"

陈康随即便冲着他抻开郭存先的画像,眼睛却盯着他紧问:"怎么样,还满意吗?"

郭存先的目光熠然一闪,便钉在画像上不能转开。陈康画得太像了,简直把他给画活了,可活得劲头又有点特别……画面上有某种东西强烈地吸引了他,他喜欢画像上的这个自己:短平头,长眉毛,直鼻子,方下巴,他对自己的这些特点是再熟悉不过了。但陈康把这些特点组装在一起,整张脸就显得明快和干净了许多,心气内敛,眼光清肃,神情端重平和,少了一些棱角,多了一些柔软。

他想向陈康道谢,受审好几个月能得到这样一幅画像,也算值了。脑子里却灵光一闪想起了另一件事,应该把这幅画交给郭家店,过年的时候让他们按照这幅画印制财神爷会更好看,这幅画上的面容更让人感到亲近。

画像跟照相不一样,特别是在拘留所里,由审讯员给被审讯者画像,具备一种特殊的纪念意义,更像是一种幸运、一种荣誉,并不是所有蹲拘留所的人,都能得到这种幸运和荣誉。陈康又叮问他,对画像喜不喜欢?

他说这还用问吗?他喜欢这幅画是可以肯定的,却犹犹豫豫地说,人是画得很像,就是味道觉着有点陌生。

陈康收敛笑容:"这就对了,人的表情千变万化,你的面目也随着你内心的变化而变化。这几个月来我为你画了几十张画像,实际上是我们两个人在进行交流,而且是心的交流,灵魂的交流。画像完成,审讯也就该结束了,审讯不结束,画像也不可能最后完成。你对我以前的那些画像都不大满意,就因为那些画像表达的是正在变化中的你,你的面目还不是完全真实的。而这张画像你之所以喜欢,是它反映了你的精神历程,走出了狂想,内心深处生出一些柔软,给自己的灵魂一个回归的机会,所以外表就有了理智的平顺,有希望的怯步和退求,这就是你现在最真实的面孔。"

经陈康这么一说,郭存先豁然意识到,自己近来的确是欲求少了,常常是心里干干净净的没有任何不切实际的想法,就连还能不能活着出去,也不再多费脑筋去乱猜了。活着变得很简单,生命只剩下纯粹的生命本身,再无别的附加物。他本以为这是脆弱、是服帖,蹲大狱倒把许多没用的杂念都给蹲掉了,失去了人身自由反而倒更能看清生命的本质,回想许多往事,也能按事物本身的性质去看待和分析事物了⋯⋯

陈康说你现在知道自己的对立面是谁了吧?你的对手一直都是你自己,老跟自己较劲。现在,你不会再跟自己作对了。权力、财富是外在的东西,别看你嘴上老说经受过多少坎坷,有过多么大的辉煌,相对来说还是比较容易获得的。而灵魂是内在的,非常难于俘获,这个过程你应该最清楚了。以前你用暴力将恐惧强加于人,自己也同样惶惶不安,世界和人生本来就是多维生存结构,最深切难忘的教育就是挫折和打击,再也没有能胜过逆境的教育。前一段时间你曾跟我大谈过历史,分析自己将来在历史上的位置,坐牢会校正你以前的许多分析,对历史却是一种补充。你知道欧洲有个国家叫捷克斯洛伐克,现在的总统是哈维尔,他也坐过牢,出狱后写了一本书叫《无权势者的权力》,书上说坐牢也在行使一种无形的权力,也在发言。每个人都应该有自己的历史,哪怕是小人物,也有参加历史,并从这种历史中获得尊严的权力。我说这些是想告诉你,保留内心深处的一份柔软,经常给自己的心情留出点时间,并不是软弱和悲观消极。恰恰相反,明智最有力量,而你此时惟一拥有的力量就是明智。有尊严,让人敬重,是一些非常强有力的字眼,你以前曾经让人敬重过,后来敬重变味儿了。今天站在被审判席上,如果能像以前那样赢得起,也输得起,对自己的罪过清算得好,同样也可以重新赢得尊严。

郭存先问:"是不是很快就要宣判了?"

"是的,可能就在这几天了,你心里要有所准备。"

郭存先本来还想问,依你看会怎么判我?话到嘴边改了口:"这个案子牵涉那么多人,还没听你说审讯过别的人,案子就结了?"

陈康笑了,"反正审讯已经结束,今晚可能是咱俩最后一次长谈,那我就多说一点,给你讲个故事。清朝同治年间,一家当铺的账房先生收了一副象棋,棋子个个呈翡翠色,玲珑剔透,熠熠生辉,刻字更是出自名家手笔,便给开了一张五百两银子的当票,当期十天。老板回来却翻脸了,认为账房先生不识货,上了大当。账房先生被骂得挂不住脸,就说这五百两银子我赔,我现在就卷铺盖回家。说完抄起那副象棋,一甩手丢进当铺旁边的大河里。不料到第九天,当主带着一千两银子来赎回那副象棋,老板当即蒙了。当主说这副象棋乃无价之宝,是皇帝赐封他祖父的时候赏的,现在当期未到,当铺如找不回原物,明天就得用脑袋来赔!老板吓坏了,赶紧请水性好的人下河去摸,河底水流湍急,泥沙淤积,哪里能摸得到小小的棋子。老板身陷绝境,一筹莫展,只得把账房先生再请回来,只要能帮着找回象棋,不惜许以重金。

"账房先生说钱就免了,你那天骂我的时候当着多少人,还把那些人找来,当着他们的面向我赔礼道歉,将那些对我大不敬的话收回去,我会想办法把棋子给你找回来。老板赶紧叫伙计把常在河边闲坐的人都请来,听到消息看热闹的人围了一大片,账房先生从口袋里摸出两颗象棋子,是那天他在往河里扔棋的时候扣下的'红帅'和'黑将',然后将这一对将帅放进一个丝网,系上一根长长绳索,派人划船放到河里丢棋子的地方,来回地拉了几趟。再提上来一看,丝网上粘住了一大坨棋子,不多不少正好是丢下去的那副象棋。河边上的围观者都看傻眼了,立时轰动全城。账房先生解释说,这副象棋并非凡物,乃子母石所刻,'帅'和'将'为母石,其余棋子是子石,只要能控制住'帅'和'将',调遣和收服其他棋子就易如反掌。"

郭存先沉吟道:"你是说只要把我制住了,郭家店的其他人和事就好办了……谢谢你这么看得起我。陈提审,真提神,你可是个人物,我若早认识你,可能不会走到今天这一步……如果有一天,我说的是如果,我能重回郭家店,一定要请你当我的法律顾问,你不会不给我这个面子吧?"

陈康很干脆:"好办,以后的事到时候再说。虽然我把你的案子交出去了,你有事仍旧可以找我,只要让看守通知一声,我就会来看你的。"

郭存先说:"我现在就有事想求你。"

"说,什么事?"

"明天早晨能给我买两根油条吗?"

"行,明天早晨还在这间屋子里,我请你吃早餐,油条不用说了,稀的是要豆腐脑儿、豆浆,还是馄饨?干的是想吃烧饼、馒头还是花卷?"


林美棠意外地接到了安景惠的电话:"哎呀美棠,你可真是想死我了,这回总算找到你了。长话短说,我必须见见你,说吧,是我去郭家店,还是你到市里来?"

林美棠迟疑了一下,"你来太不方便了,还是我去找你吧。"

"好,我在玫瑰园餐厅等你,咱们一块吃晚饭,不见不散。"

林美棠现在可随便了,想去哪儿抬脚就走,不必跟任何人打招呼。她先坐到镜子前把自己浓妆艳抹了一番……自打郭存先出事后,人们一遇见她就往死里盯,非要在她脸上看出点故事不可,转过头就可以去说嘴:林美棠一下子老了,皱纹那个多呀,还有了大把的白头发,见人就躲……所以她只要出门就化浓妆,反正现在也不讲究好看难看,怎么邪乎怎么来,谁爱说什么就随他们说去吧。

人只要敢豁得出去,剩下的就都好办了。她挑了件自打买了还没上过身的烧花丝绒外套,配上一条黑色脚蹬羊绒裤,显得轻灵温厚,行动利索。收拾停当后拿起拎包,锁好房门,站在台阶上又深呼一口气,才抬脚动步。她可以随便让哪一个公司派车送她,也可以给任何一个有车的人打电话,相信愿意送她进城的人还是有的,可她不会舍那个脸。

一个人仰头挺胸地出了郭家店的"中南海",便径直朝村外走,在村口碰巧了会有市里的出租车,拉了客人来不愿空车返回,就想等一会儿能顺脚再捎上进城的人。即使没有出租车,半个小时一趟大公交,一个多小时就到市里了。林美棠强迫自己必须立即习惯普通村民乃至二等村民的生活。人只有享不了的福,没有受不了的罪。郭存先就是典型的享不了福。而适应是女人的本质,现在更是她最基本的生存策略。

郭家店又缓起来了,四大集团不声不响地都在蔫干,且干得很带劲儿,这叫偷着长肉。一个个地都学精了,再也不像郭存先那么闹腾了。从表面上看却远不如以前热闹,四大集团的客户都绕过村子直接去公司,村内还是显得冷清,没有郭存先的郭家店,总让人觉得少了点什么。少了什么呢?是丢了魂儿,人气涣散,风水尽失,只要看一眼欢喜树就明白了,蔫头耷拉脑的……真怪呀,疯子二爷走了,郭存先被抓了,欢喜树好像也活得没劲头了,不知为谁而活了?林美棠都不忍心多看这两棵以前看不够的大树。

郭家店处处都留着郭存先的印迹,许多建筑物上还悬挂着他的题字,可村里人却似乎已经把他给忘记了。生活连一分一秒都不肯停留,少了谁都不要紧,这个世界上真的是没有绝对不可或缺的人。郭家店的人照样守着自己的小日子,强大的惯性显然已经将郭存先那一篇翻过去了,想到这儿林美棠心里有个地方被刺了一下,隐隐发疼,郭存先大半辈子的所作所为,真是值得吗?

村口静悄悄,哪还有什么出租车,连公交车都改了时间,她等了快一个小时才碰上一辆过路的车。人们变得可真快呀。想想自己,还不是一样,若不跟着一块变又怎么能行呢?生存的全部艺术就是在每个重要关头,都要改变自己以适应环境,不断改变自己的行为模式。她首先就是变得没有脾性了,因为自己的时间不值钱,再也没有非等着她去办的大事、急事了,再也没有值得她着急上火的事了。所以她不怕慢、不怕等,她有的是闲工夫,在家里也是闲呆着,站在村口等车好赖还算是一件事,还有个目标:她要进城去会个人……

所幸车上还有座位,坐住了屁股就听凭这辆大公交车晃荡去吧,反正它总有到的时候。她不愿意看人,也不愿意被人看,买了票,落了座,就闭上了眼睛。最近她得了个毛病,只要一合眼,前三百年后五百年的事就全想起来了。而此时让自己陷入一种假寐的状态,心里翻腾些有意思的事情,或许正是打发车上无聊时间的好办法。

刚才在家里整理老照片,一张包照片的旧报纸吸引了她,上面有篇文章很有趣。当年毛泽东曾出题考问周恩来和刘少奇:怎么样才能让猫吃辣椒?周恩来和刘少奇想了半天,想出了好几个答案,却全都错了……她还没有读到毛泽东说出正确答案,安景惠的电话就来了,这一打岔就把猫吃辣椒的事给岔过去了。这时候她忽然又想起那个问题,纳闷得难受,尤其想知道结果,怎么样才能让猫把辣椒吞下去呢?

或许自己也该养个宠物了。她喜欢狗,本来早就想养一只好的狼狗,一考虑到郭存先不知什么时候会闯到她床上来,有只忠诚的狗守护着她未免太碍事了。有私情的女人不能养狗。现在则可以了,她需要一个有灵性的活物做伴,自己也再没有任何怕被妨碍的事了,养什么都行,哪怕是养个人,或被人养……以她现在的条件,养个人不是难事,被人养也很容易,最近这段日子,打她主意的王八蛋男人不少,关于她的传说和猜测也特别多,还不都因为她是郭存先用过的,男人们都想当一回郭存先。

那么,这许多年来自己就是郭存先养的宠物了?可郭存先占了她身子十多年都没给过一分钱,到以后他有了钱也只给过一次,那是在钢铁公司成立的那一年年底,有天下午,他趁着没人甩给她一个大提包,里面有百万现金,嘱咐她要存好了,以前都说百万富翁百万富翁,百万算个屁呀!这个钱是防备将来的,也包括你的工资,能不动就不动,眼下花什么钱都有村里给兜着,村里的钱也是咱挣的,花多少都应该应分。就是在那一天,他给她定了规矩,任何时候外出,甚至是只要走出办公室,她的口袋里就必须带着不少于五万元的现金。以前穷怕了,现在既然有钱,抬脚动步就不能少了钱,免得用的时候抓瞎,被人看不起。所以在外人看来,从来都是她为他花钱,更像是她养着他。

那么,可不可以说郭存先是她的宠物呢?外人不会这样认为,可在她的心里,一直是这么想、这么做的。他外表是个极端霸道的男人,最初征服她的也正是这一点,她就喜欢聪明有力量比自己强大的男人。至今她还清清楚楚地记得第一次把身子给了他的情景,他把她压倒的时候就好像整座房子都压到了自己的身上。他的爱充满破坏力,当时她的全部意识和意志都从四肢散失了,同时他的征服又富有创造力,她从那天起就被更新了,完全变了。世上没有人能理解她,可她自己心里最清楚,只有突然爆发的感情才是爱,才最值得珍惜。不突然就称不上是爱。同样,男人的美也要靠女人发现,被女人创造。他瘦得像个猴子,寡脸瘪腮,活脱脱一个大烟鬼,是她发现了他的美。她被他那男人的野性弄得坐立不安,他不是个一般的农民,他看人的眼神有种说不出的威势和神秘……

但是,在郭家店又只有她,才能降得住郭存先。他那么大脾气,谁不怕他,谁没有被他骂过,可谁见过他跟林美棠发过火?不仅如此,连他手上的权力,也都得通过她才能实施,在郭家店他离开谁都行,离开她就玩不转。后来的事实更证实了这一点,他离开了她,就蹲了大狱,现在可不是既玩不起来也转不动了……她曾不止一次地设想过自己的命运,而她的命运是跟郭存先的命运连在一起的,却就是没想过会有今天这样的结果,他的全部雄心和理想,最后都得到了愚蠢的和破坏性的结果。

她怎么能做得到几十年让他对自己服服帖帖呢?只有让男人从骨子里敬重、信赖和离不开的女人,男人才不会冲她撒气。在别人看来是他毁了她的一生,关键是郭存先本人可能也是这么认为的,她完全有理由赖上他、讹上他,她却从来不赖不讹,甚至连一句抱怨的话都没有。跟男人是不能讲理的,在男人眼里只有不抱怨的女人最美。越是不赖不讹,自己的分量就越重,他欠她的账就越积越多。反过来只要她赖过一次、讹过一次,所有的账都会一笔勾销。甚至在她可以毁他的时候,她保了他,她绝对不让他把自己当成负担。既然这一生就靠他了,干嘛要把活鱼摔死了卖?索性就死心塌地地顺着他,欢欢喜喜地不惹他烦,这样一个女人他还能不信赖吗?所以他的全部事情都交给她打理,甚至连床上的那点事都得由她给安排,因为郭存勇在香港为他买的灵丹妙药,全掌握在她的手里。而郭存先这些年把自己糟践得太厉害,表面上看着还挺威严,内里却已经被掏空了,离开了她的细致周到的服务他什么事也干不了。到后来,也只有她才能满足他男人的面子和自尊心,她懂得让他感到不吃力,能很容易地完全征服她,也只有在她身上他才能淋漓尽致地尝到一个老男人的成功。

在他被抓的前一天夜里,他没有回家,是跟她一起住在办公楼六层的大卧室里。他似乎有种不祥的预感,明天一去很可能就回不来了。可他又不能不去,以前跟公安局说过大话,只要想抓他打声招呼就行。现在市委书记请他去,人家给足了面子,自己不能不识抬举,即使明知道有诈也得去。但他做了最坏的准备,把自己此生的最后一夜给她,也算是对她的补偿和报答。要知道以前他可是说过,她只是他白天的老婆,白天的老婆是要见人的,可以在人前炫耀,正好她年轻漂亮,最适合做白天的老婆。其实,他用白天的老婆这个词对他们的关系做了界定,他们的好事大都在白天做,其实爱无时不在,青天白日下做爱,倒也别有情趣。偶尔赶在晚上,也是完了事他就回家,回到他晚间的老婆身边。有时她非常希望他能留下来跟她过夜,但她说不出来,每次都默默地看着他穿好衣服,一声不吭地走了。今晚,或许是他这一辈子的最后一个夜晚,要全部给她,她心里发烫,非常知足,还没有做事整个人就已经迷失在他那幽暗奇怪的眼光里,糊里糊涂地给他吃了双倍的药,心想就是做死也没关系了。他们彼此太熟悉了,情欲就像海浪,起伏颠动,一波接一波,自然生成,自自然然。身体原本就是为了让人得到快乐,而不是把它藏起来。可做着做着,他开始说粗话、骂粗街,不知是跟哪个贱货学的,还是今天反常,她突然就失去了感觉,还不能让他觉察出来,就假装被他一次次地送上了高潮。装着装着似乎又真的来了感觉,需要越来越强烈,最后闹得连自己也不知道是真是假了……

完事后他抱着她说,如果明天回不来了,他还有一个心愿没有了。她问他是什么心愿,自己豁出命去也要帮他完成。他笑了,那是那天夜里他惟一的一次笑,他说你干不了,我是砍棺材的出身,给人家做过无数的棺材,什么样的都有,见过各种各样的死,帮着装殓他们,也算是干了不少积德行善的事,我的心愿就是到老了给自己砍一副好棺材。不是一副是两副,这就要看你的运气了。如果我先死,算你倒霉,找个老伴把自己嫁出去算啦。如果雪珍先死,我多老了也把你娶进门,死了以后名正言顺进我郭家的坟地,到阴间还跟在阳间一样,你和雪珍陪着我,一边一个……她趴在他胸口上撒了大泼,她在他面前从来没有这么撒大泼地哭过。他却一滴眼泪没有,反而很欣慰,说有你这一哭,就算是给我送行了,我活得不冤。

听他这么说她拼命想止住自己的哭声……那一夜他们几乎没怎么睡。

待公交车晃荡到大化市,还真的天黑了。车一进闹市区,林美棠就赶紧叫停,下车截住一辆出租车,直奔玫瑰园。安景惠正在门口等她,穿一条雪白的宽松裤,在霓虹灯下格外显眼。裤腰处有一道宽宽的松紧带,质地柔软,性感迷人,任何人看到这样一条宽带子,都会禁不住产生想伸手去抚摸一下的念头。她的上身是超短的牛仔茄克衫,显得年轻而充满活力,给人以跃跃欲飞的感觉。林美棠心里有些不是滋味,你看人家,长得并不漂亮,可这么多年也不见老。她一下出租车,两个女人就抱在了一起。

这一抱,双方就都感觉出了对方的真诚和热情,两个绝不相同的女人就这样成了朋友。既是朋友,就把一切客套都省了,此时此情再站在门口寒暄几句,会显得虚虚乎乎,一下子就把两个人心里的热络和默契赶跑。所以安景惠没发一声,拉起林美棠就往里走。

她显然是这里的常客,跟在自己的家里一样熟悉,在迷宫般的玫瑰园里左旋右绕、七拐八弯,最终找到二楼的一个雅间。餐桌上放着一盒精美的化妆品,看样子安景惠早就来过了。在雅间里能看到玫瑰园中央大厅的舞台,这个舞台上每天晚上从八点钟开始有文艺演出,十一点钟之后客人也可以上去折腾,能一直闹到凌晨两点钟。关上雅间的房门则自成系统,除去一张餐桌外,周围还配有沙发,中间一块大理石铺就的空场,那是专为这个雅间的客人预备的,兴头上来了爱怎么耍巴都行。

自打见面后安景惠的眼睛就没怎么离开林美棠的脸,而林美棠的眼神却飘忽不定,不愿意正视她的眼睛。安景惠开腔打破了这种不自在:"看上去你的精神还不错,比我想像的好多了,可……这么好的一张脸,瞧你是怎么涂的?我就怕这一点,破罐儿破摔,什么都不在乎了。来,洗掉了重化,不看着你化好妆,今天晚上的饭都没有心情吃。"

她提起餐桌上的化妆品,另一只手拽着林美棠就进了雅间自备的卫生间。一进卫生间,林美棠就控制不住了,反身扑在安景惠的怀里,毫无前奏地就大哭起来。虽是大哭,却也不敢真的完全放开嗓子,还不得不憋着点、压着点,这就益发地难受了,直哭得她双肩抽动,浑身颤抖……后来又怕鼻涕眼泪地弄脏了安景惠的衣服,便抽回两只手掌遮住了自己的脸。

安景惠紧紧抱着她,右手掌轻轻地抚摸着她的后背:"哭哭也好,哭出来就好受多了。其实想开了也没有什么,世上的好事,都是在该发生的时候发生。凡是坏事,则又是在不该发生的时候到来……"不想她说着说着自己的眼泪却滴到林美棠的脖子里。

好一会儿,林美棠心里憋屈着的那股劲儿才释放得差不多了,眼泪的高潮便也渐渐过去,抽抽搭搭地自我解嘲:"自打郭存先出事后我这是第一次掉眼泪,安姐,我是说没有人可以说,想哭都没有地方可哭啊!"

这样一说她哭的高潮又要回来……安景惠赶紧解劝,并帮着她脱下外套:"行啦行啦,这都怪我,我早就该去看你,若是早见面说道说道,心里那点事也许早就放下了。快洗脸吧,脸上已经和泥了……"她打开水龙头,亲自调好水的温度。

林美棠低头洗脸,眼泪顺着流水哗哗地冲走了,心情也渐渐地稳定下来。

安景惠打开化妆品的包装盒:"这是法国的雅诗蓝黛,我特意为你准备的,女人化妆是化心情,妆化好了自己的心情自然而然地就会好起来,反正事情已经走到了这一步,越是这样就越要疼惜自己,女人经历过毁灭后,应该更有活力,也更强大。"

两个女人开始共同规划林美棠的这张脸。这儿深一点,那儿浅一点,上边抹一下,下边添一笔……就在这涂涂抹抹的过程中,林美棠的心情真的一点点明朗起来,两个人开始有说有笑、唧唧嘎嘎。

安景惠摆弄着林美棠的脸,左看右瞧,横画竖描,嘴里还时断时续地哼哼着一首流行歌曲:"快乐的媚俗,幸福的庸俗,在已经失去意义的世界里,没有任何信仰地活着……"她们在卫生间里蘑菇了半个多小时,再出来时,林美棠的脸果真焕然一新了。

坐回餐桌前,两个人的心情跟刚才大不一样,显得兴致很高。安景惠大包大揽地开始点菜,她不看菜谱,就冲着服务员直接说:"两个人菜最难点,要精不要多,每人一只海蟹,要圆脐的;一斤琵琶虾;一盘酱猪脚,这是美容的;青菜要上汤芦笋,再加两样小菜就行了。今晚咱俩不能喝白酒,心事太重,酒入愁肠能醉死人哪。配着海鲜要喝白葡萄酒,先上两瓶法国的干白……"

酒和菜还没有上来,安景惠存在心里的问题却急不可待地先端上桌子:"郭家店现在怎么样?"她是憋着一肚子的问题来的,后面还要接着写关于郭存先的文章,甚至还要写一本《郭存先传》,今晚要从林美棠嘴里听到点真东西,表面却装得漫不经心,仿佛是很随意很自然地顺口一问。

其实林美棠并不在意,她也憋了一肚子的话要说:"还能怎么样,不知道的人从外表看人心散了,到处一片消沉,郭存先时代算是画上句号了。可从另一面说,郭家店新生了,郭存先又救了郭家店,帮了有些人的大忙。"

安景惠眉毛一挑,被勾起了兴趣:"这话是什么意思?"

"这么多年来,郭存先在郭家店培养了一大批郭存先式的干部,一个个在他面前都像耗子见了猫,一转脸又都像小郭存先,狂得没边没沿儿,这儿搁不下那儿盛不了。就是这回不出事,以后也会出事,郭存先不出事,别人也会出事,没想到倒霉蛋还是郭存先。他这一犯事,那天封厚去郭家店给大伙上了一课,人们一下子都醒过味儿来了,特别是四大集团,比郭存先在的时候还好。他们都悄没声地到国外办公司、开办事处、搞合资,一点点地先把资金转出去,再陆续把家人也送出去。王顺的老婆带着孩子移民加拿大了,陈二熊常跑澳洲,他身上至少有两个国家的护照,金来喜把公司交给儿子打理,自己带着老婆周游世界……如果郭存先在吓死他们也不敢哪。他们不会再像郭存先那样又傻又土地耍穷横、等着挨宰了,他们把郭存先当神供起来,从心里却最怕郭存先再回来,最好他能死在监狱里,那就功德圆满,皆大欢喜,我想郭家店会为他办一个盛大的葬礼。"

安景惠怦然心动,想不到林美棠竟有这样透彻的观察和剖析。看来有些东西不是想深刻就能深刻得了,必须得有自己的体验。她慨然叹道:"这岂不要把郭家店给掏空了?那里面可有不少国家的钱、银行的钱呀?"

"谁说不是呢!可银行的贷款都是郭存先掌权时借的,你国家在抓他的时候就该考虑到。既然他人都进监狱了,别人谁还会为一个犯人还账?"

"这么说,抓了一个郭存先,国家在经济上损失大了?以前可以不管经济,只算政治账,现在的政治账又怎么个算法呢?这些问题在抓他之前真该好好想透了。他本来就只是一个成功的典范,并不是什么道德的楷模……咳,政治这个玩意儿真不是我们能说得清的,有时候政治需要的好像恰恰是政治错误。"

服务员端着酒菜进来,安景惠立即停住话头。待服务员将酒和菜上齐之后,她笑着叮嘱道:"我们要谈点事情,请你回避,我有事会喊你。"

她亲自为林美棠斟上酒,然后举起杯:"美棠,这第一杯为你,你还年轻,可以重新规划自己的生活,干杯!"

"谢谢。"两个人一饮而尽,林美棠主动拿过酒瓶,再将两只酒杯斟满:"说实话安姐,有时我还真有一种解脱感。不错,郭存先是我的靠山,是我的第一个也是惟一的男人,可又不是我的丈夫,没名没分,这么多年我心里的滋味儿只有我自己知道。可我从没有逼过他,相反还有点怕他,每天看着他的脸色说话办事,得时时处处地为他操心,真是太累了!现在我谁也不怕了,最可怕的事已经发生了,以后再也没有能够让我怕的人和事了。"

"这就是女人,本质就是献身,而形式却多种多样。你的感情一直就像在刀刃上舔血,在旋涡里权衡、犹豫,不可能不受伤。可现在也有一种理论,说残缺能造就完美,比如瞎子的耳朵、哑巴的灵敏,甚至缺陷就是一种更强烈的美好,有许多人就是要守着自己的缺陷过日子。如果郭存先不出事,你们不是也会一直这样过下去吗?而他呢,过着好日子却并不满足,听说他老婆年轻时也是个美人,可他还是要去偷情,偷了你并不算完,对他来说最好的是还没有偷到手的女人,总是吃着碗里的想着锅里的……这也是在追求缺陷。即便有好日子也把它弄残缺。他的性格中有一种不安分的东西,神秘、强悍,有男人的自信和敏感,又非常狭隘,只迷恋自己,孤独得就像你们农村场院里的一盏马灯。可他又喜欢难题,爱针锋相对,动用计谋,他既是个强权主义者,又是个理想主义者,再加上追求成功上了瘾,把郭家店简直变成了他的乌托邦。所以,到后来成为他对手的,并不只是一两个人,而是整个扶持他起来的这个体制和当初支持过他的领导,他怎么可能不落到今天这样的结局? 可见,一等一的男人,不等于就是一等一的丈夫,天下好男人不少,可能做好丈夫的不多……好啦总算一切都过去了,要不要我在市里给你张罗个对象,离开郭家店,下半生过一种平稳的日子?"

林美棠急忙摆手:"那是不可能的,好的谁要我呀,太差的我又何必要他?"

安景惠用一种放肆的眼神盯着她:"不一定,现在小白脸有的是,眼下又正时兴姐弟恋,只要你有钱,说不定可以碰上个自己满意的。"

"电影《廊桥遗梦》里那个女的有句话,我记得特别深,她说在四天内那个男的给了她一生,给了她整个宇宙。就像你安姐,条件这么好,不是也一直在打单儿吗?"

安景惠笑了:"条件好才打单儿呢,如今打单儿也是一种身份的象征。"

"那,您活着的目标是什么?"

"好好地活着,享受所有能够享受的美好,写出点让人们感到惊奇的东西……我的目标多了,可以说我从来没有丧失过生活的目标。但也从来不把这些目标看得太认真。"她掏出烟先递给林美棠一支,林美棠则摸出打火机熟练地先为她点上火,两个女人同时吐出第一口烟雾后,相视而笑……

安景惠突然转了题:"郭存先的老婆是个什么样的人?我很后悔那年在郭家店的时候,没有到她的家里看看她,跟她聊一聊。"

林美棠深吸一口烟,边想边说:"如果郭家店全烂了,也会留下一个好人,这个好人就是她。整个村里没人不说她好,连憎恨郭存先的人也不说朱雪珍的不是。她跟郭存先的强大正好形成强烈的反差,她太弱了,不光是身体病病恹恹的,从里到外整个给人的感觉就是弱,怕郭存先的人背地里都敢欺负她……可不管别人怎么对待她,她骨子里老有一种善意,不是想买好谁,而是自然地时不时就流露出来。她有个长远劲儿,对谁都一个样,连跟我都没有吊过脸子,没说过一句难听的话。可你说她弱吧,在有些事上她又比谁都强,郭存先出了这么大的事,一开始整个郭家店都像天塌地陷一样,大家都拥到家里去照看她,怕她倒下了,怕她寻死觅活地弄出个三长两短。可朱雪珍跟平常几乎没有两样,不生气,也没有格外紧张、担心,平时怎么过日子还是怎么过。她跟村里人好像不是一个品种,人们除去知道她为人和善之外,并不真正了解她,没人知道她成天心里在想什么。郭存志还告诉过我,说他嫂子在好多年前就知道郭存先有一天要蹲监狱……"

"是吗?"安景惠兴奋地又点上一支烟,"这还真是个人物,那她肯定也不搀和她丈夫的事了?"

"那还用说,有些老娘儿们开玩笑说她是外星人。"

"可是,她现在却要分享她丈夫的命运了……"

"她没事的时候也喜欢打打牌,现在我们四个寡妇可以凑成一桌。"

"四个寡妇?"

"郭存勇的老婆欧华英,是真寡妇。剩下的三个是守活寡:欧广明的老婆刘玉梅、朱雪珍和我。"

外面乐声骤起,伴随着人们的欢笑,高一阵低一阵地钻进她们的雅间里来。安景惠起身将门关严,忽然想起刚才被打断的话题:"美棠你刚才说,村里人都觉得郭存先被判得太重了?"

"可不是吗,二十年哪,判得太重了!打手们倒判了五年、七年,最重的才十一年。这是上边成心不想让他活着出监狱,他都五十多了,会在监狱里熬二十年吗?种种迹象表明,郭存先不可能活着出监狱了。"

安景惠一惊:"你这是怎么说?"

"你也看出来了,判他这么重是上边不想让他活。现在下边也不想让他活,如果判几年放他出来再重回郭家店,村里已经没有他的地方了,人家都按照自己的想法干得好好的,把权力再让给他不甘心,不让给他大家都别扭。我估计他自己也不想活着出来了,他已经明白了上上下下的意思,知道自己再活着是多余的了,自打宣判之后就下了决心,除去他老婆不见任何人,包括弟弟、妹妹,像我和四大金刚更是连提都不提。他见老婆的目的也是要把他逼到美国去找儿子,手续都办好了,最晚下个月就动身了。他老婆一走,我估计他就该有动作了……如果万幸,他没有死成,保外就医或提前释放,他就是我的人了,我可以照顾他到老,两个人相依为命,也算老天成全我……"林美棠满脸是泪,猛地又扬头喝干了杯子里的酒。

安景惠站起身抱了抱她,然后出去点了一首歌。不一会儿,从扩音器里传出苍凉婉转的高腔:

> 收拾起大地山河一担装,
> 四大皆空相。
> 历尽了渺渺程途,
> 漠漠平林,
> 叠叠高山,
> 滚滚长江。
> 但见那寒云惨雾和愁织,
> 受不尽苦雨凄风带怨长。
> 雄城壮,
> 看江山无恙,
> 谁识我,

一瓢一笠到襄阳……

她们不知不觉地已经将两瓶白葡萄酒都喝光了,安景惠出去叫服务员又拿来一瓶。

"美棠呀,你能不能想办法陪着我去看看郭存先,刚才听你一说我非常想知道他现在的精神状态,看看他变成了什么样子……"这才是今天晚上安景惠最想说的话,也是她想见林美棠的真实目的。

林美棠直摇头,脸上现出一种凄苦:"不行啊,至少目前办不到。按说判决后亲友就可以探监了,但要得到本人的同意。他不同意谁也进不去,朱雪珍第一次探监村里跟来了近百号人,最后还是就让她一个人进去,别人磨破了嘴皮子求他都不行。你在这个案子里帮了我这么大的忙,我一定会想办法,只要他答应见我了,我就带着你一块去。我不相信他对我绝情能绝到临死都不见我一面。"

安景惠拍了一下桌子:"这是为什么?"

林美棠长叹了一口气:"我想他是心里有气,认为除了他干儿子,郭家店的人都背叛了他。在那个公开宣判的法庭上,就数刘福根最硬气,当然他有那个资格,把所有打人的责任全揽到了自己身上,说被打死的杨祖省是他公司的人,也是他下令打的,与他父亲无关。法官叫他直说犯罪嫌疑人的名字,他就改口说我的干爹郭存先,要不就是郭家店的书记郭存先,那小子虽说不是郭存先亲生的,却真有点郭存先的劲头。而其他人都是一口一个郭存先……我了解他,对直呼他名字有一种强烈的反感。觉得这是一种蔑视,对郭家店那帮犯了罪的打手和到公堂上作证的人来说,这就意味着是对他的公开怨恨和背叛。因为他早就把全部责任都揽到自己身上,认为已经把下边人的罪责给解脱了……"

"哎呀,都落到这一步了,还没有活明白。什么忠诚,什么背叛,忠诚就是背叛,有忠诚必有背叛。没出事、没发现就是忠诚,出了事、暴露了就是背叛。可你一直对他是最忠诚的,怎么会不见你、不想你呢?"

"我也说不清,或许是那次公开审判让去作证把他气坏了。那天传唤我当庭作证时我只能实话实说,我没有刘福根那样的身份,无法为他揽责任,可在那种场合实话实说就等于出卖他。一开口我还说了一句郭书记,法官说这里没有书记只有犯罪嫌疑人,让我直接叫名字,我就大声地喊郭存先。我最有资格这么叫他,我甚至想大声点着名字骂他,郭存先,你个老王八蛋,瞧你干的这叫什么事啊?我把一生都托付给你了,你又是怎么做的?这可倒好,自己惹了祸蹲到监狱里躲清静来了,我怎么办?"

林美棠喝多了,越说声音越高,脸上涨红,眼泪又流了下来……她今天的眼泪可真多呀!安景惠赶紧绕过去,抚摸她,为她擦眼泪……

可林美棠的话只说了一半,就刹不住车地带着哭音儿继续往下讲:"郭家店其他跟事件有牵连的人也都被叫上了法庭,这些人也都是一口一个郭存先,有的说一句话就要带出一个郭存先。好像成心气他,以前不敢直呼他的名字,这回有了机会要过够瘾,借着喊他的名字撒气,把所有的责任也一股脑全推到他身上……你想想,郭存先哪受得了这个?我想这比被判了二十年徒刑更叫他无法忍受。"

外面的乐声越来越疯狂,门关得再严实也不管用了,安景惠将手里的半截烟丢进烟灰碟,拉起林美棠,两人面对面、手拉手,跟着外面的节奏开始扭动腰身。安景惠跳得很好,身姿如妖精般放纵,神情骀荡,眼神迷离……林美棠则僵硬得多,脚步也有些跟不上趟,跳了一会儿就想坐回去,被安景惠一把抱住。两个人以不变应万变地走起了慢步子……

安景惠表情轻佻地拍拍林美棠的屁股:"你的臀部非常好,有点像非洲女人的屁股,性感有弹力,男人最喜欢这样的屁股。"

林美棠感叹:"我原来的身材很不错,又没结婚,又没生孩子,可不知怎么身体就发起来了,屁股大了,腰也粗了。"

"女人的身体都是被男人摸熟的。"安景惠将嘴凑到林美棠的耳朵边上轻声问,"想不想找个男伴?"

林美棠摇头。

"你天天坐在家里,守着一堆钱和一座空房子干什么?"

"我每天都出去,不是去县里就是到市里来,逛商场、看电影,走累了就吃点东西喝点酒,再回到家倒头就睡。人在精疲力竭的时候不会胡思乱想。"

两个女人相互搂抱着,继续慢慢地走着舞步……安景惠心有所动,顺口将临时想到的句子念出了声,她的声音很好听,悠扬沉浑的韵味似歌似吟:"独自恢恢耿耿,难断处也忒多情……相看人朦胧成睡,睡去空惊……望望山山水水,人去去隐隐迢迢。从今后酸酸楚楚,只似今宵。"

她看似沉浸在一种很古典的伤感情绪里,却忽然跳出来问了林美棠一个没头没脑的问题:"郭家店现在还有记者采访吗?"

"没了,记者都是赶热闹的,这时候的郭家店没有热闹只有冷清,记者还去干什么?"

"我要去找你,跟你一起住几天,顺便找一些人谈一谈,你认为可以吗?"

"好啊,正好跟我做个伴,那咱现在就走吧?"

"不行,我在市里还有些事情没处理完,要不你在我家里呆两天,等我处理完手头上的事咱们一起走。"

"不行,我不习惯,特别是这时候,怕麻烦你。我还是先回村等你吧。"林美棠突然想起了时间,看看表已经快十二点了。

安景惠抢着结了账,一出玫瑰园看见门口停着很多出租车,两个人再一次拥抱告别,这个嘱咐说快来,那个答应着一定……随后林美棠就钻进一辆出租车。

司机问她去哪里,她没有吭声,只是向前抬抬下巴。司机便将车一直朝前开下去,她从包里掏出镜子,犹豫一下并未用它照自己的脸。然后又掏出烟、点上火……司机见她忙得差不多了又问:"您去哪里?"

"郭家店。"她的话一出口,司机突然来了个急刹车。

她问:"怎么啦?"

司机想歪个词儿把她赶下去:"郭家店那么远,别说现在又这么晚了,就是在大白天都不一定能拉上客,回来肯定是跑空车,对我们来说太亏了。如果收你双程的钱,你肯定又不干,所以你还是找别的车吧。"

这个家伙,一听说是去郭家店,立刻就将"您"改成了"你"。她喷了一口烟,懒洋洋地问:"双程是多少钱?"

"少说也得二百。"

林美棠将两个手指头伸进包里,捏出两张百元的钞票,甩到前面去,嘴里随即吐出一个字:"走!"

钱一到手,司机高兴了,关键还是看她是个女的,对自己绝对构不成危险。车一出市,司机不想开闷车,便主动搭话:"大姐住在郭家店?"

呀,又改成大姐了。林美棠没有答理他。

司机见她不搭话,猜想可能是紧张,便益发地得意了:"大姐,你一个人这么晚了跑这么远的道,不害怕吗?"

林美棠向车窗外看一眼,漆黑,浓重,便慢腾腾地回问:"为什么要害怕,怕什么,怕你?"

"是啊,我是男的,你不怕我半道上找你的便宜?"

"我身上有便宜吗?"林美棠似乎轻笑了一声,"好好开你的车吧,应该害怕的是你!"

这下轮到司机笑了:"我?世上哪有一个男的会怕一个女的?"

"因为你是活人,你是有命的;我是死人,我已经没有命了。你说咱俩该谁怕谁?"

司机突然一阵毛骨悚然,脊背发冷,不敢再往后瞧,连声音都变了:"大姐你可别吓唬我呀!"

林美棠突然哈哈大笑,笑声尖利刺耳,笑着笑着忽然又哭了起来⋯⋯

司机越加恐怖,心想她即便不是鬼,也是个疯子!

1997 年初稿

2007 年二稿

2008 年 7 月定稿